醒世恒言（上）

馮夢龍　編撰
廖吉郎　校注
繆天華　校閱

三民書局

國家圖書館出版品預行編目資料

醒世恒言／馮夢龍編撰;廖吉郎校注;繆天華校閱.－－二版六刷.－－臺北市：三民，2022
面；　公分.－－(中國古典名著)

ISBN 978-957-14-4650-9（一套：平裝）

857.41　　　　95023407

中國古典名著

醒世恒言（上）

編撰者　馮夢龍
校注者　廖吉郎
校閱者　繆天華

發行人　劉振強
出版者　三民書局股份有限公司
地　址　臺北市復興北路 386 號 (復北門市)
　　　　臺北市重慶南路一段 61 號 (重南門市)
電　話　(02)25006600
網　址　三民網路書店 https://www.sanmin.com.tw

出版日期　初版一刷 1989 年 1 月
　　　　　二版一刷 2007 年 1 月
　　　　　二版六刷 2022 年 5 月
書籍編號　S851890
ISBN　978-957-14-4650-9

三民書局

總目

原序

六經國史而外，凡著述皆小說也。而尚理或病于艱深，修詞或傷于藻繪，則不足以觸里耳而振恒心。此醒世恒言四十種，所以繼明言、通言而刻也。明者，取其可以導愚也；通者，取其可以適俗也；恒則習之而不厭，傳之而可久。三刻殊名，其義一耳。夫人居恒動作言語不甚相懸，一旦弄酒，則叫號躑躅，視塹如溝，度城如檻。何則？酒濁其神也。然而斟酌有時，雖畢吏部、劉太常，未有時時如濫泥者，豈非醒者恒而醉者暫乎？繇此推之，惕孺為醒，下石為醉；卻嘑為醒，食嗟為醉；剖玉為醒，題石為醉。又推之，忠孝為醒，而悖逆為醉；節儉為醒，而淫蕩為醉；耳和目章，口順心貞為醒；而即聾從昧，與頑用嚚為醉。人之恒心，亦可思已。從恒者吉，背恒者凶。心恒心，言恒言，行恒行。入夫婦而不驚，質天地而無怍。下之巫醫可作，而上之善人君子聖人亦可見。恒之時義大矣哉！自昔濁亂之世，謂之天醉。天不自醉人醉之，則天不自醒人醒之。以醒天之權與人，而以醒人之權與言。言恒而人恒，人恒而天亦得其恒，萬世太平之福，其可量乎！則茲刻者，雖與康衢、擊壤之歌竝傳不朽可矣。崇儒之代，不廢二教，亦謂導愚適俗，或有藉焉。以二教為儒之輔可也。以明言、通言、恒言為六經國史之輔，不亦可乎？若夫淫譚褻語，取快一時，貽穢百世，夫先自醉也，而又以狂藥飲人，吾不知視此三言者得失何如也？

天啟丁卯中秋隴西可一居士題于白下之棲霞山房

引言

廖吉郎

莊子外物篇說：「飾小說以干縣令，其於大達亦遠矣。」可知在我國戰國時代，就已有「小說」這個名詞。到了後來，它可以用來敘述雜事，記錄異聞，綴輯瑣語，也可以用來辨疑、箴規，更可以用來敷演史實，或憑想像以構造故事。於是作者孳多。雖或為街談巷語，道聽塗說者所作，誣謾失真，妖妄熒聽的，固在不少，但是藉以寓勸戒，廣見聞，或資考證的，也錯出其中。馮夢龍的醒世恒言，就如他在序中所說的，是繼喻世明言和警世通言之後，用來輔助六經國史的一部白話短篇小說集。

馮夢龍是明代蘇州吳縣人。從小便有捷才，而且風流多情，可以談經說史，也可以論玄述怪。不但書讀得多，還能深入民間，接觸低層社會，又有一顆讀書人的良心。當明朝的天下，岌岌可危的時候，他一改玩世放浪的行跡，而專意於國事。因此，他的作品不但含有著豐富的人生體驗、純正的思想，更能著眼於世道人心的教化。他是一位專力從事於俗文學編改的作家，可惜明史不為他立傳，他在俗文學上的成就，也遲遲才被人們所認定。

醒世恒言共為四十卷，每卷編列主要的故事一種，共為四十種。除部分為宋、元話本外，其餘的都為明人所作。當然這些小說的纂輯，是會經過馮夢龍的潤色，其中也可能會有馮夢龍就前人筆記所載，或耳目所及，演化編寫出來的。馮夢龍家藏很多古今通俗小說，他所以陸續編纂三言的目的，是想嘉惠里耳。這些小說，有說話人的底本，也有文士所擬作的。宋灌園耐得翁都城紀勝和吳自牧夢粱錄記當時伎藝有「說話」一種，也就是「說書」，以此為業的，稱為「說話人」。「說話」是隋唐以來的習用語。元氏長慶集卷十酬白學士詩：「光陰聽話移。」自注云：「嘗於新昌宅說一枝花話，自寅至巳，猶未畢詞。」說一枝花話，就是說一枝花的故事。這些故事的內容，多就前代史傳、稗官雜記、筆記、傳奇，或是民間流傳，選擇情節曲折，堪加演義的，增飾而成。騰於口說的，叫做「話」，拿來敷演說唱，就叫做「說話」，「說話人」當眾演述，是一種口頭文學，轉變為文字記錄，就是話本，也就是「說話」的底本。這種話本，起初難免粗疏鄙陋，但是經過文人的潤飾整理，流傳的價值就大大的提高。由馮夢龍化名的隴西可一居士，在醒世恒言序裏說：「六經國史而外，凡著述皆小說也。而尚理或病于艱深，修詞或傷于藻繪，則不足以觸里耳而振恒心。此醒世恒言四十種，所以繼明言、通言而刻也。」又說：「明者，取其可以導愚也；通者，取其可以適俗也；恒則習之而不厭，傳之而可久。三刻殊名，其義一耳。」因此以為：「以明言、通言、恒言為六經國史之輔，不亦可乎？」可見馮夢龍對於通俗小說的期望之高。他在古今小說序裏說：「大抵唐人選言，入於文心；宋人通俗，諧於里耳。則小說之資於選言者少，而資於通俗者多。試令說話人當場描寫，可喜可愕，可悲可涕，可歌可舞，再欲提刀，再欲下拜，再欲決脰，再欲捐金。怯者勇，淫者貞，薄者敦，頑鈍者汗下。雖日誦孝經、論語，其感人未必如是之捷且深也。噫！不通俗而能之乎！」在警世通言序裏也說：「里中小兒代庖而創其指，不呼痛，怪之，曰：『吾頃從玄妙觀聽說三國志來，關雲長刮骨療毒，且談笑自若，我何痛為？』夫能使里中兒頓有刮骨療毒之勇，推此說孝而孝，說忠而忠，說節義而節義，觸性性通，導情情出，視彼切磋之彥，貌而不情，博雅之儒，文而喪質，所得竟未知孰贗孰真也。」這種功效，筆者在小時候聽說書時，已深深的體會到了，它對於民心社會的貢獻，當是不爭的事實。

通俗小說在極力描述人情世態時，雖然或有較為露骨的鋪寫，但是馮夢龍的醒世恒言，筆墨所及，除少數幾處，如史實與金史海陵諸嬖傳相似的第二十三卷金海陵縱欲亡身，描繪得較為橫恣潑辣，有和同時代的金瓶梅詞話幾可以相合拍之外，其餘的大都心存雅道，發乎情而止乎禮的反映著當時人們的思想和生活。透過這些表現，他想嚴謹而正確的達成他的教化功能。現在我們就依照天啟丁卯葉敬池刊本，把四十卷醒世恒言所記載的四十個主要故事，一一的列出它的大意。從這裏，我們就可以看出醒世恒言的一個大概：

一　寫石月香因天火燒損官糧，他父親憂病而死，致被官賣而流離在外，最後幸得兩位縣令的明禮知義，終得好姻緣的曲折故事。

二　寫許武一門三兄弟的孝弟。

三　寫賣油郎秦重的忠厚誠意，不但贏得青樓花魁娘子，更慶骨肉終得團圓。

四　寫秋先因栽花、惜花，終得成仙的神奇。

五　寫勤自勵在大樹坡破穽救虎，終得回報的勸諭故事。

六　寫野狐精的騙人以報仇。

七　寫顏俊的騙婚不成，反作成了表弟錢青的姻緣。

八　寫喬太守的權宜配婚，使三對夫妻各諧魚水的意外姻緣。

九　寫多壽、多福的幾經折磨，終於雲開見日，成就了一段好姻緣。

十　以一個男扮女粧，敗壞風化的故事為入話，襯托正話中竟有女扮男粧的節孝故事，來端正社會習俗。

十一　寫蘇小妹的才華以及在新婚之夜，三難秦少游的趣事。

十二　寫謝端卿的誤被披剃為僧，終於弄假成真，悟得佛理。

十三　寫廟祝孫神通的騙姦婦人。

十四　寫周勝仙在茶坊遇見范二郎，有情人終成眷屬的奇情故事。

十五　寫赫大卿的喪命尼姑庵，勸戒世人的好淫亂色。

十六　寫潘壽兒的因姦毀家。所謂賭近盜兮奸近殺，古人說話確實絲毫不爽。

十七　寫過遷的改過遷善和張孝基的認舅還財。

十八　寫施復的還金而得好報。

十九　寫白玉孃幼時，因父親抗元被擒，不屈而死，自己則淪落為婢。及長，配給也是被擄為奴的程萬里為妻，因勸他覓便逃歸，遂招來一連串的誤會和不幸，最後終得重見光明，夫妻重圓的亂離故事。

二十　寫張廷秀父子因故遭人買通巡捕誣陷，幸得後來廷秀兄弟都中舉為官，終能雪冤的故事。

二十一　寫楊元禮的赴京會試，途中遇盜脫險而終得功名美眷。

二十二　寫呂洞賓和慧南禪師的鬥法。

二十三　寫金廢帝海陵王的縱欲貪色，終至國破家亡。
二十四　寫隋煬帝的淫逸亡國。
二十五　寫獨孤生的夫妻情深，相思鬧夢，終能以才名顯揚而得偕老。
二十六　記薛偉夫妻，本在仙籍，因動了凡心，並謫人世，經一段曲折的經歷後，又一齊升天的神怪故事。
二十七　寫李玉英姊弟的受繼母淩虐，幸得上疏天子，終得辨冤。
二十八　敘吳衙內和賀秀娥的一段床下姻緣。
二十九　記盧柟的因故得罪縣令，致被算計下獄，幾陷於冤死。
三　十　寫李勉的被恩將仇報，幸得逢凶化吉。
三十一　寫鄭信因入井得仙，終得發跡的神異事跡。
三十二　寫黃損的因玉馬墜和胡僧的神異，得和韓玉娥白首偕老。
三十三　寫劉貴等人的冤死，都因戲言釀成的殃危。
三十四　寫因爭一文錢，而斷送了十三條性命。
三十五　寫忠僕阿寄的盡心扶持主母，幸得子孫繁昌，名傳鄉里。
三十六　敘蔡瑞虹一家遇盜喪身，瑞虹以含汙忍辱苟活，終得報仇的故事。
三十七　記杜子青的揮霍敗家，終能洗心滌慮，皈依大道。
三十八　寫李清的得道濟世，屍解成仙。

三十九　寫汪大尹的計破寶蓮寺淫窟。

四　十　寫王勃的作成滕王閣記，後隨中源水君而去的故事。

醒世恒言除了具有嚴正的一面，試圖借由故事的情節發展，達到勸世的目的外，對於寫作技巧，也有很突出的表現。如第一卷的兩縣令競義婚孤女，除寫月香因火災燒損官糧，他父親因此憂病而死，致被官賣而流離在外，最後終得兩縣令的明禮知義，而得好姻緣的一段正話外，在開頭，還來一段入話，寫浙江衢州府的王奉，以私心嫁女，卻沒得到好結果的故事，來提醒世人，但顧眼前，不思日後，豈知人有百算，不如上天一算，你心下想得滑碌碌一條路，天未必隨你走哩！因此奉勸世人，還是平日行善為高。入話是作為引文用的，是引起正文的開頭，這種以強烈的手法，說出正反兩種不同的故事，目的當然是在強調「皇天不負好心人」，來告訴為非作歹的人：「目前貧富非為准，久後窮通未可知。顛倒任君瞞昧做，鬼神昭鑒定無私。」這種對正面的宣揚，而以反面故事作為襯托的手法，讀者當然是可以體會出作者的用心的。在正話裏的好人，作者還安排了一個叫做賈昌的生意人，他知恩圖報，卻偏偏有一個不甚賢慧的老婆，故事便因此展開。寫到細膩處，連賈昌的老婆，懷疑賈昌或有意留住月香的那種爭風吃醋的心思，也不放過。在寫到月香被重賣回她父親原住的衙內，睹物傷情的一段，真是鐵石人知也淚垂。寫兩縣令，因兒女婚事而你來我往的一些信件，則亦莊亦諧，一股古樸祥和的氣息，使人由衷覺得這個世界的可愛。至於故事中文字的流暢，內容的曲折，從這些短短的信裏，也可以看出端倪，如鍾離義的信道：「娶無依之女，雖屬高情，更已定之婚，終乖正道。小女與令郎，久諧鳳卜，准擬鸞鳴。在令郎停妻而娶妻，已違古禮；使小女舍婿而求婿，難免人非。請君三思，必從前議。義惶恐再拜。」

這種文言，擺在這樣的白話小說裏，配合著情節的開展，不但不使人覺得討厭，反有一種清新可喜的感覺。又高原的信說：「以女易女，僕之慕誼雖殷；停妻娶妻，君之引禮甚正。僕之次男高升，年方十七，尚未締姻，令愛歸我長兒，石女屬我次子。佳兒佳婦，兩對良姻。一死一生，千秋高誼。粧奩不須求備，時日且喜和同。伏冀俯從，不須改卜。原惶恐再拜。」正在為月香的婚事苦惱的鍾離公，得高公如此一提，真是皆大歡喜，原來在前面介紹過的高升，在這裏派上用場了，這就是個伏筆。故事發展到這裏，又是一個高潮，一段話本便如此的以喜劇收場。真是百年好事從今定，一對姻緣天上來。二縣令往後自是壽享九旬，或是官至卿宰；賈昌的老婆，當然是要自食後果。這也是天理昭昭，纖毫洞察。這種教化的思想，雖充溢於字裏行間，讀來卻全無沉悶的感受，這就是醒世恒言寫作技巧的高妙處。不論是從正面或從反面看，可以說醒世恒言篇篇都有振聾啟聵的作用。同時，從這些小說裏，我們還可以看出一點當時的社會民情。所以，如能稍加留意，相信讀者看完了它之後，一定會有一種豐收的喜悅。

考證

廖吉郎

這本經過明代文人評點潤飾、整理編刻而成的四十卷小說集，它的故事，當然都應有藉以發展變化的依據。就正話部分來說，如卷一的兩縣令競義婚孤女，本事即出自東軒筆錄卷之十二。卷二三孝廉讓產立高名，本事出後漢書卷七十六許荊傳，也見於焦氏類林卷一和智囊補卷十三，只是字句小有不同而已。卷三賣油郎獨占花魁，本事見於情史卷五。卷五大樹坡義虎送親，本事出廣異記，又見於太平廣記卷四百二十八勤自勵和情史卷十二。卷六小水灣天狐詒書，本事出靈怪錄，又見於太平廣記卷四百五十三王生。卷七錢秀才錯占鳳凰儔，本事出情史卷二吳江錢生。卷八喬太守亂點鴛鴦譜，和情史卷二崑山民所載本事全同，又見於暇弋篇、古今譚概卷三十六嫁娶奇合、笑史等書，醉翁談錄丙集卷之一因兄姊得成夫婦所記，除時代、地點和人物外，本事亦同。卷九陳多壽生死夫妻，本事出復齋日記上，又見於情史卷十陳壽。卷十劉小官雌雄兄弟，見於情史卷二劉奇，古今閨媛逸事卷四兄弟夫妻和古今情海卷十二雄兮將雌胡不知也都有轉錄，字句全同。玉芝堂談薈卷十女子男飾也載有此本事，此書作在情史之前，文字則較為簡略。又堅瓠續集卷之四劉方燕巢據明詩正聲也引有一條，內容比玉芝堂談薈所載更少。卷十一蘇小妹三難新郎，本事出東坡問答錄的對和坡妹與夫來往歌詩。卷十二佛印師四調琴娘，本事出宋人小說，堅瓠集中有轉述，明陳汝元金蓮記傳奇也提到這件事。卷十三勘皮靴單證二郎神，據寶文堂書目所錄宋元明人話本考甲四二勘靴兒條說：「勘靴兒，當即醒世恒言卷十三勘皮靴單證二郎神，疑亦即醉翁談錄的聖手二郎」。卷十四鬧樊樓多情周勝仙，本事出夷堅支庚卷第一鄂州南市女和情史卷十草市吳女。卷十五赫大卿遺恨鴛鴦絛，本事出情史卷十八赫應祥所引涇林雜記，菽園雜記卷六也略提到此事。卷十六陸五漢硬留合色鞋，本事出龍圖公案，和情史卷十八張藎條與古今情海卷三十二紅繡鞋所引涇林續記（涵芬樓秘笈本涇林續記則無此條）及智囊補卷十察智部臨海令所記事相同，九朝野記卷四和治世餘聞下篇卷一也有相似的故事。卷十七張孝基陳留認舅，本事出厚德錄卷第一，群書類編故事卷之七也有此條，字句略簡。卷十八施潤澤灘闕遇友，本事見古今譚概卷三十六張生失金，所敘同為嘉靖時事，不過記事較為簡略，姓名也有不同。卷十九白玉孃忍苦成夫，本事出輟耕錄卷第四賢妻致貴，古今圖書集成明倫彙編閨媛典第三百三十一卷閨識部列傳三程萬里妻白玉娘和古今情海卷十二夫婦易履引堯山堂外記也都提到這件事。情史卷二玉娘條所載，字句全同古今情海。卷二十一張淑兒巧智脫楊生，本事和明末路惠期的鴛鴦絛有相似的地方，同時代的許恒所著的二奇緣傳奇，也敷演此事。卷二十二呂洞賓飛劍斬黃龍，本事略同明抄本呂純陽點化度黃龍，但是恒言所寫，純陽子為黃龍禪師所降服，不著撰人姓名的度黃龍雜劇則是「黃龍大為拜服，遂拜洞賓為師」。卷二十三金海陵縱欲亡身，本事全據金史卷六十三海陵諸嬖傳，但是史傳所有的，只是事實，是一個架子，在話本裏，則賦給了充分的血、肉和靈魂。卷二十四隋煬帝逸遊召譴，本事出佚名的煬帝海山記、煬帝迷樓記等書。卷二十五獨孤生歸途鬧夢，本事出唐人河東記，並加入纂異記所寫張生的事情。卷二十六薛錄事魚服證仙，本事見唐李復言續幽怪錄卷第二薛偉，續幽怪錄亦作續玄怪錄，同書異名，古今說海所收，改題魚服記。卷二十七李玉英獄中訟冤，出明人重編的列女傳，在名媛詩歸卷之二十八明四、國色天香卷之六山房日錄李玉英辯本、靜志居詩話卷二十三閨門李玉英中，都載有李玉英辨冤奏本，不過文字詳略不同。卷二十八吳衙內鄰舟赴約，本事出情史卷三江情及名媛詩歸卷二十八吳氏女。卷二十九盧太學詩酒傲公侯，盧太學柟事見列朝詩集小傳丁集上，明史卷二百八十七有盧柟傳，附謝榛傳後，似即據此而作。卷三十李汧公窮邸遇俠客，本事出唐人原化記，劍俠傳卷四也載此事，字句小有不同。卷三十二黃秀才徼靈玉馬墜，本事出情史卷九黃損，古今圖書集成明倫彙編閨媛典第三百五十九卷閨艷部外編一及古今閨媛逸事卷四情愛類玉馬姻緣都引北窗志異所載，字句小有不同，曲海總目提要卷二十五玉馬佩也引北窗志異，刪略較多。卷三十五徐老僕義憤成家，本事出田汝成阿寄傳。卷三十六蔡瑞虹忍辱報仇，本事見祝允明九朝野記卷四。卷三十七杜子春三入長安，本事見太平廣記卷十六杜子春條引續玄怪錄，影宋本續幽怪錄中不載此篇。卷三十八李道人獨步雲門，本事出太平廣記卷三十六李清引集異記，今本集異記無此篇，古今說海所收題李清傳。卷三十九汪大尹火焚寶蓮寺，故事見智囊補卷十察智部僧寺求子，又見新鐫國朝名公神斷詳刑公案卷之三姦情類蔡府尹斷和尚奸婦。卷四十馬當神風送滕王閣，故事略見唐摭言卷五切磋，歲時廣記卷三十五記滕閣有詳細的引載，羅隱中元傳所記，也比摭言詳明。

就以上所見，四十卷當中，幾乎都有出處可尋，或有故事可相印證。如果再加上入話部分，以及其他相關的資料，那就更是洋洋可觀了。這種追本溯源的成績，有一部三言兩拍資料，可供參考。因為醒世恒言的可讀性很高，又以眾多篇幅反映了宋、元、明以來的部分思想和生活，讀者更可以從中體現出編撰者在加工改寫的過程中，所受當時環境的感染，而表現出的明朝的時代特徵，所以對後來的小說和戲曲都產生過不小的影響，有很多傳奇和雜劇，便都是取自恒言上的故事，敷寫而成的。

醒世恒言刊行於明天啟丁卯，那是熹宗就位的第七年，西元一六二七年，距離現在有三百多年的歷史。到了民國十六年，楊家駱教授得到美國耶魯大學李田意博士在日本內閣文庫所攝得的三言一百廿卷珍本膠卷，才在世界書局首度影印出版，收入珍本宋明話本叢刊中，這就是所謂的葉敬池刊本。

在這本影印本裏，除於卷首標明為「據明天啟丁卯葉敬池刊本景印」等字樣外，別有景印珍本宋明話本叢刊提要一篇及附錄二則。然後是原版的封面，右上題「繪像古今小說」，左下是「金閶葉敬池梓」，中間是「醒世恒言」四個大字，字體古樸方正。接著是可一居士的序，末了署有「天啟丁卯中秋隴西可一居士題于白下之棲霞山房」等字。每卷正文前各有圖一張二面，原書之圖當為八十面，共四十張，此處缺第三卷賣油郎獨占花魁、第二十一卷張淑兒巧智脫楊生和第三十三卷十五貫戲言成巧禍三卷的圖各兩面。每幅圖上，除卷三十八的第一面圖外，都有題字，或上或下，或左或右，位置並不一定，可惜有些字已經模糊不清。在第十一卷的第一面圖上，板心左下方記有刊工的姓名，刻有「郭卓然鐫」等字，第二十卷同地方也寫著「郭卓然刻」四個字，字體較為潦草。正文一面十行，一行二十字，因為卷十三和卷二十六都有缺頁，所以改據「衍慶堂本」補配，版式因此和全書略有不同，不過如不仔細看，是不太會被分辨出來的。在板框外，間有評語，字體較正文小，有很多地方也難於辨認。

在現存的醒世恒言版本中，葉敬池本是最早的一種，只可惜已有殘缺。像正文前所附的目次，也與正文不符，正文第九卷的標題「陳多壽生死夫妻」，目次上作「陳多壽生死姻緣」，第二十二卷的「呂洞賓飛劍斬黃龍」，目次上作「呂純陽飛劍斬黃龍」，而且，據中國通俗小說書目卷三所記，葉敬池、葉敬溪二本題有「可一主人評」、「墨浪主人較」等字，和衍慶堂本題的「可一居士評」、「墨浪主人較」不同，現在目次下所題的，則作「可一居士評」、「墨浪主人較」。

葉敬池本外，世上所行的醒世恒言，又有一種所謂的葉敬溪刊本。這是葉敬池本的同板後印本，不過封面右上僅存「繪像」二字。左下題「金閶葉敬溪□」，最後一字已闕，當為「梓」字。至於通行的衍慶堂本醒世恒言則刪改甚多，頗失原文面目。雖然卷首也有天啟丁卯隴西可一居士序，可是無圖。正文一面十二行，一行二十二字，比葉本多。此衍慶堂本又有四十卷足本和三十九卷本兩種，三十九卷本刪去了第二十三卷的金海陵縱欲亡身，並析原書卷二十張廷秀逃生救父為上下兩篇，分入卷二十及卷二十一兩卷中，而以原第二十一卷的張淑兒巧智脫楊生補為第二十三卷。現在所看到的，多半是此三十九卷本。在民國二十五年，又有世界文庫據葉敬池本的排印本。其後又有顧學頡據世界文庫本的注本。文庫本雖云出於葉敬池本，實多出入。顧注又參校後出的衍慶堂本，於原文每有改訂，而且把金海陵縱欲亡身這一卷全篇刪去，又闕醒世恒言扉頁和各卷前的版畫。就目次來看，葉本的卷二十一張淑兒巧智脫楊生，排注本亦誤為卷二十二。可知就版本來說，排注本固不如日本內閣文庫所藏的明葉敬池本，但是排注本有注釋之外，又採用新式版面，劃分了段落，並且加上新式標點，在文字的校正方面，也有相當的貢獻。所以鼎文書局便曾把它印出來。

這本鼎文書局出版的醒世恒言，前有楊家駱教授的醒世恒言識語，並有附錄一節錄楊家駱景印珍本宋明話本叢刊提要醒世恒言、附錄二中國通俗小說書目卷三明清小說部甲總集一則、附錄三李田意博士日本所見中國短篇小說略記二則，及明葉敬池刊本扉頁書影、明葉敬池刊本書影，和明葉敬池刊本卷一到卷四十的現存版畫共七十四幅。又每卷正文後面都附有注文，書後殿以可一居士序文。因為顧注本刪去了卷二十三，所以這裏便據葉敬池本影印補入。又因為葉本卷二十一，顧注本改為卷二十二，所以就將書前所附的葉本卷二十二的版畫改標為卷二十一。這樣看來，這本排注本就也有它美中不足的地方了。於是，現在我們依據了最早的葉敬池刊本，參酌了最新的排注本，也以分段標點並加注釋的方式，把原藏在日本內閣文庫的醒世恒言正文，以新的面目出現於讀者面前。

就目次來說，我們是根據前文所提到的各本的缺失，依葉本的正文順序及所標的題文，予以重新排定，但是原該有的「可一主人評」和「墨浪主人較」等字，則把它刪去了。因為在這次的排印裏，我們已把上面原有的圈點和品評的文字都一概略掉，雖然讀者原或可以從這些圈點和板框上的眉批來探討一些馮夢龍對小說內容所作的評析，但是前面說過，這些評語，很多都已模糊，而且數量不多。

就正文來說，事實上，葉本刻得並不甚精細，拿第一卷兩縣令競義婚孤女來看，在「賈昌那里肯要他拜」這一句中的「裏」字，作「里」，而在「口裡好不乾淨哩」的這一句中，則作「裡」，在「口裏也含含糊糊的哼了幾句」這一句，卻作「裏」，在「月香正不知教他那裡去」、「天教他到我衙裡」這兩句中又都作「裡」。「裏」字現在又寫作「裡」字，卻不作「裡」，在同一卷裏的同一個字，刊刻者竟然出現了那麼多不同的形體。又如「商」字，在「又與他商量怎的」和「只得又出外為商」這相隔才七行的兩句裏，一作「商」，一作「商」。「要他賠償」和「勒令倍償」，「賠」又作「倍」。其他像「卻將瓊英反為已女」，「已」作「巳」，「痛哭不巳」，「已」作「巳」，「步行到家」，「步」作「歩」，「今朝訢出衺腸事」，「訴」作「訢」，「衷」作「衺」，「此女廉吏血衚」，「胤」作「衚」，「衣服首餙」，「飾」作「餙」，以及「葬」作

「堊」，「缸」作「釭」，「弊」作「獘」、「派」作「泒」，「趕」作「赶」，「簷」作「詹」，「懼」作「惧」，「寬」作「寛」，「膢」作「嫂」，「仕」作「任」，「驚訝」作「驚呀」等不勝枚舉，單只一卷，須要去探討的，還不只上面所舉的這些字，而這些字在顧氏排注本裏，大概已盡量改從現在通行的字體，我們說「大概」，因為事實上，這種不同形體的字也改不勝改，像其他各卷裏，「喫」字就有改作「吃」，或仍作「喫」；「泪」字，有作「淚」，或作「泪」的，當然也有些是不能輕易改的，並且也有本不必改而顧注本改了，或葉本不誤，而顧注本反而錯了的。像同卷「把百萬家資敗得磬盡」的「磬」字，本同「罄」字，也是「盡」的意思，是不必如顧注本把它改為「罄」字，而「不忍分拆」的「拆」字，顧注本則反誤為「折」，所以，我們原則上是以葉本為主，但是也略依顧注本改動了它一些。

至於注釋，有了顧注本，是給了我們很大的方便，顧注本上，連有懷疑的字，都會在注釋裏提出說明，如第二十卷張廷秀逃生救父的「然請王員外夫婦到廳上了」這句裏的「然請」，顧注本在注裏說是：「這裏疑漏『後』字，然後請的意思。」又「那是老厭物已不在家」的「是」，顧注本的注裏說是：「當是『時』字之誤」。「俱住在江中往來叫喊不聞」一句，顧注裏說是：「這句文義欠妥，疑多一『住』字。」「莫不失了與那小殺才」，「失了」二字，顧注本說是：「疑是『妹子』二字之誤」。「掇個梯子墊腳」的「梯子」，顧注本說是：「據下文，『梯子』疑作『機子』之誤，『機子』指『几』、『杌子』一類的東西。」「莫非尊大夫人台訓嚴切」的「尊大夫人」，顧注裏說是：「疑多一『夫』字。」這些都可見顧注的用心，而所更正的，又多半很的當，因為正好都與葉本合。當然也有不盡然的，如同卷「自然肯信生疑」句，顧注以為「生」當是「不」字之誤，但是這一句，葉本卻作「自然半信半疑。」所以像這種種的解釋，如以葉本為據，自然就是多餘的了。又有顧注本上原闕的字，如第二十二卷呂洞賓飛劍斬黃龍的「和尚輸了，□□□□□□千里」句，顧注裏說是：「據下文，此句應為『一粒化不得三千界』。」葉本的第二十二卷此句則並不闕字；或顧注本疑誤未定的字，如同卷「或詞留為表記」，顧注說：「『或』字疑誤。」而葉本此句則作「或詩或詞，留為表記。」意義非常明白。如此的注釋，在葉本上也是不必要的。至於像第三十六卷「饒他砍頭」的「砍頭」二字，顧注說是：「原本作『砍傷』，與文意不合，據今古奇觀改。」「對席相陪」這一句，「對席」二字，顧注說是：「原本作『逼他』，與文意不合，據今古奇觀改。」「回房把門拴上」顧注說是：「原本作『抱著自家兒子』，據今古奇觀改。」這些地方，葉本上都不誤，所以當初顧氏如能得睹葉本，就可以省掉許多工夫。現在我們既依葉本排印，這些注釋當然就可以免了。至於其他的，有的是很珍貴的。我們為了讀者的方便，也在校訂時，隨手摘出一些，以供參考。

第五卷　大樹坡義虎送親：從來只道虎傷人，今日方知虎報恩。插圖選自明天啟丁卯葉敬池刊本醒世恒言。

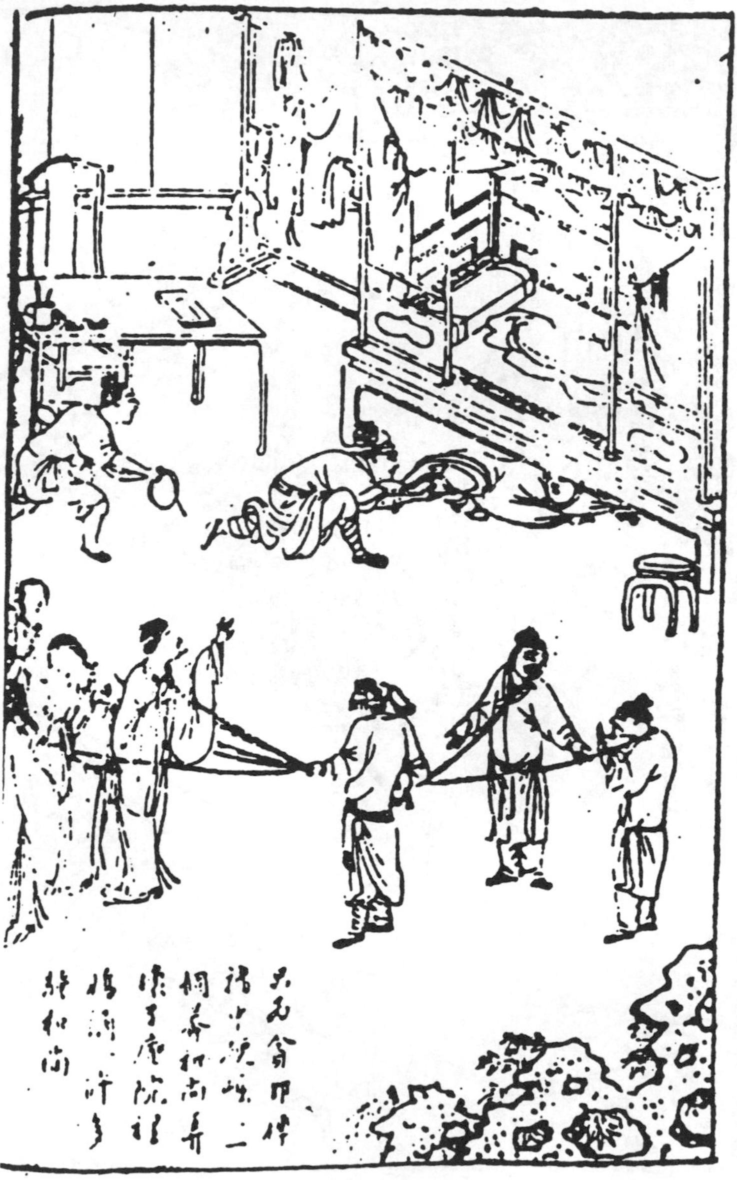

第十五卷　赫大卿遺恨鴛鴦絛：只為貪那褲襠中硬崛崛一個莽和尚，弄壞了庵院裏嬌滴滴許多騷和尚。

第三十一卷　鄭節使立功神臂弓：紅白蜘蛛鬪法。

第三十六卷　蔡瑞虹忍辱報仇：報仇雪恥是男兒，誰道裙釵有執持。
堪笑硜硜真小諒，不成一事枉嗟咨。

目次

上冊

下冊

第一卷　兩縣令競義婚孤女

風水人間不可無，也須陰騭兩相扶。時人不解蒼天意，枉使身心著意圖。

話說近代浙江衢州府，有一人，姓王，名奉，哥哥姓王，名春，弟兄各生一女。王春的女兒名喚瓊英。王奉的叫做瓊真。瓊英許配本郡一個富家潘百萬之子潘華。瓊真許配本郡蕭別駕❶之子蕭雅。都是自小聘定的。瓊英方年十歲，母親先喪，父親繼歿。那王春臨終之時，將女兒瓊英托與其弟，囑付道：「我並無子嗣，只有此女。你把做嫡女看成。待其長成，好好嫁去潘家。你嫂嫂所遺房奩衣飾之類，盡數與之。有潘家原聘財禮，置下莊田，就把與他做脂粉之費。莫負吾言！」囑罷，氣絕。殯葬事畢，王奉將姪女瓊英接回家中，與女兒瓊真作伴。

忽一年，元旦，潘華和蕭雅不約而同到王奉家來拜年。那潘華生得粉臉朱唇，如美女一般，人都稱玉孩童。蕭雅一臉麻子，眼𨉖齒齙，好似飛天夜叉模樣。一美一醜，相形起來，那標致的越覺美玉增輝，那醜陋的越覺泥塗無色。況且潘華衣服炫麗，有心賣富，脫一通換一通。那蕭雅是老實人家，不以穿著為事。常言道：「佛是金裝，人是衣裝。」世人眼孔淺的多，只有皮相，沒有骨相。王家若男若女❷，

---

❶ 別駕：官名。「通判」的別稱。州府長官的副手。

若大若小，那一個不欣羨潘小官人美貌，如潘安❸再出，暗暗地顛唇簸嘴，批點那飛天夜叉之醜。王奉自己也看不過，心上好不快活。不一日，蕭別駕卒於任所。蕭雅奔喪，扶柩而回。他雖是個世家，累代清官，家無餘積。自別駕死後，日漸消索，潘百萬是個暴富，家事日盛。一日，王奉忽起一個不良之心，想道：「蕭家甚窮，女婿又醜。潘家又富，女婿又標致。何不把瓊英、瓊真暗地兌轉，誰人知道。也不教親生女兒在窮漢家受苦。」主意已定，到臨嫁之時，將瓊真充做姪女，嫁與潘家，哥哥所遺衣飾莊田之類，都把他去。卻將瓊英反為己女，嫁與那飛天夜叉為配。自己薄薄備些粧奩嫁送。瓊英但憑叔叔做主，敢怒而不敢言。誰知嫁後，那潘華自恃家富，不習詩書，不務生理，專一闞❹賭為事。父親累訓不從，氣憤而亡。潘華益無顧忌，日逐與無賴小人，酒食遊戲。不上十年，把百萬家資敗得罄❺盡，寸土俱無。丈人屢次周給他，如炭中沃❻雪，全然不濟。結末迫於凍餒，瞞著丈人，要引渾家去投靠人家為奴。王奉聞知此信，將女兒瓊真接回家中養老，不許女婿上門。潘華流落他鄉，不知下落。那蕭雅勤苦攻書，後來一舉成名，直做到尚書地位，瓊英封一品夫人。有詩為證：

目前貧富非為准，久後窮通未可知。顛倒任君瞞昧做，鬼神昭鑒定無私。

❷ 若男若女：或男或女。
❸ 潘安：潘岳，西晉人，字安仁，世稱潘安。美姿傳，能詩文。有悼亡詩，為世傳誦。
❹ 闞：音ㄆㄧㄠˊ。同「嫖」。狎妓。
❺ 罄：音ㄑㄧㄥˋ。同「罊」。盡。
❻ 沃：灌溉。

*　　*　　*

看官，你道為何說這王奉嫁女這一事？只為世人但顧眼前，不思日後；只要損人利己，豈知人有百算，天只有一算。你心下想得滑碌碌❼的一條路，天未必隨你走哩。還是平日行善為高。今日說一段話本，正與王奉相反，喚做兩縣令競義婚孤女。這樁故事，出在梁、唐、晉、漢、周五代之季。其時周太祖郭威在位，改元廣順。雖居正統之尊，未就混一之勢。四方割據稱雄者，還有幾處，共是五國三鎮。那五國？

周郭威　南漢劉晟　北漢劉旻　南唐李昇　蜀孟知祥

那三鎮？

吳越錢鏐　湖南周行逢　荊南高季昌

單說南唐李氏有國轄下江州地方，內中單表江州德化縣一個知縣，姓石，名璧，原是撫州臨川縣人氏，流寓建康。四旬之外，喪了夫人，又無兒子，止有八歲親女月香，和一個養娘❽隨任。那官人為官清正，單喫德化縣中一口水❾。又且聽訟明決，雪冤理滯，果然政簡刑清，民安盜息。退堂之暇，就抱月香坐於膝上，教他識字，又或叫養娘和他下棋、蹴踘❿，百般頑耍。他從旁教導。只為無娘之女，十

---

❼ 滑碌碌：順溜。
❽ 養娘：指婢女、丫頭。
❾ 單喫德化縣中一口水：形容廉潔不貪汙。
❿ 蹴踘：音ㄘㄨˋ ㄐㄩˊ。或作「蹴鞠」。就是踢毬。

分愛惜。一日，養娘和月香在庭中蹴那小小毬兒為戲。養娘一腳踢起，去得勢重了些，那毬擊地而起，連跳幾跳的溜溜滾去，滾入一個地穴裏。那地穴約有二三尺深，原是埋缸貯水的所在。養娘手短，攬他不著，正待跳下穴中去拾取毬兒。石璧道：「且住！」問女兒月香道：「你有甚計較，使毬兒自走出來麼？」月香想了一想，便道：「有計了！」即教養娘去提過一桶水來，傾在穴內。那毬便浮在水面。再傾一桶，穴中水滿，其毬隨水而出。石璧本是要試女孩兒的聰明。見其取水出毬，智意過人，不勝之喜。

閒話休敘。那官人在任不上二年，誰知命裏官星不現，飛禍相侵。忽一夜，倉中失火，急去救時，已燒損官糧千餘石。那時米貴，一石值一貫五百。亂離之際，軍糧最重。南唐法度，凡官府破耗軍糧至三百石者，即行處斬。只為石璧是個清官，又且火災天數，非關本官私弊。上官都替他分解保奏。唐主怒猶未息，將本官削職，要他賠償。估價共該一千五百餘兩。把家私變賣，未盡其半。石璧被本府軟監，追逼不過，鬱成一病，數日而死。遺下女兒和養娘二口，少不得著落牙婆⑪官賣，取價償官。這等苦楚，分明是：

屋漏更遭連夜雨，船遲又遇打頭風。

卻說本縣有個百姓，叫做賈昌，昔年被人誣陷，坐假人命事，問成死罪在獄。虧石知縣到任，審出冤情，將他釋放。賈昌銜保家活命之恩，無從報效。一向在外為商，近日方回。正值石知縣身死。即往撫尸慟哭，備辦衣衾棺木，與他殯殮。合家掛孝，買地營葬。又聞得所欠官糧尚多，欲待替他賠補幾分，

---

⑪ 牙婆：從前以買賣婦女，從中抽取佣金為職業的介紹人。

怕錢糧干係，不敢開端惹禍。見說小姐和養娘都著落牙婆官賣，慌忙帶了銀子，到李牙婆家，問要多少身價。李牙婆取出硃批的官票來看：養娘十六歲，只判得三十兩。月香十歲，到判了五十兩。卻是為何？月香雖然年小，容貌秀美可愛；養娘不過粗使之婢，故此判價不等。賈昌並無吝色，身邊取出銀包，兌足了八十兩紋銀，交付牙婆，又謝他五兩銀子，即時領取二人回家。李牙婆把兩個身價，交納官庫。地方⑫呈明石知縣家財人口變賣都盡。上官只得在別項那移⑬賠補，不在話下。

卻說月香自從父親死後，沒一刻不啼啼哭哭。今日又不認得賈昌是什麼人，買他歸去，必然落於下賤。一路痛哭不已。養娘道：「小姐，你今番到人家去，不比在老爺身邊，只管啼哭，必遭打罵。」月香聽說，愈覺悲傷。誰知賈昌一片仁義之心，領到家中，與老婆相見，對老婆說：「此乃恩人石相公的小姐。那一個就是伏侍小姐的養娘。我當初若沒有恩人，此身死於縲絏⑭。今日見他小姐，如見恩人之面。你可另收拾一間香房，教他兩個住下，好茶好飯供待他，不可怠慢。後來倘有親族來訪，那時送還，也盡我一點報效之心。不然之時，待他長成，就本縣擇個門當戶對的人家，一夫一婦，嫁他出去，恩人墳墓也有個親人看覷。那個養娘依舊得他伏侍小姐，等他兩個作伴，做些女工，不要他在外答應。」月香生成伶俐，見賈昌如此分付老婆，慌忙上前萬福⑮道：「奴家賣身在此，為奴為婢，理之當然。蒙恩

---

⑫ 地方：地保；如後來保甲長一類的人。

⑬ 那移：同「挪移」。挪借移用。

⑭ 縲絏：音ㄌㄟˊ ㄒㄧㄝˋ。綑綁罪犯的黑色繩子。引申為牢獄、刑法的代稱。

⑮ 萬福：舊時，婦女用雙手在衣襟前拂一拂，口中說「萬福」，表示行禮，這種動作就稱為萬福。

人抬舉，此乃再生之恩。乞受奴一拜，收為義女。」說罷，即忙下跪。賈昌那裏肯要他拜，別轉了頭，忙教老婆扶起道：「小人是老相公的子民，這螻蟻之命，都出老相公所賜。就是這位養娘，小人也不敢怠慢，何況小姐！小人怎敢妄自尊大。暫時屈在寒家，只當賓客相待。望小姐勿責怠慢，小人夫妻有幸。」月香再三稱謝。賈昌又分付家中男女，都稱為石小姐。那小姐稱賈昌夫婦，但呼賈公賈婆，不在話下。

原來賈昌的老婆，素性不甚賢慧。只為看上月香生得清秀乖巧，自己無男無女，有心要收他做個螟蛉⑯女兒。初時甚是歡喜，聽說賓客相待，先有三分不耐煩了。卻滅不得石知縣的恩，沒奈何，依著丈夫言語，勉強奉承。後來賈昌在外為商，每得好紬好絹，先儘上好的寄與石小姐做衣服穿。比及回家，先問石小姐安否。老婆心下漸漸不平。又過些時，把馬腳露出來了。但是賈昌在家，朝饔夕餐，也還成個規矩，口中假意奉承幾句。但背了賈昌時，茶不茶，飯不飯，另是一樣光景了。養娘常叫出外邊雜差雜使，不容他一刻空閒。又每日間限定石小姐要做若干女工鍼指還他。倘手遲腳慢，便去捉雞罵狗，口裏好不乾淨哩！正是：

人無千日好，花無百日紅。

養娘受氣不過，稟知小姐。欲待等賈公回家，告訴他一番。月香斷然不肯。說道：「當初他用錢買我，原不指望他抬舉。今日賈婆雖有不到之處，卻與賈公無干。你若說他，把賈公這段美情都沒了。我

⑯ 螟蛉：音ㄇㄧㄥˊ ㄌㄧㄥˊ。桑蠶。蜾蠃蜂捕捉螟蛉餵牠的幼蟲，古人誤解，以為牠養螟蛉為子，所以稱義子為「螟蛉」。

與你命薄之人，只索忍耐為上。」忽一日，賈公做客回家，正撞著養娘在外汲水，面龐比前甚是黑瘦了。賈公道：「養娘，我只教你伏侍小姐，誰要你汲水？且放著水桶，另叫人來擔罷。」養娘放了水桶，動了個感傷之念，不覺滴下幾點淚來。賈公要盤問時，他把手拭淚，忙忙的奔進去了。賈公心中甚疑。見了老婆，問道：「石小姐和養娘沒有甚事麼？」老婆回言：「沒有。」初歸之際，事體多頭，也就擱過一邊。又過了幾日，賈公偶然到近處人家走動，回來不見老婆在房，自往廚下去尋他說話。正撞見養娘從廚下來，也沒有托盤，右手拿一大碗飯，左手一隻空碗，碗上頂一碟醃菜葉兒。賈公有心，閃在隱處看時，養娘走進石小姐房中去了。賈公不省得這飯是誰喫的，一些葷腥也沒有。那時，不往廚下，竟悄悄的走在石小姐房前，向門縫裏張時，只見石小姐將這碟醃菜葉兒過飯。心中大怒，便與老婆鬧將起來。老婆道：「葷腥儘有，我又不是不捨得與他喫。那丫頭自不來擔，難道要老娘送進房去不成？」賈公道：「我原說過來，石家的養娘，只教他在房中與小姐作伴。我家廚下走使的又不少，誰要他出房擔飯！前日那養娘噙著兩眼淚在外街汲水，我已疑心，是必家中把他難為⓱了。只為匆忙，不曾細問得。原來你恁地無恩無義！連石小姐都怠慢。見放著許多葷菜，卻教他喫白飯，是甚道理？我在家尚然如此，我出外時，可知連飯也沒得與他們喫飽。我這番回來，見他們著實黑瘦了。」老婆道：「別人家丫頭，那要你恁般疼他。養得白白壯壯，你可收用他做小老婆麼？」賈公道：「放屁！說的是什麼話！你這樣不通理的人，我不與你講嘴。自明日為始，我教當直的每日另買一分肉菜供給他兩口，不要在家火中算帳，省得奪了你的口食，你又不歡喜。」老婆自家覺得有些不是，口裏也含含糊糊的哼了幾句，便不言語了。

⓱ 難為：糟蹋。

從此賈公分付當直的，每日肉菜分做兩分。卻叫廚下丫頭們，各自安排送飯。這幾時，好不齊整。正是：

人情若比初相識，到底終無怨恨心。

賈昌因牽掛石小姐，有一年多不出外經營。老婆卻也做意修好，相忘於無言。月香在賈公家，一住五年，看看長成。賈昌意思要密訪個好主兒，嫁他出去了，方纔放心，自家好出門做生理。這也是賈公的心事，背地裏自去勾當。曉得老婆不賢，又與他商量怎的。若是湊巧時，賠些粧奩嫁出去了，可不乾淨，何期姻緣不偶。內中也有緣故：但是出身低微的，賈公又怕辱莫⑱了石知縣，不肯俯就；但是略有些名目的，那個肯要百姓人家的養娘為婦；所以好事難成。賈公見姻事不就，老婆又和順了，家中供給又立了常規，捨不得擔擱生意，只得又出外為商。未行數日之前，預先叮嚀老婆有十來次，只教好生看待石小姐和養娘兩口。又請石小姐出來，再三撫慰，連養娘都用許多好言安放。又分付老婆道：「他骨氣也比你重幾百分哩。你切莫慢他。若是不依我言語，我回家時，就不與你認夫妻了。」又喚當直的和廚下丫頭，都分付遍了，方纔出門。

臨岐費盡叮嚀語，只為當初受德深。

卻說賈昌的老婆，一向被老公在家作興⑲石小姐和養娘，心下好生不樂。沒奈何，只得由他。受了

⑱ 辱莫：辱沒。

⑲ 作興：縱容；嬌慣。

一肚子的腌臢昏悶之氣。一等老公出門，三日之後，就使起家主母的勢來。尋個茶遲飯晏小小不是的題目，先將廚下丫頭試法，連打幾個巴掌，罵道：「賤人，你是我手內用錢討的，如何恁地托大⑳！你恃了那個小主母的勢頭，卻不用心伏侍我？家長在家日，縱容了你。如今他出去了，少不得要還老娘的規矩。除卻老娘外，那個該伏侍的？要飯喫時，等他自擔，不要你們獻勤，卻擔誤老娘的差使！」罵了一回，就乘著熱鬧中，喚過當直的分付，將賈公派下另一分肉菜錢，乾折進來，不要買了。當直的不敢不依。且喜月香能甘淡薄，全不介意。又過了些時，忽一日，養娘擔洗臉水，遲了些，水已涼了。養娘不合哼了一句。那婆娘聽得了，特地叫來發作㉑道：「這水不是你擔的。別人燒著湯，你便胡亂用些罷。當初在牙婆家，那個燒湯與你洗臉？」養娘耐嘴不住，便回了幾句言語道：「誰要他們擔水燒湯！我又不是不曾擔水過的，兩隻手也會燒火。下次我自擔水自燒，不費廚下姐姐們力氣便了。」那婆娘提醒了他當初曾擔水過這句話，便罵道：「小賤人！你當先擔得幾桶水，便在外邊做身做分，哭與家長知道，連累老娘受了百般嘔氣。今日老娘要討個帳兒。你既說會擔水，會燒火，把兩件事都交在你身上。每日常用的水，都要你擔，不許缺乏。是火，都是你燒。若是難為了柴，老娘卻要計較。且等你知心知意的家長回家時，你再啼啼哭哭告訴他便了。也不怕他趕了老娘出去。」月香在房中，聽得賈婆發作自家的丫頭，慌忙移步上前，萬福謝罪，招稱許多不是，叫賈婆莫怪。養娘道：「果是婢子不是了！只求看小姐面上，不要計較。」那老婆愈加忿怒，便道：「什麼小姐，小姐！是小姐，不到我家來了。我是個百

⑳ 托大：自高自大。
㉑ 發作：發脾氣；申斥。

姓人家，不曉得小姐是什麼品級，你動不動把來壓老娘。老娘骨氣雖輕，不受人壓量的。今日要說個明白。就是小姐，也說不得費了大錢討的。少不得老娘是個主母。賈婆也不是你叫的。」月香聽得話不投機，含著眼淚，自進房去了。那婆娘分付廚中，不許叫「石小姐」，只叫他「月香」名字。又分付養娘，只在廚下專管擔水燒火，不許進月香房中。月香若要飯喫時，得他自到廚房來取。其夜，又叫丫頭搬了養娘的被窩到自己房中去。月香坐個更深，不見養娘進來，只得自己閉門而睡。又過幾日，那婆娘喚月香出房，卻教丫頭把他的房門鎖了。月香沒了房，只得在外面盤旋。夜間就同養娘一鋪睡。睡起時，就叫他拿東拿西，役使他起來。在他矮簷下，怎敢不低頭。月香無可奈何，只得伏低伏小。那婆娘見月香隨順了，心中暗喜，驀地開了他房門的鎖，把他房中搬得一空。凡丈夫一向寄來的好紬好緞，曾做不曾做得，都遷入自己箱籠，被窩也收起了不還他。月香暗暗叫苦，不敢則聲㉒。

忽一日，賈公書信回來，又寄許多東西與石小姐。書中囑付老婆：「好生看待，不久我便回來。」那婆娘把東西收起，思想道：「我把石家兩個丫頭作賤勾了。丈夫回來，必然廝鬧。難道我懼怕老公，重新奉承他起來不成？那老亡八把這兩個瘦馬㉓養著，不知作何結束！他臨行之時，說道：『若不依他言語，就不與我做夫妻了。』一定他起了什麼不良之心，那月香好副嘴臉，年已長成。倘或有意留他，也不見得。那時我爭風喫醋便遲了，人無遠慮，必有近憂。一不做，二不休，索性把他兩個賣去他方，老亡八回來也只一怪。拚得廝鬧一場罷了，難道又去贖他回來不成？好計，好計！」正是：

㉒ 則聲：作聲。

㉓ 瘦馬：指被買來當養女，教她唱歌，長大了賣給人家當姨太太的女子。

眼孔淺時無大量，心田偏處有奸謀。

當下那婆娘分付當直的：「與我喚那張牙婆到來，我有話說。」不一時，當直的將張婆引到。賈婆教月香和養娘都相見了，卻發付他開去。對張婆說道：「我家六年前，討下這兩個丫頭。如今大的忒大了，小的又嬌嬌的，做不得生活，都要賣他出去。你與我快尋個主兒。」原來當先官賣之事，是李牙婆經手。此時李婆已死，官私做媒，又推張婆出尖㉔了。張婆道：「那年紀小的，正有個好主兒在此，只怕大娘不肯。」賈婆道：「有甚不肯？」張婆道：「就是本縣大尹㉕老爺，複姓鍾離，名義，壽春人氏，親生一位小姐，許配德安縣高大尹的長公子，在任上行聘的。不日就要來娶親了。本縣嫁裝都已備得十全，只是缺少一個隨嫁的養娘。昨日大尹老爺喚老媳婦當官分付過了。老媳婦正沒處尋。宅上這位小娘子正中其選。只是異鄉之人，怕大娘不捨得與他。」賈婆想道：「我正要尋個遠方的主顧，來得正好！況且知縣相公要了人去，丈夫回來，料也不敢則聲。」便道：「做官府家的陪嫁，勝似在我家十倍，我有什麼不捨得。只是不要虧了我的原價便好。」張婆道：「原價許多？」賈婆道：「十來歲時，就是五十兩討的。如今飯錢又丟一主在身上了。」張婆道：「喫的飯是算不得帳。這五十兩銀子在老媳婦身上。」賈婆道：「那一個老丫頭也替我覓個人家便好。他兩個是一夥兒來的。去了一個，那一個也養不住了。況且年紀一二十之外，又是要老公的時候，留他甚麼！」張婆道：「那個要多少身價？」賈婆道：「原

㉔ 出尖：出人之上；為首。

㉕ 大尹：縣令的別稱。

是三十兩銀子討的。」牙婆道：「粗貨兒，值不得這許多。若是減得一半，老媳婦到有個外甥在身邊，三十歲了，老媳婦原許下與他娶一房妻小的。因手頭不寬展，捱下去。這到是雌雄一對兒。」賈婆道：「既是你的外甥，便讓你五兩銀子。」張婆道：「連這小娘子的媒禮在內，讓我十兩罷。」賈婆道：「也不為大事。你且說合起來。」張婆道：「老媳婦如今先去回復知縣相公。若講得成時，一手交錢，一手就要交貨的。」賈婆道：「你今晚還來不？」張婆道：「今晚還要與外甥商量，來不及了。明日早來回話。多分㉖兩個都要成的。」說罷，別去，不在話下。

卻說大尹鍾離義到任有一年零三個月了。前任馬公，是頂那石大尹的缺。馬公陞任去後，鍾離義又是頂馬公的缺。鍾離大尹與德安高大尹原是個同鄉。高大尹生下二子，長曰高登，年十八歲；次曰高升，年十六歲。這高登便是鍾離公的女壻。原來鍾離公未曾有子，止生此女，小字瑞枝，年方一十七歲，選定本年十月望日出嫁。此時九月下旬，吉期將近。鍾離公分付張婆，急切要尋個陪嫁。張婆得了賈家這頭門路，就去回復大尹。大尹道：「若是人物好時，就是五十兩也不多。明日庫上來領價，晚上就要過門的。」張婆道：「領相公鈞旨。」當晚回家，與外甥趙二商議，有這相應的親事，要與他完婚。趙二先歡喜了一夜。次早，趙二便去整理衣褶，準備做新郎。張婆到家中，先湊足了二十兩身價，隨即到縣取知縣相公鈞帖，到庫上兌了五十兩銀子，來到賈家，把這兩項銀子交付與賈婆，分疏㉗得明明白白。賈婆都收下了。少頃，縣中差兩名皂隸㉘，兩個轎夫，擡著一頂小轎，到賈家門首停下。賈家初時都不

㉖ 多分：多半。
㉗ 分疏：一樣一樣講清楚。

通月香曉得。臨期竟打發他上轎。月香正不知教他那裏去，和養娘兩個，叫天叫地，放聲大哭。賈婆不管三七二十一，和張婆兩個，你一推，我一攛㉙，攛他出了大門。張婆方纔說明：「小娘子不要啼哭了！你家主母將你賣與本縣知縣相公處做小姐的陪嫁。此去好不富貴！官府衙門不是耍處，事到其間，哭也無益。」月香只得收淚，上轎而去。轎夫擡進後堂。月香見了鍾離義，還只萬福。張婆在傍道：「這就是老爺了，須下個大禮！」月香只得磕頭。立起身來，不覺淚珠滿面。張婆教他拭乾了淚眼，引入私衙，見了夫人和瑞枝小姐。問其小名，對以「月香」。夫人道：「好個『月香』二字！不必更改，就發他伏侍小姐。」鍾離公厚賞張婆，不在話下。

可憐宦室嬌香女，權作閨中使令人。

張婆出衙，已是酉牌時分。再到賈家，只見那養娘正思想小姐，在廚下痛哭。賈婆對他說道：「我今把你嫁與張嫣嫣的外甥，一夫一婦，比月香到勝幾分。莫要悲傷了！」張婆也勸慰了一番。趙二在混堂㉚內洗了個淨浴，打扮得帽兒光光，衣衫簇簇，自家提了一碗燈籠㉛前來接親。張婆就教養娘拜別了

㉘ 皂隸：在官府裏聽差遣的人。
㉙ 攛：推。
㉚ 混堂：澡堂。
㉛ 一碗燈籠：古時用盞或碗盛油，加上燈捻，就可點燃，外面再加燈罩，可以提著，所以一隻燈籠叫做「一碗燈籠」。

賈婆。那養娘原是個大腳，張婆扶著步行到家，與外甥成親。

話休絮煩。再說月香小姐自那日進了鍾離相公衙內，次日，夫人分付新來婢子，將中堂打掃。月香領命，攜箒而去。鍾離義梳洗已畢，打點早衙理事，步出中堂，只見新來婢子呆呆的把著一把掃箒，立於庭中。鍾離公暗暗稱怪。悄地上前看時，原來庭中有一個土穴，月香對了那穴，汪汪流淚。鍾離公不解其故。走入中堂，喚月香上來，問其緣故。月香愈加哀泣，口稱不敢。鍾離公再三詰問。月香方纔收淚而言道：「賤妾幼時，父親曾於此地教妾蹴毬為戲，誤落毬於此穴。父親問妾道：『你可有計較，使毬自出於穴，不須拾取？』賤妾答云：『有計。』即遣養娘取水灌之。水滿毬浮，自出穴外。父親謂妾聰明，不勝之喜。今雖年久，尚然記憶。覩物傷情，不覺哀泣。願相公俯賜矜憐，勿加罪責！」鍾離公大驚道：「汝父姓甚名誰？你幼時如何得到此地？須細細說與我知。」月香道：「妾父姓石名璧，六年前在此作縣。只為天火燒倉，朝廷將父革職，勒令賠償。父親病鬱而死。有司將妾和養娘官賣到本縣賈公家。賈公向被冤繫，蒙我父活命之恩，故將賤妾甚相看待，撫養至今。因賈公出外為商，其妻不能相容，將妾轉賣於此。只此實情，並無欺隱。」

今朝訴出衷腸事，鐵石人知也淚垂。

鍾離公聽罷，正是兔死狐悲，惡傷其類：「我與石璧一般是個縣尹。他只為遭時不幸，遇了天災，親生女兒就淪於下賤。我若不聞不見，到也罷了；天教他到我衙裏。我若不扶持他，同官體面何存！石公在九泉之下，以我為何如人！」當下請夫人上堂，就把月香的來歷細細敘明。夫人道：「似這等說，他也是個縣令之女，豈可賤婢相看。目今女孩兒嫁期又逼，相公何以處之？」鍾離公道：「今後不要月香服役，可與女孩兒姊妹相稱。下官自有處置。」即時修書一封，差人送到親家高大尹處。高大尹拆書觀看，原來是求寬嫁娶之期。書上寫道：

婚男嫁女，雖父母之心；舍己成人，乃高明之事。近因小女出閣，預置媵婢㉜月香。見其顏色端麗，舉止安詳，心竊異之。細訪來歷，乃知即兩任前石縣令之女。石公廉吏，因倉火失官喪軀，女亦官賣，轉展售於寒家。同官之女，猶吾女也。此女年已及笄，不惟不可屈為媵婢，且不可使吾女先此女而嫁。僕今急為此女擇壻。將以小女薄奩嫁之。令郎姻期，少待改卜。特此拜懇，伏惟情諒。鍾離義頓首。

高大尹看了道：「原來如此！此長者之事，吾奈何使鍾離公獨擅其美！」即時回書云：

鸞鳳之配，雖有佳期；狐兔之悲，豈無同志。在親翁既以同官之女為女，在不佞寧不以親翁之心為心？三復示言，令人悲惻。此女廉吏血胤，無慚閥閱㉝。願親家即賜為兒婦，以踐始期。令愛別選高門，庶幾兩便。昔蘧伯玉恥獨為君子，僕今者願分親翁之誼。高原頓首。

使者將回書呈與鍾離公看了。鍾離公道：「高親家願娶孤女，雖然義舉。但吾女他兒，久已聘定，

㉜ 媵婢：陪嫁的丫頭。

㉝ 閥閱：指巨室名門。

豈可更改。還是從容待我嫁了石家小姐，然後另備粧奩，以完吾女之事。」當下又寫書一封，差人再達高親家。高公開書讀道：

> 娶無依之女，雖屬高情；更已定之婚，終乖正道。小女與令郎，久諧鳳卜，准擬鸞鳴。在令郎停妻而娶妻，已違古禮；使小女舍壻而求壻，難免人非。請君三思，必從前議。義惶恐再拜。

高公讀畢，嘆道：「我一時思之不熟。今聞鍾離公之言，慚愧無地。我如今有個兩盡之道，使鍾離公得行其志，而吾亦同享其名，萬世而下，以為美談。」即時復書云：

> 以女易女，僕之慕誼雖殷；停妻娶妻，君之引禮甚正。僕之次男高升，年方十七，尚未締姻。令愛歸我長兒，石女屬我次子。佳兒佳婦，兩對良姻。一死一生，千秋高誼。粧奩不須求備，時日且喜和同。伏冀俯從，不須改卜。原惶恐再拜。

鍾離公得書，大喜道：「如此處分，方為雙美。高公義氣，真不愧古人。吾當拜其下風矣。」當下即與夫人說知，將一副粧奩，剖為兩分，衣服首飾，稍稍增添。二女一般，並無厚薄。到十月望前兩日，高公安排兩乘花花細轎，笙簫鼓吹，迎接兩位新人。鍾離公先發了嫁裝去後，隨喚出瑞枝、月香兩個女兒，教夫人分付他為婦之道。二女拜別而行。月香感念鍾離公夫婦恩德，十分難捨，號哭上轎。一路趲行[34]，自不必說。到了縣中，恰好湊著吉日良時，兩對小夫妻，如花如錦，拜堂合巹[35]。高公夫婦歡喜

---

[34] 趲行：急走。

無限！正是：

百年好事從今定，一對姻緣天上來。

再說鍾離公嫁女三日之後，夜間忽得一夢，夢見一位官人，幞頭象簡㊱，立於面前，說道：「吾乃月香之父石壁是也。生前為此縣大尹，因倉糧失火，賠償無措，鬱鬱而亡。上帝察其清廉，憫其無罪，勑封吾為本縣城隍之神。月香，吾之愛女，蒙君高誼，拔之泥中，成其美眷，此乃陰德之事。吾已奏聞上帝。君命中本無子嗣，上帝以公行善，賜公一子，昌大其門。君當致身高位，安享遐齡㊲。鄰縣高公，與君同心，願娶孤女，上帝嘉悅，亦賜二子高官厚祿，以酬其德。君當傳與世人，廣行方便，切不可凌弱暴寡，利己損人。天道昭昭，纖毫洞察。」說罷，再拜。鍾離公答拜起身，忽然踏了衣服前幅，跌上一交，猛然驚醒，乃是一夢。即時說與夫人知道。夫人亦嗟呀不已。待等天明，鍾離公打轎到城隍廟中焚香作禮，捐出俸資百兩，命道士重新廟宇，將此事勒碑，廣諭眾人。又將此夢備細，寫書報與高公知道。高公把書與兩個兒子看了，各各驚訝。鍾離夫人年過四十，忽然得孕生子，取名天賜。後來鍾離義歸宋，仕至龍圖閣大學士，壽享九旬。子天賜，為大宋狀元。高登、高升俱仕宋朝，官至卿宰，此是後話。

㉟ 合巹：古禮，新婚夫婦共牢而食，合巹而飲，以後遂用來指婚禮。巹，音ㄐㄧㄣˇ。

㊱ 幞頭象簡：幞頭，官員所戴的冠幘。象簡，用象牙做成的，臣子上朝時所拿的手板。

㊲ 遐齡：高壽。

且說賈昌在客中，不久回來，不見了月香小姐和那養娘。詢知其故，與婆娘大鬧幾場。後來知得鍾離相公將月香為女，一同小姐嫁與高門。賈昌無處用情，把銀二十兩，要贖養娘送還石小姐。那趙二恩愛夫妻，不忍分拆，情願做一對投靠。張婆也禁他不住。賈昌領了趙二夫妻，直到德安縣，稟知大尹高公。高公問了備細，進衙又問媳婦月香，所言相同。遂將趙二夫妻收留，以金帛厚酬賈昌。賈昌不受而歸。從此賈昌惱恨老婆無義，立誓不與他相處。另招一婢，生下兩男。此亦作善之報也。後人有詩歎云：

人家要娶擇高門，誰肯周全孤女婚？試看兩公陰德報，皇天不負好心人。

第二卷　三孝廉讓產立高名

紫荊枝下還家日，花萼樓中合被時。同氣從來兄與弟，千秋羞詠豆萁詩。

這首詩，為勸人兄弟和順而作，用著三個故事，看官聽在下一一分剖。第一句說：「紫荊枝下還家日。」昔時有田氏兄弟三人，從小同居合爨。長的娶妻，叫田大嫂，次的娶妻，叫田二嫂。妯娌和睦，並無閒言。惟第三的年小，隨著哥嫂過日。後來長大娶妻，叫田三嫂。那田三嫂為人不賢，恃著自己有些粧奩，看見夫家一鍋裏煮飯，一桌上吃食，不用私錢，不動私秤，便私房要喫些東西，也不方便。日夜在丈夫面前攛掇❶：「公堂錢庫田產，都是伯伯們掌管，一出一入，你全不知道。他是亮裏，你是暗裏。用一說十，用十說百，那裏曉得！目今雖說同居，到底有個散場。若還家道消乏下來，只苦得你年幼的。依我說，不如早早分析，將財產三分撥開，各人自去營運，不好麼？」田三一時被妻言所惑，認為有理，央親戚對哥哥說，要分析而居。田大、田二初時不肯，被田三夫婦內外連連催逼，只得依允，將所有房產錢穀之類，三分撥開，分毫不多，分毫不少。只有庭前一棵大紫荊樹，積祖❷傳下，極其茂

❶ 攛掇：音ㄘㄨㄢ　ㄉㄨㄛˊ。慫恿。
❷ 積祖：好多代。

盛，既要析居，這樹歸著那一個？可惜正在開花之際，也說不得了。田大至公無私，議將此樹砍倒，將粗本分為三截，每人各得一截，其餘零枝碎葉，論秤分開。商議已妥，只待來日動手。次日天明，田大喚了兩個兄弟，同去砍樹。到得樹邊看時，枝枯葉萎，全無生氣。田大把手一推，其樹應手而倒，根芽俱露。田大住手，向樹大哭。兩個兄弟道：「此樹值得甚麼！兄長何必如此痛惜！」田大道：「吾非哭此樹也。思我兄弟三人，產於一姓，同爺合母，比這樹枝枝葉葉，連根而生，分開不得，根生本，本生枝，枝生葉，所以榮盛。昨日議將此樹分為三截，那樹不忍活活分離，一夜自家枯死。我兄弟三人若分離了，亦如此樹枯死，豈有榮盛之日，吾所以悲哀耳。」田二、田三聞哥哥所言，至情感動：「可以人而不如樹乎？」遂相抱做一堆，痛哭不已。大家不忍分析，情願依舊同居合爨。三房妻子，聽得堂前哭聲，出來看時，方知其故。大嫂二嫂，各各歡喜。惟三嫂不願，口出怨言。田三要將妻逐出。兩個哥哥再三勸住。三嫂羞慚，還房自縊而死。此乃自作孽不可活。這話閣過不題。再說田大可惜那棵紫荊樹，再來看時，其樹無人整理，自然端正，枝枯再活，花萎重新，比前更加爛熳。田大喚兩個兄弟來看了，各人嗟訝不已。自此田氏累世同居。有詩為證：

紫荊花下說三田，人合人離花亦然。同氣連枝原不解，家中莫聽婦人言。

第二句說：「花萼樓中合被時。」那花萼樓在陝西長安城中，大唐玄宗皇帝所建。玄宗皇帝就是唐明皇。他原是唐家宗室，因為韋氏亂政，武三思專權，明皇起兵誅之，遂即帝位。有五個兄弟，皆封王爵，時號「五王」。明皇友愛甚篤，起一座大樓，取詩經棠棣之義❸，名曰花萼。時時召五王登樓歡宴。

又製成大幔，名為「五王帳」。帳中長枕大被，明皇和五王時常同寢其中。有詩為證：

羯鼓頻敲玉笛催，朱樓宴罷夕陽微。宮人秉燭通宵坐，不信君王夜不歸。

第四句說：「千秋羞詠豆萁詩。」後漢魏王曹操長子曹丕，篡漢稱帝。有弟曹植，字子建，聰明絕世。操生時最所寵愛，幾遍欲立為嗣而不果。曹丕銜其舊恨，欲尋事而殺之。一日，召子建問曰：「先帝每誇汝詩才敏捷，朕未曾面試。今限汝七步之內，成詩一首。如若不成，當坐❹汝欺誑之罪。」子建未及七步，其詩已成。中寓規諷之意。詩曰：

煮豆燃豆萁，豆在釜中泣。本是同根生，相煎何太急。

曹丕見詩感泣，遂釋前恨。後人有詩為證：

從來寵貴起猜疑，七步詩成亦可危，堪歎釜萁仇未已，六朝骨肉盡誅夷。

* * *

---

❸ 詩經棠棣之義：詩經，我國最古的一部詩歌總集。棠棣是其中一篇，今本毛詩又作常棣。裏面有這樣的句子：「常棣之華（花），鄂不韡韡，凡今之人，莫如兄弟。」這是用花和花蒂的相互依附生輝，比喻兄弟的相互友愛。

❹ 坐：因某事而犯了罪，科以罪名的意思。

說話的，為何今日講這兩三個故事？只為自家要說那三孝廉讓產立高名。這段話文不比曹丕忌刻，也沒子建風流，勝如紫荊花下三田，花萼樓中諸李，隨你不和順的弟兄，聽著在下講這節故事，都要學好起來。正是：

要知天下事，須讀古人書。

這故事出在東漢光武年間。那時天下乂安❺，萬民樂業，朝有梧鳳之鳴，野無谷駒之歎❻。原來漢朝取士之法，不比今時。他不以科目取士，惟憑州郡選舉。雖則有博學宏詞、賢良方正等科，惟以孝廉為重。孝者，孝弟；廉者，廉潔。孝則忠君，廉則愛民。但是舉了孝廉，便得出身做官。若依了今日的事勢，州縣考個童生，還有幾十封薦書。若是舉孝廉時，不知多少分上鑽刺❼，依舊是富貴子弟鑽去了。孤寒的便有曾參之孝，伯夷之廉❽，休想揚名顯姓。只是漢時法度甚妙：但是舉過某人孝廉，其人若果然有才有德，不拘資格，驟然升擢，連舉主俱紀錄受賞；若所舉不得其人，後日或貪財壞法，輕則罪黜，

❺ 乂安：太平無事。乂，音一ˋ。

❻ 朝有梧鳳之鳴二句：表示天下太平，野無遺賢。梧鳳，詩經卷阿篇：「鳳凰鳴矣，于彼高岡，梧桐生矣，于彼朝陽。」古人認為太平時鳳凰就出現。谷駒，詩經白駒篇：「皎皎白駒，在彼空谷。」是說很好的一匹馬，卻放在山谷裏不用。

❼ 鑽刺：鑽營、請託、說人情的帖子信件。鑽，營。刺，名帖。

❽ 曾參之孝二句：曾參，春秋時人，孔子弟子，以孝順父母著稱。伯夷，商代孤竹君的兒子，和他的弟弟叔齊互相推讓，不肯做國君，後來兩人都餓死在首陽山。

重則抄沒，連舉主一同受罪。那薦人的，與所薦之人，休戚相關，不敢胡亂。所以公道大明，朝班清肅。不在話下。

且說會稽郡陽羨縣，有一人姓許名武，字長文，十五歲上，父母雙亡。雖然遺下些田產童僕，奈門戶單微，無人幫助。更兼有兩個兄弟，一名許晏，年方九歲，一名許普，年方七歲，都則幼小無知，終日趕著哥哥啼哭。那許武日則躬率童僕，耕田種圃，夜則挑燈讀書。但是耕種時，二弟雖未勝耰鋤，必使從旁觀看。但是讀書時，把兩個小兄弟，坐於案旁，將句讀親口傳授，細細講解，教以禮讓之節，成人之道。稍不率教，輒跪於家廟之前，痛自督責，說自己德行不足，不能化誨，願父母有靈，啟牖❾二弟，涕泣不已。直待兄弟號泣請罪，方纔起身。並不以疾言倨色❿相加也。室中只用鋪陳一副，兄弟三人同睡。如此數年，二弟俱已長成，家事亦漸豐盛。有人勸許武娶妻。許武答道：「若娶妻，便當與二弟別居。篤夫婦之愛，而忘手足之情，吾不忍也。」繇是晝則同耕，夜則同讀，食必同器，宿必同床。鄉里傳出個大名，都稱為「孝弟許武」。又傳出幾句口號，道是：

陽羨許季長，耕讀晝夜忙。教誨二弟俱成行，不是長兄是父娘。

時州牧郡守，俱聞其名，文章薦舉，朝廷徵為議郎。下詔會稽郡。太守奉旨，檄⓫下縣令，刻日勸

---

❾ 啟牖：啟發；開導。牖，音一ㄡˇ。

❿ 倨色：傲慢的態度。

⓫ 檄：徵召曉諭的文書。

駕。許武迫於君命，料難推阻，分付兩個兄弟：「在家躬耕力學，一如我在家之時，不可懈惰廢業，有負先人遺訓。」又囑付奴僕：「俱要小心安分，聽兩個家主役使，早起夜眠，共扶家業。」囑付已畢，收拾行裝。不用官府車輛，自己僱了腳力登車。只帶一個童兒，望長安進發。不一日，到京朝見受職。長安城中，聞得孝弟許武之名，爭來拜訪識荊⑫。此時望重朝班，名聞四野。朝中大臣探聽得許武尚未婚娶，多欲以女妻之者。許武心下想道：「我兄弟三人，年皆強壯，皆未有妻。我若先娶，殊非為兄之道。況我家世耕讀，僥倖備員朝署，便與縉紳大家為婚，那女子自恃家門，未免驕貴之氣。不惟壞了我儒素門風，異日我兩個兄弟娶了貧賤人家子女，妯娌之間，怎生相處！從來兄弟不睦，多因婦人而起，我不可不防其漸也。」腹中雖如此躊論，卻是說不出的話。只得權辭⑬以對，說家中已定下糟糠⑭之婦，不敢停妻再娶，恐被宋弘所笑。眾人聞之，愈加敬重。況許武精於經術，朝廷有大政事，公卿不能決，往往來請教他。他引古證今，議論悉中窾要⑮。但是許武所議，眾人皆以為確不可易。公卿倚之為重。不數年間，累遷至御史大夫⑯之職。忽一日，思想二弟在家，力學多年，不見州郡薦舉，誠恐怠荒失業，意欲還家省視。遂上疏，其略云：

⑫ 識荊：唐代李白與韓荊州書：「生不願封萬戶侯，但願一識韓荊州。」後來當作初次見面認識的敬辭。
⑬ 權辭：臨機應變而推託的話。
⑭ 糟糠：指貧賤時共過患難的妻子。
⑮ 中窾要：抓住要害。
⑯ 御史大夫：在漢代是上卿的地位，僅次於丞相，管糾察百官的事。

臣以菲才，遭逢聖代，致位通顯，未謀報稱，敢圖暇逸？但古人云：「人生百行，孝弟為先。」「不孝有三，無後為大。」先父母早背，域兆⓱未修。臣弟二人，學業未立。臣三十未娶。五倫之中，乃缺其三。願賜臣假，暫歸鄉里。倘念臣犬馬之力，尚可鞭笞，奔馳有日。

天子覽奏，准給假暫歸，命乘傳衣錦還鄉，復賜黃金二十斤為婚禮之費。許武謝恩辭朝，百官俱於郊外送行。正是：

報道錦衣歸故里，爭誇白屋出公卿。

許武既歸，省視先塋已畢，便乃納還官誥⓲，只推有病，不願為官。過了些時，從容召二弟至前，詢其學業之進退。許晏、許普應答如流，理明詞暢。許武心中大喜。再稽查田宅之數，比前恢廓數倍，皆二弟勤儉之所積也。武於是遍訪里中良家女子，先與兩個兄弟定親，自己方纔娶妻，續又與二弟婚配。約莫數月，忽然對二弟說道：「吾聞兄弟有析居之義。今吾與汝，皆已娶婦，田產不薄，理宜各立門戶。」二弟唯唯惟命。乃擇日治酒，遍召里中父老。三爵已過，乃告以析居之事。因悉召僮僕至前，將所有家財，一一分剖。首取廣宅自予，說道：「吾位為貴臣，門宜棨戟⓳，體面不可不肅。汝輩力田耕作，得

⓱ 域兆：墓地。
⓲ 官誥：古時朝廷對贈職官的詔令。
⓳ 棨戟：本是武器，後作為一種儀仗。為古代大官員的隨從、衛隊和守門的人所拿的東西。

竹廬茅舍足矣。」又閱田地之籍，凡良田悉歸之己，將磽薄者量給二弟，說道：「我賓客眾盛，交游日廣，非此不足以供吾用。汝輩數口之家，但能力作，只此可無凍餒。吾不欲汝多財以損德也。」又悉取奴僕之壯健伶俐者，說道：「吾出入跟隨，非此不足以給使令。汝輩合力耕作，正須此愚蠢者作伴，老弱饋食足矣，不須多人費汝衣食也。」眾父老一向知許武是個孝弟之人，這番分財，定然辭多就少。不想他般般件件，自占便宜。兩個小兄弟所得，不及他十分之五，全無謙讓之心，大有欺凌之意。眾人心中甚是不平。有幾個剛直老人氣忿不過，竟自去了。有個心直口快的，便想要開口，說公道話，與兩個小兄弟做喬主張[20]。其中又有個老成的，背地裏捏手捏腳，教他莫說。以此罷了。那教他莫說的，也有些見識。他道：「富貴的人，與貧賤的人，不是一般肚腸。許武已做了顯官，比不得當初了。常言道：疏不間親。你我終是外人，怎管得他家事。就是好言相勸，料未必聽從，枉費了唇舌，到挑撥他兄弟不和。倘或做兄弟的肯讓哥哥，十分之美，你我又嘔這閒氣則甚！若做兄弟的心上不甘，必然爭論。等他爭論時節，我們替他做個主張，卻不是好！」正是：

事非干己休多管，話不投機莫強言。

原來許晏、許普，自從蒙哥哥教誨，知書達禮，全以孝弟為重。見哥哥如此分析，以為理之當然，絕無幾微不平的意思。許武分撥已定，眾人皆散。許武居中住了正房，其左右小房，許晏、許普各住一邊。每日率領家奴下田耕種，暇則讀書，時時將疑義叩問哥哥，以此為常。妯娌之間，也與他兄弟三人

[20] 做喬主張：胡亂作主張。喬，假。

一般和順。從此里中父老，人人薄許武之所為，都可憐他兩個兄弟。私下議論道：「許武是個假孝廉，許晏、許普纔是個真孝廉。他思念父母面上，一體同氣，聽其教誨，唯唯諾諾，並不違拗，豈不是孝；他又重義輕財，任分多分少，全不爭論，豈不是廉。」起初，里中傳個好名，叫做「孝弟許武」，如今抹落了武字，改做「孝弟許家」。把許晏、許普弄出一個大名來。那漢朝清議極重，又傳出幾句口號，道是：

假孝廉，做官員；真孝廉，出口錢㉑。假孝廉，據高軒；真孝廉，守茅簷。假孝廉，富田園；真孝廉，執鋤鎌。真為玉，假為瓦，瓦為廈，玉抛野。不宜真，只宜假。

那時明帝即位，下詔求賢，令有司訪問篤行有學之士，登門禮聘，傳驛至京。詔書到會稽郡，郡守分諭各縣。縣令平昔已知許晏、許普讓產不爭之事，又值父老公舉他真學真廉，行過其兄，就把二人申報本郡。郡守和州牧，皆素聞其名，一同舉薦。縣令親到其門，下車投謁，手捧玄纁束帛㉒，備陳天子求賢之意。許晏、許普，謙讓不已。許武道：「幼學壯行㉓，君子本分之事。吾弟不可固辭。」二人只得應詔，別了哥嫂，乘傳到於長安，朝見天子。拜舞已畢，天子金口玉言，問道：「卿是許武之弟乎？」晏、普叩頭應詔。天子又道：「聞卿家有孝弟之名。卿之廉讓，有過於兄，朕心嘉悅。」晏、普叩頭道：

㉑ 口錢：即「丁口錢」，也稱「口算」。漢初創行丁口稅，從十五歲以上，到五十六歲，每人每年要繳納一百二十文錢。

㉒ 玄纁束帛：古代聘問時所用的禮物。玄纁，絳黑色。纁，音ㄒㄩㄣ。束，十端為束，就是五匹帛、絹子。

㉓ 壯行：年壯而躬踐之。孟子梁惠王下：「夫人幼而學之，壯而欲行之。」

「聖運龍興，闢門訪落㉔，此乃帝王盛典。郡縣不以臣晏、臣普為不肖，有溷聖聰。臣幼失怙恃，承兄武教訓，兢兢自守，耕耘誦讀之外，別無他長。弟等何能及兄武之萬一。」天子聞對，嘉其謙德，即日俱拜為內史㉕。不五年間，皆至九卿㉖之位。居官雖不如乃兄赫赫之名，然滿朝稱為廉讓。忽一日，許武致家書於二弟。二弟拆開看之，書曰：

匹夫而膺辟召，仕宦而至九卿，此亦人生之極榮也。二疏有言㉗：「知足不辱，知止不殆。」既無出類拔萃之才，宜急流勇退，以避賢路。

晏、普得書，即日同上疏辭官。天子不許。疏三上。天子問宰相宋均道：「許晏、許普壯年入仕，備位九卿，朕待之不薄，而屢屢求退，何也？」宋均奏道：「晏、普兄弟三人，天性孝友。今許武久居林下，而晏、普並駕天衢，其心或有未安。」天子道：「朕並召許武，使兄弟三人同朝輔政何如？」宋均道：「臣察晏、普之意，出於至誠。陛下不若姑從所請，以遂其高。異日更下詔徵之。或訪先朝故事，就近與一大郡，以展其未盡之才，因使便道歸省，則陛下好賢之誠，與晏、普友愛之義，兩得之矣。」

㉔ 闢門訪落：指開始做皇帝的時候，就延訪群臣。闢門，即闢門迎賢的意思。訪，訪問。落，開始。

㉕ 內史：官名，管理首都地方的長官。

㉖ 九卿：中央較高級的官職。漢代有：大常、光祿勳、衛尉、太僕、廷尉、鴻臚、宗正、大司農、少府。以後歷代名稱不盡相同。

㉗ 二疏有言：疏廣，西漢時人，和他的侄子疏受一同在朝做官。他對疏受說：「吾聞：知足不辱，知止不殆。功遂身退，天之道也。」於是兩人都辭官回家。

天子准奏，即拜許晏為丹陽郡太守，許普為吳郡太守，各賜黃金二十斤，寬假三月，以盡兄弟之情。許晏、許普謝恩辭朝，公卿俱出郭，到十里長亭，相餞而別。晏、普二人，星夜回到陽羨，拜見了哥哥，將朝廷所賜黃金，盡數獻出。許武道：「這是聖上恩賜，吾何敢當！」教二弟各自收去。次日，許武備下三牲祭禮，率領二弟到父母墳塋，拜奠了畢，隨即設宴遍召里中父老。許氏三兄弟都做了大官，雖然他不以富貴驕人，自然聲勢赫奕。聞他呼喚，尚不敢不來，況且加個請字。那時眾父老來得愈加整齊。許武手捧酒巵，親自勸酒。眾人都道：「長文公與二哥三哥接風之酒，老漢輩安敢僭先！」比時風俗淳厚，鄉黨序齒，許武出仕已久，還叫一句「長文公」，那兩個兄弟，又下一輩了，雖是九卿之貴，鄉尊故舊，依舊稱「哥」。許武道：「下官此席，專屈諸鄉親下降，有句肺腑之言奉告。必須滿飲三盃，方敢奉聞。」眾人被勸，只得喫了。許武教兩個兄弟次第把盞，各敬一盃。眾人飲罷，齊聲道：「老漢輩承昆玉㉘厚愛，借花獻佛，也要奉敬。」許武等三人，亦各飲訖。眾人道：「適纔長文公所諭金玉之言，老漢輩拱聽已久，願得示下。」許武疊兩個指頭，說將出來。言無數句，使聽者毛骨聳然。正是：

斥鷃不知大鵬，河伯不知海若㉙。聖賢一段苦心，庸夫豈能測度。

㉘ 昆玉：對人兄弟的敬稱。

㉙ 斥鷃不知大鵬二句：斥鷃，小鳥名。大鵬，一種大鳥，一飛幾萬里。斥鷃覺得自己在樹上飛來飛去已經很好了，牠笑大鵬鳥為什麼要飛那麼遠。河伯，河神。海若，海神。河伯自以為河裏水很多，冉也沒有其他的水能趕得上，等到他看見海的時候，才大為驚歎。這兩個寓言，都出於莊子。

許武當時未曾開談，先流下淚來。嚇得眾人驚惶無措。兩個兄弟慌忙跪下，問道：「哥哥何故悲傷？」許武道：「我的心事，藏之數年，今日不得不言。」指著晏、普道：「只因為你兩個名譽未成，使我作違心之事，冒不韙之名，有玷於祖宗，貽笑於鄉里，所以流淚。」遂取出一卷冊籍，把與眾人觀看。原來是田地屋宅及歷年收斂米粟布帛之數。眾人還未曉其意。許武又道：「我當初教育兩個兄弟，原要他立身行道，揚名顯親。不想我虛名早著，遂先顯達。二弟在家，躬耕力學，不得州郡徵辟。我欲效古人祁大夫內舉不避親㉚，誠恐不知二弟之學行者，說他因兄而得官，誤了終身名節。我故倡為析居之議，將大宅良田，強奴巧婢，悉據為己有。度吾弟素敦愛敬，決不爭競。吾暫冒貪饕之迹，吾弟方有廉讓之名。果蒙鄉里公評，榮膺徵聘。今位列公卿，官常無玷，吾志已遂矣。這些田房奴婢，都是公共之物，吾豈可一人獨享！這幾年以來，所收米穀布帛，分毫不敢妄用，盡數開載在那冊籍上，今日交付二弟，表為兄的向來心迹，也教眾鄉尊得知。」眾父老到此，方知許武先年析產一片苦心。自愧見識低微，不能窺測，齊聲稱歎不已。只有許晏、許普哭倒在地，道：「做兄弟的，蒙哥哥教訓成人，僥倖得有今日。誰知哥哥如此用心！是弟輩不肖，不能自致青雲之上，有累兄長。今日若非兄長自說，弟輩都在夢中。兄長盛德，從古未有。只是弟輩不肖之罪，萬分難贖。這些小家財，原是兄長苦掙來的，合該兄長管業。弟輩衣食自足，不消兄長掛念。」許武道：「做哥的力田有年，頗知生殖。況且宦情已淡，便當老於耰耡，以終天年。二弟年富力強，方司民社㉛，宜資莊產，以終廉節。」晏、普又道：「哥哥為弟輩而自

㉚ 祁大夫內舉不避親：祁奚，春秋晉國人。當他從中軍尉告老回家時，國君問他誰可以代替他擔任這個職務，他先是推舉了他一個仇人，後來又推薦他的兒子。所以當時便有「內舉不避親，外舉不避怨」的說法。

污。弟輩既得名，又欲得利，是天下第一等貪夫了。不惟玷辱了祖宗，亦且玷辱了哥哥。萬望哥哥收回冊籍，聊減弟輩萬一之罪。」眾父老見他兄弟三人交相推讓，你不收，我不受，一齊向前勸道：「賢昆玉所言，都則一般道理。長文公若獨得了這田產，不見得向來成全兩位這一段苦心。兩位若徑受了，又負了令兄長文公這一段美意。依老漢輩愚見，宜作三股均分，無厚無薄，這纔見兄友弟恭，各盡其道。」他三個兀自你推我讓。那父老中有前番那幾個剛直的，挺身向前，厲聲說道：「吾等適纔處分，甚得中正之道。若再推遜，便是矯情沽譽了。把這冊籍來，待老漢與你分剖。」許武弟兄三人，更不敢多言，只得憑他主張。當時將田產配搭三股分開，各自管業。中間大宅，仍舊許武居住。左右屋宇窄狹，以所在粟帛之數補償晏、普，他日自行改造。其僮婢，亦皆分派。眾父老都稱為公平。許武等三人施禮作謝，邀入正席飲酒，盡歡而散。許武心中終以前番析產之事為歉，欲將所得良田之半，立為義莊㉜，以贍鄉里。許晏、許普聞知，亦各出己產相助。里中人人歎服。又傳出幾句口號來，道是：

真孝廉，惟許武；誰繼之？晏與普。弟不爭，兄不取。作義莊，贍鄉里。嗚呼！孝廉誰可比！

晏、普感兄之義，又將朝廷所賜黃金，大市牛酒，日日邀里中父老與哥哥會飲。如此三月，假期已滿，晏、普不忍與哥哥分別，各要納還官誥。許武再三勸諭，責以大義。二人只得聽從，各攜妻小赴任。卻說里中父老，將許武一門孝弟之事，備細申聞郡縣。郡縣為之奏聞。聖旨命有司旌表其門，稱其里為

㉛ 民社：人民和社稷，就是地方官的意思。這裏指「太守」。

㉜ 義莊：置田收租來救濟窮人的莊子。

孝弟里。後來，三公㉝九卿，交章薦許武德行絕倫，不宜逸之田野。累詔起用。許武只不奉詔。有人問其緣故。許武道：「兩弟在朝居位之時，吾曾諷以知足知止。我若今日復出應詔，是自食其言了。況方今朝廷之上，是非相激，勢利相傾，恐非縉紳之福；不如躬耕樂道之為愈耳。」人皆服其高見。再說晏、普到任，守其乃兄之教，各以清節自勵，大有政聲。後聞其兄高致，不肯出仕。弟兄相約，各將印綬納還，奔回田里，日奉其兄為山水之游，盡老百年而終。許氏子孫昌茂，累代衣冠不絕。至今稱為「孝弟許家」云。後人作歌嘆道：

今人兄弟多分產，古人兄弟亦分產。古人分產成弟名，今人分產但嚚爭。
古人自污為孝義，今人自污爭微利。孝義名高身并榮，微利相爭家共傾。
安得盡居孝弟里，卻把鬩牆來愧死。

㉝ 三公：為中央最高級的官職。西漢以大司馬、大司徒、大司空為三公。東漢以太尉、司徒、司空為三公。歷代名稱不盡相同。

第三卷　賣油郎獨占花魁

年少爭誇風月，場中波浪偏多。有錢無貌意難和，有貌無錢不可。　就是有錢有貌，還須著意揣摩。知情識趣俏哥哥，此道誰人賽我。

這首詞名為西江月，是風月機關中撮要之論。常言道：「妓愛俏，媽愛鈔。」所以子弟❶行中，有了潘安般貌，鄧通❷般錢，自然上和下睦，做得煙花寨內的大王，鴛鴦會上的主盟。然雖如此，還有個兩字經兒，叫做幫襯。幫者，如鞋之有幫；襯者，如衣之有襯。但凡做小娘❸的，有一分所長，得人襯貼，就當十分，若有短處，曲意替他遮護，更兼低聲下氣，送暖偷寒，逢其所喜，避其所諱，以情度情，豈有不愛之理。這叫做幫襯。風月場中，只有會幫襯的最討便宜，無貌而有貌，無錢而有錢。假如鄭元和❹在卑田院❺做了乞兒，此時囊篋俱空，容顏非舊，李亞仙於雪天遇之，便動了一個惻隱之心，將繡

---

❶ 子弟：嫖客。

❷ 鄧通：漢文帝寵臣，獲賞銅山，得自鑄錢。

❸ 小娘：妓女。

❹ 鄭元和：唐人傳說故事：書生鄭元和因熱戀妓女李娃（宋元人傳為李亞仙）以致窮困落魄。後來李娃設法救

襦包裹，美食供養，與他做了夫妻，這豈是愛他之錢，戀他之貌。只為鄭元和識趣知情，善於幫襯，所以亞仙心中舍他不得。你只看亞仙病中想馬板腸湯喫，鄭元和就把個五花馬殺了，取腸煮湯奉之。只這一節上，亞仙如何不念其情。後來鄭元和中了狀元，李亞仙封為汧國夫人，蓮花落打出萬年策，卑田院❺變做了白玉樓。一床錦被遮蓋，風月場中反為美談。這是：

運退黃金失色，時來鐵也生光。

* * *

話說大宋自太祖開基，太宗嗣位，歷傳真、仁、英、神、哲共是七代帝王，都則偃武修文，民安國泰。到了徽宗道君皇帝，信任蔡京、高俅、楊戩、朱勔之徒，大興苑囿，專務游樂，不以朝政為事。以致萬民嗟怨，金虜乘之而起，把花錦般一個世界，弄得七零八落。直至二帝蒙塵，高宗泥馬渡江❻，偏安一隅，天下分為南北，方得休息。其中數十年，百姓受了多少苦楚。正是：

甲馬叢中立命，刀鎗隊裏為家。殺戮如同戲耍，搶奪便是生涯。

護他，使他讀書做了官。

❺ 卑田院：或作「悲田院」。相當於乞丐收容所。佛教稱貧窮為「悲田」。

❻ 高宗泥馬渡江：高宗（趙構），宋徽宗（趙佶）的兒子，封康王。金人把徽宗、欽宗擄去以後，南下追趕他，相傳他騎了一匹馬渡過長江後，發現騎的是一匹泥馬。

內中單表一人，乃汴梁城外安樂村居住，姓莘，名善，渾家阮氏。夫妻兩口，開個六陳鋪兒❼。雖則糶米為生，一應麥荳茶酒油鹽雜貨，無所不備，家道頗頗❽得過。年過四旬，止生一女，小名叫做瑤琴。自小生得清秀，更且資性聰明。七歲上，送在村學中讀書，日誦千言。十歲時，便能吟詩作賦。曾有閨情一絕，為人傳誦。詩云：

朱簾寂寂下金鉤，香鴨沉沉冷畫樓。移枕怕驚鴛並宿，挑燈偏恨蕊雙頭。

到十二歲，琴棋書畫，無所不通。若題起女工一事，飛針走線❾，出人意表。此乃天生伶俐，非教習之所能也。莘善因為自家無子，要尋個養女壻來家靠老。只因女兒靈巧多能，難乎其配。所以求親者頗多，都不曾許。不幸遇了金虜猖獗，把汴梁城圍困，四方勤王之師雖多，宰相主了和議，不許廝殺，以致虜勢愈甚。打破了京城，劫遷了二帝。那時城外百姓，一個個亡魂喪膽，攜老扶幼，棄家逃命。卻說莘善領著渾家阮氏，和十二歲的女兒，同一般逃難的，背著包裹，結隊而走。

忙忙如喪家之犬，急急如漏網之魚。擔渴擔飢擔勞苦，此行誰是家鄉；叫天叫地叫祖宗，惟願不逢韃虜。正是：寧為太平犬，莫作亂離人。

❼ 六陳鋪兒：米、大麥、小麥、大豆、小豆、芝麻等六種糧食，可以久藏，叫做六陳。糧食鋪就叫做六陳鋪兒。

❽ 頗頗：很。

❾ 飛針走線：指精妙的刺繡。

正行之間，誰想韃子到不曾遇見，卻逢著一陣敗殘的官兵。他看見許多逃難的百姓，多背得有包裹，假意吶喊道：「韃子來了！」沿路放起一把火來。此時天色將晚，嚇得眾百姓落荒亂竄，你我不相顧。他就乘機搶掠。若不肯與他，就殺害了。這是亂中生亂，苦上加苦。卻說莘氏瑤琴，被亂軍沖突，跌了一交，爬起來，不見了爹娘。不敢叫喚，躲在道傍古墓之中，過了一夜。到天明，出外看時，但見滿目風沙，死屍橫路。昨日同時避難之人，都不知所往。瑤琴思念父母，痛哭不已，欲待尋訪，又不認得路徑。只得望南而行。哭一步，捱一步。約莫走了二里之程。心上又苦，腹中又飢。望見土房一所，想必其中有人，欲待求乞些湯飲。及至向前，卻是破敗的空屋，人口俱逃難去了。瑤琴坐於土牆之下，哀哀而哭。自古道：無巧不成話⑩。恰好有一人從牆下而過。那人姓卜，名喬，正是莘善的近鄰，平昔是個游手游食，不守本分，慣喫白食，用白錢的主兒⑪。人都稱他是卜大郎。也是被官軍沖散了同夥，今日獨自而行。聽得啼哭之聲，慌忙來看。瑤琴自小相認，今日患難之際，舉目無親，見了近鄰，分明見了親人一般，即忙收淚，起身相見。問道：「卜大叔，可曾見我爹媽麼？」卜喬心中暗想：「昨日被官軍搶去包裹，正沒盤纏。天生這碗衣飯，送來與我，正是奇貨可居」，便扯個謊，道：「你爹和媽，尋你不見，好生痛苦。如今前面去了。分付我道：『倘或見我女兒，千萬帶了他來，送還了我。』許我厚謝。」瑤琴雖是聰明，正當無可奈何之際，君子可欺以其方⑫，遂全然不疑，隨著卜喬便走，正是：

---

⑩ 無巧不成話：沒有偶然碰巧的故事情節，便不能成為說書的材料。

⑪ 主兒：主子。

⑫ 君子可欺以其方：君子這類人很正直，不懂人家的壞心眼，壞人就可以利用這一點去欺騙他們。

情知不是伴，事急且相隨。

卜喬將隨身帶的乾糧，把些與他喫了，分付道：「你爹媽連夜走的。若路上不能相遇，直要過江到建康府，方可相會。一路上同行，我權把你當女兒，你權叫我做爹。不然，只道我收留迷失子女，不當穩便。」瑤琴依允。從此陸路同步，水路同舟，爹女相稱。到了建康府，路上又聞得金兀朮四太子，引兵渡江。眼見得建康不得寧息。又聞得康王即位，已在杭州駐蹕⑬，改名臨安。遂趁船到潤州。過了蘇常嘉湖，直到臨安地面，暫且飯店中居住。也虧卜喬，自汴京至臨安，三千餘里，帶那莘瑤琴下來。身邊藏下些散碎銀兩，都用盡了，連身上外蓋衣服，脫下准⑭了店錢，止剩得莘瑤琴一件活貨，欲行出脫。訪得西湖上烟花王九媽家要討養女，遂引九媽到店中，看貨還錢。九媽見瑤琴生得標致，講了財禮五十兩。卜喬兌足了銀子，將瑤琴送到王家。原來卜喬有智，在王九媽前，只說：「瑤琴是我親生之女，不幸到你門戶人家⑮，須是軟款⑯的教訓，他自然從順，不要性急。」在瑤琴面前，又說：「九媽是我至親，權時把你寄頓他家。待我從容訪知你爹媽下落，再來領你。」以此，瑤琴欣然而去。

可憐絕世聰明女，墮落烟花羅網中。

⑬ 駐蹕：天子出行時所住的地方。蹕，含有禁止行人、打掃道路及警衛等意。
⑭ 准：抵價。
⑮ 門戶人家：妓院。
⑯ 軟款：溫柔暖和。

王九媽新討了瑤琴，將他渾身衣服，換個新鮮，藏於曲樓深處，終日好茶好飯，去將息他，好言好語，去溫暖他。瑤琴既來之，則安之。住了幾日，不見卜喬回信。思量爹媽，噙著兩行珠淚，問九媽道：「卜大叔怎不來看我？」九媽道：「那個卜大叔？」瑤琴道：「便是引我到你家的那個卜大郎。」九媽道：「他說是你的親爹。」瑤琴道：「他姓卜，我姓莘。」遂把汴梁逃難，失散了爹媽，中途遇見了卜喬，引到臨安，并卜喬哄他的說話，細述一遍。九媽道：「原來恁地⑰，你是個孤身女兒，無腳蟹⑱。我索性與你說明罷：那姓卜的把你賣在我家，得銀五十兩去了。我們是門戶人家，靠著粉頭過活。家中雖有三四個養女，並沒個出色的。愛你生得齊整，把做個親女兒相待。待你長成之時，包你穿好喫好，一生受用。」瑤琴聽說，方知被卜喬所騙，放聲大哭。九媽勸解，良久方止。自此九媽將瑤琴改做王美，一家都稱為美娘，教他吹彈歌舞，無不盡善。長成一十四歲，嬌豔非常。臨安城中，這些富豪公子，慕其容貌，都備著厚禮求見。也有愛清標的，聞得他寫作俱高，求詩求字的，日不離門。弄出天大的名聲出來，不叫他美娘，叫他做花魁娘子。西湖上子弟編出一隻掛枝兒⑲，單道那花魁娘子的好處：

小娘中，誰似得王美兒的標致，又會寫，又會畫，又會做詩，吹彈歌舞都餘事。常把西湖比西子，就是西子比他也還不如！那個有福的湯⑳著他身兒，也情願一個死。

---

⑰ 恁地：如此的。
⑱ 無腳蟹：比喻無依靠的女人。
⑲ 掛枝兒：民間歌曲名。
⑳ 湯：挨著；接觸。

只因王美有了個盛名，十四歲上，就有人來講梳弄㉑。一來王美不肯，二來王九媽把女兒做金子看成，見他心中不允，分明奉了一道聖旨，並不敢違拗。又過了一年，王美年方十五，原來門戶中梳弄也有個規矩，十三歲太早，謂之試花，皆因鴇兒愛財，不顧痛苦，那子弟也只博個虛名，不得十分暢快取樂；十四歲謂之開花，此時天癸㉒已至，男施女受，也算當時了；到十五謂之摘花，在平常人家還算年小，惟有門戶人家以為過時。王美此時未曾梳弄，西湖上子弟又編出一隻掛珠兒來：

王美兒，似木瓜，空好看。十五歲，還不曾與人湯一湯，有名無實成何幹。便不是石女，也是二行子的娘。若還有個好好的羞羞，也如何熬得這些時癢。

王九媽聽得這些風聲，怕壞了門面，來勸女兒接客。王美執意不肯，說道：「要我會客時，除非見了親生爹媽。他肯做主時，方纔使得。」王九媽心裏又惱他，又不捨得難為他。捱了好些時。偶然有個金二員外，大富之家，情願出三百兩銀子梳弄美娘。九媽得了這主大財，心生一計，與金二員外商議，若要他成就，除非如此如此。金二員外意會了。其日八月十五日，只說請王美湖上看潮。請至舟中，三四個幫閒，俱是會中之人，猜拳行令，做好做歉，將美娘灌得爛醉如泥。扶到王九媽家樓中，臥於床上，不省人事。此時天氣和暖，又沒幾層衣服。媽兒親手伏侍，剝得他赤條條，任憑金二員外行事。金二員外那話兒，又非兼人之具，輕輕的撐開兩股，用於涎沫，送將進去，比及美娘夢中覺痛醒將轉來，已被

㉑ 梳弄：或作「梳籠」。指妓女第一次接客。從前妓院裏的處女頭上只梳辮子，接客後就梳髻，叫梳弄。

㉒ 天癸：指月事。

金二員外耍得勾了，欲待掙扎，爭奈手足俱軟，繇他輕薄了一回。直待綠暗紅飛，方始雨收雲散。正是：

雨中花蕊方開罷，鏡裏娥眉不似前。

五鼓時，美娘酒醒，已知鴇兒用計，破了身子。自憐紅顏命薄，遭此強橫，起來解手㉓，穿了衣服，自在床邊一個斑竹榻上，朝著裏壁睡了，暗暗垂淚。金二員外來親近他時，被他劈頭劈臉，抓有幾個血痕。金二員外好生沒趣。捱得天明，對媽兒說聲：「我去也。」媽兒要留他時，已自出門去了。從來梳弄的子弟，早起時，媽兒進房賀喜，行戶㉔中都來稱慶，還要喫幾日喜酒。那子弟多則住一二月，最少也住半月二十日。只有金二員外侵早出門，是從來未有之事。王九媽連叫詫異，披衣起身上樓，只見美娘臥於榻上，滿眼流淚。九媽要哄他上行，連聲招許多不是。美娘只不開口。九媽只得下樓去了。美娘哭了一日，茶飯不沾。從此托病，不肯下樓，連客也不肯會面了。

九媽心下焦燥。欲待把他凌虐，又恐他烈性不從，反冷了他的心腸。欲待繇他，本是要他賺錢。若不接客時，就養到一百歲也沒用。躊躕數日，無計可施。忽然想起，有個結義妹子，叫做劉四媽，時常往來。他能言快語，與美娘甚說得著。何不接取他來，下個說詞。若得他回心轉意，大大的燒個利市㉕。當下叫保兒去請劉四媽到前樓坐下，訴以衷情。劉四媽道：「老身是個女隨何，雌陸賈㉖，說得羅漢思

㉓ 解手：小便。亦作「解溲」。

㉔ 行戶：妓院。

㉕ 燒個利市：舊時商人多迷信，在開始營業時，必須燒紙祭神，名為「燒利市」。做頭一筆生意，則叫「發利市」。

情，嫦娥想嫁。這件事都在老身身上。」九媽道：「若得如此，做姐的情願與你磕頭。你多喫杯茶去，省得說話時口乾。」劉四媽道：「老身天生這副海口，便說到明日，還不乾哩。」劉四媽喫了幾杯茶，轉到後樓，只見樓門緊閉。劉四媽輕輕的叩了一下，叫聲：「姪女！」美娘聽得是四媽聲音，便來開門。兩下相見了。四媽靠桌朝下而坐，美娘傍坐相陪。四媽看他桌上鋪著一幅細絹，纔畫得個美人的臉兒，還未曾著色。四媽稱贊道：「畫得好！真是巧手！九阿姐不知怎生樣造化，偏生遇著你這一個伶俐女兒。又好人物，又好技藝，就是堆上幾千兩黃金，滿臨安走遍，可尋出個對兒麼？」美娘道：「休得見笑！今日甚風吹得姨娘到來？」劉四媽道：「老身時常要來看你，只為家務在身，不得空閒。聞得你恭喜梳弄了，今日偷空而來，特特與九阿姐叫喜。」美兒聽得提起梳弄二字，滿臉通紅，低著頭不來答應。劉四媽知他害羞，便把椅兒掇上一步，將美娘的手兒牽著，叫聲：「我兒！做小娘的，不是個軟殼雞蛋㉗，怎的這般嫩得緊？似你恁地怕羞，如何賺得大主銀子？」美娘道：「我要銀子做甚？」四媽道：「我兒，你便不要銀子，做娘的，看得你長大成人，難道不要出本？自古道，靠山喫山，靠水喫水。九阿姐家有幾個粉頭，那一個趕得上你的腳跟來？一園瓜，只看得你是個瓜種。九阿姐待你也不比其他。你是聰明伶俐的人，也須識些輕重。聞得你自梳弄之後，一個客也不肯相接。是甚麼意兒？都像你的意時，一家人口，似蠶一般，那個把桑葉喂他？做娘的擡舉你一分，你也要與他爭口氣兒，莫要反討眾丫頭們批點㉘。」

㉖ 女隨何二句：隨何、陸賈兩人都是秦末漢初有名的說客、辯士。此處劉四媽自喻能言善辯。
㉗ 軟殼雞蛋：性情軟弱的人。
㉘ 批點：批評。

美娘道：「繇他批點，怕怎的！」劉四媽：「阿呀！批點是個小事，你可曉得門戶中的行徑麼？」美娘道：「行徑便怎的？」劉四媽道：「我們門戶人家，喫著女兒，穿著女兒，用著女兒，僥倖討得一個像樣的，分明是大戶人家置了一所良田美產。年紀幼小時，巴不得風吹得大。到得梳弄過後，便是田產成熟，日日指望花利到手受用。前門迎新，後門送舊，張郎送米，李郎送柴，往來熱鬧，纔是個出名的姊妹行家。」美娘道：「羞答答，我不做這樣事！」劉四媽掩著口，格的笑了一聲，道：「不做這樣事，可是繇得你的？一家之中，有媽媽做主。做小娘的若不依他教訓，動不動一頓皮鞭，打得你不生不死。那時不怕你不走他的路兒。九阿姐一向不難為你，只可惜你聰明標致，從小嬌養的，要惜你的廉恥，存你的體面。方纔告訴我許多話，說你不識好歹，放著鵝毛不知輕，頂著磨子不知重㉙，心下好生不悅。教老身來勸你。你若執意不從，惹他性起，一時翻過臉來，罵一頓，打一頓，你待走上天去！凡事只怕個起頭。若打破了頭時，朝一頓，暮一頓，那時熬這些痛苦不過，只得接客，卻不把千金聲價弄得低微了。還要被姊妹中笑話。依我說，弔桶已自落在他井裏㉚，掙不起了。不如千歡萬喜，倒在娘的懷裏，落得自己快活。」美娘道：「奴是好人家兒女，誤落風塵。倘得姨娘主張從良，勝造九級浮圖。若要我倚門獻笑，送舊迎新，寧甘一死，決不情願。」劉四媽道：「我兒，從良是個有志氣的事，怎麼說道不該！只是從良也有幾等不同。」美娘道：「從良有甚不同之處？」劉四媽道：「有個真從良，有個假從良。有個苦從良，有個樂從良。有個趁好的從良，有個沒奈何的從良。有個了從良，有個不了的從良。

㉙ 放著鵝毛不知輕二句：比喻不知輕重，不識利益。
㉚ 弔桶已自落在他井裏：弔桶落在井裡，譬喻入人掌握，任人擺佈。

我兒耐心聽我分說。如何叫做真從良？大凡才子必須佳人，佳人必須才子，方成佳配。然而好事多磨，往往求之不得。幸然兩下相逢，你貪我愛，割舍不下。一個願討，一個願嫁。好像捉對的蠶蛾，死也不放。這個謂之真從良。怎麼叫做假從良？有等子弟愛著小娘，小娘卻不愛那子弟。本心不願嫁他，只把個嫁字兒哄他心熱，撒漫㉛銀錢。比及成交，卻又推故不就。又有一等癡心的子弟，明曉得小娘心腸不對他，偏要娶他回去。拚著一主大錢，動了媽兒的火，不怕小娘不肯。勉強進門，心中不順，故意不守家規。小則撒潑㉜放肆，大則公然偷漢。人家容留不得，多則一年，少則半載，依舊放他出來，為娼接客。把從良二字，只當個撰錢㉝的題目。這個謂之假從良。如何叫做苦從良？一般樣子弟愛小娘，小娘不愛那子弟，卻被他以勢凌之。媽兒懼禍，已自許了。做小娘的，身不繇主，含淚而行。一入侯門，如海之深，家法又嚴，擡頭不得。半妾半婢，忍死度日。這個謂之苦從良。如何叫做樂從良？做小娘的，正當擇人之際，偶然相交個子弟。見他情性溫和，家道富足，又且大娘子㉞樂善，無男無女，指望他日過門，與他生育，就有主母之分。以此嫁他，圖個日前安逸，日後出身。這個謂之樂從良。如何叫做趁好的從良？做小娘的，風花雪月㉟，受用已勾，趁這盛名之下，求之者眾，任我揀擇個十分滿意的嫁他，

㉛撒漫：手鬆；闊綽。
㉜撒潑：蠻橫無理的吵鬧。
㉝撰錢：賺錢。
㉞大娘子：大老婆。
㉟風花雪月：各種尋歡作樂。

急流勇退，及早回頭，不致受人怠慢。這個謂之趁好的從良。如何叫做沒奈何的從良？做小娘的，原無從良之意，或因官司逼迫，或因強橫欺瞞，又或因債負太多，將來賠償不起，彆口氣㊱，不論好歹，得嫁便嫁，買靜求安，藏身之法，這謂之沒奈何的從良。如何叫做了從良？小娘半老之際，風波歷盡，剛好遇個老成的孤老，兩下志同道合，收繩捲索，白頭到老，這個謂之了從良。如何叫做不了的從良？一般你貪我愛，火熱的跟他，卻是一時之興，沒有個長算。或者尊長不容，或者大娘妒忌，鬧了幾場，發回媽家，追取原價。又有個家道凋零，養他不活，苦守不過，依舊出來趕趁㊲，這謂之不了的從良。」美娘道：「如今奴家要從良，還是怎地好？」劉四媽道：「我兒，老身教你個萬全之策。」美娘道：「若蒙教導，死不忘恩。」劉四媽道：「從良一事，入門為淨。況且你身子已被人捉弄過了，就是今夜嫁人，叫不得個黃花女兒㊳。千錯萬錯，不該落於此地。這就是你命中所招了。做娘的費了一片心機，若不幫他幾年，趁過千把銀子，怎肯放你出門？還有一件，你便要從良，也須揀個好主兒。這些臭嘴臭臉的，難道就跟他不成？你如今一個客也不接，曉得那個該從，那個不該從？假如你執意不肯接客，做娘的沒奈何，尋個肯出錢的主兒，賣你去做妾；這也叫做從良。那主兒或是年老的，或是貌醜的，或是一字不識的村牛㊴，你卻不骯髒了一世！比著把你料在水裏，還有撲通的一聲響，討得傍人叫一聲可惜。依著

㊱ 彆口氣：彆氣，即「負氣」。
㊲ 趕趁：指下等妓女自動到酒樓筵前唱歌，藉以獲得一點錢。
㊳ 黃花女兒：處女。
㊴ 村牛：指無知識的粗人。

老身愚見，還是俯從人願，憑著做娘的接客。似你恁般才貌，等閒的料也不敢相扳。無非是王孫公子，貴客豪門，也不辱莫了你一生。風花雪月，趁著年少受用，二來作成媽兒起個家事，三來使自己也積趲些私房，免得日後求人。過了十年五載，遇個知心著意的，說得來，話得著，那時老身與你做媒，好模好樣的嫁去，做娘的也放得你下了。可不兩得其便？」美娘聽說，微笑而不言。劉四媽已知美娘心中活動了，便道：「老身句句是好話。你依著老身的話時，後來還當感激我哩。」說罷，起身。王九媽伏在樓門之外，一句句都聽得的。美娘送劉四媽出房，劈面撞著了九媽，滿面羞慚，縮身進去。王九媽隨著劉四媽，再到前樓坐下。劉四媽道：「姪女十分執意，被老身右說左說，一塊硬鐵看看溶做熱汁。你如今快快尋個覆帳㊵的主兒，他必然肯就。那時做妹子的再來賀喜。」王九媽連連稱謝。是日備飯相待，盡醉而別。後來西湖上子弟們又有隻掛枝兒，單說那劉四媽說詞一節：

劉四媽，你的嘴舌兒好不利害！便是女隨何，雌陸賈，不信有這大才！說著長，道著短，全沒些破敗。就是醉夢中，被你說得醒；就是聰明的，被你說得呆。好個烈性的姑姑，也被你說得他心地改。

再說王美娘自聽了劉四媽一席話兒，思之有理。以後有客求見，欣然相接。覆帳之後，賓客如市。捱三頂五㊶，不得空閒，聲價愈重。每一晚白銀十兩，兀自你爭我奪。王九媽賺了若干錢鈔，歡喜無限。

㊵ 覆帳：妓女接待第二個嫖客。

㊶ 捱三頂五：接連不斷。

美娘也留心要揀個心滿意足的，急切難得。正是：

易求無價寶，難得有情郎。

* * *

話分兩頭。再說臨安城清波門裏，有個開油店的朱十老，三年前過繼一個小廝，也是汴京逃難來的，姓秦名重，母親早喪，父親秦良，十三歲上將他賣了，自己在上天竺去做香火㊷。朱十老因年老無嗣，又新死了媽媽，把秦重做親子看成，改名朱重，在店中學做賣油生理。初時父子坐店甚好。後因十老得了腰痛的病，十眠九坐，勞碌不得，另招個夥計，叫做邢權，在店相幫。光陰似箭，不覺四年有餘。朱重長成一十七歲，生得一表人才，須然㊸已冠，尚未娶妻。那朱十老家有個使女，叫做蘭花，年已二十之外，存心看上了朱小官人，幾遍的到下鉤子去勾搭他。誰知朱重是個老實人，又且蘭花齷齪醜陋，朱重也看不上眼。以此落花有意，流水無情。那蘭花見勾搭朱小官人不上，別尋主顧，就去勾搭那夥計邢權。邢權是望四㊹之人，沒有老婆，一拍就上。兩個暗地偷情，不止一次。反怪朱小官人礙眼，思量尋事趕他出門。邢權與蘭花兩個，裏應外合，使心設計。蘭花便在朱十老面前，假意撇清㊺說：「小官人

㊷ 香火：在寺廟裏燒香、點火、打雜的人。
㊸ 須然：雖然。
㊹ 望四：將近四十歲。
㊺ 假意撇清：本來並不清白，卻故意表示自己的清白。

幾番調戲，好不老實！」朱十老平時與蘭花也有一手，未免有拈酸之意。邢權又將店中賣下的銀子藏過，在朱十老面前說道：「朱小官在外賭博，不長進，櫃裏銀子，幾次短少，都是他偷去了。」初次朱十老還不信，接連幾次，朱十老年老糊塗，沒有主意，就喚朱重過來，責罵了一場。朱重是個聰明的孩子，已知邢權與蘭花的計較，欲待分辨，惹起是非不小。萬一老者不聽，枉做惡人。心生一計，對朱十老說道：「店中生意淡薄，不消得二人。如今讓邢主管坐店，孩兒情愿挑擔子出去賣油。賣得多少，每日納還，可不是兩重生意？」朱十老心下也有許可之意。又被邢權說道：「他不是要挑擔出去？幾年上偷銀子做私房，身邊積趲有餘了，又怪你不與他定親，心下怨悵，不願在此相幫，要討個出場，自去娶老婆，做人家哩。」朱十老嘆口氣道：「我把他做親兒看成，他卻如此歹意！皇天不祐！罷！罷！不是自身骨血，到底粘連不上，繇他去罷！」遂將三兩銀子，把與朱重，打發出門。寒夏衣服和被窩都教他拿去。這也是朱十老好處。朱重料他不肯收留，拜了四拜，大哭而別。正是：

孝己殺身因謗語，申生喪命為讒言[46]。親生兒子猶如此，何怪螟蛉受枉冤。

原來秦良上天竺做香火，不曾對兒子說知。朱重出了朱十老之門，在眾安橋下賃了一間小小房兒，放下被窩等件，買巨鎖兒鎖了門，便往長街短巷，訪求父親。連走幾日，全沒消息。沒奈何，只得放下。在朱十老家四年，赤心忠良，並無一毫私蓄。只有臨行時，打發這三兩銀子，不勾本錢，做什麼生意好。

46 孝己殺身因謗語二句：孝己，殷高宗武丁的太子，很孝順父母，因後母的讒害被放逐而死。申生，春秋時晉獻公的世子，被獻公的小夫人驪姬所陷害自殺。

左思右量，只有油行買賣是熟間㊼。這些油坊多曾與他識熟，還去挑個賣油擔子，是個穩足的道路。當下置辦了油擔家火，剩下的銀兩，都交付與油坊取油。那油坊裏認得朱小官是個老實好人，況且小小年紀，當初坐店，今朝挑擔上街，都因邢夥計挑撥他出來，心中甚是不平，有心扶持他，只揀窨清㊽的上好淨油與他，簽子上又明讓他些。朱重得了這些便宜，自己轉賣與人，也放些寬。所以他的油比別人分外容易出脫。每日儘有些利息，又且儉喫儉用，積下東西來，置辦些日用家業，及身上衣服之類，並無妄廢。心中只有一件事未了，牽掛著父親，思想：「向來叫做朱重，誰知我是姓秦！倘或父親來尋訪之時，也沒有個因由。」遂復姓為秦。說話的，假如上一等人，有前程的，要復本姓，或具劄子奏過朝廷，或關白禮部、太學、國學等衙門，將冊籍改正，眾所共知。一個賣油的，復姓之時，誰人曉得。他有個道理，把盛油的桶兒，一面大大寫個秦字，一面寫汴梁二字，將油桶做個標識，使人一覽而知。以此臨安市上，曉得他本姓，都呼他為秦賣油。時值二月天氣，不暖不寒，秦重聞知昭慶寺僧人，要起個九晝夜功德，用油必多，遂挑了油擔來寺中賣油。那些和尚們也聞知秦賣油之名，他的油比別人又好又賤，單單作成他。所以一連這九日，秦重只在昭慶寺走動。正是：

刻薄不賺錢，忠厚不折本。

這一日是第九日了。秦重在寺出脫了油，挑了空擔出寺。其日天氣晴明，游人如蟻。秦重遶河而行。

㊼ 熟間：熟悉的行業。

㊽ 窨清：形容油在地窖裏埋藏過後的澄清顏色。窨，音ㄧㄣˋ。

遙望十景塘桃紅柳綠，湖內畫船簫鼓，往來游玩，觀之不足，玩之有餘。走了一回，身子困倦，轉到昭慶寺右邊，望個寬處，將擔兒放下，坐在一塊石上歇腳。近側有個人家，面湖而住，金漆籬門，裏面朱欄內，一叢細竹。未知堂室何如，先見門庭清整。只見裏面三四個戴巾的㊾從內而出，一個女娘後面相送。到了門首，兩下把手一拱，說聲請了，那女娘竟進去了。秦重定睛覷㊿之，此女容顏嬌麗，體態輕盈，目所未覩，准准的呆了半晌，身子都酥麻了。他原是個老實小官，不知有烟花行徑，心中疑惑，正不知是什麼人家。方在凝思之際，只見門內又走出個中年的媽媽，同著一個垂髫的丫鬟，倚門閒看。那媽媽一眼瞧著油擔，便道：「阿呀！方纔要去買油，正好有油擔子在這裏，何不與他買些？」那丫鬟取了油瓶出來，走到油擔子邊，叫聲：「賣油的！」秦重方纔知覺，回言道：「沒有油了！媽媽要用油時，明日送來。」那丫鬟也識得幾個字，看見油桶上寫個秦字，就對媽媽道：「賣油的姓秦。」媽媽也聽得人閒講，有個秦賣油，做生意甚是忠厚。遂分付秦重道：「我家每日要油用，你肯挑來時，與你做個主顧。」秦重道：「承媽媽作成，不敢有誤。」那媽媽與丫鬟進去了。秦重心中想道：「這媽媽不知是那女娘的什麼人？我每日到他家賣油，莫說賺他利息，圖個飽看那女娘一回，也是前生福分。」正欲挑擔起身，只見兩個轎夫，擡著一頂青絹幔的轎子，後邊跟著兩個小廝，飛也似跑來。到了其家門首，歇下轎子。那小廝走進裏面去了。秦重道：「卻又作怪！看他接什麼人？」少頃之間，只見兩個丫鬟，一個捧著猩紅的氈包，一個拿著湘妃竹攢花的拜匣，都交付與轎夫，放在轎座之下。那兩個小廝手中，一個

㊾ 戴巾的：指讀書人、做官的人。

㊿ 覷：音ㄑㄩˋ。窺伺。

抱著琴囊，一個捧著幾個手卷，腕上掛碧玉簫一枝，跟著起初的女娘出來。女娘上了轎，轎夫擡起望舊路而去。丫鬟小廝，俱隨轎步行。秦重又得親炙一番，心中愈加疑惑。挑了油擔子，洋洋的去。

不過幾步，只見臨河有一個酒館。秦重每常不喫酒，今日見了這女娘，心下又歡喜，又氣悶，將擔子放下，走進酒館，揀個小座頭坐下。酒保問道：「客人還是請客，還是獨酌？」秦重道：「有上好的酒，拿來獨飲三杯。時新菓子一兩碟，不用葷菜。」酒保斟酒時，秦重問道：「那邊金漆籬門內是什麼人家？」酒保道：「這是齊衙內❺❶的花園。如今王九媽住下。」秦重道：「方纔看見有個小娘子上轎，是什麼人？」酒保道：「這是有名的粉頭，叫做王美娘，人都稱為花魁娘子。他原是汴京人，流落在此。吹彈歌舞，琴碁書畫，件件皆精。來往的都是大頭兒❺❷，要十兩放光❺❸，纔宿一夜哩。可知小可的也近他不得。當初住在湧金門外，因樓房狹窄，齊舍人與他相厚。半載之前，把這花園借與他住。」秦重聽得說是汴京人，觸了個鄉里之念，心中更有一倍光景。喫了數杯，還了酒錢，挑了擔子，一路走，一路的肚中打稿❺❹道：「世間有這樣美貌的女子，落於娼家，豈不可惜！」又自家暗笑道：「若不落於娼家，我賣油的怎生得見！」又想一回，越發癡起來了，道：「人生一世，草生一秋。若得這等美人摟抱了睡

❺❶ 衙內：是掌禁衛的官職，由於唐代藩鎮相沿用自己的子弟管領這種職務，於是宋元時代便稱呼貴家子弟為衙內。

❺❷ 大頭兒：大人物。

❺❸ 放光：銀子的隱語。

❺❹ 肚中打稿：心裏暗想。打稿，計劃。

一夜，死也甘心。」又想一回道：「呸！我終日挑這油擔子，不過日進分文，怎麼想這等非分之事！正是癩蝦蟆在陰溝裏想著天鵝肉喫，如何到口！」又想一回道：「他相交的，都是公子王孫。我賣油的，縱有了銀子，料他也不肯接我。」又想一回道：「我聞得做老鴇的，專要錢鈔。就是個乞兒，有了銀子，他也就肯接了，何況我做生意的，青青白白之人。若有了銀子，怕他不接！只是那裏來這幾兩銀子？」一路上胡思亂想，自言自語。你道天地間有這等癡人，一個做小經紀的，本錢只有三兩，卻要把十兩銀子去嫖那名妓，可不是個春夢！自古道：有志者事竟成。被他千思萬想，想出一個計策來。他道：「從明日為始，逐日將本錢扣出，餘下的積攢上去。一日積得一分，一年也有三兩六錢之數。只消三年，這事便成了。若一日積得二分，只消得年半。若再多得些，一年也差不多了。」想來想去，不覺走到家裏，開鎖進門。只因一路上想著許多閑事，回來看了自家的睡鋪，慘然無歡。連夜飯也不要喫，便上了床。這一夜翻來覆去，牽掛著美人，那裏睡得著。

只因月貌花容，引起心猿意馬。

捱到天明，爬起來，就裝了油擔，煮早飯喫了，匆匆挑了油擔子，一逕走到王媽媽家去。進了門，卻不敢直入，舒[55]著頭，往裏面張望。王媽媽恰纔起床，還蓬著頭，正分付保兒買飯菜。秦重識得聲音，叫聲：「王媽媽。」九媽往外一張，見是秦賣油，笑道：「好忠厚人！果然不失信。」便叫他挑擔進來，稱了一瓶，約有五斤多重，公道還錢。秦重並不爭論。王九媽甚是歡喜，道：「這瓶油，只勾我家兩日

[55] 舒：伸。

用。但隔一日，你便送來，我不往別處去買油。」秦重應諾，挑擔而出。只恨不曾遇見花魁娘子。「且喜扳下主顧，少不得一次不見，二次見，二次不見，三次見。只是一件，特為王九媽一家挑這許多路來，不是做生意的勾當。這昭慶寺是順路，今日寺中雖然不做功德，難道尋常不用油的？我且挑擔去問他，若扳得各房頭做個主顧，只消走錢塘門這一路，那一擔油儘勾出脫了。」秦重挑擔到寺內問時，原來各房和尚也正想著秦賣油。來得正好，多少不等，各各買他的油。秦重與各房約定，也是間一日便送油來用。這一日是個雙日，自此日為始，但是單日，秦重別街道上做買賣；但是雙日，就走錢塘門這一路。一出錢塘門，先到王九媽家裏，以賣油為名，去看花魁娘子。有一日會見，也有一日不會見。不見時費了一場思想，便見時也只添了一層思想。正是：

天長地久有時盡，此恨此情無盡期。

再說秦重到了王九媽家多次，家中大大小小，沒一個不認得是秦賣油。時光迅速，不覺一年有餘。日大日小，只揀足色細絲56，或積三分，或積二分，再少也積下一分。湊得幾錢，又打換大塊頭。日積月累，有了一大包銀子，零星湊集，連自己也不識多少。其日是單日，又值大雨，秦重不出去做買賣。看了這一大包銀子，心中也自喜歡。「趁今日空閒，我把他上一上天平，見個數目。」打個油傘，走到對門傾銀鋪57裏，借天平兌銀。那銀匠好不輕薄58，想著：「賣油的多少銀子，要架天平？只把個五兩頭

56 足色細絲：十足成色的雪白銀兩。
57 傾銀鋪：鎔鑄銀錠的店鋪。

等子與他，還怕用不著頭紐哩。」秦重把銀子包解開，都是散碎銀兩。大凡成錠的見少，散碎的就見多。銀匠是小輩，眼孔極淺，見了許多銀子，別是一番面目，想道：「人不可貌相，海水不可斗量。」慌忙架起天平，搬出若大若小許多法馬。秦重儘包而兌，一釐不多，一釐不少，剛剛一十六兩之數，上秤便是一斤。秦重心下想道：「除去了三兩本錢，餘下的做一夜花柳之費，還是有餘。」又想道：「這樣散碎銀子，怎好出手！拿出來也被人看低了！見成傾銀店中方便，何不傾成錠兒，還覺冠冕。59」當下兌足十兩，傾成一個足色大錠，再把一兩八錢，傾成水絲一小錠。剩下四兩二錢之數，拈一小塊，還了火錢，又將幾錢銀子，置下鑲鞋淨襪，新褶了一頂萬字頭巾。回到家中，把衣服漿洗得乾乾淨淨，買幾根安息香，薰了又薰。揀個晴明好日，侵早打扮起來。

雖非富貴豪華客，也是風流好後生。

秦重打扮得齊齊整整，取銀兩藏於袖中，把房門鎖了，一逕望王九媽家而來。那一時好不高興。及至到了門首，愧心復萌，想道：「時常挑了擔子在他家賣油，今日忽地去做闞客，如何開口？」正在躊躇之際，只聽得呀的一聲門響，王九媽走將出來。見了秦重，便道：「秦小官今日怎的不做生意，打扮得恁般齊楚60，往那裏去貴幹？」事到其間，秦重只得老著臉，上前作揖。媽媽也不免還禮。秦重道：

---

58 輕薄：不尊重；藐視。
59 冠冕：有體面；有面子。
60 齊楚：漂亮。

「小可並無別事，專來拜望媽媽。」那鴇兒是老積年61，見貌辨色，見秦重恁般裝束，又說拜望，「一定是看上了我家那個丫頭，要闞一夜，或是會一個房62。雖然不是個大勢主菩薩，搭在籃裏便是菜，捉在籃裏便是蟹，賺他錢把銀子買葱菜，也是好的。」便滿臉堆下笑來，道：「秦小官拜望老身，必有好處。」秦重道：「小可有句不識進退的言語，只是不好啟齒。」王九媽道：「但說何妨。且請到裏面客坐裏細講。」秦重為賣油雖曾到王家整百次，這客坐裏交椅，還不曾與他屁股做個相識。今日是個會面之始。王九媽到了客坐，不免分賓而坐，向著內裏喚茶。少頃，丫鬟托出茶來，看時卻是秦賣油，正不知什麼緣故，媽媽恁般相待，格格低了頭只管笑。王九媽看見，喝道：「有甚好笑！對客全沒些規矩！」丫鬟止住笑，收了茶杯自去。王九媽方纔開言問道：「秦小官有甚話，要對老身說？」秦重道：「沒有別話，要在媽媽宅上請一位姐姐喫一杯酒兒。」九媽道：「難道喫寡酒，一定要闞了。你是個老實人，幾時動這風流之興？」秦重道：「小可的積誠，也非止一日。」九媽道：「我家這幾個姐姐，都是你認得的。不知你中意那一位？」秦重道：「別個都不要，單單要與花魁娘子相處一宵。」九媽只道取笑他，就變了臉道：「你出言無度！莫非奚落63老娘麼？」秦重道：「小可是個老實人，豈有虛情。」九媽道：「糞桶也有兩個耳朵，你豈不曉得我家美兒的身價！倒了你賣油的竈64，還不勾半夜歇錢哩。不如將就揀一

61 老積年：指閱歷很深，懂得人情世故的人。
62 會一個房：和妓女發生一次關係。
63 奚落：譏誚。
64 倒了你賣油的竈：指把家裏全部財產全倒出來。

個適興罷。」秦重把頸一縮，舌頭一伸，道：「恁的好賣弄！不敢動問，你家花魁娘子一夜歇錢要幾千兩？」九媽見他說耍話，卻又回嗔作喜，帶笑而言道：「那要許多！只要得十兩敲絲65。其他東道雜費，不在其內。」秦重道：「原來如此，不為大事。」袖中摸出這禿禿裏一大錠放光細絲銀子，遞與鴇兒道：「這一錠十兩重，足色足數，請媽媽收著。」又摸出一小錠來，也遞與鴇兒，又道：「這一小錠，重有二兩，相煩備個小東。望媽媽成就小可這件好事，生死不忘，日後再有孝順。」九媽見了這錠大銀，已自不忍釋手，又恐怕他一時高興，日後沒了本錢，心中懊悔，也要儘他一句纔好。便道：「這十兩銀子，你做經紀的人，積趲不易，還要三思而行。」秦重道：「小可主意已定，不要你老人家費心。」

九媽把這兩錠銀子收於袖中，道：「是便是了。還有許多煩難哩。」秦重道：「媽媽是一家之主，有甚煩難？」九媽道：「我家美兒，往來的都是王孫公子，富室豪家，真個是『談笑有鴻儒，往來無白丁。』他豈不認得你是做經紀的秦小官，如何肯接你？」秦重道：「但憑媽媽怎的委曲宛轉，成全其事，大恩不敢有忘！」九媽見他十分堅心，眉頭一皺，計上心來，扯開笑口道：「老身已替你排下計策，只看你緣法如何。做得成，不要喜；做不成，不要怪。美兒昨日在李學士家陪酒，還未曾回。今日是黃衙內約下遊湖。明日是張山人一班清客邀他做詩社。後日是韓尚書的公子，數日前送下東道在這裏。你且到大後日來看。還有句話，這幾日你且不要來我家賣油，預先留下個體面。又有句話，你穿著一身的布衣布裳，不像個上等闞客。再來時，換件紬段衣服，教這些丫頭們認不出你是秦小官。老娘也好與你裝謊66。」秦重道：「小可一一理會得。」說罷，作別出門，且歇這三日生理，不去賣油，到典舖裏買了

65 敲絲：指銀兩。

一件見成半新半舊的紬衣，穿在身上，到街坊閒走，演習斯文模樣。正是：

未識花院行藏，先習孔門規矩。

丟過那三日不題。到第四日，起個清早，便到王九媽家去。去得太早，門還未開。意欲轉一轉再來。這番裝扮希奇，不敢到昭慶寺去，恐怕和尚們批點。且到十景塘散步。良久又踅轉來。王九媽家門已開了。那門前卻安頓得有轎馬，門內有許多僕從，在那裏閑坐。秦重雖然老實，心下到也乖巧，且不進門，悄悄的招那馬夫問道：「這轎馬是誰家的？」馬夫道：「韓府裏來接公子的。」秦重已知韓公子夜來留宿，此時還未曾別。重復轉身，到一個飯店之中，喫了些見成茶飯，又坐了一回，方纔到王家探信。只見門前轎馬已自去了。進得門時，王九媽迎著，便道：「老身得罪，今日又不得工夫了。恰纔韓公子拉去東莊賞早梅。他是個長闞，老身不好違拗。聞得說，來日還要到靈隱寺，訪個棋師賭棋哩。齊衙內又來約過兩三次了。這是我家房主，又是辭不得的。他來時，或三日五日的住了去，連老身也定不得個日子。秦小官，你真個要闞，只索耐心再等幾日。不然，前日的尊賜，分毫不動，要便奉還。」秦重道：「只怕媽媽不作成。若還遲，終無失，就是一萬年，小可也情願等著。」九媽道：「恁地時，老身便好張主[67]！」秦重作別，方欲起身，九媽又道：「秦小官人，老身還有句話。你下次若來討信，不要早了。約莫申牌時分，有客沒客，老身把個實信與你。倒是越晏些越好。這是老身的妙用，你休錯怪。」秦重

[66] 裝謊：掩飾謊話。
[67] 張主：作主。

連聲道：「不敢，不敢！」這一日秦重不曾做買賣。次日，整理油擔，挑往別處去生理，不走錢塘門一路。每日生意做完，傍晚時分就打扮齊整，到王九媽家探信，只是不得工夫。又空走了一月有餘。

那一日是十二月十五，大雪方霽，西風過後，積雪成冰，好不寒冷。卻喜地下乾燥。秦重做了大半日買賣，如前粧扮，又去探信。王九媽笑容可掬，迎著道：「今日你造化，已是九分九厘了。」秦重道：「這一厘是欠著什麼？」九媽道：「這一厘麼？正主兒還不在家。」秦重道：「可回來麼？」九媽道：「今日是俞太尉家賞雪，筵席就備在湖船之內。俞太尉是七十歲的老人家，風月之事，已自沒分。原說過黃昏送來。你且到新人房裏，喫杯燙風酒，慢慢的等他。」秦重道：「煩媽媽引路。」王九媽引著秦重，彎彎曲曲，走過許多房頭，到一個所在，不是樓房，卻是個平屋三間，甚是高爽。左一間是丫鬟的空房，一般有床榻桌椅之類，卻是備官鋪的；右一間是花魁娘子臥室，鎖著在那裏。兩旁又有耳房。中間客座上面掛一幅名人山水，香几上博山古銅爐㊳，燒著龍涎香餅，兩旁書桌，擺設些古玩，壁上貼許多詩稿。秦重愧非文人，不敢細看。心下想道：「外房如此整齊，內室鋪陳，必然華麗。今夜儘我受用。十兩一夜，也不為多。」九媽讓秦小官坐於客位，自己主位相陪。少頃之間，丫鬟掌燈過來，擡下一張八仙桌兒，六碗時新果子，一架攢盒㊴佳餚美醞，未曾到口，香氣撲人。九媽執盞相勸道：「今日眾小女都有客，老身只得自陪，請開懷暢飲幾杯。」秦重酒量本不高，況兼正事在心，只喫半杯。喫了一會，

㊳ 博山古銅爐：香爐名。博山，海中山名，香爐頂部製作博山的形狀，裏面可以燃香，叫做博山爐，後成為名貴的香爐的代稱。

㊴ 攢盒：雜盛果肴的盒子。

便推不飲。九媽道：「秦小官想餓了，且用些飯再喫酒。」丫鬟捧著雪花白米飯，一喫一添，放於秦重面前，就是一盞雜和湯。鴇兒量高，不用飯，以酒相陪。秦重喫了一碗，就放箸。九媽道：「夜長哩，再請些。」秦重又添了半碗。丫鬟提個行燈來，說：「浴湯熱了，請客官洗浴。」秦重原是洗過澡來的，不敢推托，只得又到浴堂，肥皂香湯，洗了一遍。重復穿衣入坐。九媽命撤去餚盒，用煖鍋下酒。此時黃昏已絕，昭慶寺裏的鐘都撞過了，美娘尚未回來。

玉人何處貪歡耍？等得情郎望眼穿！

常言道：等人心急。秦重不見表子回家，好生氣悶。卻被鴇兒夾七夾八，說些風話勸酒。不覺又過了一更天氣。只聽外面熱鬧鬧的，卻是花魁娘子回家。丫鬟先來報了。九媽連忙起身出迎。秦重也離坐而立。只見美娘喫得大醉，侍女扶將進來，到於門首，醉眼矇矓，看見房中燈燭輝煌，杯盤狼籍，立住腳問道：「誰在這裏喫酒？」九媽道：「我兒，便是我向日與你說的那秦小官人。他心中慕你，多時的送過禮來。因你不得工夫，擔閣他一月有餘了。你今日幸而得空，做娘的留他在此伴你。」美娘道：「臨安郡中，並不聞說起有什麼秦小官人！我不去接他。」轉身便走。九媽雙手托開，即忙攔住道：「他是個志誠好人，娘不誤你。」美娘只得轉身，纔跨進房門，擡頭一看那人，有些面善，一時醉了，急切叫不出來，便道：「娘，這個人我認得他的，不是有名稱的子弟。接了他，被人笑話。」九媽道：「我兒，這是湧金門內開段鋪的秦小官人。當初我們住在湧金門時，想你也曾會過，故此面善。你莫識認錯了。做娘的見他來意志誠，一時許了他，不好失信。你看做娘的面上，胡亂留他一晚。做娘的曉得不是了，明日卻與你陪禮。」一頭說，一頭推著美娘的肩頭向前。美娘拗媽媽不過，只得進房相見。正是：

千般難出虔婆⑳口，萬般難脫虔婆手。饒君縱有萬千般，不如跟著虔婆走。

這些言語，秦重一句句都聽得，佯為不聞。美娘萬福過了，坐於側首，仔細看著秦重，好生疑惑，心裏甚是不悅，嘿嘿無言。喚丫鬟將熱酒來，斟著大鍾。鴇兒只道他敬客，卻自家一飲而盡。九媽道：「我兒醉了，少喫些麼！」美兒那裏依他，答應道：「我不醉！」一連喫上十來杯。這是酒後之酒，醉中之醉，自覺立腳不住。喚丫鬟開了臥房，點上銀缸㉑，也不卸頭，也不解帶，躧脫了綉鞋，和衣上床，倒身而臥。鴇兒見女兒如此做作，甚不過意。對秦重道：「小女平日慣了，他專會使性。今日他心中不知為什麼有些不自在，卻不干你事。休得見怪！」秦重道：「小可豈敢！」鴇兒又勸了秦重幾杯酒。秦重再三告止。鴇兒送入臥房，向耳傍分付道：「那人醉了，放溫存些。」又叫道：「我兒起來，脫了衣服，好好的睡。」美娘已在夢中，全不答應。鴇兒只得去了。丫鬟收拾了杯盤之類，抹了桌子，叫聲：「秦小官人，安置罷。」秦重道：「有熱茶要一壺。」丫鬟泡了一壺濃茶，送進房裏。帶轉房門，自去耳房中安歇。秦重看美娘時，面對裏床，睡得正熟，把錦被壓於身下。秦重想酒醉之人，必然怕冷，又不敢驚醒他。忽見闌干上又放著一床大紅紵絲的錦被。輕輕的取下，蓋在美兒身上，把銀燈挑得亮亮的，取了這壺熱茶，脫鞋上床，捱在美娘身邊，左手抱著茶壺在懷，右手搭在美娘身上，眼也不敢閉一閉。

⑳ 虔婆：此指開妓院的婦人。

㉑ 銀缸：燈。

正是：

未曾握雨攜雲，也算偎香倚玉。

卻說美娘睡到半夜，醒將轉來，自覺酒力不勝，胸中似有滿溢之狀。爬起來，坐在被窩中，垂著頭，只管打乾噦[72]。秦重慌忙也坐起來。知他要吐，放下茶壺，用手撫摩其背。良久，美娘喉間忍不住了，說時遲，那時快，美娘放開喉嚨便吐。秦重怕汙了被窩，把自己的道袍袖子張開，罩在他嘴上。美娘不知所以，盡情一嘔，嘔畢，還閉著眼，討茶漱口。秦重下床，將道袍輕輕脫下，放在地平之上，摸茶壺還是煖的。斟上一甌香噴噴的濃茶，遞與美娘。美娘連喫了二碗，胸中雖然略覺豪燥，身子兀自倦怠。仍舊倒下，向裏睡去了。秦重脫下道袍，將吐下一袖的腌臢，重重裹著，放於床側，依然上床，擁抱似初。美娘那一覺直睡到天明方醒。覆身轉來，見傍邊睡著一人，問道：「你是那個？」秦重答道：「小可姓秦。」美娘想起夜來之事，恍恍惚惚，不甚記得真了，便道：「我夜來好醉！」秦重道：「也不甚醉。」又問：「可曾吐麼？」秦重道：「不曾。」美娘道：「這樣還好。」又想一想道：「我記得曾吐過的，又記得曾喫過茶來，難道做夢不成？」秦重方纔說道：「是曾吐來。小可見小娘子多了杯酒，也防著要吐，把茶壺煖在懷裏。小娘子果然吐後討茶，小可斟上，蒙小娘子不棄，飲了兩甌。」美娘大驚道：「臟巴巴的，吐在那裏？」秦重道：「恐怕小娘子汙了被褥，是小可把袖子盛了。」美娘道：「如今在那裏？」秦重道：「連衣服裹著，藏過在那裏。」美娘道：「可惜壞了你一件衣服。」秦重道：「這

[72] 打乾噦：嘔吐又吐不出來時所發出的聲音。噦，音ㄩㄝ。

是小可的衣服，有幸得沾小娘子的餘瀝。」美娘聽說，心下想道：「有這般識趣的人！」心裏已有四五分歡喜了。

此時天色大明，美娘起身，下床小解。看著秦重，猛然想起是秦賣油，遂問道：「你實對我說，是什麼樣人？為何昨夜在此？」秦重道：「承花魁娘子下問，小子怎敢妄言。小可實是常來宅上賣油的秦重。」遂將初次看見送客，又看見上轎，心下想慕之極，及積攢鬬錢之事，備細述了一遍。「夜來得親近小娘子一夜，三生有幸，心滿意足。」美娘聽說，愈加可憐，道：「我昨夜酒醉，不曾招接得你。你乾折了許多銀子，莫不懊悔？」秦重道：「小娘子天上神仙，小可惟恐伏侍不周，但不見責，已為萬幸。況敢有非意之望！」美娘道：「你做經紀的人，積下些銀兩，何不留下養家？此地不是你來往的。」秦重道：「小可單只一身，並無妻小。」美娘頓了一頓，便道：「你今日去了，他日還來麼？」秦重道：「只這昨宵相親一夜，已慰生平，豈敢又作癡想！」美娘想道：「難得這好人，又忠厚，又老實，又且知情識趣，隱惡揚善，千百中難遇此一人。可惜是市井之輩。若是衣冠子弟，情願委身事之。」正在沉吟之際，丫鬟捧洗臉水進來，又是兩碗姜湯。秦重洗了臉，因夜來未曾脫幘73，不用梳頭，呷了幾口姜湯，便要告別。美娘道：「少住不妨，還有話說。」秦重道：「小可仰慕花魁娘子，在傍多站一刻，也是好的。但為人豈不自揣！夜來在此，實是大膽。惟恐他人知道，有玷芳名，還是早些去了安穩。」美娘點了一點頭，打發丫鬟出房，忙忙的開了減粧74，取出二十兩銀子，送與秦重道：「昨夜難為了你，

73 幘：音ㄗㄜˊ。包頭髮的頭巾。

74 減粧：舊時用來盛化粧品的匣子。

這銀兩權奉為資本，莫對人說。」秦重那裏肯受。美娘道：「我的銀子，來路容易。這些須酬你一宵之情，休得固遜。若本錢缺少，異日還有助你之處。那件污穢的衣服，我叫丫鬟湔⑮洗乾淨了還你罷。」秦重道：「粗衣不煩小娘子費心。小可自會湔洗。只是領賜不當。」美娘道：「說那裏話！」將銀子挜⑯在秦重袖內，推他轉身。秦重料難推卻，只得受了，深深作揖，捲了脫下這件齷齪道袍，走出房門。打從鴇兒房前經過，保兒看見，叫聲：「媽媽！秦小官去了。」王九媽正在淨桶上解手，口中叫道：「秦小官，如何去得恁早？」秦重道：「有些賤事，改日特來稱謝。」不說秦重去了；且說美娘與秦重雖然沒點相干，見他一片誠心，去後好不過意。這一日因害酒，辭了客在家將息。千個萬個孤老都不想，倒把秦重整整的想了一日。有掛枝兒為證：

俏冤家，須不是串花家⑰的子弟，你是個做經紀本分人兒，那匡你會溫存，能軟款，知心知意。
料你不是個使性的，料你不是個薄情的。幾番待放下思量也，又不覺思量起。

* * *

話分兩頭，再說邢權在朱十老家，與蘭花情熱，見朱十老病廢在床，全無顧忌。十老發作了幾場。兩個商量出一條計策來，俟夜靜更深，將店中資本席捲，雙雙的桃之夭夭⑱，不知去向。次日天明，十

---

⑮ 湔：洗濯。
⑯ 挜：音ㄧㄚˋ。強給人東西。
⑰ 串花家：逛妓院。

老方知。央及鄰里，出了個失單，尋訪數日，並無動靜。深悔當日不合為邢權所惑，逐了朱重。如今日久見人心，聞知朱重，賃居眾安橋下，挑擔賣油，不如仍舊收拾他回來，老死有靠。只怕他記恨在心。教鄰舍好生勸他回家，但記好，莫記惡。秦重一聞此言，即日收拾了傢伙，搬回十老家裏。相見之間，痛哭了一場。十老將所存囊橐，盡數交付秦重。秦重自家又有二十餘兩本錢，重整店面，坐櫃賣油。因在朱家，仍稱朱重，不用秦字。不上一月，十老病重，醫治不痊，嗚呼哀哉。朱重捶胸大慟，如親父一般，殯殮成服，七七做了些好事。朱家祖墳在清波門外，朱重舉喪安葬，事事成禮。鄰里皆稱其厚德。事定之後，仍先開鋪。原來這油鋪是個老店，從來生意原好；卻被邢權刻剝存私，將主顧弄斷了多少。今見朱小官在店，誰家不來作成，所以生理比前越盛。朱重單身獨自，急切要尋個老成幫手。有個慣做中人的，叫做金中，忽一日引著一個五十餘歲的人來。原來那人正是莘善，在汴梁城外安樂村居住。因那年避亂南奔，被官兵衝散了女兒瑤琴，夫妻兩口，淒淒惶惶，東逃西竄，胡亂的過了幾年。今日聞臨安興旺，南渡人民，大半安插在彼。誠恐女兒流落此地，特來尋訪，又沒消息。身邊盤纏用盡，欠了飯錢，被飯店中終日趕逐，無可奈何。偶然聽見金中說起朱家油鋪，要尋個賣油幫手。自己曾開過六陳鋪子，賣油之事，都則在行。況朱小官原是汴京人，又是鄉里，故此央金中引薦到來。朱重問了備細，鄉人見鄉人，不覺感傷。「既然沒處投奔，你老夫妻兩口，只住在我身邊，只當個鄉親相處，慢慢的訪著令愛消息，再作區處。」當下取兩貫錢把與莘善，去還了飯錢，連渾家阮氏也領將來，與朱重相見了，收拾一間空房，安頓他老夫婦在內。兩口兒也盡心竭力，內外相幫。朱重甚是歡喜。光陰似箭，不覺一年

78 桃之夭夭：本是詩經周南桃夭篇中的一句詩，這裏借「桃」諧「逃」的音，就是逃走的意思。

有餘。多有人見朱小官年長未娶，家道又好，做人又志誠，情願白白把女兒送他為妻。朱重因見了花魁娘子，十分容貌，等閑的不看在眼，立心要訪求個出色的女子，方纔肯成親。以此日復一日，擔擱下去。正是：

曾觀滄海難為水，除卻巫山不是雲。

再說王美娘在九媽家，盛名之下，朝歡暮樂，真個口厭肥甘，身嫌錦繡。然雖如此，每遇不如意之處，或是子弟們任情使性，喫醋挑槽⑲，或自己病中醉後，半夜三更，沒人疼熱，就想起秦小官人的好處來。只恨無緣再會。也是他桃花運盡，合當變更。一年之後，生出一段事端來。

卻說臨安城中，有個吳八公子，父親吳岳，見為福州太守。這吳八公子，新從父親任上回來，廣有金銀。平昔間也喜賭錢喫酒，三瓦兩舍⑳走動。聞得花魁娘子之名，未曾識面，屢屢遣人來約，欲要闞他。王美娘聞他氣質不好，不願相接，託故推辭，非止一次。那吳八公子也曾和著閑漢們親到王九媽家幾番，都不曾會。其時清明節屆，家家掃墓，處處踏青。美娘因連日遊春困倦，且是積下許多詩畫之債，未曾完得，分付家中：「一應客來，都與我辭去。」閉了房門，焚起一爐好香，擺設文房四寶，方欲舉筆，只聽得外面沸騰，卻是吳八公子，領著十餘個狠僕，來接美娘遊湖。因見鴇兒每次回他，在中堂行兇，打傢打伙，直鬧到美娘房前。只見房門鎖閉。原來妓家有個回客法兒，小娘躲在房內，卻把房門反

---

⑲ 挑槽：此指嫖客拋棄原來相好的妓女，另結新歡。一作「跳槽」。
⑳ 三瓦兩舍：酒館、妓院、賭場、雜耍場等場所。一作「三瓦二舍」。

鎖，支吾客人，只推不在。那老實的就被他哄過了。吳公子是慣家，這些套子，怎地瞞得。分付家人扭斷了鎖，把房門一腳踢開。美娘躲身不迭[81]，被公子看見，不由分說，教兩個家人，左右牽手，從房內直拖出房外來，口中兀自亂嚷亂罵。王九媽欲待上前陪禮解勸，看見勢頭不好，只得閃過。家中大小，躲得沒半個影兒。吳家狠僕牽著美娘，出了王家大門，不管他弓鞋窄小，望街上飛跑。八公子在後，揚揚得意。直到西湖口，將美娘攙下了湖船，方纔放手。美娘十二歲到王家，錦繡中養成，珍寶般供養，何曾受恁般凌賤。下了船，對著船頭，掩面大哭。吳八公子見了，放下面皮，氣忿忿的像關雲長單刀赴會，一把交椅，朝外而坐，狠僕侍立於傍。一面分付開船，一面數一數二的發作一個不住：「小賤人，小娼根，不受人擡舉！再哭時，就討打了！」美娘那裏怕他，哭之不已。船至湖心亭，吳八公子分付擺盒在亭子內，自己先上去了，卻分付家人：「叫那小賤人來陪酒。」美娘抱住了欄杆，那裏肯去，只是嚎哭。吳八公子也覺沒興。自己喫了幾杯淡酒，收拾下船，自來扯美娘。美娘雙腳亂跳，哭聲愈高。八公子大怒，教狠僕拔去簪珥。美娘蓬著頭，跑到船頭上，就要投水，被家童們扶住。公子道：「你撒賴[82]便怕你不成！就是死了，也只費得我幾兩銀子，不為大事。只是送你一條性命，也是罪過。你住了啼哭時，我就放你回去，不難為你。」美娘聽說放他回去，真個住了哭。八公子分付移船到清波門外僻靜之處，將美娘綉鞋脫下，去其裹腳，露出一對金蓮，如兩條玉筍相似。教狠僕扶他上岸，罵道：「小賤人！你有本事，自走回家，我卻沒人相送。」說罷，一篙子撐開，再向湖中而去。正是：

---

81 不迭：不及。

82 撒賴：耍無賴。

焚琴煮鶴⑧³從來有，惜玉憐香幾個知！

美娘赤了腳，寸步難行。思想：「自己才貌兩全，只為落於風塵，受此輕賤。平昔枉自結識許多王孫貴客，急切用他不著，受了這般淩辱。就是回去，如何做人？到不如一死為高。只是死得沒些名目，枉自享個盛名，到此地位，看著村莊婦人，也勝我十二分。這都是劉四媽這個花嘴，哄我落坑墮塹，致有今日！自古紅顏薄命，亦未必如我之甚！」越思越苦，放聲大哭。事有偶然，卻好朱重那日到清波門外朱十老的墳上，祭掃過了，打發祭物下船，自己步回，從此經過。聞得哭聲，上前看時，雖然蓬頭垢面，那玉貌花容，從來無兩，如何不認得！喫了一驚，道：「花魁娘子，如何這般模樣？」美娘哀哭之際，聽得聲音廝熟，止啼而看，原來正是知情識趣的秦小官。美娘當此之際，如見親人，不覺傾心吐膽，告訴他一番。朱重心中十分疼痛，亦為之流淚。袖中帶得有白綾汗巾一條，約有五尺多長，取出劈半扯開，奉與美娘裹腳，親手與他拭淚。又與他挽起青絲，再三把好言寬解。等待美娘哭定，忙去喚個煖轎，請美娘坐了，自己步送，直到王九媽家。九媽不得女兒消息，在四處打探，慌迫之際，見秦小官送女兒回來，分明送一顆夜明珠還他，如何不喜！況且鴇兒一向不見秦重挑油上門，多曾聽得人說，他承受了朱家的店業，手頭活動，體面又比前不同，自然刮目相待。又見女兒這等模樣，問其緣故，已知女兒喫了大苦，全虧了秦小官。深深拜謝，設酒相待。日已向晚，秦重略飲數杯，起身作別。美娘如何肯放，

⑧³ 焚琴煮鶴：比喻不懂風雅，糟蹋好東西。琴，本是彈奏的樂器，卻拿來當柴燒。鶴，本是養著欣賞的，卻拿來煮著吃。

道：「我一向有心於你，恨不得你見面。今日定然不放你空去。」鴇兒也來扳留。秦重喜出望外。是夜，美娘吹彈歌舞，曲盡生平之技，奉承秦重。秦重如做了一個遊仙好夢，喜得魄蕩魂消，手舞足蹈。夜深酒闌，二人相挽就寢，雲雨之事，其美滿更不必言：

一個是足力後生，一個是慣情女子。這邊說三年懷想，費幾多役夢勞魂，那邊說一載相思，喜僥倖粘皮貼肉。一個謝前番幫襯，合今番恩上加恩；一個謝今夜總成，比前夜愛中添愛。紅粉妓傾翻粉盒，羅帕留痕；賣油郎打潑油瓶，被窩沾濕。可笑村兒乾折本，作成小子弄風流。

雲雨已罷，美娘道：「我有句心腹之言與你說，你休得推托。」秦重道：「小娘子若用得著小可時，就赴湯蹈火，亦所不辭，豈有推托之理。」美娘道：「我要嫁你。」秦重笑道：「小娘子就嫁一萬個，也還不數到小可頭上，休得取笑，枉自折了小可的食料。」美娘道：「這話實是真心，怎說取笑二字！我自十四歲被媽媽灌醉，梳弄過了。此時便要從良。只為未曾相處得人，不辨好歹，恐誤了終身大事。以後相處的雖多，都是豪華之輩，酒色之徒，但知買笑追歡的樂意，那有憐香惜玉的真心。看來看去，只有你是個志誠君子，況聞你尚未娶親。若不嫌我烟花賤質，情願舉案齊眉[84]，白頭奉侍。你若不允之時，我就將三尺白羅，死於君前，表白我一片誠心，也強如昨日死於村郎之手，沒名沒目，惹人笑話。」說罷，嗚嗚的哭將起來。秦重道：「小娘子休得悲傷。小可承小娘子錯愛，將天就地，求之不得，豈敢推

[84] 舉案齊眉：東漢時，梁鴻和孟光夫婦二人互相尊敬，孟光做好了飯給梁鴻吃，總是把案（托盤一類的東西）舉得和眉毛一樣高，表示恭敬。

托。只是小娘子千金聲價，小可家貧力薄，如何擺布。也是力不從心了。」美娘道：「這卻不妨。不瞞你說，我只為從良一事，預先積趲些東西，寄頓在外。贖身之費，一毫不費你心力。」秦重道：「就是小娘子自己贖身，平昔住慣了高堂大廈，享用了錦衣玉食，在小可家，如何過活？」美娘道：「布衣蔬食，死而無怨。」秦重道：「小娘子雖然——只怕媽媽不從。」美娘道：「我自有道理。如此如此，這般這般。」兩個直說到天明。

原來黃翰林的衙內，韓尚書的公子，齊太尉的舍人，這幾個相知的人家，美娘都寄頓得有箱籠。美娘只推要用，陸續取到密地，約下秦重，教他收置在家。然後一乘轎子，擡到劉四媽家，訴以從良之事。劉四媽道：「此事老身前日原說過的。只是年紀還早，又不知你要從那一個？」美娘道：「姨娘，你莫管是甚人，少不得依著姨娘的言語，是個真從良，樂從良，了從良；不是那不真，不假，不了，不絕的勾當。只要姨娘肯開口時，不愁媽媽不允。做姪女的沒別孝順，只有十兩金子，奉與姨娘，胡亂打些釵子，是必在媽媽前做個方便。事成之時，媒禮在外。」劉四媽看見這金子，笑得眼兒沒縫，便道：「自家兒女，又是美事，如何要你的東西！這金子權時領下，只當與你收藏。此事都在老身身上。只是你的娘，把你當個搖錢之樹，等閒也不輕放你出去。怕不要千把銀子。那主兒可是肯出手的麼？也得老身見他一見，與他講通方好。」美娘道：「姨娘莫管閒事，只當你姪女自家贖身便了。」劉四媽道：「媽媽可曉得你到我家來？」美娘道：「不曉得。」四媽道：「你且在我家便飯。待老身先到你家，與媽媽講。講得通時，然後來報你。」

劉四媽僱乘轎子，擡到王九媽家。九媽相迎入內。劉四媽問起吳八公子之事，九媽告訴了一遍。四媽道：「我們行戶人家，到是養成個半低不高的丫頭，儘可賺錢，又且安穩。不論什麼客就接了，倒是日日不空的。姪女只為聲名大了，好似一塊鮝魚落地，馬蟻兒都要鑽他。雖然熱鬧，卻也不得自在。說便許多一夜，也只是個虛名。那些王孫公子來一遍，動不動有幾個幫閒[85]，連宵達旦，好不費事。跟隨的人又不少，個個要奉承得他好。有些不到之處，口裏就出粗[86]哩嗹囉嗹[87]的罵人，還要弄損你傢伙，又不好告訴他家主，受了若干悶氣。況且山人墨客，詩社棋社，少不得一月之內，又有幾日官身[88]。這些富貴子弟，你爭我奪，依了張家，違了李家，一邊喜，少不得一邊怪了。就是吳八公子這一個風波，嚇殺人的，萬一失差，卻不連本送了。官宦人家，和他打官司不成！只索忍氣吞聲。今日還虧著你家時運高，太平沒事，一個霹靂空中過去了。倘然山高水低，悔之無及。妹子聞得吳八公子不懷好意，還要到你家索鬧。姪女的性氣又不好，不肯奉承人。第一是這件，乃是個惹禍之本。」九媽道：「便是這件，老身常是擔憂。就是這八公子，也是有名有稱的人，又不是微賤之人。這丫頭抵死不肯接他，惹出這場寡氣。當初他年紀小時，還聽人教訓。如今有了個虛名，被這些富貴子弟誇他獎他，慣了他性情，驕了他氣質，動不動自作自主。逢著客來，他要接便接。他若不情願時，便是九牛也休想牽得他轉。」劉四

---

[85] 幫閒：指幫著紈袴子弟尋歡作樂的人。

[86] 出粗：講粗俗話。

[87] 哩嗹囉嗹：嘰哩咕嚕。

[88] 一月之內二句：古時妓女有官伎和私娼之分，隸屬於官家所設立的教坊樂籍的，叫做「官伎」。官伎供奉內廷，承應官府，遇到節日，要上官廳參見慶賀，平時官府有貴賓宴會，也可隨時叫他們去唱歌侍筵，叫做「喚官身」。

媽道：「做小娘的略有些身分，都則如此。」王九媽道：「我如今與你商議。倘若有個肯出錢的，不如賣了他去，到得乾淨。省得終身擔著鬼胎過日。」劉四媽道：「此言甚妙。賣了他一個，就討得五六個。若湊巧撞得著相應的[89]，十來個也討得的。這等便宜事，如何不做！」王九媽道：「老身也曾算計過來。那些有勢有力的不肯出錢，專要討人便宜。及至肯出幾兩銀子的，女兒又嫌好道歉，做張做智[90]的不肯。若有好主兒，妹子做媒，作成則個。倘若這丫頭不肯時節，還求你攛掇。這丫頭做娘的話也不聽，只你說得他信，話得他轉。」劉四媽呵呵大笑道：「做妹子的此來，正為與姪女做媒。你要許多銀子便肯放他出門？」九媽道：「妹子，你是明理的人。我們這行戶例，只有賤買，那有賤賣？況且美兒數年盛名滿臨安，誰不知他是花魁娘子。難道三百四百，就容他走動？少不得要他千金。」劉四媽道：「待妹子去講。若肯出這個數目，做妹子的便來多口。若合不著時，就不來了。」臨行時，又故意問道：「姪女今日在那裏？」王九媽道：「不要說起，自從那日喫了吳八公子的虧，怕他還來淘氣，終日裏擡個轎子，各宅去分訴。前日在齊太尉家，昨日在黃翰林家，今日又不知在那家去了。」劉四媽道：「有了你老人家做主，按定了坐盤星[91]，也不容姪女不肯。萬一不肯時，做妹子自會勸他。只是尋得主顧來，你卻莫要捉班做勢[92]。」九媽道：「一言既出，並無他說。」九媽送至門首。劉四媽叫聲咶噪[93]，上轎去了。

[89] 相應的：便宜的。
[90] 做張做智：裝模作樣。
[91] 按定了坐盤星：打定主意。坐盤星，本指秤上的第一顆星，也就是秤錘和秤盤成平衡狀態時，秤錘的懸點。此用以比喻對一切事情的標準。

這纔是：

數黑論黃雌陸賈，說長話短女隨何。若還都像虔婆口，尺水能興萬丈波。

劉四媽回到家中，與美娘說道：「我對你媽媽如此說，這般講，你媽媽已自肯了。只要銀子見面，這事立地便成。」美娘道：「銀子已曾辦下，明日姨娘千萬到我家來，玉成其事。不要冷了場，改日又費講。」四媽道：「既然約定，老身自然到宅。」美娘別了劉四媽，回家一字不題。次日，午牌時分，劉四媽果然來了。王九媽問道：「所事如何？」四媽道：「十有八九，只不曾與姪女說過。」四媽來到美娘房中，兩下相叫了，講了一回說話。四媽道：「你的主兒到了不曾？那話兒在那裏？」美娘指著床頭道：「在這幾隻皮箱裏。」美娘把五六隻皮箱一時都開了，五十兩一封，搬出十三四封來，又把些金珠寶玉算價，足勾千金之數。把個劉四媽驚得眼中出火，口內流涎，想道：「小小年紀，這等有肚腸！不知如何設法，積下許多東西？我家這幾個粉頭，一般接客，趕得著他那裏！不要說不會生發，94就是有幾文錢在荷包裏，閒時買瓜子磕，買糖兒喫，兩條腳帶破了，還要做媽的與他買布哩。偏生九阿姐造化，討得著，年時賺了若干錢鈔，臨出門還有這一主大財，又是取諸宮中95，不勞餘力。」這是心中暗

92 捉班做勢：裝腔作勢。

93 叫聲咶噪：咶噪，宜作「聒噪」，即「打擾」。舊時賓主應酬的禮節，客人臨行時，應當向主人家說一聲「咶噪」。

94 生發：想辦法賺錢。

想之語，卻不曾說出來。美娘見劉四媽沉吟，只道他作難索謝，慌忙又取出四疋潞紬，兩股寶釵，一對鳳頭玉簪，放在桌上，道：「這幾件東西，奉與姨娘為伐柯之敬。」劉四媽歡天喜地對王九媽說道：「姪女情願自家贖身，一般身價，並不短少分毫。比著孤老賣身更好。省得閒漢們從中說合，費酒費漿，還要加一加二的謝他。」王九媽聽得說女兒皮箱內有許多東西，到有個咈然之色[96]。你道卻是為何？世間只有鴇兒的狠，做小娘的設法些東西，都送到他手裏，纔是快活。也有做些私房在箱籠內，鴇兒曉得些風聲，專等女兒出門，捵[97]開鎖鑰，翻箱倒籠取個罄空。只為美娘盛名之下，相交都是大頭兒，替做娘的掙得錢鈔，又且性格有些古怪，等閒不敢觸犯。故此臥房裏面，鴇兒的腳也不搠進去。誰知他如此有錢。劉四媽見九媽顏色不善，便猜著了，連忙道：「九阿姐，你休得三心兩意。這些東西，就是姪女自家積下的，也不是你本分之錢。他若肯花費時，也花費了，或是他不長進，把來津貼了得意的孤老，你也那裏知道！這還是他做家的好處。況且小娘自己手中沒有錢鈔，臨到從良之際，難道赤身趕他出門？少不得頭上腳下都要收拾得光鮮，等他好去別人家做人。如今他自家拿得出這些東西，料然一絲一線不費你的心。這一主銀子，是你完完全全鼈在腰跨裏的。他就贖身出去，怕不是你女兒。倘然他掙得好時，時朝月節，怕他不來孝順你。就是嫁了人時，他又沒有親爹親娘，你也還去做得著他的外婆，受用處正有哩。」只這一套話，說得王九媽心中爽然，當下應允。劉四媽就去搬出銀子，一封封兌過，交付與九

[95] 取諸宮中：從自己家裏取出來。
[96] 咈然之色：不樂。咈，音ㄈㄨˊ。
[97] 捵：音ㄔㄣ。扯。

媽，又把這些金珠寶玉，逐件指物作價。對九媽說道：「這都是做妹子的故意估下他些價錢。若換與人，還便宜得幾十兩銀子。」王九媽雖同是個鴇兒，到是個老實頭，但憑劉四媽說話，無有不納。

劉四媽見王九媽收了這主東西，便叫亡八寫了婚書，交付與美兒。美兒道：「趁姨娘在此，奴家就拜別了爹媽出門，借姨娘家住一兩日，擇吉從良，未知姨娘允否？」劉四媽得了美娘許多謝禮，生怕九媽翻悔，巴不得美娘出了他門，完成一事，說道：「正該如此。」當下美娘收拾了房中自己的梳臺拜匣，皮箱鋪蓋之類。但是鴇兒家中之物，一毫不動。收拾已完，隨著四媽出房，拜別了假爹假媽，和那姨娘行中，都相叫了。王九媽一般哭了幾聲。美娘喚人挑了行李，欣然上轎，同劉四媽到劉家去。四媽出一間幽靜的好房，頓下美娘行李。眾小娘都來與美娘叫喜。是晚，朱重差莘善到劉四媽家討信，已知美娘贖身出來。擇了吉日，笙簫鼓樂娶親。劉四媽就做大媒送親，朱重與花魁娘子花燭洞房，歡喜無限。

雖然舊事風流，不減新婚佳趣。

次日，莘善老夫婦請新人相見，各各相認，喫了一驚。問起根由，至親三口，抱頭而哭。朱重方纔認得是丈人丈母。請他上坐，夫妻二人，重新拜見。親鄰聞知，無不駭然。是日，整備筵席，慶賀兩重之喜，飲酒盡歡而散。三朝之後，美娘叫丈夫備下幾副厚禮，分送舊相知各宅，以酬其寄頓箱籠之恩，并報他從良信息。此是美娘有始有終處。王九媽、劉四媽家，各有禮物相送，無不感激。滿月之後，美娘將箱籠打開，內中都是黃白之資，吳綾蜀錦，何止百計，共有三千餘金，都將匙鑰交付丈夫，慢慢的買房置產，整頓家當。油鋪生理，都是丈人莘善管理。不上一年，把家業掙得花錦般相似，驅奴使婢，甚有氣象。

朱重感謝天地神明保佑之德，發心於各寺廟喜捨合殿香燭一套，供琉璃燈油三個月；齋戒沐浴，親往拈香禮拜。先從昭慶寺起，其他靈隱法相淨慈天竺等寺，以次而行。就中單說天竺寺，是觀音大士的香火，有上天竺、中天竺、下天竺，三處香火俱盛，卻是山路，不通舟楫。朱重叫從人挑了一擔香燭，三擔清油，自己乘轎而往。先到上天竺來。寺僧迎接上殿。老香火秦公點燭添香。此時朱重居移氣，養移體⑱，儀容魁岸，非復幼時面目，秦公那裏認得他是兒子。只因油桶上有個大大的秦字，又有汴梁二字，心中甚以為奇。也是天然湊巧。剛剛到上天竺，偏用著這兩隻油桶。朱重拈香已畢，秦公托出茶盤，主僧奉茶，秦公問道：「不敢動問施主，這油桶上為何有此三字？」朱重聽得問聲，帶著汴梁人的土音，忙問道：「老香火，你問他怎麼？莫非也是汴梁人麼？」秦公道：「正是。」朱重道：「你姓甚名誰？為何在此出家？共有幾年了？」秦公把自己姓名鄉里，細細告訴：「某年上避兵來此，因無活計，將十三歲的兒子秦重，過繼與朱家。如今有八年之遠。一向為年老多病，不曾下山問得信息。」朱重一把抱住，放聲大哭道：「孩兒便是秦重。向在朱家挑油買賣。正為要訪求父親下落，故此於油桶上，寫汴梁秦三字，做個標識。誰知此地相逢！真乃天與其便！」眾僧見他父子別了八年，今朝重會，各各稱奇。朱重這一日，就歇在上天竺，與父親同宿，各敘情節。次日，取出中天竺、下天竺兩個疏頭⑲換過，內

---

⑱ 居移氣二句：氣，氣質。體，身體。這是說：一個人因環境、營養的改進，使得他的氣質、身體也跟著改變了原來的樣子。語見孟子盡心上。

⑲ 疏頭：和尚、道士祈禱誦經之前，向神前焚化的禱詞。

中朱重，仍改做秦重，復了本姓，兩處燒香禮拜已畢，轉到上天竺，要請父親回家，安樂供養。秦公出家已久，喫素持齋，不願隨兒子回家。秦重道：「父親別了八年，孩兒有缺侍奉。況孩兒新娶媳婦，也得他拜見公公方是。」秦公只得依允。秦重將轎子讓與父親乘坐，自己步行，直到家中。秦重取出一套新衣，與父親換了，中堂設坐，同妻莘氏雙雙參拜。親家莘公、親母阮氏，齊來見禮。此日大排筵席。秦公不肯開葷，素酒素食。次日，鄰里斂財稱賀。一則新婚，二則新娘子家眷團圓，三則父子重逢，四則秦小官歸宗復姓，共是四重大喜。一連又喫了幾日喜酒。秦公不願家居，思想上天竺故處清淨出家。秦重不敢違親之志，將銀二百兩，於上天竺另造淨室一所，送父親到彼居住。其日用供給，按月送去。每十日親往候問一次。每一季同莘氏往候一次。那秦公活到八十餘，端坐而化。遺命葬於本山。此是後話。

卻說秦重和莘氏，夫妻偕老，生下兩個孩兒，俱讀書成名。至今風月中市語，凡誇人善於幫襯，都叫做「秦小官」，又叫「賣油郎」。有詩為證：

春來處處百花新，蜂蝶紛紛競採春。堪愛豪家多子弟，風流不及賣油人。

第四卷 灌園叟晚逢仙女

連宵風雨閉柴門，落盡深紅只柳存。欲掃蒼苔且停箒，堦前點點是花痕。

這首詩為惜花而作。昔唐時有一處士姓崔，名玄微，平昔好道，不娶妻室，隱於洛東。所居庭院寬敞，遍植花卉竹木。構一室在萬花之中，獨處於內。童僕都居苑外，無故不得輒入。如此三十餘年，足跡不出園門。時值春日，院中花木盛開，玄微日夕徜徉其間。一夜，風清月朗，不忍舍花而睡。乘著月色，獨步花叢中。忽見月影下，一青衣冉冉而來。玄微驚訝道：「這時節那得有女子到此行動？」心下雖然怪異，又說道：「且看他到何處去？」那青衣不往東，不往西，逕至玄微面前，深深道個萬福。玄微還了禮，問道：「女郎是誰家宅眷？因何深夜至此？」那青衣啟一點朱唇，露兩行碎玉道：「兒家與處士相近。今與女伴過上東門❶，訪表姨，欲借處士院中暫憩，不知可否？」玄微見來得奇異，欣然許之。青衣稱謝，原從舊路轉去。不一時，引一隊女子，分花約柳而來，與玄微一一相見。玄微就月下仔細看時，一個個姿容媚麗，體態輕盈，或濃或淡，粧束不一。隨從女郎，盡皆妖豔。正不知從那裏來的。相見畢，玄微邀進室中，分賓主坐下。開言道：「請問諸位女娘姓氏。今訪何姻戚，乃得光降敝園？」

❶上東門：洛陽的一個城門名。

一衣綠裳者答道：「妾乃楊氏。」指一穿白的道：「此位李氏。」又指一衣絳服的道：「此位陶氏。」遂逐一指示。最後到一緋衣小女，乃道：「此位姓石，名阿措。我等雖則異姓，俱是同行姊妹。因封家十八姨❷，數日云欲來相看，不見其至。今夕月色甚佳，故與姊妹們同往候之。二來素蒙處士愛重，妾等順便相謝。」玄微方待酬答，青衣報道：「封家姨至。」眾皆驚喜出迎。玄微閃過半邊觀看。眾女子相見畢，說道：「正要來看十八姨；為主人留坐，不意姨至；足見同心。」各向前致禮。十八姨道：「屢欲來看卿等，俱為使命所阻。今乘間至此。」眾女道：「如此良夜，請姨寬坐，當以一尊為壽。」遂授旨青衣去取。十八姨問道：「此地可坐否？」楊氏道：「主人甚賢，地極清雅。」十八姨道：「主人安在？」玄微趨出相見。舉目看十八姨，體態飄逸，言詞泠泠❸有林下風氣❹。近其傍，不覺寒氣侵肌，毛骨竦然。遜入堂中，侍女將桌椅已是安排停當。請十八姨居於上席。眾女挨次而坐。玄微末位相陪。不一時，眾青衣取到酒餚，擺設上來。佳餚異果，羅列滿案。酒味醇醲，其甘如飴，俱非人世所有。此時月色倍明，室中照耀，如同白日。滿坐芳香，馥馥襲人。賓主酬酢，盃觥交雜。酒至半酣，一紅裳女子滿斟大觥，送與十八姨道：「兒有一歌，請為歌之。」歌云：

絳衣披拂露盈盈，淡染胭脂一朵輕。自恨紅顏留不住，莫怨春風道薄情。

---

❷ 封家十八姨：指神話故事中管颳風的女神。也叫風姨。

❸ 泠泠：聲音洋溢。

❹ 林下風氣：形容婦女態度優美，舉止不庸俗的樣子。

歌聲清婉，聞者皆淒然。又一白衣女子送酒道：「兒亦有一歌。」歌云：

皎潔玉顏勝白雪，況乃當年對芳月。沉吟不敢怨春風，自歎容華暗消歇。

其音更覺慘切。那十八姨性頗輕佻，卻又好酒。多了幾盃，漸漸狂放。聽了二歌，乃道：「值此芳辰美景，賓主正歡，何遽作傷心語！歌旨又深刺干❺，殊為慢客。須各罰以大觥，當另歌之。」遂手斟一盃遞來。酒醉手軟，持不甚牢，盃纔舉起，不想袖在筯上一兜，撲碌的連盃打翻。這酒若翻在別個身上，卻也罷了，恰恰裏盡潑在阿措身上。阿措年嬌貌美，性愛整齊，穿的卻是一件大紅簇花緋衣。那紅衣最忌的是酒，纔沾滴點，其色便敗，怎經得這一大盃酒！況且阿措也有七八分酒意，見污了衣服，作色道：「諸姊妹有所求，吾不畏爾！」即起身往外就走。十八姨也怒道：「小女弄酒，敢與吾為抗耶？」亦拂衣而起。眾女子留之不住，齊勸道：「阿措年幼，醉後無狀，望勿記懷。明日當率來請罪！」相送下堦。十八姨忿忿向東而去。眾女子與玄微作別，向花叢中四散而走。玄微欲觀其蹤跡，隨後送之。步急苔滑，一交跌倒。掙起身來看時，眾女子俱不見了。心中想道：「是夢卻又未曾睡臥。若是鬼，又衣裳楚楚，言語歷歷。是人，如何又倏然無影？」胡猜亂想，驚疑不定。回入堂中，桌椅依然，擺設盃盤，一毫已無；惟覺餘馨滿室。雖異其事，料非禍祟，卻也無懼。

到次晚，又往花中步玩。見諸女子已在，正勸阿措往十八姨處請罪。阿措怒道：「何必更懇此老嫗？有事只求處士足矣。」眾皆喜道：「妹言甚善。」齊向玄微道：「吾姊妹皆住處士苑中，每歲多被惡風

❺ 刺干：諷刺；冒犯。

所撓，居止不安。常求十八姨相庇。昨阿措誤觸之，此後應難取力。處士倘肯庇護，當有微報耳。」玄微道：「某有何力，得庇諸女？」阿措道：「只求處士每歲元旦，作一朱幡，上圖日月五星之文，立於苑東，吾輩則安然無恙矣。今歲已過，請於此月二十一日平旦，微有東風，即立之，可免本日之難。」玄微道：「此乃易事，敢不如命。」齊聲謝道：「得蒙處士慨允，必不忘德。」言訖而別，其行甚疾。玄微隨之不及。忽一陣香風過處，各失所在。玄微欲驗其事，次日即製辦朱幡。候至廿一日，清早起來，果然東風微拂。急將幡豎立苑東。少頃，狂風振地，飛沙走石，自洛南一路，摧林折樹；惟苑中繁花不動。玄微方曉諸女者，眾花之精也。緋衣名阿措，即安石榴也。封十八姨，乃風神也。到次晚，眾女各裹桃李花數斗來謝道：「承處士脫某等大難，無以為報。餌❻此花英，可延年卻老。願長如此衛護，某等亦可收長生。」玄微依其言服之，果然容顏轉少，如三十許人。後得道仙去。有詩為證：

> 洛中處士愛栽花，歲歲朱幡繪采茶。學得餐英堪不老，何須更覓棗如瓜❼。

* * *

列位莫道小子說風神與花精往來，乃是荒唐之語。那九州四海之中，目所未見，耳所未聞，不載史冊，不見經傳，奇奇怪怪，蹺蹺蹊蹊的事，不知有多多少少。就是張華的博物志❽，也不過志其一二；

---

❻ 餌：吃。

❼ 棗如瓜：神仙故事中，相傳仙境冥海出產的棗像瓜一樣大，人吃了就可成仙。

❽ 博物志：書名。舊題「晉張華撰」，是一部筆記性質的書。

虞世南的行書廚❾，也包藏不得許多。此等事甚是平常，不足為異。然雖如此，又道是子不語怪❿，且閣過一邊。只那惜花致福，損花折壽，乃見在功德，須不是亂道。列位若不信時，還有一段灌園叟晚逢仙女的故事，待小子說與列位看官們聽。若平日愛花的，聽了自然將花分外珍重。內中或有不惜花的，小子就將這話勸他，惜花起來。雖不能得道成仙，亦可以消閒遣悶。

你道這段話文出在那個朝代？何處地方？就在大宋仁宗年間，江南平江府東門外長樂村中。這村離城只去三里之遠。村上有個老者，姓秋名先，原是莊家出身，有數畝田地，一所草房。媽媽水氏已故，別無兒女。那秋先從幼酷好栽花種果，把田業都撇棄了，專於其事。若偶覓得種異花，就是拾著珍寶，也沒有這般歡喜。隨你極緊要的事出外，路上逢著人家有樹花兒，不管他家容不容，便陪著笑臉，捱進去求玩。若平常花木，或家裏也在正開，還轉身得快。倘然是一種名花，家中沒有的，雖或有，已開過了，便將正事撇在半邊，依依不捨，永日忘歸。人都叫他是花癡。或遇見賣花的有株好花，不論身邊有錢無錢，一定要買。無錢時便脫身上衣服去解當。也有賣花的知他僻性，故高其價，也只得忍貴買回。又有那破落戶⓫曉得他是愛花的，各處尋覓好花折來，把泥假捏個根兒哄他，少不得也買。有恁般奇事！

❾ 虞世南的行書廚：虞世南，唐初博學者。曾官祕書監。行書廚，指活的書櫃子。這是說他記得很多書，很博學的意思。唐太宗出行，有人建議要帶著書一起走，唐太宗說不用，有虞世南在，他就是「行祕書」（活的圖書館）。

❿ 子不語怪：孔子不講怪異等事。論語述而篇說：「子不語：怪、力、亂、神。」

⓫ 破落戶：門第衰落的無賴子弟。

將來⑫種下，依然肯活。日積月累，遂成了一個大園。那園周圍編竹為籬，籬上交纏薔薇、荼蘼、木香、刺梅、木槿、棣棠、金雀，籬邊遍下蜀葵、鳳仙、雞冠、秋葵、鶯粟等種。更有那金萱、百合、剪春羅、剪秋羅、滿地嬌、十樣錦、美人蓼、山躑躅、高良姜、白蛺蝶、夜落金錢、纏枝牡丹等類，不可枚舉。遇開放之時，爛如錦屏。遠籬數步，盡植名花異卉。一花未謝，一花又開。向陽設兩扇柴門，門內一條竹徑，兩邊都結柏屏遮護。轉過柏屏，便是三間草堂。房雖草覆，卻高爽寬敞，窗槅明亮。堂中掛一幅無名小畫，設一張白木臥榻。桌凳之類，色色潔淨。打掃得地下無纖毫塵垢。堂後精舍數間，臥室在內。那花卉無所不有，十分繁茂。真個四時不謝，八節長春⑬。但見：

梅標清骨，蘭挺幽芳。茶呈雅韻，李謝濃粧。杏嬌疎雨，菊傲嚴霜。水仙冰肌玉骨，牡丹國色天香。玉樹亭亭堦砌，金蓮冉冉池塘。芍藥芳姿少比，石榴麗質無雙。丹桂飄香月窟，芙蓉冷豔寒江。梨花溶溶夜月，桃花灼灼朝陽。山茶花寶珠稱貴，蠟梅花磬口⑭方香。海棠花西府⑮為上，瑞香花金邊最良。玫瑰杜鵑，爛如雲錦，繡毬郁李，點綴風光。說不盡千般花卉，數不了萬種芬芳。

---

⑫ 將來：拿來。

⑬ 四時不謝二句：四時，春夏秋冬。八節，立春、春分、立夏、夏至、立秋、秋分、立冬、冬至。

⑭ 磬口：或作「罄口」。蠟梅的一種。花五瓣，盛開的時候也常常半含，出自河南，色香形都是第一。

⑮ 西府：四種海棠中的一種。樹略高，葉茂枝柔，花色淺絳如深胭脂色。

籬門外，正對著一個大湖，名為朝天湖，俗名荷花蕩。這湖東連吳淞江，西通震澤，南接龐山湖。湖中景致，四時晴雨皆宜。秋先於岸傍堆土作堤，廣植桃柳。每至春時，紅綠間發，宛似西湖勝景。沿湖遍插芙蓉，湖中種五色蓮花。盛開之日，滿湖錦雲爛熳，香氣襲人，小舟蕩槳採菱，歌聲泠泠。遇斜風微起，偎船競渡，縱橫如飛。柳下漁人，艤船⑯晒網。也有戲兒的，結網的，醉臥船頭的，沒水賭勝的，歡笑之音不絕。那賞蓮遊人，畫船簫管鱗集，至黃昏迴棹，燈火萬點，間以星影螢光，錯落難辨。深秋時，霜風初起，楓林漸染黃碧，野岸衰柳芙蓉，雜間白蘋紅蓼，掩映水際；蘆葦中鴻雁群集，嘹嚦干雲⑰，哀聲動人。隆冬天氣，彤雲密布，六花飛舞，上下一色。那四時景致，言之不盡。有詩為證：

朝天湖畔水連天，不唱漁歌即採蓮。小小茅堂花萬種，主人日日對花眠。

按下散言，且說秋先每日清晨起來，掃淨花底落葉，汲水逐一灌溉。到晚上又澆一番。若有一花將開，不勝歡躍。或煖壺酒兒，或烹甌茶兒，向花深深作揖，先行澆奠，口稱花萬歲三聲，然後坐於其下，淺斟細嚼。酒酣興到，隨意歌嘯。身子倦時，就以石為枕，臥在根傍。自半含至盛開，未嘗暫離。如見日色烘烈，乃把椶⑱拂醮水沃之。遇著月夜，便連宵不寐。倘值了狂風暴雨，即披簑頂笠，周行花間檢視。遇有欹枝，以竹扶之。雖夜間，還起來巡看幾次。若花到謝時，則累日歎息，常至墮淚。又不捨得

⑯ 艤船：附船著岸。艤，音ㄧˇ。
⑰ 干雲：形容聲音宏亮，上達天空。
⑱ 椶：音ㄗㄨㄥ。同「棕」。常綠喬木。葉作掌狀分裂，柄很長。棕毛強韌耐水，可製繩索、雨具。

那些落花，以椶拂輕輕拂來，置於盤中，時嘗觀玩。直至乾枯，裝入淨甕。滿甕之日，再用茶酒澆奠，慘然若不忍釋。然後親捧其甕，深埋長堤之下，謂之「葬花」。倘有花片，被雨打泥污的，必以清水再四滌淨，然後送入湖中，謂之「浴花」。

平昔最恨的是攀枝折朵。他也有一段議論，道：「凡花一年只開得一度，四時中只占得一時，一時中又只占得數日。他熬過了三時的冷淡，纔討得這數日的風光。看他隨風而舞，迎人而笑，如人正當得意之境，忽被催殘⑲，巴此數日甚難，一朝折損甚易。花若能言，豈不嗟歎。況就此數日間，先猶含蕊，後復零殘。盛開之時，更無多了。又有蜂採、鳥啄、蟲鑽、日炙、風吹、霧迷、雨打，全仗人去護惜他，卻反恣意拗折，於心何忍！且說此花自芽生根，自根生本，強者為幹，弱者為枝。一幹一枝，不知養成了多少年月。及候至花開，供人清玩，有何不美，定要折他！花一離枝，再不能上枝，枝一去幹，再不能附幹，如人死不可復生，刑不可復贖，花若能言，豈不悲泣！又想他折花的，不過擇其巧幹，愛其繁枝，插之瓶中，置之席上，或供賓客片時侑⑳酒之歡，或助婢妾一日梳粧之飾，不思客觴可飽玩於花下，閨粧可借巧於人工。手中折了一枝，鮮花就少了一枝。今年伐了此幹，明年便少了此幹。何如延其性命，年年歲歲，玩之無窮乎？還有未開之蕊，隨花而去，此蕊竟槁滅枝頭，與人之童殀何異。又有原非愛玩，趁興攀折。既折之後，揀擇好歹，逢人取討，即便與之。或隨路棄擲，略不顧惜。如人橫禍枉死，無處中冤。花若能言，豈不痛恨！」他有了這段議論，所以生平不折一枝，不傷一蕊。就是別人家園上，他

---

⑲ 催殘：當作「摧殘」。猶摧毀。

⑳ 侑：音ㄧㄡˋ。助；勸。

心愛著那一種花兒，寧可終日看玩。假饒㉑那花主人要取一枝一朵來贈他，他連稱罪過，決然不要。若有傍人要來折花者，只除他不看見罷了，他若見時，就把言語再三勸止。人若不從其言，他情願低頭下拜，代花乞命。人雖叫他是花癡，多有可憐他一片誠心，因而住手者。他又深深作揖稱謝。又有小廝們要折花賣錢的，他便將錢與之，不教折損。或他不在時，被人折損，他來見有損處，必淒然傷感，取泥封之，謂之「醫花」。為這件上，所以自己園中不輕易放人遊玩。偶有親戚鄰友要看，難好回時，先將此話講過，纔放進去。又恐穢氣觸花，只許遠觀，不容親近。倘有不達時務的，捉空摘了一花一蕊，那老兒便要面紅頸赤，大發喉急㉒。下次就打罵他，也不容進去看了。後來人都曉得了他的性子，就一葉兒也不敢摘動。

大凡茂林深樹，便是禽鳥的巢穴。有花果處，越發千百為群。如單食果實，到還是小事。偏偏只揀花蕊啄傷。惟有秋先卻將米穀置於空處飼之，又向禽鳥祈祝。那禽鳥卻也有知覺，每日食飽，在花間低飛輕舞，宛囀嬌啼，並不損一朵花蕊，也不食一個果實。故此產的果品最多，卻又大而甘美。每熟時就先望空祭了花神，然後敢嘗。又遍送左近鄰家試新，餘下的方鬻。一年到有若干利息。那老者因得了花中之趣，自少至老，五十餘年，略無倦意。筋骨愈覺強健。粗衣淡飯，悠悠自得。有得贏餘，就把來周濟村中貧乏。自此合村無不敬仰，又呼為秋公。他自稱為灌園叟。有詩為證：

㉑ 假饒：假使。

㉒ 喉急：著急；生氣。

朝灌園兮暮灌園，灌成園上百花鮮。花開每恨看不足，為愛看園不肯眠。

話分兩頭。卻說城中有一人姓張，名委，原是個宦家子弟，為人奸狡詭譎，殘忍刻薄。恃了勢力，專一欺鄰嚇舍，紮害良善。觸著他的，風波立至，必要弄得那人破家蕩產，方纔罷手。手下用一班如狼似虎的奴僕，又有幾個助惡的無賴子弟，日夜合做一塊，到處闖禍生災，受其害者無數。不想卻遇了一個又狠似他的，輕輕捉去，打得個臭死。及至告到官司，又被那人弄了些手腳㉓，反問輸了。因粧了幌子，自覺無顏，帶了四五個家人，同那一班惡少，暫在莊上遣悶。那莊正在長樂村中，離秋公家不遠。一日早飯後，喫得半酣光景，向村中閒走，不覺來到秋公門首。只見籬上花枝鮮媚，四圍樹木繁翳，齊道：「這所在到也幽雅！是那家的？」家人道：「此是種花秋公園上，有名叫做花癡。」張委道：「我常聞得說莊邊有什麼秋老兒，種得異樣好花，原來就住在此。我們何不進去看看？」家人道：「這老兒有些古怪，不許人看的。」張委道：「別人或者不肯，難道我也是這般？快去敲門！」那時園中牡丹盛開，秋公剛剛澆灌完了，正將著一壺酒兒，兩碟果品，在花下獨酌，自取其樂。飲不上三盃，只聽得鬧鬧的敲門響，放下酒杯，走出來開門一看，見站著五六個人，酒氣直沖。秋公料道必是要看花的，便攔住門口，問道：「列位有甚事到此？」張委道：「你這老兒不認得我麼？我乃城裏有名的張衙內。那邊張家莊便是我家的。聞得你園中好花甚多，特來遊玩。」秋公道：「告衙內，老漢也沒種甚好花，不過是桃杏之類，都已謝了。如今並沒別樣花卉。」張委睜起雙眼道：「這老兒恁般㉔可惡！看看花兒打甚

㉓ 弄了些手腳：弄手腳，即「使手段」。

緊，卻便回我沒有。難道喫了你的？」秋公道：「不是老漢說謊，果然沒有。」張委那裏肯聽，向前叉開手，當胸一攙，秋公站立不牢，踉踉蹌蹌，直撞過半邊。眾人一齊擁進。秋公見勢頭兇惡，只得讓他進去，把籬門掩上，隨著進來，向花下取過酒果，站在傍邊。眾人看那四邊花草甚多，惟有牡丹最盛。那花不是尋常玉樓春之類，乃五種有名異品。那五種？

黃樓子　綠蝴蝶　西瓜穰　舞青猊　大紅獅頭

這牡丹乃花中之王，惟洛陽為天下第一。有「姚黃」「魏紫」㉕名色，一本價值五千。你道因何獨盛於洛陽？只為昔日唐朝有個武則天皇后，淫亂無道，寵幸兩個官兒，名喚張易之、張昌宗，於冬月之間，要遊後苑，寫出四句詔來，道：

來朝遊上苑，火速報春知。百花連夜發，莫待曉風吹。

不想武則天原是應運之主，百花不敢違旨，一夜發蕊開花。次日駕幸後苑，只見千紅萬紫，芳菲滿目，單有牡丹花有些志氣，不肯奉承女主倖臣，要一根葉兒也沒有。則天大怒，遂貶於洛陽。故此洛陽牡丹冠於天下。有一隻上樓春詞，單贊牡丹花的好處。詞云：

名花綽約東風裏，占斷韶華都在此。芳心一片可人憐，春色三分愁雨洗。　玉人盡日懨懨地，猛

㉔ 恁般：這般。

㉕ 姚黃魏紫：指宋代兩種名貴的牡丹花種。姚黃出於姚氏家，魏紫出於魏氏家。

被笙歌驚破睡。起臨粧鏡似嬌羞，近日傷春輸與你。

那花正種在草堂對面，周圍以湖石攔之，四邊豎個木架子，上覆布幔，遮蔽日色。花本高有丈許，最低亦有六七尺，其花大如丹盤，五色燦爛，光華奪目。眾人齊贊：「好花！」張委便踏上湖石去嗅那香氣。秋先極怪的是這節。乃道：「衙內站遠些看，莫要上去。」張委惱他不容進來，心下正要尋事，又聽了這話，喝道：「你那老兒住在我莊邊，難道不曉得張衙內名頭麼？有恁樣好花，故意回說沒有。不計較就勾了，還要多言，那見得聞一聞就壞了花？你便這般說，我偏要聞。」遂把花逐朵攀下來，一個鼻子湊在花上去嗅。那秋老在傍，氣得敢怒而不敢言。也還道略看一回就去；誰知這廝故意賣弄道：「有恁樣好花，如何空過？須把酒來賞玩。」分付家人快去取。秋公見要取酒來賞，更加煩惱，向前道：「所在蝸窄，沒有坐處。衙內止看看花兒，酒還到貴莊上去喫。」張委指著地上道：「這地下儘好坐。」秋公道：「地上齷齪㉖，衙內如何坐得？」張委道：「不打緊，少不得有氈條遮襯。」不一時，酒餚取到，鋪下氈條，眾人團團圍坐，猜拳行令，大呼小叫，十分得意。只有秋公骨篤了嘴㉗，坐在一邊。

那張委看見花木茂盛，就起個不良之念，思想要吞占他的。斜著醉眼，向秋公道：「看你這蠢老兒不出，到會種花，卻也可取。賞你一盃。」秋公那裏有好氣答他，氣忿忿的道：「老漢天性不會飲酒。不敢從命。」張委又道：「你這園可賣麼？」秋公見口聲來得不好，老大驚訝，答道：「這園是老漢的

㉖ 齷齪：音ㄨㄛˋ ㄔㄨㄛˋ。不潔。

㉗ 骨篤了嘴：鼓起嘴巴，生氣不語的樣子。

性命，如何捨得賣？」張委道：「什麼性命不性命！賣與我罷了。你若沒去處，一發連身歸在我家。又不要做別事，單單替我種些花木，可不好麼？」眾人齊道：「你這老兒好造化，難得衙內恁般看顧。還不快些謝恩？」秋公看見逐步欺負上來，一發氣得手足麻軟，也不去睬他。張委道：「這老兒可惡！肯不肯，如何不答應我？」秋公道：「說過不賣了，怎的只管問？」張委道：「放屁！你若再說句不賣，就寫帖兒，送到縣裏去。」秋公氣不過，欲要搶白幾句，又想一想，他是有勢力的人，卻又醉了，怎與他一般樣見識？且哄了去再處，忍著氣答道：「衙內總要買，必須從容一日，豈是一時急驟的事。」眾人道：「這話也說得是。就在明日罷。」此時都已爛醉，齊立起身。家人收拾家伙先去。秋公恐怕折花，預先在花邊防護。那張委真個走向前，便要踹上湖石去採。秋先扯住道：「衙內，這花雖是微物，但一年間不知廢多少工夫，纔開得這幾朵。不爭折損了，深為可惜。況折去不過二三日就謝了，何苦作這樣罪過！」張委喝道：「胡說！有甚罪過！你明日賣了，便是我家之物。就都折盡，與你何干！」把手去推開。秋公揪住死也不放，道：「衙內便殺了老漢，這花決不與你摘的。」眾人道：「這老兒其實可惡！衙內採朵花兒，值什麼大事，粧出許多模樣！難道怕你就不摘了？」遂齊走上前亂摘。把那老兒急得叫屈連天，捨了張委，拚命去攔阻。扯了東邊，顧不得西首。頃刻間摘下許多。秋老心疼肉痛，罵道：「你這班賊男女，無事登門，將我欺負，要這性命何用！」趕向張委身邊，撞個滿懷。去得勢猛，張委又多了幾盃酒，把腳不住，翻觔斗跌倒。眾人都道：「不好了！衙內打壞也！」齊將花撇下，便趕過來，要打秋公。內中有一個老成些的，見秋公年紀已老，恐打出事來，勸住眾人，扶起張委。張委因跌了這交，心中轉惱。趕上前打得個隻蕋不留，撒作遍地，意尤未足，又向花中踐踏一回。可惜好花，正是：

老拳毒酒交加下，翠葉嬌花一旦休。好似一番風雨惡，亂紅零落沒人收。

當下只氣得個秋公愴地呼天㉘，滿地亂滾。鄰家聽得秋公園中喧嚷，齊跑進來。看見花枝滿地狼籍，眾人正在行兇，鄰里盡喫一驚，上前勸住。問知其故，內中到有兩三個是張委的租戶，齊替秋公陪個不是，虛心冷氣，送出籬門。張委道：「你們對那老賊說，好好把園送我，便饒了他。若說半個不字，須教他仔細著。」恨恨而去。鄰里們見張委醉了，只道酒話，不在心上。覆身轉來，將秋公扶起，坐在堦沿上。那老兒放聲號慟。眾鄰里勸慰了一番，作別出去，與他帶上籬門，一路行走。內中也有怪秋公平日不容看花的，便道：「這老官兒㉙真個忒煞古怪，所以有這樣事，也得他經一遭兒，警戒下次。」內中又有直道的道：「莫說這沒天理的話！自古道：種花一年，看花十日。那看的但覺好看，贊聲好花罷了，怎得知種花的煩難。只這幾朵花，正不知費了許多辛苦，纔培植得恁般茂盛。如何怪得他愛惜！」

不題眾人，且說秋公不捨得這些殘花，走向前將㉚手去檢起來看，見踐踏得凋殘零落，塵垢沾污，心中悽慘，又哭道：「花阿！我一生愛護，從不曾損壞一瓣一葉，那知今日遭此大難！」正哭之間，只聽得背後有人叫道：「秋公為何恁般痛哭？」秋公回頭看時，乃是一個女子，年約二八，姿容美麗，雅淡梳粧，卻不認得是誰家之女。乃收淚問道：「小娘子是那家？至此何幹？」那女子道：「我家住在左

㉘ 愴地呼天：形容急時亂撞亂叫的樣子。愴，一般作「搶」。搶地，用頭觸地。呼天，喊天。

㉙ 老官兒：老頭兒。

㉚ 將：拿。

近。因聞你園中牡丹花茂盛，特來遊玩，不想都已謝了。」秋公題起牡丹二字，不覺又哭起來。女子道：「你且說有甚苦情，如此啼哭？」秋公將張委打花之事說出。那女子笑道：「原來為此緣故。你可要這花原上枝頭麼？」秋公道：「小娘子休得取笑！那有落花返枝的理？」女子道：「我祖上傳得個落花返枝的法術，屢試屢驗。」秋公聽說，化悲為喜道：「小娘子真個有這法術麼？」女子道：「怎的不真？」秋公倒身下拜道：「若得小娘子施此妙術，老漢無以為報，但每一種花開，便來相請賞玩。」女子道：「你且莫拜，去取一碗水來。」秋公慌忙跳起去取水，心下又轉道：「如何有這樣妙法？莫不是見我哭泣，故意取笑？」又想道：「這小娘子從不相認，豈有耍我之理。還是真的。」急舀了一碗清水出來。擡頭不見了女子，只見那花都已在枝頭，地下並無一瓣遺存。起初每本一色，如今卻變做紅中間紫，淡內添濃，一本五色俱全，比先更覺鮮妍。有詩為證：

曾聞湘子將花染㉛，又見仙姬會返枝。信是至誠能動物，愚夫猶自笑花癡。

當下秋公又驚又喜道：「不想這小娘子果然有此妙法。」只道還在花叢中，放下水，前來作謝。園中團團尋遍，並不見影。乃道：「這小娘子如何就去了？」又想道：「必定還在門口。須上去求他，傳了這個法兒。」一逕趕至門邊，那門卻又掩著。拽開看時，門首坐著兩個老者，就是左右鄰家，一個喚做虞公，一個叫做單老，在那裏看漁人晒網。見秋公出來，齊立起身拱手道：「聞得張衙內在此無理，我們恰往田頭，沒有來問得。」秋公道：「不要說起，受了這班潑男女的毆氣㉜。虧著一位小娘子走來，

㉛ 湘子將花染：神仙故事中，相傳韓湘子在筵席間，聚積一堆土，用盆蓋著，過了一會兒，就長出碧牡丹來。

用個妙法，救起許多花朵，不曾謝得他一聲，逕出來了。二位可看見往那一邊去的？」二老聞言，驚訝道：「花壞了，有甚法兒救得？這女子去幾時了？」秋公道：「剛方出來。」二老道：「我們坐在此好一回，並沒個人走動，那見什麼女子？」秋公聽說，心下恍悟道：「恁般說，莫不這位小娘子是神仙下降？」二老問道：「你且說怎的救起花兒？」秋公將女子之事敘了一遍。二老道：「有如此奇事！待我們去看看。」秋公將門拴上，一齊走至花下，看了連聲稱異道：「這定然是個神仙。凡人那有此法力！」秋公即焚起一爐好香，對天叩謝。二老道：「這也是你平日愛花心誠，所以感動神仙下降。明日索性到教張衙內這幾個潑男女看看，羞殺了他。」秋公道：「莫要！莫要！此等人即如惡犬，遠遠見了就該避之，豈可還引他來。」二老道：「這話也有理。」秋公此時非常歡喜，將先前那瓶酒熱將起來，留二老在花下玩賞，至晚而別。二老回去，即傳合村人都曉得，明日俱要來看，還恐秋公不許。誰知秋公原是有意思的人，因見神仙下降，遂有修世之念，一夜不寐，坐在花下存想。想至張委這事，忽地開悟道：「此皆是我平日心胸褊窄，故外侮得至。若神仙汪洋度量，無所不容，安得有此！」至次早，將園門大開，任人來看。先有幾個進來打探，見秋公對花而坐，但分付道：「任憑列位觀看，切莫要採便了。」眾人得了這話，互相傳開。那村中男子婦女，無有不至。

　　按下此處，且說張委至次早，對眾人說：「昨日反被那老賊撞了一交，難道輕恕了不成？如今再去要他這園。不肯時，多教些人從，將花木盡打個稀爛，方出這氣。」眾人道：「這園在衙內莊邊，不怕他不肯。只是昨日不該把花都打壞，還留幾朵，後日看看，便是。」張委道：「這也罷了。少不得來年

㉜ 毆氣：嘔氣。

又發。我們快去，莫要使他停留長智㉝。」眾人一齊起身，出得莊門，就有人說：「秋公園上神仙下降，落下的花，原都上了枝頭，卻又變做五色。」張委不信道：「這老賊有何好處，能感神仙下降？況且不前不後，剛剛我們打壞，神仙就來？難道這神仙是養家的不成？一定是怕我們又去，故此謅這話來央人傳說。見得他有神仙護衛，使我們不擺布他。」眾人道：「衙內之言極是。」頃刻，到了園門口，見兩扇柴門大開，往來男女絡繹不絕，都是一般說話。眾人道：「原來真有這等事！」張委道：「莫管他，就是神仙見坐著，這園少不得要的。」彎彎曲曲，轉到草堂前，看時，果然話不虛傳。這花卻也奇怪，見人來看，姿態愈豔，光采倍生，如對人笑的一般。張委心中雖十分驚訝，那吞占念頭，全然不改。看了一回，忽地又起一個惡念，對眾人道：「我們且去。」齊出了園門。眾人問道：「衙內如何不與他要園？」張委道：「我想得個好策在此，不消與他說得，這園明日就歸與我。」眾人道：「衙內有何妙算？」張委道：「見今貝州王則謀反㉞，專行妖術。樞密府行下文書來，天下軍州嚴禁左道，捕緝妖人。本府見出三千貫賞錢，募人出首。我明日就將落花上枝為由，教張霸到府，首㉟他以妖術惑人。這個老兒熬刑不過，自然招承下獄。這園必定官賣。那時誰個敢買他的？少不得讓與我。還有三千貫賞錢哩。」眾人道：「衙內好計！事不宜遲，就去打點起來。」當時即進城，寫下首狀。次早，教張霸到平江府出首。

㉝ 停留長智：擱得久了，對方會想出主意來。就是「遲則生變」的意思。

㉞ 貝州王則謀反：貝州，今河北清河縣。王則，涿州人，在宋仁宗（趙楨）慶曆七年（西元一〇四七年）冬，據貝州起兵，自稱東平郡王，國號安陽，年號得勝。前後六十六日，被擒，死。

㉟ 首：告發他人的罪行。

這張霸是張委手下第一出尖的人，衙門情熟，故此用他。大尹正在緝訪妖人，聽說此事，合村男女都見的，不繇不信。即差緝捕使臣㊱帶領幾個做公的㊲，押張霸作眼，前去捕獲。張委將銀布置停當，讓張霸與緝捕使臣先行。自己與眾子弟隨後也來。緝捕使臣一逕到秋公園上。那老兒還道是看花的，不以為意。眾人發一聲喊，趕上前一索捆翻。秋公喫這一嚇不小。問道：「老漢有何罪犯？望列位說個明白。」眾人口口聲聲，罵做妖人反賊，不繇分訴，擁出門來。鄰里看見，無不失驚，齊上前詢問。緝捕使臣道：「你們還要問麼？他所犯的事也不小，只怕連村的人都有分哩。」那些愚民，被這大話一嚇，心中害怕，盡皆洋洋走開，惟恐累及。只有虞公、單老，同幾個平日與秋公相厚的，遠遠跟來觀看。

且說張委俟秋公去後，便與眾子弟來鎖園門。恐還有人在內，又檢點一過，將門鎖上。隨後趕上府前。緝捕使臣已將秋公解進，跪在月臺上，見傍邊又跪著一人，卻不認得是誰。那些獄卒都得了張委銀子，已備下諸般刑具伺候。大尹喝道：「你是何處妖人，敢在此地方上將妖術煽惑百姓？有幾多黨羽？從實招來！」秋公聞言，恰如黑暗中聞個火砲，正不知從何處起的。稟道：「小人家世住於長樂村中，並非別處妖人，也不曉得什麼妖術。」大尹道：「前日你用妖術使落花上枝，還敢抵賴！」秋公見說到花上，情知是張委的緣故。即將張委要占園打花，并仙女下降之事，細訴一遍。不想那大尹性是偏執的，那裏肯信，乃笑道：「多少慕仙的，修行至老，尚不能得遇神仙；豈有因你哭，花仙就肯來？既來了，必定也留個名兒，使人曉得，如何又不別而去？這樣話哄那個！不消說得，定然是個妖人。快夾起來！」

㊱ 緝捕使臣：宋元時代管緝捕盜賊的官員。

㊲ 做公的：指公差、衙役。

獄卒們齊聲答應，如狼虎一般，蜂擁上來，揪翻秋公，扯腿拽腳，剛要上刑，不想大尹忽然一個頭暈，險些兒跌下公座。自覺頭目森森，坐身不住。分咐上了枷扭，發下獄中監禁，明日再審。獄卒押著，秋公一路哭泣出來。看見張委，道：「張衙內，我與你前日無怨，往日無仇，如何下此毒手，害我性命！」張委也不答應。同了張霸，和那一班惡少，轉身就走。虞公、單老，接著秋公，問知其細，乃道：「有這等冤枉的事！不打緊，明日同合村人，具張連名保結，管你無事。」秋公哭道：「但願得如此，便好。」獄卒喝道：「這死囚還不走！只管哭什麼！」秋公含著眼淚進獄。鄰里又尋些酒食，送至門上。那獄卒誰個拿與他吃，竟接來自去受用。到夜間，將他上了囚床，就如活死人一般，手足不能少展。心中苦楚，想道：「不知那位神仙救了這花，卻又被那廝借此陷害。神仙呵！你若憐我秋先，亦來救拔性命，情願棄家入道。」一頭正想，只見前日那仙女，冉冉而至。秋公急叫道：「大仙救拔弟子秋先則個㊳！」仙女笑道：「汝欲脫離苦厄麼？」上前把手一指，那枷扭紛紛自落。秋先爬起來，向前叩頭道：「請問大仙姓氏。」仙女道：「吾乃瑤池王母座下司花女，憐汝惜花志誠，故令諸花返本。不意反資奸人讒口。然亦汝命中合有此災，明日當脫。張委損花害人，花神奏聞上帝，已奪其算㊴。助惡黨羽，俱降大災。汝宜篤志修行，數年之後，吾當度汝。」秋先又叩首道：「請問上仙修行之道。」仙女道：「修仙徑路甚多，須認本源。汝原以惜花有功，今亦當以花成道。汝但餌百花，自能身輕飛舉。」遂教其服食之法。秋先稽首叩謝起來，便不見了仙子。擡頭觀看，卻在獄牆之上，以手招道：「汝亦上來，隨我出去。」

㊳ 則個：表示希望的語助詞。

㊴ 算：壽命。

秋先便向前攀援了一大回，還只到得半牆，甚覺喫力。漸漸至頂，忽聽得下邊一棒鑼聲，喊道：「妖人走了，快拿下！」秋公心下驚慌，手酥腳軟，倒撞下來，撒然驚覺，元在囚床之上。想起夢中言語，歷歷分明，料必無事，心中稍寬。正是：

但存方寸無私曲，料得神明有主張。

且說張委見大尹已認做妖人，不勝歡喜。乃道：「這老兒許多清奇古怪，今夜且請在囚床上受用一夜，讓這園兒與我們樂罷。」眾人都道：「前日還是那老兒之物，未曾盡興。今日是大爺的了，須要盡情歡賞。」張委道：「言之有理！」遂一齊出城，教家人整備酒餚，逕至秋公園上，開門進去。那鄰里看見是張委，心下雖然不平，卻又懼怕，誰敢多口。且說張委同眾子弟走至草堂前，只見牡丹枝頭一朵不存，原如前日打下時一般，縱橫滿地。眾人都稱奇怪。張委道：「看起來，這老賊果係有妖法的。不然，如何半日上倏爾又變了？難道也是神仙打的？」有一個子弟道：「他曉得衙內要賞花，故意弄這法兒來嚇我們。」張委道：「他便弄這法兒，我們就賞落花。」當下依原鋪設氈條，席地而坐，放開懷抱恣飲。也把兩瓶酒賞張霸到一邊去喫。看看飲至月色挫西，俱有半酣之意，忽地起一陣大風。那風好利害！

善聚庭前草，能開水上萍。腥聞群虎嘯，響合萬聲松。

那陣風卻把地下這些花朵吹得都直豎起來，眨眼間俱變做一尺來長的女子。眾人大驚，齊叫道：「怪哉！」言還未畢，那些女子迎風一幌，盡已長大，一個個姿容美麗，衣服華豔，團團立做一大堆。眾人因見恁般標致，通看呆了。內中一個紅衣女子卻又說起話來，道：「吾姊妹居此數十餘年，深蒙秋公珍重護惜。何意驀遭狂奴，俗氣薰熾，毒手摧殘，復又誣陷秋公，謀吞此地。今仇在目前，吾姊妹曷不戮力擊之！上報知己之恩，下雪摧殘之恥，不亦可乎？」眾女郎齊聲道：「阿妹之言有理！須速下手，毋使潛遁！」說罷，一齊舉袖撲來。那袖似有數尺之長，如風翻亂飄，冷氣入骨。眾人齊叫有鬼，撇了家火㊵，望外亂跑。彼此各不相顧。也有被石塊打腳的，也有被樹枝抓面的，也有跌而復起，起而復跌的，亂了多時，方纔收腳。點檢人數都在，單不見了張委、張霸二人。此時風已定了，天色已昏。這班子弟各自回家，恰像檢得性命一般，抱頭鼠竄而去。家人喘息定了，方喚幾個生力莊客，打起火把，覆身去抓尋。直到園上，只聽得大梅樹下有呻吟之聲。舉火看時，卻是張霸被梅根絆倒，跌破了頭，掙扎不起。莊客著兩個先扶張霸歸去。眾人周圍走了一遍，但見靜悄悄的萬籟無聲。牡丹棚下，繁花如故，並無零落。草堂中杯盤狼籍，殘羹淋漓。眾人莫不吐舌稱奇。一面收拾家火，一面重復照看。這園子又不多大，三回五轉，毫無蹤影。——難道是大風吹去了？女鬼喫去了？正不知躲在那裏。延捱了一會，無可奈何，只索回去過夜，再作計較。方欲出門，只見門外又有一夥人，提著行燈進來。不是別人，卻是虞公、單老，聞知眾人見鬼之事，又聞說不見了張委，在園上抓尋，不知是真是假，合著三鄰四舍，進園觀看。問明了眾莊客，方知此事果真，二老驚詫不已。教眾莊客且莫回去：「老漢們同列位還去抓尋一遍。」眾人又細細照看了一下，正是興盡而歸，歎了口氣，齊出園門。二老道：「列位今晚不來了麼？老漢們

㊵ 家火：器具。亦作「家伙」。

告過，要把園門落鎖。沒人看守得，也是我們鄰里的干係。」此時莊客們，蛇無頭而不行，已不似先前聲勢了，答應道：「但憑，但憑。」兩邊人猶未散，只見一個莊客在東邊牆角下叫道：「大爺有了！」眾人蜂擁而前。莊客指道：「那槐枝上掛的，不是大爺的軟翅紗巾㊶麼？」眾人道：「既有了巾兒，人也只在左近。」沿牆照去，不多幾步，只叫得聲：「苦也！」原來東角轉彎處，有個糞窖，窖中一人，兩腳朝天，不歪不斜，剛剛倒插在內。莊客認得鞋襪衣服，正是張委。顧不得臭穢，只得上前打撈起來。虞、單二老暗暗念佛，和鄰舍們自回。眾莊客擡了張委，在湖邊洗淨。先有人報去莊上。合家大小，哭哭啼啼，置備棺衣入殮，不在話下。其夜，張霸破頭傷重，五更時亦死。此乃作惡的見報。正是：

兩個兇人離世界，一雙惡鬼赴陰司。

次日，大尹病癒陞堂，正欲吊審秋公之事，只見公差稟道：「原告張霸同家長張委，昨晚都死了。」如此如此，這般這般。大尹大驚，不信有此異事。須臾間，又見里老鄉民，共有百十人，連名具呈前事。訴說秋公平日惜花行善，並非妖人。張委設謀陷害，神道報應，前後事情，細細分剖。大尹因昨日頭暈一事，亦疑其枉。到便心下豁然。還喜得不曾用刑。即於獄中吊出秋公，立時釋放。又給印信告示㊷，與他園門張掛，不許閒人損壞他花木。眾人叩謝出府。秋公向鄰里作謝，一路同了虞、單二老，開了園門，同秋公進去。秋公見牡丹茂盛如初，傷感不已。眾人治酒，與秋公壓驚。秋公便同眾人連喫了數日

㊶ 軟翅紗巾：官員戴的一種頭巾。

㊷ 印信告示：蓋有官印的布告。

酒席。閒話休題。自此之後，秋公日餌百花，漸漸習慣，遂謝絕了烟火之物。所鬻果實之資，悉皆布施。不數年間，髮白更黑，顏色轉如童子。一日正值八月十五，麗日當天，萬里無瑕。秋公正在房中趺坐㊸，忽然祥風微拂，彩雲如蒸，空中音樂嘹亮，異香撲鼻，青鸞白鶴，盤旋翔舞，漸至庭前。雲中正立著司花女，兩邊幢幡寶蓋，仙女數人，各奏樂器。秋公一見，撲翻身便拜。司花女道：「秋先，汝功行圓滿，吾已申奏上帝，有旨封汝為護花使者，專管人間百花。令汝拔宅上升㊹。但有愛花惜花的，加之以福；殘花毀花的，降之以災。」秋公向空叩首謝恩訖，隨著眾仙，登時帶了花木，一齊冉冉升起，向南而去。虞公、單老和那鄰里之人都看見的，一齊下拜。還見秋公在雲中舉手謝眾人，良久方沒。此地遂改名升仙里，又謂之惜花村。

園公一片惜花心，道感仙姬下界臨。草木同升隨拔宅，淮南㊺不用鍊黃金。

㊸ 趺坐：即「打坐」。和尚盤起兩腳坐著。

㊹ 拔宅上升：舉家成仙。

㊺ 淮南：西漢淮南王劉安服食求仙，相傳他白天裏全家都升天成了仙。

第五卷　大樹坡義虎送親

舉世芒芒無了休，寄身誰識等浮漚！謀生盡作千年計，公道還當萬古留。
西下夕陽誰把手？東流逝水絕回頭。世人不解蒼天意，恐使身心半夜愁。

這八句詩，奉勸世人，公道存心，天理用事，莫要貪圖利己，謀害他人。常言道：使心用心，反害其身。你不存天理，皇天自然不佑。昔有一人，姓韋，名德，乃福建泉州人氏，自幼隨著父親，在紹興府開個傾銀鋪兒。那老兒做人公道，利心頗輕；為此主顧甚多，生意儘好。不幾年，掙了好些家私。韋德年長，娶了鄰近單裁縫的女兒為媳。那單氏到有八九分顏色，本地大戶，情願出百十貫錢討他做偏房，單裁縫不肯。因見韋家父子本分，手頭活動，況又鄰居，一夫一妻，遂就了這頭親事。何期婚配之後，單裁縫得病身亡。不上二年，韋老亦病故。韋德與渾家單氏商議，如今舉目無親，不若扶柩還鄉。單氏初時不肯，拗丈夫不過，只得順從。韋德先將店中粗重家伙變賣，打疊❶行李；僱了一隻長路船，擇個出行吉日，把父親靈柩裝載，夫妻兩口兒下船而行。

原來這稍公❷，名叫做張稍，不是個善良之輩，慣在河路內做些淘摸生意的。因要做這私房買賣，

---

❶ 打疊：收拾；料理。

生怕夥計泄漏，卻尋著一個會撐船的啞子做個幫手。今日曉得韋德傾銀多年，囊中必然充實。又見單氏生得美麗，自己卻沒老婆。兩件都動了火。下船時就起個不良之心，奈何未得其便。一日，因風大難行，泊舟於江郎山下。張稍心生一計，只推沒柴，要上山砍些亂柴來燒。這山中有大蟲，時時出來傷人，定要韋德作伴同去。韋德不知是計，隨著張稍而走。張稍故意彎彎曲曲，引到深山之處。四顧無人，正好下手。張稍砍下些叢木在地，卻教韋德打捆。韋德低著頭，只顧檢柴，不防張稍從後用斧劈來，正中左肩，撲地便倒。重復一斧，向腦袋劈下，血如湧泉，結果了性命。張稍連聲道：「乾淨，乾淨！來年今日，叫老婆與你做周年。」說罷，把斧頭插在腰裏，柴也不要了，忙忙的空身飛奔下船。單氏見張稍獨自回來，就問丈夫何在。張稍道：「沒造化！遇了大蟲，可憐你丈夫被他喫了去。虧我跑得快，脫了虎口。連砍下的柴，也不敢收拾。」單氏聞言，搥胸大哭。張稍解勸道：「這是生成八字內註定虎傷，哭也沒用。」單氏一頭哭，一頭想道：「聞得虎遇夜出山，不信白日裏就出來傷人。況且兩人雙雙同去，如何偏揀我丈夫喫了？他又全沒些損傷，好不奇怪！」便對張稍道：「我丈夫雖然銜去，只怕還掙得脫不死。」張稍道：「貓兒口中，尚且挖不出食，何況於虎！」單氏道：「然雖如此，奴家不曾親見。就是真個被虎喫了，少不得存幾塊骨頭。煩你引奴家去，檢得回來，也表我夫妻之情。」張稍道：「我怕虎不敢去。」單氏又哀哀的哭將起來。張稍想道：「不引他去走一遍，他心不死。」便道：「娘子，我引你去看，不要哭。」單氏隨即上岸，同張稍進山路來。先前砍柴，是走東路，張稍恐怕婦人看見死屍，卻引他從西路走。單氏走一步，哭一步。走了多時，不見虎跡。張稍指東話西，只望單氏倦而思返。誰

❷ 稍公：船夫。

知他定要見丈夫的骨血，方纔指實。張稍見單氏不肯回步，扯個謊，望前一指道：「小娘子，你只管要行，兀的❸不是大蟲來了？」單氏擡頭而看，纔問一聲：「大蟲在那裏？」聲猶未絕，只聽得林中𠺕喇的一陣怪風，忽地跳出一隻吊睛白額虎，不歪不斜，正望著張稍當頭撲來。張稍躲閃不及，只叫得一聲「阿呀！」被虎一口銜著背皮，跑入深林受用去了。

單氏驚倒在地，半日方醒。眼前不見張稍，已知被大蟲銜去。始信山中真個有虎，丈夫被虎喫了，此言不謬。心中害怕，不敢前行。認著舊路，一步步哭將轉來。未及出山，只見一個似人非人的東西，從東路直沖出來。單氏只道又是隻虎，叫道：「我死也！」望後便倒。耳根邊忽聽說：「娘子，你如何卻在這裏？」雙手來扶。單氏睜眼看時，卻是丈夫韋德，血污滿面，所以不像人形。原來韋德命不該死，雖然被斧劈傷，一時悶絕。張稍去後，卻又醒將轉來，掙扎起身，扯下腳帶，將頭裹縛停當，他步出山，來尋張稍講話。卻好遇著單氏。單氏還認著丈夫被虎咬傷，以致如此。聽韋德訴出其情，方悟張稍欺心使計，謀害他丈夫，假說有虎。後來被虎咬去，此乃神明遣來，剿除兇惡。夫妻二人，感謝天地不盡。回到船中。那啞子做手勢，問船主如何不來。韋德夫妻與他說明本末。啞子合著掌，忽然念出一聲「南無阿彌陀佛」，便能說話，將張稍從前過惡，一一說出。再問他時，依舊是個啞子。——此亦至異之事也。韋德一路相幫啞子行船。直到家中，將船變賣了，造一個佛堂與啞子住下，日夜燒香。韋德夫婦終身信佛。後人論此事，詠詩四句：

---

❸ 兀的：這；那。

偽言有虎原無虎，虎自張稍心上生。假使張稍心地正，山中有虎亦藏形。

方纔說虎是神明遣來，剿除兇惡，此亦理之所有。看來虎乃百獸之王，至靈之物，感仁吏而渡河，伏高僧而護法，見於史傳，種種可據。如今再說一個義虎知恩報恩，成就了人間義夫節婦，為千古佳話。正是：

說時節婦生顏色，道破奸雄喪膽魂。

* * *

話說大唐天寶年間，福州漳浦縣下鄉，有一人姓勤，名自勵，父母俱存，家道粗足。勤自勵幼年時，就聘定同縣林不將的女兒潮音為妻。茶棗俱已送過，只等長大成親。勤自勵十二歲上，就不肯讀書。出了學堂，專好使鎗掄棒。父母單生的這個兒子，甚是姑息，不去拘管著他。年登十六，生得身長力大，猿臂善射，武藝過人。常言「同聲相應，同氣相求」，自有一班無賴子弟，三朋四友，和他槃鷹放鷂，駕犬馳馬，射獵打生為樂。曾一日射死三虎。忽見個黃衣老者，策杖而前，稱贊道：「郎君之勇，雖昔日卞莊、李存孝不是過也！但好生惡殺，萬物同情。自古道：人無害虎心，虎無傷人意。郎君何故必欲殺之？此獸乃百獸之王，不可輕殺。當初黃公有道術，能以赤刀制虎，尚且終為虎害。郎君若自恃其勇，好殺不已，將來必犯天道之忌，難免不測之憂矣。」勤自勵聞言省悟，時時❹折箭為誓，誓不殺虎。忽

❹時時：是時；當時。

一日，獨往山中打生，得了幾項野味而回。行至中途，地名大樹坡，見一黃斑老虎，誤陷於檻穽之中，獵戶偶然未到。其虎見勤自勵到來，把前足跪地，俯首弭耳，口中作聲，似有乞憐之意。自勵道：「業畜，我已誓不殺你了。但你今日自投檻穽，非干我事。」其虎眼觀自勵，口中嗚嗚不已。自勵道：「我今做主放你，你今後切莫害人。」虎聞言點頭。自勵破穽放虎。虎得命，狂跳而去。自勵道：「人以獲虎為利，我卻以放虎為仁。我欲仁而使人失其利，非忠恕之道也。」遂將所得野味，置於穽中，空手而回。正是：

得放手時須放手，可施恩處便施恩。

只因勤自勵不務本業，家道漸漸消乏。又且素性慷慨好客，時常引著這夥三朋四友，到家蒿惱，索酒索食。勤公、勤婆，愛子之心無所不至。初時猶勉強支持；以後支持不來，只得對兒子說道：「你今年已長大，不思務本作家，日逐遊蕩，有何了日！別人家兒子似你年紀，或農或商，胡亂得些進益，以養父母。似你有出氣，無進氣，家事日漸凋零，兀自三兄四弟，酒食徵逐，不知做爹娘的將沒作有，千難萬難，就是衣飾典賣，也有盡時。將來手足無措，連爹娘也有餓死之日哩。我如今與你說過，再引人上門時，茶也沒有一杯與他喫了，你莫著急！」勤自勵被爹娘教訓了一遍，嘿嘿無言，走出去了。真個好幾日沒有人上門蒿惱。約莫一月有餘，勤自勵又引十來個獵戶到家，借鍋煮飯。勤公也道：「容他煮罷。」勤婆不肯道：「費柴費火，還是小事。只是纔說得兒子回心，清淨了這幾日，老娘心裏好不喜歡。今日又來纏帳。開了端，辭得那一個！他日又賠茶賠酒。老娘支持得怕了，索性做個冷面，莫慣他罷。」

勤公見勤婆不允，閃過一邊。勤婆將中門閉了，從門內說道：「我家不是公館，柴火不便，別處去利市。」眾人聞言，只索去了。勤自勵滿面羞慚，嘆口氣，想道：「我自小靠爹娘過活，沒處賺得一文半文，家中來路又少，也怪爹娘不得。聞得安南作亂，朝廷各處募軍，本府奉節度使文牒，大張榜文。眾兄弟中已有幾個應募去了。憑著我一身本事，一刀一鎗，或者博得個衣錦還鄉，也未見得。守著這六尺地上，帶累爹娘受氣，非丈夫之所為也。只是一件，爹娘若知我應募從軍，必然不允。功名之際，只可從權。我自有個道理。」當下瞞過勤公、勤婆，竟往府中投軍。太守試他武藝出眾，將他充為隊長，軍政司上了名字。不一日招募數足，領兵官點名編號，給了口糧，製辦衣甲器械，擇個出征吉日，放砲起身。勤自勵也不對爹娘說知。直到上路三日之後，遇了個縣中差役，方纔寫寄一封書信回來。勤公拆書開看時，寫道：

> 男自勵無才無能，累及爹娘。今已應募，充為隊長，前往安南。幸然有功，必然衣錦還鄉。爹娘不必掛念！

勤公看畢，呆了半晌，開口不得。勤婆道：「兒子那裏去了？寫什麼言語在書上？你不對我說？」勤公道：「對你說時，只怕急壞了你！兒子應募充軍，從征安南去了。」勤婆笑道：「我說多大難事，等兒子去十日半月後，喚他回來就是了。」勤公道：「婦道家不知利害！安南離此有萬里之遙，音信尚且難通。況他已是官身，此去刀劍無情，凶多吉少。萬一做了沙場之鬼，我兩口兒老景誰人侍奉？」勤婆就哭天哭地起來。勤公也流淚不止。過了數日，林親家亦聞此信，特地自來問個端的。勤公、勤婆遮瞞不得，只得實說了。傷感了一場。林公回去說知，舉家都不歡喜。正是：

樂莫樂兮新相知，悲莫悲兮生別離。他人分離猶自可，骨肉分離苦殺我。

光陰似箭，不覺三年，勤自勵一去，杳無音信。林公頻頻遣人來打探消息，都則似金針墮海，銀瓶落井，全沒些影響。同縣也有幾個應募去的，都則如此。林公的媽媽梁氏對丈夫說道：「勤郎一去，三年不回，不知死活存亡。女兒年紀長成了，把他擔誤，不是個常法。你也該與勤親家那邊討個決裂❺。雖然親則是親，各兒各女，兩個肚皮裏出來的。我女兒還不認得女壻的面長面短，卻教他活活做孤孀不成？」林公道：「阿媽說的是。」即忙來到勤家，對勤公道：「小女年長，令郎杳無歸信。倘只是不歸，作何區處？老荊日夜愁煩，特來與親家商議。」勤公已知其意，便道：「不肖子無賴，有誤令愛芳年。但事已如此，求親家多多上覆親母，耐心再等三年。若六年不回，任憑親家將令愛別許高門，老漢再無言語。」林公見他說得達理，只得唯唯而退。回來與媽媽說知。梁氏向來知道女壻不學本分，心中不喜。今三年不回，正中其意。聽說還要等三年，好不焦燥。恨不得十日縮做一日，把三年一霎兒過了，等女兒再許個好人。光陰似箭，不覺又過了三年。林公道：「勤親家之約已滿了。我再去走一番，看他更有何說？」梁氏道：「自古道，一言既出，駟馬難追。他既有言在前，如今怪不得我了。有路自行，又去對他說甚麼！且待女兒有了對頭，纔通他知道也不遲。」林公又道：「阿媽說得是。然雖如此，也要與孩兒說知。」梁氏道：「潮音這丫頭有些古怪劣彆❻，只如此對他說，勤郎六年不回，教他改配他人，

❺ 決裂：了斷；解決。

他料然不肯，反被勤老兒笑話。須得如此如此。」林公又道：「阿媽說得是。」次日，梁氏正同女兒潮音一處坐，只見林公從外而來，故意大驚小怪的說道：「阿媽，你知道麼？怪道勤郎無信回來，原來三年前便死於戰陣了。昨日有軍士在安南回，是他親見的。」潮音聽說，面如土色，閣淚而不敢下，慌忙走進自己房裏去了。媽媽亦假做嘆息，連稱可憐。過了數日，林婆對女兒說道：「死者不能復生。他自沒命，可惜你青春年少。我已教你父親去尋媒說合，將你改配他人。乘這少年時，夫妻恩愛，莫教挫過。」潮音道：「母親差矣！爹把孩兒從小許配勤家，一女不喫兩家茶❼。勤郎在，奴是他家妻；勤郎死，奴也是他家婦。豈可以生死二心！奴斷然不為！」媽媽道：「孩兒休如此執見！爹媽單生你一人，並無兄弟。你嫁得著人時，爹媽也得半子之靠。況且未過門的媳婦，守節也是虛名兒。現放著活活的爹媽，你不念他日後老景淒涼，卻去戀個死人，可不是個癡愚不孝之輩！」潮音被罵，不敢回言。就有男媒女妁，來說親事。潮音拗爹媽不過，心生一計，對爹媽說道：「爹媽主張，孩兒焉敢有違。只是孩兒一聞勤郎之死，就將身別許他人，於心何忍。容孩兒守制三年，以畢夫妻之情，那時但憑爹媽。不然，孩兒寧甘一死，決不從命。」林公與梁氏見女兒立志甚決，怕他做出短見之事，只得繇他。正是：

一人立志，萬夫莫奪。

---

❻ 劣彆：倔強。

❼ 一女不喫兩家茶：舊時男女訂婚，男家需要送茶葉給女家，所以女子許配給人家，稱為「喫茶」。這是說一個女子不能許配給兩家。

卻說勤公夫婦見兒子六年不歸，眼見得林家女兒是別人家的媳婦了。後來聞得媳婦立志要守三年，心下不勝之喜。「若巴得這三年內兒子回家，還是我的媳婦。」光陰似箭，不覺又過了三年。潮音只認丈夫真死，這三年之內，素衣蔬食，如真正守孝一般。及至年滿，竟絕了葷腥之味。身上又不肯脫素穿色。說起議婚，便要尋死。林公與媽媽商議：「女孩兒執性如此，改嫁之事，多應不成。如之奈何？」梁氏道：「密地擇了人家，在我哥哥家受聘，不要通女孩兒得知。到臨嫁之期，只說內姪做親，來接女孩兒。哄得他易服上轎，鼓樂人從，都在半路迎接。事到其間，不怕他不從。」林公又道：「媽媽說得是。」林公果然與舅子梁大伯計議定了，許了李承務家三舍人。自說親以至納聘，都在梁大伯家裏。夫妻兩口去受聘時，對女兒只說梁大伯大兒子定親。潮音那裏疑心。吉期將到，梁大伯假說某日與兒子完婚，特迎取姐夫一家到家中去接親。梁氏先自許過他一定都來。至期，大伯差人將兩頂轎子，來接姐姐和外甥女。梁氏自己先裝扮了，教女兒換了色服同去。潮音不知是計，只得易服隨行。女孩兒家不出閨門，不知路逕。行了一會，忽然山凹裏燈籠火把，鼓樂喧天，都是取親的人眾，中途等候，擺列轎前，吹打而來。潮音覺道事體有變，沒奈何在轎內啼啼哭哭。眾人也那裏管他，只顧催趲轎夫飛走。到一個去處，忽然陰雲四合，下一陣大雨。眾人在樹林中暫歇，等雨過又行。走不上幾步，抖然起一陣狂風，燈火俱滅，只見一隻黃斑吊睛白額虎，從半空中跳將下來。眾人發聲喊，都四散逃走。

未知性命如何？已見亡魂喪膽。

風定虎去，眾人叫聲謝天，吹起火來，整頓重行。只見轎夫叫道：「不好了！」起初兩乘轎子，都是實的。如今一乘是空的。舉火照時，正不見了新人。轎門都撞壞了。不是被大蟲銜去是什麼！梁氏聽說，嗚嗚的啼哭起來。這些娶親的沒了新人，好沒興頭，樂人也不吹打了，燈火也息了一半。眾人商量道：「如何是好？」欲待追尋，黑夜不便，也沒恁般膽氣。欲待各散去訖，怕又遇別個虎。不若聚做一塊，同到林家，再作區處。所謂乘興而去，敗興而回。且說林公正閉著門，在家裏收拾，聽得敲門甚急，忙來開看，只見兩乘轎子，依舊擡轉，許多人從，一個個垂頭喪氣，都如喪家之狗。喫了一驚，正不是甚麼緣故？——「莫非女孩兒不從，在轎裏又弄出什麼把戲？」心頭猶如幾百個榔搥打著，急問其故。梁氏在轎中哭將出來，哽哽咽咽，一字也說不出。眾人將中途遇虎之事，敘了一遍。林公也搥胸大慟，懊悔無及：「早知我兒如此薄命，依他不嫁也罷！如今斷送得他好苦！」一面令人去報李承務和梁大伯兩家知道；一面聚集莊客，準備獵具，專等天明，打點搜山捕獲大蟲，并尋女兒骨殖。正是：

悲悲切切思閨女，口口聲聲恨大蟲。

話分兩頭，卻說勤自勵自從應募投軍，從征安南，力戰有功，都督哥舒翰用為帳下虞候，解所佩寶劍賜之，甚加信用。三年之後，吐番入寇，勤自勵又隨哥舒翰調兵征討。平定之後，朝廷拜哥舒翰為大元帥，率領本部將校，雄軍十萬，鎮守潼關。勤自勵以兩次軍功，那時已做到都指揮之職。何期安祿反亂，殺到潼關，哥舒翰正值患病，抵敵不住，開關納降。勤自勵孤掌難鳴，棄其部下，隻身仗劍而逃。一路辛苦不題。事有湊巧，恰好林公嫁女這一晚，勤自勵回到家中，見了父母，拜伏於地，口稱：「恕孩兒不孝之罪。」勤公、勤婆仔細看時，方纔認得是兒子。去時雖然長大，還沒這般雄偉，又添上一嘴鬍鬚，邊塞風霜，容顏都改變了。勤公、勤婆痛定思痛，不覺流淚。勤公道：「我兒如何一去十年，音信全無？多有人說，你已沒於戰陣。哭得做爹媽的眼淚俱枯了。」勤婆道：「莫說十年之前，就是早回一日也還好，不見得媳婦隨了別人。」勤自勵道：「我媳婦怎麼說？」勤婆道：「你去了三年之後，丈人就要將媳婦別許人家，是你爹爹不肯，勉強留了三年。以後媳婦聞你身死，自家立志守孝三年。如今第十個年頭，也難怪他，剛剛是今晚出門嫁人。」勤自勵聽說，眉根倒豎，牙齒咬得格格的響，叫道：「那個鳥百姓敢討勤自勵的老婆！我只教他認一認我手中的寶劍！」說罷，狠狠的仗劍出門。爹媽從小管他不下的，今日那裏留得他住，只得繇他，捏著兩把汗，在草堂中等候消息。正是：

青龍共白虎同去，吉兇事全無未保。

　　卻說勤自勵自小認得丈人林公家裏，打這條路迎將上去。走了多時，將近黃昏，遇了一陣大雨，衣服都沾濕了。記得這地方喚做大樹坡，有一株古樹，約莫十來圍大，中間都是空的，可以避雨。勤自勵走到樹邊，捱身入內，甚是寬轉。那雨雖然大，落不多時就止了。勤自勵卻待跳出，半空中又刮起一陣大風。勤自勵想一想道：「等著過了這陣風走罷。」又道：「這風有些妖氣，好古怪！」伸著頭往外張望，見兩盞紅燈，若隱若現。忽地刮喇的一聲響亮，如天崩地裂，一件東西向前而墜。驚得勤自勵倒身入內。少頃風定，耳邊但聞呻吟之聲。此時雲開雨散，天邊露出些微月。勤自勵就月光下上前看時，那呻吟的卻是個女子。勤自勵扶起，細叩來歷。那女子半晌方言，說道：「奴家林氏之女潮音也。」勤自勵記得妻子的小名，未知是否，問道：「你可有丈夫麼？」潮音道：「丈夫勤自勵雖曾聘定，尚未過門。

只為他十年前應募從軍，久無音信。爹媽要將奴改適他姓。奴家誓死不從。爹媽背地不知將奴許與誰家，只說舅舅家來接，騙奴上轎，中路方知。正待尋死，忽然一陣狂風，火光之下，看見個黃斑吊睛白額虎，沖人而來，逕向轎中，將奴銜出，撇在此地。虎已去了，幸不損傷。官人不知尊姓何名？若得送奴歸還父母之家，家中必有厚報。」勤自勵道：「則小子便是勤自勵，先征安南，又征吐番，後來又隨哥舒元帥鎮守潼關，適纔回家。聽說你家中將你嫁人，就在今晚，以此仗劍而來，欲剿那些敗壞綱常之輩。何期於此相遇！這是天遣大蟲送還與我，省得我勤自勵舞刀輪劍，乃是萬千之幸！」潮音道：「官人雖如此說，奴家未曾過門，不識丈夫之面。今日一言之下，豈敢輕信。官人還是引奴回家，使我爹爹識認女壻，也不負奴家數年苦守之志。」勤自勵道：「你家老禽獸把一女許配兩家，這等不仁不義之輩，還去見他則甚！我如今背你到我家中，先參見了舅姑，然後遣人通知你家，也把那老禽獸羞他一羞。」說罷，不管潮音肯不肯，把他負於背上，左手向後攔住他的金蓮，右手仗劍，跳著爛地而回。行不多步，忽聞虎嘯之聲。遙見前山之上，雙燈冉冉。細視，乃一隻黃斑吊睛白額虎。那兩碗紅燈，虎之睛光也。勤自勵猛然想著十年之前，曾在此處破開檻穽，放了一隻黃斑吊睛白額虎。「今日如何就曉得我勤自勵回家，去人叢中銜那媳婦還我，豈非靈物！」遂高聲叫道：「大蟲，謝送媳婦了！」那虎大嘯一聲，跳而藏影。後人論起那虎報恩事，以為奇談，多有題詠。惟胡曾先生一首最好。詩曰：

從來只道虎傷人，今日方知虎報恩。
多少負心無義漢，不如禽獸有情親。

再說勤公、勤婆在家懸懸而望。聽得腳步響，忙點燈出來看時，只見兒子勤自勵背上負了一個人，來到草堂，放於地下，叫道：「爹媽，則教你今夜認得媳婦！」勤公、勤婆見是個美貌女子，細叩來歷，方知大蟲報恩送親一段奇事。雙雙舉手加額，連稱慚愧。勤婆遂將媳婦扶到房中，粥湯將息❽。次早差人去林親家處報信。卻說林公那日黑早，便率領莊客，遶山尋綽❾了一遍，不見動靜。歎口氣，只得回家。忽見勤公遣人報喜，說夜來兒子已回，大蟲銜來送還他家。那裏肯信！「我曉得了，這是勤親家曉得女孩兒被虎銜去，故造此話來奚落我！」媽媽梁氏道：「天下何事不有！前日我家走失了一隻花毛雞，被鄰舍家收著。過了一日，野貓銜個雞到我家來。趕脫了貓兒，看那雞，正是我家走失的這一隻花毛雞。有這般巧事！況且虎是個大畜生，最有靈性。我又聞得一個故事。昔時有個書生，住在孤村，夜間聽得門外聲響，看時，窗櫺裏伸一隻虎掌進來，掌有竹刺甚大。書生悟其來意，拔出其刺。明晚，虎銜一隻羊來謝。可見虎通人性。或者天可憐女孩兒守志，遣那大蟲來送歸勤家，亦未可知。你且到勤家看女婿曾回不曾回，便有分曉。」林公又道：「阿媽說得是。」當日林公來到勤家。勤公出迎，分賓而坐。細述夜來之情。林公滿面羞慚，謝罪不已。「求見賢壻和小女之面。」勤自勵初時不肯認丈人，被爹娘先勸了多時，又礙渾家的面皮，故此只得出來相見，氣忿忿的作了個揖，就走開去了。勤公教勤婆將媳婦裝扮起來，卻請林公進房，父女會面，出於意外，猶如夢中相逢，歡喜無限。要接女兒回家。勤公、勤婆不肯。擇了吉日，就於家中拜堂成親。李承務家已知勤自勵回來，自沒話說。後來郭、李二元帥恢復長

❽ 將息：調護養息。

❾ 尋綽：巡查。

安，肅宗皇帝登極，清查文武官員。肅宗自為太子時，曾聞勤自勵征討之功。今番賊黨簿籍中，沒有他名字，嘉其未曾從賊，再起為親軍都指揮使。累征安慶緒、史思明有功。年老致仕，夫妻偕老。有詩為證：

但行刻薄人皆怨，能布恩施虎亦親。奉勸人行方便事，得饒人處且饒人。

第六卷　小水灣天狐詒書

蠢動含靈俱一性，化胎濕卵命相關。得人濟利休忘卻，雀也知恩報玉環。

這四句詩，單說漢時有一秀才，姓楊名寶，華西人氏，年方弱冠，天資穎異，學問過人。一日，正值重陽佳節，往郊外遊翫。因行倦，坐於林中歇息。但見樹木蓊鬱❶，百鳥嚶鳴，甚是可愛。忽聞撲碌的一聲，墮下一隻鳥來，不歪不斜，正落在楊寶面前。口內吱吱的叫，卻飛不起，在地下亂撲。楊寶道：「卻不作怪！這鳥為何如此？」向前拾起看時，乃是一隻黃雀，不知被何人打傷，叫得好生哀楚。楊寶心中不忍，乃道：「將回去餧養好了放罷。」正看間，見一少年，手執彈弓，從背後走過來道：「秀才，這黃雀是我打下的，望乞見還。」楊寶道：「還亦易事。但禽鳥與人體質雖異，生命則一，安忍戕害。況殺百命，不足供君一膳，鬻萬鳥不能致君之富。奚不別為生業？我今願贖此雀之命。」便去身邊取出錢鈔來。少年道：「某非為口腹利物，不過游戲試技耳。既秀才要此雀，即便相送。」楊寶道：「君欲取樂，禽鳥何辜！」少年謝道：「某知過矣！」遂投弓而去。楊寶將雀回家，貯於巾箱中，日採黃花蕊飼之，漸漸羽翼長換。育至百日，便能飛翔。時去時來，楊寶十分珍重，忽一日，去而不回。楊寶心中

---

❶ 蓊鬱：草木茂盛的樣子。蓊，音ㄨㄥˇ。

正在氣悶。只見一個童子單眉細眼，身穿黃衣，走入其家，望楊寶便拜。楊寶急忙扶起。童子將出玉環一雙，遞與楊寶道：「蒙君救命之恩，無以為報，聊以微物相奉。掌此當累世為三公。」楊寶道：「與卿素昧平生，何得有救命之說？」童子笑道：「君忘之耶？某即林中被彈，君巾箱中飼黃花蕊之人也。」言訖，化為黃雀而去。後來楊寶生子震，明帝朝為太尉；震子秉，和帝朝為太尉；秉子賜，安帝朝為司徒；賜子彪，靈帝朝為司徒。果然世世三公，德業相繼，有詩為證：

黃花飼雀非圖報，一片慈悲利物心。累世簪纓看盛美，始知仁義值千金。

* * *

說話的，那黃雀銜環的故事，人人曉得，何必費講！看官們不知，只為在下今日要說個少年，也因彈了個異類上起，不能如彈雀的恁般悔悟，干把個老大家事，弄得七顛八倒，做了一場話柄，故把銜環之事，做個得勝頭回❷。勸列位須學楊寶這等好善行仁，莫效那少年招災惹禍。正是：

得閉口時須閉口，得放手時須放手。若能放手和閉口，百歲安寧有八九。

話說唐玄宗時，有一少年，姓王名臣，長安人氏，略知書史，粗通文墨，好飲酒，善擊劍，走馬挾彈，尤其所長。從幼喪父，惟母在堂。娶妻于氏，同胞兄弟王宰，膂力過人，武藝出眾，充羽林親衛，未有妻室。家頗富饒，童僕多人。一家正安居樂業；不想安祿山兵亂，潼關失守，天子西幸。王宰隨駕

❷ 得勝頭回：說書人的術語。指在講正故事之前，先講一小段故事作為引子。取其吉利的意思。

扈從，王臣料道立身不住，棄下房產，收拾細軟，引母妻婢僕，避難江南，遂家於杭州，地名小水灣，置買田產，經營過日。後來聞得京城克復，道路寧靜，王臣思想要往都下尋訪親知，整理舊業，為歸鄉之計。告知母親，即日收拾行囊，止帶一個家人，喚做王福，別了母妻，繇水路直至揚州馬頭上。那揚州隋時謂之江都，是江淮要衝，南北襟喉之地，往來檣艣如麻。岸上居民稠密，做買做賣的，挨擠不開，真好個繁華去處。當下王臣舍舟登陸，雇倩腳力❸，打扮做軍官模樣，一路遊山翫水，夜宿曉行。不則一日，來至一所在，地名樊川，乃漢時樊噲所封食邑之處。這地方離都城已不多遠。因經兵火之後，村野百姓，俱潛避遠方，一路絕無人煙，行人亦甚稀少。但見：

岡巒圍繞，樹木陰翳，危峰秀拔插青霄，峻嶺崔嵬橫碧漢。斜飛瀑布，噴萬丈銀濤；倒掛藤蘿，颺千條錦帶。雲山漠漠，鳥道逶迤行客少；煙林靄靄，荒村寥落土人稀。山花多豔如含咲❹，野鳥無名只亂啼。

王臣貪看山林景致，緩轡而行，不覺天色漸晚。聽見茂林中，似有人聲。近前看時，原來不是人，卻是兩個野狐，靠在一株古樹上，手執一冊文書，指點商確❺，若有所得，相對談笑。王臣道：「這孽畜作怪！不知看的是什麼書？且教他喫我一彈。」按住絲韁，綽❻起那水磨角靶彈弓，探手向袋中，摸

❸ 腳力：牲口。
❹ 咲：同「笑」。
❺ 商確：商量。一般作「商榷」或「商搉」。

出彈子放上，覷得較親，弓開如滿月，彈去似飛星，叫聲「著！」那二狐正在得意之時，不知林外有人窺看。聽得弓絃響，方纔擡頭觀看，那彈早已飛到，不偏不斜，正中執書這狐左目。棄下書，失聲嗥叫，負痛而逃。那一個狐，卻待就地去拾，被王臣也是一彈，打中左腮，放下四足，嗥叫逃命。王臣縱馬向前，教王福拾起那書來看，都是蝌蚪之文❼，一字不識。心中想道：「不知是甚言語在上？把去慢慢訪博古者問之。」遂藏在袖中，撥馬出林，循大道望都城而來。那時安祿山雖死，其子安慶緒猶強，賊將史思明降而復叛，藩鎮又各擁重兵，俱蓄不臣之念。恐有奸細，至京探聽，故此門禁十分嚴緊，出入盤詰。剛到晚，城門就閉。王臣抵城下時，已是黃昏時候。見城門已扃，即投旅店安歇。到店門口，下馬入來。主人家見他懸弓佩劍，軍官打扮，不敢怠慢，上前相迎道：「長官請坐。」便令小二點盃茶兒遞上。王福將行李卸下，馱進店中。王臣道：「主人家，有穩便房兒，開一間與我。」答道：「舍下客房儘多，長官只揀中意的住便了。」即點個燈火，引王臣往各房看過，擇了一間潔淨所在，將行李放下，把生口牽入後邊喂料。收拾停當，小二進來問道：「告長官，可喫酒麼？」王臣道：「有好酒打兩角❽，牛肉切一盤。伴當們照依如此。」小二答應出去。王臣把房門帶轉，也走到外邊。小二捧著酒肉問道：「長官，酒還送到房裏去飲，或就在此間？」王臣道：「就在此罷。」小二將酒擺在一副座頭上，王臣坐下。王福在旁斟酒。喫過兩三盃，主人家上前問道：「長官從那鎮到此？」王臣道：「在下從江南來。」

---

❻ 綽：用手抄抓。

❼ 蝌蚪之文：即「蝌蚪文」。古代篆書中的一體。筆畫頭粗尾細，形狀有點像蝌蚪。

❽ 角：飲酒的器具。

主人家道：「長官語音，不像江南人物。」王臣道：「實不相瞞，在下原是京師人氏。因安祿山作亂，車駕幸蜀，在下挈家避難江南。今知賊黨平復，天子還都，先來整理舊業，然後迎接家小歸鄉。因恐路上不好行走，故此軍官打扮。」主人家道：「原來是自家人！老漢一向也避在鄉村，到此不上一年哩。」彼此因是鄉人，分外親熱。各訴流離之苦。正是：

江山風景依然是，城郭人民半已非。

兩下正說得熱鬧，忽聽得背後有人叫道：「主人家，有空房宿歇麼？」主人家答應道：「房屋儘有，不知客官有幾位安歇？」答道：「只有我一人。」主人家見是個單身，又沒包裹，乃道：「若止你一人，不敢相留。」那人怒道：「難道賴了你房錢，不肯留我？」主人家道：「客官，不是這般說。只因郭令公⑨留守京師，頒榜遠近旅店，不許容留面生歹人。如隱匿藏留者，查出重治。況今史思明又亂，愈加緊急。今客官又無包裹，又不相認，故不好留得。」那人答道：「原來你不認得我，我就是郭令公家丁胡二。因有事往樊川去了轉回，趕進城不及，借你店裏歇一宵，故此沒有包裹。你若疑惑，明早同到城門上去，問那管門的，誰個不認得我。」這主人家被他把大帽兒一磕，便信以為真，乃道：「老漢一時不曉得是郭爺長官，莫怪，請裏邊房裏去坐。」那人道：「且慢著。我肚裏餓了，有酒飯討些來喫了，進房不遲。」又道：「我是喫齋，止用素酒。」走過來，向王臣桌上對面坐下。小二將酒菜放下。王臣舉目看時，見他把一隻袖子遮著左眼，似覺疼痛難忍之狀。那人開言道：「主人家，我今日造化低，遇

⑨ 郭令公：郭子儀。平安史之亂有功，進封太尉、中書令。

著兩個毛團❿，跌壞了眼。」主人家道：「遇著什麼？」答道：「從樊川回來，見樹林中兩個野狐打滾嗥叫，我趕上前要去拿他，不想絆上一交，狐又走了，反在地上磕損眼睛。」主人家道：「怪道長官把袖遮著眼兒。」王臣接口道：「我今日在樊川過，也遇著兩個野狐。」那人忙問道：「可曾拿到麼？」王臣道：「他在林中把冊書兒觀看，被我一彈，打了執書這狐左眼，遂棄書而逃。那一個方待去拾，又被我一彈，打在腮上，也亡命而走。故此只取得這冊書，沒有拿到。」那人和主人家都道：「野狐會看書，這也是奇事！」那人又道：「那書上都是甚麼事體？借求一觀。」王臣道：「都是異樣篆書，一字也看他不出。」放下酒盃，便向袖中去摸那冊書出來。說時遲，那時快，手還未到袖裏時，不想主人家一個孫兒，年纔五六歲，正走出來。小廝家眼睜，望見那人是個野狐，卻叫不出名色，奔向前指住道：「老爹！怎麼這個大野貓坐在此？還不趕他！」王臣聽了，便省悟是打壞眼的野狐，急忙拔劍，照頂門就砍。那狐望後一躲，就地下打個滾，露出本相，往外亂跑。王臣仗劍追趕了十數家門面，向個牆裏跳進。王臣因黑夜之間，無門尋覓，只得回轉。主人家點個燈火，同著王福一齊來迎著道：「饒他性命罷。」王臣道：「若不是令孫看破，幾乎被這孽畜賺了書去。」主人家道：「這毛團也奸巧哩！只怕還要生計來取。」王臣道：「今後有人把野狐事來誘我的，定然是這孽畜，便揮他一劍。」一頭說，已到店裏。店左店右住宿的客商聞得，當做一件異事，都走出來訊問，到拌得口苦舌乾。王臣喫了夜飯，到房中安息。自想野狐忍痛來掇賺⓫這冊書，必定有些妙處，愈加珍秘。至三更時分，外邊一片聲打門叫道：「快

❿ 毛團：罵禽獸的話，這裏指狐狸。

⓫ 掇賺：哄騙。

把書還了我！尋些好事酬你！若不還時，後來有些事故，莫要懊悔。」王臣聽得，氣忿不過，披衣起身，拔劍在手，又恐驚動眾人，悄悄的步出房來，去摸那大門時，主人家已自下了鎖。心中想道：「便叫起主人開門出去，那毛團已自走了，砍他不著，空惹眾人憎厭，不如彆著鳥氣，來朝卻又理會⓬。」王臣依先進房睡了。那狐喊了多時，方去。合店的人，盡皆聽得。到次早，齊勸王臣道：「這書既看不出字，留之何益，不如還他去罷。倘真個生出事來，懊悔何及！」王臣若是個見機的，聽了眾人言語，把那冊書擲還狐精，卻也罷了。只因他是個倔強漢子，不依眾人說話，後來被那狐把他個家業弄得七零八落。正是：

不聽好人言，必有恓惶⓭淚。

當下王臣喫了早飯，算還房錢，收拾行李，上馬進城。一路觀看，只見屋宇殘毀，人民稀少，街市冷落，大非昔日光景。來到舊居地面看時，惟存一片瓦礫之場。王臣見了，不勝悽慘。無處居住，只得尋個寓所安頓了行李，然後去訪親族。卻也存不多幾家。相見之間，各訴向來蹤跡。說到那傷心之處，不覺撲簌簌淚珠拋洒。王臣又言：「今欲歸鄉，不想屋宇俱已蕩盡，沒個住身之處。」親戚道：「自兵亂已來，不知多少人家，父南子北，被擄被殺，受無限慘禍。就是我們一個個都從刀尖上脫過來的，非容易得有今日。像你家太平無事，止去了住宅，已是無量之福了。況兼你的田產，虧我們照管，依然俱

⓬ 理會：處理。

⓭ 恓惶：驚慌煩惱。

在。若有念歸鄉，整理起來，還可成個富家。」王臣謝了眾人，遂買了一所房屋，製備日用家伙物件，將田園逐一經理停妥。約過兩月，王臣正走出門，只見一人從東而來，滿身穿著麻衣，肩上背著包裹，行履如飛，漸漸至近。王臣舉目觀看，喫了一驚。這人不是別個，乃是家人王留兒。王臣急呼道：「王留兒，你從那裏來？卻這般打扮？」王留兒見叫，乃道：「原來官人住在這裏！教我尋得個發昏！」王臣道：「你且住！為何恁般粧束？」王留兒道：「有書在此，官人看就知道。」至裏邊放下包裹，打開取出書信，遞與家主。王臣接來拆開看時，卻是母親手筆。上寫道：

從汝別後，即聞史思明復亂，日夕憂慮，遂沾重疾，醫禱無效，旦夕必登鬼籍矣。年踰六秩，已不為夭。第恨衰年值此亂離，客死遠鄉，又不得汝兄弟送我之終，深為痛心耳。但吾本家秦不願葬於外地。而又慮賊勢方熾，恐京城復如前番不守，又不可居。終日思之，莫若盡棄都下破殘之業，以資喪事。我尸骨入土之後，原返江東。此地田土豐阜，風俗醇厚，況昔開創甚難，決不可輕廢。俟干戈寧靜，徐圖歸鄉可也。倘違吾言，自罹羅網，顛覆宗祀，雖及泉下，誓不相見。汝其志之！

王臣看畢，哭倒在地道：「指望至此重整家業，同歸故鄉，不想母親反為我而憂死。早知如此，便不來得也罷！悔之何及！」哭了一回，又問王留兒道：「母親臨終，可還有別話？」王留兒道：「並無別話，止叮囑說：此處產業向已荒廢，總然恢復，今史思明作反，京城必定有變，斷不可守。教官人作速一切處置，備辦喪葬之事，迎柩葬後，原往杭州避難。若不遵依，死不瞑目。」王臣道：「母親遺命，豈敢違逆！況江東真似可居，長安戰爭未息，棄之甚為有理。」急忙製辦縗裳，擺設靈座，一面差人往墳上收拾，一面央人將田宅變賣。王留兒住了兩日，對王臣道：「官人修築墳墓起來，尚有整月淹遲，家中必然懸望。等小人先回，以安其心。」王臣道：「此言正合我意。」即便寫下家書，取出盤纏，打發他先回。王留兒臨出門，又道：「小人雖去，官人也須作速處置快回。」王臣道：「我恨不得這時就飛到家，何消叮囑！」王留兒出門，洋洋而去。且說王臣這些親戚曉得，都來弔唁，勸他不該把田產輕廢。王臣因是母命，執意不聽眾人言語，心忙意急，上好田產，都只賣得個半價。盤桓二十餘日，墳上開土築穴，諸事色色俱已停妥，然後打疊行裝，帶領僕從離了長安，星夜望江東趕來，迎靈車安葬。可憐：

仗劍長安悔浪遊，歸心一片水東流。北堂⓮空作斑衣⓯夢，淚灑白雲天盡頭。

* * *

話分兩頭。且說王臣母妻在家，真個聞得史思明又反，日夜憂慮王臣，懊悔放他出門。過了兩三月，一日，忽見家人來報，王福從京師賫信回了。姑媳聞言，即教喚進。王福上前叩頭，將書遞上。卻見王福左眼損壞。無暇詳問，將書拆開觀看。上寫道：

⓮ 北堂：指母親。

⓯ 斑衣：彩衣。周老萊子年已七十，還曾穿五色斑爛的衣服娛親。

自離膝下，一路托庇粗安。至都查核舊業，幸得一毫不廢，已經理如昔矣。更喜得遇故知胡八判官，引至元丞相門下，頗蒙青眄扶持，一官幽薊，誥身已領，限期甚迫。特遣王福迎母同之任所。書至，即將江東田產盡貨，火速入京。勿計微值，有誤任期。相見在邇，書不多贅。男臣百拜。

姑媳看罷書中之意，不勝歡喜，方問道：「王福，為甚損了一目？」王福道：「不要說起！在生口上打瞌睡，不想跌下來，磕損了這眼。」又問：「京師近來光景，比舊日何如？親戚們可都在麼？」王福道：「滿城殘毀過半，與前大不相同了。親戚們殺的殺，擄的擄，逃的逃，總來存不多幾家。尚還有搶去家私的，燒壞屋宇的，占去田產的。惟有我家田園屋宅，一毫不動。」姑媳聞說，愈加歡悅。乃道：「家業又不曾廢，卻又得了官職，此皆天地祖宗保佑之力。感謝不盡！到臨起身，須做場好事報答。再祈此去前程遠大，福祿永長。」又問道：「那胡八判官是誰？」王福道：「這是官人的故交。」王媽媽道：「向來從不見說起有姓胡做官的來往。」媳婦道：「或者近日相交的，也未可知。」王福接口道：「正是近日相識的。」當下問了一回，王媽媽道：「王福，你路上辛苦了，且去喫些酒飯，歇息則個。」

到了次日，王福說道：「奶奶這裏收拾起來，也得好幾日。官人在京，卻又無人服侍。待小人先去回覆，打疊停當，候奶奶一到，即便起身往任，何如？」王媽媽道：「此言甚是有理。」寫起書信，付些盤纏銀兩，打發先行。王福去後，王媽媽將一應田地宇舍，什物器皿，盡行變賣，止留細軟東西。因恐誤了兒子任期，不擇善價，半送與人。又延請僧人做了一場好事，然後雇下一隻官船，擇日起程。有幾個平日相往的鄰家女眷，俱來相送，登舟而別。離了杭州，由嘉禾蘇州常潤州一路，出了大江，望前進發。

那些奴僕，因家主得了官，一個個手舞足蹈，好不興頭！

避亂南馳實可哀，誰知富貴逼人來。舉家手額歡聲沸，指日長安晝錦回。

且說王臣自離都下，兼程而進。不則一日，已到揚州馬頭上。把行李搬在客店上，打發生口去了。喫了飯，教王福向河下雇覓船隻。自己坐在客店門首，守著行囊，觀看往來船隻。只見一隻官船遡流而上，船頭站著四五個人，喜笑歌唱，甚是得意。漸漸至近。打一看時，不是別人，都是自己家人。王臣心中驚異道：「他們不在家中服役，如何卻在這隻官船上？」又想道：「想必母親亡後，又歸他人了。」正疑訝間，艙門簾兒啟處，一個女子舒頭而望。王臣仔細觀看，又是房中侍婢。連稱「奇怪！」剛欲詢問，那船上家人卻也看見，齊道：「官人如何也在這裏？卻又恁般服色？」忙教稍子攏船。早驚動艙中王媽媽姑媳，掀簾觀看。王臣望見母親尚在，急將麻衣脫下，打開包裹，換了衣服巾帽。船上家人登岸相迎。王臣教將行李齊搬下船，自己上船來見母親。一眼覷著王留兒在船頭上，不問情繇，揪住便打。王媽媽走出說道：「他又無罪過，如何把他來打？」王臣見母親出來，放手上前拜道：「都是這狗才將母親書信至京，誤傳凶信，陷兒於不孝！」姑媳俱驚訝道：「他日日在家，何嘗有書差到京中！」王臣道：「一月前，賫母親書來，書中寫的如此如此，這般這般。住了兩日，遣他先回，安慰家中。然後將田產處置了，星夜趕來，怎說不曾到京？」合家大驚道：「有這等異事！那裏一般又有個王留兒？」連王留兒到咲起來道：「莫說小人到京，就是這個夢也不曾做。」王媽媽道：「你且取書來看，可像我的字跡？」王臣道：「不像母親字跡，我如何肯信？」便打開行李，取出書來看時，乃是一幅素紙，那有半個字影。把王臣驚得目瞬口呆，只管將這紙來翻看。王媽媽道：「書在那裏？把來我看。」王臣道：「卻不作怪！書上寫著許多言語，如何竟變做一幅白紙？」王媽媽不信道：「焉有此理！自從你出門之後，並無書信往來。直至前日，你差王福將書接我，方有一信，令他先來覆你。如何有個假王留兒將假書哄你？如今卻又說變了白紙！這是那裏學來這些鬼話。」王臣聽說王福曾回家這話，也甚驚駭，乃道：「王福在京，與兒一齊起身到此，幾曾教他將書來接母親？」姑媳都道：「呀！這話愈加說得混帳了！一月前王福送書到家，書上說都中產業俱在，又遇什麼胡八判官，引在元丞相門下，得了官職，教將江東田宅，盡皆賣了，火速入京，同往任上。故此棄了家業，雇倩船隻入京。怎說王福沒有回來？」王臣大驚道：「這事一發奇怪！何曾有甚胡八判官引到元丞相門下，選甚官職，有書迎接母親？」王媽媽道：「難道王福也是假的？」快叫來問。王臣道：「他去喚船了，少刻就來。」眾家人都到船頭上一望，只見王福遠遠跑來，卻也穿著凶服。眾人把手亂招。王福認得是自家人，也道詫異，說：「他們如何都在這裏？」走近船邊，眾人看時，與前日的王福不同了。前日左目已是損壞，如今這王福兩隻大眼滴溜溜，恰如銅鈴一般。眾人齊問道：「王福，你前日回家，眼已瞎了，如今怎又好好地？」王福向眾人噴一口涎沫道：「啐！你們的眼便瞎了。我何曾回家？卻又咒我眼瞎！」眾人笑道：「這事真個有些古怪。奶奶在艙中喚你，且除下身上麻衣，快去相見。」王福見說，呆了一呆道：「奶奶還在？」眾人道：「那裏去了，不在？」王福不信，也不脫麻衣，逕撞入艙來。王臣看見，喝道：「這狗才，奶奶在這裏，還不換了衣服來見？」王福慌忙退出船頭，脫下，進艙叩頭。王媽媽擦磨老眼，仔細看時，連稱：「怪哉！怪哉！前日王福回家，左眼已損，今卻又無恙。料然前日不是他了。」急去開了那封書來看時，也是一張白紙，並無一點墨跡。那時合家惶惑，正不知假王留兒、王福是甚變的？又不知有何緣故，卻哄騙兩頭把家業破毀？還恐後來尚有變故。驚疑不定。

王臣沈思凝想了半日，忽想到假王福左眼是瞎的，恍然而悟，乃道：「是了！是了！原來卻是這孽畜變來弄我。」王媽媽急問是甚東西。王臣乃將樊川打狐得書，客店變人詒騙，和夜間打門之事說出。又道：「當時我只道這孽畜不過變人來騙此書，到不提防他有恁般賊智。」眾人聞言，盡皆搖首咋舌道：「這妖狐卻也奸狡利害哩！隔著幾多路，卻會倣著字跡人形，把兩邊人都弄得如耍戲一般。早知如此，把那書還了他去也罷。」王臣道：「叵耐這孽畜無禮！如今越發不該還他了！若再纏帳，把那禍種頭⑯一火而焚之。」于氏道：「事已如此，莫要閒講了。且商量正務。如今住在這裏，不上不下，還是怎生計較？」王臣道：「京中產業俱已賣盡，去也沒個著落。況兼路途又遠。不如且歸江東。」王媽媽道：「江東田宅也一毫無存，卻住在何處？」王臣道：「權賃一所住下，再作區處。」當下撥轉船頭，原望江東而回。那些家人起初像火一般熱，到此時化做氷一般冷，猶如斷線偶戲，手足撣軟⑰，連話都無了。正是乘興而來，敗興而返。到了杭州，王臣同家人先上岸，在舊居左近賃了一所房屋，製辦日用家伙，各色停當，然後發起行李，迎母妻進屋。計點囊槖，十無其半，又惱又氣。門也不出，在家納悶。這些鄰家見王媽媽去而復回，齊來詢問。王臣道知其詳，眾人俱以為異事，互相傳說。遂嚷遍了半個杭城。

一日，王臣在堂中，督率家人收拾，只見外邊一人走將入來，威儀濟楚，服飾整齊。怎見得？但見：

---

⑯ 那禍種頭：指狐狸的那一冊蝌蚪文書。禍種頭，惹禍的根源。

⑰ 撣軟：癱軟。

頭戴一頂黑紗唐巾，身穿一領綠羅道袍；碧玉環正綴巾邊，紫絲縧橫圍袍上；襪似兩堆白雪，舄如二朵紅雲。堂堂相貌，生成出世之姿；落落襟懷，養就凌雲之氣。若非天上神仙，定是人間官宰。

那人走入堂中，王臣仔細打一看時，不是別人，正是同胞兄弟王宰。當下王宰向前作揖道：「大哥別來無恙？」王臣還了個禮，乃道：「賢弟，虧你尋到這裏！」王宰道：「兄弟到京回舊居時，見已化為白地。只道罹於兵火，甚是悲痛。即去訪問親故，方知合家向已避難江東。近日大哥至京，整理舊業，因得母親凶問，剛始離京。兄弟聞了這信，遂星夜趕來。適纔訪到舊居，鄰家說新遷於此，母親卻也無恙，故此又到舟中換了衣服纔來。母親如今在那裏？為何反遷在這等破屋裏邊？」王臣道：「一言難盡！待見過了母親，與你細說。」引入後邊，早有家人報知。王媽媽聞得兒子忽歸家，好生歡喜。即忙出來。恰好遇見，王宰倒身下拜。拜畢起身。王媽媽道：「兒！我日夜掛心，一向好麼？」王宰道：「多謝母親記念。待兒見過了嫂嫂，少停細細說與母親知道。」當下王臣渾家並一家婢僕，都來見過。王宰扯王臣往外就走。王媽媽也隨出來。至堂中坐下，問道：「大哥，你且先說，因甚弄得恁般模樣？」王臣乃將樊川打狐起，直至兩邊掇賺，變賣產業，前後事細說一遍。王宰聽了說：「元來有這個緣故，以致如此！這卻是你自取，非干野狐之罪。那狐自在林中看書，你是官道行路，兩不妨礙，如何卻去打他，又奪其書？及至客店中，他忍著疼痛，來賺你書，想是萬不得已而然。你不還他罷了，怎地又起惡念，拔劍斬逐？及至夜間好言苦求，你又執意不肯。況且不識這字，終於無用，要他則甚！今反喫他捉弄得這般光景，都是自取其禍。」王媽媽道：「我也是這般說。要他何用！如今反受其累！」王臣被兄弟數落一番，嘿然不語，心中好不耐煩。王宰道：「這書有幾多大？還是什麼字體？」王臣道：「薄薄的一冊，也不知什麼字體，一字也識不出。」王宰道：「你且把我看看。」王媽媽從旁襯道：「正是！你去把來與兄弟看看，或者識得這字也不可知。」王宰道：「這字料也難識，只當眼見希奇物罷了。」當時王臣向裏邊取出，到堂中，遞與王宰。王宰接過手，從前直揭至後，看了一看，乃道：「這字果然稀見！」一頭便立起身，走在堂中，向王臣道：「前日王留兒就是我。今日天書已還，不來纏你了。請放心！」一頭說，一頭往外就奔。王臣大怒，急趕上前，大喝道：「孽畜大膽，那裏走？」一把扯住衣裳，走的勢發，扯的力猛，只聽得聒喇一響，扯下一幅衣裳。那妖狐索性把身一抖，卸下衣服，見出本相，向門外亂跑，風團也似去了。王臣同家人一齊趕到街上，四顧觀看，並無蹤影。王臣一來被他破蕩了家業，二來又被他數落這場，三來不忿得這書，咬牙切齒，東張西望尋覓。只見一個瞎道人，站在對面簷下。王臣問道：「可見一個野狐從那裏去了？」瞎道人把手指道：「向東邊去了。」王臣同家人急望東而趕。行不上五六家門面，背後瞎道人叫道：「王臣，前日王福便是我，令弟也在這裏。」眾人聞得，復轉身來。兩個野狐執著書兒在前戲躍。眾人奮勇前來追捕。二狐放下四蹄，飛也似去了。王臣剛奔到自己門首，王媽媽叫道：「去了這敗家禍胎，已是安穩了。又趕他則甚！還不進來？」王臣忍著一肚子氣，只得依了母親，喚轉家人進來。逐件檢起衣服觀看，俱隨手而變。你道都是甚麼東西？

破芭蕉，化為羅服；爛荷葉，變做紗巾。碧玉環，柳枝圈就；紫絲絛，薜蘿搓成。羅襪二張白素紙，朱鳥兩片老松皮。

眾人看了，盡皆駭異道：「妖狐神通這般廣大！二官人不知在何處，卻變得恁般廝像？」王臣心中轉想轉惱，氣出一場病來，臥床不起。王媽媽請醫調治，自不必說。過了數日，家人們正在堂中，只見走進一個人來。看時，卻是王宰，也是紗巾羅服，與前妖狐一般打扮。眾家人只道又是假的，一齊亂喊道：「妖狐又來了！」各去尋棍覓棒，擁上前亂打。王宰喝道：「這些潑男女，為何這等無禮！還不去報知奶奶！」眾人那個睬他，一味亂打。王宰止遏不住，惹惱性子，奪過一根棒來，打得眾人四分五落，不敢近前，都閃在裏邊門旁指著罵道：「你這孽畜！書已拿去了，又來做甚？」王宰不解其意，心下大怒，直打入去。眾人往內亂跑。早驚動王媽媽，聽得外邊喧嚷，急走出來，撞見眾人，問道：「為何這等慌亂？」眾人道：「妖狐又變做二官人模樣，打進來也。」王媽媽驚道：「有這等事！」言還未畢，王宰已在面前。看見母親，即撇下棒子，上前叩拜道：「母親，為甚這些潑男女將兒叫做妖狐孽畜，執棍亂打？」王媽媽道：「你真個是我孩兒否？」王宰道：「兒是母親生的，有什麼假！」正說間，外面七八個人，扛擡鋪程行李進來。眾家人方知是真。上前叩頭謝罪。王宰問其緣故。王媽媽乃將妖狐前後事細說，又道：「汝兄為此氣成病症，尚未能癒。」王宰聞言，亦甚驚駭道：「恁樣說起來，兒在蜀中，王福曾賫書至，也是這狐假的了。」王媽媽道：「你且說書上怎寫？」王宰道：「兒是隨駕入蜀，分隸於劍南節度嚴武部下，得蒙拔為裨將。故上皇還京⑱，兒不相從歸國。兩月前，忽見王福賫哥哥書來，

⑱ 上皇還京：上皇，指唐玄宗（李隆基）。京，指長安。安祿山變亂，玄宗傳位給兒子肅宗（李亨），自己做太

說：向避難江東，不幸母親有變，教兒速來計議，扶柩歸鄉。王福說：要至京打掃塋墓，次日先行。兒為此辭了本官，把許多東西都棄下了，輕裝兼程趲來。纔訪至舊居，鄰家指引至此。知母親無恙，復到舟中易服來見。正要問哥哥為甚把這樣凶信哄我，不想卻有此異事！」即去行李中開出那封書來看時，也是一幅白紙。合家又好笑，又好惱。王宰同母至內見過嫂子，省視王臣，道其所以。王臣又氣得個發昏。王媽媽道：「這狐雖然僭懶，也虧他至蜀中賺你回來，使我母子相會。將功折罪，莫怨他罷！」王臣病了兩個月，方纔痊可。遂入籍於杭州。所以至今吳越間稱拐子為野狐精。有所本也：

蛇行虎走各為群，狐有天書狐自珍。家破業荒書又去，令人千載笑王臣。

上皇，逃往四川，後來亂事平定，他又回到長安。

第七卷　錢秀才錯占鳳凰儔

漁船載酒日相隨，短笛蘆花深處吹。湖面風收雲影散，水天光照碧琉璃。

這首詩是宋時楊備❶遊太湖所作。這太湖在吳郡西南三十餘里之外。你道有多少大？東西二百里，南北一百二十里，周圍五百里，廣三萬六千頃，中有山七十二峰，襟帶三州。那三州？

蘇州，湖州，常州。

東南諸水皆歸。一名震澤，一名具區，一名笠澤，一名五湖。何以謂之五湖？東通長洲松江，南通烏程霅溪，西通義興荊溪，北通晉陵滆湖，東通嘉興韭溪，水凡五道，故謂之五湖。那五湖之水，總是震澤分流，所以謂之太湖。就太湖中，亦有五湖名色，曰：菱湖，游湖，莫湖，貢湖，胥湖。五湖之外，又有三小湖：扶椒山東曰梅梁湖，杜圻之西、魚查之東曰金鼎湖，林屋之東曰東皋里湖；吳人只稱做太湖。那太湖中七十二峰，惟有洞庭兩山最大。東洞庭曰東山，西洞庭曰西山。兩山分峙湖中，其餘諸山，或遠或近，若浮若沉，隱見出沒於波濤之間。有元人許謙❷詩為證：

❶ 楊備：宋代慶曆時官尚書虞部員外郎。著有姑蘇百題、金陵覽古。

❷ 許謙：元代金華人，字益之，號白雲山人，終身講學，不肯做官，著有白雲集。

周迴萬水入，遠近數州環。南極疑無地，西浮直際山。
三江歸海表，一徑界河間。白浪秋風疾，漁舟意尚閑。

那東西兩山在太湖中間，四面皆水，車馬不通。欲遊兩山者，必假舟楫，往往有風波之險。昔宋時宰相范成大❸在湖中遇風，曾作詩一首：

白霧漫空白浪深，舟如竹葉信浮沉。科頭宴起吾何敢，自有山川印此心。

* * *

話說兩山之人，善於貨殖❹，八方四路，去為商為賈。所以江湖上有個口號，叫做「鑽天洞庭」。內中單表西洞庭有個富家，姓高，名贊，少年慣走湖廣，販賣糧食。後來家道殷實了，開起兩個解庫❺，托著四個夥計掌管，自己只在家中受用。渾家金氏，生下男女二人，男名高標，女名秋芳。那秋芳反長似高標二歲。高贊請個積年老教授在家館穀❻，教著兩個兒女讀書。那秋芳資性聰明，自七歲讀書，至十二歲，書史皆通，寫作俱妙。交十三歲，就不進學堂，只在房中習學女工，描鸞刺鳳。看看長成十六歲，出落得好個女兒，美艷非常，有西江月為證：

❸ 范成大：宋代詩人，字致能，號石湖居士，官參知政事（次於宰相的官職）。著有石湖集。
❹ 貨殖：經商。
❺ 解庫：當鋪。
❻ 館穀：請先生在家裏教小孩唸書，供給先生食宿。

面似桃花含露，體如白雪團成。眼橫秋水黛眉清，十指尖尖春筍。 嬝娜休言西子，風流不讓崔
鶯。金蓮窄窄瓣兒輕，行動一天丰韻。

高贊見女兒人物整齊，且又聰明，不肯將他配個平等之人❼，定要揀個讀書君子，才貌兼全的配他，聘禮厚薄倒也不論。若對頭好時，就賠些粧奩嫁去，也自情願。有多少豪門富室，日來求親的。高贊訪得他子弟才不壓眾，貌不超群，所以不曾許允。雖則洞庭在水中央，三州通道，況高贊又是個富家，這些做媒的四處傳揚，說高家女子，美貌聰明，情願賠錢出嫁，只要擇個風流佳壻。但有一二分才貌的，那一個不挨風緝縫，央媒說合。說時誇獎得潘安般貌，子建般才。及至訪實，都只平常。高贊被這夥做媒的哄得不耐煩了，對那些媒人說道：「今後不須言三語四。若果有人才出眾的，便與他同來見我。合得我意，一言兩決，可不快當！」自高贊出了這句言語，那些媒人就不敢輕易上門。正是：

眼見方為是，傳言未必真。試金今有石，驚破假銀人。

話分兩頭。卻說蘇州府吳江縣平望地方，有一秀士，姓錢名青，字萬選。此人飽讀詩書，廣知今古，更兼一表人才。也有西江月為證：

出落唇紅齒白，生成眼秀眉清。風流不在著衣新，俊俏行中首領。 下筆千言立就，揮毫四坐皆
驚。青錢萬選好聲名，一見人人起敬。

❼平等之人：平常的人。古代社會裏，認為做官讀書的人是上等人，其餘都是平常的人。這裏是指做生意的人。

錢生家世書香，產微業薄，不幸父母早喪，愈加零替。所以年當弱冠，無力娶妻。止與老僕錢興相依同住。錢興日逐做些小經紀供給家主，每每不敷，一飢兩飽。幸得其年遊庠❽。同縣有個表兄，住在北門之外，家道頗富，就延他在家讀書，那表兄姓顏，名俊，字伯雅，與錢生同庚生，都則一十八歲，顏俊只長得三個月，故此錢生呼之為兄。父親已逝，止有老母在堂，亦未嘗定親。說話的，那錢青因家貧未娶；顏俊是富家之子，如何一十八歲，還沒老婆？其中有個緣故。那顏俊有個好高之病，立誓要揀個絕美的女子，方與締姻，所以急切不能成就。況且顏俊自己又生得十分醜陋。怎見得？亦有西江月為證：

面黑渾如鍋底，眼圓卻似銅鈴。痘疤密擺泡頭釘，黃髮鬔鬆兩鬢。　牙齒真金鍍就，身軀頑鐵敲成。楂開五指鼓鎚能，枉了名呼顏俊。

那顏俊雖則醜陋，最好粧扮，穿紅著綠，低聲強笑，自以為美。更兼他腹中全無滴墨，紙上難成片語，偏好攀今掉古，賣弄才學。錢青雖知不是同調，卻也藉他館地，為讀書之資，每事左湊❾著他。故此顏俊甚是喜歡，事事商議而行，甚說得著。話休絮煩。一日，正是十月初旬天氣，顏俊有個門房遠親，姓尤名辰，號少梅，為人生意行中，頗伶俐，也領借顏俊些本錢，在家開個菓子店營運過活。其日在洞

❽ 遊庠：庠，古代地方的學校名稱。科舉時代準備考科舉的人稱為童生，經過縣府院的初試和複試，考取了就是秀才，或叫做「庠生」，也稱為「遊庠」、「入泮」。

❾ 左湊：遷就；順著。

庭山販了幾擔橙橘回來，裝做一盤，到顏家送新。他在山上聞得高家選壻之事，說話中間偶然對顏俊敘述，也是無心之談。誰知顏俊倒有意了，想道：「我一向要覓一頭好親事，都不中意。不想這段姻緣卻落在那裏！憑著我恁般才貌，又有家私，若央媒去說，再增添幾句好話，怕道不成？」那日一夜睡不著。天明起來，急急梳洗了，到尤辰家裏。尤辰剛剛開門出來，見了顏俊，便道：「大官人為何今日起得恁早？」顏俊道：「便是有些正事，欲待相煩。恐老兄出去了，特特早來。」尤辰道：「不知大官人有何事見委？請裏面坐了領教。」顏俊到坐啟❿下，作了揖，分賓而坐。尤辰又道：「大官人但有所委，必當效力，只怕用小子不著。」顏俊道：「此來非為別事，特求少梅作伐。」尤辰道：「大官人作成小子賺花紅錢，最感厚意。不知說的是那一頭親事？」顏俊道：「就是老兄昨日說的洞庭西山高家這頭親事，於家下甚是相宜。求老兄作成小子則個。」尤辰格的笑了一聲道：「大官人莫怪小子直言！若是第二家，小子也就與你去說了。若是高家，大官人作成別人做媒罷。」顏俊道：「老兄為何推托？這是你說起的，怎麼又叫我去尋別人？」尤辰道：「不是小子推托。只為高老有些古怪，不容易說話，所以遲疑。」顏俊道：「別件事，或者有些東扯西拽，東掩西遮，東三西四，不容易說話。這做媒乃是冰人撮合，一天好事，除非他女兒不要嫁人便罷休。不然，少不得男媒女妁。隨他古怪，然須知媒人不可怠慢。你怕他怎的！還是你故意作難，不肯總成⓫我這樁美事。這也不難，我就央別人去說。說成了時，休想吃我的喜酒！」說罷，連忙起身。那尤辰領借了顏俊家本錢，平日奉承他的，見他有咈然不悅之意，即忙回船

❿ 坐啟：客房。
⓫ 總成：成全。

轉舵⑫道：「大官人莫要性急，且請坐下，再細細商議。」顏俊道：「肯去就去，不肯去就罷了。有甚話商量得！」口裏雖則是恁般說了，身子卻又轉來坐下。尤辰道：「不是我故意作難，那老兒真個古怪。別家相媳婦，他偏要相女壻。但得他當面看得中意，才將女兒許他。有這些難處，只怕勞而無功，故此不敢把這個難題目包攬在身上。」顏俊道：「依你說，也極容易。他要當面看我時，就等他看個眼飽。我又不殘疾，怕他怎地！」尤辰不覺呵呵大笑道：「大官人，不是沖撞你說。大官人雖則不醜，更有比大官人勝過幾倍的，他還看不上眼哩。大官人若是不把與他見面，這事縱沒一分二分，還有一厘二厘。若是當面一看，便萬分難成了。」顏俊道：「常言無謊不成媒。你與我包謊，只說十二分人才，或者該是我的姻緣，一說便就，不要面看，也不可知。」尤辰道：「倘若要看時，卻怎地？」顏俊道：「且到那時，再有商量。只求老兄速去一言。」尤辰道：「既蒙吩咐，小子好歹去走一遭便了。」顏俊臨起身，又叮嚀道：「千萬，千萬！說得成時，把你二十兩，這紙借契，先奉還了。媒禮花紅在外。」尤辰道：「當得，當得！」顏俊別去。不多時，就教人封上五錢銀子，送與尤辰，為明日買舟之費。顏俊那一夜在床上又睡不著，想道：「倘他去時不盡其心，葫蘆提⑬回復了我，可不枉走一遭！再差一個伶俐家人跟隨他去，聽他講甚言語。好計，好計！」等待天明，便喚家童小乙來，跟隨尤大舍往山上去說親。小乙去了，顏俊心中牽掛，即忙梳洗，往近處一個關聖廟中求籤，卜其事之成否。當下焚香再拜，把籤筒搖了幾搖，撲的跳出一籤。拾起看時，卻是第七十三籤。壁上寫得有籤訣四句，云：

⑫ 回船轉舵：轉變。

⑬ 葫蘆提：含糊；籠統。

憶昔蘭房分半釵，而今忽把信音乖。癡心指望成連理，到底誰知事不諧。

顏俊才學雖則不濟，這幾句籤訣，文義顯淺，難道好歹不知。求得此籤，心中大怒，連聲道：「不准，不准！」撒袖出廟門而去。回家中坐了一會，想道：「此事有甚不諧！難道真個嫌我醜陋，不中其意？男子漢須比不得婦人，只是出得人前罷了。一定要選個陳平⑭、潘安不成？」一頭想，一頭取鏡子自照。側頭側腦的看了一回，良心不昧，自己也看不過了。把鏡子向桌上一撇，嘆了一口寡氣⑮，呆呆而坐。准准的悶了一日。不題。

且說尤辰是日同小乙駕了一隻三櫓快船，趁著無風靜浪，咿呀的搖到西山高家門首停船，剛剛是未牌時分。小乙將名帖遞了。高公出迎，問其來意。說是與令愛作伐。高贊問是何宅。尤辰道：「就是敝縣一個舍親，家業也不薄，與宅上門戶相當。此子年方十八，讀書飽學。」高贊道：「人品生得如何？老漢有言在前，定要當面看過，方敢應承。」尤辰見小乙緊緊靠在椅子後邊，只得不老實扯個大謊，便道：「若論人品，更不必言。堂堂一軀，十全之相；況且一腹文才，十四歲出去考童生，縣裏就高高取上一名。這幾年為丁了父憂，不曾進院，所以未得遊庠。有幾個老學，看了舍親的文字，都許他京解之才⑯。就是在下，也非慣於為媒。因年常在貴山買菓，偶聞令愛才貌雙全，老翁又慎於擇壻，因思舍親，

⑭ 陳平：西漢人，常為高祖出奇策，官左丞相。史記記載陳平「為人長大美色」。

⑮ 寡氣：冷氣。

⑯ 京解之才：指有考中舉人，進士的才能。秀才經過省試，考取了叫舉人，一般又叫解元或發解，舉人到京城經過會試、殿試考取了就是進士。

正合其選，故此斗膽輕造。」高贊聞言，心中甚喜。便道：「令親果然有才有貌，老漢敢不從命。但老漢未曾經目，終不放心。若是足下引令親過寒家一會，更無別說。」尤辰道：「小子並非謬言。老翁他日自知。只是舍親是個不出書房的小官人⑰，或者未必肯到宅上。就是小子攛掇來時，若成得親事還好，萬一不成，舍親何面目回轉！小子必然討他抱怨了。」高贊道：「既然人品十全，豈有不成之理。老夫生性是這般小心過度的人，所以必要著眼。若是令親不屑下顧，待老漢到宅，足下不意之中，引令親來一覿，卻不妥貼？」尤辰恐怕高贊身到吳江，訪出顏俊之醜，即忙轉口道：「既然尊意決要會面，小子還同舍親奉拜，不敢煩尊駕動履。」說罷，告別。高公那裏肯放，忙教整酒肴相款。吃到更餘，高公留宿。尤辰道：「小舟帶有鋪陳，明日要早行。即今奉別。等舍親登門，卻又相擾。」高公取舟金一封相送。尤辰作謝下船。次早順風，拽起飽帆，不勾⑱大半日就到了吳江。顏俊正呆呆的站在門前望信。一見尤辰回家，便迎住問道：「有勞老兄往返，事體如何？」尤辰把問答之言，細述一遍。「他必要面會，大官人如何處置？」顏俊嘿然無言。尤辰便道：「暫別再會。」自回家去了。顏俊到裏面，喚過小乙來問其備細，只恐尤辰所言不實。小乙說來果是一般。顏俊沉吟了半晌，心生一計，再走到尤辰家，與他商議。不知說的是甚麼計策？正是：

為思佳偶情如火，索盡枯腸夜不眠。自古姻緣皆分定，紅絲⑲豈是有心牽。

---

⑰ 小官人：「官人」是古時對男子的尊稱，年輕的稱「小官人」。

⑱ 不勾：不消。

顏俊對尤辰道：「適才老兄所言，我有一計在此。也不打緊。」尤辰道：「有何好計？」顏俊道：「表弟錢萬選，向在舍下同窗讀書。他的才貌比我勝幾分兒。明日我央及他同你去走一遭，把他只說是我，哄過一時。待行過了聘，不怕他賴我的姻事。」尤辰道：「若看了錢官人，萬無不成之理。只怕錢官人不肯。」顏俊道：「他與我至親，又相處得極好。只央他點一遍名兒，有甚虧他處！料他決然無辭。」說罷，作別回家。其夜，就到書房中陪錢萬選夜飯，酒肴比常分外整齊。錢萬選愕然道：「日日相擾，今日何勞盛設？」顏俊道：「且吃三盃，有小事相煩賢弟則個。只是莫要推故。」錢萬選道：「小弟但可效勞之處，無不從命。只不知甚麼樣事？」顏俊道：「不瞞賢弟說，對門開菓子店的尤少梅，與我作伐，說的女家，是洞庭西山高家。一時間誇了大口，說我十分才貌。不想說得忒高興了，那高老定要先請我去面會一會，然後行聘。昨日商議，若我自去，恐怕不應了前言。一來少梅沒趣，二來這親事就難成了。故此要勞賢弟認了我的名色，同少梅一行，瞞過那高老，玉成這頭親事，感恩不淺。愚兄自當重報。」錢萬選想了一想，道：「別事猶可，這事只怕行不得。一時便哄過了，後來知道，你我都不好看相。」顏俊道：「原只要哄過這一時。若行聘過了，就曉得也不怕他。他又不認得你是什麼人。就怪也只怪得媒人，與你什麼相干！況且他家在洞庭西山百里之隔，一時也未必知道。你但放心前去，到不要畏縮。」錢萬選聽了，沉吟不語。欲待從他，不是君子所為；欲待不從，必然取怪，這館就處不成了，事在兩難。顏俊見他沉吟不決，便道：「賢弟，常言道：天攤下來，自有長的撐住。凡事有愚兄在前，

⑲ 紅絲：唐代張嘉貞想選郭元振為婿，令五個女兒手中各拿一根絲線，線頭露在帷幕外，使郭元振隨便揀一根。郭元振牽了一根紅絲，於是娶得他的第三個女兒。

賢弟休得過慮。」錢萬選道：「雖然如此，只是愚弟衣衫襤褸，不稱仁兄之相。」顏俊道：「此事愚兄早已辦下了。」是夜無話。

次日，顏俊早起，便到書房中，喚家童取出一皮箱衣服，都是綾羅紬絹時新花樣的翠顏色，時常用龍涎慶真餅⑳燻得撲鼻之香，交付錢青行時更換，下面淨襪絲鞋，只有頭巾不對㉑，即時與他換了一頂新的。又封著二兩銀子送與錢青道：「薄意權充紙筆之用，後來還有相酬。這一套衣服，就送與賢弟穿了。日後只求賢弟休向人說，洩漏其事。今日約定了尤少梅，明日早行。」錢青道：「一依尊命。這衣服小弟暫時借穿，回時依舊納還。這銀子一發不敢領了。」顏俊道：「古人車馬輕裘，與朋友共，就沒有此事相勞，那幾件粗衣奉與賢弟穿了，不為大事。這些須薄意，不過表情，辭時反教愚兄慚愧。」錢青道：「既承仁兄盛情，衣服便勉強領了。那銀子斷然不敢領。」顏俊道：「若是賢弟固辭，便是推托了。」錢青方纔受了。顏俊是日約會尤少梅。尤辰本不肯擔這干紀㉒，只為不敢得罪於顏俊，勉強應承。顏俊預先備下船隻，及船中供應食物，和鋪陳之類，又撥兩個安童㉓伏侍，連前番跟去的小乙，共是三人。絹衫氈包，極其華整。隔夜俱已停當。又吩咐小乙和安童到彼，只當自家大官人稱呼，不許露出個

⑳ 龍涎慶真餅：用龍涎香料製成的香餅。龍涎，抹香鯨腸內分泌的一種香料，可以製香。

㉑ 只有頭巾不對：明代規定，生員（秀才）戴軟巾、垂帶。錢青是秀才，戴這種巾。顏俊不是秀才，所以和他的頭巾不同。

㉒ 擔這干紀：擔干紀，即「負責任」。

㉓ 安童：侍童。

錢字。過了一夜，侵早就起來催促錢青梳洗穿著。錢青貼裏貼外，都換了時新華麗衣服，行動香風拂拂，比前更覺標致㉔。

分明荀令㉕留香去，疑是潘郎擲果回。

顏俊請尤辰到家，同錢青喫了早飯，小乙和安童跟隨下船。又遇了順風，片帆直吹到洞庭西山，天色已晚。舟中過宿。次日，早飯過後，約莫高贊起身；錢青全柬寫顏俊名字拜帖，謙遜些，加個晚字。小乙捧帖，到高家門首投下，說：「尤大舍引顏宅小官人特來拜見。」高家僕人認得小乙的，慌忙通報。高贊傳言快請。假顏俊在前，尤辰在後，步入中堂。高贊一眼看見那個小後生，人物軒昂㉖，衣冠濟楚㉗，心中已自三分歡喜。敘禮已畢，高贊看椅上坐。錢青自謙幼輩，再三不肯。只得東西昭穆㉘坐下。高贊肚裏暗暗歡喜：「果然是個謙謙君子。」坐定，先是尤辰開口，稱謝前日相擾。高翁答言多慢。接口就問道：「此位就是令親顏大官人？前日不曾問得貴表㉙。」錢青道：「年幼無表。」尤辰代言：「舍親

㉔ 標致：美貌。
㉕ 荀令：指東漢荀彧，字文若，時人稱為荀令君。李商隱韓翃舍人即事詩說：「橋南荀令過，十里送衣香。」荀令君曾至人家，香氣不歇，後人因常引用其事。
㉖ 軒昂：態度舉動高超不凡的樣子。
㉗ 濟楚：整齊清潔。
㉘ 昭穆：古代祖廟的次序，左邊為「昭」，右邊為「穆」，後作「左右」的代詞。
㉙ 表：即「表字」、「表號」。正名以外的名號。

表字伯雅。伯仲之伯，雅俗之雅。」高贊道：「尊名尊字，俱稱其實。」錢青道：「不敢！」高贊又問起家世。錢青一一對答。出詞吐氣，十分溫雅。高贊想道：「外才已是美了，不知他學問如何？且請先生和兒子出來相見，盤他一盤，便見有學無學。」獻茶二道，吩咐家人書館中請先生和小舍出來見客。去不多時，只見五十多歲一個儒者，引著一個垂髫㉚學生出來。眾人一齊起身作揖。高贊一一通名：「這位是小兒的業師，姓陳，見在府庠；這就是小兒高標。」錢青看那學生，生得眉清目秀，十分俊雅。心中想著：「此子如此，其姊可知。顏兄好造化哩！」又獻了一道茶，高贊便對先生道：「此位尊客是吳江顏伯雅，年少高才。」那陳先生已會了主人之意，便道：「吳江是人才之地，見高識廣，定然不同。請問貴邑有三高祠，還是那三個？」錢青答言：「范蠡、張翰、陸龜蒙㉛。」又問：「此三人何以見得他高處？」錢青一一分疏出來。兩個遂互相盤問了一回。錢青見那先生學問平常，故意譚天說地，講古論今，驚得先生一字俱無，連稱道：「奇才，奇才！」把一個高贊就喜得手舞足蹈。忙喚家人，悄悄吩咐備飯，要整齊些。家人聞言，即時拽開桌子，排下五色菓品。高贊取杯箸安席。錢青答敬謙讓了一回，照前昭穆坐下。三湯十菜，添案㉜小喫，頃刻間，擺滿了桌子，真個咄嗟而辦。你道為何如此便當？原

㉚ 垂髫：古代成年人才把頭髮盤在頭上，小孩子的頭髮垂搭著，叫做「垂髫」。髫，音ㄊㄧㄠˊ。

㉛ 范蠡張翰陸龜蒙：范蠡，戰國時越國的大夫，幫助越王句踐滅吳以後，就棄官泛舟五湖。張翰，晉代吳郡人，一天，想到家鄉的蓴菜和鱸魚味道很美，就辭官回家。陸龜蒙，長洲（吳縣）人，自號「江湖散人」、「天隨子」，是唐代的詩人，因為他們都辭官隱居，所以後來合稱為「三高」。

㉜ 添案：案，案酒。指下酒的菜肴。

來高贊的媽媽金氏，最愛其女。聞得媒人引顏小官人到來，也伏在遮堂背後張看。看見一表人才，語言響亮，自家先中意，料高老必然同心，故此預先準備筵席。一等吩咐，流水的就搬出來。賓主共是五位。酒後飯，飯後酒，直喫到紅日銜山。錢青和尤辰起身告辭。高贊心中甚不忍別，意欲攀留幾日。錢青那裏肯住。高贊留了幾次，只得放他起身。錢青拜別了陳先生，口稱承教，次與高公作謝道：「明日早行，不得再來告別！」高贊道：「倉卒怠慢，勿得見罪。」小學生也作揖過了。金氏已備下幾色嗄程㉝相送，無非是酒米魚肉之類。又有一封舟金。高贊扯尤辰到背處，說道：「顏小官人才貌，更無他說。若得少梅居間成就，萬分之幸。」尤辰道：「小子領命。」高贊直送上船，方纔分別。當夜夫妻兩口，說了顏小官人一夜。正是：

不須玉杵千金聘，已許紅繩兩足纏。

再說錢青和尤辰，次日開船，風水不順，直到更深，方纔抵家。顏俊兀自秉燭夜坐，專聽好音。二人叩門而入，備述昨朝之事。顏俊見親事已成，不勝之喜，忙忙的就本月中擇個吉日行聘。果然把那二十兩借契送還了尤辰，以為謝禮。就擇了十二月初三日成親。高贊得意了女壻，況且粧奩久已完備，並不推阻。日往月來，不覺十一月下旬，吉期將近。原來江南地方娶親，不行古時親迎之禮，都是女親家和阿舅自送上門。女親家謂之送娘，阿舅謂之抱嫁㉞。高贊為選中了乘龍佳壻㉟，到處誇揚，今日定要

㉝ 嗄程：送行的禮物、路菜。

㉞ 抱嫁：舊時蘇州風俗，女子出嫁時，例由阿舅抱上花轎，叫做「抱嫁」。

女壻上門親迎，準備大開筵宴，遍請遠近親鄰喫喜酒。先遣人對尤辰說知。尤辰喫了一驚，忙來對顏俊說了。顏俊道：「這番親迎，少不得我自去走遭。」尤辰跌足道：「前日女壻上門，他舉家都看個勾，行樂圖也畫得出在那裏。今番又換了一個面貌，教做媒的如何措辭？好事定然中變！連累小子必然受辱！」顏俊聽說，反抱怨起媒人來道：「當初我原說過來，該是我姻緣，自然成就。若第一次上門時，自家去了，那見得今日進退兩難！都是你捉弄我，故意說得高老十分古怪，不要我去，教錢家表弟替了。誰知高老甚是好情，一說就成，並不作難。這是我命中注定，該做他家的女壻，豈因見了錢表弟方纔肯成！況且他家已受聘禮了，他的女兒就是我的人了。敢道個不字麼？你看我今番自去，他怎生發付㊱我？難道賴我的親事不成？」尤辰搖著頭道：「成不得！人也還在他家！你狠到那裏去？若不肯把人送上轎，你也沒奈何他！」顏俊道：「多帶些人從去，肯便肯，不肯時打進去，搶將回來。便告到官司，有生辰吉帖為證。只是賴婚的不是，我並沒差處。」尤辰道：「大官人休說滿話㊲！常言道：惡龍不鬭地頭蛇。你的從人雖多，怎比得坐地的有增無減。萬一弄出事來，纏到官司，那老兒訴說，求親的是一個，娶親的又是一個。官府免不得與媒人詰問。刑罰之下，小子只得實說。連錢大官人前程干係，不是耍處。」顏俊想了一想道：「既如此，索性不去了。勞你明日去回他一聲，只說前日已曾會過了，敝縣沒有親迎

㉟ 乘龍佳壻：東漢時，太尉桓焉把兩個女兒嫁了兩個很有名望的大官，當時稱為「兩女婿俱乘龍」，後人因把「乘龍」當作好女婿的代稱。
㊱ 發付：打發。
㊲ 說滿話：說自滿的話。

的常規，還是從俗送親罷。」尤辰道：「一發成不得。高老因看上了佳壻，到處誇其才貌。那些親鄰專等親迎之時，都要來廝認。這是斷然要去的。」顏俊道：「如此，怎麼好？」尤辰道：「依小子愚見，更無別策。只得再央令表弟錢大官人走遭。索性哄他到底。哄得新人進門，你就靠家大㊳了。不怕他又奪了去。結婚之後，縱然有話，也不怕他了。」顏俊頓了一頓口道：「話到有理！只是我的親事，到作成別人去風光㊴。央及他時，還有許多作難哩。」尤辰道：「事到其間，不得不如此了。風光只在一時，怎及得大官人終身受用！」顏俊又喜又惱。

當下別了尤辰，回到書房，對錢青說道：「賢弟，又要相煩一事。」錢青道：「不知兄又有何事？」顏俊道：「出月初三，是愚兄畢姻之期。初二日就要去親迎。原要勞賢弟一行，方纔妥當。」錢青道：「前日代勞，不過泛然之事。今番親迎，是個大禮，豈是小弟代得的！這個斷然不可！」顏俊道：「賢弟所言雖當，但因初番會面，他家已認得了。如今忽換我去，必然疑心。此事恐有變卦。不但親事不成，只恐還要成訟。那時連賢弟也有干係。卻不是為小妨大，把一天好事自家弄壞了？若得賢弟親迎回來，成就之後，不怕他閒言閒語。這是個權宜之術。賢弟須知：塔尖上功德㊵，休得固辭。」錢青見他說得情辭懇切，只索依允。顏俊又喚過吹手及一應接親人從，都吩咐了說話，不許漏洩風聲。取得親回，都有重賞。眾人誰敢不依。到了初二日侵晨，尤辰便到顏家相幫，安排親迎禮物，及上門各項賞賜，都封

㊳ 靠家大：倚仗著在自己家裏，昂然自大。

㊴ 風光：光榮。

㊵ 塔尖上功德：比喻只剩下最後一點小工程。

得停停當當。其錢青所用，及儒巾圓領絲縧皂靴，並皆齊備。又分派各船食用，大船二隻，一隻坐新人，一隻媒人共新郎同坐；中船四隻，散載眾人；小船四隻，一者護送，二者以備雜差。十餘隻船，篩鑼掌號，一齊開出湖去。一路流星砲杖，好不興頭。正是：

門闌多喜氣，女壻近乘龍。

船到西山，已是下午。約莫離高家半里停泊。尤辰先到高家報信。一面安排親迎禮物，及新人乘坐百花綵轎，燈籠火把，共有數百。錢青打扮整齊，另有青絹煖轎，四擡四綽，笙簫鼓樂，逕望高家而來。那山中遠近人家，都曉得高家新女壻才貌雙全，競來觀看，挨肩並足，如看神會故事的一般熱鬧。錢青端坐轎中，美如冠玉，無不喝采。有婦女曾見過秋芳的，便道：「這般一對夫妻，真個郎才女貌！高家揀了許多女壻，今日果然被他揀著了。」不題眾人。且說高贊家中，大排筵席，親朋滿坐，未及天晚，堂中點得畫燭通紅。只聽得樂聲聒耳，門上人報道：「嬌客㊶轎子到門了。」儐相㊷披紅插花，忙到轎前作揖，念了詩賦，請出轎來。眾人謙恭揖讓，延至中堂奠鴈。行禮已畢，然後諸親一一相見。眾人見新郎標致，一個個暗暗稱羨。獻茶後，吃了茶菓點心，然後定席安位。此日新女壻與尋常不同，面南專席，諸親友環坐相陪，大吹大擂的飲酒。隨從人等，外廂另有款待。且說錢青坐於席上，只聽得眾人不住聲的贊他才貌，賀高老選壻得人。錢青肚裏暗笑道：「他們好似見鬼一般！我好像做夢一般！做夢的

㊶ 嬌客：對女婿的敬稱。

㊷ 儐相：結婚時贊禮的人。

醒了，也只扯淡㊸。那些見神見鬼的，不知如何結末哩？我今日且落得受用。」又想道：「我今日做替身，擔了虛名，不知實受還在幾時？料想不能如此富貴。」轉了這一念，反覺得沒興起來。酒也懶吃了。高贊父子，輪流敬酒，甚是慇懃。錢青怕擔誤了表兄的正事，急欲抽身。高贊固留，又坐了一回。用了湯飯，僕從的酒都喫完了。約莫四鼓，小乙走在錢青席邊，催促起身。錢青教小乙把賞封㊹給散，起身作別。高贊量度已是五鼓時分，賠嫁粧奩俱已點檢下船，只待收拾新人上轎。只見船上人都走來說：「外邊風大，難以行船。且稍停一時，等風頭緩了好走。」原來半夜裏便發了大風。那風刮得好利害！只見：

山間拔木揚塵，湖內騰波起浪。

只為堂中鼓樂喧闐，全不覺得。高贊叫樂人住了吹打，聽時，一片風聲，吹得怪響。眾皆愕然。急得尤辰只把腳跳。高贊心中大是不樂。只得重請入席，一面差人在外專看風色。看看天曉，那風越狂起來，刮得彤雲密布，雪花飛舞。眾人都起身看著天，做一塊兒商議。一個道：「這風還不像就住的。」一個道：「半夜起的風，原要半夜裏住。」又一個道：「這等雪天，就是沒風也怕行不得。」又一個道：「只怕這雪還要大哩。」又一個道：「風太急了，住了風，只怕湖膠㊺。」又一個道：「這太湖不愁他膠斷，還怕的是風雪。」眾人是恁般閒講。高老和尤辰好生氣悶！又捱一會，喫了早飯，風愈狂，雪愈

㊸ 扯淡：胡扯。

㊹ 賞封：指用紅紙封包著，賞給僕人的錢。

㊺ 湖膠：湖結了冰。

大，料想今日過湖不成。錯過了吉日良時，殘冬臘月，未必有好日了。況且笙簫鼓樂，乘興而來，怎好教他空去。事在千難萬難之際，坐間有個老者，喚做周全，是高贊老鄰，平日最善處分鄉里之事。見高贊沉吟無計，便道：「依老漢愚見，這事一些不難。」高贊道：「足下計將安在？」周全道：「既是選定日期，豈可錯過！令壻既已到宅，何不就此結親？趁這筵席，做了花燭。等風息，從容回去，豈非全美。」眾人齊聲道：「最好！」高贊正有此念，卻喜得周老說話投機。當下便吩咐家人，準備洞房花燭之事。卻說錢青雖然身子在此，本是個局外之人。起初風大風小，也還不在他心上。忽見周全發此議論，暗暗心驚，還道高老未必聽他。不想高老欣然應允，老大著忙，暗暗叫苦。欲央尤少梅代言，誰想尤辰平昔好酒，一來天氣寒冷，二來心緒不佳，斟著大杯，只顧喫。喫得爛醉如泥，在一壁廂空椅子上，打鼾去了。錢青只得自家開口道：「此百年大事，不可草草。不妨另擇個日子，再來奉迎。」高贊那裏肯依，便道：「翁壻一家，何分彼此！況賢壻尊人，已不在堂，可以自專。」說罷，高贊入內去了。錢青又對各位親鄰，再三央及，不願在此結親。眾人都是奉承高老的，那一個不極口贊成。錢青此時無可奈何，只推出恭[46]。到外面時，卻叫顏小乙與他商議。小乙心上也道不該，只教錢秀才推辭，此外別無良策。錢青道：「我已辭之再四，其奈高老不從！若執意推辭，反起其疑。我只要委曲周全你家主一樁大事，並無欺心。若有苟且，天地不容。」主僕二人，正在講話，眾人都攢攏來道：「此是美事，令岳意已決矣。大官人不須疑慮！」錢青嘿然無語。眾人揖錢青請進。午飯已畢，重排喜筵。儐相披紅喝禮，兩位新人打扮登堂，照依常規行禮，結了花燭。正是：

---

46 出恭：明代試場設有「出恭」、「入敬」牌，防止考生擅離座位。要上廁所，須領這塊牌；因此稱如廁為出恭。

百年姻眷今宵就，一對夫妻此夜新。得意事成失意事，有心人遇沒心人。

其夜酒闌人散，高贊老夫婦親送新郎進房，伴娘替新娘卸了頭面。幾遍催新郎安置，錢青只不答應。正不知什麼意故。只得伏侍新娘先睡，自己出房去了。丫鬟將房門掩上，又催促官人上床。錢青心上如小鹿亂撞，勉強答應一句道：「你們先睡。」丫鬟們亂了一夜，各自倒東歪西去打瞌睡。錢青本待秉燈達旦，一時不曾討得幾枝蠟燭。到燭盡時，又不好聲喚，忍著一肚子悶氣，和衣在床外側身而臥。也不知女孩兒頭東頭西。次早清清天亮，便起身出外，到舅子書館中去梳洗。高贊夫婦只道他少年害羞，亦不為怪。是日雪雖住了，風尚不息。高贊且做慶賀筵席。錢青喫得酩酊大醉，坐到更深進房。女孩兒又先睡了。錢青打熬不過，依舊和衣而睡。連小娘子的被窩兒也不敢觸著。又過一晚，早起時，見風勢稍緩，便要起身。高贊定要留過三朝，方纔肯放。錢青拗不過，只得又喫了一日酒。坐間背地裏和尤辰說起夜間和衣而臥之事。尤辰口雖答應，心下未必准信。事已如此，只索由他。卻說女孩兒秋芳，自結親之夜，偷眼看那新郎，生得果然齊整，心中暗暗歡喜。一連兩夜，都則衣不解帶，不解其故。「莫非怪我先睡了，不曾等待得他？」此是第三夜了，女孩兒預先吩咐丫鬟，只等官人進房，先請他安息。丫鬟奉命，只等新郎進來，便替他解衣科帽。錢青見不是頭，除了頭巾，急急的跳上床去，貼著床裏自睡，仍不脫衣。女孩兒滿懷不樂，只得也和衣睡了。又不好告訴爹娘。到第四日，天氣晴和，高贊預先備下送親船隻，自己和老婆親送女孩兒過湖。娘女共是一船，高贊與錢青、尤辰又是一船。船頭俱掛了雜綵，鼓樂振天，好生熱鬧。只有小乙受了家主之托，心中甚不快意。駕個小小快船，趲路先行。

話分兩頭。且說顏俊自從打發眾人迎親去後，懸懸而望。到初二日半夜，聽得刮起大風大雪，心上好不著忙。也只道風雪中船行得遲，只怕挫了時辰。那想道過不得湖！一應花燭筵席，準備十全，等了一夜，不見動靜，心下好悶。想道：「這等大風，倒是不曾下船還好。若在湖中行動，老大擔憂哩。」又想道：「若是不曾下船，我岳丈知道錯過吉期，豈肯胡亂把女兒送來，定然要另選個日子。又不知幾時吉利，可不悶殺了人！」又想道：「若是尤少梅能事時，在岳丈前攛掇，權且迎來，那時我那管時日利與不利，且落得早些受用。」如此胡思亂想，坐不安席，不住的在門前張望。到第四日風息，料道決有佳音。等到午後，只見小乙先回報道：「新娘已取來了。不過十里之遙。」顏俊問道：「吉期挫過，他家如何肯放新人下船？」小乙道：「高家只怕挫過好日，定要結親。錢大官已替東人權做新郎三日了。」顏俊道：「既結了親，這三夜錢大官人難道竟在新人房裏睡的？」小乙道：「睡是同睡的，卻不曾動彈。那錢大官人是看得熟鴨蛋、伴得小娘眠的[47]。」顏俊罵道：「放屁！那有此理！我托你何事？你如何不叫他推辭；卻做下這等勾當？」小乙道：「家人也說過來。錢大官人道：『我只要周全你家之事。若有半點欺心，天神鑒察。』」顏俊此時：

怒從心上起，惡向膽邊生。

一把掌將小乙打在一邊，氣忿忿的奔出門外，專等錢青來廝鬧。恰好船已攏岸。錢青終有細膩，預先囑咐尤辰伴住高老，自己先跳上岸。只為自反無愧，理直氣壯，昂昂的步到顏家門首。望見顏俊，笑嘻嘻

---

47 看得熟鴨蛋二句：指沒有發生肉體關係。

的正要上前作揖，告訴衷情，誰知顏俊以小人之心，度君子之腹，此際便是仇人相見，分外眼睁，不等開言，便撲的一頭撞去，咬定牙根，狠狠的罵道：「天殺的！你好快活！」說聲未畢，查開五指，將錢青和巾和髮，扯做一把。亂踢亂打，口裏不絕聲的道：「天殺的！好欺心！別人費了錢財，把與你見成受用！」錢青口中也自分辯。顏俊打罵忙了，那裏聽他半個字兒。家人也不敢上前相勸。錢青喫打慌了，但呼救命。船上人聽得鬧吵，都上岸來看。只見一個醜漢，將新郎痛打，正不知甚麼意故。都走攏來解勸，那裏勸得他開。高贊盤問他家人，那家人料瞞不過，只得實說了。高贊不聞猶可，一聞之時，心頭火起，大罵尤辰無理，做這等欺三瞞四的媒人，說騙人家女兒。也扭著尤辰亂打起來。高家送親的人，也自心懷不平，一齊動手要打那醜漢。顏家的家人回護家主，就與高家從人對打。先前顏俊和錢青是一對廝打，以後高贊和尤辰是兩對廝打。結末兩家家人，扭做一團廝打。看的人重重疊疊，越發多了，街道擁塞難行，卻似：

九里山前擺陣勢，昆陽城下賭輸贏。㊽

事有湊巧，其時本縣大尹，恰好送了上司回轎，至於北門，見街上震天喧嚷，卻是廝打的。停了轎子，喝教拿下。眾人見知縣相公拿人，都則散了。只有顏俊兀自扭住錢青，高贊兀自扭住尤辰，紛紛告訴，一時不得其詳。大尹都教帶到公庭，逐一細審，不許攙口。見高贊年長，先叫他上堂詰問。高贊道：

㊽ 九里山前擺陣勢二句：楚漢相爭，韓信在九里山前擺六十四卦陣，設十面埋伏，逼著項羽自刎於烏江。劉秀（漢光武帝）和王莽的主力軍隊曾在昆陽決戰，打敗了王莽的軍隊。

「小人是洞庭山百姓，叫做高贊，為女擇壻，相中了女壻才貌，將女許配。初三日，女壻上門親迎，因被風雪所阻。小人留女壻在家，完了親事。今日送女到此。不期遇了這個醜漢，將小人的女壻毒打。小人問其緣故，卻是那醜漢買囑媒人，要哄騙小人的女兒為婚，卻將那姓錢的後生，冒名到小人家裏。老爺只問媒人，便知奸弊。」大尹道：「媒人叫做甚名字？可在這裏麼？」高贊道：「叫做尤辰，見在臺下。」大尹喝退高贊，喚尤辰上來，罵道：「弄假成真，以非為是，都是你弄出這個伎倆！你可實實供出，免受重刑。」尤辰初還只含糊抵賴。大尹發怒，喝教取夾棍伺候。尤辰雖然市井，從未熬刑，只得實說。起初顏俊如何「央小人去說親」，高贊如何作難，要選才貌。後來如何央錢秀才冒名去拜望。直到結親始末，細細述了一遍。大尹點頭道：「此是實情了。顏俊這些費了許多事，卻被別人奪了頭籌㊾，也怪不得發惱。只是起先設心哄騙的不是。」便教顏俊，審其口詞。顏俊已聽尤辰說了實話，又見知縣相公詞氣溫和，只得也敘了一遍。兩口相同。大尹結末喚錢青上來。一見錢青青年美貌，且被打傷，便有幾分愛他憐他之意。問道：「你是個秀才，讀孔子之書，達周公之禮，如何替人去拜望迎親，同謀哄騙，有乖行止？」錢青道：「此事原非生員所願。只為顏俊是生員表兄，生員家貧，又館穀于他家，被表兄再四央求不過，勉強應承。只道一時權宜，玉成其事。」大尹道：「住了！你既為親情而往，就不該與那女兒結親了。」錢青道：「生員原只代他親迎。只為一連三日大風，太湖之隔，不能行舟，故此高贊怕誤了婚期，要生員就彼花燭。」大尹道：「你自知替身，就該推辭了。」顏俊從傍磕頭道：「青天老爺！只看他應承花燭，便是欺心。」大尹喝道：「不要多嘴，左右扯他下去。」再問錢青：「你那

㊾ 奪了頭籌：得了頭采，這裏是比喻第一個和新娘發生關係的意思。

時應承做親，難道沒有個私心？」錢青道：「只問高贊便知。生員再三推辭，高贊不允。生員若再辭時，恐彼生疑，誤了表兄的大事。故此權成大禮。雖則三夜同床，生員和衣而睡，並不相犯。」大尹呵呵大笑道：「自古以來，只有一個柳下惠坐懷不亂。那魯男子既自知不及，風雪之中，就不肯放婦人進門了㊿。你少年子弟，血氣未定，豈有三夜同床，並不相犯之理？這話哄得那一個！」錢青道：「生員今日自陳心迹，父母老爺未必相信。只教高贊去問自己的女兒，便知真假。」大尹想道：「那女兒若有私情，如何肯說實話。」當下想出個主意來，便教左右喚到老實穩婆51一名，到舟中試驗高氏是否處女，速來回話。不一時，穩婆來覆知縣相公，那高氏果是處子，未曾破身。顏俊在堦下聽說高氏還是處子，便叫喊道：「既是小的妻子不曾破壞，小的情願成就。」大尹又道：「不許多嘴！」再叫高贊道：「你心下願將女兒配那一個？」高贊道：「小人初時原看中了錢秀才。後來女兒又與他做了花燭。雖然錢秀才不欺暗室52，與小女即無夫婦之情，已定了夫婦之義。若教女兒另嫁顏俊，不惟小人不願，就是女兒也不願。」大尹道：「此言正合吾意。」錢青心下倒不肯，便道：「生員此行，實是為公不為私。若將此女歸了生員，把生員三夜衣不解帶之意全然沒了。寧可令此女別嫁，生員決不敢冒此嫌疑，惹人談論。」大尹道：

㊿ 柳下惠坐懷不亂四句：柳下惠，春秋時魯國的賢人，相傳曾用自己的身體，偎暖了一個沒有宿處凍倒的女子，可是他們並沒有發生不正當的關係，所以稱為「坐懷不亂」。魯男子，魯國人，一天夜晚大風雨，鄰家寡婦的房屋壞了，想到他家避雨，他為了避嫌疑，拒絕了那寡婦。

51 穩婆：替人接生的產婆。

52 不欺暗室：在人家看不見的地方，也是規規矩矩，不做欺心的事。

「此女若歸他人，你過湖這兩番替人賑騙，便是行止有虧，干礙前程了。今日與你成就親事，乃是遮掩你的過失。況你的心迹已自洞然，女家兩相情願，有何嫌疑？休得過讓，我自有明斷。」遂舉筆判云：

高贊相女配夫，乃其常理；顏俊借人飾己，實出奇聞。東床[53]已招佳選，何知以羊易牛[54]；西鄰縱有責言[55]，終難指鹿為馬。兩番渡河，不讓傳書柳毅[56]；三宵隔被，何慚秉燭雲長[57]。風伯為媒，天公作合。佳男配了佳婦，兩得其宜；求妻到底無妻，自作之孽。高氏斷歸錢青，不須另作花燭。顏俊既不合設騙局於前，又不合奮老拳於後。事已不諧，姑免罪責。所費聘儀，合助錢青，以贖一擊之罪。尤辰往來煽誘，實啟釁端，重懲示儆。

判訖，喝教左右，將尤辰重責三十板，免其畫供，竟行逐出，蓋不欲使錢青冒名一事彰聞於人也。

---

[53] 東床：晉代郗鑒派人挑選女婿，王家的許多弟子都很矜持做作，只有王羲之很自然地坦腹在東床上吃東西，郗鑒就把女兒嫁給他。

[54] 以羊易牛：語見孟子梁惠王上。梁惠王看見有人牽一條牛要去殺掉，心裏不忍，便教人用一隻羊去替換那條牛。這裏指錢青代替顏俊的事。

[55] 西鄰縱有責言：語出左傳僖公十五年：「西鄰責言，不可償也。」這裏是說：親戚家縱然有責備的話。

[56] 傳書柳毅：唐代傳奇中的神仙故事。寫一個書生柳毅，看見龍王的女兒龍女三娘被丈夫虐待，就替他帶了一封信給娘家，後來龍女回到娘家，和柳毅結了婚。

[57] 秉燭雲長：相傳關羽（字雲長）投降曹操的時候，曹操故意讓他和劉備的妻子住宿在一間房子裏，關羽為了君臣的禮節和避免嫌疑，他就拿著燭站在門外，一直到天亮。

高贊和錢青拜謝。一干人出了縣門，顏俊滿面羞慚，敢怒而不敢言，抱頭鼠竄而去。有好幾月不敢出門。尤辰自回家將息棒瘡不題。卻說高贊邀錢青到舟中，反殷勤致謝道：「若非賢壻才行俱全，上官起敬，小女幾乎錯配匪人。今日到要屈賢壻同小女到舍下少住幾時。不知賢壻宅上還有何人？」錢青道：「小壻父母俱亡，別無親人在家。」高贊道：「既如此，一發該在舍下住了。老夫供給讀書。賢壻意下如何？」錢青道：「若得岳父扶持，足感盛德。」是夜開船離了吳江，隨路宿歇。次日早到西山。一山之人聞知此事，皆當新聞傳說。又知錢青存心忠厚，無不欽仰。後來錢青一舉成名，夫妻偕老。有詩為證：

醜臉如何騙美妻，作成表弟得便宜。可憐一片吳江月，冷照鴛鴦湖上飛。

第八卷　喬太守亂點鴛鴦譜

自古姻緣天定，不繇人力謀求。有緣千里也相投，對面無緣不偶。　仙境桃花出水，宮中紅葉傳溝。三生簿上注風流，何用冰人❶開口。

這首西江月詞，大抵說人的婚姻，乃前生注定，非人力可以勉強。今日聽在下說一樁意外姻緣的故事，喚做喬太守亂點鴛鴦譜。這故事出在那個朝代？何處地方？那故事出在大宋景祐年間，杭州府有一人姓劉名秉義，是個醫家出身。媽媽淡氏，生得一對兒女。兒子喚做劉璞，年當弱冠，一表非俗，已聘下孫寡婦的女兒珠姨為妻。那劉璞自幼攻書，學業已就。到十六歲上，劉秉義欲令他棄了書本，習學醫業。劉璞立志大就，不肯改業，不在話下。女兒小名慧娘，年方一十五歲，已受了鄰近開生藥舖裴九老家之聘。那慧娘生得姿容豔麗，意態妖嬈，非常標致。怎見得？但見：

蛾眉帶秀，鳳眼含情，腰如弱柳迎風，面似嬌花拂水。體態輕盈，漢家飛燕同稱；性格風流，吳國西施並美。蕊宮仙子謫人間，月殿嫦娥臨下界。

❶ 冰人：媒人。

不題慧娘貌美。且說劉公見兒子長大，同媽媽商議，要與他完姻。方待教媒人到孫家去說，恰好裴九老也教媒人來說，要娶慧娘。劉公對媒人道：「多多上覆裴親家，小女年紀尚幼，一些粧奩未備，須再過幾時，待小兒完姻過了，方及小女之事。目下斷然不能從命。」媒人得了言語，回覆裴家。那裴九老因是老年得子，愛惜如珍寶一般，恨不能風吹得大，早些兒與他畢了姻事，生男育女。今日見劉公推托，好生不喜。又央媒人到劉家說道：「令愛今年一十五歲，也不算做小了。到我家來時，即如女兒一般看待，決不難為。就是粧奩厚薄，但憑親家，並不計論。萬望親家曲允則個。」劉公立意先要與兒子完姻，然後嫁女。媒人往返了幾次，終是不允。裴九老無奈，只得忍耐。當時若是劉公允了，卻不省好些事體。止因執意不從，到後生出一段新聞，傳說至今。正是：

只因一著錯，滿盤俱是空。

卻說劉公回脫了裴家，央媒人張六嫂到孫家去說兒子的姻事。元來孫寡婦母家姓胡，嫁的丈夫孫恒，原是舊家子弟。自十六歲做親，十七歲就生下一個女兒，喚名珠姨，纔隔一歲，又生個兒子，取名孫潤，小字玉郎。兩個兒女，方在襁褓中，孫恒就亡過了。虧孫寡婦有些節氣，同著養娘，守這兩個兒女，不肯改嫁。因此人都喚他是孫寡婦。光陰迅速，兩個兒女，漸漸長成。珠姨便許了劉家，玉郎從小聘定善丹青徐雅的女兒文哥為婦。那珠姨、玉郎都生得一般美貌，就如良玉碾成，白粉團就一般。加添資性聰明，男善讀書，女工針指。還有一件，不但才貌雙美，且又孝悌兼全。閒話休題。

且說張六嫂到孫家傳達劉公之意，要擇吉日娶小娘子過門。孫寡婦母子相依，滿意欲要再停幾時。

因想男婚女嫁，乃是大事，只得應承，對張六嫂道：「上覆親翁親母，我家是孤兒寡婦，沒甚大粧奩嫁送，不過隨常粗布衣裳。凡事不要見責。」張六嫂覆了劉公。劉公備了八盒羹菓禮物並吉期送到孫家。孫寡婦受了吉期，忙忙的製辦出嫁東西。看看日子已近，母子不忍相離，終日啼啼哭哭。誰想劉璞因冒風之後，出汗虛了，變為寒症，人事不省，十分危篤。喫的藥就如潑在石上，一毫沒用。求神問卜，俱說無救。嚇得劉公夫妻魂魄都喪，守在牀邊，吞聲對泣。劉公與媽媽商議道：「孩兒病勢恁樣沉重，料必做親不得。不如且回了孫家。等待病痊，再擇日罷。」劉媽媽道：「老官兒，你許多年紀了，這樣事難道還不曉得？大凡病人勢兇，得喜事一沖就好了。未曾說起的還要去相求；如今現成事體，怎麼反要回他！」劉公道：「我看孩兒病體，凶多吉少。若娶來家沖得好時，此是萬千之喜，不必講了。倘或不好，可不害了人家子女，有個晚嫁❷的名頭。」劉媽媽道：「老官，你但顧了別人，卻不顧自己。你我費了許多心機，定得一房媳婦。誰知孩兒命薄，臨做親，卻又患病起來。今若回了孫家，孩兒無事，不消說起。萬一有些山高水低，有甚把臂❸，那原聘還了一半，也算是他們忠厚了。卻不是人財兩失！」劉公道：「依你便怎樣？」劉媽媽道：「依著我，分付了張六嫂，不要題起孩兒有病，竟娶來家，就如養媳婦一般。若孩兒病好，另擇日結親。倘然不起，媳婦轉嫁時，我家原聘並各項使費，少不得班足了，放他出門，卻不是個萬全之策。」劉公耳朵原是棉花做的，就依著老婆，忙去叮囑張六嫂不要洩漏。自古道，若要不知，除非莫為。劉公便瞞著孫家，那知他緊間壁的鄰家姓李名榮，曾在人家管過解庫，人

❷ 晚嫁：改嫁。

❸ 把臂：把柄；憑據。

都叫做李都管，為人極是刁鑽，專一打聽人家的細事，喜談樂道。因他做主管時，得了些不義之財，手中有錢，所居與劉家基址相連，意欲強買劉公房子，劉公不肯，為此兩下面和意不和，巴不能劉家有些事故，幸災樂禍。曉得劉璞有病危急，滿心歡喜，連忙去報知孫家。孫寡婦聽見女壻病兇，恐防誤了女兒，即使養娘去叫張六嫂來問。張六嫂欲待不說，恐怕劉璞有變，孫寡婦後來埋怨。欲要說了，又怕劉家見怪。事在兩難，欲言又止。孫寡婦見他半吞半吐，越發盤問得急了。張六嫂隱瞞不過，乃說，偶然傷風，原不是十分大病。將息到做親時，料必也好了。孫寡婦道：「聞得他病勢十分沉重，你怎說得這般輕易？這事不是當耍的。我受了千辛萬苦，守得這兩個兒女成人，如珍寶一般。你若含糊賺了我女兒時，少不得和你性命相博，那時不要見怪。」又道：「你去到劉家說：若果然病重，何不待好了，另擇日子。總是兒女年紀尚幼，何必恁般忙迫。問明白了，快來回報一聲。」張六嫂領了言語，方欲出門，孫寡婦又叫轉道：「我曉得你決無實話回我的。我令養娘同你去走遭，便知端的。」張六嫂見說教養娘同去，心中著忙道：「不消得！好歹不誤大娘之事。」孫寡婦那裏肯聽，教了養娘些言語，跟張六嫂同去。張六嫂擺脫不得，只得同到劉家。恰好劉公走出門來。張六嫂欺養娘不認得，便道：「小娘子少待，等我問句話來。」急走上前，拉劉公到一邊，將孫寡婦適來言語細說。又道：「他因放心不下，特教養娘同來討個實信。卻怎的回答？」劉公聽見養娘來看，手足無措，埋怨道：「你怎不阻擋住了？卻與他同來！」張六嫂道：「再三攔阻，如何肯聽，教我也沒奈何。如今且留他進去坐了，你們再去從長計較回他，不要連累我後日受氣。」說還未畢，養娘已走過來。張六嫂就道：「此間便是劉老爹。」養娘深深道個萬福。劉公還了禮道：「小娘子請裏面坐。」一齊進了大門，到客坐內。劉公道：「六嫂，你陪小娘子坐著，待我教老荊❹出來。」張六嫂道：「老爹自便。」劉公急急走到裏面，一五一十，學於媽媽。又說：「如今養娘在外，怎地回他？倘要進來探看孩兒，卻又如何掩飾？不如改了日子罷。」媽媽道：「你真是個死貨！他受了我家的聘，便是我家的人了。怕他怎的！不要著忙，自有道理。」便教女兒慧娘：「你去將新房中收拾整齊，留孫家婦女喫點心。」慧娘答應自去。劉媽媽即走向外邊，與養娘相見畢，問道：「小娘子下顧，不知親母有甚話說？」養娘道：「俺大娘聞得大官人有恙，放心不下，特教男女❺來問候。二來上覆老爹大娘：若大官人病體初痊，恐未可做親。不如再停幾時，等大官人身子健旺，另揀日罷。」劉媽媽道：「多承親母過念，大官人雖是身子有些不快，卻是偶然傷風，原非大病。若要另擇日子，這斷不能勾的。我們小人家的買賣，千難萬難，方纔支持得停當。如錯過了，卻不又費一番手腳。況且有病的人，巴不得喜事來沖，他病也易好。常見人家要省事時，還借著這病來見喜，何況我家吉期送已多日，親戚都下了帖兒請喫喜筵，如今忽地換了日子，他們不道你們不肯，必認做我們討媳婦不起。傳說開去，卻不被人笑恥，壞了我家名頭。煩小娘子回去上覆親母，不必擔憂。我家干係大哩！」養娘道：「大娘話雖說得是。請問大官人睡在何處？待男女候問一聲，好家去回報大娘，也教他放心。」劉媽媽道：「適來服了發汗的藥，正熟睡在那裏。我與小娘子代言罷。事體總在剛纔所言了，更無別說。」張六嫂道：「我原說偶然傷風，不是大病。你們大娘不肯相信，又要你來。如今方見老身不是說謊的了。」養娘道：「既如此，告辭罷。」便要起身。劉媽媽道：「那有此理！說話忙了，

❹ 老荊：對別人稱自己妻子的謙詞，等於老妻。

❺ 男女：此指奴僕而言。

茶也還沒有喫，如何便去？」即邀到裏邊，又道：「我房裏腌腌臢臢，到在新房裏坐罷。」引入房中，養娘舉目看時，擺設得十分齊整。劉媽媽又道：「你看我家諸事齊備，如何肯又改日子？就是做了親，大官人到還要留在我房中歇宿，等身子痊癒了，然後同房哩。」養娘見他整備得停當，信以為實。當下劉媽媽教丫鬟將出點心茶來擺上，又教慧娘同來相陪。養娘心中想道：「我家珠姨是極標致的了，不想這女娘也恁般出色！」喫了茶，作別出門。臨行，劉媽媽又再三囑付張六嫂，「是必來覆我一聲。」

養娘同著張六嫂回到家中，將上項事說與主母。孫寡婦聽了，心中到沒了主意，想道：「欲待允了，恐怕女壻真個病重，變出些不好來，害了女兒。將欲不允，又恐女壻果是小病已痊，誤了吉期。」疑惑不定，乃對張六嫂道：「大嫂，待我酌量定了，明早來取回信罷。」張六嫂道：「正是，大娘從容計較，老身明早來也。」說罷自去。且說孫寡婦與兒子玉郎商議：「這事怎生計較？」玉郎道：「看起來還是病重，故不要養娘相見。如今必要回他另擇日子，他家也沒奈何，只得罷休。但是空費他這番東西，見得我家沒有情義，倘後來病好相見之間，覺道沒趣。若依了他們時，又恐果然有變，那時進退兩難，懊悔卻便遲了。依著孩兒，有個兩全之策在此，不知母親可聽？」孫寡婦道：「你且說是甚兩全之策？」玉郎道：「明早教張六嫂去說，日子便依著他家，粧奩一毫不帶。見喜過了，到第三朝就要接回。等待病好，連粧奩送去。是恁樣，縱有變故，也不受他們籠絡，這卻不是兩全其美。」孫寡婦道：「你真是個孩子家見識！他們一時假意應承娶去，過了三朝，不肯放回，卻怎麼處？」玉郎道：「如此怎好？」孫寡婦又想了一想道：「除非明日教張六嫂依此去說，臨期教姐姐閃過一邊，把你假扮了送去。皮箱內原帶一副道袍鞋襪。預防到三朝，容你回來，不消說起。倘若不容，且住在那裏，看個下落。倘有三長兩短，你取出道袍穿了，竟自走回，那個扯得你住！」玉郎道：「別事便可，這事卻使不得！後來被人曉得，教孩兒怎生做人？」孫寡婦見兒子推卻，心中大怒道：「縱別人曉得，不過是耍笑之事，有甚大害！」玉郎平昔孝順，見母親發怒，連忙道：「待孩兒去便了。只不會梳頭，卻怎麼好？」孫寡婦道：「我教養娘伏侍你去便了。」計較已定，次早張六嫂來討回音，孫寡婦與他說如此如此，恁般恁般。「若依得，便娶過去。依不得，便另擇日罷。」張六嫂覆了劉家，一一如命。你道他為何就肯了？只因劉璞病勢愈重，恐防不妥，單要哄媳婦到了家裏，便是買賣了。故此將錯就錯，更不爭長競短。那知孫寡婦已先參透機關❻，將個假貨送來。劉媽媽反做了：

周郎妙計高天下，賠了夫人又折兵。

話休煩絮。到了吉期，孫寡婦把玉郎粧扮起來，果然與女兒無二，連自己也認不出真假。又教習些女人禮數。諸色好了，只有兩件難以遮掩，恐怕露出事來。那兩件？第一件是足與女子不同。那女子的尖尖趫趫，鳳頭一對，露在湘裙之下，蓮步輕移，如花枝招颭一般。玉郎是個男子漢，一隻腳比女子的有三四隻大。雖然把掃地長裙遮了。教他緩行細步，終是有些蹊蹺。這也還在下邊，無人來揭起裙兒觀看，還隱藏得過。第二件是耳上環兒。此乃女子平常日時所戴，愛輕巧的，也少不得戴對丁香兒，那極貧小戶人家，沒有金的銀的，就是銅錫的，也要買對兒戴著。今日玉郎扮做新人，滿頭珠翠；若耳上沒有環兒，可成模樣麼？他左耳還有個環眼，乃是幼時恐防難養穿過的。那右耳卻沒眼兒，怎生戴得？孫

❻ 參透機關：看破陰謀。

寡婦左思右想，想出一個計策來。你道是甚計策？他教養娘討個小小膏藥，貼在右耳。若問時，只說環眼生著疳瘡，戴不得環子。露出左耳上眼兒掩飾。打點停當，將珠姨藏過一間房裏，專候迎親人來。到了黃昏時候，只聽得鼓樂喧天，迎親轎子已到門首。張六嫂先入來，看見新人打扮得如天神一般，好不歡喜。眼前不見玉郎，問道：「小官人怎地不見？」孫寡婦道：「今日忽然身子有些不健，睡在那裏，起來不得。」那婆子不知就裏❼，不來再問。孫寡婦將酒飯犒賞了來人，賓相念起詩賦，請新人上轎。玉郎兜上方巾❽，向母親作別。孫寡婦一路假哭，送出門來。上了轎子，教養娘跟著，隨身只有一隻皮箱，更無一毫粧奩。孫寡婦又叮囑張六嫂道：「與你說過，三朝就要送回的，不可失信！」張六嫂連聲答應道：「這個自然！」

不題孫寡婦。且說迎親的，一路笙簫聒耳，燈燭輝煌，到了劉家門首，賓相進來說道：「新人將已出轎，沒新郎迎接，難道教他獨自拜堂不成？」劉公道：「這卻怎好？不要拜罷！」劉媽媽道：「我自有道理。教女兒陪拜便了。」即令慧娘出來相迎。賓相念了闌門詩賦❾，請新人出了轎子。養娘和張六嫂兩邊扶著。慧娘相迎，進了中堂，先拜了天地，次及公姑親戚，雙雙卻是兩個女人同拜。隨從人沒一個不掩口而笑。都相見過了，然後姑嫂對拜。劉媽媽道：「如今到房中去與孩兒沖喜。」樂人吹打，引

❼ 就裏：內情。

❽ 方巾：蓋頭。

❾ 念了闌門詩賦：古時結婚的一種儀式。新娘剛到男家大門時，男家擺上香案，賓相帶著新娘行禮，口裏念著吉利的詩句，然後再請新娘入門。

新人進房，來至臥床邊，劉媽媽揭起帳子，叫道：「我的兒，今日娶你媳婦來家沖喜，你須掙扎精神則個。」連叫三四次，並不則聲。劉公將燈照時，只見頭兒歪在半邊，昏迷去了。原來劉璞病得身子虛弱，被鼓樂一震，故此昏迷。當下老夫妻手忙腳亂，掐住人中，即教取過熱湯，灌了幾口，出了一身冷汗，方纔甦醒。劉媽媽教劉公看著兒子，自己引新人進新房中去。揭起方巾，打一看時，美麗如畫。親戚無不喝采。只有劉媽媽心中反覺苦楚。他想：「媳婦恁般美貌，與兒子正是一對兒。若得雙雙奉侍老夫妻的暮年，也不枉一生辛苦。誰想他沒福，臨做親卻染此大病，十分中到有九分不妙。倘有一差兩誤，媳婦少不得歸於別人，豈不目前空喜！」

不題劉媽媽心中之事。且說玉郎也舉目看時，許多親戚中，只有姑娘生得風流標致。想道：「好個女子，我孫潤可惜已定了妻子。若早知此女恁般出色，一定要求他為婦。」這裏玉郎方在贊羨，誰知慧娘心中也想道：「一向張六嫂說他標致，我還未信，不想話不虛傳。只可惜哥哥沒福受用，今夜教他孤眠獨宿。若我丈夫像得他這樣美貌，便稱我的生平了。只怕不能夠哩！」不題二人彼此欣羡。劉媽媽請眾親戚赴過花燭筵席，各自分頭歇息。賓相樂人，俱已打發去了。張六嫂沒有睡處，也自歸家。玉郎在房，養娘與他卸了首飾，秉燭而坐，不敢便寢。劉媽媽與劉公商議道：「媳婦初到，如何教他獨宿。可教女兒去陪伴。」劉公道：「只怕不穩便。繇他自睡罷。」劉媽媽不聽，對慧娘道：「你今夜相陪嫂嫂在新房中去睡，省得他怕冷靜。」慧娘正愛著嫂嫂，見說教他相伴，恰中其意。劉媽媽引慧娘到新房中道：「娘子，只因你官人有些小恙，不能同房，特令小女來同睡。」玉郎恐露出馬腳，回道：「奴家自來最怕生人，到不消罷。」劉媽媽道：「呀！你們姑嫂年紀相彷，即如姊妹一般，正好相處，怕怎的！

你若嫌不穩時，各自蓋著條被兒，便不妨了。」對慧娘道：「你去收拾了被窩過來。」慧娘答應而去。玉郎此時，又驚又喜。喜的是心中正愛著姑娘標致，不想天與其便，劉媽媽令來陪臥，這事便有幾分了。驚的是恐他不允，一時叫喊起來，反壞了自己之事。又想道：「此番挫過，後會難逢！看這姑娘年紀已在當時，情竇料也開了。須用計緩緩撩撥熱了，不怕不上我釣。」心中正想，慧娘教丫鬟拿了被兒同進房來，放在床上，劉媽媽起身，同丫鬟自去。慧娘將房門閉上，走到玉郎身邊，笑容可掬，乃道：「嫂嫂，適來見你一些東西不喫，莫不餓了？」玉郎道：「到還未餓。」慧娘又道：「嫂嫂，今後要甚東西，可對奴家說知，自去拿來，不要害羞不說。」玉郎見他意兒殷勤，心下暗喜，答道：「多謝姑娘美情！」慧娘見燈上結著一個大大花兒，笑道：「嫂嫂，好個燈花兒，正對著嫂嫂，可知喜也！」玉郎也笑道：「姑娘休得取笑，還是姑娘的喜信。」慧娘道：「嫂嫂話兒到會耍人。」兩個閒話一回。

慧娘道：「嫂嫂，夜深了，請睡罷。」玉郎道：「姑娘先請。」慧娘道：「嫂嫂是客，奴家是主，怎敢僭先！」玉郎道：「這個房中還是姑娘是客。」慧娘笑道：「恁樣占先了。」便解衣先睡。養娘見兩下取笑，覺道玉郎不懷好意，低低說道：「官人，你須要斟酌，此事不是當耍的。倘大娘知了，連我也不好。」玉郎道：「不消囑付，我自曉得。你自去睡。」養娘便去旁邊打個舖兒睡下。玉郎起身攜著燈兒，走到床邊，揭起帳子照看，只見慧娘捲著被兒，睡在裏床，見玉郎將燈來照，笑嘻嘻的道：「嫂嫂，睡罷了，照怎的？」玉郎也笑道：「我看姑娘睡在那一頭，方好來睡。」把燈放在床前一隻小棹兒上，解衣入帳。對慧娘道：「姑娘，我與你一頭睡了，好講話耍子。」慧娘道：「如此最好。」玉郎鑽下被裏，卸了上身衣服，下體小衣卻穿著，問道：「姑娘，今年青春了？」慧娘道：「一十五歲。」又問：「姑娘許的是那一家？」慧娘怕羞，不肯回言。玉郎把頭捱到他枕上，附耳道：「我與你一般是女兒家，何必害羞。」慧娘方纔答道：「是開生藥舖的裴家。」又問道：「可見說佳期還在何日？」慧娘低低道：「近日曾教媒人再三來說。爹道奴家年紀尚小，回他們再緩幾時。」玉郎笑道：「回了他家，你心下可不氣惱麼？」慧娘伸手把玉郎的頭推下枕來，道：「你不是個好人！哄了我的話，便來耍人。我若氣惱時，今夜你心裏還不知怎地惱著哩。」玉郎依舊又捱到枕上道：「你且說我有甚惱？」慧娘道：「今夜做親沒有個對兒，怎地不惱？」玉郎道：「有姑娘在此，這卻便是個對兒了，又有甚惱！」慧娘笑道：「恁樣說，你是我的娘子了。」玉郎道：「我年紀長似你，丈夫還是我。」慧娘道：「我今夜替哥哥拜堂，就是哥哥一般，還該是我。」玉郎道：「大家不要爭，只做個女夫妻罷。」兩個說風話耍子，愈加親熱。玉郎料想沒事，乃道：「既做了夫妻，如何不合被兒睡？」口中便說，兩手即掀開他的被兒，捱過身來，伸手便去摸他身上，膩滑如酥，下體卻也穿著小衣。慧娘此時已被玉郎調動春心，忘其所以，任玉郎摩弄，全然不拒。玉郎摸至胸前時，一對小乳，豐隆突起，溫軟如綿，乳頭卻像雞頭肉一般，甚是可愛。慧娘也把手來將玉郎渾身一摸，道：「嫂嫂好個軟滑身子。」摸他乳時，剛剛只有兩個小小乳頭，心中想道：「嫂嫂長似我，怎麼乳兒到小？」玉郎摩弄了一回，便雙手摟抱過來，嘴對嘴，將舌尖度向慧娘口中，慧娘只認做姑嫂戲耍，也將雙手抱住，含了一回，也把舌兒吐到玉郎口裏。被玉郎含住，著實咂吮。咂得慧娘遍體酥麻，便道：「嫂嫂如今不像女夫妻，竟是真夫妻一般了。」玉郎見他情動，便道：「有心頑了，何不把小衣一發去了，親親熱熱睡一回也好。」慧娘道：「羞人答答，脫了不好。」玉郎道：「縱是取笑，有甚麼羞？」便解開他的小衣褪下，伸手去摸他不便處，慧娘雙手即來遮掩道：

「嫂嫂休得囉唣。」玉郎捧過面來親個嘴道：「何妨得，你也摸我的便了。」慧娘真個也去解了他的裩來摸時，只見一條玉莖鐵硬的挺著，喫了一驚，縮手不迭，乃道：「你是何人，卻假粧著嫂嫂來此？」玉郎道：「我便是你的丈夫了，又問怎的？」一頭即便騰身上去，將手啟他雙股。慧娘雙手推開半邊道：「你若不說真話，我便叫喊起來，教你了不得。」玉郎著了急，連忙道：「娘子不消性急，待我說便了。我是你嫂嫂的兄弟玉郎。聞得你哥哥病勢沈重，未知怎地，我母親不捨得姐姐出門，又恐誤了你家吉期，故把我假粧嫁來，等你哥哥病好，然後送姐姐過門。不想天付良緣，到與娘子成了夫婦，此情只許你我曉得，不可洩漏。」說罷，又翻上身來，慧娘初時只道是真女人，尚然心愛，如今卻是個男子，豈不歡喜。況且已被玉郎先引得神魂飄蕩，又驚又喜，半推半就道：「元來你們恁樣欺心。」玉郎那有心情回答，雙手緊緊抱住，即便恣意風流：

一個是青年孩子，初嘗滋味；一個是黃花女兒，乍得甜頭。一個說今宵花燭，到成就了你我姻緣；一個說此夜衾裯，便試發了夫妻恩愛。一個說前生有分，不須月老冰人；一個道異日休忘，說盡山盟海誓。各燥自家脾胃，管甚麼姐姐哥哥，且圖眼下歡娛，全不想有夫有婦，雙雙蝴蝶花間舞，兩兩鴛鴦水上遊。

雲雨已畢，緊緊偎抱而睡。且說養娘恐怕玉郎弄出事來，臥在旁邊鋪上，眼也不合。聽著他們初時還說話笑耍，次後只聽得床稜搖戞，氣喘吁吁，已知二人成了那事，暗暗叫苦。到次早起來，慧娘自向母親房中梳洗。養娘替玉郎梳粧，低低說道：「官人，你昨夜恁般說了，卻又口不應心，做下那事！倘被他們曉得，卻怎處？」玉郎道：「又不是我去尋他，他自送上門來，教我怎生推卻！」養娘道：「你須拿住主意便好。」玉郎道：「你想恁樣花一般的美人，同床而臥，便是鐵石人也打熬不住，叫我如何忍耐得過！你若不洩漏時，更有何人曉得。」粧扮已畢，來劉媽媽房裏相見。劉媽媽道：「兒，環子也忘戴了？」養娘道：「不是忘了，因右耳上環眼生了痞瘡，戴不得，還貼著膏藥哩。」劉媽媽道：「原來如此。」玉郎依舊來至房中坐下。親戚女眷都來相見。張六嫂也到。慧娘梳裹罷，也到房中，彼此相視而笑。是日劉公請內外親戚喫慶喜筵席，大吹大擂，直飲到晚，各自辭別回家。慧娘依舊來伴玉郎。這一夜顛鸞倒鳳，海誓山盟，比昨倍加恩愛。看看過了三朝，二人行坐不離。到是養娘捏著兩把汗，催玉郎道：「如今已過三朝，可對劉大娘說，回去罷。」玉郎與慧娘正火一般熱，那想回去，假意道：「我怎好啟齒說要回去，須是母親叫張六嫂來說便好。」養娘道：「也說得是。」即便回家。

卻說孫寡婦雖將兒子假粧嫁去，心中卻懷著鬼胎。急切不見張六嫂來回覆，眼巴巴望到第四日，養娘回家，連忙來問。養娘將女壻病兇，姑娘陪拜，夜間同睡相好之事，細細說知。孫寡婦跌足叫苦道：「這事必然做出來也！你快去尋張六嫂來。」養娘去不多時。同張六嫂來家。孫寡婦道：「六嫂前日講定的，三朝便送回來，今已過了，勞你去說，快些送我女兒回來。」張六嫂得了言語，同養娘來至劉家。恰好劉媽媽在玉郎房中閒話。張六嫂將孫家要接新人的話說知。玉郎、慧娘不忍割捨，到暗暗道：「但願不允便好！」誰想劉媽媽真個說道：「六嫂，你媒也做老了，難道恁樣事還不曉得？從來可有三朝媳婦便歸去的理麼？前日他不肯嫁來，這也沒奈何。今既到我家，便是我家的人了，還像得他意！我千難萬難，娶得個媳婦，到三朝便要回去，說也不當人子。既如此不捨得，何不當初莫許人家。他也有兒子，少不也要娶媳婦。看三朝可肯放回家去？聞得親母是個知禮之人，虧他怎樣說了出來？」一番言語，說得張六嫂啞口無言。不敢回覆孫家。那養娘恐怕有人闖進房裏，衝破二人之事，到緊緊守著房門，也不敢回家。

且說劉璞自從結親這夜，驚出那身冷汗來，漸漸痊可。曉得妻子已娶來家，人物十分標致，心中歡喜，這病愈覺好得快了。過了數日，掙扎起來，半眠半坐，日漸健旺，即能梳裹，要到房中來看渾家。劉媽媽恐他初癒，不耐行動，叫丫鬟扶著，自己也隨在後，慢騰騰的走到新房門口。養娘正坐在門檻之上，丫鬟道：「讓大官人進去。」養娘立起身來，高聲叫道：「大官人進來了。」玉郎正摟著慧娘調笑，聽得有人進來，連忙走開。劉璞掀開門帘跨進房來。慧娘道：「哥哥，且喜梳洗了。只怕還不宜勞動。」劉璞道：「不打緊！我也暫時走走！就去睡的。」便向玉郎作揖。玉郎背轉身，道了個萬福。劉媽媽道：「我的兒，你且慢作揖麼！」又見玉郎背立，便道：「娘子，這便是你官人。如今病好了，特來見你，怎麼到背轉身子？」走向前，扯近兒子身邊，道：「我的兒，與你恰好正是個對兒。」劉璞見妻子美貌非常，甚是快樂。真個是人逢喜事精神爽，那病平去了幾分。劉媽媽道：「兒去睡了罷，不要難為身子。」原叫丫鬟扶著，慧娘也同進去。玉郎見劉璞雖然是個病容，卻也人材齊整，暗想道：「姐姐得配此人，也不辱抹❿了。」又想道：「如今姐夫病好，倘然要來同臥，這事便要決撒⓫。快些回去罷。」到晚上對慧娘道：「你哥哥病已好了，我須住身不得。你可攛掇母親送我回家，換姐姐過來，這事便隱過了。」

❿ 辱抹：辱沒。
⓫ 決撒：被識破；破裂。

若再住時，事必敗露。」慧娘道：「你要歸家，也是易事。我的終身，卻怎麼處？」玉郎道：「此事我已千思萬想。但你已許人，我已聘婦，沒甚計策挽回，如之奈何？」慧娘道：「君若無計娶我，誓以魂魄相隨。決然無顏更事他人！」說罷，嗚嗚咽咽哭將起來。玉郎與他拭了眼淚道：「你且勿煩惱，容我再想。」自此兩相留戀，把回家之事到擱起一邊。一日午飯已過，養娘向後邊去了。二人將房門閉上，商議那事，長算短算，沒個計策，心下苦楚，彼此相抱暗泣。

且說劉媽媽自從媳婦到家之後，女兒終日行坐不離。剛到晚，便閉上房門去睡，直至日上三竿，方纔起身，劉媽媽好生不樂。初時認做姑嫂相愛，不在其意。已後日日如此，心中老大疑惑。也還道是後生家貪眠懶惰，幾遍要說。因想媳婦初來，尚未與兒子同床，還是個嬌客，只得耐住。那日也是合當有事，偶在新房前走過，忽聽得裏邊有哭泣之聲。向壁縫中張時，只見媳婦共女兒互相摟抱，低低而哭。劉媽媽見如此做作，料道這事有些蹊蹺。欲待發作，又想兒子纔好，若知得，必然氣惱，權且耐住。便掀門簾進來，門卻閉著。叫道：「快些開門！」二人聽見是媽媽聲音，拭乾眼淚，忙來開門。劉媽媽走將進去，便道：「為甚青天白日，把門閉上，在內摟抱啼哭？」二人被問，驚得滿面通紅，無言對答。劉媽媽見二人無言，一發是了，氣得手足麻木。一手扯著慧娘道：「做得好事！且進來和你說話。」扯到後邊一間空屋中來。丫鬟看見，不知為甚，閃在一邊。劉媽媽扯進了屋裏，將門閂上，丫鬟伏在門上張時，見媽媽尋了一根木棒，罵道：「賤人！快說實話，便饒你打罵。若一句含糊，打下你這下半截來！」慧娘初時抵賴。媽媽道：「賤人！我且問你，他來得幾時，有甚恩愛割捨不得，閉著房門，摟抱啼哭？」慧娘對答不來。媽媽拿起棒子要打，心中卻又不捨得。慧娘料是隱瞞不過，想道：「事已至此，索性說個明白，求爹媽辭了裴家，配與玉郎。若不允時，拚個自盡便了。」乃道：「前日孫家曉得哥哥有病，恐誤了女兒，要看下落，叫爹媽另自擇日。因爹媽執意不從，故把兒子玉郎假粧嫁來。不想母親叫孩兒陪伴，遂成了夫婦。恩深義重，誓必圖百年偕老。今見哥哥病好，玉郎恐怕事露，要回去換姐姐過來。孩兒思想，一女無嫁二夫之理，叫玉郎尋門路娶我為妻。因無良策，又不忍分離，故此啼哭。不想被母親看見。只此便是實話。」劉媽媽聽罷，怒氣填胸，把棒撇在一邊，雙足亂跳，罵道：「原來這老乞婆恁般欺心，將男作女哄我！怪道三朝便要接回。如今害了我女兒，須與他干休不得！拚這老性命，結識這小殺才罷！」開了門，便趕出來。慧娘見母親去打玉郎，心中著忙，不顧羞恥，上前扯住。被媽媽將手一推，跌在地上。爬起時，媽媽已趕向外邊去了。慧娘隨後也趕將來，丫鬟亦跟在後面。且說玉郎見劉媽媽扯去慧娘，情知事露，正在房中著急。只見養娘進來道：「官人，不好了！弄出事來也！適在後邊來，聽得空屋中亂鬧。張看時，見劉大娘拿大棒子拷打姑娘，逼問這事哩。」玉郎聽說打著慧娘，心如刀割，眼中落下淚來，沒了主意。養娘道：「今若不走，少頃便禍到了。」玉郎即忙除下簪釵，挽起一個角兒，皮箱內開出道袍鞋襪穿起，走出房來，將門帶上。離了劉家，帶跌奔回家裏。正是：

拆破玉籠飛彩鳳，頓開金鎖走蛟龍。

孫寡婦見兒子回來，恁般慌急，又驚又喜，便道：「如何這般模樣？」養娘將上項事說知。孫寡婦埋怨道：「我叫你去，不過權宜之計，如何卻做出這般沒天理事體！你若三朝便回，隱惡揚善，也不見得事敗。可恨張六嫂這老虔婆，自從那日去了，竟不來覆我。養娘，你也不回家走遭，叫我日夜擔愁！

今日弄出事來，害這姑娘，卻怎麼處？要你不肖子何用！」玉郎被母親嗔責，驚愧無地。養娘道：「小官人也自要回的，怎奈劉大娘不肯。我因恐他們做出事來，日日守著房門，不敢回家。今日暫走到後邊，便被劉大娘撞破。幸喜得急奔回來，還不曾喫虧。如今且叫小官人躲過兩日。他家沒甚話說，便是萬千之喜了。」孫寡婦真個叫玉郎閃過，等候他家消息。

且說劉媽媽趕到新房門口，見門閉著，只道玉郎還在裏面，在外罵道：「天殺的賊賤才！你把老娘當做什麼樣人，敢來弄空頭⓬，壞我的女兒！今日與你性命相博，方見老娘手段。快些走出來！若不開時，我就打進來了！」正罵時，慧娘已到。便去扯母親進去。劉媽媽罵道：「賤人，虧你羞也不羞，還來勸我！」儘力一摔，不想用力猛了，將門靠開。母子兩個都跌進去，攪做一團。劉媽媽罵道：「好天殺的賊賤才，到放老娘這一交！」即忙爬起尋時，那裏見個影兒。那婆子尋不見玉郎，乃道：「天殺的好見識！走得好！你便走上天去，少不得也要拿下來。」對著慧娘道：「如今做下這等醜事，倘被裴家曉得，卻怎地做人？」慧娘哭道：「是孩兒一時不是，做差這事。但求母親憐念孩兒，勸爹爹怎生回了裴家，嫁著玉郎，猶可挽回前失。倘若不允，有死而已。」說罷，哭倒在地。劉媽媽道：「你說得好自在話兒！他家下財納聘，定著媳婦，今日平白地要休這親事，誰個肯麼？倘然問因甚事故要休這親，叫你爹怎生對答！難道說我女兒自尋了一個漢子不成？」慧娘被母親說得滿面羞慚，將袖掩著痛哭。劉媽媽終是禽犢之愛，見女兒恁般啼哭，卻又恐哭傷了身子，便道：「我的兒，這也不干你事，都是那老虔婆設這沒天理的詭計，將那殺才喬粧嫁來。我一時不知，叫你陪伴，落了他圈套。如今總是無人知得。

⓬ 弄空頭：弄玄虛。

把來擱過一邊，全你體面，這纔是個長策。若說要休了裴家，嫁那殺才，這是斷然不能。」慧娘見母親不允，愈加啼哭。劉媽媽又憐又惱，到沒了主意。

正鬧間，劉公正在人家看病回來，打房門口經過，聽得房中啼哭，乃是女兒的聲音，又聽得媽媽話響，正不知為著甚的，心中疑惑。忍耐不住，揭開門帘，問道：「你們為甚恁般模樣？」劉媽媽將前項事，一一細說。氣得劉公半晌說不出話來。想了一想，到把媽媽埋怨道：「都是你這老乞婆害了女兒！起初兒子病重時，我原要另擇日子。你便說長道短，生出許多話來，執意要那一日。次後孫家叫養娘來說，我也罷了，又是你弄嘴弄舌，哄著他家。及至娶來家中，我說待他自睡罷，你又偏生推女兒伴他。如今伴得好麼！」劉媽媽因玉郎走了，又不捨得女兒，難為一肚子氣，正沒發脫，見老公倒前倒後，數說埋怨，急得暴躁如雷，罵道：「老忘八！依你說起來，我的孩兒應該與這殺才騙的！」一頭撞個滿懷。劉公也在氣惱之時，揪過來便打。慧娘便來解勸。三人攪做一團，滾做一塊，分拆不開。丫鬟著了忙，奔到房中報與劉璞道：「大官人，不好了！大爺大娘在新房中相打哩。」劉璞在榻上爬起來，走至新房，向前分解。老夫妻見兒子來勸，因惜他病體初愈，恐勞碌了他，方纔罷手。猶兀自老忘八老乞婆相罵。劉璞把父親勸出外邊，乃問妹子為甚在這房中廝鬧，娘子怎又不見？慧娘被問，心下惶愧，掩面而哭，不敢則聲。劉璞焦躁道：「且說為著甚的？」劉婆方把那事細說。將劉璞氣得面如土色。停了半晌，方道：「家醜不可外揚。倘若傳到外邊，被人恥笑。事已至此，且再作區處。」劉媽媽方纔住口，走出房來。慧娘掙住不行。劉媽媽一手扯著便走，取巨鎖將門鎖上，來至房裏，慧娘自覺無顏，坐在一個壁角邊哭泣。正是：

饒君掬盡湘江水，難洗今朝滿面羞。

且說李都管聽得劉家喧嚷，伏在壁上打聽。雖然曉得些風聲，卻不知其中細底。次早，劉家丫鬟走出門來，李都管招到家中問他。那丫鬟初時不肯說。李都管取出四五十錢來與他道：「你若說了，送這錢與你買東西喫。」丫鬟見了銅錢，心中動火。接過來藏在身邊，便從頭至尾，盡與李都管說知。李都管暗喜道：「我把這醜事報與裴家，攛掇來鬧吵一場，他定無顏在此居住，這房子可不歸於我了？」忙忙的走至裴家，一五一十報知，又添些言語，激惱裴九老。那九老夫妻，因前日娶親不允，心中正惱著劉家。今日聽見媳婦做下醜事，如何不氣！一逕趕到劉家；喚出劉公來發話道：「當初我央媒來說要娶親時，千推萬阻，道：女兒年紀尚小，不肯應承。護在家中，私養漢⑬子。若早依了我，也不見得做出事來。我是清清白白的人家，決不要這樣敗壞門風的好東西。快還了我昔年聘禮，另自去對親，不要誤我孩兒的大事。」將劉公嚷得面上一回紅，一回白。想道：「我家昨夜之事，他如何今早便曉得了？這也怪異！」又不好承認，只得賴道：「親家，這是那裏說起，造恁般言語汚辱我家？倘被外人聽得，只道真有這事，你我體面何在！」裴九老便罵道：「打脊⑭賤才！真個是老忘八。女兒現做著恁般醜事，那個不曉得的！虧你還長著鳥嘴，在我面前遮掩。」趕近前把手向劉公臉上一撿道：「老忘八！羞也不羞！待我送個鬼臉兒⑮與你戴了見人。」劉公被他羞辱不過，罵道：「老殺才，今日為甚趕上門來欺我？」

⑬ 養漢：女人與非配偶的男子發生私情。

⑭ 打脊：宋朝刑法，處分比打臀更重。這是罵人為犯重罪的囚犯。

便一頭撞去，把裴九老撞倒在地。兩下相打起來。裏邊劉媽媽與劉璞聽得外面喧嚷，出來看時，卻是裴九老與劉公廝打，急向前拆開。裴九老指著罵道：「老忘八打得好！我與你到府裏去說話。」一路罵出門去了。劉璞便問父親：「裴九因甚清早來廝鬧？」劉公把他言語學了一遍。劉璞道：「他如何便曉得了？此甚可怪。」又道：「如今事已彰揚，卻怎麼處？」劉公又想起裴九老恁般恥辱，心中轉惱，頓足道：「都是孫家老乞婆，害我家壞了門風，受這樣惡氣！若不告他，怎出得這氣？」劉璞勸解不住。劉公央人寫了狀詞，望著府前奔來。正值喬太守早堂放告。這喬太守雖則關西人，又正直，又聰明，憐才愛民，斷獄如神，府中都稱為喬青天。

卻說劉公剛到府前，劈面又遇著裴九老。九老見劉公手執狀詞，認做告他，便罵道：「老忘八，縱女做了醜事，到要告我，我同你去見太爺。」上前一把扯住，兩下又打將起來。兩張狀詞，都打失了。二人結做一團，直至堂上。喬太守看見，喝叫各跪一邊。問道：「你二人叫甚名字？為何結扭相打？」二人一齊亂嚷。喬太守道：「不許攙越！那老兒先上來說。」裴九老跪上去訴道：「小人叫做裴九，有個兒子裴政，從幼聘下邊劉秉義的女兒慧娘為妻。今年都已十五歲了。小人因是年老愛子，要早與他完姻。幾次央媒去說，要娶媳婦，那劉秉義只推女兒年紀尚小，勒掯⑯不許。誰想他縱女賣奸，戀著孫潤，暗招在家，要圖賴親事。今早到他家裏說，反把小人毆辱。情急了，來爺爺臺下投生。他又趕來扭打。求爺爺作主，救小人則個！」喬太守聽了，道：「且下去。」喚劉秉義上去問道：「你怎麼說？」劉公

⑮ 鬼臉兒：假面具。
⑯ 勒掯：留難。

道：「小人有一子一女。兒子劉璞，聘孫寡婦女兒珠姨為婦，女兒便許裴九的兒子。向日裴九要娶時，一來女兒尚幼，未曾整備粧奩，二來正與兒子完姻，故此不允。不想兒子臨婚時，忽地患起病來。不敢教與媳婦同房。令女兒陪伴嫂子。那知孫寡婦欺心，藏過女兒，卻將兒子孫潤假粧過來，到強奸了小人女兒。正要告官。這裴九知得了，登門打罵。小人氣忿不過，與他爭嚷。實不是圖賴他的婚姻。」喬太守見說男扮為女，甚以為奇，乃道：「男扮女粧，自然不同。難道你認他不出？」劉公道：「婚嫁乃是常事，那曾有男子假扮之理，卻去辨他真假？況孫潤面貌，美如女子。小人夫妻見了，已是萬分歡喜，有甚疑惑。」喬太守道：「孫家既以女許你為媳，因甚卻又把兒子假粧？其中必有緣故。」又道：「孫潤還在你家麼？」劉公道：「已逃回去了。」喬太守即差人去拿孫寡婦母子三人，又差人去喚劉璞、慧娘兄妹俱來聽審。不多時，都已拿到。

喬太守舉目看時，玉郎姊弟，果然一般美貌，面龐無二。劉璞卻也人物俊秀，慧娘豔麗非常。暗暗欣羨道：「好兩對青年兒女！」心中便有成全之意。乃問孫寡婦：「因甚將男作女，哄騙劉家，害他女兒？」孫寡婦乃將女壻病重，劉秉義不肯更改吉期，恐怕誤了女兒終身，故把兒子粧去沖喜，三朝便回。是一時權宜之策。不想劉秉義卻教女兒陪臥，做出這事！喬太守道：「元來如此！」問劉公道：「當初你兒子既是病重，自然該另換吉期。你執意不肯，卻主何意？假若此時依了孫家，那見得女兒有此醜事？這都是你自起釁端，連累女兒。」劉公道：「小人一時不合聽了妻子說話，如今悔之無及。」喬太守道：「胡說！你是一家之主，卻聽婦人言語。」又喚玉郎、慧娘上去說：「孫潤，你以男假女，已是不該。卻又奸騙處女，當得何罪？」玉郎叩頭道：「小人雖然有罪，但非設意謀求，乃是劉親母自遣其女陪伴小人。」喬太守道：「他因不知你是男子，故令他來陪伴，乃是美意。你怎不推卻？」玉郎道：「小人也曾苦辭，怎奈堅執不從。」喬太守道：「論起法來，本該打一頓板子纔是。姑念你年紀幼小，又係兩家父母釀成，權且饒恕。」玉郎叩頭泣謝。喬太守又問慧娘：「你事已做錯，不必說起。如今還是要歸裴氏？要歸孫潤？實說上來。」慧娘哭道：「賤妾無媒苟合，節行已虧，豈可更事他人。況與孫潤恩義已深，誓不再嫁。若爺爺必欲判離，賤妾即當自盡。決無顏苟活，貽笑他人。」說罷，放聲大哭。喬太守見他情詞真懇，甚是憐惜，且喝過一邊。喚裴九老分付道：「慧娘本該斷歸你家。但已失身孫潤，節行已虧。你若娶回去，反傷門風，被人恥笑，他又蒙二夫之名，各不相安。今判與孫潤為妻，全其體面。令孫潤還你昔年聘禮。你兒子另自聘婦罷。」裴九老道：「媳婦已為醜事，小人自然不要。但孫潤破壞我家婚姻，今原歸於他，反周全了奸夫淫婦，小人怎得甘心！情願一毫原聘不要，求老爺斷媳婦另嫁別人，小人這口氣也還消得一半。」喬太守道：「你既已不願娶他，何苦又作此冤家！」劉公亦稟道：「爺爺，孫潤已有妻子，小人女兒豈可與他為妾？」喬太守初時只道孫潤尚無妻子，故此斡旋。見劉公說已有妻，乃道：「這卻怎麼處？」對孫潤道：「你既有妻子，一發不該害人閨女了！如今置此女於何地？」玉郎不敢答應。喬太守又道：「你妻子是何等人家？可曾過門麼？」孫潤道：「小人妻子是徐雅女兒，尚未過門。」喬太守道：「這等易處了。」叫道：「裴九，孫潤原有妻未娶。如今他既得了你媳婦，我將他妻子斷償你的兒子，消你之忿。」裴九老道：「老爺明斷，小人怎敢違逆？但恐徐雅不肯。」喬太守道：「我作了主，誰敢不肯！你快回家引兒子過來。我差人去喚徐雅帶女兒來當堂匹配。」裴九老忙即歸去，將兒子裴政領到府中。徐雅同女兒，也喚到了。喬太守看時，兩家男女卻也相貌端正，是個對兒。乃對徐雅道：「孫潤因誘了劉秉義女兒，今已判為夫婦。我今作主，將你女兒配與裴九兒子裴政，限即日三家俱便婚配回報。如有不伏者，定行重治。」徐雅見太守作主，怎敢不依，俱各甘伏。喬太守援筆判道：

弟代姊嫁，姑伴嫂眠。愛女愛子，情在理中。一雌一雄，變出意外。移乾柴近烈火，無怪其燃；以美玉配明珠，適獲其偶。孫氏子因姊而得婦，摟處子不用踰牆；劉氏女因嫂而得夫，懷吉士初非衒玉⑰。相悅為婚，禮以義起。所厚者薄，事可權宜。使徐雅別壻裴九之兒，許裴政改娶孫郎之配。奪人婦人亦奪其婦，兩家恩怨，總息風波。獨樂樂不若與人樂，三對夫妻，各諧魚水。人雖兌換，十六兩原只一斤；親是交門，五百年決非錯配。以愛及愛，伊父母自作冰人；非親是親，我官府權為月老。已經明斷，各赴良期。

喬太守寫畢，叫押司⑱當堂朗誦與眾人聽了。眾人無不心服，各各叩頭稱謝。喬太守在庫上支取喜紅六段，叫三對夫妻披掛起來，喚三起樂人，三頂花花轎兒，擡了三位新人。新郎及父母，各自隨轎而出。此事鬧動杭州府，都說好個行方便的太守。人人誦德，個個稱賢。自此各家完婚之後，都無話說。李都管本欲唆孫寡婦、裴九老兩家與劉秉義講嘴，鷸蚌相持，自己漁人得利。不期太守不予處分，反作

---

⑰ 懷吉士初非衒玉：詩經野有死麕篇：「有女懷春，吉士誘之。」就是說：女的想結婚，男的去和她戀愛。「衒玉」，賣弄、自誇的意思。

⑱ 押司：管理文書、獄訟等事的吏員。

成了孫玉郎一段良緣。街坊上當做一件美事傳說，不以為醜。他心中甚是不樂。未及一年，喬太守又取劉璞、孫潤，都做了秀才，起送科舉。李都管自知慚愧，安身不牢，反躲避鄉居。後來劉璞、孫潤同榜登科，俱任京職，仕途有名，扶持裴政亦得了官職。一門親眷，富貴非常。劉璞官直至龍圖閣學士。連李都管家宅反歸并於劉氏。刁鑽小人，亦何益哉！後人有詩，單道李都管為人不善，以為後戒。詩云：

為人忠厚為根本，何苦刁鑽欲害人！不見古人卜居者，千錢只為買鄉鄰。

又有一詩，單誇喬太守此事斷得甚好：

鴛鴦錯配本前緣，全賴風流太守賢。錦被一床遮盡醜，喬公不枉叫青天。

第九卷　陳多壽生死夫妻

世事紛紛一局棋，輸贏未定兩爭持。須臾局罷棋收去，畢竟誰贏誰是輸？

這四句詩，是把棋局比著那世局。世局千騰萬變，轉盼皆空，政如下棋的較勝爭強，眼紅喉急，分明似孫龐鬬智，賭個你死我活，又如劉項爭天下，不到烏江不盡頭。及至局散棋收，付之一笑。所以高人隱士，往往寄興棋枰，消閒玩世。其間吟咏，不可勝述。只有國朝曾棨狀元應制詩做得甚好，詩曰：

兩君相敵立雙營，坐運神機決死生。十里封疆馳駿馬，一川波浪動金兵。
虞姬歌舞悲垓下，漢將旌旗逼楚城。興盡計窮征戰罷，松陰花影滿棋枰。

此詩雖好，又有人駁他，說虞姬漢將一聯，是個套話。第七句說興盡計窮，意趣便蕭索了。應制詩是進御的，聖天子重瞳觀覽，還該要有些氣象。同時洪熙皇帝御製一篇，詞意宏偉，遠出尋常。詩曰：

二國爭強各用兵，擺成隊伍定輸贏。馬行曲路當先道，將守深營戒遠征。
乘險出車收散卒，隔河飛砲下重城。等閒識得軍情事，一著功成定太平。

今日為何說這下棋的話？只為有兩個人家，因這幾著棋子，遂為莫逆之交，結下兒女姻親。後來做出花錦般一段說話，正是：

夫妻不是今生定，五百年前結下因。

話說江西分宜縣，有兩個莊戶❶人家，一個叫做陳青，一個叫做朱世遠，兩家東西街對面居住。論起家事，雖然不算大富長者，靠祖上遺下些田業，儘可溫飽有餘。那陳青與朱世遠，皆在四旬之外，累代鄰居，志同道合，都則本分為人，不管閒事，不惹閒非。每日喫了酒飯，出門相見，只是一盤象棋，消閒遣日。有時迭為賓主，不過清茶寡飯，不設酒餚，以此為常。那些三鄰四舍，閒時節也到兩家看他下棋頑耍。其中有個王三老，壽有六旬之外，少年時也自歡喜象戲，下得頗高。近年有個火症，生怕用心動火，不與人對局了。日常無事，只以看棋為樂，早晚不倦。說起來，下棋的最怕傍人觀看。常言道：傍觀者清，當局者迷。倘或傍觀的口嘴不緊，遇煞著處溜出半句話來，贏者反輸，輸者反贏，欲待發惡❷，不為大事；欲待不抱怨，又忍氣不過。所以古人說得好：

觀棋不語真君子，把酒多言是小人。

❶ 莊戶：農民。
❷ 發惡：發怒。

可喜王三老偏有一德，未曾分局時，絕不多口。到勝負已分，卻分說那一著是先手，所以贏；那一著是後手，所以輸。朱陳二人到也喜他講論，不以為怪。一日，朱世遠在陳青家下棋，王三老亦在座。喫了午飯，重整棋枰，方欲再下，只見外面一個小學生踱將進來。那學生怎生模樣？

面如傅粉，唇若塗朱，光著靛一般的青頭，露著玉一樣的嫩手。儀容清雅，步履端詳；卻疑天上仙童，不信人間小子。

那學生正是陳青的兒子，小名多壽，抱了書包，從外而入。跨進坐啟，不慌不忙，將書包放下椅子之上，先向王三老叫聲公公，深深的作了個揖。王三老欲待回禮，陳青就坐上一把按住道：「你老人家不須多禮。卻不怕折了那小廝一世之福？」王三老道：「說那裏話！」口中雖是恁般說，被陳青按住，只把臀兒略起了一起，腰兒略曲了一曲，也算受他半禮了。那小學生又向朱世遠叫聲伯伯，作揖下去。朱世遠還禮時，陳青卻是對坐，隔了一張棋桌，不便拖拽，只得也作揖相陪。小學生見過了二位尊客，纔到父親跟前唱喏，立起身來，稟道：「告爹爹：明日是重陽節日，先生放學回去了。直過兩日纔來。」分付孩兒回家，不許頑耍。限著書，還要讀哩。」說罷，在椅子上取了書包，端端正正，走進內室去了。王三老和朱世遠見那小學生行步舒徐，語音清亮，且作揖次第，甚有禮數，口中誇獎不絕。王三老便問：「令郎幾歲了？」陳青答應道：「是九歲。」王三老道：「想著昔年湯餅會時，宛如昨日。倏忽之間，已是九年，真個光陰似箭爭教我們不老！」又問朱世遠道：「老漢記得宅上令愛也是這年生的。」朱世遠道：「果然，小女多福，如今也是九歲了。」王三老道：「莫怪老漢多口，你二人做了一世的棋友，何不扳做兒女親家？古時有個朱陳村，一村中只有二姓，世為婚姻。如今你二人之姓，適然相符，應是天緣。況且好男好女，你知我見，有何不美？」朱世遠已自看上了小學生，不等陳青開口，先答應道：「此事最好！只怕陳兄不願。若肯俯就，小子再無別言。」陳青道：「既蒙朱兄不棄寒微，小子是男家，有何推托？就煩三老作伐。」王三老道：「明日是個重陽日，陽九不利。後日大好個日子，老夫便當登門。今日一言為定，出自二位本心。老漢只圖喫幾杯見成喜酒，不用謝媒。」陳青道：「我說個笑話你聽。玉皇大帝要與人皇對親，商量道：兩親家都是皇帝，也須得個皇帝為媒纔好。乃請竈君皇帝往下界去說親。人皇見了竈君，大驚道：那做媒的怎的這般樣黑？竈君道：從來媒人那有白做的。」王三老和朱世遠都笑起來。朱陳二人又下棋到晚方散。

只因一局輸贏子，定了三生男女緣。

次日，重陽節無話。到初十日，王三老換了一件新開摺的色衣，到朱家說親。朱世遠已自與渾家柳氏說過，誇獎女婿許多好處。是日一諾無辭，財禮並不計較。他日嫁送，稱家之有無，各不責備便了。王三老即將此言回復陳青。陳青甚喜，擇了個和合吉日，下禮為定。朱家將庚帖回來。喫了一日喜酒。從此親家相稱，依先下棋來往。時光迅速，不覺過了六年。陳多壽年一十五歲，經書皆通。指望他應試，登科及第，光耀門楣。何期運限不佳，忽然得了個惡症，叫做癩。初時只道疥癬，不以為意。一年之後，其疾大發，形容改變，弄得不像模樣了。

肉色焦枯，皮毛皴裂。渾身毒氣，發成斑駁奇瘡；遍體蟲鑽，苦殺晨昏作癢。任他凶疥癬，只比三分；不是大麻瘋，居然一樣。粉孩兒變作蝦蟆相，少年郎活像老黿頭，搔爬十指帶膿腥，齷齪一身皆惡臭。

陳青單單生得這個兒子，把做性命看成。見他這個模樣，如何不慌。連象棋也沒心情下了。求醫問卜，燒香還願，無所不為。整整的亂了一年。費過了若干錢鈔，病勢不曾減得分毫。老夫妻兩口愁悶，自不必說。朱世遠為著半子之情，也一般著忙，朝暮問安，不離門限。延捱過三年之外，絕無個好消息。朱世遠的渾家柳氏，聞知女壻得個恁般的病症，在家裏哭哭啼啼，抱怨丈夫道：「我女兒又不醃臭起來，為甚忙忙的九歲上就許了人家？如今卻怎麼好！索性那癩蝦蟆死了，也出脫了我女兒。如今死不死，活不活，女孩兒年紀看看長成，嫁又嫁他不得，賴又賴他不得，終不然看著那癩子守活孤孀不成！這都是王三那老烏龜，一力攛掇，害了我女兒終身。」把王三老千烏龜，萬烏龜的罵。哭一番，罵一番。朱世遠原有怕婆之病，憑他夾七夾八，自罵自止，並不敢開言。一日，柳氏偶然收拾櫥櫃子，看見了象棋盤和那棋子，不覺勃然發怒，又罵起丈夫來，道：「你兩個老忘八，只為這幾著象棋上說得著，對了親，賺了我女兒，還要留這禍胎怎的！」一頭說，一頭走到門前，把那象棋子亂撒在街上，棋盤也摜做幾片。朱世遠是本分之人，見渾家發性，攔他不住，洋洋的躲開去了。女兒多福又怕羞，不好來勸，任他絮聒個不耐煩，方纔罷休。自古道：

隔牆須有耳，窗外豈無人。

柳氏鎮日在家中罵媒人，罵老公，陳青已自曉得些風聲，將信未信。到滿街撒了棋子，是甚意故，陳青心下了了。與渾家張氏兩口兒商議道：「以己之心，度人之心。我自家晦氣，兒子生了這惡疾，眼見得不能痊可，卻教人家把花枝般女兒伴這癩子做夫妻，真是罪過。料女兒也必然怨傷。便強他進門，終不和睦，難指望孝順。當初定這房親事，都是好情，原不曾費甚大財。千好萬好，總只一好，有心好到底了，休得為好成歉，從長計較，不如把媳婦庚帖送還他家，任他別締良姻。倘然皇天可憐，我孩兒有病痊之日，怕沒有老婆？好歹與他定房親事。如今害得人家夫妻反目，哭哭啼啼，絮絮聒聒，我也於心何忍。」計議已定，忙到王三老家來。王三老正在門首，同幾個老人家閒坐白話。見陳青到，慌忙起身作揖，問道：「令郎兩日尊恙好些麼？」陳青搖首道：「不濟。正有句話，要與三老講。屈三老到寒舍一行。」王三老連忙隨著陳青到他家坐啟內，分賓坐下。獻茶之後，三老便問：「大郎有何見教？」陳青將自己坐椅掇近三老，四膝相湊，吐露衷腸。先敘了兒子病勢如何的利害，次敘著朱親家夫婦如何的抱怨。這句話王三老卻也聞知一二，口中只得包慌❸：「只怕沒有此事。」陳青道：「小子豈敢亂言。今日小子到也不怪敝親家。只是自己心中不安，情願將庚帖退還，任從朱宅別選良姻。此係兩家穩便，並無勉強。」王三老道：「只怕使不得！老漢只管撮合，那有拍開之理。足下異日翻悔之時，老漢卻當不起。」陳青道：「此事已與拙荊再三商量過了，更無翻悔。就是當先行過須薄禮，也不必見還。」王三老道：「既然庚帖返去，原聘也必然還璧。但吉人天相，令郎尊恙，終有好日，還要三思而行。」陳青道：「就是小兒僥倖脫體，也是水底撈針❹，不知何日到手，豈可擔擱人家閨女。」說罷，袖中取出

❸ 包慌：掩飾；遮蓋。

庚帖，遞與王三老，眼中不覺流下淚來。王三老亦自慘然，道：「既是大郎主意已定，老漢只得奉命而行。然雖如此，料令親家是達禮之人，必然不允。」陳青收淚而答道：「今回是陳某自己情願，並非舍親家相逼。若舍親家躊躕之際，全仗三老攛掇一聲，說陳某中心計較，不是虛情。」三老連聲道：「領命，領命！」當下起身，到於朱家。朱世遠迎接，講禮而坐。未及開言，朱世遠連聲喚茶。這也有個緣故，那柳氏終日在家中千烏龜萬烏龜指名罵媒人，王三老雖然不聞，朱世遠卻于心有愧，只恐三老見怪，所以殷勤喚茶。誰知柳氏恨殺王三老做錯了媒，任丈夫叫喚，不肯將茶出來。此乃婦人小見。坐了一會，王三老道：「有句不識進退的話，特來與大郎商量。先告過，切莫見怪。」原來朱世遠也是行一，里中都稱他做朱大郎。朱世遠道：「有話儘說。你老人家有甚差錯，豈有見怪之理。」王三老方纔把陳青所言退親之事，備細說了一遍。「此乃令親家主意，老漢但傳言而已。但憑大郎主張。」朱世遠終日被渾家聒絮得不耐煩，也巴不能個一搠兩開。只是自己不好啟齒。得了王三老這句言語，分明是朝廷新頒下一道赦書，如何不喜。當下便道：「雖然陳親家賢哲，誠恐後來翻悔，反添不美。」王三老道：「老漢都曾講過。他主意已決，不必懷疑。宅上庚帖，亦交付在此。大郎請收過。」朱世遠道：「聘禮未還，如何好收他的庚帖？」王三老道：「他說些須薄聘，不須提起。是老漢多口，說道：既然庚帖返去，原聘必然返璧。」朱世遠道：「這是自然之理。先曾受過他十二兩銀子，分毫不敢短少。還有銀釵二股，小女收留，容討出一並奉還。這庚帖權收在你老人家處。」王三老道：「不妨事，就是大郎收下。老漢暫回，明日來領取聘物。卻到令親處回話。」說罷分別。有詩為證：

❹ 水底撈針：比喻希望極少。

月老繫繩今又解，冰人傳語昔皆訛。分宜好個王三老，成也蕭何敗也何。

朱世遠隨即入內，將王三老所言退親之事，述與渾家知道。柳氏喜不自勝。自己私房銀子也搜括將出來，把與丈夫，湊足十二兩之數。卻與女孩兒多福討那一對銀釵。卻說那女兒雖然不讀詩書，卻也天生志氣。多時聽得母親三言兩語，絮絮聒聒，已自心慵意懶。今日與他討取聘釵，明知是退親之故，並不答應一字，逕走進臥房，閉上門兒，在裏面啼哭。朱世遠終是男子之輩，見貌辨色，已知女孩兒心事。對渾家道：「多福心下不樂，想必為退親之故。你須慢慢偎他，不可造次。萬一逼得他緊，做出些沒下稍勾當，悔之何及！」柳氏聽了丈夫言語，真個去敲那女兒的房門，低聲下氣的叫道：「我兒，釵子肯不肯繇你，何須使性！你且開了房門，有話時，好好與做娘的講。做娘的未必不依你。」那女兒初時不肯開門，柳氏連叫了幾次，只得拔了門攎，叫聲：「開在這裏了。」自向兀子上氣忿忿的坐了。柳氏另掇個兀子傍著女兒坐了，說道：「我兒，爹娘為將你許錯了對頭，一向愁煩。喜得男家願退，許了一萬個利市，求之不得。那癩子終無好日，可不誤了你終身之事。如今把聘釵還了他家，恩斷義絕。似你恁般容貌，怕沒有好人家來求你。我兒休要執性，快把釵兒出來還了他罷。」女兒全不做聲，只是流淚。柳氏偎了半晌，看見女兒如此模樣，又款款的說道：「我兒，做爹娘的都只是為好，替你計較。你願與不願，直直的與我說，恁般自苦自知，教爹娘如何過意。」女兒恨窮道：「為好，為好！要討那釵子也尚早！」柳氏道：「呵呀！兩股釵兒，連頭連腳，也重不上二三兩，什麼大事。若另許個富家，金釵玉釵都有。」女兒道：「那希罕金釵玉釵！從沒見好人家女子喫兩家茶。貧富苦樂，都是命中注定。生為陳家婦，死為陳家鬼，這銀釵我要隨身殉葬的，休想還他！」說罷，又哀哀的哭將起來。柳氏沒奈何，只得對丈夫說，女兒如此如此：「這門親多是退不成了。」朱世遠與陳青肺腑之交，原不肯退親。只為渾家絮聒不過，所以巴不得撒開，落得耳邊清淨。誰想女兒恁般烈性，又是一重歡喜，便道：「恁的時，休教苦壞了女孩兒。你與他說明，依舊與陳門對親便了。」柳氏將此言對女兒說了，方纔收淚。正是：

三冬不改孤松操，萬苦難移烈女心。

當晚無話。次日，朱世遠不等王三老到來，卻自己走到王家，把女兒執意不肯之情，說了一遍，依舊將庚帖送還。王三老只稱：「難得，難得！」隨即往陳青家回話，如此這般。陳青退此親事，十分不忍。聽說媳婦守志不從，愈加歡喜。連連向王三老作揖道：「勞動，勞動！然雖如此，只怕小兒病症不痊，終難配合。此事異日還要煩三老開言。」王三老搖手道：「老漢今番說了這一遍，以後再不敢奉命了。」閒話休題，卻說朱世遠見女兒不肯悔親，在女壻頭上愈加著忙，各處訪問名醫國手，賠著盤纏，請他來看治。那醫家初時來看，定說能醫，連病人服藥，也有些興頭。到後來不見功效，漸漸的懶散了。也有討著薦書到來，說大話，誇大口，索重謝，寫包票，都只有頭無尾。日復一日，不覺又捱了二年有餘。醫家都說是個痼疾，醫不得的了。多壽嘆口氣，請爹媽到來，含淚而言道：「丈人不允退親，訪求名醫用藥，只指望我病有痊可之期。如今服藥無效，眼見得沒有好日。不要賺了人家兒女。孩兒決意要退這頭親事了。」陳青道：「前番說了一場，你丈人丈母都肯，只是你媳婦執意不從，所以又將庚帖送來。」多壽道：「媳婦若曉得孩兒願退，必然也放下了。」媽媽張氏道：「孩兒，且只照顧自家身子，休牽掛這些閒事。」多壽道：「退了這頭親，孩兒心下到放寬了一件。」陳青道：「待你丈人來時，你自與他講便了。」說猶未了，丫鬟報道：「朱親家來看女壻。」媽媽躲過。陳青邀入內書房中，多壽與丈人相見，口中稱謝不盡。朱世遠見女壻三分像人，七分像鬼，好生不悅。茶罷，陳青推故起身。多壽吐露衷腸，說起自家病勢不痊，難以完婚，決要退親之事。袖中取出柬帖一幅，乃是預先寫下的四句詩。朱世遠展開念道：

命犯孤辰惡疾纏，好姻緣是惡姻緣。今朝撒手紅絲去，莫誤他人美少年。

原來朱世遠初次退親，甚非本心，只為渾家逼迫不過。今番見女壻恁般病體，又有親筆詩句，口氣決絕，不覺也動了這個念頭。口裏雖道：「說那裏話！還是將息貴體要緊。」卻把那四句詩褶好，藏於袖中。即便抽身作別，陳青在坐啟下接著，便道：「適纔小兒所言，出於至誠，望親家委曲勸諭令愛俯從則個。庚帖仍舊奉還。」朱世遠道：「既然賢喬梓諄諄分付，權時收下，再容奉復。」陳青送出門前。朱世遠回家，將女壻所言與渾家說了。柳氏道：「既然女壻不要媳婦時，女孩兒守他也是扯淡。你把詩意解說與女兒聽，料他必然回心轉意。」朱世遠真個把那柬帖遞與女兒，說：「陳家小官人病體不痊，親自向我說，決要退婚。這四句詩便是他的休書了。我兒也自想終身之事，休得執迷。」多福看了詩句，一言不發，回到房中，取出筆硯，就在那詩後也寫四句：

運蹇雖然惡疾纏，姻緣到底是姻緣。從來婦道當從一，敢惜如花美少年。

自古道：好事不出門，惡事揚千里。只為陳小官自家不要媳婦，親口回絕了丈人，這句話就傳揚出去。就有張家嫂，李家婆，一班靠撮合山養家的，抄了若干表號，到朱家議親。說的都是名門富室，聘財豐盛。雖則媒人之口，不可盡信，卻也說得柳氏肚裏熱蓬蓬的，分明似錢玉蓮母親，巴不得登時撇了王家，許了孫家。誰知女兒多福，心如鐵石，並不轉移。看見母親，好茶好酒款待媒人，情知不為別件。丈夫病症又不痊，爹媽又不容守節，左思右算，不如死了乾淨。夜間燈下取出陳小官人詩句，放在桌上，反復看了一回，約莫哭了兩個更次，乘爹媽睡熟，解下束腰的羅帕，懸梁自縊。正是：

三寸氣在千般用，一日無常萬事休。

此際已是三更時分。也是多福不該命絕，朱世遠在睡夢之中，恰像有人推醒，耳邊只聞得女兒嗚嗚的哭聲，喫了一驚，擦一擦眼睛，搖醒渾家，說道：「適纔聞得女孩兒啼哭，莫非做出些事來？且去看他一看。」渾家道：「女孩兒好好的睡在房裏，你卻說鬼話。要看時，你自去看，老娘要睡覺哩。」朱世遠披衣而起，黑暗裏開了房門，摸到女兒臥房門首，雙手推門不開。連喚幾聲，女孩兒全不答應。只聽得喉間痰響，其聲異常。當下心慌，盡生平之力，一腳把房門踢開，已見桌上殘燈半明不滅，女兒懸梁高掛，就如走馬燈一般，團團而轉。朱世遠喫了一驚非小，忙把燈兒剔明，高叫：「阿媽快來，女孩兒縊死了！」柳氏夢中聽得此言，猶如冷雨淋身，穿衣不及，就馱了被兒，就哭兒哭肉跑到女兒房裏來。朱世遠終是男子漢，有些智量，早已把女兒放下，抱在身上，將膝蓋緊緊的抵住後門，緩緩的解開頸上的死結，用手去摩。柳氏一頭打寒顫，一頭叫喚。約莫半個時辰，漸漸魄返魂回，微微轉氣。柳氏口稱謝天謝地，重到房中穿了衣服，燒起熱水來，灌下女兒喉中，漸漸甦醒。睜開雙眼，看見爹媽在前，放聲大哭。爹媽道：「我兒！螻蟻尚且貪生，怎的做此短見之事？」多福道：「孩兒一死，便得完名全節。又喚轉來則甚？就是今番不死，遲和早少不得是一死。到不如放孩兒早去，也省得爹媽費心。譬如當初不曾養下孩兒一般。」說罷，哀哀的哭之不已。朱世遠夫妻兩口，再三勸解不住，無可奈何。比及天明，朱世遠教渾家窩伴❺女兒在床眠息，自己逕到城隍廟裏去抽籤。籤語云：

時運未通亨，年來禍害侵。雲開終見日，福壽自天成。

細詳籤意，前二句已是准了。第三句雲開終見日，是否極泰來之意。末句福壽自天成，女兒名多福，女壻名多壽，難道陳小官人病勢還有好日？一夫一婦，天然成配？心中好生委決不下。回到家中，渾家兀自在女兒房裏坐著。看見丈夫到來，慌忙搖手道：「不要則聲！女兒纔停了哭，睡去了。」朱世遠夜來剔燈之時，看見桌上一副柬帖，無暇觀看。其時取而觀之，原來就是女壻所寫詩句，後面又有一詩，認得女兒之筆。讀了一遍，嘆口氣道：「真烈女也！為父母者，正當玉成其美，豈可以非理強之。」遂將城隍廟籤詞，說與渾家道：「福壽天成，神明嘿定。若私心更改，皇天必不護祐。況女孩兒吟詩自誓，求死不求生。我們如何看守得他多日。倘然一個眼趖❻，女兒死了時節，空負不義之名，反作一場笑話。據吾所見，不如把女兒嫁與陳家，一來表得我們好情，二來遂了女兒之意，也省了我們干紀。不知媽媽

---

❺ 窩伴：陪伴撫慰。帶有監視防範的意思。

❻ 一個眼趖：一時沒注意到。

心下如何？」柳氏被女兒嚇壞了，心頭兀自突突的跳，便答應道：「隨你作主，我管不得這事！」朱世遠道：「此事還須央王三老講。」事有湊巧，這裏朱世遠走出門來，恰好王三老在門首走過。朱世遠就迎住了，請到家中坐下，將前後事情，細細述了一遍。「如今欲把女兒嫁去，專求三老一言。」王三老道：「老漢曾說過，只管撮合，不管撒開。今日大郎所言，是仗義之事，老漢自當效勞。」朱世遠道：「小女兒見了小壻之詩，曾和得一首，情見乎詞。若還彼處推托，可將此詩送看。」王三老接了柬帖，即便起身。只為兩親家緊對門居住，左腳跨出了朱家，右腳就跨進了陳家，甚是方便。陳青聽得王三老到來，只認是退親的話，慌忙迎接問道：「三老今日光降，一定朱親家處有言。」王三老道：「正是。」陳青道：「今番退親，出於小兒情願，親家那邊料無別說。」王三老道：「老漢今日此來，不是退親，到是要做親。」陳青道：「三老休要取笑。」王三老就將朱宅女兒如何尋死，他爹媽如何心慌，「留女兒在家，恐有不測，情願送來伏侍小官人。老漢想來，此亦兩便之事。令親家處脫了干紀，獲其美名。你賢夫婦又得人幫助，令郎早晚也有個著意之人照管，豈不美哉！」陳青道：「雖承親家那邊美意，還要問小兒心下允否？」王三老就將柬帖所和詩句呈於陳青道：「令媳和得有令郎之詩。他十分性烈。令郎若不允從，必然送了他性命，豈不可惜！」陳青道：「早晚便來回復。」當下陳青先與渾家張氏商議了一回，道：「媳婦如此性烈，必然賢孝。得他來貼身看覷，夫婦之間，比爹娘更覺周備。萬一度得個種時，就是孩兒無命，也不絕了我陳門後代。我兩個做了主，不怕孩兒不依。」當下雙雙兩口，到書房中，對兒子多壽說知此事。多壽初時推卻；及見了所和之詩，頓口無言。陳青已知兒子心肯。回復了王三老，擇卜吉日，又送些衣飾之類。那邊多福知是陳門來娶，心安意肯。至期，笙簫鼓樂，娶過門來。街坊上聽說陳家癩子做親，把做新聞傳說道：「癩蝦蟆也有喫天鵝肉的日子。」又有刻薄的閒漢，編為口號四句：

伯牛命短偏多壽，嬌香女兒偏逐臭。紅綾被裏合歡時，粉花香與膿腥鬭。

閒話休題。卻說朱氏自過門之後，十分和順。陳小官人全得他殷勤伏侍。怎見得？

著意殷勤，盡心伏侍。熬湯煮藥，果然味必親嘗。早起夜眠，真個衣不解帶。身上東疼西癢，時時撫摩。衣裳血臭膿腥，勤勤煮洗。分明傅母育嬌兒，只少開懷哺乳。又似病姑逢孝婦，每思割股烹羹。雨雲休想歡娛，歲月豈辭勞苦。喚嬌妻有名無實，憐少婦少樂多憂。

如此兩年，公婆無不歡喜。只有一件，夫婦日間孝順無比，夜裏各被各枕，分頭而睡，並無同衾共枕之事。張氏欲得他兩個配合雌雄，卻又不好開言。忽一日進房，見媳婦不在，便道：「我兒，你枕頭齷齪了，我拿去與你拆洗。」又道：「被兒也齷齪了。」做一包兒捲了出去，只留一床被、一個枕頭在床。明明要他夫婦二人共枕同衾，生兒度種的意思。誰知他夫婦二人，肚裏各自有個主意。陳小官人肚裏道：「自己十死九生之人，不是個長久夫妻，如何又去污損了人家一個閨女？」朱小娘子肚裏又道：「丈夫恁般病體，血氣全枯，怎經得女色相侵？」所以一向只是各被各枕，分頭而睡。是夜只有一床被，一個枕，卻都是朱小娘子的臥具。每常朱小娘子伏侍丈夫先睡，自己燈下還做針指。直待公婆都睡了，方纔就寢。當夜多壽與母親取討枕被，張氏推道：「漿洗未乾，胡亂同宿一夜罷。」朱氏將自己枕頭讓與丈夫安置。多壽又怕污了妻子的被窩，和衣而臥。多福亦不解衣。依舊兩頭各睡。次日，張氏曉得了，反怪媳婦做格⑦，不肯勾搭兒子幹事，把一團美意，看做不良之心，捉雞罵狗⑧，言三語四，影射⑨的發作了一場。朱氏是個聰明女子，有何難解。惟恐傷了丈夫之意，只作不知，暗暗偷淚。陳小官人也理會⑩得了幾分，甚不過意。如此又捱過了一個年頭。當初十五歲上得病，十六歲病凶，十九歲上退親不允，二十一歲上做親。自從得病到今，將近十載，不生不死，甚是悶人。聞得江南新到一個算命的瞎子，叫做靈先生，甚肯直言。央他推算一番，以決死期遠近。原來陳多壽自得病之後，自嫌醜陋，不甚出門。今日特為算命，整整衣冠，走到靈先生舖中來。那先生排成八字，推了五星運限，便道：「這貴造是宅上何人？先告過了，若不見怪，方敢直言。」陳小官人道：「但求據理直言，不必忌諱。」先生道：「此造四歲行運，四歲至十三，童限不必說起，十四歲至二十三，此十年大忌，該犯惡疾，半死不生。可曾見過麼？」陳小官人道：「見過了。」先生道：「前十年，雖是個水缺，還跳得過。二十四到三十三，這一運更不好。船遇危波亡槳舵，馬逢峭壁斷轡繩。此乃殀折之命。有好八字再算一個。此命不足道也。」小官人聞言，慘然無語。忙把命金送與先生，作別而行。腹內尋思，不覺淚下。想著：「那先生算我前十年已自準了，後十年運限更不好，一定是難過。我死不打緊，可憐賢德娘子伏侍了我三年，並無一宵之好。如今又連累他受苦怎的？我今苟延性命，與死無二，便多活幾年，沒甚好處。不如早早死了，出

⑦ 做格：擺架子。
⑧ 捉雞罵狗：借這個罵那個。
⑨ 影射：暗指；說這邊，指那邊。
⑩ 理會：知道。

脫了娘子。他也得趁少年美貌，別尋頭路。」此時便萌了個自盡之念。順路到生藥舖上，贖了些砒礵，藏在身邊。回到家中，不題起算命之事。至晚上床，卻與朱氏敘話道：「我與你九歲上定親，指望長大來夫唱婦隨，生男育女，把家當戶。誰知得此惡症，醫治不痊。惟恐擔悞了娘子終身，兩番情願退親。感承娘子美意不允，拜堂成親。雖有三年之外，卻是有名無實，並不敢污損了娘子玉體。這也是陳某一點存天理處。日後陳某死了，娘子別選良緣，也教你說得嘴響，不累你叫做二婚之婦。」朱氏道：「官人，我與你結髮夫妻，苦樂同受。今日官人患病，即是奴家命中所招。同生同死，有何理說！別締良緣這話，再也休題。」陳小官人道：「娘子性烈如火。但你我相守，終非長久之計。你伏事我多年，夫妻之情，已自過分。此恩料今生不能補報，來生定有相會之日。」朱氏道：「官人怎說這傷心話兒？夫妻之間，說甚補報？」兩個我對你答，足足的說了半夜方睡。正是：

夫妻只說三分話，未可全拋一片心。

次日，陳小官人又與父母敘了許多說話，這都是辦了個死字，骨肉之情，難割難捨的意思。看看至晚，陳小官人對朱氏說：「我要酒喫。」朱氏道：「你閒常怕發痒，不喫酒。今日如何要喫？」陳小官人道：「我今日心上有些不爽快，想酒，你與我熱些燙一壺來。」朱氏為他夜來言語不祥，心中雖然疑惑，卻不想到那話兒。當下問了婆婆討了一壺上好釃酒，燙得滾熱，取了一個小小杯兒，兩碟小菜，都放在桌上。陳小官人道：「不用小杯，就是茶甌喫一兩甌，到也爽利。」朱氏取了茶甌，守著要斟。陳小官人道：「慢著，待我自斟。我不喜小菜，有菓子討些下酒。」把這句話遣開了朱氏。揭開了壺蓋，取出包內砒礵，向壺中一傾，忙斟而飲。朱氏走了幾步，放心不下。回頭一看，見丈夫手慌腳亂，做張做智，老大疑惑。恐怕有些蹺蹊。慌忙轉來，已自呷了一碗。又斟上第二碗。朱氏見酒色不佳，按住了甌子，不容丈夫上口。陳小官人道：「實對你說，這酒內下了砒礵。我主意要自盡，免得累你受苦。如今已喫下一甌，必然無救。索性得我盡醉而死，省得費了工夫。」說罷，又奪第二碗喫了。朱氏道：「奴家有言在前，與你同生同死。既然官人服毒，奴家義不獨生。」遂奪酒壺在手，骨都都喫個罄盡。此時陳小官人腹中作耗，也顧不得渾家之事。須臾之間，兩個做一對兒跌倒。時人有詩嘆此事云：

病中只道歡娛少，死後方知情義深。相愛相憐相殉死，千金難買兩同心。

卻說張氏見兒子要喫酒，粧了一碟巧糖，自己送來。在房門外，便聽得服毒二字，喫了一驚，三步做兩步走。只見兩口兒都倒在地下，情知古怪。著了個忙，叫起屈來。陳青走到，見酒壺裏面還剩有砒礵。平昔曉得一個單方，凡服砒礵者，將活羊殺了，取生血灌之，可活。也是二人命中有救，恰好左鄰是個賣羊的屠戶。連忙喚他殺羊取血。此時朱世遠夫妻都到了。陳青夫婦自灌兒子，朱世遠夫婦自灌女兒。兩個虧得灌下羊血，登時嘔吐，方纔甦醒。餘毒在腹中，兀自皮膚迸裂，流血不已。調理月餘，方纔飲食如故。有這等異事！朱小娘子自不必說。那陳小官人害了十年癩症，請了若干名醫，用藥全無功效。今日服了毒酒，不意中，正合了以毒攻毒這句醫書，皮膚內迸出了許多惡血，毒氣洩盡，連癩瘡漸漸好了。比及將息平安，瘡痂脫盡，依舊頭光面滑，肌細膚榮。走到人前，連自己爹娘都認不得。分明是脫皮換骨，再投了一個人身。此乃是個義夫節婦一片心腸，感動天地，所以毒而不毒，死而不死，因禍得福，破泣為笑。城隍廟籤詩所謂「雲開終見日，福壽自天成」，果有驗矣。陳多壽夫婦俱往城隍廟燒香拜謝。朱氏將所聘銀釵佈施作供。王三老聞知此事，率了三鄰四舍，提壺挈盒，都來慶賀。吃了好幾日喜酒。陳多壽是年二十四歲，重新讀書，溫習經史。到三十三歲登科，三十四歲及第。靈先生說他十年必死之運，誰知一生好事，偏在這幾年之中。從來命之理微，常人豈能參透。言禍言福，未可盡信也。再說陳青和朱世遠從此親情愈高，又下了幾年象棋，壽並八十餘而終。陳多壽官至僉憲。朱氏多福，恩愛無比。生下一雙兒女，盡老百年。至今子孫繁盛。這回書喚作生死夫妻。詩曰：

從來美眷說朱陳，一局棋枰締好姻。只為二人多節義，死生不解賴神明。

第十卷　劉小官雌雄兄弟

衣冠未必皆男子，巾幗如何定婦人？歷數古今多怪事，高山為谷海生塵。

且說國朝成化年間，山東有一男子，姓桑，名茂，是個小家之子。垂髫時，生得紅白細嫩。一日，父母教他往村中一個親戚人家去。中途遇了大雨，閃在冷廟中避雨。那廟中先有老嫗也在內躲雨，兩個做一堆兒坐地。那雨越下越大了，出頭不得。老嫗看見桑茂標致，將言語調弄他。桑茂也略通些情竅，只道老嫗要他幹事。臨上交時，原來老嫗腰間到有本錢，把桑茂後庭弄將起來。事畢，雨還未止。桑茂終是孩子家，便問道：「你是婦人，如何有那話兒？」老嫗道：「小官，我實對你說，莫要洩漏於他人。我不是婦人，原是個男子。從小縛做小腳，學那婦道粧扮，習成低聲啞氣，做一手好針線，潛往他鄉，假稱寡婦，央人引進豪門巨室行教。女眷們愛我手藝，便留在家中，出入房闈，多與婦女同眠，恣意行樂。那婦女相處情厚，整月留宿，不放出門。也有閨女貞娘，不肯胡亂的，我另有媚藥兒，待他睡去，用水噴在他面上，他便昏迷不醒，任我行事。及至醒來，我已得手。他自怕羞辱，不敢聲張。還要多贈金帛送我出門，囑付我莫說。我今年四十七歲了。走得兩京九省，到處嬌娘美女，同眠同臥，隨身食用，並無缺乏，從不曾被人識破。」桑茂道：「這等快活好事，不知我可學得麼？」老嫗道：「似小官恁般標致，扮婦人極像樣了。你若肯投我為師，隨我一路去，我就與你纏腳，教導你做針線，引你到人家去，只說是我外甥女兒，得便就有良遇。我一發把媚藥方兒傳授與你，包你一世受用不盡。」桑茂被他說得心癢，就在冷廟中四拜，投老嫗為師，也不去訪親問戚，也不去問爹問娘。等待雨止，跟著老嫗便走。那老嫗一路與桑茂同行同宿。出了山東境外，就與桑茂三綹梳頭，包中取出女衫換了，腳頭纏緊，套上一雙窄窄的尖頭鞋兒，看來就像個女子，改名鄭二姐。後來年長到二十二歲上，桑茂要辭了師父，自去行動。師父分付道：「你少年老成，定有好人相遇。只一件，凡得意之處，不可多住。多則半月，少則五日，就要換場，免露形迹。還一件，做這道兒，多見婦人，少見男子。切忌與男子相近交談。若有男子人家，預先設法躲避。倘或被他看出破綻，性命不保。切記，切記！」桑茂領教，兩下分別。

後來桑茂自稱鄭二姐，各處行遊哄騙。也走過一京四省。所奸婦女，不計其數。到三十二歲上，遊到江西一個村鎮，有個大戶人家女眷留住，傳他針線。那大戶家婦女最多，桑茂迷戀不舍，住了二十餘日不去。大戶有個女壻，姓趙，是個納粟監生。一日，趙監生到岳母房中作揖，偶然撞見了鄭二姐，愛其俏麗，囑付妻子接他來家。鄭二姐不知就裏，欣然而往。被趙監生邀入書房，攔腰抱住，定要求歡。鄭二姐抵死不肯，叫喊起來。趙監生本是個粗人，惹得性起，不管三七二十一，竟按倒在床上去解他褲襠。鄭二姐攩抵不開，被趙監生一手插進，摸著那話兒，方知是個男人女扮。當下叫起家人，一索捆翻，解到官府。用刑嚴訊，招稱真姓真名，及向來行奸之事，污穢不堪。府縣申報上司，都道是從來未有之變。具疏奏聞，刑部以為人妖敗俗，律所不載，擬成凌遲重辟，決不待時。可憐桑茂假充了半世婦人，討了若干便宜，到頭來死於趙監生之手。正是：

福善禍淫天有理，律輕情重法無私。

方纔說的是男人粧女敗壞風化的。如今說個女人粧男，節孝兼全的來正本，恰似：

薰蕕不共器，堯桀好相形。毫釐千里謬，認取定盤星。

*　　*　　*

這話本也出在本朝宣德年間。有一老者，姓劉名德，家住河西務鎮上。這鎮在運河之旁，離北京有二百里之地。乃各省出入京都的要路。舟楫聚泊，如螞蟻一般。車音馬跡，日夜絡繹不絕。上有居民數百餘家。邊河為市，好不富庶。那劉德夫妻兩口，年紀六十有餘，並無弟兄子女。自己有幾間房屋，數十畝田地，門首又開一個小酒店兒。劉公平昔好善，極肯週濟人的緩急。凡來喫酒的，偶然身邊銀錢缺少，他也不十分計較。或有人多把與他，他便勾了自己價銀，餘下的定然退還，分毫不肯苟取。有曉得的，問道：「這人錯與你的，落得將來受用，如何反把來退還？」劉公說：「我身沒有子嗣，多因前生不曾修得善果，所以今世罰做無祀之鬼。豈可又為恁樣欺心的事！倘然命裏不該時，錯得了一分到手，或是變出些事端，或是染患些疾病，反用去幾錢，卻不到折便宜。不若退還了，何等安逸。」因他做人公平，一鎮的人無不敬服，都稱為劉長者。一日，正值隆冬天氣，朔風凜冽，彤雲密布，降下一天大雪。原來那雪：

能穿帷幕，善度簾櫳。乍飄數點，俄驚柳絮飛颺；狂舞一番，錯認梨花亂墜。聲從竹葉傳來，香自梅枝遞至。塞外征人穿凍甲，山中隱士擁寒衾。王孫綺席倒金尊，美女紅爐添獸炭。

劉公因天氣寒冷，煖起一壺熱酒，夫妻兩個向火對飲，喫了一回❶，起身走到門首看雪。只見遠遠一人背著包裹，同個小廝迎風冒雪而來。看看至近，那人撲的一交，跌在雪裏，掙扎不起。小廝便向前去攙扶。年小力微，兩個一拖，反向下邊去了，都滾做一個肉餃兒。抓了好一回，方纔得起。劉公擦摩老眼看時，卻是六十來歲的老兒，行纏絞腳，八搭麻鞋，身上衣服甚是襤褸。這小廝到也生得清秀。腳下穿一雙小布𥙷鞋❷。那老兒把身上雪片抖淨，向小廝道：「兒，風雪甚大，身上寒冷，行走不動。這裏有個酒店在此，且買一壺來盪盪寒再走。」便走入店來，向一副座頭坐下，把包裹放在桌上。那小廝坐於旁邊。劉公去煖一壺熱酒，切一盤牛肉，兩碟小菜，兩副盃筯，做一盤托過來擺在桌上。小廝捧過壺來，斟上一杯，雙手遞與父親，然後篩與自己。劉公見他年幼，有些禮數，便問道：「這位是令郎麼？」那老兒道：「正是小犬。」劉公道：「今年幾歲了？」答道：「乳名申兒，十二歲了。」又問道：「客官尊姓？是往那裏去的？恁般風雪中行走？」那老兒答道：「老漢方勇，是京師龍虎衛軍士，原籍山東濟寧。今要回去取討軍庄盤纏，不想下起雪來。」問主人家尊姓。劉公道：「在下姓劉，招牌上近河便是賤號。」又道：「濟寧離此尚遠，如何不尋個腳力，卻受這般辛苦？」答道：「老漢是個窮軍，那裏雇得起腳力！只得慢慢的捱去罷了。」劉公舉目看時，只見他把小菜下酒，那盤牛肉，全然不動。問

---

❶ 一回：一會兒。

❷ 𥙷鞋：棉鞋。或作「𩋙鞋」。

道：「長官父子想都是奉齋麼？」答說道：「我們當軍的人，喫什麼齋！」劉公道：「既不奉齋，如何不喫些肉兒？」答道：「實不相瞞。身邊盤纏短少，喫小菜飯兒，還恐走不到家。若用了這大菜，便去了幾日的口糧，怎生得到家裏？」劉公見他說得恁樣窮乏，心中慘然，便說道：「這般大雪，腹內得些酒肉，還可擋得風寒，你只管用，我這裏不算賬罷了。」老軍道：「主人家休得取笑！那有喫了東西，不算賬之理？」劉公道：「不瞞長官說，在下這裏，比別家不同。若過往客官，偶然銀子缺少，在下就肯奉承。長官既沒有盤纏，只算我請你罷了。」老軍見他當真，便道：「多謝厚情，只是無功受祿，不當人子。老漢轉來，定當奉酬。」劉公道：「四海之內，皆兄弟也。這些小東西，值得幾何，怎說這奉酬的話！」老漢方纔舉筯，劉公又盛過兩碗飯來，道：「一發喫飽了好行路。」老軍道：「忒過分了！」父子二人正在飢餒之時，拿起飯來，狼飡虎嚥，盡情一飽。正是：

救人須救急，施人須當厄。渴者易為飲，飢者易為食。

當下喫完酒飯，劉公又叫媽媽斟兩杯熱茶來喫了。老軍便腰間取出銀子來還飯錢。劉公連忙推住道：「剛纔說過，是我請你的，如何又要銀子？恁樣時，到像在下說法賣這盤肉了。你且留下，到前途去盤纏。」老軍便住了手，千恩萬謝，背上了包裹，作辭起身。走出門外，只見那雪越發大了。對面看不出人兒。被寒風一吹，倒退下幾步。小廝道：「爹，這般大雪，如何行走？」老軍道：「便是沒奈何，且挨到前途，覓個宿店歇罷。」小廝眼中便流下淚來。劉公心中不忍，說道：「長官，這般風寒大雪，著甚要緊，受此苦楚！我家空房床鋪儘有，何不就此安歇，候天晴了走，也未遲。」老軍道：「若得如此，甚好。只是打攪不當。」劉公道：「說那裏話！誰人是頂著房子走的？快些進來，不要打濕了身上。」老軍引著小廝，重新進門。劉公領去一間房裏，把包裹放下。看床上時，蓆子草薦都有。劉公還恐怕他寒冷，又取出些稻草來，放在上面。老軍打開包裹，將出被窩鋪下。此時天氣尚早，准頓好了，同小廝走出房去。劉公已將店面關好，同媽媽向火。看見老軍出房，便叫道：「方長官，你若冷時，有火在此，烘一烘煖活也好。」老軍道：「好到好，只是奶奶在那裏，恐不穩便。」劉公道：「都是老人家了，不妨得。」老漢方纔同小廝走過來，坐於火邊。那時比前又加識熟，便稱起號來。說：「近河，怎麼只有老夫妻兩位？想是令郎們另居麼？」劉公道：「不瞞你說，老拙夫妻今年都癡長六十四歲，從來不曾生育，那裏得有兒子？」老軍道：「何不承繼一個，伏侍你老年也好。」劉公答道：「我心裏初時也欲得如此。因常見人家承繼來的，不得他當家替力，反惹悶氣，不如沒有的到得清淨。總要時，急切不能有個中意的，故此休了這念頭。若得你令郎這樣一個，卻便好了。只是如何得能夠？」兩個閒話一回，看看已晚。老軍討了個燈火，叫聲安置，同兒子到客房中來安歇。對兒子說：「兒，今日天幸得遇這樣好人。若沒有他時，凍也要凍死了。明日莫管天晴下雪，早些走罷。打攪他，心上不安。」小廝道：「爹說得是！」父子上床安息。

不想老軍受了些風寒，到下半夜，火一般熱起來，口內只是氣喘，討湯水喫。這小廝家夜晚間又在客店裏，那處去取。巴到天明，起來開房門看時，那劉公夫妻還未曾起身。他又不敢驚動。原把門兒掩上，守在床前。少頃，聽得外面劉公咳嗽聲響，便開門走將出來。劉公一見，便道：「小官兒，如何起得恁早？」小廝道：「告公公得知，不想爹爹昨夜忽然發起熱來，口中不住呼喘，要討口水喫，故此起得早些。」劉公道：「噯呀！想是他昨日受些寒了。這冷水怎麼喫得？待我燒些熱湯與你。」小廝道：「怎好又勞公公？」劉公便教媽媽燒起一大壺滾湯。劉公送到房裏，小廝扶起來喫了兩碗。老軍睜眼觀看，見劉公在旁，謝道：「難為你老人家！怎生報答？」劉公走近前道：「休恁般說。你且安心自在，蓋熱了，發出些汗來便好了。」小廝放倒下去。劉公便扯被兒與他蓋好。見那被兒單薄，說道：「可知道著了寒！如何這被恁薄？怎能發的汗出？」媽媽在門外聽見，即去取出一條大被絮來道：「老官兒，有被在此。你與他蓋好了。這般冷天氣，不是當耍的。」小廝便來接去。劉公與他蓋得停當，方纔走出。少頃，梳洗過，又走進來，問：「可有汗麼？」小廝道：「我纔摸時，並無一些汗氣。」劉公道：「若沒汗時，這寒氣是感的重的了。須請個太醫來用藥，表他的汗出來方好。不然，這風寒怎能勾發洩？」小廝道：「公公，身伴無錢，將何請醫服藥？」劉公道：「不消你費心，有我在此。」小廝聽說，即便叩頭道：「多蒙公公厚恩，救我父親。今生若不能補報，死當為犬馬償恩。」劉公連忙扶起道：「快不要如此，既在此安歇，我便是親人了，豈忍坐視！你自去房中伏侍，老漢與你迎醫。」其日雪止天霽，街上的積雪被車馬踐踏，盡為泥濘，有一尺多深。劉公穿了木屐，出街頭望了一望，復身進門。小廝看劉公轉進來，只道不去了，噙著兩行珠淚，方欲上前叩問，只見劉公從後屋牽出個驢兒騎了，出門而去。小廝方纔放心。且喜太醫住得還近，不多時便到了。那太醫也騎個驢兒，家人背著藥箱，隨在後面，到門首下了。劉公請進堂中，喫過茶，然後引至房裏。此時老軍已是神思昏迷，一毫人事不省。太醫診了脈，說道：「這是個雙感傷寒，風邪已入於腠理。傷寒書上有兩句歌云：『兩感傷寒不須治，陰陽毒過七朝期。』此乃不治之症。別個醫家，便要說還可以救得。學生是老實的，不敢相欺。這病下藥不得了。」

小廝見說，驚得淚如雨下，拜倒在地上，哭說道：「萬望先生垂憐我異鄉之人，怎生用貼藥救得性命，決不忘恩！」太醫扶起道：「不是我作難，其實病已犯實，教我也無奈。」劉公道：「先生：常言道：藥醫不死病，佛度有緣人。你且不要拘泥古法，儘著自家意思，大了膽醫去，或者他命不該絕，就好了也未可知。萬一不好，決無歸怨你之理。」先生道：「既是長者恁般說，且用一貼藥看。若喫了發得汗出，便有可生之機，速來報我，再將藥與他喫。若沒汗時，這病就無救了，不消來復我。」教家人開了藥箱兒，撮了一貼藥劑，遞與劉公道：「用生姜為引，快煮與他喫。這也是萬分之一，莫做指望。」劉公接了藥，便去封出一百文錢，遞與太醫道：「些少藥資，權為利市。」太醫必不肯受而去。劉公夫妻兩人，親自把藥煎好，將到房中與小廝相幫，扶起喫了，將被沒頭沒腦的蓋下。小廝在旁守候。劉公因此事忙亂一朝，把店中生意都擔閣了，連飯也沒工夫去煮。直到午上，方喫早膳。劉公去喚小廝喫飯。那小廝見父親病重，心中慌急，那裏要喫。再三勸慰，方喫了半碗。看看到晚，摸那老軍身上，並無一些汗點。那時連劉公也慌張起來。又去請太醫時，不肯來了。准准到第七日，嗚呼哀哉。正是：

三寸氣在千般用，一日無常萬事休。

可憐那小廝申兒哭倒在地。劉公夫婦見他哭得悲切，也涕淚交流，扶起勸道：「方小官，死者不可復生，哭之無益。你且將息自己身子。」小廝雙膝跪下哭告道：「兒不幸，前年喪母，未能入土，故與父謀歸原籍，求取些銀兩來殯葬。不想逢此大雪，路途艱楚。得遇恩人，賜以酒飯，留宿在家，以為萬千之幸。誰料皇天不祐，父忽驟病。又蒙恩人延醫服藥，日夜看視，勝如骨肉。只指望痊愈之日，圖報大恩。那知竟不能起，有負盛意！此間舉目無親，囊乏錢鈔，衣棺之類，料不能辦。欲求恩人借數尺之土，把父骸掩蓋，兒情願終身為奴僕，以償大恩。不識恩人肯見允否？」說罷，拜伏在地。劉公扶起道：「小官人休慮！這送終之事，都在於我。豈可把來藁葬？」小廝又哭拜道：「得求隙地埋骨，已出望外，豈敢復累恩人費心破鈔！此恩此德，教兒將何補報？」劉公道：「這是我平昔志願，那望你的報償！」當下忙忙的取了銀子，便去買辦衣衾棺木。喚兩個土工來，收拾入殮過了。又備羹飯祭奠，焚化紙錢。那小廝悲慟，自不必說。就抬到屋後空地上埋葬好了。又立一個碑額，上寫「龍虎衛軍士方勇之墓」。諸事停當，小廝向劉公夫婦叩頭拜謝。過了兩日，劉公對小廝道：「我欲要教你回去，訪問親族來搬喪回鄉，又恐怕你年紀幼小，不認得路途。你且暫住我家，俟有識熟的在此經過，托他帶回故鄉，然後徐圖運柩回去。不知你的意下何如？」小廝跪下泣告道：「兒受公公如此大恩，地厚天高，未曾報得，豈敢言歸！且恩人又無子嗣，兒雖不才，倘蒙不棄，收充奴僕，朝夕伏侍，少效一點孝心。萬一恩人百年之後，亦堪為墳前拜掃之人。那時到京取回先母遺骨，同父骸葬於恩人墓道之側，永守於此，這便是兒之心願。」劉公夫婦大喜道：「若得你肯如此，乃天賜與我為嗣！豈有為奴僕之理！今後當以父子相稱。」小廝道：「既蒙收留，即今日就拜了爹媽。」便掇兩把椅兒居中放下，請老夫婦坐了，四雙八拜，認為父子。遂改姓為劉。劉公又不忍沒其本姓，就將方字為名，喚做劉方。自此日夜辛勤，幫家過活，奉侍劉公夫婦，極其盡禮孝敬。老夫婦也把他如親生一般看待。有詩為證：

劉方非親是親，劉德無子有子。小廝事死事生，老軍雖死不死。

時光似箭，不覺劉方在劉公家裏已過了兩個年頭。時值深秋，大風大雨，下了半月有餘，那運河內的水，暴漲有十來丈高下，猶如白沸湯一般，又緊又急。往來的船隻，壞了無數。一日午後，劉方在店中收拾，只聽得人聲鼎沸。他只道什麼火發，忙來觀看，見岸上人挨擠不開，都望著河中。急走上前來看時，卻是上流頭一隻大客船，被風打壞，淌將下來，船上之人，飄溺已去大半。餘下的抱桅攀舵，呼號哀泣，只叫「救人」。那岸上看的人，雖然有救撈之念，只是風水利害，誰肯從井救人。眼盻盻看他一個個落水，口中只好叫句「可憐」而已。忽然一陣大風，把那船吹近岸旁。岸上人一齊喊聲「好了！」頃刻挽撓鉤子二十多張，一齊都下，搭住那船，救起十數多人，各自分頭投店內。有一個少年，年紀不上二十，身上被挽鉤摘傷幾處，行走不動，倒在地下，氣息將絕，尚緊緊抱住一隻竹箱，不肯放捨。劉方在旁覩景傷情，觸動了自己往年冬間之事，不覺流下淚來，想道：「此人之苦，正與我一般。我當時若沒有劉公時，父子屍骸不知歸于何處矣。這人今日卻便沒人憐救了。且回去與爹媽說知，救其性命。」急急轉家，把上項事報知劉公夫婦，意欲扶他回家調養。劉公道：「此是陰德美事，為人正該如此。」劉媽媽道：「何不就同他來家？」劉方道：「未曾稟過爹媽，怎敢擅便？」劉公道：「說那裏話！我與你同去。」父子二人，行至岸口，只見眾人正圍著那少年觀看。劉公分開眾人，挨身而入，叫道：「小官人，你掙扎著，我扶你到家去將息。」那少年睜眼看了一看，點點頭兒。劉公同劉方向前攙扶。一個幼年力弱，一個老年衰邁，全不濟事。旁邊轉過一個軒跎刺❸的後生道：「老人家閃開，待我來。」向前一抱，輕輕的就扶了起來。那後生在右，劉公在左，兩邊挾住肐膊便走。少年雖然說話不出，心下卻

❸ 軒跎刺：身長力大。

甚明白，把嘴努著竹箱，劉方道：「這箱子待我與你駝去。」把來背在肩上，在前開路。眾人閃在兩邊，讓他們前行，隨後便都跟來看。內中認得劉公的，便道：「還是劉長者有些義氣。這個異鄉落難之人，在此這一回，並沒有個慈悲的，肯收留去，偏他一曉得了便攙扶回家。這樣人，真個是世間少有！只可惜無個兒子，這也是天公沒分曉。」又有個道：「他雖沒有親兒，如今承繼這劉方，甚是孝順，比嫡親的尤勝，這也算是天報他了。」那不認得的，見他老夫妻自來攙扶一個小廝，與他駝了竹箱，就認做那少年的親族。以後見土人紛紛傳說，方纔曉得，無不贊嘆其義。還有沒肚子❹的人，稱量他那竹箱內有物無物，財多財少。此乃是人面相似，人心不同，不在話下。

且說劉公同那後生扶少年到家，向一間客房裏放下。劉公叫聲「勞動」，後生自去。劉方把竹箱就放在少年之旁。劉媽媽連忙去取乾衣，與他換下濕衣，然後扶在鋪上。原來落水人吃不得熱酒，劉公曉得這道數。教媽媽取釃酒略溫一下，儘著少年痛飲，就取劉方的臥被，與他蓋了。夜間就教劉方伴他同臥。到次早，劉公進房來探問。那少年已覺健旺，連忙掙扎起來，要下床稱謝。劉公急止住道：「莫要勞動，調養身子要緊！」那少年便向枕上叩頭道：「小子乃垂死之人，得蒙公公救拔，實再生之父母。但不知公公尊姓？」劉公道：「老拙姓劉。」少年道：「原來與小子同姓。」劉公道：「官人那裏人氏？」少年答道：「小子劉奇，山東張秋人氏。二年前，隨父三考在京。不幸遇了時疫，數日之內，父母俱喪。無力扶柩還鄉，只得將來火化。」指著竹箱道：「奉此骸骨歸葬。不想又遭此大難。自分必死，天幸得遇恩人，救我之命。只是行李俱失，一無所有，將何報答大恩？」劉公道：「官人差矣！不忍之心，人

❹ 沒肚子：沒見識。

皆有之。救人一命，勝造七級浮屠。若說報答，就是為利了。豈是老漢的本意。」劉奇見說，愈加感激。將息了兩日，便能起身，向劉公夫婦叩頭泣謝。那劉奇為人溫柔俊雅，禮貌甚恭。劉公夫婦十分愛他。早晚好酒好食管待。劉奇見如此殷勲，心上好生不安。欲要辭歸，怎奈鉤傷之處潰爛成瘡，步履不便，身邊又無盤費，不能行動。只得暫且住下。正是：

不戀故鄉生處好，受恩深處便為家。

卻說劉方與劉奇年貌相彷，情投契合，各把生平患難細說。二人因念出處相同，遂結拜為兄弟，友愛如嫡親一般。一日，劉奇對劉方道：「賢弟如此美質，何不習些書史？」劉方答道：「小弟甚有此志，只是無人教導。」劉奇道：「不瞞賢弟說，我自幼攻書，博通今古，指望致身青雲。不幸先人沒後，無心於此。賢弟肯讀書時，尋些書本來，待我指引便了。」劉方道：「若得如此，乃弟之幸也。」連忙對劉公說知。劉公見說是個飽學之士，肯教劉方讀書，分外歡喜。即便去買許多書籍。劉奇罄心指教，那劉方穎悟過人，一誦即解。日裏在店中看管，夜間挑燈而讀。不過數月，經書詞翰，無不精通。

且說劉奇在劉公家中住有半年，彼此相敬相愛，勝如骨肉。雖然依傍得所，只是終日坐食，心有不安。此時瘡口久愈，思想要回故土，來對劉公道：「多蒙公公夫婦厚恩，救活殘喘，又攪擾半年，大恩大德，非口舌可謝。今欲暫辭公公，負先人骸骨歸葬。服闋之後，當圖報效。」劉公道：「此乃官人的孝心，怎好阻擋。但不知幾時起行？」劉奇道：「今日告過公公，明早就行。」劉公道：「既如此，待我去覓個便船與你。」劉奇道：「水路風波險惡，且乏盤纏，還從陸路行罷。」劉公道：「陸路腳力之費，數倍於舟，且又勞碌。」劉奇道：「小子不用腳力，只是步行。」劉公道：「你身子怯弱，如何走得遠路？」劉奇道：「公公，常言道的好，有銀用銀，無銀用力。小子這樣窮人，還惜得什麼辛苦！」劉公想了一想道：「這也易處。」便叫媽媽整備酒肴，與劉奇送行。飲至中間，劉公泣道：「老拙與官人萍水相逢，聚首半年，恩同骨肉，實是不忍分離。但官人送尊人入土，乃人子大事，故不好強留。只是自今一別，不知後日可能得再見否？」說罷，歔欷不勝。劉媽媽與劉方盡皆淚下。劉奇也泣道：「小子此行，實非得已。俟服一滿，即星夜馳來奉候，幸勿過悲。」劉公道：「老拙夫婦年近七旬，如風中之燭，早暮難保。恐君服滿來時，在否不可知矣。倘若不棄，送尊人入土之後，即來看我，也是一番相知之情。」劉奇道：「公公囑咐，敢不如命。」一宿晚景不題。到了次早，劉媽媽早起，即整頓酒飯與他喫了。劉公取出一個包裹，放在桌上，又叫劉方到後邊牽出那小驢兒來，對劉奇道：「此驢畜養已久，老漢又無遠行，少有用處，你就乘他去罷，省得路上僱倩。這包裹內是一床被窩，幾件粗布衣裳，以防路上風寒。」又在袖中摸一包銀子交與道：「這三兩銀子，將就盤纏，亦可到得家了。但事完之後，即來走走，萬勿爽信。」劉奇見了許多厚贈，泣拜道：「小子受公公如此厚恩，今生料不能報，俟來世為犬馬以酬萬一。」劉公道：「何出此言！」當下將包裹竹箱都裝在生口身上，作別起身。劉公夫婦送出門首，洒淚而別。劉方不忍分捨，又送十里之外，方纔分手。正是：

萍水相逢骨肉情，一朝分袂淚俱傾。驪駒唱罷勞魂夢，人在長亭共短亭。

且說劉奇一路夜住曉行，飢飡渴飲，不一日來到山東故鄉。那知去年這場大風大雨，黃河汎溢，張秋村鎮，盡皆漂溺，人畜廬舍，蕩盡無遺。舉目遙望時，幾十里田地，絕無人烟。劉奇無處投奔，只得寄食旅店。思想欲將骸骨埋葬於此，卻又無處依栖，何以營生。須尋了個著落之處，然後舉事。遂往各處市鎮鄉村訪問親舊，一無所遇。住了月餘，這三兩銀子盤費將盡。心下著忙：「若用完了這銀子，就難行動了。不如原往河西務去求恩人一搭❺空地，埋了骨殖，倚傍在彼處，還是個長策。」算還店錢，上了生口，星夜趕來，到了劉公門首，下了生口。只見劉方正在店中，手裏拿著一本書兒在那裏觀看。劉奇叫了一聲：「賢弟，公公媽媽一向好麼？」劉方抬頭看時，卻是劉奇。把書撇下，忙來接住生口，牽入家中，卸了行李，作揖道：「爹媽日夜在此念你。來得正好！」一齊走入堂中。劉公夫婦看見，喜從天降，便道：「官人，想殺我也！」劉奇上前倒身下拜。劉公還禮不迭。見罷，問道：「尊人之事，想已畢了？」劉奇細細泣訴前因。又道：「某故鄉已無處容身，今復攜骸骨而來，欲求一搭餘地葬埋，就拜公公為父，依傍於此，朝夕奉侍，不知尊意允否？」劉公道：「空地儘有，任憑取擇。但為父子，恐不敢當。」劉奇道：「若公公不屑以某為子，便是不允之意了。」便即請劉公夫婦上坐，拜為父子，將骸骨也葬於屋後地上。自此兄弟二人，並力同心，勤苦經營，家業漸漸興隆。奉侍父母，極盡人子之禮。合鎮的人，沒一個不欣羨劉公無子而有子，皆是陰德之報。

時光迅速，倏忽又經年餘。父子正安居樂業，不想劉公夫婦，年紀老了，筋力衰倦，患起病來。二子日夜伏侍，衣不解帶，求神罔效，醫藥無功。看看待盡。二子心中十分悲切，又恐傷了父母之心，惟把言語安慰，背地吞聲而泣。劉公自知不起，呼二子至床前分付道：「我夫妻老年孤子，自謂必作無祀

❺一搭：一塊；一方。

之鬼，不意天地憐念，賜汝二人與我為嗣。名雖義子，情勝嫡血。我死無遺恨矣！但我去世之後，汝二人務要同心經業，共守此薄產。我於九泉亦得瞑目。」二子哭拜受命。又延兩日，夫妻相繼而亡。二子愴地呼天，號啕痛哭，恨不得以身代替。置辦衣衾棺槨，極其從厚。又請僧人做九晝夜功果超薦。入殮之後，兄弟商議築起一個大墳，要將三家父母合葬一處。劉方遂至京中，將母柩迎來，擇了吉日，以劉公夫婦葬於居中，劉奇遷父母骸骨葬於左邊，劉方父母葬於右邊，三墳拱列，如連珠相似。那合鎮的人，一來慕劉公向日忠厚之德，二來敬他弟兄之孝，盡來相送。

話休絮煩。且說劉奇二人，自從劉公亡後，同眠同食，情好愈篤。把酒店收了，開起一個布店來。四方過往客商來買貨的，見二人少年志誠，物價公平，傳播開去，慕名來買者，挨擠不開。一二年間，掙下一個老大家業，比劉公時已多數倍。討了兩房家人，兩個小廝，動用器皿傢伙，甚是次第❻。那鎮上有幾個富家，見二子家業日裕，少年未娶，都央媒來與之議姻。劉奇心上已是欲得，只是劉方卻執意不願。劉奇勸道：「賢弟今年一十有九，我已二十有二，正該及時求配，以圖生育，接續三家宗祀，不知賢弟為何不願？」劉方答道：「我與兄方在壯年，正好經營生理，何暇去謀此事。況我弟兄向來友愛，何等安樂！萬一娶了一個不好的，反是一累，不如不娶為上。」劉奇道：「不然，常言說得好，無婦不成家。你我俱在店中支持了生意時，裏面絕然無人照管。況且交游漸廣，設有個客人到來，中饋無人主持，成何體面。此還是小事。當初義父以我二人為子時，指望子孫紹他宗祀，世守此墳。今若不娶，必然絕祀，豈不負其初念，何顏見之泉下。」再三陳說，劉方只把言支吾，終不肯應承。劉奇見兄弟不允，

❻ 次第：齊整。

自己又不好獨娶。一日，偶然到一相厚朋友欽大郎家中去探望。兩個偶然言及姻事，劉奇乃把劉方不肯之事，細細相告。又道：「不知舍弟是甚主意？」欽大郎笑道：「此事淺而易見。他與兄共創家業，況他是先到，兄是後來，不忿得兄先娶，故此假意推托。」劉奇道：「舍弟乃仁義端直之士，決無此意。」欽大郎道：「令弟少年英俊，豈不曉得夫婦之樂，恁般推阻。兄若不信，且教個人私下去見他，先與之為媒，包你一說就是。」劉奇被人言所惑，將信將疑，作別而回。恰好路上遇見兩個媒婆，正要到劉奇家說親，所說的是本鎮開綢緞店崔三朝奉家。敘起年庚，正與劉方相合。劉奇道：「這門親，正對我家二官人了。只是他有些古怪，人面前就害羞。你只悄地去對他說。若說得成時，自當厚酬。我且不歸去，坐在巷口油店裏等你回話。」兩個媒婆應聲而去。不一時，回復劉奇道：「二官人果是古怪。老媳婦恁般攛掇，只是不允。再說時，他喉急起來，好教媳婦們老大沒趣。」劉奇方纔信劉方不肯是個真心。但不知什麼意故。一日，見梁上燕兒營巢。劉奇遂題一詞於壁上，以探劉方之意。詞云：

營巢燕，雙雙雄，朝暮銜泥辛苦同。若不尋雌繼殼卵，巢成畢竟巢還空。

劉方看見，笑誦數次，亦援筆和一首於後，詞曰：

營巢燕，雙雙飛，天設雌雄事久期。雌兮得雄願已足，雄兮將雌胡不知？

劉奇見了此詞，大驚道：「據這詞中之意，吾弟乃是個女子了。怪道他恁般嬌弱，語音纖麗，夜間睡臥，不脫內衣，連襪子也不肯去。酷暑中還穿著兩層衣服。原來他卻學木蘭所為。」雖然如此，也還疑惑，不敢去輕易發言。又到欽大郎家中，將詞念與他聽。欽大郎道：「這詞意明白，令弟確然不是男子。但與兄數年同榻，難道看他不出？」劉奇敘他向來並未曾脫衣之事。欽大郎道：「恁般一發是了！如今兄當以實問之，看他如何回答。」劉奇道：「我與他恩義甚重，情如同胞，安忍啟口。」欽大郎道：「他若果是個女子，與兄成配，恩義兩全，有何不可。」談論已久，欽大郎將出酒肴款待。兩人對酌，竟不覺至晚。劉奇回至家時，已是黃昏時候。劉方看見，見他已醉，扶進房中問道：「兄從何處飲酒，這時方歸？」劉奇答道：「偶在欽兄家小飲，不覺話長坐久。」口中雖說，細細把他詳視。當初無心時，全然不覺是女。此時已是有心辨他真假，越看越像個女子了。劉奇雖無邪念，心上卻要見個明白，又不好直言。乃道：「今日見賢弟所和燕子詞，甚佳，非愚兄所能及。但不知賢弟可能再和一首否？」劉方笑而不答，取過紙筆來，一揮就成。詞曰：

營巢燕，聲聲叫，莫使青年空歲月。可憐和氏璧無瑕，何事楚君終不納？

劉奇接來看了，便道：「原來賢弟果是女子。」劉方聞言，羞得滿臉通紅，未及答言。劉奇又道：「你我情同骨肉，何必避諱。但不識賢弟昔年因甚如此粧束？」劉方道：「妾初因母喪，隨父還鄉，恐途中不便，故為男扮。後因父歿，尚埋淺土，未得與母同葬。妾故不敢改形。欲求一安身之地，以厝先靈。幸得義父遺此產業，父母骸骨，得以歸土。妾是時意欲說明，因思家事尚微，恐兄獨力難成，故復遲延。今見兄屢勸妾婚配，故不得不自明耳。」劉奇道：「原來賢弟用此一段苦心，成全大事。況我與你同榻數年，不露一毫圭角，真乃節孝兼全，女中丈夫，可敬可羨！但弟詞中已有俯就之意，我亦決無他娶之理。萍水相逢，周旋數載，昔為兄弟，今為夫婦，此豈人謀，實繇天合。倘蒙一諾，便訂百年。不知賢弟意下如何？」劉方道：「此事妾亦籌之熟矣。三宗墳墓，俱在於此，妾若適他人，父母三尺之土，朝夕不便省視。況義父義母，看待你我猶如親生。棄此而去，亦難恝然❼。兄若不棄陋質，使妾得侍箕箒，供奉三姓香火，妾之願也。但無媒私合，於禮有虧。惟兄裁酌而行，免受傍人談議，則全美矣。」劉奇道：「賢弟高見，即當處分。」是晚兩人便分房而臥。次早，劉奇與欽大郎說了，請他大娘為媒，與劉方說合。劉方已自換了女粧。劉奇備辦衣飾，擇了吉日，先往三個墳墓上祭告過了，然後花燭成親，大排筵席，廣請鄰里。那時鬨動了河西務一鎮，無不稱為異事。贊嘆劉家一門孝義貞烈。劉奇成親之後，夫婦相敬如賓，掙起大大家事，生下五男二女。至今子孫蕃盛，遂為巨族。人皆稱為劉方三義村云。有詩為證：

無情骨肉成吳越❽，有義天涯作至親。三義村中傳美譽，河西千載想奇人。

---

❼ 恝然：毫不在意；無動於衷。恝，音ㄐㄧㄚˊ。

❽ 無情骨肉成吳越：如沒有感情，連親兄弟也會變成仇敵。吳和越是春秋時代兩個敵對的國家，因作為仇敵的代詞。

第十一卷　蘇小妹三難新郎

聰明男子做公卿，女子聰明不出身。若許裙釵應科舉，女兒那見遜公卿。

自混沌初闢，乾道成男，坤道成女，雖則造化無私，卻也陰陽分位。陽動陰靜，陽施陰受，陽外陰內。所以男子主四方之事，女子主一室之事。主四方之事的，頂冠束帶，謂之丈夫；出將入相，無所不為；須要博古通今，達權知變。主一室之事的，三綹梳頭，兩截穿衣，一日之計，止無過饔飧井臼；終身之計，止無過生男育女。所以大家閨女，雖曾讀書識字，也只要他識些姓名，記些帳目。他又不應科舉，不求名譽，詩文之事，全不相干。然雖如此，各人資性不同。有等愚蠢的女子，教他識兩個字，如登天之難。有等聰明的女子，一般過目成誦，不教而能。吟詩與李杜爭強，作賦與班馬鬭勝❶，這都是山川秀氣，偶然不鍾於男而鍾於女。且如漢有曹大家❷，他是個班固之妹，代兄續成漢史。又有個蔡琰❸，

---

❶ 吟詩與李杜爭強二句：李白、杜甫，是唐代的兩個大詩人。班固、司馬相如，是漢代兩個文學家，善於作辭賦。

❷ 曹大家：即班昭。曹世叔的妻子，東漢時人。她的哥哥班固著漢書，未完成就死了，她代為續成。漢和帝（劉肇）請她到宮裏做后妃們的老師，尊稱她為大家。家，音ㄍㄨ。

製胡笳十八拍，流傳後世。晉時有個謝道韞❹，與諸兄詠雪，有柳絮隨風之句，諸兄都不及他。唐時有個上官婕妤❺，中宗皇帝教他品第朝臣之詩，臧否一一不爽。至於大宋婦人，出色的更多。就中單表一個叫作李易安❻，一個叫作朱淑真❼。他兩個都是閨閣文章之伯，女流翰苑之才。論起相女配夫，也該對個聰明才子。爭奈月下老錯注了婚籍，都嫁了無才無學之人，每每怨恨之情，形於筆札。有詩為證：

鷗鷺鴛鴦作一池，曾知羽翼不相宜！東君不與花為主，何似休生連理枝！

那李易安有傷秋一篇，調寄聲聲慢：

尋尋覓覓，冷冷清清，悽悽慘慘戚戚。乍煖還寒時候，正難將息。三杯兩盞淡酒，怎敵他晚來風力！雁過也，總傷心，卻是舊時相識。　滿地黃花堆積，憔悴損，如今有誰忺摘。守著窗兒，獨自怎生得黑！梧桐更兼細雨，到黃昏，點點滴滴，這次第，怎一個愁字了得！

❸ 蔡琰：東漢人，蔡邕的女兒。曾被匈奴擄去，曹操派人把她贖回。相傳胡笳十八拍琴曲是她作的。

❹ 謝道韞：晉代人，謝奕的女兒；有名的才女。一天大雪，她叔父謝安說：下雪好像什麼呢？她兄弟說：「撒鹽空中差可擬」。她說：「未若柳絮因風起」。

❺ 上官婕妤：即上官婉兒；唐代人，很有文才，善於作詩。武則天當皇帝的時候，派她掌管誥命。婕妤，宮中女官名。

❻ 李易安：李清照，字易安；趙明誠的妻子。宋代著名的女詞家，著有漱玉詞。

❼ 朱淑真：宋代女詞家。因丈夫不好，常懷幽怨，著有斷腸集。

朱淑真時值秋間，丈夫出外，燈下獨坐無聊，聽得窗外雨聲滴點，吟成一絕：

哭損雙眸斷盡腸，怕黃昏到又昏黃。那堪細雨新秋夜，一點殘燈伴夜長。

後來刻成詩集一卷，取名斷腸集。

* * *

說話的，為何單表那兩個嫁人不著的？只為如今說一個聰明女子，嫁著一個聰明的丈夫，一唱一和，遂變出若干的話文。正是：

說來文士添佳興，道出閨中作美談。

話說四川眉州，古詩謂之蜀郡，又曰嘉州，又曰眉山。山有蟇順、峨眉，水有岷江、環湖，山川之秀，鍾於人物。生出個博學名儒來，姓蘇名洵，字明允，別號老泉。當時稱為老蘇。老蘇生下兩個孩兒：大蘇、小蘇。大蘇名軾，字子瞻，別號東坡；小蘇名轍，字子由，別號潁濱。二子都有文經武緯之才，博古通今之學，同科及第，名重朝廷，俱拜翰林學士之職。天下稱他兄弟，謂之二蘇。稱他父子，謂之三蘇。這也不在話下。更有一樁奇處，那山川之秀，偏萃於一門。兩個兒子未為希罕，又生個女兒，名曰小妹，其聰明絕世無雙，真個聞一知二，問十答十。因他父兄都是個大才子。朝談夕講，無非子史經書，目見耳聞，不少詩詞歌賦。自古道：近朱者赤，近墨者黑。況且小妹資性過人十倍，何事不曉。十歲上隨父兄居於京師，寓中有繡毬花一樹，時當春月，其花盛開。老泉賞玩了一回，取紙筆題詩。纔寫得四句，報說：門前客到。老泉閣筆而起。小妹閒步到父親書房之內，看見桌上有詩四句：

天巧玲瓏玉一丘，迎眸爛熳總清幽。白雲疑向枝間出，明月應從此處留。

小妹覽畢，知是詠繡毬花所作，認得父親筆跡，遂不待思索，續成後四句云：

瓣瓣折開蝴蝶翅，團團圍就水晶毬。假饒借得香風送，何羨梅花在隴頭。

小妹題詩依舊放在桌上，款步歸房。老泉送客出門，復轉書房。方欲續完前韻，只見八句已足，讀之詞意俱美。疑是女兒小妹之筆。呼而問之，寫作果出其手。老泉歎道：「可惜是個女子！若是個男兒，可不又是制科中一個有名人物！」自此愈加珍愛其女，恣其讀書博學，不復以女工督之。看看長成一十六歲，立心要妙選天下才子，與之為配。急切難得。忽一日，宰相王荊公著堂候官請老泉到府與之敘話。原來王荊公，諱安石，字介甫。初及第時，大有賢名。平時常不洗面，不脫衣，身上虱子無數。老泉惡其不近人情，異日必為奸臣，曾作辨奸論以譏之，荊公懷恨在心。後來見他大蘇、小蘇連登制科，遂舍怨而修好。老泉亦因荊公拜相，恐妨二子進取之路，也不免曲意相交。正是：

古人結交在意氣，今人結交為勢利。從來勢利不同心，何如意氣交情深。

是日，老泉赴荊公之召，無非商量些今古，議論了一番時事，遂取酒對酌，不覺忘懷酩酊。荊公偶然誇能：「小兒王雱，讀書只一遍，便能背誦。」老泉帶酒答道：「誰家兒子讀兩遍！」荊公道：「到是老夫失言，不該班門弄斧。」老泉道：「不惟小兒只一遍，就是小女也只一遍。」荊公大驚道：「只知令郎大才，卻不知有令愛。眉山秀氣，盡屬公家矣。」老泉自悔失言，連忙告退。荊公命童子取出一卷文字，遞與老泉道：「此乃小兒王雱窗課❽，相煩點定。」老泉納於袖中，唯唯而出。回家睡至半夜，酒醒，想起前事：「不合自誇女孩兒之才。今介甫將兒子窗課屬吾點定，必為求親之事。這頭親事，非吾所願，卻又無計推辭。」沉吟到曉，梳洗已畢，便將王雱所作，次第看之，真乃篇篇錦繡，字字珠璣，又不覺動了個愛才之意。「但不知女兒緣分如何？我如今將這文卷與女兒觀之，看他愛也不愛。」遂隱下姓名，分付丫鬟道：「這卷文字，乃是個少年名士所呈，求我點定。我不得閒暇，轉送與小姐，教他批閱，閱完時，速來回話。」丫鬟將文字呈上小姐，傳達太老爺分付之語。小妹滴露研朱，從頭批點，須與而畢。歎道：「好文字！此必聰明才子所做。但秀氣泄盡，華而不實，恐非久長之器。」遂於卷面批云：

新奇藻麗，是其所長；含蓄雍容，是其所短。取巍科❾則有餘，享大年則不足。

後來王雱十九歲中了頭名狀元，未幾夭亡。可見小妹知人之明。這是後話。卻說小妹寫罷批語，叫丫鬟將文卷納還父親。老泉一見大驚！「這批語如何回復得介甫！必然取怪。」一時污損了卷面，無可奈何，卻好堂候官到門：「奉相公鈞旨，取昨日文卷，面見太爺，還有話稟。」老泉此時，手足無措，

❽ 窗課：初學時習作的詩文；這裏單指文章。
❾ 巍科：高科。科舉考試錄取在最前列。

只得將卷面割去，重新換過，加上好批語，親手交堂候官收訖。堂候官道：「相公還分付得有一言，動問貴府小姐曾許人否？倘未許人，相府願諧秦晉。」老泉道：「相府請親，老夫豈敢不從。只是小女貌醜，恐不足當金屋之選❿。相煩好言達上。但訪問自知，並非老夫推託。」堂候官領命，回復荊公。荊公看見卷面換了，已有三分不悅。又恐怕蘇小姐容貌真個不揚，不中兒子之意。密地差人打聽。原來蘇東坡學士，常與小妹互相嘲戲。東坡是一嘴鬍子，小妹嘲云：

口角幾回無覓處，忽聞毛裏有聲傳。

小妹額顱凸起，東坡答嘲云：

未出庭前三五步，額頭先到畫堂前。

小妹又嘲東坡下頦之長云：

去年一點相思淚，至今流不到腮邊。

東坡因小妹雙眼微摳⓫，復答云：

---

❿ 金屋之選：相傳漢武帝（劉徹）幼時，他姑母問他：「你願意娶老婆嗎？」並且指著自己的女兒阿嬌，說：「你看她好不好？」劉徹說：「如得阿嬌，當用金屋把她藏起來。」

⓫ 摳：音ㄎㄡ。通「瞘」。形容眼眶窪進、深陷。

幾回拭臉深難到，留卻汪汪兩道泉。

訪事的得了此言，回復荊公，說：「蘇小姐才調委實高絕。若論容貌，也只平常。」荊公遂將姻事閣起不題。然雖如此，卻因相府求親一事，將小妹才名播滿了京城。以後聞得相府親事不諧，慕名來求者，不計其數。老泉都教呈上文字，把與女孩兒自閱。也有一筆塗倒的，也有點不上兩三句的。就中只有一卷，文字做得好。看他卷面寫有姓名，叫做秦觀。小妹批四句云：

今日聰明秀才，他年風流學士。可惜二蘇同時，不然橫行一世。

這批語明說秦觀的文才，在大蘇、小蘇之間，除卻二蘇，沒人及得。老泉看了，已知女兒選中了此人。分付門上，但是秦觀秀才來時，快請相見。餘的都與我辭去。誰知眾人呈卷的，都在討信。只有秦觀不到。卻是為何？那秦觀秀才字少游，他是揚州府高郵人。腹飽萬言，眼空一世。生平敬服的，只有蘇家兄弟，以下的都不在意。今日慕小妹之才，雖然衒玉求售，又怕損了自己的名譽，不肯隨行逐隊，尋消問息。老泉見秦觀不到，反央人去秦家寓所致意。少游心中暗喜。又想道：「小妹才名得於傳聞，未曾面試。又聞得他容貌不揚，額顱凸出，眼睛凹進，不知是何等鬼臉？如何得見他一面，方纔放心？」打聽得三月初一日，要在岳廟燒香，趁此機會，改換衣裝，覷個分曉。正是：

眼見方為的，傳聞未必真。若信傳聞語，枉盡世間人。

從來大人家女眷入廟進香，不是早，定是夜。為甚麼？早則人未來，夜則人已散。秦少游到三月初一日五更時分，就起來梳洗，打扮個游方道人模樣，頭裹青布唐巾，耳後露兩個石碾的假玉環兒，身穿皂布道袍，腰繫黃絛，足穿淨襪草履，項上掛一串拇指大的數珠⑫，手中托一個金漆鉢盂，侵早就到東岳廟前伺候。天色黎明，蘇小姐轎子已到。少游走開一步，讓他轎子入廟，歇於左廊之下。小妹出轎上殿。少游已看見了。雖不是妖嬈美麗，卻也清雅幽閒，全無俗韻。「但不知他才調真正如何？」約莫焚香已畢，少游卻循廊而上，在殿左相遇。少游打個問訊云：

　小姐有福有壽，願發慈悲。

小妹應聲答云：

　道人何德何能，敢求布施！

少游又問訊云：

　願小姐身如藥樹，百病不生。

小妹一頭走，一頭答應：

---

⑫數珠：一名念珠、念佛珠。是和尚、道士們頸項上掛的珠串。

隨道人口吐蓮花，半文無捨。

少游直跟到轎前，又問訊云：

小娘子一天歡喜，如何撒手寶山？

小妹隨口又答云：

風道人恁地貪癡，那得隨身金穴！

小妹一頭說，一頭上轎。少游轉身時，口中喃出一句道：「『風道人』得對『小娘子』，萬千之幸！」小妹上了轎，全不在意。跟隨的老院子⓭，卻聽得了，怪這道人放肆，方欲回身尋鬧，只見廊下走出一個垂髫的俊童，對著那道人叫道：「相公這裏來更衣。」那道人便前走，童兒後隨。老院子將童兒肩上悄地捻了一把，低聲問道：「前面是那個相公？」童兒道：「是高郵秦少游相公。」老院子便不言語。回來時，就與老婆說知了。這句話就傳入內裏。小妹纔曉得那化緣的道人是秦少游假粧的，付之一笑。囑付丫鬟們休得多口。

話分兩頭。且說秦少游那日飽看了小妹容貌不醜，況且應答如響，其才自不必言。擇了吉日，親往求親。老泉應允。少不得下財納幣。此是二月初旬的事。少游急欲完婚，小妹不肯。他看定秦觀文字，

⓭ 老院子：老僕人。

必然中選。試期已近，欲要象簡烏紗⑭，洞房花燭。少游只得依他。到三月初三禮部大試之期，秦觀一舉成名，中了制科。到蘇府來拜丈人，就稟復完婚一事。因寓中無人，欲就蘇府花燭。老泉笑道：「今日掛榜，脫白掛綠⑮，便是上吉之日，何必另選日子。只今晚便在小寓成親，豈不美哉！」東坡學士從傍贊成。是夜與小妹雙雙拜堂，成就了百年姻眷。正是：

聰明女得聰明婿，大登科後小登科。

其夜月明如晝。少游在前廳筵宴已畢，方欲進房，只見房門緊閉，庭中擺著小小一張桌兒，桌上排列紙墨筆硯，三個封兒，三個盞兒，一個是玉盞，一個是銀盞，一個是瓦盞。青衣小鬟守立旁邊。少游道：「相煩傳語小姐，新郎已到，何不開門？」丫鬟道：「奉小姐之命，有三個題目在此。三試俱中式，方准進房。這三個紙封兒便是題目在內。」少游指著三個盞道：「這又是甚的意思？」丫鬟道：「那玉盞是盛酒的，那銀盞是盛茶的，那瓦盞是盛寡水的。三試俱中，玉盞內美酒三杯，請進香房。兩試中了，一試不中，銀盞內清茶解渴，直待來宵再試。一試中了，兩試不中，瓦盞內呷口淡水，罰在外廂讀書三個月。」少游微微冷笑道：「別個秀才來應舉時，就要告命題容易了，下官曾應過制科，青錢萬選⑯，

⑭ 象簡烏紗：指中舉當官。

⑮ 脫白掛綠：脫去白色服裝，換上綠色的官服。宋代規定：進士和秀才穿白細布襴衫；七品以上的官員服綠。金代，進士考試：考中的分上、中、下三甲；中下甲的進士服綠，賜銀帶。

⑯ 青錢萬選：唐代張鷟作的文章很好，人家稱讚他的文章好像青銅錢一樣，萬選萬中，篇篇都好。

莫說三個題目，就是三百個，我何懼哉！」丫鬟道：「俺小姐不比平常盲試官，之乎者也應個故事而已。他的題目好難哩！第一題，是絕句一首，要新郎也做一首，合了出題之意，方為中式。第二題四句詩，藏著四個古人，猜得一個也不差，方為中式。到第三題，就容易了，止要做個七字對兒，對得好，便得飲美酒，進香房了。」少游道：「請第一題。」丫鬟取第一個紙封拆開，請新郎自看。少游看時，封著花箋一幅，寫詩四句道：

銅鐵投洪冶，螻蟻上粉牆。陰陽無二義，天地我中央。

少游想道：「這個題目別人做，定猜不著。則我曾假扮做雲游道人，入在岳廟化緣，去相那蘇小姐。此四句乃含著『化緣道人』四字，明明嘲我。」遂於月下取筆寫詩一首於題後云：

化工何意把春催？緣到名園花自開。道是東風原有主，人人不敢上花臺。

丫鬟見詩完，將第一幅花箋摺做三疊，從窗隙中塞進，高叫道：「新郎交卷，第一場完。」小妹覽詩，每句頂上一字，合之乃「化緣道人」四字，微微而笑。少游又開第二封看之，也是花箋一幅，題詩四句：

強爺勝祖有施為，鑿壁偷光夜讀書。縫線路中常憶母，老翁終日倚門閭。

少游見了，略不凝思，一一注明。第一句是孫權，第二句是孔明，第三句是子思，第四句是太公望。

丫鬟又從窗隙遞進。少游口雖不語，心下想道：「兩個題目，眼見難我不倒，第三題是個對兒，我五六歲時便會對句，不足為難。」再拆開第三幅花箋，內出對云：

閉門推出窗前月。

初看時覺道容易，仔細思來，這對出得儘巧。若對得平常了，不見本事。左思右量，不得其對。聽得譙樓三鼓將闌，構思不就，愈加慌迫。卻說東坡此時尚未曾睡，且來打聽妹夫消息。望見少游在庭中團團而步，口裏只管吟哦「閉門推出窗前月」七個字，右手做推窗之勢。東坡想道：「此必小妹以此對難之。少游為其所困矣！我不解圍，誰為撮合？」急切思之，亦未有好對。庭中有花缸一隻，滿滿的貯著一缸清水，少游步了一回，偶然倚缸看水。東坡望見，觸動了他靈機，道：「有了！」欲待教他對了，誠恐小妹知覺，連累妹夫體面，不好看相。東坡遠遠站著咳嗽一聲，就地下取小小磚片，投向缸中。那水為磚片所激，躍起幾點，撲在少游面上。水中天光月影，紛紛淆亂。少游當下曉悟，遂援筆對云：

投石沖開水底天。

丫鬟交了第三遍試卷，只聽呀的一聲，房門大開，內又走出個侍兒，手捧銀壺，將美酒斟於玉盞之內，獻上新郎，口稱：「才子請滿飲三杯，權當花紅賞勞。」少游此時意氣揚揚，連進三盞，丫鬟擁入香房。這一夜，佳人才子，好不稱意。正是：

歡娛嫌夜短，寂寞恨更長。

自此夫妻和美，不在話下。後少游宦游浙中，東坡學士在京，小妹思想哥哥，到京省視。東坡有個禪友，叫做佛印禪師，嘗勸東坡急流勇退。一日寄長歌一篇，東坡看時，卻也寫得怪異，每二字一連，共一百三十對字。你道寫的是甚字？

野野　鳥鳥　啼啼　時時　有有　思思　春春　氣氣　桃桃　花花　發發　滿滿　枝枝
鶯鶯　雀雀　相相　呼呼　喚喚　岩岩　畔畔　花花　紅紅　似似　錦錦　屏屏　堪堪
看看　山山　秀秀　麗麗　山山　前前　煙煙　霧霧　起起　清清　浮浮　浪浪　促促
潺潺　湲湲　水水　景景　幽幽　深深　處處　好好　追追　遊遊　傍傍　水水　花花
似似　雪雪　梨梨　花花　光光　皎皎　潔潔　玲玲　瓏瓏　似似　墜墜　銀銀　花花
折折　最最　好好　柔柔　茸茸　溪溪　畔畔　草草　青青　雙雙　蝴蝴　蝶蝶　飛飛
來來　到到　落落　花花　林林　裏裏　鳥鳥　啼啼　叫叫　不不　休休　為為　憶憶
春春　光光　好好　楊楊　柳柳　枝枝　頭頭　春春　色色　秀秀　時時　常常　共共
飲飲　春春　濃濃　酒酒　似似　醉醉　閒閒　行行　春春　色色　裏裏　相相　逢逢
競競　憶憶　遊遊　山山　水水　心心　息息　悠悠　歸歸　去去　來來　休休　役役

東坡看了兩三遍，一時念將不出，只是沉吟。小妹取過，一覽了然，便道：「哥哥，此歌有何難解！待妹子念與你聽。」即時朗誦云：

野鳥啼，野鳥啼時時有思。有思春氣桃花發，春氣桃花發滿枝。滿枝鶯雀相呼喚，鶯雀相呼喚岩畔。岩畔花紅似錦屏，花紅似錦屏堪看。堪看山山秀麗，秀麗山前煙霧起。山前煙霧起清浮，清浮浪促潺湲水。浪促潺湲水景幽，景幽深處好，深處好追遊。追遊傍水花，傍水花似雪。似雪梨花光皎潔，梨花光皎潔玲瓏。玲瓏似墜銀花折，似墜銀花折最好。最好柔茸溪畔草，柔茸溪畔草青青。雙雙蝴蝶飛來到，蝴蝶飛來到落花。落花林裏鳥啼叫，林裏鳥啼叫不休。不休為憶春光好，為憶春光好楊柳。楊柳枝枝春色秀，春色秀時常共飲。時常共飲春濃酒，春濃酒似醉。似醉閒行春色裏，閒行春色裏相逢。相逢競憶遊山水，競憶遊山水心息。心息悠悠歸去來，歸去來休休役役。

東坡聽念，大驚道：「吾妹敏悟，吾所不及！若為男子，官位必遠勝於我矣。」遂將佛印原寫長歌，并小妹所定句讀，都寫出來，做一封兒寄與少游。因述自己再讀不解，小妹一覽而知之故。少游初看佛印所書，亦不能解。後讀小妹之句，如夢初覺，深加愧歎。答以短歌云：

未及梵僧歌，詞重而意複。字字如聯珠，行行如貫玉。想汝惟一覽，顧我勞三復。裁詩思遠寄，因以真類觸。汝其審思之，可表予心曲。

短歌後製成疊字詩一首，卻又寫得古怪：

憶
別離時聞漏轉
靜
期歸阻久伊思

少游書信到時，正值東坡與小妹在湖上看採蓮。東坡先拆書看了，遞與小妹，問道：「汝能解否？」小妹道：「此詩乃彷佛印禪師之體也。」即念云：

靜思伊久阻歸期，久阻歸期憶別離。憶別離時聞漏轉，時聞漏轉靜思伊。

東坡歎道：「吾妹真絕世聰明人也！今日採蓮勝會，可即事各和一首，寄與少游，使知你我今日之游。」東坡詩成，小妹亦就。小妹詩云：

一
闋新歌聲漱玉
採
津楊綠在人蓮

東坡詩云：

酒
力微醒時已暮
賞
飛如馬去歸花

照少游詩念出，小妹疊字詩，道是：

採蓮人在綠楊津，在綠楊津一闋新。一闋新歌聲嗽玉，歌聲嗽玉採蓮人。

東坡疊字詩，道是：

賞花歸去馬如飛，去馬如飛酒力微。酒力微醒時已暮，醒時已暮賞花歸。

二詩寄去，少游讀罷，歎賞不已。其夫婦酬和之詩甚多，不能詳述。後來少游以才名被徵為翰林學士，與二蘇同官。一時郎舅三人，並居史職，古所希有。於是宣仁太后亦聞蘇小妹之才，每每遣內官賜以絹帛或飲饌之類，索他題詠。每得一篇，宮中傳誦，聲播京都。其後小妹先少游而卒，少游思念不置，終身不復娶云。有詩為證：

文章自古說三蘇，小妹聰明勝丈夫。三難新郎真異事，一門秀氣世間無。

第十二卷　佛印師四調琴娘

文章落處天須泣，此老已亡吾道窮。才業謾誇生仲達❶，功名猶繼死姚崇❷。
人間便覺無清氣，海內安能見古風。平日萬篇何所在？六丁收拾上瑤宮。

這八句詩是誰做的？是宋理宗皇帝朝一個官人，姓劉名莊，道號後村先生做的。單說那神宗皇帝朝有個翰林學士，姓蘇名軾，字子瞻，道號東坡居士。本貫是四川眉州眉山縣人氏。這學士平日結識一個道友，叫做佛印禪師。你道這禪師如何出身？他是江西饒州府浮梁縣人氏，姓謝名端卿，表字覺老，幼習儒書，通古今之蘊；旁通二氏❸，負博洽之聲。一日應舉到京，東坡學士聞其才名，每與談論，甚相敬愛。屢同詩酒之遊，遂為莫逆之友。忽一日，神宗皇帝因天時亢旱，准了司天臺奏章，特於大相國寺建設一百八分大齋，徵取名僧，宣揚經典，祈求甘雨，以救萬民。命翰林學士蘇軾製就籲天文疏，就命軾充行禮官，主齋。三日前，便要到寺中齋宿。先有內官到寺看閱齋壇，傳言御駕

❶ 仲達：司馬懿，字仲達，三國時魏國的丞相。有雄才，多權變。
❷ 姚崇：字元之，唐代有名的宰相。
❸ 二氏：指釋、道兩教。

不日親臨。方丈中鋪設御座，一切規模，務要十分齊整。把個大相國寺，打掃得一塵不染，粧點得萬錦攢花，府尹預先差官四圍把守，不許閒人入寺，恐防不時觸突了聖駕。這都不在話下。

卻說謝端卿在東坡學士處聞知此事，問道：「小弟欲兄長挈帶入寺，一瞻御容，不知可否？」東坡那時只合一句回絕了他，何等乾淨。只為東坡要得端卿相伴，遂對他說道：「足下要去，亦有何難。只消扮作侍者模樣，在齋壇上承直。聖駕臨幸時，便得飽看。」謝端卿那時若不肯扮做侍者，也就罷了。只為一時稚氣，遂欣然不辭。先去借辦行頭，裝扮得停停當當，跟隨東坡學士入相國寺來。東坡已自分付了主僧，只等報一聲聖駕到來，端卿就頂侍者名色上殿執役。閑時陪東坡在淨室閑講。且說起齋之日，主僧五鼓鳴鐘聚眾。其時香煙繚繞，燈燭輝煌，幡幢五采飄揚，樂器八音嘹喨，法事之盛，自不必說。東坡學士起了香頭，拜了佛像，退坐於僧房之內。早齋方罷，忽傳御駕已到。東坡學士執掌絲綸❹，日覲天顏，到也不以為事。慌得謝端卿面上紅熱，心頭突突地跳。矜持了一回，按定心神，來到大雄寶殿，雜於侍者之中，無過是添香剪燭，供食鋪燈。不一時神宗皇帝駕到。東坡學士同眾僧擺班跪迎，進入大殿。內官捧有內府龍香，神宗御手拈香已畢，鋪設淨褥，行三拜禮。主僧引駕到於方丈。神宗登了御座。眾人叩見了畢，神宗誇東坡學士所作文疏之美。東坡學士再拜，口稱不敢。主僧取旨獻茶，捧茶盤的卻是謝端卿。原來端卿因大殿行禮之時，擁擁簇簇，不得仔細瞻仰，特地充作捧茶盤的侍者，直捱到龍座御膝之前，偷眼看聖容時，果然龍鳳之姿，天日之表，天威咫尺，毛骨俱悚，不敢恣意觀瞻，慌忙退步。卻被神宗龍目看見了。只為端卿生得方面大耳，秀目龍眉，身軀偉岸，與其他侍者不同，所以天顏刮目。

❹ 執掌絲綸：指替皇帝草擬詔書敕命。

當下開金口，啟玉言，指著端卿問道：「此侍者何方人氏？在寺幾年了？」主僧先不曾問得備細，一時不能對答。還是謝端卿有量，叩頭奏道：「臣姓謝名端卿，江西饒州府人，新來寺中出家。幸瞻天表，不勝欣幸。」神宗見他應對明敏，龍情大喜。又問：「卿頗通經典否？」端卿奏道：「臣自少讀書，內典❺也頗知。」神宗道：「卿既通內典，賜卿法名了元，號佛印，就於御前披剃為僧。」那謝端卿的學問，與東坡肩上肩下，他為應舉到京，指望一舉成名，建功立業，如何肯做和尚。常言道：王言如天語，違背聖旨，罪該萬死。今日玉音分付，如何敢說我是假充的侍者，不願為僧？心下十萬分不樂，一時出於無奈，只得叩頭謝恩。當下主僧引端卿重來正殿，參見了如來，然後引至御前，如法披剃。欽賜紫羅袈裟一領，隨駕禮部官取羊皮度牒❻一道，中書房填寫佛印法名及生身籍貫，奉旨披剃年月，付端卿受領。端卿披了袈裟，紫氣騰騰，分明是一尊肉身羅漢，手捧度牒，重復叩頭謝恩。神宗道：「卿既為僧，即委卿協理齋事。異日精嚴戒律，便可作本寺住持，勿得玷辱宗門，有負朕意。」說罷起駕。東坡和眾僧於寺門之外跪送過了，依然來做齋事，不在話下。

從此閣起端卿名字，只稱佛印。眾人都稱為印公。為他是欽賜剃度，好生敬重。原來故宋時最以剃度為重。每度牒一張，要費得千貫錢財方得到手。今日端卿不費分文，得了度牒為僧。若是個真侍者，豈不是千古奇逢，萬分歡喜。只為佛印弄假成真，非出本心，一時勉強出家，有好幾時氣悶不過。後來只在相國寺翻經轉藏，精通佛理，把功名富貴之想，化作清淨無為之業。他原是明悟禪師轉世，根氣不

❺ 內典：佛教的經典。

❻ 羊皮度牒：古代僧道出家，向政府繳納一定的錢以後，由政府頒發的執照。

同，所以出儒入墨，如洪爐點雪❼。東坡學士他是個用世之人，識見各別。他道：「謝端卿本為上京赴舉，我帶他到大相國寺，教他假充侍者，瞻仰天顏，遂爾披剃為僧，卻不是我連累了他！他今在空門枯淡，必有恨我之意。雖然他戒律精嚴，只恐體面上矜持。心中不能無動。」每每於語言之間，微微挑逗。誰知佛印心冷如冰，口堅如鐵，全不見絲毫走作❽。東坡只是不信。後來東坡為吟詩觸犯了時相，連遭謫貶。到哲宗皇帝元祐年間，復召為翰林學士。其時佛印遊方轉來，仍舊在相國寺掛錫❾，年力尚壯。東坡一見，想起初年披剃之事，遂勸佛印：「若肯還俗出仕，下官當力薦清職。」佛印那裏肯依！東坡遂嘲之曰：

不毒不禿，不禿不毒。轉毒轉禿，轉禿轉毒。

佛印笑而不答。那一日，仲春天氣。學士正在府中閒坐，只見院子來報：「佛印禪師在門首。」學士聽得，教請入來。須臾之間，佛印入到堂上。見學士敘禮畢，教院子點將茶來。茶罷，學士便令院子於後園中洒掃亭軒，邀佛印同到園中，去一座相近後堂的亭子坐定。院子安排酒菓餚饌之類。排完，使院子斟酒。二人對酌，酒至三巡。學士道：「筵中無樂，不成歡笑。下官家中有一樂童，令歌數曲，以

❼ 洪爐點雪：大火爐裏放進一點雪，馬上就融化。比喻領悟得很快的意思。
❽ 走作：改樣；走樣。
❾ 掛錫：住宿。錫，是和尚所持的手杖。掛錫，原指行腳僧投宿寺院，把衣鉢手杖等物都懸掛在僧堂的掛鉤上。也叫作「掛單」，或作「掛搭」。

助筵前之樂。」道罷，便令院子傳言入堂內去。不多時，佛印驀然耳內聽得有人唱詞，真個唱得好！

聲清韻美，紛紛塵落雕梁；字正腔真，拂拂風生綺席。若上苑流鶯巧囀，似丹山彩鳳和鳴。詞歌白雪陽春，曲唱清風明月。

佛印聽至曲終，道：「奇哉！韓娥之吟，秦青之詞⑩，雖不遏住行雲，也解梁塵撲簌。」東坡道：「吾師何不留一佳作？」佛印道：「請乞紙筆。」學士遂令院子取將文房四寶，放在面前。佛印口中不道，心下自言：「唱卻十分唱得好了，卻不知人物生得如何？」遂拈起筆來，做一詞，詞名西江月：

窄地重重簾幙，臨風小小亭軒，綠窗朱戶映嬋娟，忽聽歌謳宛轉。　既是耳根有分，因何眼界無緣？分明咫尺遇神仙，隔個綉簾不見！

佛印寫罷，學士大笑曰：「吾師之詞，所恨不見。」令院子向前把那簾子只一捲，捲起一半。佛印打一看時，只見那女孩兒半截露出那一雙彎彎小腳兒。佛印口中不道，心下思量：「雖是捲簾已半，奈簾鉤低下，終不見他生得如何。」學士道：「吾師既是見了，何惜一詞。」佛印見說，便拈起筆來，又做一詞，詞名品字令：

---

⑩ 韓娥之吟二句：韓娥，戰國時代韓國一個善歌唱的人，據說她歌唱之後，餘音繞梁，三日不絕。秦青，也是古代善歌的人，據說他的歌聲可以「響遏行雲」。兩人故事，均見於列子。

覷著腳，想腰肢如削。歌罷遏雲聲，怎得向掌中托。　醉眼不如歸去，強罷身心虛霍。幾回欲待去掀簾，猶恐主人惡。

佛印意不盡，又做四句詩道：

只聞檀板與歌謳，不見如花似玉眸。焉得好風從地起，倒垂簾捲上金鉤。

佛印吟詩罷，東坡大笑。教左右捲上綉簾，喚出那女孩兒，從裏面走出來，看著佛印，道了個深深萬福。那女孩兒端端正正，整容斂袂，立於亭前。佛印把眼一覷，不但唱得好，真個生得好。但見：

娥眉淡掃，蓮臉微勻。輕盈真物外之仙，雅淡有天然之態。衣染鮫綃，手持象板，呈露笋指尖長；足步金蓮，行動鳳鞋弓小。臨溪雙洛浦，對月兩嫦娥。好好好，好如天上女；強強強，強似月中仙。

東坡喚院子斟酒，叫那女孩兒「近前來，與吾師把盞。」學士道：「此女小字琴娘，自幼在於府中，善知音樂，能撫七絃之琴，會曉六藝之事。吾師今日既見，何惜佳作。」佛印當時已自八分帶酒，言稱告回。琴娘曰：「禪師且坐，再飲幾杯。」佛印見學士所說，便拿起筆來，又寫一詞，詞名蝶戀花：

執板嬌娘留客住，初整金釵，十指尖尖露。歌斷一聲天外去，清音已遏行雲住。　耳有姻緣能聽事，眼見姻緣，便得當前覷。眼耳姻緣都已是，姻緣別有知何處？

佛印寫罷，東坡見了大喜。便喚琴娘就唱此詞勸酒，再飲數杯。佛印大醉，不知詞中語失。天色已晚，學士遂令院子⓫扶入書院內，安排和尚睡了。學士心中暗想：「我一向要勸這和尚還俗出仕，他未肯統口⓬。趁他今日有調戲琴娘之意，若得他與這小妮子⓭上得手時，便是出家不了。那時拿定他破綻，定要他還俗，何怕他不從！好計，好計！」即喚琴娘到於面前道：「你省得那和尚做的詞中意？後兩句道：眼耳姻緣都已是，姻緣別有知何處？這和尚不是好人，其中有愛慕你之心。你可今夜到書院內相伴和尚就寢。須要了事，可討執照⓮來。我明日賞你三千貫，作房奩之資。我與你主張，教你嫁出良人。如不了事，明日喚管家婆來，把你決竹篦二十⓯，逐出府門。」琴娘聽罷，諕得顫做一團，道：「領東人鈞旨。」離了房中，輕移蓮步，懷著羞臉，逕來到書院內。佛印已自大醉，昏迷不省，睡在涼床之上。壁上燈尚明。琴娘無計奈何，坐在和尚身邊，用尖尖玉手去搖那和尚時，一似蜻蜓搖石柱，蟆蟻撼太山。和尚鼻息如雷，那裏搖得覺。話休絮煩。自初更搖起，只要守和尚省覺，直守到五更，也不省。那琴娘心中好慌，不覺兩眼淚下。自思量道：「倘或今夜不了得事，明日乞二十竹篦，逐出府門，卻是怎地好！」爭奈和尚大醉，不了得事。琴娘彈眼淚，卻好彈在佛印臉上。只見那佛印颯然驚覺，閃開眼來，壁上燈

⓫ 院子：僕人。
⓬ 統口：改變主張。
⓭ 小妮子：小女子。
⓮ 執照：證據。
⓯ 決竹篦二十：打二十竹板。

尚明。去那燈光之下，只見一個如花似玉女子，坐在身邊。佛印大驚道：「你是誰家女子？深夜至此，有何理說？」琴娘見問，且驚且喜，揣⑯著羞臉，道個萬福道：「賤妾乃日間唱曲之琴娘也。聽得禪師詞中有愛慕賤妾之心，故夤夜前來，無人知覺。欲與吾師效雲雨之歡，萬乞勿拒則個。」佛印聽說罷，大驚曰：「娘子差矣！貧僧夜來感蒙學士見愛，置酒管待，乘醉亂道，此詞豈有他意。娘子可速回。倘有外人見之，無絲有線⑰，吾之清德一旦休矣。」琴娘聽罷，那裏肯去。佛印見琴娘只管尤殢⑱不肯去，便道：「是了，是了，此必是學士教你苦難我來！吾脩行數年，止以詩酒自娛，豈有塵心俗意。你若實對我說，我有救你之心。如是不從，別無區處。」琴娘見佛印如此說罷，眼中垂淚道：「此果是學士使我來。如是吾師肯從賤妾雲雨之歡，明日賞錢三千貫，出嫁良人。如吾師不從，明日喚管家婆決竹篦二十，逐出府門。望吾師週全救我。」道罷，深深便拜。佛印聽罷，呵呵大笑。便道：「你休煩惱！我救你。」遂去書袋內，取出一副紙，有見成文房四寶在桌上，佛印捻起筆來，做了一隻詞，名浪淘沙：

昨夜遇神仙，也是姻緣。分明醉裡亦如然。睡覺來時渾是夢，卻在身邊。　此事怎生言？豈敢相憐！不曾撫動一條絃。傳與東坡蘇學士，觸處封全。

佛印寫了，意不盡，又做了四句詩：

---

⑯ 揣：藏。

⑰ 無絲有線：儘管沒有那樣的事，但仍有嫌疑。絲，諧「私」的音。線，痕跡。

⑱ 尤殢：放嬌撒賴，糾糾纏纏。殢，音ㄊㄧˋ。

傳與巫山窈窕娘，休將魂夢惱襄王。禪心已作沾泥絮，不逐東風上下狂。

當下琴娘得了此詞，逕回堂中呈上學士。學士看罷，大喜，自到書院中，見佛印盤膝坐在椅上。東坡道：「善哉，善哉！真禪僧也！」亦賞琴娘三百貫錢，擇嫁良人。東坡自此將佛印愈加敬重，遂為入幕之賓⑲。雖妻妾在傍，並不迴避。佛印時時把佛理曉悟東坡，東坡漸漸信心。後來東坡臨終不亂，相傳已證正果。至今人猶喚為坡仙，多得佛印點化力。有詩為證：

東坡不能化佛印，佛印反得化東坡。若非佛力無邊大，那得慈航渡愛河！

⑲ 入幕之賓：晉代謝安和王坦之到桓溫那裏討論事情，桓溫令郗超睡在帳中偷聽。風動帳開，謝安看見了，笑著說：「郗生可謂入幕之賓矣。」

第十三卷　勘皮靴單證二郎神

柳色初濃，餘寒似水，纖雨如塵。一陣東風，縠紋微皺，碧波粼粼。仙娥花月精神，奏鳳管鸞簫鬥新。萬歲聲中，九霞盃內，長醉芳春。

這首詞調寄柳梢青，乃故宋時一個學士所作。單表北宋太祖開基，傳至第八代天子，廟號徽宗，便是神霄玉府虛淨宣和羽士道君皇帝。這朝天子，乃是江南李氏後主❶轉生。父皇神宗天子，一日在內殿看玩歷代帝王圖像，見李後主風神體態，有蟬脫穢濁，神遊八極之表❷，再三賞嘆。後來便夢見李後主投身入宮，遂誕生道君皇帝。少時封為端王。從小風流俊雅，無所不能。後因哥哥哲宗天子上仙，群臣扶立端王為天子。即位之後，海內乂安，朝廷無事。道君皇帝頗留意苑囿。宣和元年，遂即京城東北隅，大興工役，鑿池築囿，號壽山艮岳。命宦官梁師成董其事。又命朱勔取三吳二浙三川兩廣珍異花木，瑰奇竹石以進，號曰「花石綱」❸。竭府庫之積聚，萃天下之伎巧，凡數載而始成。又號為萬歲山。奇花

❶ 江南李氏後主：指南唐後主李煜。他擅長文詞、音樂，後來降宋，被害。

❷ 有蟬脫穢濁二句：形容人的風神瀟脫，超然世外，一點也不帶世俗之氣的樣子。蟬脫，蟬脫去外殼。八極，八方極遠的地方。表，外。

美木，珍禽異獸，充滿其中。飛樓傑閣，雄偉瓌麗，不可勝言。內有玉華殿，保和殿，瑤林殿，大寧閣，天真閣，妙有閣，層巒閣，琳霄亭，騫鳳垂雲亭，說不盡許多景致。時許侍臣蔡京、王黼、高俅、童貫、楊戩、梁師成縱步遊賞。時號「宣和六賊」。有詩為證：

瓊瑤錯落密成林，竹檜交加爾有陰。恩許塵凡時縱步，不知身在五雲深。

單說保和殿西南，有一座玉真軒，乃是官家第一個寵倖安妃娘娘粧閣，極是造得華麗。金鋪屈曲❹，玉檻玲瓏，映徹輝煌，心目俱奪。時侍臣蔡京等，賜宴至此，留題殿壁。有詩為證：

保和新殿麗秋輝，詔許塵凡到綺闈。雅宴酒酣添逸興，玉真軒內看安妃。

不說安妃娘娘寵冠六宮。單說內中有一位夫人，姓韓名玉翹。妙選入宮，年方及笄。玉佩敲磐，羅裙曳雲；體欺皓雪之容光，臉奪芙蓉之嬌豔。只因安妃娘娘三千寵愛偏在一身，韓夫人不沾雨露之恩。時值春光明媚，景色撩人，未免恨起紅茵，寒生翠被。月到瑤階，愁莫聽其鳳管；蟲吟粉壁，怨不寐於鴛衾。既厭曉粧，漸融春思，長吁短嘆，看看惹下一場病來。有詞為證：

---

❸ 花石綱：成群結隊運輸貨物，規定一定的重量叫作「綱」，在宋代大都是官差性質，例如「鹽綱」、「茶綱」等。宋徽宗（趙佶）向南方搜括奇花異石，運到汴梁，故有「花石綱」的名稱。

❹ 金鋪屈曲：金鋪，指大門上用金（銅）做成的獸形或龍蛇形的圖案，用它來銜著門環。屈曲，門窗上的鉸鈕。

任東風老去，吹不斷淚盈盈。記春淺春深，春寒春煖，春雨春晴，都斷送佳人命。落花無定挽春心。芳草猶迷舞蝶，綠楊空語流鶯。玄霜❺著意擣初成，回首失雲英❻。但如醉如癡，如狂如舞，如夢如驚。

漸漸香消玉減，柳嚬花困，太醫院❼診脈，喫下藥去，如水澆石一般。忽一日，道君皇帝在於便殿，勅喚殿前太尉楊戩前來，天語傳宣道：「此位內家，原是卿所進奉。今著卿領去，到府中將息病體。待得痊安，再許進宮未遲。仍著光祿寺❽每日送膳，太醫院伺候用藥。略有起色，即便奏來。」當下楊戩叩頭領命，即著官身❾私身❿搬運韓夫人宮中箱籠裝奩，一應動用什物器皿。用煖輿擡了韓夫人，隨身帶得養娘二人，侍兒二人。一行人簇擁著，都到楊太尉府中。太尉先去對自己夫人說知，出廳迎接。便將一宅分為兩院，收拾西園與韓夫人居住，門上用鎖封著，只許太醫及內家⓫人役往來。太尉夫妻二人，日往候安一次。閑時就封閉了門。門傍留一轉桶，傳遞飲食、消息。正是：

❺ 玄霜：相傳是仙家的丹藥名。
❻ 雲英：神仙故事中的一個女主角，嫁給裴航。夫婦兩人用玉杵，玉臼擣仙藥，後來都成了仙。
❼ 太醫院：掌管皇帝醫療事務的衙門。
❽ 光祿寺：掌管皇帝的膳食和祭品等事的衙門。
❾ 官身：官府的差役。
❿ 私身：私人的僕役。
⓫ 內家：宮內人。

映階碧草自春色，隔葉黃鸝空好音。

將及兩月，漸覺容顏如舊，飲食稍加。太尉夫妻好生歡喜。辦下酒席，一當起病，一當送行。當日酒至五巡，食供兩套，太尉夫婦開言道：「且喜得夫人貴體無事，萬千之喜。旦晚奏過官裏，選日入宮，未知夫人意下如何？」韓夫人叉手告太尉、夫人道：「氏兒不幸，惹下一天愁緒，臥病兩月，纔得小可。再要於此寬住幾時。伏乞太尉、夫人方便，且未要奏知官裏。只是在此打攪，深為不便。氏兒別有重報，不敢有忘。」太尉、夫人只得應允。過了兩月，卻是韓夫人設酒還席。叫下一名說評話的先生，說了幾回書。節次說及唐朝宣宗宮內，也是一個韓夫人。為因不沾雨露之恩，思量無計奈何。偶向紅葉上題詩一首，流出御溝。詩曰：

流水何太急？深宮盡日閒。殷勤謝紅葉，好去到人間。

卻得外面一個應試官人，名喚于佑，拾了紅葉，就和詩一首。也從御溝中流將進去。後來那官人一舉成名。天子體知此事，卻把韓夫人嫁與于佑。夫妻百年偕老而終。這裏韓夫人聽到此處，驀上心來，忽地嘆一口氣。口中不語，心下尋思：「若得奴家如此僥倖，也不枉了為人一世！」當下席散，收拾回房。睡至半夜，便覺頭痛眼熱，四肢無力，遍身不疼不痒，無明⑫業火熬煎，依然病倒。這一場病，比前更加沈重。正是：

---

⑫ 無明：佛教名詞，就是「痴念」。

屋漏更遭連夜雨，舡遲偏遇打頭風。

太尉夫人早來候安，對韓夫人說道：「早是⑬不曾奏過官裏宣取入宮。夫人既到此地，且是放開懷抱，安心調理。且未要把入宮一節，記掛在心。」韓夫人謝道：「感承夫人好意，只是氏兒病入膏肓，眼見得上天遠，入地便近，不能報答夫人厚恩。來生當效犬馬之報。」說罷，一絲兩氣，好傷感人。太尉夫人甚不過意，便道：「夫人休如此說。自古吉人天相，眼下凶星退度，自然貴體無事。但說起來，喫藥既不見效，枉淘壞了身子。不知夫人平日在宮，可有甚願心未經答謝？或者神明見責，也不可知。」韓夫人說道：「氏兒入宮以來，每日愁緒縈絲，有甚心情許下愿心。但今日病勢如此，既然喫藥無功，不知此處有何神聖，祈禱極靈，氏兒便對天許下愿心。若得平安無事，自當拜還。」太尉夫人說道：「告夫人得知。此間北極佑聖真君，與那清源妙道二郎神，極是靈應。夫人何不設了香案，親口許下保安愿心。待得平安，奴家情愿陪夫人去賽神答禮。未知夫人意下何如？」韓夫人點頭應允。侍兒們即取香案過來。只是不能起身，就在枕上，以手加額，禱告道：「氏兒韓氏，早年入宮，未蒙聖眷，惹下業緣病症，寄居楊府。若得神靈庇護，保佑氏兒身體康健，情愿繡下長幡二首，外加禮物，親詣廟廷頂禮酬謝。」當下太尉夫人也拈香在手，替韓夫人禱告一回，作別，不題。可霎作怪，自從許下愿心，韓夫人漸漸平安無事。將息至一月之後，端然⑭好了。太尉夫人不勝之喜。又設酒起病，太尉夫人對韓夫人說道：「果

⑬ 早是：幸虧。

⑭ 端然：竟然。

然是神道有靈，勝如服藥萬倍。卻是不可昧心，負了所許之物。」韓夫人道：「氏兒怎敢負心！目下繡了長幡，還要屈夫人同去了還愿心。未知夫人意下何如？」太尉夫人答道：「當得奉陪。」當日席散，韓夫人取出若干物事，製辦賽神禮物，繡下四首長幡。自古道得好：

火到豬頭爛，錢到公事辦。

憑你世間稀奇作怪的東西，有了錢，那一件做不出來。不消幾日，繡就長幡，用根竹竿叉起，果然是光彩奪目。選了吉日良時，打點信香禮物，官身私身，簇擁著兩個夫人，先到北極佑聖真君廟中。廟官知是楊府鈞眷，慌忙迎接至殿上，宣讀疏文，掛起長幡。韓夫人叩齒⑮禮拜。拜畢，左右兩廊遊遍。廟官獻茶。夫人分付當道的賞了些銀兩，上了轎簇擁回來。一宿晚景不提。明早又起身，到二郎神廟中。卻惹出一段蹊蹺作怪的事來。正是：

情知語是鉤和線，從前鈎出是非來。

話休煩絮。當下一行人到得廟中。廟官接見，宣疏拈香禮畢。卻好太尉夫人走過一壁廂。韓夫人向前輕輕將指頭挑起銷金黃羅帳幔來。定睛一看，不看時萬事全休，看了時，喫那一驚不小！但見：

頭裹金花幞頭，身穿赭衣繡袍，腰繫藍田玉帶，足登飛鳳烏靴。雖然土木形骸，卻也丰神俊雅，

⑮ 叩齒：一種迷信的說法。指禱告之前，把上下牙齒不住地對擊，這個禱告才靈驗有效。

明眸皓齒。但少一口氣兒說出話來。

當下韓夫人一見，目眩心搖，不覺口裏悠悠揚揚，漏出一句俏語低聲的話來：「若是氏兒前程遠大，只願將來嫁得一個丈夫，恰似尊神模樣一般，也足稱生平之願。」說猶未了，恰好太尉夫人走過來，說道：「夫人，你卻在此禱告甚麼？」韓夫人慌忙轉口道：「氏兒並不曾說甚麼。」太尉夫人再也不來盤問，遊玩至晚，歸家，各自安歇不題。正是：

要知心腹事，但聽口中言。

卻說韓夫人到了房中，卸去冠服，挽就烏雲，穿上便服，手托香腮，默默無言。心心念念，只是想著二郎神模樣。驀然計上心來，分付侍兒們端正香案，到花園中人靜處，對天禱告：「若是氏兒前程遠大，將來嫁得一個丈夫，好像二郎尊神模樣，煞強似入宮之時，受千般悽苦，萬種愁思。」說罷，不覺紛紛珠淚滾下腮邊。拜了又祝，祝了又拜。分明是癡想妄想。不道有這般巧事！韓夫人再三禱告已畢，正待收拾回房，只聽得萬花深處，一聲響喨，見一尊神道，立在夫人面前。但見：

龍眉鳳目，皓齒鮮唇，飄飄有出塵之姿，冉冉有驚人之貌。若非閬苑瀛洲客，便是餐霞吸露人。

仔細看時，正比廟中所塑二郎神模樣，不差分毫來去。手執一張彈弓，又像張仙送子⑯一般。韓夫人又

⑯張仙送子：神仙故事。張遠霄，眉山人，五代時遊青城山得道，曾被傳以弓彈之術。又，五代蜀主孟昶有挾

驚且喜。驚的是天神降臨，未知是禍是福；喜的是神道歡容笑口，又見他說出話來。便向前端端正正道個萬福，啟朱唇，露玉齒，告道：「既蒙尊神下降，請到房中，容氏兒展敬。」當時二郎神笑吟吟同夫人入房，安然坐下。夫人起居⑰已畢，侍立在前。二郎神道：「早蒙夫人厚禮。今者小神偶然閒步碧落⑱之間，聽得夫人禱告至誠。小神知得夫人仙風道骨，原是瑤池一會中人。祇因夫人凡心未靜，玉帝暫謫下塵寰，又向皇宮內苑，享盡人間富貴榮華。謫限滿時，還歸紫府⑲，證果非凡。」韓夫人見說，歡喜無任。又拜禱道：「尊神在上：氏兒不願入宮。若是氏兒前程遠大，將來嫁得一個良人，一似尊神模樣，偕老百年，也不辜負了春花秋月，說甚麼富貴榮華！」二郎神微微笑道：「此亦何難。只恐夫人立志不堅。姻緣分定，自然千里相逢。」說畢起身，跨上檻窗，一聲響喨，神道去了。韓夫人不見便罷，既見了這般模樣，真是如醉如癡，和衣上牀睡了。正是：

歡娛嫌夜短，寂寞恨更長。

翻來覆去，一片春心，按納不住。自言自語，想一回，定一回：「適間尊神降臨，四目相視，好不情長！

彈的畫像。宋滅蜀後，孟昶的妃子花蘂夫人把像帶入宋宮懸掛，宋太祖（趙匡胤）看見了，問她，她詭稱是張仙的像；供他，可令人得子。民間流傳，就把兩件事混成為一個故事。

⑰ 起居：問候；請安。

⑱ 碧落：天上；仙界。

⑲ 紫府：天府；神仙的洞府。

怎地又瞥然而去。想是聰明正直為神，不比塵凡心性，是我錯用心機了！」又想一回道：「是適間尊神手姿態度，語笑雍容，宛然是生人一般。難道見了氏兒這般容貌，全不動情？還是我一時見不到處，放了他去？算來還該著意溫存。便是鐵石人兒，也告得轉。今番錯過，未知何日重逢！」好生攞脫不下。眼巴巴盼到天明，再做理會。及至天明，又睡著去了。直到傍午，方纔起來。當日無情無緒，巴不到晚。又去設了香案，到花園中禱告如前：「若得再見尊神一面，便是三生有幸。」說話之間，忽然一聲響喨，夜來二郎神又立在面前。韓夫人喜不自勝，將一天愁悶，已冰消瓦解了。即便向前施禮，對景忘懷：「煩請尊神入房，氏兒別有衷情告訴。」二郎神喜孜孜堆下笑來，便攜夫人手，共入蘭房。夫人起居已畢。二郎神正中坐下，夫人侍立在前。二郎神道：「夫人分有仙骨，便坐不妨。」夫人便斜身對二郎神坐下。即命侍兒安排酒果，在房中一杯兩盞，看看說出衷腸話來。道不得個：

春為茶博士，酒是色媒人。

當下韓夫人解佩[20]出湘妃之玉，開唇露漢署之香[21]：「若是尊神不嫌穢褻，暫息天上征輪，少敘人間恩愛。」二郎神欣然應允，攜手上床，雲雨綢繆。夫人傾身陪奉，忘其所以。盤桓至五更，二郎神起身，囑付夫人保重，再來相看。起身穿了衣服，執了彈弓，跨上檻窗，一聲響喨，便無踪影。韓夫人死

[20] 解佩：一種傳說故事。鄭交甫將往楚國去，經過漢皋臺下，遇見兩個女子，他們解下佩珠送給鄭交甫。一會兒，兩個女子都不見了。

[21] 漢署之香：就是「雞舌香」。漢代，尚書郎向皇帝奏事，口裏要含著雞舌香，以免口裏的氣味薰觸了皇帝。

心塌地，道是神仙下臨，心中甚喜。只恐太尉夫妻催他入宮，只有五分病，裝做七分病，間常不甚十分歡笑。每到晚來，精神炫耀，喜氣生春。神道來時，三盃已過，上床雲雨，至曉便去，非止一日。忽一日，天氣稍涼，道君皇帝分散合宮秋衣。偶思韓夫人，就差內侍捧了旨意，勅賜羅衣一襲，玉帶一圍，到於楊太尉府中。韓夫人排了香案，謝恩禮畢，內侍便道：「且喜娘娘貴體無事。聖上思憶娘娘，故遣賜羅衣玉帶，就問娘娘病勢已痊，須早早進宮。」韓夫人管待使臣，便道：「相煩內侍則個。氏兒病體只去得五分。全賴內侍轉奏，寬限進宮，實為恩便。」內侍應道：「這個有何妨礙。聖上那裏也不少娘娘一個人。入宮時，只說娘娘尚未全好，還須耐心保重便了。」韓夫人謝了內侍，作別不題。到得晚間，二郎神到來，對韓夫人說道：「且喜聖上寵眷未衰，所賜羅衣玉帶，便可借觀。」夫人道：「尊神何以知之？」二郎神道：「小神坐觀天下，立見四方。諒此區區小事，豈有不知之理？」夫人聽說，便一發將出來看。二郎神道：「大凡世間寶物，不可獨享。小神缺少圍腰玉帶。若是夫人肯捨施時，便完成善果。」夫人便道：「氏兒一身已屬尊神，緣分非淺。若要玉帶，但憑尊神拿去。」二郎神謝了。上床歡會。未至五更起身，手執彈弓，拿了玉帶，跨上檻窗，一聲響喨，依然去了。卻不道是：

若要人不知，除非己莫為。

韓夫人與太尉居止，雖是一宅分為兩院，卻因是內家內人，早晚愈加隄防。府堂深穩，料然無閑雜人輒敢擅入。但近日來常見西園徹夜有火，唧唧噥噥，似有人聲息。又見韓夫人精神旺相，喜容可掬。太尉再三躊躕。便對自己夫人說道：「你見韓夫人有些破綻出來麼？」太尉夫人說道：「我也有些疑影。

只是府中門禁甚嚴，決無此事，所以坦然不疑。今者太尉既如此說，有何難哉。且到晚間，著精細家人，從屋上扒去，打探消息，便有分曉，也不要錯怪了人。」太尉便道：「言之有理。」當下便喚兩個精細家人，分付他如此如此，教他「不要從門內進去，只把摘花梯子，倚在牆外，待人靜時，直扒去韓夫人臥房，看他動靜，即來報知。此事非同小可的勾當㉒，須要小心在意。」二人領命去了。太尉立等他回報。不消兩個時辰，二人打看得韓夫人房內這般這般，便教太尉屏去左右，方纔將所見韓夫人房內坐著一人，說話飲酒，「夫人口口聲聲稱是尊神，小人也仔細想來，府中牆垣又高，防閑又密，就有歹人，插翅也飛不進。或者真個是神道也未見得。」太尉聽說，喫那一驚不小。叫道：「怪哉！果然有這等事！你二人休得說謊。此事非同小可。」二人答道：「小人並無半句虛謬。」太尉便道：「此事只許你知我知，不可泄漏了消息。」二人領命去了。太尉轉身對夫人一一說知。「雖然如此，只是我眼見為真。我明晚須親自去打探一番，便看神道怎生模樣。」捱至次日晚間，太尉徐喚過昨夜打探二人來，分付道：「你兩人著一個同我過去，著一人在此伺候。休教一人知道。」分付已畢，太尉便同一人過去，捏腳捏手，輕輕走到韓夫人窗前，向窗眼內把眼一張，果然是房中坐著一尊神道，與二人說不差。便待聲張起來，又恐難得脫身。只得忍氣吞聲，依舊過來，分付二人休要與人胡說。轉入房中，對夫人說個就裏：「此乃必是韓夫人少年情性，把不住心猿意馬㉓，便遇著邪神魍魎，在此污淫天眷，決不是凡人的勾當。便須請法官調治。你須先去對韓夫人說出緣由，待我自去請法官便了。」夫人領命。明早起身，到西園來，

㉒ 勾當：事情。

㉓ 心猿意馬：形容心意不定，像猿和馬的奔馳一般。

韓夫人接見。坐定，茶湯已過，太尉夫人屏去左右，對面論心，便道：「有一句話要對夫人說知。夫人每夜房中，卻是與何人說話，唧唧噥噥，有些風聲，吹到我耳朵裏。只是此事非同小可，夫人須一一說知，不要隱瞞則個。」韓夫人聽說，滿面通紅，便道：「氏兒夜間房中並沒有人說話。只氏兒與養娘們閑話消遣，卻有甚人到來這裏！」太尉夫人聽說，便把太尉夜來所見模樣，一一說過。韓夫人嚇得目睜口呆，罔知所措。太尉夫人再三安慰道：「夫人休要吃驚。太尉已去請法官到來作用，便見他是人是鬼。只是夫人到晚間，務要陪個小心，休要害怕。」說罷，太尉夫人自去。韓夫人到捏著兩把汗。看看至晚，二郎神卻早來了。但是他來時，那彈弓緊緊不離左右。卻說這裏太尉請下靈濟宮林真人手下的徒弟，有名的王法官，已在前廳作法。比至黃昏，有人來報：「神道來了。」法官披衣仗劍，昂然而入，直至韓夫人房前，大踏步進去，大喝一聲：「你是何妖邪！卻敢淫汙天眷！不要走，吃吾一劍！」二郎神不慌不忙，便道：「不得無禮！」但見：

左手如托泰山，右手如抱嬰孩，弓開如滿月，彈發似流星。

當下一彈弓，中王法官額角上，流出鮮血來，霍地望後便倒，寶劍丟在一邊。眾人慌忙向前扶起，往前廳去了。那神道也跨上檻窗，一聲響喨，早已不見。當時卻是怎地結果？正是：

說開天地怕，道破鬼神驚。

卻說韓夫人見二郎神打退了法官，一發道是真仙下降，愈加放心，再也不慌。且說太尉已知法官不濟。只得到賠些將息錢，送他出門。又去請得五岳觀潘道士來。那潘道士專一行持五雷天心正法㉔，再不苟且，又且足智多謀。一聞太尉呼喚，便來相見。太尉免不得將前事一一說知。潘道士便道：「先著人引領小道到西園看他出沒去處，但知是人是鬼。」太尉道：「說得有理。」當時，潘道士別了太尉，先到西園韓夫人臥房，上上下下，看了一會。又請出韓夫人來拜見了，看了他氣色。轉身對太尉說：「太尉在上，小道看來，韓夫人面上，部位氣色，並無鬼祟相侵。只是一個會妖法的人做作。小道自有處置。也不用書符咒水打鼓搖鈴，待他來時，小道甕中捉鱉，手到拿來。只怕他識破局面，再也不來，卻是無可奈何。」太尉道：「若得他再也不來，便是乾淨了。我師且留在此，閒話片時則個。」說話的，若是這廝識局㉕知趣，見機而作，恰是斷線鷂子㉖一般再也不來，落得先前受用了一番，且又完名全節，再去別處利市㉗，有何不美，卻不道是：「得意之事，不可再作，得便宜處，不可再往。」

卻說那二郎神畢竟不知是人是鬼。卻只是他嘗了甜頭㉘，不達時務，到那日晚間，依然又來。韓夫人說道：「夜來氏兒一些不知，冒犯尊神。且喜尊神無事，切休見責。」二郎神道：「我是上界真仙，只為與夫人仙緣有分，早晚要度夫人脫胎換骨，白日飛昇。叵耐這蠢物！便有千軍萬馬，怎地近得我！」

㉔五雷天心正法：道教中迷信的一種法術，說是可以降伏妖魔。一名「掌心雷」。
㉕識局：識相。
㉖斷線鷂子：吳人稱風箏為鷂子。此言一去不返的意思。
㉗利市：得利。
㉘嘗了甜頭：得到好處。

韓夫人愈加欽敬，歡好倍常。卻說早有人報知太尉。太尉便對潘道士說知。潘道士稟知太尉，低低分付一個養娘，教他只以服事為名，先去偷了彈弓，教他無計可施。養娘去了。潘道士結束得身上緊簇，也不披法衣，也不仗寶劍，討了一根齊眉短棍，只教兩個從人，遠遠把火照著，分付道：「若是你們怕他彈子來時，預先躲過，讓我自去，看他彈子近得我麼？」二人都暗笑道：「看他說嘴㉙！少不得也中他一彈。」卻說養娘先去，以服事為名，挨挨擦擦，漸近神道身邊。正與韓夫人交盃換盞，不隄防他偷了彈弓，藏過一壁廂。這裏從人引領潘道士到得門前，便道：「此間便是。」丟下法官，三步做兩步躲開去了。卻說潘道士掀開簾子，縱目一觀，見那神道安坐在上。大喝一聲，舞起棍來，匹頭匹腦，一逕打去。二郎神急急取那彈弓時，再也不見。只叫得一聲「中計！」連忙退去，跨上檻窗。說時遲，那時快，潘道士一棍打著二郎神後腿，卻打落一件物事來。那二郎神一聲響喨，依然向萬花深處去了。潘道士便拾起這物事來，向燈光下一看，卻是一隻四縫烏皮皂靴。且將去稟覆太尉道：「小道看來，定然是個妖人做作，不干二郎神之事。卻是怎地拿他便好？」太尉道：「有勞吾師，且自請回。我這裏別有措置，自行體訪。」當下酬謝了潘道士去了。結過一邊。

太尉自打轎到蔡太師府中，直至書院裏，告訴道：如此如此，這般這般。「終不成恁地便罷了！也須吃那廝恥笑，不成模樣！」太師道：「有何難哉！即令著落開封府滕大尹領這靴去作眼，差眼明手快的公人，務要體訪下落，正法施行。」太尉道：「謝太師指教。」太師道：「你且坐下。」即命府中張幹辦火速去請開封府滕大尹到來。起居拜畢，屏去人從，太師與太尉齊聲說道：「帝輦之下，怎容得這等

㉙ 說嘴：誇口。

人在此做作！大尹須小心在意，不可怠慢。此是非同小可的勾當。且休要打草驚蛇，喫他走了。」大尹聽說，嚇得面色如土，連忙答道：「這事都在下官身上。」領了皮靴，作別回衙，即便陞廳，叫那當日緝捕使臣王觀察過來，喝退左右，將上項事細說了一遍。「與你三日限，要捉這個楊府中做不是的人來見我。休要大驚小怪。仔細體察，重重有賞。不然，罪責不小。」說罷，退廳。王觀察領了這靴，將至使臣房裏，喚集許多做公人，嘆了一口氣，只見：

眉頭搭上雙鑽鎖，腹內新添萬斛愁。

卻有一個三都捉事使臣姓冉名貴，喚做冉大，極有機變。不知替王觀察捉了幾多疑難公事。王觀察極是愛他。當日冉貴見觀察眉頭不展，面帶憂容，再也不來答擾，只管南天北地，七十三八十四說開了去。王觀察見他們全不在意，便向懷中取出那皮靴向桌上一丟，便道：「我們苦殺是做公人！世上有這等糊塗官府。這皮靴又不會說話，卻限我三日之內，要捉這個穿皮靴在楊府中做不是的人來。你們眾人道是好笑麼？」眾人輪流將皮靴看了一會。到冉貴面前。冉貴也不睬，只說：「難、難、難！官府真個糊塗。觀察，怪不得你煩惱。」那王觀察不聽便罷，聽了之時，說道：「冉大，你也只管說道難，這樁事便恁地干休罷了？卻不難為了區區小子，如何回得大尹的說話？你們眾人都在這房裏撰過錢來使的，卻說是難、難、難！」眾人也都道：「賊情公事還有些捉摸。既然曉得他是妖人，怎地近得他。若是近得他，前日潘道士也捉勾多時了。他也無計奈何，只打得他一隻靴下來。不想我們晦氣，撞著這沒頭緒的官司，卻是真個沒捉處。」當下王觀察先前只有五分煩惱，聽得這篇言語，句句說得有道理，更添上十分煩惱。只見那冉貴不慌不忙，對觀察道：「觀察且休要輸了銳氣。料他也只是一個人，沒有三頭六臂，只要尋他些破綻出來，便有分曉。」即將這皮靴翻來覆去，不落手看了一回。眾人都笑起來，說道：「冉大又來了！這隻靴又不是一件稀奇作怪，眼中少見的東西，止無過皮兒染皂的，線兒扣縫的，藍布弔裏的，加上楦頭，噴口水兒，弄得緊棚棚好看的。」冉貴卻也不來挽攬㉚，向燈下細細看那靴時，卻是四條縫，縫得甚是緊密。看至靴尖，那一條縫略有些走線。冉貴偶然將小指頭撥一撥，撥斷了兩股線，那皮就有些撬起來。向燈下照照裏面時，卻是藍布托裏。仔細一看，只見藍布上有一條白紙條兒，便伸兩個指頭進去一扯，扯出紙條。仔細看時，不看時萬事全休，看了時，卻如半夜裏拾金寶的一般。那王觀察一見，也便喜從天降，笑逐顏開。眾人爭上前看時，那紙條上面卻寫著：「宣和三年三月五日鋪戶任一郎造。」觀察對冉大道：「今歲是宣和四年。眼見得做這靴時，不上二年光景。只捉了任一郎，這事便有七分。」冉貴道：「如今且不要驚了他。待到天明，著兩個人去，只說大尹叫他做生活，將來一索綑番，不怕他不招。」觀察道：「道你終是有些見識！」當下眾人喫了一夜酒，一個也不敢散。看看天曉，飛也似差兩個人捉任一郎。不消兩個時辰，將任一郎賺到使臣房裏，番轉了面皮，一索綑番。「這廝大膽，做得好事！」把那任一郎嚇了一跳，告道：「有事便好好說。卻是我得何罪，便來綑我？」王觀察道：「還有甚說！這靴兒可不是你店中出來的？」任一郎接著靴，仔細看了一看，告觀察：「這靴兒委是男女做的。卻有一個緣故：我家開下鋪時，或是官員府中定製的，或是使客往來帶出去的，家裏都有一本坐簿㉛，上面明寫著某年某月某府中差某幹辦來定製做造。就是皮靴裏面，也有一條紙條兒，

㉚ 挽攬：理會。

字號與坐簿上一般的。觀察不信，只消割開這靴，取出紙條兒來看，便知端的。」王觀察見他說著海底眼㉜，便道：「這廝老實，放了他好好與他講。」當下放了任一郎，便道：「一郎休怪，這是上司差遣，不得不如此。」就將紙條兒與他看。任一郎看了道：「觀察，不打緊。休說是一兩年間做的，就是四五年前做的，坐簿還在家中。卻著人同去取來對看，便有分曉。」當時又差兩個人，跟了任一郎，腳不點地，到家中取了簿子，到得使臣房裏。王觀察親自從頭檢看。看至三年三月五日，與紙條兒上字號對照相同。看時，吃了一驚，做聲不得。卻是蔡太師府中張幹辦來定製的。王觀察便帶了任一郎，取了皂靴，執了坐簿，火速到府廳回話。此是大尹立等的勾當，即便出至公堂。王觀察將上項事說了一遍，又將簿子呈上。將這紙條兒親自與大尹對照相同。大尹吃了一驚。「原來如此。」當下半疑不信，沉吟了一會，開口道：「恁地時，不干任一郎事，且放他去。」任一郎磕頭謝了，自去。大尹又喚轉來分付道：「放便放你，卻不許說向外人知道。有人問你時，只把閑話支吾開去。你可小心記著。」任一郎答應道：「小人理會得。」歡天喜地的去了。

大尹帶了王觀察、冉貴二人，藏了靴兒簿子，一逕打轎到楊太尉府中來。正直太尉朝罷回來。門吏報覆，出廳相見。大尹便道：「此間不是說話處。」太尉便引至西偏小書院裏，屏去人從，止留王觀察、冉貴二人，到書房中伺候。大尹便將從前事歷歷說了一遍，如此如此，「卻是如何處置？下官未敢擅便。」太尉看了，呆了半晌，想道：「太師，國家大臣，富貴極矣，必無此事。但這隻靴是他府中出來的，一

㉛ 坐簿：底帳。

㉜ 海底眼：底細。

定是太師親近之人，做下此等不良之事。」商量一會，欲待將這靴到太師府中面質一番。誠恐干礙體面，取怪不便。欲待閣起不題，奈事非同小可，曾經過兩次法官，又著落緝捕使臣，拿下任一郎問過，事已張揚。一時糊塗過去，他日事發，難推不知。倘聖上發怒，罪責非小。左思右想，只得分付王觀察、冉貴自去。也叫人看轎，著人將靴兒簿子，藏在身邊，同大尹逕奔一處來。正是：

踏破鐵鞋無覓處，得來全不費工夫。

當下太尉、大尹逕往蔡太師府中。門首伺候報覆多時，太師叫喚入來書院中相見。起居茶湯已畢。太師曰：「這公事有些下落麼？」太尉道：「這賊已有主名了。卻是干礙太師面皮，不敢擅去捉他。」太師道：「此事非同小可，我卻如何護短得？」太尉道：「太師便不護短，未免吃個小小驚恐。」太師道：「你且說是誰？直恁地礙難！」太尉道：「乞屏去從人，方敢胡言。」太師即時將從人趕開。太尉便開了文匣，將坐簿呈上與太師檢看過了，便道：「此事須太師爺自家主裁，卻不干外人之事。」太師連聲道：「怪哉！怪哉！」太尉道：「此係緊要公務，休得見怪下官。」太師道：「不是怪你，卻是怪這隻靴來歷不明。」太尉道：「簿上明寫著府中張幹辦定做，並非謊言。」太師道：「此靴雖是張千定造，交納過了，與他無涉。說起來，我府中冠服衣靴履襪等件，各自派一個養娘分掌。或是府中自製造的，或是往來餽送，一出一入的，一一開載明白，逐月繳清報數，並不紊亂。待我弔查底簿，便見明白。」即便著人去查那一個管靴的養娘，喚他出來。當下將養娘喚至，手中執著一本簿子。太師問道：「這是我府中的靴兒，如何得到他人手中？即便查來。」當下養娘逐一查檢，看得這靴是去年三月中，自著人製造的，到府不多幾時，卻有一個門生，叫做楊時，便是龜山先生，與太師極相厚的。陞了近京一個知縣，前來拜別。因他是道學先生，衣敝履穿，不甚齊整。太師命取圓領一襲，銀帶一圍，京靴一雙，川扇四柄，送他作嗄程。這靴正是太師送與楊知縣的。果然前件開寫明白。太師即便與太尉、大尹看了。二人謝罪道：「恁地又不干太師府中之事！適間言語沖撞，只因公事相逼，萬望太師海涵！」太師笑道：「這是你們分內的事，職守當然，也怪你不得。只是楊龜山如何肯恁地做作？其中還有緣故。如今他任所去此不遠。我潛地喚他來問個分曉。你二人且去，休說與人知道。」二人領命，作別回府不題。

太師即差幹辦火速去取楊知縣來。往返兩日，便到京中，到太師跟前。茶湯已畢，太師道：「知縣為民父母，卻恁地這般做作；這是迷天之罪。」將上項事一一說過。楊知縣欠身稟道：「師相在上。某去年承師相厚恩，未及出京，在邸中忽患眼痛。左右傳說，此間有個清源廟道二郎神，極是肸蠁㉝有靈，便許下愿心，待眼痛痊安，即往拈香答禮。後來好了，到廟中燒香。卻見二郎神冠服件件齊整，只腳下烏靴綻了，不甚相稱。下官即將這靴捨與二郎神供養去訖。只此是真實語。知縣生平不欺暗室，既讀孔、孟之書，怎敢行盜跖之事。望太師詳察。」太師從來曉得楊龜山是個大儒，怎肯胡作。聽了這篇言語，便道：「我也曉得你的名聲。只是要你來時問個根由，他們纔肯心服。」管待酒食，作別了知縣自去，分付休對外人泄漏。知縣作別自去。正是：

日前不做虧心事，半夜敲門不吃驚。

㉝肸蠁：音ㄒㄧ ㄒㄧㄤˇ。聲響四處傳布，靈感通幽的樣子。

太師便請過楊太尉、滕大尹過來，說開就裏，便道：「恁地又不干楊知縣事。還著開封府用心搜捉便了。」當下大尹做聲不得。仍舊領了靴兒，作別回府，喚過王觀察來分付道：「始初有些影響，如今都成畫餅。你還領這靴去，寬限五日，務要捉得賊人回話。」當下王觀察領這差使，好生愁悶。便到使臣房裏，對冉貴道：「你看我晦氣！千好萬好，全仗你跟究出任一郎來。既是太師府中事體，我只道官官相護，就了其事。卻如何從新又要這個人來，卻不道是生菜舖中沒買他處！我想起來，既是楊知縣捨與二郎神，只怕真個是神道一時風流興發，也不見得。怎生地討個證據回復大尹？」冉貴道：「觀察不說，我也曉得不干任一郎事，也不干蔡太師、楊知縣事。若說二郎神所為，難道神道做這等虧心行當㉞不成。一定是廟中左近妖人所為。還到廟前廟後，打探些風聲出來。捉得著，觀察休歡喜；捉不著，觀察也休煩惱。」觀察道：「說得是。」即便將靴兒與冉貴收了。冉貴卻裝了一條雜貨擔兒，手執著一個玲瓏瑲瑯的東西，叫做個驚閨㉟，一路搖著，逕奔二郎神廟中來。歇了擔兒，拈了香，低低祝告道：「神明鑒察，早早保佑冉貴捉了楊府做不是的，也替神道洗清了是非。」拜罷，連討了三個簽，都是上上大吉。冉貴謝了出門，挑上擔兒，廟前廟後，轉了一遭，兩隻眼東觀西望，再也不閉。看看走至一處，獨扇門兒，門傍卻是半窗，門上掛一頂半新半舊斑竹簾兒，半開半掩，只聽得叫聲：「賣貨過來！」冉貴聽得叫，回頭看時，卻是一個後生婦人。便道：「告小娘子，叫小人有甚事？」婦人道：「你是收買雜貨的，卻有一件東西在此，胡亂賣幾文與小廝買嘴喫。你用得也用不得？」冉貴道：「告小娘子，小人

㉞ 行當：職業；工作。

㉟ 驚閨：販賣針線脂粉的人所拿的帶有鈴鐺的小鼓，搖動作響，吸引人家出外購買。

這個擔兒，有名的叫做百納倉，無有不收的。你且把出來看。」婦人便叫小廝拖出來與公公看。當下小廝拖出什麼東西來？正是：

鹿迷秦相應難辨，蝶夢莊周未可知。

當下拖出來的，卻正是一隻四縫皮靴，與那前日潘道士打下來的一般無二。冉貴暗暗喜不自勝。便告小娘子：「此是不成對的東西，不值甚錢。小娘子實要許多，只是不要把話來說遠了。」婦人道：「胡亂賣幾文錢，小廝們買嘴喫，只憑你說罷了。只是要公道些。」冉貴便去便袋裏摸一貫半錢來，便交與婦人道：「只恁地肯賣便收去了。不肯時，勉強不得。正是一物不成，兩物見在㊱。」婦人說：「甚麼大事，再添些罷。」冉貴道：「添不得。」挑了擔兒就走。小廝就哭起來。婦人只得又叫回冉貴來道：「多少添些，不打甚緊。」冉貴又去摸出二十文錢來道：「罷，罷，貴了，貴了！」取了靴兒，往擔內一丟，挑了便走。心中暗喜：「這事已有五分了！且莫要聲張，還要細訪這婦人來歷，方纔有下手處。」是晚，將擔子寄與天津橋一個相識人家，轉到使臣房裏。王觀察來問時，只說還沒有消息。

到次日，吃了早飯，再到天津橋相識人家，取了擔子，依先挑到那婦人門首。只見他門兒鎖著，那婦人不在家裏了。冉貴眉頭一皺，計上心來。歇了擔子，捱門兒看去。只見一個老漢坐著個矮凳兒，在門首將稻草打繩。冉貴陪個小心，問道：「伯伯，借問一聲。那左手住的小娘子，今日往那裏去了？」老漢住了手，擡頭看了冉貴一看，便道：「你問他怎麼！」冉貴道：「小子是賣雜貨的。昨日將錢換那

㊱ 一物不成二句：交易不成，貨物還在，雙方各無損失。見，即「現」。

小娘子舊靴一隻，一時間看不仔細，換得虧本了。特地尋他退還討錢。」老漢道：「勸你吃虧些罷。那雌兒不是好惹的。他是二郎廟裏廟官孫神通的親表子。那孫神通一身妖法，好不利害！這舊靴一定是神道替下來，孫神通把與表子換些錢買菓兒吃的。今日那雌兒往外婆家去了。他與廟官結識，非止一日。不知甚麼緣故，有兩三個月忽然生疎。近日又漸漸來往了。你若與他倒錢，定是不肯，惹毒了他，對孤老說了，就把妖術禁你，你卻奈何他不得！」冉貴道：「原來恁地，多謝伯伯指教。」冉貴別了老漢，復身挑了擔子，嘻嘻的喜容可掬，走回使臣房裏來。王觀察迎著問道：「今番想得了利市了？」冉貴道：「果然，你且取出前日那隻靴來我看。」王觀察將靴取出。冉貴將自己換來這隻靴比照一下，毫厘不差。王觀察忙問道：「你這靴那裏來的？」冉貴不慌不忙，數一數二，細細分剖出來：「我說不干神道之事，眼見得是孫神通做下的不是！便不須疑！」王觀察歡喜的沒入腳處，連忙燒了利市，執盃謝了冉貴：「如今怎地去捉？只怕漏了風聲，那廝走了，不是耍處？」冉貴道：「有何難哉！明日備了三牲禮物，只說去賽神還愿。到了廟中，廟主自然出來迎接。那時擲盞為號，即便捉了。不費一些氣力。」觀察道：「言之有理。也還該稟知大尹，方去捉人。」當下王觀察稟過大尹，大尹也喜道：「這是你們的勾當。只要小心在意，休教有失。我聞得妖人善能隱形遁法，可帶些法物去，卻是豬血狗血大蒜臭屎，把他一灌，再也出豁㊲不得。」王觀察領命，便去備了法物。過了一夜，明晨早到廟中，暗地著人帶了四般法物，遠遠伺候。捉了人時，便前來接應。分付已了，王觀察卻和冉貴換了衣服，眾人簇擁將來，到殿上拈香。廟官孫神通出來接見。宣讀疏文未至四五句，冉貴在傍斟酒，把酒盞望下一擲，眾人一齊動手，捉了廟

㊲ 出豁：脫身。

官。正是：

渾似皂雕追紫燕，真如猛虎啖羊羔。

再把四般法物劈頭一淋。廟官知道如此作用，隨你潑天的神通，再也動彈不得。一步一棍，打到開封府中來。府尹聽得捉了妖人，即便升廳，大怒喝道：「叵耐這廝！帝輦之下，輒敢大膽，興妖作怪，淫污天眷，奸騙寶物，有何理說！」當下孫神通初時抵賴，後來加起刑法來，料道脫身不得。只得從前一一招了，招稱：「自小在江湖上學得妖法，後在二郎廟出家，用錢夤緣作了廟官。為因當日聽見韓夫人禱告，要嫁得一個丈夫，一似二郎神模樣。不合輒起心假扮二郎神模樣，淫污天眷，騙得玉帶一條。只此是實。」大尹叫取大枷枷了，推向獄中，教禁子好生在意收管，須要請旨定奪。當下疊成文案，先去稟明了楊太尉。太尉即同到蔡太師府中商量，奏知道君皇帝，倒了聖旨下來：「這廝不合淫污天眷，奸騙寶物，准律淩遲處死。妻子沒入官。追出原騙玉帶，尚未出笏❸⁸，仍歸內府。韓夫人不合輒起邪心，永不許入內，就著楊太尉做主，另行改嫁良民為婚。」當下韓氏好一場惶恐。卻也了卻想思債，得遂平生之願。後來嫁得一個在京開官店的遠方客人，說過不帶回去的。那客人兩頭往來，盡老百年而終。這是後話。開封府就取出廟官孫神通來，當堂讀了明斷❸⁹，貼起一片蘆蓆，明寫犯由，判了一個剮❹⁰字，

❸⁸ 尚未出笏：還沒有被用過、賣出。

❸⁹ 明斷：公平明白的判決。這裏指皇帝的聖旨。

❹⁰ 剮：音ㄍㄨㄚˇ。淩遲處死。

推出市心，加刑示眾。正是：

從前作過事，沒興一齊來。

當日看的真是挨肩疊背。監斬官讀了犯由，劊子叫起惡殺都來41。一齊動手，剮了孫神通，好場熱鬧。原係京師老郎傳流，至今編入野史。正是：

但存夫子三分禮，不犯蕭何六尺條。自古奸淫應橫死，神通縱有不相饒。

41 惡殺都來：惡殺，即惡煞、凶神。古代在行刑、斬人的時候，劊子手照例喊叫惡殺都來，然後執行。

第十四卷　鬧樊樓多情周勝仙

太平時節日偏長，處處笙歌入醉鄉。聞說鑾輿且臨幸，大家拭目待君王。

這四句詩乃詠御駕臨幸之事。從來天子建都之處，人傑地靈，自然名山勝水，湊著賞心樂事。如唐朝，便有個曲江池；宋朝，便有個金明池，都有四時美景，傾城士女王孫，佳人才子，往來遊玩。天子也不時駕臨，與民同樂。如今且說那大宋徽宗朝年，東京金明池邊，有座酒樓，喚作樊樓。這酒樓有個開酒肆的范大郎。兄弟范二郎，未曾有妻室。時值春末夏初，金明池遊人賞玩作樂。那范二郎因去遊賞，見佳人才子如蟻。行到了茶坊裏來，看見一個女孩兒，方年二九，生得花容月貌。這范二郎立地多時，細看那女子，生得：

色色易迷難拆：隱深閨，藏柳陌；足步金蓮，腰肢一捻，嫩臉映桃紅，香肌暈玉白。嬌姿恨惹狂童，情態愁牽豔客。芙蓉帳裏作鸞凰，雲雨此時何處覓？

原來情色都不由你。那女子在茶坊裏，四目相視，俱各有情。這女孩兒心裏暗暗地喜歡，自思量道：「若是我嫁得一個似這般子弟，可知好哩。今日當面挫過，再來那裏去討？」正思量道：「如何著個道理和他說話？問他曾娶妻也不曾？」那跟來女使和嬭子❶，都不知許多事。你道好巧！只聽得外面水桶響。女孩兒眉頭一縱，計上心來，便叫：「賣水的，你傾些甜蜜蜜的糖水來。」那人傾一盞糖水在銅盂兒裏，遞與那女子。那女子接得在手，纔上口一呷，便把那個銅盂兒望空打一丟，便叫：「好好！你卻來暗算我！你道我是兀誰？」那范二聽得道：「我且聽那女子說。」那女孩兒道：「我是曹門裏周大郎的女兒；我的小名叫作勝仙小娘子，年一十八歲，不曾吃人暗算。你今卻來算我！我是不曾嫁的女孩兒。」這范二自思量道：「這言語蹺蹊，分明是說與我聽。」這賣水的道：「告小娘子！小人怎敢暗算！」女孩兒道：「如何不是暗算我？盞子裏有條草。」賣水的道：「也不為利害。」女孩兒道：「你待算我喉嚨，卻恨我爹爹不在家裏。我爹若在家，與你打官司。」嬭子在傍邊道：「卻也叵耐這廝！」茶博士見裏面鬧吵，走入來道：「賣水的，你去把那水好好挑出來。」對面范二郎道：「他既暗遞與我，我如何不回他？」隨即也叫：「賣水的，傾一盞甜蜜蜜糖水來。」賣水的便傾一盞糖水在手，遞與范二郎。二郎接著盞子，吃一口水，也把盞子望空一丟，大叫起來道：「好好！你這個人真個要暗算人！你道我是兀誰？我哥哥是樊樓開酒店的，喚作范大郎，我便喚作范二郎，年登一十九歲，未曾吃人暗算。我射得好弩，打得好彈，兼我不曾娶渾家。」賣水的道：「你不是風！是甚意思，說與我知道？指望我與你作媒？你便告到官司，我是賣水，怎敢暗算人！」范二郎道：「你如何不暗算？我的盂兒裏，也有一根草葉。」女孩兒聽得，心裏好歡喜。茶博士入來，推那賣水的出去。女孩兒起身來道：「俺們回去休。」看著那賣水的道：「你敢隨我去？」這子弟思量道：「這話分明是教我隨他去。」只因這一去，惹出一

❶ 嬭子：奶媽。

場沒頭腦官司。正是：

言可省時休便說，步宜留處莫胡行。

女孩兒約莫去得遠了，范二郎也出茶坊，遠遠地望著女孩兒去。只見那女子轉步，那范二郎好喜歡，直到女子住處。女孩兒入門去，又推起簾子出來望。范二郎心中越喜歡。女孩兒自入去了。范二郎在門前一似失心風的人，盤旋，走來走去，直到晚方才歸家。且說女孩兒自那日歸家，點心也不吃，飯也不吃，覺得身體不快。做娘的慌問迎兒道：「小娘子不曾吃甚生冷？」迎兒道：「告媽媽，不曾吃甚。」娘見女兒幾日只在床上不起，走到床邊問道：「我兒害甚的病？」女孩兒道：「我覺有些渾身痛，頭疼，有一兩聲咳嗽。」周媽媽欲請醫人來看女兒；爭奈員外出去未歸，又無男子漢在家，不敢去請。迎兒道：「隔一家有個王婆，何不請來看小娘子？他喚作王百會，與人收生，作針線，作媒人，又會與人看脈，知人病輕重。鄰里家有些些事都浼❷他。」周媽媽便令迎兒去請得王婆來。見了媽媽，媽媽說女兒從金明池走了一遍，回來就病倒的因由。王婆道：「媽媽不須說得。待老媳婦❸與小娘子看脈自知。」周媽媽道：「好好！」迎兒引將王婆進女兒房裏。小娘子正睡哩，開眼叫聲「少禮。」王婆道：「穩便！老媳婦與小娘子看脈則個。」小娘子伸出手臂來，教王婆看了脈。道：「娘子害的是頭疼渾身痛，覺得懨懨地惡心。」小娘子道：「是也。」王婆道：「是否？」小娘子道：「又有兩聲咳嗽。」王婆不聽得萬事皆休，聽了道：「這病蹺

❷ 浼：音ㄇㄟˇ。即「浼」。以事託人。

❸ 老媳婦：老婦人自稱。

蹊！如何出去走了一遭，回來卻便害這般病！」王婆看著迎兒嬭子道：「你們且出去，我自問小娘子則個。」迎兒和嬭子自出去。王婆對著女孩兒道：「老媳婦卻理會得這病。」女孩兒道：「婆婆，你如何理會得？」王婆道：「你的病喚作心病。」女孩兒道：「如何是心病？」王婆道：「小娘子，莫不見了甚麼人，歡喜了，卻害出這病來？是也不是？」女孩兒低著頭了，叫沒。王婆道：「小娘子，實對我說。我與你作個道理，救了你性命。」那女孩兒聽得說話投機，便說出上件事來：「那子弟喚作范二郎。」王婆聽了道：「莫不是樊樓開酒店的范二郎？」那女孩兒道：「便是。」王婆道：「小娘子休要煩惱，別人時老身便不認得。若說范二郎，老身認得他的哥哥嫂嫂，不可得的好人。范二郎好個伶俐子弟。他哥哥見教我與他說親。小娘子，我教你嫁范二郎，你要也不要？」女孩兒笑道：「可知❹好哩。只怕我媽媽不肯。」王婆道：「小娘子放心，老身自有個道理，不須煩惱。」女孩兒道：「若得恁地時，重謝婆婆。」王婆出房來，叫媽媽道：「老媳婦知得小娘子病了。」媽媽道：「我兒害甚麼病？」王婆道：「要老身說，且告三盃酒吃了卻說。」媽媽道：「迎兒，安排酒來請王婆。」媽媽一頭請他吃酒，一頭問婆婆：「我女兒害甚麼病？」王婆把小娘子說的話一一說了一遍。媽媽道：「如今卻是如何？」王婆道：「只得把小娘子嫁與范二郎。若還不肯嫁與他，這小娘子病難醫。」媽媽道：「我大郎不在家，須使不得。」王婆道：「告媽媽，不若與小娘子下了定，等大郎歸後，卻作親。且眼下救小娘子性命。」媽媽允了道：「好好，怎地作個道理？」王婆道：「老媳婦就去說，回來便有消息。」王婆離了周媽媽家，取路逕到樊樓，來見范大郎，正在櫃身裏坐。王婆叫聲萬福。大郎還了禮道：「王婆婆，你來得正好。我卻待使人來請你。」王婆道：「不知大

❹ 可知：那就。

郎喚老媳婦作甚麼?」大郎道:「二郎前日出去歸來,晚飯也不吃,道:『身體不快。』我問他那裏去來?他道:『我去看金明池。』直至今日不起,害在床上,飲食不進。我待來請你看脈。」范大娘子出來與王婆相見了,大娘子道:「請婆婆看叔叔則個。」王婆道:「大郎,大娘子,不要入來,老身自問二郎,這病是甚的樣起?」范大郎道:「好好!婆婆自去看,我不陪了。」王婆走到二郎房裏,見二郎睡在床上。叫聲:「二郎,老媳婦在這裏。」范二郎閃開眼道:「王婆婆,多時不見,我性命休也。」王婆道:「害甚病便休?」二郎道:「覺頭疼惡心,有一兩聲咳嗽。」王婆笑將起來。二郎道:「我有病,你卻笑我!」王婆道:「我不笑別的,我得知你的病了。不害別病,你害曹門裏周大郎女兒;是也不是?」二郎被王婆道著了,跳起來道:「你如何得知?」王婆道:「他家來教我說親事。」范二郎不聽得說萬事皆休,聽得說好喜歡。正是:

人逢喜信精神爽,話合心機意趣投。

當下同王婆廝趕著出來,見哥哥嫂嫂。哥哥見兄弟出來,道:「你害病卻便出來?」二郎道:「告哥哥,無事了也。」哥嫂好快活。王婆對范大郎道:「曹門裏周大郎家,特使我來說二郎親事。」大郎歡喜。話休煩絮。兩下說成了,下了定禮,都無別事。范二郎閒時不著家,從下了定,便不出門,與哥哥照管店裏。且說那女孩兒閑時不作針線,從下了定,也肯作活。兩個心安意樂,只等周大郎歸來作親。三月間下定,直等到十一月間,等得周大郎歸家。鄰里親戚都來置酒洗塵,不在話下。到次日,周媽媽與周大郎說知上件事。周大郎道:「定了未?」媽媽道:「定了也。」周大郎聽說,雙眼圓睜,看著媽媽罵道：「打脊老賤人！得誰言語，擅便說親！他高殺❺也只是個開酒店的。我女兒怕沒大戶人家對親，卻許著他。你倒了志氣，幹出這等事，也不怕人笑話。」正恁的罵媽媽，只見迎兒叫：「媽媽，且進來救小娘子。」媽媽道：「作甚？」迎兒道：「小娘子在屏風後，不知怎地氣倒在地。」慌得媽媽一步一跌，走向前來，看那女孩兒，倒在地下：

未知性命如何，先見四肢不舉。

從來四肢百病，惟氣最重。原來女孩兒在屏風後聽得作爺的罵娘，不肯教他嫁范二郎，一口氣塞上來，氣倒在地。媽媽慌忙來救。被周大郎捽住，不得他救。罵道：「打脊賤娘！辱門敗戶的小賤人，死便教他死，救他則甚？」迎兒見媽媽被大郎捽住，自去向前，卻被大郎一個漏風掌❻打在一壁廂。即時氣倒媽媽。迎兒向前救得媽媽甦醒，媽媽大哭起來。鄰舍聽得周媽媽哭，都走來看。張嫂、鮑嫂、毛嫂、刁嫂，擠上一屋子。原來周大郎平昔為人不近道理，這媽媽甚是和氣，鄰舍都喜他，周大郎看見多人，便道：「家間私事，不必相勸。」鄰舍見如此說，都歸去了。媽媽看女兒時，四肢冰冷。媽媽抱著女兒哭。本是不死，因沒人救，卻死了。周媽媽罵周大郎：「你直恁地毒害！想必你不捨得三五千貫房奩，故意把我女兒壞了性命！」周大郎聽得，大怒道：「你道我不捨得三五千貫房奩。這等奚落我！」周大郎走將出去。周媽媽如何不煩惱。一個觀音也似女兒，又伶俐，又好針線，諸般都好，如何教他不煩惱！

❺ 高殺：高到極點。

❻ 漏風掌：伸開五指的大巴掌。

離不得周大郎買具棺木，八個人抬來。周媽媽見棺材進門，哭得好苦！周大郎看著媽媽道：「你道我割捨不得三五千貫房奩，你看女兒房裏，但有的細軟，都搬在棺材裏。」只就當時，叫仵作人等入了殮，即時使人吩咐管墳園張一郎，兄弟二郎：「你兩個便與我砌坑子。」吩咐了畢，話休絮煩，功德水陸也不作，停留也不停留，只就來日便出喪，周媽媽教留幾日，那裏拗得過來。早出了喪，埋葬已了，各人自歸。

可憐三尺無情土，蓋卻多情年少人。

話分兩頭。且說當日一個後生的，年三十餘歲，姓朱名真，是個暗行❼人，日常慣與仵作的做幫手，也會與人打坑子。那女孩兒入殮及砌坑，都用著他。這日葬了女兒回來，對著娘道：「一天好事投奔我。我來日就富貴了。」娘道：「我兒有甚好事？」那後生道：「好笑，今日曹門裏周大郎女兒死了，夫妻兩個爭競道：『女孩兒是爺氣死了』，鬭彆氣，❽約莫有三五千貫房奩，都安在棺材裏。有恁的富貴，如何不去取之？」那作娘的道：「這個事卻不是耍的事。又不是八棒十三的罪過❾，又兼你爺有樣子。二十年前時，你爺去掘一家墳園，揭開棺材蓋，尸首覷著你爺笑起來。你爺吃了那一驚，歸來過得四五日，你爺便死了。孩兒，你不可去。不是耍的事！」朱真道：「娘，你不得勸我。」去牀底下拖出一件物事

❼ 暗行：指做盜賊，幹壞事。

❽ 鬭彆氣：即「彆氣」。

❾ 八棒十三的罪過：指最輕的刑罰。宋代杖刑中最輕的一等，只杖擊十三下；笞刑中最輕的只杖擊八下或七下。

來把與娘看。娘道：「休把出去罷！原先你爺曾把出去，使得一番便休了。」朱真道：「各人命運不同。我今年算了幾次命，都說我該發財。你不要阻當我。」你道拖出的是甚物事？原來是一個皮袋，裏面盛著些挑刀斧頭，一個皮燈盞，和那盛油的罐兒。又有一領簑衣，娘都看了，道：「這簑衣要他作甚？」朱真道：「半夜使得著。」當日是十一月中旬，卻恨雪下得大。那廝將簑衣穿起，卻又帶一片，是十來條竹皮編成的一行，帶在簑衣後面。原來雪裏有腳跡，走一步，後面竹片扒得平，不見腳跡。當晚約莫也是二更左側，吩咐娘道：「我回來時，敲門響，你便開門。」雖則京城熱鬧，城外空闊去處，依然冷靜。況且二更時分，雪又下得大，兀誰出來。

朱真離了家。回身看後面時，沒有腳跡。迤逕到周大郎墳邊，到蕭牆❿矮處，把腳跨過去。你道好巧，原來管墳的養隻狗子。那狗子見個生人跳過牆來，從草窠裏爬出來便叫。朱真日間備下一團油糕，裏面藏了些藥在內。見狗子來叫，便將油糕丟將去。那狗子見丟甚物過來。聞一聞，見香便吃了。只叫得一聲，狗子倒了。朱真卻走近墳邊。那看墳的張二郎叫道：「哥哥，狗子叫得一聲，便不叫了，卻作怪！莫不有甚作不是的在這裏？起去看一看。」哥哥道：「那作不是的來偷我甚麼？」兄弟道：「卻才狗子大叫一聲便不叫了，莫不有賊？你不起去，我自起去看一看。」那兄弟爬起來，披了衣服，執著鎗在手裏，出門去看。朱真聽得有人聲，他悄地把簑衣解下，捉腳步走到一株楊柳樹邊。那樹好大，遮得正好。卻把斗笠掩著身子和腰，蹭在地下，簑衣也放在一邊。望見裏面開門，張二走出門外，好冷，叫聲道：「畜生，做什麼叫？」那張二是睡夢裏起來，被雪雹風吹，吃一驚，連忙把門關了。走入房去，

❿ 蕭牆：本指屏風，這裏指垣牆。

叫：「哥哥，真個沒人。」連忙脫了衣服，把被匹頭兜了⓫，道：「哥哥，好冷！」哥哥道：「我說沒人！」約莫也是三更前後，兩個說了半晌，不聽得則聲了。朱真道：「不將辛苦意，難近世間財。」抬起身來，再把斗笠戴了，著了簑衣，捉腳步到墳邊，把刀撥開雪地。俱是日間安排下腳手，下刀挑開石板下去，到側邊端正了，除下頭上斗笠，脫了簑衣，在一壁廂去皮袋裏取兩個長釘，插在磚縫裏，放上一個皮燈盞，竹筒裏取出火種吹著了，油罐兒取油，點起那燈，把刀挑開命釘⓬，把那蓋天板丟在一壁，叫：「小娘子莫怪，暫借你些個富貴，卻與你作功德。」道罷，去女孩兒頭上便除頭面。有許多金珠首飾，盡皆取下了。只有女孩兒身上衣服，卻難脫。那廝好會，去腰間解下手巾，去那女孩兒膊項上閣起，一頭繫在自膊項上，將那女孩兒衣服脫得赤條條地，小衣也不著。那廝可霎叵耐處，見那女孩兒白淨身體，那廝淫心頓起，按擀⓭不住，姦了女孩兒。你道好怪！只見女孩兒睜開眼，雙手把朱真抱住。怎地出豁？正是：

曾觀前定錄，萬事不由人。

原來那女兒一心牽掛著范二郎，見爺的罵娘，鬭彆氣死了。死不多日，今番得了陽和之氣，一靈兒又醒將轉來。朱真吃了一驚。見那女孩兒叫聲：「哥哥，你是兀誰？」朱真那廝好急智，便道：「姐姐，

⓫ 匹頭兜了：連著頭一起蒙蓋著。
⓬ 命釘：把棺材蓋和棺材匣釘在一起的釘子。
⓭ 按擀：按捺。擀，即「禁」。

我特來救你。」女孩兒抬起身來，便理會得了。一來見身上衣服脫在一壁，二來見斧頭刀仗在身邊，如何不理會得。朱真欲待要殺了，卻又捨不得。那女孩兒道：「哥哥，你救我去見樊樓酒店范二郎，重重相謝你。」朱真心中自思，別人兀自壞錢⑭取渾家，不能得恁的一個好女兒。救將歸去，卻是兀誰得知。朱真道：「且不要慌，我帶你家去，教你見范二郎則個。」女孩兒道：「若見得范二郎，我便隨你去。」當下朱真把些衣服與女孩兒著了，收拾了金銀珠翠物事衣服包了，把燈吹滅，傾那油入那油罐兒裏，收了行頭，揭起斗笠，送那女子上來。朱真也爬上來，把石頭來蓋得沒縫。又捧些雪鋪上。卻教女孩兒上脊背來。把簑衣著了，一手挽著皮袋，一手綰著金珠物事，把斗笠戴了，迤邐取路，到自家門前，把手去門上敲了兩三下。那娘的知是兒子回來，放開了門。朱真進家中，娘的吃一驚道：「我兒，如何尸首都馱回來？」朱真道：「娘不要高聲。」放下物件行頭，將女孩兒入到自己臥房裏面。朱真提起一把明晃晃的刀來，覷著女孩兒道：「我有一件事和你商量。你若依得我時，我便將你去見范二郎。你若依不得我時，你見我這刀麼？砍你作兩段。」女孩兒慌道：「告哥哥，不知教我依甚的事？」朱真道：「第一，教你在房裏不要則聲，第二，不要出房門。依得我時，兩三日內，說與范二郎。若不依我，殺了你。」女孩兒道：「依得，依得。」朱真吩咐罷，出房去與娘說了一遍。話休絮煩。夜間離不得伴那廝睡。一日兩日，不得女孩兒出房門。那女孩兒問道：「你曾見范二郎麼？」朱真道：「見來。范二郎為你害在家裏，等病好了，卻來取你。」自十一月二十日頭，至次年正月十五日。當日晚朱真對著娘道：「我每年只聽得鰲山⑮好看，不曾去看。今日去看則個。到五更前後便歸。」朱真吩咐了，自入城去看燈。你

⑭ 壞錢：費錢。

道好巧！約莫也是更盡前後，朱真的老娘在家，只聽得叫「有火！」急開門看時，是隔四五家酒店裏火起，慌殺娘的，急走入來收拾。女孩兒聽得，自思道：「這裏不走，更待何時！」走出門首，叫婆婆來收拾。娘的不知是計，入房收拾。女孩兒從熱鬧裏便走，卻不認得路，見走過的人，問道：「曹門裏在那裏？」人指道：「前面便是。」迤邐入了門，又問人：「樊樓酒店在那裏？」人說道：「只在前面。」女孩兒好慌。若還前面遇見朱真，也沒許多話。女孩兒迤邐走到樊樓酒店，見酒博士在門前招呼。女孩兒深深地道個萬福。酒博士還了喏道：「小娘子沒甚事？」女孩兒道：「這裏莫是樊樓？」酒博士道：「這裏便是。」女孩兒道：「借問則個，范二郎在那裏麼？」酒博士思量道：「你看二郎！直引得光景上門。」酒博士道：「在酒店裏的便是。」女孩兒移身直到櫃邊，叫道：「二郎萬福！」范二郎不聽得都休，聽得叫，慌忙走下櫃來，近前看時，吃了一驚，連聲叫「滅，滅！」女孩兒道：「二哥，我是人，你道是鬼？」范二郎如何肯信。一頭叫「滅，滅！」一隻手扶著凳子。卻恨凳子上有許多湯桶兒，慌忙用手提起一支湯桶兒來，覷著女子臉上丟將過去。你道好巧！去那女孩兒太陽上打著。大叫一聲，匹然⑯倒地。慌殺酒保，連忙走來看時，只見女孩兒倒在地下。性命如何？正是：

小園昨夜東風惡，吹折江梅就地橫。

酒博士見那女孩兒時，血浸著死了。范二郎口裏兀自叫「滅，滅！」范大郎見外頭鬧吵，急走出來

---

⑮ 鰲山：過年節的時候，用千百種綵燈，紮成的一座鰲山的形狀。

⑯ 匹然：猛然。

看了，只聽得兄弟叫「滅，滅！」大郎問兄弟：「如何作此事？」良久定醒。問：「做甚打死他？」二郎道：「哥哥，他是鬼！曹門裏販海⑰周大郎的女兒。」大郎道：「他若是鬼，須沒血出。如何計結？」去酒店門前哄動有二三十人看，即時地方便入來捉范二郎。范大郎對眾人道：「他是曹門裏周大郎的女兒，十一月已自死了。我兄弟只道他是鬼，不想是人，打殺了他。我如今也不知他是人是鬼。你們要捉我兄弟去，容我請他爺來看尸則個。」眾人道：「既是恁地，你快去請他來。」范大郎急奔到曹門裏周大郎門前，見個嬭子問道：「你是兀誰？」范大郎道：「樊樓酒店范大郎在這裏，有些急事，說聲則個。」嬭子即時入去請。不多時，周大郎出來，相見罷。范大郎說了上件事，道：「敢煩認尸則個，生死不忘。」周大郎也不肯信。范大郎問時不是說謊的人。周大郎同范大郎到酒店前看見也呆了，道：「我女兒已死了，如何得再活？有這等事！」那地方不容范大郎分說，當夜將一行人拘鎖，到次早解入南衙開封府。包大尹看了解狀，也理會不下。權將范二郎送獄司監候。一面相尸，一面下文書行使臣房審實。作公的一面差人去墳上掘起看時，只有空棺材。問管墳的張一張二，說道：「十一月間，雪下時，夜間聽得狗子叫。次早開門看，只見狗子死在雪裏，更不知別項因依⑱。」把文書呈大尹。大尹焦躁，限三日要捉上件賊人。展個兩三限，並無下落。好似：

金瓶落井全無信，鐵鎗磨針尚少功。

⑰ 販海：作海外生意，販賣海外貨物的人。

⑱ 因依：緣由。

且說范二郎在獄司間想：「此事好怪！若說是人，他已死過了。見有入殮的仵作及墳墓在彼可證。若說是鬼，打時有血，死後有屍，棺材又是空的。」展轉尋思，委決不下。又想道：「可惜好個花枝般的女兒！若是鬼，倒也罷了。若不是鬼，可不枉害了他性命！」夜裏翻來覆去，想一會，疑一會，轉睡不著。直想到茶坊裏初會時光景，便道：「我那日好不著迷哩！四目相視，急切不能上手。不論是鬼不是鬼，我且慢慢裏商量，直恁性急，壞了他性命，好不罪過！如今陷於縲絏，這事又不得明白，如何是了！悔之無及！」轉悔轉想，轉想轉悔。捱了兩個更次，不覺睡去。夢見女子勝仙，濃粧而至。范二郎大驚道：「小娘子原來不死。」小娘子道：「打得偏些，雖然悶倒，不曾傷命。奴兩遍死去，都只為官人。今日知道官人在此，特特相尋，與官人了其心願。休得見拒，亦是冥數當然。」范二郎忘其所以，就和他雲雨起來。枕席之間，歡情無限。事畢，珍重而別。醒來方知是夢。越添了許多想悔。次夜亦復如此。到第三夜，又來，比前愈加眷戀。臨去告訴道：「奴壽陽未絕。今被五道將軍[19]收用。奴一心只憶著官人，泣訴其情，蒙五道將軍可憐，給假三日。如今限期滿了。若再遲延，必遭呵斥。奴從此與官人永別。官人之事，奴已拜求五道將軍。但耐心，一月之後，必然無事。」范二郎自覺傷感，啼哭起來。醒了，記起夢中之言，似信不信。剛剛一月三十個日頭，只見獄卒奉大尹鈞旨，取出范二郎赴獄司勘問。原來開封府有一個常賣[20]董貴，當日綰著一個籃兒，出城門外去。只見一個婆子在門前叫常賣，把著一件物事遞與董貴。是甚的？是一朵珠子結成的梔子花。那一夜朱真歸家，失下這朵珠花。婆婆私下檢得在手，不理會得直幾錢，要賣

[19] 五道將軍：迷信中的東嶽屬神。古人認為他掌管人的生死。

[20] 常賣：拿著東西到處叫賣的小販。

一兩貫錢作私房。董貴道：「要幾錢？」婆子道：「胡亂。」董貴道：「還你兩貫。」婆子道：「好。」董貴還了錢，逕將來使臣房裏，見了觀察，說道恁地。即時觀察把這朵梔子花逕來曹門裏，教周大郎、周媽媽看，認得是女兒臨死帶去的。即時差人捉婆子。婆子說：「兒子朱真不在。」當時搜捉朱真不見，卻在桑家瓦裏看耍，被作公的捉了，解上開封府。包大尹送獄司勘問上件事情。朱真抵賴不得，一一招伏。當案薛孔目初擬朱真劫墳當斬；范二郎免死，刺配牢城營。未曾呈案。其夜夢見一神如五道將軍之狀，怒責薛孔目曰：「范二郎有何罪過，擬他刺配！快與他出脫了。」薛孔目醒來，大驚，改擬范二郎打鬼，與人命不同，事屬怪異，宜逕行釋放。包大尹看了，都依擬。范二郎歡天喜地回家。後來娶妻，不忘周勝仙之情，歲時到五道將軍廟中燒紙祭奠。有詩為證：

情郎情女等情癡，只為情奇事亦奇。若把無情有情比，無情翻似得便宜。

第十五卷　赫大卿遺恨鴛鴦絛

皮包血肉骨包身，強作嬌妍誑惑人。千古英雄皆坐此，百年同是一坑塵。

這首詩乃昔日性如子所作，單戒那淫色自戕的。論來好色與好淫不同。假如古詩云：「一笑傾人城，再笑傾人國。豈不顧傾城與傾國，佳人難再得！」此謂之好色。若是不擇美惡，以多為勝，如俗語所云：「石灰布袋，到處留跡。」其色何在？但可謂之好淫而已。然雖如此，在色中又有多般。假如張敞畫眉，相如病渴，雖為儒者所譏，然夫婦之情，人倫之本，此謂之正色。又如嬌妾美婢，倚翠偎紅；金釵十二行❶，錦障五十里❷；櫻桃楊柳，歌舞擅場；碧月紫雲，風流婥豔；雖非一馬一鞍；畢竟有花有葉，此謂之傍色。又如錦營獻笑，花陣圖歡，露水❸分司，身到偶然留影；風雲隨例，顏開那惜纏頭❹。旅館

---

❶ 金釵十二行：指姬妾眾多。

❷ 錦障五十里：晉代石崇和王愷互相以奢侈相誇耀：王愷作紫絲布步障四十里，石崇作錦步障五十里。

❸ 露水：男女偶然一次的結合，很快就分開了，就像露水沾在草上，很快就乾一樣；所以稱這種不正當的男女關係為「露水夫妻」。

❹ 纏頭：古代，舞時用錦纏在頭上，舞罷，賓客贈送羅錦給舞者，叫做「纏頭」。此指送給妓女的金錢。

長途，堪消寂寞，花前月下，亦助襟懷。雖市門之遊❺，豪客不廢；然女閭❻之遺，正人恥言，不得不謂之邪色。至如上蒸下報❼，同人道於獸禽；鑽穴踰牆，役心機於鬼蜮；偷暫時之歡樂，為萬世之罪人，明有人誅，幽蒙鬼責，這謂之亂色。又有一種叫是正色，不是傍色。雖然比不得亂色，卻又比不得邪色。填塞了虛空圈套，污穢卻清淨門風；慘同神面刮金，惡勝佛頭澆糞，遠則地府填單，近則陽間業報❽。奉勸世人，切須謹慎！正是：

不看僧面看佛面，休把淫心雜道心。

* * *

說這本朝宣德年間，江西臨江府新淦縣，有個監生，姓赫名應祥，字大卿，為人風流俊美，落拓不羈，專好的是聲色二事。遇著花街柳巷，舞榭歌臺，便戀留不捨，就當做家裏一般，把老大一個家業，也弄去了十之三四。渾家陸氏，見他恁般花費，苦口諫勸。赫大卿到道老婆不賢，時常反目。因這上，陸氏立誓不管，領著三歲一個孩子喜兒，自在一間淨室裏持齋念佛，由他放蕩。一日，正值清明佳節，赫大卿穿著一身華麗衣服，獨自一個到郊外遊青遊翫。有宋張詠❾詩為證：

❺ 市門之遊：逛妓院。
❻ 女閭：春秋時齊桓公所創設的妓院。
❼ 上蒸下報：晚輩男子和長輩女子通姦，叫做「蒸」或「烝」；相反，叫做「報」。
❽ 業報：應於善惡業因的苦樂果報。

春遊千萬家，美人顏如花。三三兩兩映花立，飄飄似欲乘烟霞。

赫大卿只揀婦女叢聚之處，或前或後，往來搖擺，賣弄風流，希圖要逢著個有緣分的佳人。不想一無所遇，好不敗興。自覺無聊，走向一個酒館中，沽飲三盃。上了酒樓，揀沿街一副座頭坐下。酒保送上酒餚，自斟自飲，倚窗觀看遊人。不出三盃兩盞，吃勾半酣，起身下樓。算還酒錢，離了酒館，一步步任意走去，此時已是未牌時分。行不多時，漸漸酒湧上來，口乾舌燥，思量得盞茶來解渴便好。正無處求覓，忽擡頭見前面林子中，旛影搖拽，磬韻悠揚，料道是個僧寮道院，心中歡喜。即忙趨向前去。抹過林子，顯出一個大庵院來。赫大卿打一看時，週遭都是粉牆包裹，門前十來株倒垂楊柳，中間向陽兩扇八字牆門，上面高掛金字匾額，寫著非空庵三字。赫大卿點頭道：「常聞得人說，城外非空庵中有標致尼姑。只恨沒有工夫，未曾見得。不想今日趁了這便。」即整頓衣冠，走進庵裏。轉東一條鵝卵石街，兩邊榆柳成行，甚是幽雅。行不多步，又進一重牆門，就是小小三間房子，供著韋駝尊者。庭中松柏參天，樹上鳥聲嘈雜。從佛背後轉進，又是一條橫街。大卿逕望東首行去，見一座雕花門樓，雙扉緊閉。上前輕輕扣了三四下，就有個垂髫女童，呀的開門。那女童身穿緇衣，腰繫絲絲，打扮得十分齊整。見了赫大卿，連忙問訊。大卿還了禮，跨步進去看時，一帶三間佛堂，雖不甚大，到也高敞。中間三尊大佛，相貌莊嚴，金光燦爛。大卿向佛作了揖，對女童道：「煩報令師，說有客相訪。」女童道：「相公請坐，待我進去傳說。」須臾間，一個少年尼姑出來，向大卿稽首。大卿急忙還禮，用那雙開不開，

❾ 張詠：字復之，宋鄄城人。有乖崖集。

合不合，慣輸情，專賣俏，軟瞇暌⑩的俊眼，仔細一覷。這尼姑年紀不上二十，面龐白皙如玉，天然豔治，韻格非凡。大卿看見恁般標致，喜得神魂飄蕩。一個揖作了下去，卻像初出鍋的糍粑，軟做一塌，頭也伸不起來。禮罷，分賓主坐下，想道：「今日撞了一日，並不曾遇得個可意人兒。不想這所在到藏著如此妙人。須用些水磨工夫⑪撩撥⑫他，不怕不上我的鉤兒。」大卿正在腹中打點草稿，誰知那尼姑亦有此心。從來尼姑庵也有個規矩，但凡客官到來，都是老尼迎接答話。那少年的，如閨女一般，深居簡出，非細相熟的主顧，或是親戚，方纔得見。若是老尼出外，或是病臥，竟自辭客。就有非常勢要的，立心要來認那小徒，也少不得三請四喚，等得你個不耐煩，方纔出來。這個尼姑為何挺身而出？有個緣故。他原是個真念佛，假修行，愛風月，嫌冷靜，怨恨出家的主兒。偶然先在門隙裏，張見了大卿這一表人材，到有幾分看上了。所以挺身而出。當下兩隻眼光，就如針兒遇著磁石，緊緊的攝在大卿身上，笑嘻嘻的問道：「相公尊姓貴表？府上何處？至小庵有甚見諭？」大卿道：「小生姓赫名大卿，就在城中居住。今日到郊外踏青，偶步至此。久慕仙姑清德，順便拜訪。」尼姑謝道：「小尼僻居荒野，無德無能，謬承枉顧，蓬蓽生輝。此處來往人雜，請裏面軒中待茶。」大卿見說請到裏面吃茶，料有幾分光景，好不歡喜。即起身隨入。行過幾處房屋，又轉過一條迴廊，方是三間淨室，收拾得好不精雅。外面一帶，都是扶欄，庭中植梧桐二樹，修竹數竿，百般花卉，紛紜輝映，但覺香氣襲人。正中間供白描大

⑩ 瞇暌：眼睛合成了一條縫。
⑪ 水磨工夫：周密、耐心的手段。
⑫ 撩撥：招惹；挑動。

士像一軸，古銅爐中，香煙馥馥，下設蒲團一坐，左一間放著朱紅廚櫃四個，都有封鎖，想是收藏經典在內；右一間用圍屏圍著，進入看時，橫設一張桐柏長書桌，左設花籐小椅，右邊靠壁一張斑竹榻兒，壁上懸一張斷紋古琴，書桌上筆硯精良，纖塵不染。側邊有經卷數帙。隨手拈一卷翻看，金書小楷，字體摹倣趙松雪⓭，後註年月，下書弟子空照薰沐寫。大卿問：「空照是何人？」答道：「就是小尼賤名。」大卿反覆玩賞，誇之不已。兩個隔著桌子對面而坐。女童點茶到來。空照雙手捧過一盞，遞與大卿，自取一盞相陪。那手十指尖纖，潔白可愛。大卿接過，啜在口中，真個好茶！有呂洞賓茶詩為證：

玉蘂旗鎗稱絕品，僧家造法極工夫。兔毛甌淺香雲白，蝦眼湯翻細浪休。
斷送睡魔離几席，增添清氣入肌膚。幽叢自落溪嵒外，不肯移根入上都。

大卿問道：「仙庵共有幾位？」空照道：「師徒四眾。家師年老，近日病廢在床，當家就是小尼。」指著女童道：「這便是小徒。他還有師弟在房裏誦經。」赫大卿道：「仙姑出家幾年了？」空照道：「自七歲喪父，送入空門，今已十二年矣。」赫大卿道：「青春十九，正在妙齡，怎生受此寂靜？」空照道：「相公休得取笑！出家勝俗家數倍哩。」赫大卿道：「那見得出家的勝似俗家？」空照道：「我們出家人，並無閑事纏擾，又無兒女牽絆，終日誦經念佛，受用一爐香，一壺茶，倦來眠紙帳⓮，閒暇理絲桐⓯，

⓭ 趙松雪：趙孟頫，字子昂，號松雪道人。元代著名的書畫家。
⓮ 紙帳：用藤皮繭紙作成的帳子。
⓯ 絲桐：琴的別稱。

好不安閒自在。」大卿道：「閒暇理絲桐，彈琴時也得個知音的人兒在傍喝采方好。這還罷了。則這倦來眠紙帳，萬一夢魔起來，沒人推醒，好不怕哩！」空照已知大卿下釣，含笑而應道：「夢魔殺了人也不要相公償命。」大卿也笑道：「別的魔殺了一萬個全不在小生心上，像仙姑恁般高品，豈不可惜！」兩下你一句，我一聲，漸漸說到分際。大卿道：「有好茶再求另烹一壺來吃。」空照已會意了。便教女童去廊下烹茶。大卿道：「仙姑臥房何處？是什麼紙帳？也得小生認一認。」空照此時慾心已熾，按納不住，口裏雖說道：「認他怎麼？」卻早已立起身來。大卿上前擁抱，先做了個「呂」字。空照往後就走。大卿接腳跟上。空照輕輕的推開後壁，後面又有一層房屋，正是空照臥處。擺設更自濟楚。大卿也無心觀看，兩個相抱而入，遂成雲雨之歡，有小尼姑曲兒為證：

小尼姑，在庵中，手拍著桌兒怨命。平空裏弔下個俊俏官人，坐談有幾句話，聲口兒相應。你貪我不捨，一拍上就圓成。雖然不是結髮的夫妻，也難得他一個字兒叫做肯。

二人正在酣美之處，不隄防女童推門進來，連忙起身。女童放下茶兒，掩口微笑而去。看看天晚，點起燈燭，空照自去收拾酒菓蔬菜，擺做一桌，與赫大卿對面坐下。又恐兩個女童泄漏機關，也教來坐在傍邊相陪。空照道：「庵中都是吃齋，不知貴客到來，未曾備辦葷味，甚是有慢。」赫大卿道：「承賢師徒錯愛，已是過分。若如此說，反令小生不安矣。」當下四人盃來盞去，吃到半酣，大卿起身捱至空照身邊，把手勾著頸兒，將酒飲過半盃，遞到空照口邊。空照將口來承，一飲而盡。兩個女童見他肉麻，起身迴避。空照一把扯道：「既同在此，料不容你脫白。」二人捽脫不開，將袖兒掩在面上。大卿上前抱住，扯開袖子，就做了個嘴兒。二女童年在當時，情竇已開。見師父容情，落得快活。四人摟做一團，纏做一塊，吃得個大醉，一床而臥，相偎相抱，如漆如膠。赫大卿放出平生本事，竭力奉承。尼姑俱是初得甜頭，恨不得把身子并做一個。到次早，空照叫過香公，賞他三錢銀子，買囑他莫要泄漏。又將錢鈔教去買辦魚肉酒菓之類。那香公平昔間，捱著這幾碗黃虀淡飯，沒甚肥水到口，眼也是盲的，耳也是聾的，身子是軟的，腳兒是慢的。此時得了這三錢銀子，又見要買酒肉，便覺眼明手快，身子如虎一般健，走跳如飛。那消一個時辰，都已買完。安排起來，款待大卿，不在話下。

卻說非空庵原有兩個房頭，東院乃是空照，西院的是靜真，也是個風流女師。手下止有一個女童，一個香公。那香公因見東院連日買辦酒肉，報與靜真。靜真猜莫空照定有些不三不四的勾當。教女童看守房戶，起身來到東院門口。恰好遇見香公，左手提著一個大酒壺，右手拿個籃兒，開門出來。兩下打個照面，即問道：「院主往那裏去？」靜真道：「特來與師弟閒話。」香公道：「既如此，待我先去通報。」靜真一手扯住道：「我都曉得了，不消你去打照會。」香公被道著心事，一個臉兒登時漲紅，不敢答應。只得隨在後邊，將院門閉上，跟至淨室門口，高叫道：「西房院主在此拜訪。」空照聞言，慌了手腳，沒做理會。教大卿閃在屏後，起身迎住靜真。靜真上前一把扯著空照衣袖，說道：「好呀，出家人幹得好事，敗壞山門。我與你到里正處去講。」扯著便走。嚇得個空照臉兒就如七八樣的顏色染的，一搭兒紅一搭兒青，心頭恰像千百個鐵槌打的，一回兒上，一回兒下，半句也對不出，半步也行不動。靜真見他這個模樣，呵呵笑道：「師弟不消著急！我是耍你。但既有佳賓，如何瞞著我獨自受用？還不快請來相見。」空照聽了這話，方纔放心。遂令大卿與靜真相見。大卿看靜真姿容秀美，丰采動人，年紀有二十五六上下。雖然長於空照，風情比他更勝。乃問道：「師兄上院何處？」靜真道：「小尼即此庵西院，咫尺便是。」大卿道：「小生不知，失於奉謁。」兩下閒敘半晌。靜真見大卿舉止風流，談吐開爽，凝眸留盼，戀戀不捨。嘆道：「天下有此美士，師弟何幸，獨擅其美！」空照道：「師兄不須眼熱。倘不見外，自當同樂。」靜真道：「若得如此，佩德不淺。今晚奉候小坐，萬祈勿外。」說罷，即起身作別，回至西院，準備酒肴伺候。不多時，空照同赫大卿攜手而來。女童在門口迎候。赫大卿進院，看時，房廊花徑，亦甚委曲。三間淨室，比東院的更覺精雅。但見：

瀟灑亭軒，清虛戶牖。畫列江南煙景，香焚真臘沈檀。庭前修竹，風搖一派珮環聲；簾外奇花，日照千層錦繡色。松陰入檻琴書潤，山色侵軒枕簟涼。

靜真見大卿已至，心中歡喜。不復敘禮，即便就坐。茶罷，擺上菓酒肴饌。空照推靜真坐在赫大卿身邊，自己對面相陪。又扯女童打橫而坐。四人三盃兩盞，飲勾多時。赫大卿把靜真抱置膝上，又教空照坐至身邊。兩手勾著頸項兒，百般旖旎⑯。傍邊女童面紅耳熱，也覺動情。直飲到黃昏時分，空照起身道：「好做新郎，明日早來賀喜。」討個燈兒，送出門口自去。女童叫香公關門閉戶，進來收拾家火，將湯淨過手腳。赫大卿抱著靜真上床，解脫衣裳，鑽入被中。酥胸緊貼，玉體相偎。赫大卿乘著酒興，儘生平才學，恣意搬演，把靜真弄得魄散魂消，骨酥體軟，四肢不收，委睡至巳牌時分，方纔起來。自此之後，兩院都買囑了香公，輪流取樂。赫大卿淫慾無度，樂極忘歸。將近兩月，大卿自覺身子困倦，

⑯ 旖旎：溫柔的樣子。

支持不來，思想回家。怎奈尼姑正是少年得趣之時，那肯放捨。赫大卿再三哀告道：「多承雅愛，實不忍別。但我到此兩月有餘，家中不知下落，定然著忙。待我回去，安慰妻孥，再來陪奉。不過四五日之事，卿等何必見疑？」空照道：「既如此，今晚備一酌為餞，明早任君回去。但不可失信，作無行之人。」赫大卿設誓道：「若忘卿等恩德，猶如此日！」空照即到西院，報與靜真。靜真想了一回道：「他設誓雖是真心，但去了必不能再至。」空照道：「卻是為何？」靜真道：「是這樣一個風流美貌男子，誰人不愛！況他生平花柳多情，樂地不少。逢著便留戀幾時。雖欲要來，勢不可得。」空照道：「依你說還是怎樣？」靜真道：「依我卻有個絕妙策兒在此，教他無繩自縛，死心塌地守著我們。」空照連忙問計。靜真伸出手疊著兩個指頭，說將出來，有分教赫大卿：

生於錦繡叢中，死在牡丹花下。

當下靜真道：「今夜若說餞行，多勸幾盃，把來灌醉了，將他頭髮剃淨，自然難回家去。況且面龐又像女人，也照我們粧束，就是達摩祖師親來，也相不出他是個男子。落得永遠快活。且又不擔干係，豈非一舉兩便！」空照道：「師兄高見，非我可及。」到了晚上，靜真教女童看守房戶，自己到東院見了赫大卿道：「正好歡娛，因甚頓生別念？何薄情至此！」大卿道：「非是寡情，止因離家已久，妻孥未免懸望，故此暫別數日，即來陪侍。豈敢久拋，忘卿恩愛！」靜真道：「師弟已允，我怎好免強。但君不失所期，方為信人。」大卿道：「這個到不須多囑！」少頃，擺上酒肴，四尼一男，團團而坐。靜真道：「今夜置此酒，乃離別之筵，須大家痛醉。」空照道：「這個自然！」當下更番勸酬，直飲至三鼓，把赫大卿灌得爛醉如泥，不省人事。靜真起來，將他巾幘脫了，空照取出剃刀，把頭髮剃得一莖不存，然後扶至房中去睡，各自分別就寢。赫大卿一覺，直至天明，方纔甦醒。傍邊伴的卻是空照。翻轉身來，覺道精頭皮在枕上抹過。連忙把手摸時，卻是一個精光葫蘆。喫了一驚，急忙坐起，連叫道：「這怎麼說？」空照驚醒轉來，見他大驚小怪，也坐起來道：「郎君不要著惱！因見你執意要回，我師徒不忍分離，又無策可留，因此行這苦計，把你也要扮做尼姑，圖個久遠快活。」一頭說，一頭即倒在懷中，撒嬌撒癡，淫聲浪語，迷得個赫大卿毫無張主。乃道：「雖承你們好意，只是下手太狠！如今教我怎生見人？」空照道：「待養長了頭髮，見也未遲。」赫大卿無可奈何，只得依他，做尼姑打扮，住在庵中，晝夜淫樂。空照、靜真已自不肯放空，又加添兩個女童：

或時做聯床會，或時做亂點軍。那壁廂貪淫的肯行謙讓，這壁廂買好的敢惜精神。兩柄快斧不勾劈一塊枯柴，一個疲兵怎能當四員健將。燈將滅而復明，縱是強陽之火；漏已盡而猶滴，那有潤澤之時。任教鐵漢也消鎔，這個殘生難過活。

大卿病已在身，沒人體恤。起初時還三好兩歉，尼姑還認是躲避差役。次後見他久眠床褥，方纔著急。意欲送回家去，卻又頭上沒了頭髮，怕他家盤問出來，告到官司，敗壞庵院，住身不牢。若留在此，又恐一差兩誤，這屍首無處出脫，被地方曉得，弄出事來，性命不保。又不敢請覓醫人看治。止教香公去說病討藥。猶如澆在石上，那有一些用處。空照、靜真兩個，煎湯送藥，日夜服侍，指望他還有痊好的日子。誰知病勢轉加，淹淹待斃。空照對靜真商議道：「赫郎病體，萬無生理，此事卻怎麼處？」靜真想了一想道：「不打緊！如今先教香公去買了幾擔石灰。等他走了路，也不要尋外人收拾；我們自己與他穿著衣服，依般尼姑打扮。棺材也不必去買，且將老師父壽材來盛了。我與你同著香公女童相幫擡到後園空處，掘個深穴，將石灰傾入，埋藏在內，神不知，鬼不覺，那個曉得！」不道二人商議。且說赫大卿這日睡在空照房裏，忽地想起家中，眼前並無一個親人，泪如雨下。空照與他拭泪，安慰道：「郎君不須煩惱！少不得有好的日子。」赫大卿道：「我與二卿邂逅相逢，指望永遠相好。誰想緣分淺薄，中道而別，深為可恨。但起手原是與卿相處。今有一句要緊話兒，托卿與我周旋。萬乞不要違我。」空照道：「郎君如有所囑，必不敢違。」赫大卿將手向枕邊取出一條鴛鴦縧來。——如何叫做鴛鴦縧？原來這縧半條是鸚哥綠，半條是鵝兒黃，兩樣顏色合成，所以謂之鴛鴦縧。——當下大卿將縧付與空照，含泪而言道：「我自到此，家中分毫不知。今將永別，可將此縧為信，報知吾妻，教他快來見我一面，死亦瞑目。」空照接縧在手，忙使女童請靜真到廂房內，將縧與他看了，商議報信一節。靜真道：「你我出家之人，私藏男子，已犯明條。況又弄得淹淹欲死。他渾家到此，怎肯干休，必然聲張起來。你如何收拾？」空照到底是個嫩貨，心中猶預不忍。靜真劈手奪取縧來，望著天花板上一丟，眼見得這縧有好幾時不得出世哩。空照道：「你撇了這縧兒，教我如何去回復赫郎？」靜真道：「你只說已差香公將縧送去了，他娘子自不肯來，難道問我個違限不成？」空照依言回復了大卿。大卿連日一連問了幾次，只認渾家懷恨，不來看他，心中愈加悽慘，嗚嗚而泣。又捱了幾日，大限已到，嗚呼哀哉。

地下忽添貪色鬼，人間不見假尼姑。

二尼見他氣絕，不敢高聲啼哭，飲泣而已。一面燒起香湯，將他身子揩抹乾淨，取出一套新衣，穿著停當，教起兩個香公，將酒飯與他喫飽，點起燈燭，到後園一株大柏樹傍邊，用鐵鍬掘了個大穴，傾入石灰，然後擡出老尼姑的壽材，放在穴內。鋪設好了，也不管時日利也不利，到房中把屍首翻在一扇板門之上。眾尼相幫香公，扛至後園，盛殮在內。掩上材蓋，將就釘了。又傾上好些石灰，把泥堆上，勻攤與平地一般，並無一毫形迹。可憐赫大卿自清明日纏上了這尼姑，到此三月有餘，斷送了性命，妻孥不能一見，撇下許多家業，埋於荒園之中，深為可惜！有小詞為證：

貪花的，這一番你走錯了路！千不合，萬不合，不該纏那小尼姑！小尼姑是真色鬼，怕你纏他不過。頭皮兒都擂光了，連性命也嗚呼！埋在寂寞的荒園，這也是貪花的結果。

話分兩頭，且說赫大卿渾家陸氏，自從清明那日赫大卿遊春去了，四五日不見回家。只道又在那個娼家留戀，不在心上。已後十來日不回，叫家人各家去挨問，都道清明之後，從不曾見。陸氏心上著忙。看看一月有餘，不見蹤跡。陸氏在家日夜啼哭，寫了招子，各處粘貼，並無下落。合家好不著急！那年秋間久雨，赫家房子倒壞甚多。因不見了家主，無心葺理。直至十一月間，方喚幾個匠人修造。一日，陸氏自走出來，計點工程，一眼覷著個匠人，腰間繫一條鴛鴦縧兒，依稀認得是丈夫束腰之物，喫了一驚。連忙喚丫環教那匠人解下來看。這匠人叫做蒯三，泥水木作，件件精熟，有名的三料匠。赫家是頂門主顧⑰，故此家中大小無不認得。當下見掌家娘子要看，連忙解下，交於丫環。丫環又遞與陸氏。陸

⑰ 頂門主顧：老主顧。

氏接在手中，反覆仔細一認，分毫不差。只因這條絲兒，有分教：

貪淫浪子名重播，稔色尼姑禍忽臨。

原來當初買這絲兒，一樣兩條，夫妻各繫其一。今日見了那絲，物是人非，不覺撲簌簌流下泪來。即叫蒯三問道：「這絲你從何處得來的？」蒯三道：「在城外一個尼姑庵裏拾的。」陸氏道：「那庵叫什麼庵？尼姑喚甚名字？」蒯三道：「這庵有名的非空庵。有東西兩院，東房叫做空照，西房叫做靜真。還有幾個不曾剃髮的女童。」陸氏又問：「那尼姑有多少年紀了？」蒯三道：「都只好二十來歲。到也有十分顏色。」陸氏聽了，心中揣度：「丈夫一定戀著那兩個尼姑，隱在庵中了。我如今多著幾個人將了這絲，叫蒯三同去做個證見，滿庵一搜，自然出來的。」方纔轉步，忽又想道：「焉知不是我丈夫掉下來的？莫要枉殺了出家人。再問他個備細。」陸氏又叫住蒯三問道：「你這絲幾時拾的？」蒯三道：「不上半月。」陸氏又想道：「原來半月之前，丈夫還在庵中。事有可疑！」又問道：「你在何處拾的？」蒯三道：「在東院廂房內，天花板上拾的。也是大雨中淋漏了屋，教我去翻瓦，故此拾得。不敢動問大娘子，為何見了此絲，只管盤問？」陸氏道：「這絲是我大官人的。自從春間出去，一向並無蹤跡。今日見了這絲，少不得絲在那裏，人在那裏。如今就要同你去與尼姑討人。尋著大官人回來，照依招子上重重謝你。」蒯三聽罷，喫了一驚：「那裏說起！卻在我身上要人！」便道：「絲便是我拾得，實不知你們大官人事體。」陸氏道：「你在庵中共做幾日工作？」蒯三道：「西院共有十來日，至今工錢尚還我不清哩。」陸氏道：「可曾見我大官人在他庵裏麼？」蒯三道：「這個不敢說謊，生活便做了這幾日，任我們穿房入戶，卻從不曾見大官人的影兒。」陸氏想道：「若人不在庵中，就有此絲，也難憑據。」左思右算，想了一回，乃道：「這絛在庵中，必定有因。或者藏於別處，也未可知。適纔蒯三說庵中還少工錢，我如今賞他一兩銀子，教他以討銀為名，不時去打探，少不得露出些圭角來。那時著在尼姑身上，自然有個下落。」即喚過蒯三，吩咐如此如此，恁般恁般。「先賞你一兩銀子。若得了實信，另有重謝。」那匠人先說有一兩銀子，後邊還有重謝，滿口應承，任憑差遣。陸氏回到房中，將白銀一兩付與，蒯三作謝回家。

到了次日，蒯三捱到飯後，慢慢的走到非空庵門口。只見西院的香公坐在門檻上，向著日色脫開衣服捉虱子。蒯三上前叫聲香公。那老兒擡起頭來，認得是蒯匠，便道：「連日不見。怎麼有工夫閒走？院主正要尋你做些小生活，來得湊巧。」蒯匠見說，正合其意。便道：「不知院主要做甚麼？」香公道：「說便恁般說，連我也不知。同進去問便曉得。」把衣服束好，一同進來。灣灣曲曲，直到裏邊淨室中。靜真坐在那裏寫經。香公道：「院主，蒯待詔⑱在此。」靜真把筆放下道：「剛要著香公來叫你做生活，恰來得正好。」蒯三道：「不知院主要做甚樣生活？」靜真道：「佛前那張供桌，原是祖傳下來的。年深月久，漆都剝落了。一向要換，沒有個施主。前日蒙錢奶奶發心捨下幾根木子。今要照依東院一般做張佛櫃。選著明日是個吉期，便要動手。必得你親手製造；那樣沒用副手一個也成不得的。工錢索性一

---

⑱ 待詔：漢代，被政府徵辟到京師做官的人稱為「待詔公車」。唐代，把擅長文詞、經術以及僧道、卜祝、術藝、書弈等類的人都養在政府機關裏，隨時等待皇帝的詔命派用，那些人也被稱為「待詔」。後來又引申為對工匠及手藝人的稱呼。

併罷。」蒯三道，「恁樣，明日准來。」口中便說，兩隻眼四下瞧看。靜室內空空的，料沒個所在隱藏。即便轉身，一路出來，東張西望。想道：「這絲在東院拾的，還該到那邊去打探。」走出院門，別了香公，逕到東院。見院門半開半掩，把眼張看，並不見個人兒。輕輕的挨將進去，捏手捏腳逐步步走入。見鎖著的空房，便從門縫中張望，並無聲息。卻走到廚房門首，只聽得裏邊笑聲，便立定了腳，把眼向窗中一覷，見兩個女童攪做一團頑耍。須臾間，小的跌倒在地，大的便扛起雙足，跨上身去，學男人行事，捧著親嘴。小的便喊。大的道：「孔兒也被人弄大了，還要叫喊！」蒯三正看得得意，忽地一個噴嚏，驚得那兩個女童連忙跳起，問道：「那個？」蒯三走近前去，道：「是我。院主可在家麼？」口中便說，心內卻想著兩個舉動，忍笑不住，格的笑了一聲。女童覺道被他看見，臉都紅了，道：「蒯待詔，有甚說話？」蒯三道：「沒有甚話。要問院主借工錢用用。」女童道：「師父不在家裏，改日來罷。」蒯三見回了，不好進去，只得覆身出院。兩個女童把門關上，口內罵道：「這蠻子好像做賊的，聲息不見，已到廚下了，恁樣可惡！」蒯三明明聽得，未見實跡，不好發作。一路思想：「孔兒被人弄大，這句話雖不甚明白，卻也覺得蹺蹊。且到明日再來探聽。」至次日早上，帶著傢伙，逕到西院，將木子量劃尺寸，運動斧鋸裁截。手中雖做傢伙，一心察聽赫大卿消息。約莫未牌時分，靜真走出觀看。兩下說了一回閒話。忽然擡頭見香燈中火滅，便教女童去取火。女童去不多時，將出一個燈火盞兒，放在桌上，便去解繩，放那燈香。不想繩子放得忒鬆了，那盞燈望下直溜。事有湊巧，物有偶然，香燈剛落下來，恰好靜真立在其下，不歪不斜，正打在他的頭上。撲的一聲，那盞燈碎做兩片，這油從頭直澆到底。靜真心中大怒，也不顧身上油污，趕上前一把揪住女童頭髮，亂打亂踢，口中罵著：「騷精淫婦娼根，被人入昏了，全不照管，污我一身衣服！」蒯三撇下手中斧鑿，忙來解勸開了。靜真怒氣未息，一頭走，一頭罵，往裏邊更換衣服去了。那女童打的頭髮散做一背，哀哀而哭。見他進來，口中喃喃的道：「打翻了油便恁般打罵！你活活弄死了人，該問甚麼罪哩？」蒯三聽得這話，即忙來問。正是：

情知語似鉤和線，從頭釣出是非來。

原來這女童年紀也在當時，初起見赫大卿與靜真百般戲弄，心中也欲得嘗嘗滋味。怎奈靜真情性利害，比空照大不相同，極要拈酸喫醋。只為空照是首事之人，姑容了他。漢子到了自己房頭，囫圇⑲喫在肚子，還嫌不夠，怎肯放些須空隙與人！女童含忍了多時，銜恨在心。今日氣怒間，一時把真話說出。不想正湊了蒯三之趣。當下蒯三問道：「他怎麼弄死了人？」女童道：「與東房這些淫婦，日夜輪流快活，將一個赫監生斷送了。」蒯三道：「如今在那裏？」女童道：「東房後園大柏樹下埋的不是？」蒯三還要問時，香公走將出來，便大家住口。女童自哭向裏邊去了。蒯三思量這話，與昨日東院女童的正是暗合，眼見得這事有九分了。不到晚，只推有事，收拾傢伙，一口氣跑至赫家，請出陸氏娘子，將上項事一一說知。陸氏見說丈夫死了，放聲大哭。連夜請親族中商議停當，就留蒯三在家宿歇。到次早，喚集童僕，共有二十來人，帶了鋤頭鐵鍬斧頭之類，陸氏把孩子教養娘看管，乘坐轎子，蜂湧而來。那庵離城不過三里之地，頃刻就到了。陸氏下了轎子，留一半人在門口把住，其餘的擔著鋤頭鐵鍬，隨陸氏進去。蒯三在前引路，逕來到東院扣門。那時庵門雖開，尼姑們方纔起身。香公聽得扣門，出來開，

⑲ 囫圇：整個兒。

看見有女客，只道是燒香的，進去報與空照知道。那蒯三認得後園路徑，引著眾人，一直望裏邊逕闖。劈面遇著空照。空照見蒯三引著女客，便道：「原來是蒯待詔的宅眷。」上前相迎。蒯三、陸氏也不答應，將他擠在半邊。眾人一溜煙向園中去了。空照見勢頭勇猛，不知有甚緣故，隨腳也趕到園中。見眾人不到別處，逕至大柏樹下，運起鋤頭鐵鍬，四下亂掘。空照知事已發覺，驚得面如土色。連忙覆身進來，對著女童道：「不好了！赫郎事發了！快些隨我來逃命！」兩個女童都也嚇得目睜口呆，跟著空照罄身而走。方到佛堂前，香公來報說：「庵門口不知為甚，許多人守在，不容我出去。」空照連聲叫：「苦也！且往西院去再處。」四人飛走到西院，敲開院門，吩咐香公閉上。「倘有人來扣，且勿要開。」趕到裏邊，那時靜真還未起身，門上閉著。空照一片聲亂打。靜真聽得空照聲音，急忙起來，穿著衣服，走出問道：「師弟為甚這般忙亂？」空照道：「赫郎事體，不知那個漏了消息，蒯木匠這天殺的，同了許多人逕趕進後園，如今在那裏發掘了。我欲要逃走，香公說門前已有人把守，出去不得。特來與你商議。」靜真聽說，唬這一驚，卻也不小！說道：「蒯匠昨日也在這裏做生活，如何今日便引人來？卻又知得恁般詳細。必定是我庵中有人走漏消息，這奴狗方纔去報新聞。不然，何由曉得我們的隱事。」那女童在旁聞得，懊悔昨日失言，好生驚惶。東院女童道：「蒯匠有心，想非一日了。前日便悄悄直到我家廚下來聽消耗，被我們發作出門。但不知那個泄漏的？」空照道：「這事且慢理論。只是如今卻怎麼處？」靜真道：「更無別法，只有一個走字。」空照道：「門前有人把守。」靜真道：「且看後門。」先教香公打探，回說並無一人。空照大喜，一面教香公把外邊門戶一路關鎖，自己到房中取了些銀兩，其餘盡皆棄下。連香公共是七人，一齊出了後門，也把鎖兒鎖了。空照道：「如今走在那裏去躲好？」

靜真道：「大路上走，必然被人遇見，須從僻路而去。往極樂庵暫避。此處人煙稀少，無人知覺。」了緣與你我情分又好，料不推辭。待事平定，再作區處。」空照連聲道是，不管地上高低，望著小徑，落荒而走。投極樂庵躲避，不在話下。

且說陸氏同蒯三眾人，在柏樹下一齊著力，鋤開面上土泥，露出石灰，都道是了。那石灰經了水，并做一塊，急切不能得碎。弄了大一回，方纔看見材蓋。陸氏便放聲啼哭。眾人用鐵鍬墾去兩邊石灰，那材蓋卻不能開。外邊把門的等得心焦，都奔進來觀看。正見弄得不了不當⑳，一齊上前相幫，掘將下去，把棺木弄清，提起斧頭，砍開棺蓋。打開看時，不是男子，卻是一個尼姑。眾人見了，都慌做一堆。也不去細認，俱面面相覷，急把材蓋掩好。說話的，我且問你：赫大卿死未週年，雖然沒有頭髮，夫妻之間，難道就認不出了？看官有所不知。那赫大卿初出門時，紅紅白白，是個俊俏子弟，在庵中得了怯症㉑，久臥床褥，死時只剩得一把枯骨。就是引鏡自照，也認不出當初本身了。況且驟然見了個光頭，怎的不認做尼姑？當下陸氏到埋怨蒯三起來，道：「特地教你探聽，怎麼不問個的確，卻來虛報？如今弄這把戲；如何是好？」蒯三道：「昨天小尼明明說的，如何是虛報？」眾人道：「見今是個尼姑了，還強辯到那裏去！」蒯三道：「莫不掘錯了？再在那邊墾下去看。」內中有個老年親戚道：「不可，不可！律上說，開棺見屍者斬。況發掘墳墓，也該是個斬罪。目今我們已先犯著了。倘再掘起一個尼姑，到去頂兩個斬罪不成？不如快去告官，拘昨日說的小尼來問，方纔扯個兩平。若被尼姑先告，到是老大

⑳ 不了不當：沒結果。

㉑ 怯症：肺結核症。

利害。」眾人齊聲道是。急忙引著陸氏就走。連鋤頭傢伙到棄下了。從裏邊直至庵門口，並無一個尼姑。那老者又道：「不好了！這些尼姑，不是去叫地方，一定先去告狀了，快走，快走！」嚇得眾人一個個心下慌張，巴不能脫離了此處。教陸氏上了轎子，飛也似亂跑，望新淦縣前來稟官。進得城時，親戚們就躲去了一半。

正是話分兩頭，卻是陸氏帶來人眾內，有個雇工人，叫做毛潑皮，只道棺中還有甚東西，閃在一邊，讓眾人去後，揭開材蓋，掀起衣服，上下一翻，更無別物。也是數合當然，不知怎地一扯，那褲子直褪下來，露出那件話兒。毛潑皮看了笑道：「原來不是尼姑，卻是和尚。」依舊將材蓋好，走出來四處張望。見沒有人，就踅到一個房裏，正是空照的淨室。只揀細軟取了幾件，揣在懷裏，離了非空庵，急急追到縣前。正值知縣相公在外拜客。陸氏和眾人在那裏伺候。毛潑皮上前道：「不要著忙；我放不下，又轉去相看。雖不是大官人，卻也不是尼姑，到是個和尚。」眾人都歡喜道：「如此還好！只不知這和尚，是甚寺裏，卻被那尼姑謀死？」你道天下有恁般巧事！正說間，傍邊走出一個老和尚來，問道：「有甚和尚謀死在那個尼姑庵裏？怎麼一個模樣？」眾人道：「是城外非空庵東院，一個長長的黃瘦小和尚，像死不多時哩。」老和尚見說，便道：「如此說來，一定是我的徒弟了。」眾人問道：「你徒弟如何卻死在那裏？」老和尚道：「老僧是萬法寺住持覺圓，有個徒弟叫做去非，今年二十六歲，專一不學長俊。老僧管他不下。自今八月間出去，至今不見回來。他的父母又極護短。不說兒子不學好，反告小僧謀死。今日在此候審。若得死的果然是他，也出脫了老僧。」毛潑皮道：「老師父，你若肯請我，引你去看如何？」老和尚道：「若得如此，可知好麼！」正待走動，只見一個老兒，同著一個婆子，趕上來，把老和尚接連兩個巴掌，罵道：「你這賊禿！把我兒子謀死在那裏？」老和尚道：「不要嚷，你兒子如今有著落了。」那老兒道：「如今在那裏？」老和尚道：「你兒子與非空庵尼姑串好，不知怎樣死了，埋在他後園。」指著毛潑皮道：「這位便是證見。」扯著他便走。那老兒同婆子一齊跟來，直到非空庵。那時庵傍人家盡皆曉得，若老若幼，俱來觀看。毛潑皮引著老和尚，直至裏邊。只見一間房裏，有人叫響。毛潑皮推門進去看時，卻是一個將死的老尼姑，睡在牀上叫喊：「肚裏餓了，如何不將飯來我喫？」毛潑皮也不管他，依舊把門拽上了。同老和尚到後園柏樹下，扯開材蓋。那婆子同老兒擦磨老眼仔細看，依稀有些相像，便放聲大哭。看的人都擁做一堆。問起根由，毛潑皮指手劃腳，剖說那事。老和尚見他認了，只要出脫自己，不管真假，一把扯道：「去，去，去，你兒子有了，快去稟官，拿尼姑去審問明白，再哭未遲。」那老兒只得住了，把材蓋好，離了非空庵，飛奔進城。到縣前時，恰好知縣相公方回。那拘老和尚的差人，不見了原被告，四處尋覓，奔了個滿頭汗。赫家眾人見毛潑皮老和尚到了，都來問道：「可真是你徒弟麼？」老和尚道：「千真萬真！」眾人道：「既如此，并做一事，進去稟罷。」差人帶一干人齊到裏邊跪下。到先是赫家人上去稟說家主不見緣由，並見蒯匠絲絛，及庵中小尼所說，開棺卻是和尚屍首，前後事一一細稟。然後老和尚上前稟說，是他徒弟，三月前驀然出去，不想死在尼姑庵裏，被伊父母訐告。「今日已見明白，與小僧無干，望乞超豁。」知縣相公問那老兒道：「果是你的兒子麼？不要錯了。」老兒稟道：「正是小人的兒子，怎麼得錯！」知縣相公即差四個公差到庵中拿尼姑赴審。差人領了言語，飛也似趕到庵裏，只見看的人，便擁進擁出，那見尼姑的影兒。直尋到一間房裏，單單一個老尼在牀將死快了。內中有一個道：「或者躲在西院。」急到西院門口，見門閉著。敲了一回，無人答應。公差心中焦躁，俱從後園牆上爬將過去。見前後門戶，盡皆落鎖。一路打開搜看，並不見個人跡。差人各溜過幾件細軟東西。到拿地方同去回官。知縣相公在堂等候，差人稟道：「非空庵尼姑都逃躲不知去向。拿地方在此回話。」知縣問地方道：「你可曉得尼姑躲在何處？」地方道：「這個小人們那裏曉得！」知縣喝道：「尼姑在地方上偷養和尚，謀死人命，這等不法勾當，都隱匿不報。如今事露，卻又縱容躲過，假推不知。既如此，要地方何用？」喝教拿下去打。地方再三苦告，方纔饒得。限在三日內，准要一干人犯。召保在外，聽候獲到審問。又發兩張封皮，將庵門封鎖不題。

且說空照、靜真同著女童香公來到極樂庵中。那庵門緊緊閉著。敲了一大回，方纔香公開門出來。眾人不管三七二十一，一齊擁入。流水叫香公把門閉上。庵主了緣早已在門傍相迎。見他們一窩子都來，且是慌慌張張，料想有甚事故。請在佛堂中坐下。一面教香公去點茶。遂開言問其來意。靜真扯在半邊，將上項事細說一遍。要借庵中躲避。了緣聽罷，老大喫驚。沉吟了一回，方道：「二位師兄有難來投，本當相留。但此事非同小可！往遠處逃遁，或可避禍。我這裏牆卑室淺，耳目又近。倘被人知覺，莫說師兄走不脫，只怕連我也涉在渾水內。如何躲得！」你道了緣因何不肯起來？他也是個廣開方便門的善知識，正勾搭萬法寺小和尚去非做了光頭夫妻，藏在寺中三個多月。雖然也扮作尼姑，常恐露出事來。故此門戶十分緊急。今日靜真也為那椿事敗露來躲避，恐怕被人緝著，豈不連他的事也出醜，因這上不肯相留。空照師徒見了緣推托，都面面相覷，沒做理會。到底靜真有些賊智，曉得了緣平昔貪財，便去袖中摸出銀子，揀上二三兩，遞與了緣道：「師兄之言，雖是有理，但事起倉卒，不曾算得個去路，急切投奔何處？望師兄念向日情分，暫容躲避兩三日。待勢頭稍緩，然後再往別處。這些少銀兩，送與師兄為盤纏之用。」果然了緣見著銀子，就忘了利害，乃道：「若只住兩三日，便不妨得。如何要師兄銀子！」靜真道：「在此攪擾，已是不當，豈可又費師兄。」了緣假意謙讓一回，把銀收過。引入裏邊去藏躲。且說小和尚去非，聞得香公說是非空庵師徒五眾，且又生得標致，忙走出來觀看。兩下卻好打個照面，各打了問訊。靜真仔細一看，卻不認得。問了緣道：「此間師兄，上院何處？怎麼不曾相會？」了緣扯個謊道：「這是近日新出家的師弟，故此師兄還認不得。」那小和尚見靜真師徒姿色勝似了緣，心下好不歡喜。想道：「我好造化！那裏說起，天賜這幾個妙人在此，少不得都刮上他，輪流兒取樂快活！」當下了緣備辦些素齋款待。靜真、空照心中有事，耳熱眼跳，坐立不寧，那裏喫得下飲食。到了申牌時分，向了緣道：「不知庵中事體若何？欲要央你們香公去打聽個消息，方好計較長策。」了緣即教香公前去。那香公是個老實頭，不知利害，一逕奔到非空庵前，東張西望。那時地方人等正領著知縣鈞旨，封鎖庵門，也不管老尼死活，反鎖在內，兩條封皮，交叉封好，方待轉身，見那老頭探頭探腦，幌來幌去，情知是個細作，齊上前喝道：「官府正要拿你，來得恰好！」一個拿起索子，向頸上便套。嚇得香公身酥腳軟，連聲道：「他們借我庵中躲避，央來打聽的。其實不干我事。」眾人道：「原曉得你是打聽的。快說是那個庵裏？」香公道：「是極樂庵裏。」眾人得了實信，又叫幾個幫手，押著香公，齊到極樂庵，將前後門把好，然後叩門。裏邊曉得香公回來，了緣急急出來開門。眾人一擁而入，迎頭就把了緣拿住，押進裏面搜捉，不曾走了一個。那小和尚著了忙，躲在牀底下，也被搜出。了緣向眾人道：「他們不過借我庵中暫避，其實做的事體，與我分毫無干。情願送些酒錢與列位，怎地做個方便，饒了我庵裏罷。」眾人道：「這使不得！知縣相公好不利害哩！倘然問在何處拿的，教我們怎生回答？

有干無干，我們總是不知，你自到縣裏去分辨。」了緣道：「這也容易。但我的徒弟乃新出家的，這個可以免得。望列位做個人情。」眾人貪著銀子，卻也肯了。內中又有個道：「成不得！既是與他莫相干，何消這等著忙，直躲入牀底下去？一定也有些蹺蹊。我們休擔這樣干係。」眾人齊聲道是。都把索子扣了，連男帶女，共是十人，好像端午的粽子，做一串兒牽出庵門，將門封鎖好了，解入新淦縣來。一路上，了緣埋怨靜真連累，靜真半字不敢回答。正是：

老龜蒸不爛，移禍於空桑。

是時天色傍晚，知縣已是退衙。地方人又帶回家去宿歇。了緣悄悄與小和尚說道：「明日到堂上，你只認作新出家的徒弟，切莫要多講。待我去分說，料然無事。」到次日，知縣早衙，地方解進去稟道：「非空庵尼姑俱躲在極樂庵中，今已緝獲，連極樂庵尼姑通拿在此。」知縣教跪在月臺東首。即差人喚集老和尚、赫大卿家人、蒯三、并小和尚父母來審。那消片刻，俱已喚到。令跪在月臺西首。小和尚偷眼看見，驚異道：「怎麼我師父也涉在他們訟中？連爹媽都在此，一發好怪！」心下雖然暗想，卻不敢叫喚，又恐師父認出，到把頭兒別轉，伏在地上。那老兒同婆子，也不管官府在上，指著尼姑，帶哭帶罵道：「沒廉恥的狗淫婦！如何把我兒子謀死？好好還我活的便罷！」小和尚聽得老兒與靜真討人，愈加怪異，想道：「我好端端活在此，那裏說起卻與他們索命？」靜真、空照還認是赫大卿的父母，那敢則聲。知縣見那老兒喧嚷，呵喝住了，喚空照、靜真上前問道：「你既已出家，如何不守戒律，偷養和尚，卻又將他謀死？從實招來，免受刑罰。」靜真、空照自己罪犯已重，心慌膽怯，那五臟六腑，猶如一團亂麻，沒有個頭緒。這時見知縣不問赫大卿的事情，卻問什麼和尚之事，一發摸不著個頭路。靜真那張嘴頭子，平時極是能言快語，到這回恰如生漆護牢，魚膠粘住，掙不出一個字兒。知縣連問四五次，剛剛掙出一句道：「小尼並不曾謀死那個和尚。」知縣喝道：「見今謀死了萬法寺和尚去非，埋在後園，還敢抵賴！快夾起來！」兩邊皂隸答應如雷，向前動手。了緣見知縣把尸首認做去非，追究下落，打著他心頭之事，老大驚駭，身子不搖自動。想道：「這是那裏說起！他們乃赫監生的尸首，卻到不問，反牽扯我身上的事來，真也奇怪！」心中沒想一頭處將眼偷看小和尚。小和尚已知父母錯認了，也看著了緣，面面相覷。且說靜真、空照俱是嬌滴滴的身子，嫩生生的皮肉，如何經得這般刑罰，夾棍剛剛套上，便暈迷了去，叫道：「爺爺不消用刑，容小尼從實招認。」知縣止住左右，聽他供招。二尼異口齊聲說道：「爺爺，後園埋的不是和尚，乃是赫監生的尸首。」赫家人聞說原是家主尸首，同蒯三俱跪上去，聽其情款。知縣道：「既是赫監生，如何卻是光頭？」二尼乃將赫大卿到寺遊玩，勾搭成奸，及設計剃髮，扮作尼姑，病死埋葬，前後之事，細細招出。知縣見所言與赫家昨日說話相合，已知是個真情。又問道：「赫監生事已實了，那和尚還藏在何處？一發招來！」二尼哭道：「這個其實不知。就打死也不敢虛認。」知縣又喚女童香公逐一細問，其說相同，知得小和尚這事與他無干。又喚了緣、小和尚上去問道：「你藏匿靜真同空照等在庵，一定與他是同謀的了。也夾起來！」了緣此時見靜真等供招明白，小和尚之事，已不纏牽在內，腸子已寬了。從從容容的稟道：「爺爺不必加刑，容小尼細說。靜真等昨到小尼庵中，假說被人紮詐㉒，權住一兩日，故此誤留。其他奸情之事，委實分毫不知。」又指著小和

㉒ 紮詐：做成圈套，訛詐銀錢。

尚道：「這徒弟乃新出家的，與靜真等一發從不相認。況此等無恥勾當，敗壞佛門體面，即使未曾發覺，小尼若稍知聲息，亦當出首，豈肯事露之後，還敢藏匿。望爺爺詳情超豁。」知縣見他說的有理，笑道：「話到講得好。只莫要心不應口。」遂令跪過一邊。喝叫皂隸將空照、靜真各責五十，東房女童各責三十，兩個香公各打二十，都打的皮開肉綻，鮮血淋漓。打罷，知縣舉筆定罪。靜真、空照設計恣淫，傷人性命，依律擬斬。東房二女童，減等，杖八十，官賣。兩個香公，知情不舉，俱問杖罪。非空庵藏奸之藪，拆毀入官。了緣師徒雖不知情，但隱匿奸黨，杖罪納贖㉓。西房女童，判令歸俗。赫大卿自作之孽，已死勿論。尸棺著令家屬領歸埋葬。判畢，各令畫供。

那老兒見尸首已不是他兒子，想起昨日這場啼哭，好生沒趣，愈加忿恨。跪上去稟知縣，依舊與老和尚要人。老和尚又說徒弟偷盜寺中東西，藏匿在家，反來圖賴，兩下爭執，連知縣也委決不下。意為老和尚謀死，卻不見形跡，難以入罪。將為果躲在家，這老兒怎敢又與他討人。想了一回，乃道：「你兒子生死沒個實據，怎好問得！且押出去，細訪個的確證見來回話。」當下空照、靜真、兩個女童都下獄中。了緣、小和尚并兩個香公，押出召保。老和尚與那老兒夫妻，原差押著，訪問去非下落。其餘人犯，俱釋放寧家。大凡衙門，有個東進西出的規矩。這時一干人俱從西邊丹墀下走出去。那了緣因哄過了知縣，不曾出醜，與小和尚兩下暗地歡喜。小和尚還恐有人認得，把頭直低向胸前，落在眾人背後。也是合當敗露。剛出西腳門，那老兒又揪住老和尚罵道：「老賊禿！謀死了我兒子，卻又把別人的尸首來哄我麼？」夾嘴連腮，只管亂打。老和尚正打得連聲叫屈，沒處躲避，不想有十數個徒弟徒孫們，在

㉓ 杖罪納贖：納錢贖免杖罪。

那裏看出官，見師父被打，齊趕向前推翻了那老兒，揮拳便打。小和尚見父親喫虧，心中著急，正忘了自己是個假尼姑，竟上前勸道：「列位師兄不要動手。」眾和尚舉眼觀看，卻認是去非。忙即放了那老兒，一把扯住小和尚叫道：「師父，好了！去非在此！」押解差人還不知就裏，乃道：「這是極樂庵裏尼姑，押出去召保的，你們休錯認了。」眾和尚道：「哦！原來他假扮尼姑在極樂庵裏快活，卻害師父受累！」眾人方纔明白是個和尚，一齊都笑起來。傍邊只急得了緣叫苦連聲，面皮青染。老和尚分開眾人，揪過來，一連四五個聒子㉔，罵道：「天殺的奴狗材！你便快活，害得我苦！且去見老爺來！」拖著便走。那老兒見了兒子已在，又做了假尼姑，料道到官必然責罰，向著老和尚連連叩頭道：「老師父，是我無理得罪了！情願下情陪禮。乞念師徒分上，饒了我孩兒，莫見官罷！」老和尚因受了他許多茶毒，那裏肯聽，扭著小和尚直至堂上。差人押著了緣，也隨進來。知縣看見問道：「那老和尚為何又結扭尼姑進來？」老和尚道：「爺爺，這不是真尼姑，就是小院徒弟去非假扮的。」知縣聞言，也忍笑不住道：「如何有此異事？」喝教小和尚從實供來。去非自知隱瞞不過，只得一一招承。知縣錄了口詞，將僧尼各責四十，去非依律問徒，了緣官賣為奴，極樂庵亦行拆毀。老和尚并那老兒，無罪釋放。又討連具枷枷了，各搽半邊黑臉，滿城迎遊示眾。那老兒、婆子，因兒子做了這不法勾當，啞口無言，惟有滿面鼻涕眼泪，扶著枷梢，跟出衙門。那時鬨動了滿城男女，扶老挈幼，俱來觀看。有好事的，作個歌兒道：

可憐老和尚，不見了小和尚；原來女和尚，私藏了男和尚。分明雄和尚，錯認了雌和尚。為個假

㉔ 聒子：耳光。

和尚，帶累了真和尚。斷個死和尚，又明白了活和尚。滿堂只叫打和尚，滿街爭看迎和尚！只為貪那褌襠中硬崛崛一個莽和尚，弄壞了庵院裏嬌滴滴許多騷和尚。

且說赫家人同蒯三急奔到家，報知主母。陸氏聞言，險些哭死。連夜備辦衣衾棺槨，稟明知縣，開了庵門，親自到庵，重新入殮，迎到祖塋，擇日安葬。那時庵中老尼，已是餓死在牀。地方報官盛殮，自不必說。這陸氏因丈夫生前不肯學好，好色身亡，把孩子嚴加教誨。後來明經㉕出仕，官為別駕之職。有詩為證：

野草閒花恣意貪，化為蜂蝶死猶甘。名庵并入遊仙夢，是色非空作笑談。

㉕ 明經：「貢生」的別稱。有了貢生的資格，也可以叫做小官。

第十六卷　陸五漢硬留合色鞋❶

得便宜處笑嘻嘻，不遂心時暗自悲。誰識天公顛倒用，得便宜處失便宜。

近時有一人，姓強，平日好占便宜，倚強凌弱，里中都懼怕他，熬出一個渾名，叫做強得利。一日，偶出街市行走，看見前邊一個單身客人，在地下檢了一個兜肚兒，提起頗重，想來其中有物，慌忙趕上前攔住客人，說道：「這兜肚是我腰間脫下來的，好好還我。」客人道：「我在前面走，你在後面來，如何到是你腰間脫下來的？好不通理！」強得利見客人不從，就擘手去搶，早扯住兜肚上一根帶子。兩下你不鬆，我不放，街坊人都走攏來，問其緣故。二人各爭執是自己的兜肚兒。眾人不能剖判。其中一個老者開言道：「你二人口說無憑，且說兜肚中什麼東西。合得著便是他的。」強得利道：「誰耐煩與你猜謎道白。我只認得自己的兜肚，還我便休。若不還時，與你拚個死活。」只這句話，眾人已知不是強得利的兜肚了。多有懼怕強得利的，有心幫襯❷他，便上前解勸道：「客人，你不識此位強大哥麼？是本地有名的豪傑。這兜肚，你是地下檢的，料非己物。就把來結識了這位大哥，也是理所當然。」客

---

❶ 合色鞋：用幾種顏色的料子拼湊而成的鞋子。

❷ 幫襯：湊趣。

人被勸不過，便道：「這兜肚果然不是小人的。只是財可義取，不可力奪。既然列位好言相勸，小人情願將兜肚打開，看是何物。若果有些采頭，分作三股。小人與強大哥各得一股，那一股送與列位們做個利市，店中共飲三杯，以當酬勞。」那老者道：「客官最說得是。強大哥且放手，都交付與老漢手裏。」老者取兜肚打開看時，中間一個大布包，包中又有三四層紙，裹著光光兩錠雪花樣的大銀，每錠有十兩重。強得利見了這銀子，愛不可言，就使欺心起來，便道：「論起三股分開，可惜鏨❸壞了這兩個錁兒。我身邊有幾兩散碎銀子，要去買生口的，把來送與客人，留下這錁兒與我罷。」一頭說，一頭在腰裏摸將出來三四個零碎包兒，湊起還稱不上四兩銀子，連眾人喫酒東道都在其內。客人如何肯收。兩下又爭嚷起來，又有人點撥客人道：「這位強大哥不是好惹的！你多少得些采去罷。」老者也勸道：「客官，這四兩銀子，都把與你，我們眾人這一股不要了。那一日不喫酒？省了這東道奉承你二位罷。」口裏說時，那兩錠銀子在老者手中，已被強得利擘手搶去了。那客人沒奈何，只得留了這四兩銀子。強得利道：「雖然我身邊沒有碎銀，前街有個酒店，是我舅子開的。有勞眾位多時，少不得同去一坐。」眾人笑道：「恁地時，連客官也去喫三杯。今後就做個相識。」一行十四五人，同走到前街朱三郎酒店裏大樓上坐下。強得利一來白白裏得了這兩錠大銀，心中歡喜，二來感謝眾人幫襯，三來討了客人的便宜，又賴了眾人一股利市，心上也未免有些不安。況且是自己舅子開張的酒店，越要賣弄，好酒好食，只顧教搬來，喫得個不亦樂乎。眾人個個醉飽，方纔撒手。共喫了三兩多銀子。強得利教記在自家帳上。眾人出門作別，各自散訖。客人乾淨得了四兩銀子，也自歸家去了。

❸ 鏨：音ㄗㄢˋ。鑿開。

過了兩日，強得利要買生口，舅子店裏又來取酒錢，家中別無銀兩，只得把那兩錠雪白樣的大銀，在一個傾銀舖裏去傾銷，指望加出些銀水。那銀匠接銀在手，翻覆看了一回，手內顛上幾顛，問道：「這銀子那裏來的？」強得利道：「是交易上來的。」銀匠道：「大郎被人哄了。這是鐵胎假銀。外邊是細絲，只薄薄一層皮兒，裏頭都是鉛鐵。」強得利不信，只要鏨開。銀匠道：「鏨壞時，大郎莫怪。」銀匠動了手，乒乒乓乓鏨開一個口子，那銀皮裂開，裏面露出假貨。強得利看了，自也不信：一生不曾做這折本的交易，自作自受，埋怨不得別人。坐在櫃桌邊，呆呆的對著這兩錠銀子只顧看。引下許多人進店，都來認那鐵胎銀的，說長說短。強得利心中越氣。正待尋事發作，只見門外兩個公差走入，大喝一聲，不由分說，將鏈子扣了強得利的頸，連這兩錠銀子，都解到一個去處來。原來本縣庫上錢糧收了幾錠假銀，知縣相公暗差做公的在外緝訪。這兜肚裏銀子，不知是何人掉下的，那錠樣正與庫上的相同。因此被做公的拿了，解上縣堂。知縣相公一見了這錠樣，認定是造假銀的光棍，不容分訴，一上打了三十毛板，將強得利送入監裏，要他賠補庫上這幾錠銀子。三日一比較。強得利無可奈何，只得將田產變價上庫，又央人情在知縣相公處說明這兩錠銀子的來歷。知縣相公聽了分上❹，饒了他罪名，釋放寧家。共破費了百外銀子。一個小小家當，弄得七零八落，被里中做下幾句口號，傳做笑話，道是：

強得利，強得利，做事全不濟！得了兩錠寡鐵，破了百金家計。公堂上毛板是我打來，酒店上東道別人喫去。似此折本生涯，下次莫要淘氣。從今改強為弱，得利喚做失利。再來嚇里欺鄰，只

---

❹ 分上：人情。

怕縮不上鼻涕。

* * *

這段話叫做強得利貪財失采，正是：得便宜處失便宜。如今再講一個故事，叫做陸五漢硬留合色鞋，也是為討別人的便宜，後來弄出天大的禍來。正是：

爽口食多應損胃，快心事過必為殃。

話說國朝弘治年間，浙江杭州府城，有一少年子弟，姓張名藎，積祖是大富之家。幼年也曾上學攻書。只因父母早喪，沒人拘管，把書本拋開，專與那些浮浪子弟往來，學就一身吹彈蹴踘，慣在風月場中賣弄，煙花陣裏鑽研。因他生得風流俊俏，多情知趣，又有錢鈔使費，小娘們多有愛他的，奉得神魂顛倒，連家裏也不思想。妻子累諫不止，只索由他。一日，正值春間，西湖上桃花盛開。隔夜請了兩個名妓，一個喚做嬌嬌，一個喚做倩倩，又約了一般幾個子弟，教人喚下湖船，要去遊玩。自己打扮起來，頭戴一頂時樣縐紗巾，身穿著銀紅吳綾道袍，裏邊繡花白綾襖兒，腳下白綾襪，大紅鞋，手中執一柄書畫扇子，後面跟一個垂髫標致小廝，叫做清琴，是他的寵童，左臂上掛著一件披風，右手拿著一張絃子，一管紫簫，都是蜀錦製成囊兒盛裹。離了家中，望錢塘門搖擺而來。卻打從十官子巷中經過。忽然擡頭，看見一家臨街樓上，有個女子揭開簾兒，潑那梳粧殘水。那女子生得甚是嬌豔。怎見得？有清江引為證：

誰家女兒，委實的好，賽過西施貌。面如白粉團，鬢似烏雲繞。若得他近身時，魂靈兒都掉了。

張藎一見，身子就酥了半邊，便立住腳，不肯轉身。假意咳嗽一聲。那女子潑了水，正待下簾，忽聽得咳嗽聲響，望下觀看，一眼瞧見個美貌少年，人物風流，打扮喬畫，也凝眸流盼。兩面對覷，四目相視，那女子不覺微微而笑。張藎一發魂不附體。只是上下相隔，不能通話。正看間，門裏忽走出個中年人來。張藎慌忙迴避。等那人去遠，又復走轉看時，女子已下簾進去。站立一回，不見蹤影。教清琴記了門面，明日再來打探。臨行時，還回頭幾次。那西湖上，平常是他的腳邊路，偏這日見了那女子，行一步，懶一步，就如走幾百里山路一般，甚是厭煩。出了錢塘門，來到湖船上。那時兩個妓女和著一班子弟，都已先到。見張藎上船，俱走出船頭相迎。張藎下了船，清琴把衣服絃子簫兒放下。梢子開船，向湖心中去。那一日天色晴明，堤上桃花含笑，柳葉舒眉，往來踏青士女，攜酒挈榼，紛紛如蟻。有詩為證：

山外青山樓外樓，西湖歌舞幾時休？暖風薰得遊人醉，錯把杭州作汴州。

且說張藎船中這班子弟們，一個個吹彈歌唱，施逞技藝。偏有張藎一意牽挂那樓上女子，無心歡笑，托腮呆想。他也不像遊春，到似傷秋光景。眾人都道：「張大爺平昔不是恁般，今日為何如此不樂？必定有甚緣故。」張藎含糊答應，不言所以。眾人又道：「大爺不要敗興，且開懷喫酒，有甚事等我眾弟兄與你去解紛。」又對嬌嬌、倩倩道：「想是大爺怪你們不來幫襯，故此著惱。還不快奉盃酒兒下禮？」嬌嬌、倩倩，真個篩過酒來相勸。張藎被眾人鬼渾，勉強酬酢，心不在焉。未到晚，就先起身。眾人亦不強留。上了岸，進錢塘門，原打十官子巷經過。到女子門首，復咳嗽一聲。不見樓上動靜。走出巷口，又踅轉來，一連數次，都無音響。清琴道：「大爺，明日再來罷。若只管往來，被人疑惑。」張藎依言，只得回家。明日到他家左近訪問，是何等人家。有人說：「他家有名叫做潘殺星潘用，夫妻兩個，止生一女，年纔十六，喚做壽兒。那老兒與一官宦人家薄薄裏有些瓜葛，冒著他的勢頭，專在地方上嚇詐人的錢財，騙人酒食。地方上無一家不怕他，無一個不恨他。是個賴皮刁鑽主兒。」張藎聽了，記在肚裏，慢慢的在他門首踱過。恰好那女子開簾遠望，兩下又復相見。彼此以目送情，轉加親熱。自此之後，張藎不時往來其下探聽，以咳嗽為號。有時看見，有時不見。眉來眼去❺，兩情甚濃。只是無門得到樓上。一夜，正是二月十五，皓月當天，渾如白晝。張藎在家坐立不住，喫了夜飯，趁著月色，獨步到潘用門首，並無一個人來往。見那女子正捲起簾兒，倚窗望月。張藎在下看見，輕輕咳嗽一聲。上面女子會意，彼此微笑。張藎袖中摸出一條紅綾汗巾，結個同心方勝❻，團做一塊，望上擲來。那女子雙手來接，恰好正中。就月底下仔細看了一看，把來袖過。就脫下一隻鞋兒投下。張藎雙手承受，看時是一隻合色鞋兒。將指頭量摸，剛剛一折❼。把來繫在汗巾頭上，納在袖裏，望上唱個肥喏。女子還了個萬福。正在熱鬧處，那女子被父母呼喚，只得將窗兒閉上，自下樓去。張藎也興盡而返。歸到家裏，自在書房中宿歇。又解下這隻鞋兒，在燈前細翫，果是金蓮一瓣，且又做得甚精細。怎見得？也有清江引為證：

---

❺ 眉來眼去：眉目傳情。

❻ 同心方勝：疊成的菱形花樣。

❼ 一折：指將拇指和食指伸直的距離。

覷鞋兒三寸，輕羅軟窄，勝蕖花片。若還繡滿花，只費分毫線。怪他香噴噴不沾泥，只在樓上轉。

張藎看了一回，依舊包在汗巾頭上，心中想道：「須尋個人兒通信與他，怎生設法上得樓去方好。若只如此空研光❽。眼飽肚飢，有何用處！」左思右算，除非如此，方能到手。明日午前，袖了些銀子，走至潘家門首。望樓上不見可人，便遠遠的借個人家坐下。看有甚人來往。事有湊巧，坐不多時，只見一個賣婆，手提著個小竹撞❾，進他家去。約有一個時辰，依原提著竹撞出來，從舊路而去。張藎急趕上一步。看時不是別人，卻是慣走大家賣花粉的陸婆。就在十官子巷口居住。那婆子以賣花粉為名，專一做媒作保，做馬泊六❿，正是他的專門。故此家中甚是活動。兒子陸五漢在門前殺豬賣酒，平昔酗酒撒潑，是個兇徒。連那婆子時常要教訓幾拳的。婆子怕打，每事到都依著他，不敢一毫違拗。當下張藎叫聲陸媽媽。陸婆回頭認得，便道：「呀，張大爺何來？連日少會。」張藎道：「適纔去尋個朋友不遇，便道在此經過。你怎一向不到我家走走？那些丫頭們，都望你的花哩。」陸婆道：「老身日日要來拜望大娘，偏有這些沒正經事，絆住身子，不曾來得。」一頭說，已到了陸婆門首。只見陸五漢在店中賣肉賣酒，十分熱鬧。陸婆道：「大爺喫茶去便好。只是家間齷齪，不好屈得貴人。」張藎道：「茶到不消，還要借幾步路說話。」陸婆道：「少待。」連忙進去，放了竹撞出來道：「大爺有甚事作成老媳婦？」

❽ 研光：眉來眼去。指「調情」。研，音ㄧㄚˋ。

❾ 小竹撞：小竹匣子。

❿ 馬泊六：宋元時代市井隱語。用「馬」比喻婦女，如上了手叫做「入馬」；從中拉攏不正當的男女關係的人叫做「馬泊六」。

張藎道：「這裏不是說話之處，且隨我來。」直引到一個酒樓上，揀個小閣兒中坐下。酒保放下杯筯，問道：「可還有別客麼？」張藎道：「只我二人。上好酒煖兩瓶來，時新果子，先將來案酒⓫。好嗄飣⓬只消三四味就勾了。」酒保答應下去。不一時，都已取到。擺做一桌子。斟過酒來，喫了數盃。張藎打發酒保下去，把閣子門閉了，對陸婆道：「有一事要相煩媽媽，只怕你做不來。」那婆子笑道：「不是老身誇口，憑你天大樣疑難事體，經著老身，一了百當⓭。大爺有甚事，只管分付來，包在我身上與你完成。」張藎道：「只要如此便好。」當下把兩臂靠在桌上，舒著頸，向婆子低低說道：「有個女子，要與我勾搭，只是沒有做腳的，難得到手。曉得你與他家最熟，特來相求，去通個信兒。若說法得與我一會，決不忘恩。今日先有十兩白物⓮在此，送你開手。事成之後，還有十兩。」便去袖裏摸出兩個大錠，放在桌上。陸婆道：「銀子是小事。你且說是那一家的雌兒？」張藎道：「十官子巷潘家壽姐，可是你極熟的麼？」陸婆道：「原來是這個小鬼頭⓯兒。我常時見他端端正正，還是黃花女兒，不像要尋野食喫的，怎生著了你的道兒？」張藎把前後遇見，并夜來贈鞋的事，細細與婆子說知。陸婆道：「這事到也有些難處哩。」張藎道：「有甚難處？」陸婆道：「他家的老子利害，家中並無一個雜人，止有

⓫ 案酒：下酒的菜餚果品。
⓬ 嗄飣：同「下飯」。指下飯的菜。
⓭ 一了百當：大小事情都能解決。
⓮ 白物：銀子的隱語。
⓯ 小鬼頭：罵小孩子的話。

嫡親三口，寸步不離。況兼門戶謹慎，早閉晏開，如何進得他家？這個老身不敢應承。」張藎道：「媽媽，你適纔說天大極難的事，經了你就成。這些小事，如何便推故不肯與我周全？想必嫌謝禮微薄，故意作難麼？我也不管，是必要在你身上完成。我便再加十兩銀子，兩匹段頭，與你老人家做壽衣何如？」陸婆見著雪白兩錠大銀，眼中已是出火，卻又貪他後手找帳，心中不捨。想了一回，道：「既大爺恁般堅心，若老身執意推托，只道我不知敬重了。待老身竭力去圖，看你二人緣分何如。倘圖得成，是你造化了。若圖不成，也勉強不得，休得歸罪老身。這銀子且留在大爺處，但有些影子，然後來領。他與你這隻鞋兒，到要把來與我，好去做個話頭。」張藎道：「你若不收銀子，我怎放心！」陸婆道：「既如此，權且收下。若事不諧，依舊璧還。」把銀揣在袖裏。張藎摸出汗巾，解下這隻合色鞋兒，遞與陸婆。陸婆接在手中，細細看了一看，喝采道：「果然做得好！」將來藏過。兩個又喫了一回酒食，起身下樓，算還酒錢，一齊出門。臨別時，陸婆又道：「大爺，這事須緩緩而圖，性急不得的。若限期限日，老身就不敢奉命了。」張藎道：「只求媽媽用心，就遲幾日也不大緊。倘有些好消息，竟到我家中來會。」道罷，各自分別而去。正是：

要將撮合三盃酒，結就歡娛百歲緣。

且說潘壽兒自從見了張藎之後，精神恍惚，茶飯懶沾，心中想道：「我若嫁得這個人兒，也不枉為人一世！但不知住在那裏？姓甚名誰？」那月夜見了張藎，恨不得生出兩個翅兒，飛下樓來，隨他同去。得了那條紅汗巾，就當做情人一般，抱在身邊而臥。睡到明日午牌時分，還癡迷不醒。直待潘婆來喚，方纔起身。又過兩日，早飯已後，潘用出門去了，壽兒在樓上，又玩弄那條汗巾。只聽得下面有人說話響，卻又走上樓來。壽兒連忙把汗巾藏過。走到胡梯邊看時，不是別人，卻是賣花粉的陸婆。手內提著竹撞，同潘婆上來。到了樓上，陸婆道：「壽姐，我昨日得了幾般新樣好花，特地送來與你。」連忙開了竹撞，取出一朵來道：「壽姐，你看何如？可像真的一般麼？」壽兒接過手來道：「果然做得好！」陸婆又取出一朵來，遞與潘婆道：「大娘，你也看看，只怕後生時，從不曾見恁樣花樣哩。」潘婆道：「真個我幼時只戴得那樣粗花兒，不像如今做得這樣細巧。」陸婆道：「這個只算中等，還有上上號的。若看了眼，盲的就亮起來，老的便少起來，連壽還要增上幾年哩。」壽兒道：「你一發拿出來與我瞧瞧。」陸婆道：「只怕你不識貨，出不得這樣貴價錢。」壽兒道：「若買你的不起，看是看得起的。」陸婆陪笑道：「老身是取笑話兒，壽姐怎認真起來？就連我這籃兒都要了，也值得幾何！待我取出來與你看。只揀好的，任憑取擇。」又取出幾朵來，比前更加巧妙。壽兒揀好的取了數朵，道：「這花怎麼樣賣？」陸婆道：「呀！老身每常⑯何曾與你爭慣價錢，卻要問價起來？但憑你分付罷了。」又道：「大娘，有熱茶便相求一碗。」潘婆道：「看花興了⑰，連茶都忘記去取。你要熱的，待我另燒起來。」說罷，往樓下而去。陸婆見潘婆轉了身，把竹撞內花朵整頓好了，卻又從袖中摸出一個紅紬包兒，也放在裏邊。壽兒問道：「這包的是什麼東西？」陸婆道：「是一件要緊物事，你看不得的。」壽兒道：「怎麼看不得？我偏要看。」把手便去取。陸婆口中便說：「決不與你看！」卻放個空讓他一手拈起，連叫阿呀，

⑯ 每常：平常。

⑰ 興了：高了興。

假意來奪時，被壽兒搶過那邊去。打開看時，卻是他前夜贈與那生的這隻合色鞋兒。壽兒一見，滿面通紅。陸婆便劈手奪去道：「別人的東西，只管亂搶！」壽兒道：「媽媽，只這一隻鞋兒，值甚麼錢，你恁般尊重！把紬兒包著，卻又人看不得。」陸婆笑道：「你便這樣說不值錢！卻不道有個官人，把這隻鞋兒當似性命一般，教我遍處尋訪那對兒哩。」壽兒心中明白是那人教他來通信，好生歡喜。便去取出那一隻來，笑道：「媽媽，我到有一隻在此，正好與他恰是對兒。」陸婆道：「鞋便對著了，你卻怎麼發付那生？」壽兒低低道：「這事媽媽總是曉得的了，我也不消瞞得，索性問個明白罷。那生端的是何等之人？姓甚名誰？平昔做人何如？」婆子道：「他姓張名藎，家中有百萬家私，做人極是溫存多情。為了你，日夜牽腸掛肚，廢寢忘餐。曉得我在你家相熟，特央我來與你討信。可有個法兒放他進來麼？」壽兒道：「你是曉得我家爹爹又利害，門戶甚是緊急，夜間等我吹息燈火睡過了，還要把火來照過一遍，方纔下去歇息。怎麼得個策兒與他相會？媽媽，你有什麼計策，成就了我二人之事，奴家自有重謝。」陸婆相了一相道：「不打緊，有計在此。」壽兒連忙問道：「有何計策？」陸婆道：「你夜間早些睡了，等爹媽上來照過，然後起來。只聽下邊咳嗽為號，把幾匹布接長垂下樓來，待他從布上攀緣而上。到五更時分，原如此而下。就往來百年，也沒有那個知覺。任憑你兩個取樂，可不好麼？」壽兒聽說，心中歡喜道：「多謝媽媽玉成。還是幾時方來？」陸婆道：「今日天晚已來不及，明日侵早去約了他，到晚來便可成事。只是再得一件信物與他，方見老身做事的當。」壽兒道：「你就把這對鞋兒，一總拿去為信。他明晚來時，依舊帶還我。」說猶未了，潘婆將茶上來。陸婆慌忙把鞋藏於袖中，啜了兩盃茶。壽兒道：「陸媽媽，花錢今日不便，改日奉還罷。」陸婆道：「就遲幾日不妨得。老身不是這瑣碎的。」

取了竹撞，作別起身。潘婆母子直送到中門口。壽兒道：「媽媽，明日若空，走來話話。」陸婆道：「曉得。」這是兩個意會的說話，潘婆那裏知道。正是：

浪子心，佳人意，不禁眉來和眼去。雖然色膽大如天，中間還要人傳會。伎倆熟，口舌利，握雨攜雲多巧計。虔婆綽號馬泊六，多少良家受他累。不怕天，不怕地，不怕傍人閒放屁；只須瞞卻父和娘，暗中撮就鴛鴦對。朝相對，暮相對，想得人如癡與醉。不是冤家不聚頭，殺卻虔婆方出氣。

且說陸婆也不回家，逕望張藎家來。見了他渾家，只說賣花。問張藎時，卻不在家。張藎合家那些婦女，把他這些花都搶一個乾淨，也有現，也有賒，混了一回。等他不及，作別起身。明日絕早，袖了那雙鞋兒，又到張家問時，說：「昨夜沒有回來，不知住在那裏。」陸婆依舊回到家中。恰好陸五漢要殺一口豬，因副手出去了，在那裏焦躁。見陸婆歸家，道：「來得極好！且相幫我縛一縛豬兒。」那婆子平昔懼怕兒子，不敢不依，道：「待我脫了衣服幫你。」望裏邊進去。陸五漢就隨他進來，見婆子脫衣時，落下一個紅紬包兒。陸五漢只道是包銀子，拾起來，走到外邊，解開看時，卻是一雙合色女鞋。喝采道：「誰家女子，有恁般小腳！」相了一會，又道：「這個小腳女子，必定是有顏色的。若得抱在身邊睡一夜，也不枉此一生！」又想道：「這鞋如何在母親身邊？卻又是穿舊的。有恁般珍重，把紬兒包著。其中必有緣故。待他尋時，把話兒嚇他，必有實信。」原把來包好，揣在懷裏。婆子脫過衣裳，相幫兒子縛豬來殺了，淨過手，穿了衣服，卻又要去尋張藎。臨出門，把手摸袖中時，那雙鞋兒卻不見了。連忙復轉身尋時，影也不見。急得那婆子叫天叫地。陸五漢冷眼看母親恁般著急，由他尋個氣歎，方纔來問道：「不見了什麼東西？這樣著急！」婆子道：「是一件要緊物事，說不得的。」陸五漢道：「若說個影兒，或者你老人家目力不濟，待我與你尋看。如說不得的，你自去尋，不干我事。」婆子見兒子說話蹺蹊，便道：「你若拾得，還了我，有許多銀子在上，勾你做本錢哩。」陸五漢見說有銀子，動了火，問道：「拾到是我拾得。你說那根由與我，方纔還你。」婆子叫到裏邊去，一五一十，把那兩個前後的事，細細說與。陸五漢探了婆子消息，心中歡喜，假意驚道：「早是與我說知，不然，幾乎做出事來。」婆子道：「卻是為何？」陸五漢道：「自古說得好，若要不知，除非莫為。這樣事，怎掩得人的耳目。況且潘用那個老強盜，可是惹得他的麼？倘或事露，曉得你賺了銀兩，與他做腳，那時不要說把我做本錢，只怕連我的店底都倒在他手裏，還不像意⑱哩。」陸婆被兒子一嚇，心中老大驚慌，道：「這兒說得有理！如今我把這銀子和鞋兒還了他，只說事體不諧，不管他閒帳罷了。」陸五漢笑道：「這銀子在那裏？」陸婆便去取出來與兒子看。五漢把來袖了道：「母親，這銀子和鞋兒，留在這裏。萬一後日他們從別處弄出事來，連累你時，把他做個證見。若不到這田地，那銀子落得用的，他敢來討麼？」陸婆道：「倘張大老來問回音，卻怎麼處？」五漢道：「只說他家門戶緊急，一時不能。若有機會，便來通報。回他數次，自然不來了。」那婆子見銀子鞋兒都被五漢拿去，又不敢討，手中沒了把柄，又怕弄出事來，也不敢去約張藎。且說陸五漢把這十兩銀子，辦起幾件華麗衣服，也買一頂縐紗巾兒，到晚上等陸婆睡了，約莫一更時分，將行頭打扮起來，把鞋兒藏在袖裏，取鎖反鎖了大門，一逕到潘家門首。

⑱ 像意：滿意。

其夜微雲籠月，不甚分明，且喜夜深人靜。陸五漢在樓牆下，輕輕咳嗽一聲。上面壽兒聽得，連忙開窗。那窗臼裏，呀的有聲。壽兒恐怕驚醒爹媽，即桌上取過茶壺來，洒些茶在裏邊，開時卻就不響。把布一頭緊緊的縛在柱上，一頭便垂下來。陸五漢見布垂下，滿心歡喜。撩衣拔步上前，雙手挽住布兒，兩腳挺在牆上，逐步捱將上去。頃刻已到樓窗邊，輕輕跨下。壽兒把布收起，將窗兒掩上。陸五漢就雙手抱住，便來親嘴，壽兒即把舌兒度在五漢口中。此時兩情火熱，又是黑暗之中，那辨真假，相偎相抱，解衣就寢。五漢將壽兒雙股拍開，騰身上去，壽兒亦聳身而就，真個你貪我愛，被陸五漢恣情取樂。正是：

荳蔻包香，卻被枯藤胡纏，海棠含蕊，無端暴雨摧殘。鵂鶹⑲占錦鴛之窠，鳳皇作凡鴉之偶。一個口裏呼肉肉肝肝，還認做店中行貨；一個心裏想親親愛愛，那知非樓下可人。紅娘約張珙，錯訂鄭恒，郭素學王軒，偶迷西子。可憐美玉嬌香體，輕付屠酤市井人。

當下雨散雲收，方纔敘闊。五漢將出那雙鞋兒，細述向來情款。壽兒也訴想念之由。情猶未足，再赴陽臺，愈加恩愛。到了四更，即便起身。開了窗，依舊把布放下。五漢攀援下去，急奔回家。壽兒把布收起藏過，輕輕閉上窗兒，原復睡下。自此之後，但是兩下月明，陸五漢就不來。餘則無夜不會。往來約有半年，十分綢繆。那壽兒不覺面目語言，非復舊時。潘用夫妻，心中疑惑，幾遍將女兒盤問，壽兒只是咬定牙根，一字不吐。那晚五漢又來，壽兒對他說道：「爹媽不知怎麼，有些知覺，不時盤問。雖然再四白賴過了，兩夜防謹愈嚴。倘然候著，大家不好。今後你且勿來。待他懶怠些兒，再圖歡會。」

---

⑲ 鵂鶹：音ㄒㄧㄡ ㄌㄧㄡˊ。俗稱貓頭鷹。

五漢口中答道：「說得是！」心內甚是不然。到四更時，又下樓去了。當夜潘用朦朧中，覺道樓上有些唧唧噥噥。側著耳要聽個仔細，然後起來捉奸。不想聽了一回，忽地睡去，天明方醒。對潘婆道：「阿壽這賤人，做下不明白的勾當，是真了。他卻還要口硬。我昨夜明明裏聽得樓上有人說話。欲待再聽幾句，起身去捉他，不想卻睡著去。」潘婆道：「便是我也有些疑心。但算來這樓上沒個路道兒通得外邊。難道是神仙鬼怪，來無跡，去無蹤？」潘用道：「如今少不得打他一頓，拷問他真情出來。」潘婆道：「不好！常言道：家醜不可外揚。若還一打，鄰里都要曉得了。傳說開去，誰肯來娶他。如今也莫論有這事沒這事，只把女兒臥房遷在樓下。臨臥時將他房門上落了鎖，萬無他虞。你我兩口搬在他樓上去睡，看夜間有何動靜，便知就裏。」潘用道：「說得有理。」到晚間喫晚飯時，潘用對壽兒道：「今後你在我房中睡罷。我老夫婦要在樓上做房了。」壽兒心中明白，不敢不依。只暗暗地叫苦。當夜互相更換。潘用把女兒房門鎖了，對老婆道：「今夜有人上樓時，拿住了，只做賊論，結果了他，方出我這氣。」把窗兒也不扣上，准候拿人。

不題潘用夫妻商議。且說陸五漢當夜壽兒叮囑他且緩幾時來，心上不悅。卻也熬定了數晚，果然不去。過了十餘日，忽一晚淫心蕩漾，按納不住，又想要與壽兒取樂。恐怕潘用來捉奸，身邊帶著一把殺豬的尖刀防備。出了大門，把門反鎖好了，直到潘家門首，依前咳嗽。等候一回，樓上毫無動靜。只道壽兒不聽見，又咳嗽兩聲，更無音響。疑是壽兒睡著了。如此三四番，看看等至四鼓，事已不諧，只得回家。心中想道：「他見我好幾夜不去，如何知道我今番在此？這也不要怪他。」到次夜又去。依原不見動靜。等得不耐煩，心下早有三分忿怒。到第三夜，自己在家中喫個半酣，等到更闌，搧了一張梯子，直到潘家樓下。也不打暗號，一逕上到樓窗邊，把窗輕輕一拽，那窗呀的開了。五漢跳身入去，抽起梯子，閉上窗兒，摸至床上來。正是：

一念願邀雲雨夢，片時飛過鳳凰樓。

卻說潘用夫妻初到樓上這兩夜，有心採聽風聲，不敢熟睡。一連十餘夜，靜悄悄地老鼠也不聽得叫一聲，心中已疑女兒沒有此事，隄防便懈怠了。事有偶然，恰好這一夜壽兒房門上的搭鈕斷了，下不得鎖。潘婆道：「只把前後門鎖斷，房門上用個封條封記，這一夜料沒甚事。」潘用依了他說話。其夜老夫妻也用了幾杯酒，帶著酒興，兩口兒一頭睡了，做了些不三不四沒正經[20]的生活，身子困倦，緊緊抱住睡熟。故此五漢上來，開閉窗槅，分毫不知。且說五漢摸到床邊，正要解衣就寢，卻聽得床上兩個人在一頭打齁。心中大怒道：「怪道兩夜咳嗽，他只做睡著不睬采我！原來這淫婦又勾搭上了別人，卻假意推說父母盤問，教我且不要來。明明斷絕我了！這般無恩淫婦，要他怎的！」身邊取出尖刀，把手摸著二人頸項，輕輕透入，尖刀一勒，先將潘婆殺死。還怕咽喉未斷，把刀在內三四捲，眼見不能活了。覆刀轉來，也將潘用殺死。揩抹了手上血污，將刀藏過，推開窗子，把梯兒墜下。跨出樓窗，把窗依舊閉好。輕輕溜將下來，擔起梯子，飛奔回家去了。且說壽兒自換了臥房，恐怕情人又來打暗號，露出馬腳，放心不下。到早上不見父母說起，那一日方纔放心。到十餘日後，全然沒事了。這一日睡醒了，守到巳牌時分，還不見父母下樓，心中奇怪。曉得門上有封記，又不敢自開。只在房中聲喚道：「爹媽起

⑳ 沒正經：胡攪。

身罷！天色晏了，如何還睡？」叫喚多時，並不答應。只得開了房門，走上樓來。揭開帳子看時，但見滿床流血，血泊裏挺著兩個屍首。壽兒驚倒在地，半晌方甦，撫床大哭，不知何人殺害。哭了一回，想道：「此事非同小可！若不報知鄰里，必要累及自己。」即便取了鑰匙，開門出來，卻又怕羞，立在門內喊道：「列位高鄰，不好了！我家爹媽不知被甚人殺死？乞與奴家作主！」連喊數聲，那些對門間壁，并街上過往的人聽見，一齊擁進，把壽兒到擠在後邊。都問道：「你爹媽睡在那裏？」壽兒哭道：「昨夜好好的上樓，今早門戶不開。不知何人，把來雙雙殺死。」眾人見說在樓上，都趕上樓。揭開帳子看時，老夫妻果然殺死在床。眾人相看這樓，又臨著街道，上面雖有樓窗，下面卻是包簷牆，無處攀援上來。壽兒又說門戶都是鎖好的，適纔方開。家中卻又無別人。都道：「此事甚是蹺蹊，不是當耍的！」即時報地方總甲㉑來看了，同著四鄰，引壽兒去報官。可憐壽兒從不曾出門，今日事在無奈，只得把包頭齊眉兜了，鎖上大門，隨眾人望杭州府來。那時閧動半個杭城，都傳說這事。陸五漢已曉得殺錯了，心中懊悔不及，失張失智㉒，顛倒在家中尋鬧。陸婆向來也曉得兒子些來蹤去跡，今番殺人一事，定有干涉，只是不敢問他，卻也懷著鬼胎㉓，不敢出門。正是：

理直千人必往，心虧寸步難移。

㉑ 總甲：明清時代差役中快手的小頭目。
㉒ 失張失智：喪魂失魄，沒有主意的樣子。
㉓ 懷著鬼胎：心中有不可告人的隱情。

且說眾人來到杭州府前，正值太守坐堂，一齊進去稟道：「今有十官子巷潘用家，夜來門戶未開，夫妻俱被殺死，同伊女壽兒特來稟知。」太守喚上壽兒問道：「你且細說父母那時睡的？睡在何處？」壽兒道：「昨夜黃昏時，喫了夜飯，把門戶鎖好，雙雙上樓睡的。今早巳牌時分，不見起身。上樓看時，已殺在被中。樓上窗槅依舊關閉，下邊門戶一毫不動，封鎖依然。」太守又問道：「可曾失甚東西？」壽兒道：「件件俱在。」太守道：「豈有門戶不開，卻殺了人？東西又一件不失。事有可疑。」想了一想，又問道：「你家中還有何人？」壽兒道：「止有嫡親三口，並無別人。」太守道：「你父親平昔可有仇家麼？」壽兒道：「並沒有甚仇家。」太守道：「這事卻也作怪。」沉吟了半晌，心中忽然明白，教壽兒抬起頭來，見包頭蓋著半面。太守令左右揭開看時，生得非常豔麗。太守道：「你今年幾歲了？」壽兒道：「十七歲了。」太守道：「可曾許配人家麼？」壽兒低低道：「未曾。」太守道：「你的睡處在那裏？」壽兒道：「睡在樓下。」太守道：「怎麼你到住在下邊，父母反居樓上？」壽兒道：「一向是奴睡在樓上，半月前換下來的。」太守道：「為甚換了下來？」壽兒對答不來，道：「不知爹媽為甚要換。」太守喝道：「這父母是你殺的！」壽兒著了急，哭道：「爺爺，生身父母，奴家敢做這事！」太守道：「我曉得不是你殺的，一定是你心上人殺的。快些說他名字上來！」壽兒聽說，心中慌張，賴道：「奴家足跡不出中門，那有此等勾當！若有時，鄰里一定曉得。爺爺問鄰里，便知奴家平昔為人了。」太守笑道：「殺了人，鄰里尚不曉得，這等事，鄰里如何曉得？此是明明你與奸夫往來，父母知覺了。故此半月前換你下邊去睡，絕了奸夫的門路。他便忿怒殺了。不然，為甚換你在樓下去睡？」俗語道：賊人心虛。壽兒被太守句句道著心事，不覺面上一回紅，一回白，口內如吃子[24]一般，半個字也說不清潔。太守見他這個光景，一發是了，喝教左右拶㉕起。那些皁隸飛奔上前，扯出壽兒手來，如玉相似，那禁得恁般苦楚。拶子纔套得指頭上，疼痛難忍，即忙招道：「爺爺，有，有，有個奸夫！」太守道：「叫甚名字？」壽兒道：「叫做張藎。」太守道：「他怎麼樣上你樓來？」壽兒道：「每夜等我爹媽睡著，他在樓下咳嗽為號。奴家把布接長，繫一頭在柱上垂下，他從布上攀引上樓。未到天明，即便下去。如此往來，約有半年。爹媽有些知覺，幾次將奴盤問，被奴賴過。奴家囑付張藎，今後莫來，省得出醜。張藎應允而去。自此爹媽把奴換在樓下來睡。又將門戶盡皆下鎖。奴家也要隱惡揚善，情愿住在下邊，與他斷絕。只此便是實情。其爹媽被殺，委實不知情由。」太守見他招了，喝教放了拶子，起籤差四個皁隸速拿張藎來審。那四個皁隸，飛也似去了。這是：

閉門家裏坐，禍從天上來。

且說張藎自從與陸婆在酒店中別後，即到一個妓家住了三夜。回家知陸婆來尋過兩遍，急去問信時，陸婆因兒子把話嚇住，且又沒了鞋子，假意說道：「鞋子是壽姐收了。教多多拜上，如今他父親利害，門戶緊急，無處可入。再過幾時，父親即要出去。約有半年方纔回來。待他起身後，那時可放膽來會。」張藎只道是真話，不時探問消息。落後又見壽兒幾遭，相對微笑。兩下都是錯認。壽兒認做夜間來的即

㉔ 吃子：口吃的人。

㉕ 拶：音ㄗㄢˇ。即「拶子」，也叫「指枷」。古時酷刑的一種。用五根細木棒編在一起，套在罪犯的手指頭上，用力收緊，使他疼痛，招供。

是此人，故見了喜笑。張藎認做要調戲他上手，時常現在他眼前賣俏。日復一日，並無確信。張藎漸漸憶想成病，在家服藥調治。那日正在書房中悶坐，只見家人來說，有四個公差在外面問大爺什麼說話。張藎見說，喫了一驚，想道：「除非妓弟㉖家什麼事故。」不免出廳相見，問其來意。公差答道：「想是為什麼錢糧里役事情，到彼自知。」張藎便放下了心，討件衣服換了，又打發些錢鈔，隨著皁隸望府中而來。後面許多家人跟著。一路有人傳說潘壽兒同奸夫殺了爹媽。張藎聽了，甚是驚駭。心下想道：「這丫頭弄出恁樣事來？早是我不曾與他成就！原來也是個不成才的爛貨！險些把我也纏在是非之中。」不一時，來到公廳。太守舉目觀看張藎，卻是個標致少年，不像個殺人兇徒，心下有些疑惑。乃問道：「張藎，你如何姦騙了潘用女兒，又將他夫妻殺死？」那張藎乃風流子弟，只曉得三瓦兩舍，行奸賣俏㉗，是他的本等，何曾看見官府的威嚴。一拿到時，已是膽戰心驚。如今聽說把潘壽兒殺人的事，坐在他身上，就是青天裏打下一個霹靂㉘，嚇得半個字也說不出。掙了半日，方纔道：「小人與潘壽兒雖然有意，卻未曾成奸。莫說殺他父母，就是樓上從不曾到。」太守喝道：「潘壽兒已招與你通奸半年，如何尚敢抵賴！」張藎對潘壽兒道：「我何嘗與你成奸，卻來害我？」起初潘壽兒還道不是張藎所殺。這時見他不認奸情，連殺人事到疑心是真了。一口咬住，哭哭啼啼，張藎分辯不清。太守喝教夾起來。只聽得兩傍皁隸一聲吆喝，蜂擁上前，扯腳拽腿。可憐張藎從小在綾羅堆裏滾大的，就捱著線結也還過不去㉙，

㉖ 妓弟：妓女。

㉗ 行奸賣俏：指引誘婦女，著意修飾。

㉘ 青天裏打下一個霹靂：突然發生驚人的事情。

如何受得這等刑罰。夾棍剛套上腳，就殺豬般喊叫，連連叩頭道：「小人願招。」太守教放了夾棍，快寫供狀上來。張蓋只是啼哭道：「我並不知情，卻教我寫甚麼來！」又向潘壽兒說道：「你不知被那個奸騙了，卻扯我抵當！如今也不消說起，但憑你怎麼樣說來，我只依你的口招承便了。」潘壽兒道：「你自作自受，怕你不招承！難道你不曾在樓下調戲我？你不曾把汗巾丟上來與我？你不曾接受我的合色鞋？」張蓋道：「這都是了。只是我沒有上樓與你相處。」太守喝道：「一事真，百事真。還要多說！快快供招！」張蓋低頭。只聽潘壽兒說一句，便寫一句，輕輕裹把個死罪認在身上。畫供已畢，呈與太守看了，將張蓋問實斬罪。壽兒雖不知情，因奸傷害父母，亦擬斬罪。各責三十，上了長板。張蓋押付死囚牢裏，潘壽兒自入女監收管，不在話下。

且說張蓋幸喜皁隸們知他是有鈔主兒，還打個出頭棒子㉚，不致十分傷損。來到牢裏叫屈連聲，無門可訴。這些獄卒分明是挑一擔銀子進監，那個不歡喜，那個不把他奉承。都來問道：「張大爺，你怎麼做恁般勾當？」張蓋道：「列位大哥，不瞞你說，當初其實與那潘壽姐曾見過一面。兩下雖然有意，卻從不曾與他一會。不知被甚人騙了，卻把我來頂缸㉛！你道我這樣一個人，可是個殺人的麼？」眾人道：「既如此，適纔你怎麼就招了？」張蓋道：「我這瘦怯怯的身子，可是熬得刑的麼？況且新病了數

㉙ 捱著線結也還過不去：身上挨著衣服上的線疙瘩，還會感到不舒服。

㉚ 出頭棒子：也叫「出頭棍」。舊時衙役受了賄賂，在打板子的時候，好像用力很重，但罪犯並不感覺很疼痛，這種手法，叫做「打出頭棒子」。

㉛ 頂缸：頂替；代人受過。

日，剛剛起來，正是雪上加霜一般。若招了，還活得幾日。若不招，這條性命今夜就要送了。這也是前世冤業，不消說起。但潘壽姐適纔說話，歷歷有據，其中必有緣故。我如今願送十兩銀子與列位買杯酒喫，引我去與潘壽姐一見，細細問明這事，我死亦瞑目。」內中一個獄卒頭兒道：「張大爺要看見潘壽兒也不難。只是十兩太少。」張藎道：「再加五兩罷。」禁子頭道：「我們人眾，分不來，極少也得二十兩。」張藎依允。兩個禁子扶著兩腋，直到女監柵門外。潘壽兒正在裏面啼哭。獄卒扶他到柵門口，見了張藎，便一頭哭，一頭罵道：「你這無恩無義的賊！我一時迷惑，被你姦騙，有甚虧了你，下這樣毒手，殺我爹媽，害我性命！」張藎道：「你且不要嚷。如今待我細細說與你詳察。起初見你時，多承顧盼留戀，彼此有心。以後月夜我將汗巾贈你，你將合色鞋來酬我。我因無由相會，打聽賣花的陸婆在你家走動，先送他十兩銀子，將那鞋兒來討信，他來回說：鞋便你收了，只因父親利害，門戶緊急，目下要出去幾個月。待起身後，即來相約。是從那日為始，朝三暮四，約了無數日子。已及半年，並無實耗。及至有時見你，卻又微笑。教我日夜牽掛，成了思憶之病，在家服藥，何嘗到你樓上，卻來誣害我至此地位！」壽兒哭道：「負心賊！你還要賴哩！那日你教陸婆將鞋來約會了，定下計策，教我等爹媽睡著，聽下邊咳嗽為號，把布接長，垂下來與你為梯。到次夜，你果然在下邊咳嗽。我依法用布引你上樓。你出鞋為信。此後每夜必來。不想爹媽有些知覺，將我盤問幾次。我對你說：此後且莫來，恐防事露，大家壞了名聲。等爹媽不隄防了，再圖相會。那知你這狠心賊，就銜恨我爹媽。昨夜不知怎生上樓，把來殺了。如今到還抵賴，連前面的事，都不肯承認！」張藎想了一想道：「既是我與你相處半年，那形體聲音，料必識熟。你且細細審視，可不差麼？」眾人道：「張大爺這話說得極是。若果然不差，你也須不是人了。不要說問斬罪，就問凌遲也不為過。」壽兒見說，躊躇了半晌，又睜目把他細細觀看。張蓋連問道：「是不是？快些說出，不要遲疑。」壽兒道：「聲音甚是不同，身子也覺大似你。向來都是黑暗中，不能詳察。止記得你左腰間有個瘡痕腫起，大如銅錢。只這個便是色認㉜。」眾人道：「這個一發容易明白。張大爺，你且脫下衣來看。若果然沒有，明日稟知太爺，我眾人為證，出你罪名。」於是張蓋滿心歡喜道：「多謝列位。」連忙把衣服褪下。眾人看時，遍身潔白如玉，腰間那有瘡痕。壽兒看了，啞口無言。張蓋道：「小娘子，如今可知不是我麼？」眾人道：「不消說了，這便真正冤枉。明日與你稟官。」當下依舊扶到一個房頭，住了一宵。

明早，太守升堂，眾禁子跪下，將昨夜張蓋與潘壽兒面證之事，一一稟知。太守大驚。即便弔出二人覆審，先喚張蓋上去，從頭至尾，細訴一遍，太守道：「你那隻鞋兒付與陸婆去後，不曾還你？」張蓋道：「正是。」又喚壽兒上去。壽兒也把前後事，又細細呈說。太守道：「那鞋兒果是原與陸婆拿去，明晚張蓋到樓，付你的麼？」壽兒道：「正是。」太守點頭道：「這等，是陸婆賣了張蓋，將鞋另與別人冒名奸騙你了。」即便差人去拿那婆子。不多時，婆子拿到。太守先打四十，然後問道：「當初張蓋央你與潘壽兒通信，既約了明晚相會，你如何又哄張蓋，不教他去，卻把鞋兒與別人冒名去奸騙？從實說來，饒你性命！若半句虛了，登時敲死。」那婆子被這四十打得皮開肉綻，那敢半字虛妄。把那賣花為由，定策期約，連尋張蓋不遇，回來幫兒子殺豬，落掉鞋子，并兒子恐嚇說話，已後張蓋來討信，因無了鞋子，含糊哄他等情，一一細訴。其奸騙殺人情由，卻不曉得。太守見說話與二人相合，已知是陸

㉜ 色認：記號。

五漢所為。即又差人將五漢拿到。太守問道：「陸五漢，你奸騙了良家女子，卻又殺他父母。有何理說！」陸五漢賴道：「爺爺，小人是市井愚民，那有此事！這是張藎央小人母親做腳，奸了潘家女兒，殺了他父母，怎推到小人身上！」壽兒不等他說完，便喊道：「奸騙奴家的聲音，正是那人！爺爺止驗他左腰可有腫起瘡痕，便知真假！」太守即教皁隸剝下衣服看時，左腰間果有瘡痕腫起。陸五漢方纔口軟，連稱情願償命，把前後奸騙誤殺潘用夫妻等情，一一供出。太守喝打六十，問成斬罪。追出行兇尖刀上庫。壽兒依先原擬斬罪。陸婆說誘良家女子，依律問徒。張藎不合希圖奸騙，雖未成奸，實為禍本，亦問徒罪，召保納贖。當堂一一判定罪名，備文書申報上司。那潘壽兒思想：「卻被陸五漢奸騙，父母為我而死，出乖露醜！」懊悔不及，無顏再活，立起身來，望丹墀階沿青石上一頭撞去，腦漿迸出，頃刻死於非命。

可憐慕色如花女，化作含冤帶血魂。

太守見壽兒撞死，心中不忍，喝教把陸五漢再加四十，湊成一百，下在死囚牢裏，聽候文書轉日，秋後處決。又拘鄰里，將壽兒尸骸抬出，把潘用房產家私盡皆變賣，備棺盛殮三尸，買地埋葬。餘銀入官上庫，不在話下。

且說張藎見壽兒觸階而死，心下十分可憐。想道：「皆因為我，致他父子喪身亡家。」回至家中，將銀兩酬謝了公差獄卒等輩，又納了徒罪贖銀，調養好了身子，到僧房道院禮經懺超度潘壽兒父子三人。自己喫了長齋，立誓再不奸淫人家婦女，連花柳之地也絕足不行。在家清閒自在，直至七十而終。時人有詩歎云：

賭近盜兮奸近殺，古人說話不曾差。奸賭兩般都不染，太平無事做人家。

第十七卷　張孝基陳留認舅

士子攻書農種田。工商勤苦掙家園。世人切莫閒遊蕩，遊蕩從來誤少年。

嘗聞得老郎❶們傳說，當初有個貴人，官拜尚書，家財萬貫，生得有五個兒子。只教長子讀書，以下四子農工商賈，各執一藝。那四子心下不悅，卻不知甚麼緣故。央人問老尚書：「四位公子何故都不教他習儒？況且農工商賈，勞苦營生，非上人❷之所為。府上富貴安享有餘，何故舍逸就勞，棄甘即苦？只恐四位公子不能習慣。」老尚書呵呵大笑，疊著兩指，說出一篇長話來，道是：

世人盡道讀書好，只恐讀書讀不了！讀書箇箇望公卿，幾人能向金堦跑？

郎不郎時秀不秀❸，長衣一領遮前後。畏寒畏暑畏風波，養成嬌怯難生受❹。

---

❶ 老郎：指說書人的師傅。

❷ 上人：上等人。從前把讀書做官的人看作是上等人。

❸ 郎不郎時秀不秀：詩經小雅大田篇：「不稂不莠」。「稂」、「莠」是外形類似禾苗的兩種植物。後來又說成「不郎不秀」，就是不成材的意思。

❹ 生受：這裏是吃苦耐勞的意思。

算來事事不如人，氣硬心高妄自尊。稼穡不知貪逸樂，那知逸樂會亡身。
農工商賈雖然賤，各務營生不辭倦。從來勞苦皆習成，習成勞苦筋力健。
春風得力總繁華，不論桃花與菜花。自古成人不自在，若貪安享豈成家！
老夫富貴雖然愛，戲場紗帽輪流戴。子孫失勢被人欺，不如及早均平派。
一脈書香付長房，諸兒恰好四民良。煖衣飽食非容易，常把勤勞答上蒼。

老尚書這篇話，至今流傳人間，人多服其高論。為何的？多有富貴子弟，擔了個讀書的虛名，不去務本營生，戴頂角巾，穿領長衣，自以為上等之人，習成一身輕薄，稼穡艱難，全然不知。到知識漸開，戀酒迷花，無所不至。甚者破家蕩產，有上稍時沒下稍❺。所以古人云：五穀不熟，不如荑稗。貪卻賒錢，失卻見在。這叫做：

受用須從勤苦得，淫奢必定禍災生。

* * *

說這漢末時，許昌有一巨富之家，其人姓過名善，真個田連阡陌，牛馬成群，莊房屋舍，幾十餘處，童僕廝養，不計其數。他雖然是箇富翁，一生省儉做家，從沒有穿一件新鮮衣服，喫一味可口東西；也不曉得花朝月夕，同箇朋友到勝景處遊玩一番；也不曾四時八節，備箇筵席，會一會親族，請一請鄉黨。

❺ 有上稍時沒下稍：有頭無尾；有好上場沒有好下場。

終日縮在家中，皺著兩箇眉頭，喫這碗枯茶淡飯。一把匙鑰，緊緊掛在身邊，絲毫東西，都要親手出放。房中桌上，更無別物，單單一箇算盤，幾本賬簿。身子恰像生鐵鑄就，熟銅打成，長生不死一般，日夜思算，得一望十，得十望百，堆積上去，分文不舍得妄費。正是：

世無百歲人，枉作千年調。

那過善年紀五十餘外，合家稱做太公。媽媽已故，止有兒女二人。兒子過遷，已聘下方長者之女為媳。女兒淑女，尚未議姻。過善見兒子人材出眾，性質聰明，立心要他讀書。卻又慳吝，不肯延師在家。送到一個親戚人家附學。誰知過老本是箇看財童子，兒子卻是箇敗家五道。平昔有幾件毛病：見了書本，就如冤家；遇著婦人，便是性命。喜的是喫酒，愛的是賭錢，蹴踘打彈，賣弄風流，放鷂擎鷹，爭誇豪俠，耍拳走馬骨頭輕，使棒輪鎗心竅癢。自古道：物以類聚。過遷性喜遊蕩，就有一班浮浪子弟引誘打合。這時還懼怕父親，早上去了，至晚而歸。過善一心單在錢財上做工夫的人，每日見兒子早出晚入，只道是在學裏，那個去查考。況且過遷把錢買囑了送飯的小廝，日逐照舊送飯，到半路上作成他飽啖，歸來瞞得鐵桶相似。過善何繇得知。過遷在先生面前，只說家中有事，不得工夫。過幾日間，或去點個卯兒，又時常將些小東西孝順。那先生一來見他不像個讀書之人，二來見他老官兒也不像認真要兒讀書的，三來又貪著些小利，總然有些知覺，也裝聾作啞，只當不知，不去拘管他。所以過遷得恣意無藉❻，家中毫不知覺。常言說得好，若要不知，除非莫為。不想方長者曉得了，差人上覆過善。過善不信。想

❻ 無藉：無所顧忌。

道：「若在外恁般遊蕩，也得好些銀子使費，他卻從何而來？況且小廝日日送飯到學，並不說起不在，那有這事！」又想道：「方親家是個真誠之人，必是有因，方纔來說，不可不信。」便喚送飯的小廝來問道：「小官人日日不在學裏，你把飯都與那個喫了？」這小廝是個教熟猢猻，便道：「呀！小官人無一日不在學裏，那個卻掉這樣大謊？」過善只道小廝家中實話，更不再問。到晚間過遷回來，這小廝先把信兒透與知道。到了房中，過善問道：「你如何不在學裏讀書，每日在外遊蕩？」過遷道：「這是那個說？快叫來，打他幾個耳聒子❼，戒他下次不許說謊！我那一日不在學裏。造這話來謗我！」過善一來是愛子，二來料他沒銀使費，況說話與小廝一般，遂信以為實然，更不題起。正是：

因無背後眼，只當耳邊風。

過了幾日，方長者又教人來說：「太公如何不拘管小官人到學裏讀書，仍舊縱容在外狂放？」過善道：「不信有這等事！」即教人在學裏去問，看他今日可在。家人到學看時，果然不見個影兒。問那先生時，答道：「他說家中有事，好幾日不到學了。」家人急忙歸家，回復了過善。過善大怒道：「這畜生元來恁地！」即將送飯小廝拷打起來。這小廝喫打不過，說道：「小官人每日不知在何處頑耍，果然不到學中。再三教我瞞著太公。」過善聽說，氣得手足俱戰，恨不得此時那不肖子就立在眼前，一棒敲死，方泄其忿。卻得淑女在傍解勸。捱到晚間，過遷回家，老兒滿肚子氣，已自平下了一半。纔罵得一句：「畜生！你在外胡為，瞞得我好！」淑女就接口道：「哥哥，你這幾日在那裏頑耍？氣壞了爹爹！

❼耳聒子：耳光。

還不跪著告罪？」過遷真個就跪下去，扯個謊道：「孩兒一向在學攻書。這三兩日因同學朋友家中賽神做會，邀孩兒去看，誠恐爹爹嗔責，分付小廝莫說。望爹爹恕孩兒則個！」淑女道：「爹爹息怒，哥哥從今讀書便了。」過善被他一片謊言瞞過，又信以為實。當下罵了一場，關他在家中看書，不放出門。隔了兩日，有人把幾百畝田賣與過善，議定價錢，做下文書。到後房一隻箱內去取銀子。開箱看時，喫了一驚。那箱內約有二千餘金，已去其大半。原來過遷曉得有銀在內，私下配個匙鑰。夜間俟父親妹子睡著，便起來悄悄捵開，偷去花費。陸續取溜❽了，他也不知用過多少。當下過善叫屈連天。淑女聽得，急忙來問。見說沒了銀子，便道：「這也奇怪，在此間的東西，如何失了？爹莫不記錯了，沒有這許多？」過善道：「不錯，不錯！原來這畜生偷我的銀子在外花費。」即忙尋了一條棒子，喚過遷到來。此時銀子為重，把憐愛之情，閣過一邊。不由分說，扯過來，一頓棍棒只打得滿地亂滾。淑女負命解勸，將過善拉過一邊，扯住了棒兒。過善喝道：「畜生！你怎樣偷的？在那處花費？實說出來，還有個商量。若一句支吾，定然活活打死。」過遷打急了，只得一一直說，連那匙鑰在裩帶上解將下來。氣得過善雙腳亂跳道：「留你這畜生，總是不肖之子，被人恥笑！不如早死，到得乾淨。」又要來打。那時闔家男女都來下跪討饒。過善討條鏈子，鎖在一間空房裏去，連這田也不買了。氣倒在一個壁角邊坐地。這老兒雖是一時氣不過，把兒子痛打一頓，卻又十分肉疼。想道：「看他這模樣兒，也不像落莫❾的！誰道到是個敗子！怎地使他回心轉意便好？」心下躊躇，無計可施。淑女勸道：「爹爹，事已至此，氣亦無益。

---

❽ 溜：順便暗中拿走。

❾ 落莫：本是寂寞冷落的意思，小說中有時用作「落魄」解釋。

只因哥哥年紀幼小，被人誘引，以致如此。今後但在家中讀書，不要放他出門，遠著這班人，他的念頭自然息了。」眾家人也勸道：「太公關鎖小官人，也不是長法。如今年已長大，何不與他完了姻事？有娘子絆住身子，料必不想到外邊遊蕩。豈不兩全其美。」過善見說，深以為然。兩三日後，放其鎖禁，又將好言教誨。過遷受了這場打罵，勉強住在家中，不敢出門。

半月之後，過善擇了吉日，叫媒人往方家去說，要娶媳婦過門。方長者也是大富之家，粧奩久已完備，一諾無辭。到了吉期，迎娶來家。那過善素性儉朴，諸事減省，草草而已。且說過遷初婚時，見渾家面貌美麗，粧奩富盛，真個日日住在家中，橫竪成雙，全不想到外邊遊蕩。過善見兒子如此，甚是歡喜。過了幾時，方氏歸寧回去。過遷在家無聊，三不知閃出去尋著舊日這班子弟，到各處頑耍。只是手中沒有錢鈔使費，不能恣意。想起渾家箱籠中必然有物，將出舊日手段，逐一揳開搜尋去撒漫。使得手滑了，連衣飾都把來弄得罄盡。不一日，渾家歸來，見箱籠俱空，叫苦不迭。盤問過遷時，只推不知。夫妻反目起來。過善聞知，氣得手足麻冷。喚出兒子來，一把頭髮揪翻，亂踢亂打。這番連淑女也勸解不住了。過善喝道：「只道你這畜生改悔前非，尚有成人之日。不想原復如是，我還有甚指望！不如速死，留我老性命再活幾日！」見旁邊有個棒槌，便搶在手，劈頭就打。嚇得淑女魂不附體，雙手扳住臂膊哭道：「爹爹，別件打猶可，這東西斷然使不得的！」方氏見勢頭利害，心中懼怕，說道：「公公請息怒，媳婦沒不多幾件東西，不為大事。」過善方纔放手。淑女勸父親到房中坐下，告道：「爹爹只有一子，怎生如此毒打？萬一失手打壞，後來倚靠何人？」過善道：「這畜生到底不成人的了！還指望倚靠著他！打死了也省得被人談恥。」淑女道：「自古道：敗子回頭便作家。哥哥方纔少年，那見得一世如此！不爭今日一時之怒，一下打死，後來思想，悔之何及！」過善被女兒苦勸一番，怒氣少息。欲要訪問同遊這班人告官懲治，又怕反用銀子，只得忍耐。自此之後，過遷日日躲在房裏，不敢出門，連父親面也不敢見。常言道：偷食貓兒性不改。他在外邊放蕩慣了，看著家中，猶如牢獄一般，那裏坐立得住。過了月餘，瞞著父親，悄悄卻又出去。渾家再三苦諫，全不作准。欲要向過善說知，又見打得利害，不敢開口。只得與他隱瞞。過遷此時身邊並無財物，寡闖了幾日，甚覺沒趣。料道家中，決然無處出豁。私下將田產央人四處抵借銀子，日夜在花街柳巷，酒館賭坊迷戀，不想回家。方氏察聽得實，恐怕在外學出些不好事來，只得告知過善。過善大驚道：「我只道這畜生還躲在房裏，元來又出去了！」埋怨方氏道：「娘子，這畜生初出去時，何不就說，直至今日方言？」方氏道：「因見公公打得利害，故不敢說。」過善道：「這樣不肖子，打死罷了，要他何用！」當下便差人四下尋覓。淑女姑嫂二人，反替他擔著愁擔子。將棍棒之類，預先都藏過了。早有人報知過遷。過遷量得此番歸家，必然鎖禁，不能出來，索性莫歸罷。遂請著妓者藏在閒漢人家取樂。覺道有人曉得，即又換場。一連在外四五個月。這些家人們雖然知得些風聲，那個敢與小主人做冤家。只推沒處尋覓。過善愈加氣惱。寫一紙忤逆狀子，告在縣裏。卻得閒漢們替過遷衙門上下使費，也不上緊拿人。常言道：水平不流，人平不言。這班閒漢替過遷衙門打點使錢，亦是有所利而為之。若是得利均分，到也和其光而同其塵⑩了。因有手遲腳慢的，眼看別人賺錢，心中不忿，卻去過老面前搬嘴，說：「令郎與某人某人往來，怎樣闞賭，將田產與某處抵銀

⑩和其光而同其塵：語見老子。這是老子的一種消極處世態度。意思是說：處世應該不露鋒芒，與塵俗相合，不自立異。這裏是同流合汙的意思。

多少，算來共借有三千銀子。」把那老兒嚇得面如土色，想道：「畜生恁般大膽，如此花費，能消幾時！再過一二年，連我身子也是別人的了。」問道：「如今這畜生在那裏？」其人道：「見在東門外三里橋北堍⑪下老王三家。他前門是不開的。進了小巷，中間有個小小竹園，便是他後門。內有茅亭三間，此乃令郎安頓之所。」過善得了下落，喚了五六個家人跟隨，一逕出東門，到三里橋，分付眾人，在橋下伺候：「莫要驚走了那畜生。待我喚你們時，便一齊上前。」也是這日合當有事，過遷恰好和一個朋友說話，不覺送出園門。作別過了，方欲轉身，忽聽得背後吆喝一聲：「畜生那裏走？」過遷回頭一看，原來是父親，嚇得雙腳俱軟，寸步也移不動。說時遲，那時快，過善趕上一步，不由分說，在地下拾起一塊大石，口裏恨著一聲，照過遷頂門擘將去，咶刺一聲響，只道這畜生今番性命休矣。正是：

地府忽增不肖鬼，人間已少敗家精。

這一響，只道打碎天靈蓋⑫了。不想過遷後生眼快，見父親來得兇惡，剛打下時，就傍邊一閃。那石塊恰恰中在側邊一堆亂磚上，打得磚頭亂滾下來。過遷望著巷口便跑。不想去得力猛，反把過善衝倒。過善爬起身來，一頭趕，一頭喊道：「殺爹的逆賊走了！快些拿住！」眾家人聽得家長聲喚，都走攏來看時，過遷已自去得好遠。過善氣得一句話也說不出，只叫快趕，趕著的有賞。眾人領命，分頭追趕小官人。過善獨自個氣忿忿地坐在橋上。約有兩個時辰，不見回報。天色將晚，只得忍著氣，一步步捱到

⑪ 堍：音ㄊㄨˋ。橋邊。

⑫ 天靈蓋：顱頂骨。

家裏。淑女見父親餘怒未息，已猜著八九，上前問其緣故。過善細細告說如此如此。淑女含泪勸道：「爹爹年過五旬，又無七男八女，只有這點骨血。總雖不肖，但可教誨。何忍下此毒手！適來幸喜他躲閃得快，不致傷身。倘有失錯，豈不覆宗絕祀！爹爹，今後斷不可如此！」過善咬牙切齒恨道：「我便為無祀之鬼也罷！這畜生定然饒他不得！」

不題淑女苦勸父親，且說過遷得了性命，不論高低，只望小路亂跑。正行間，背後二人飛也似趕來，一把扯住，定要小官人同回。你道這二人是誰？乃過善家裏義僕小三、小四兄弟。兩個領著老主之命，做一路兒追趕小官人。恰好在此遇見。過遷捽脫不開，心中忿怒，提起拳頭，照著小四心窩裏便打。小四著了拳，只叫得一聲「阿呀！」仰後便倒，更不做聲。小三見兄弟跌悶在地，只道死了，高聲叫起屈來。扭住小官人死也不放。事到其間，過遷也沒有主意。「左右是個左右，不是他便是我一發併了命罷。」捏起兩個拳頭，沒頭沒腦，亂打將來。他曾學個拳法，頗有些手腳。小三如何招架得住，只得放他走了。回身看小四時，已自甦醒。小三扶他起來，就近處討些湯水，與他吃了。兩個一同回家，報與家主。別個家人趕不著的，也都回了。過善只是嘆氣，不在話下。且說過遷一頭走，一頭想：「父親不懷好意了。見今縣裏告下忤逆，如今又打死小四，罪上加罪。這條性命休矣！稱⑬身邊還存得三四兩銀子，可做盤纏，且往遠處逃命，再作區處。」算計已定，連夜奔走。正是：

忙忙如喪家之狗，急急如漏網之魚。

⑬稱：同「趁」。

過遷去有半年，杳無音信，里中傳為已死。這些幫閒的要自脫干係，攛掇債主，教人來過家取討銀子。若不還銀，要收田產。那債主都是有勢有力之家。過善不敢沖撞，只得緩詞謝之。回得一家去時，接腳又是一家來說。門上絡繹不絕，都是討債之人。過善索性不出來相見。各家見不應承，齊告在縣裏。差人拘來審問。縣令看了文契，對過善道：「這都是你兒子借的，須賴不得。」過善道：「逆子不遵教誨，被這班小人引誘為非，將家業蕩費殆盡，向告在臺⑭，逃遁於外，未蒙審結，所存些少，止勾小人送終之用，豈可復與逆子還債。況子債亦無父還之理。」縣令笑道：「汝尚不肯與子還債，外人怎肯把銀與汝子白用！且引誘汝子者，決非放債之人，如何賴得。總之，汝子不肖，莫怪別人。但父在子不得自專。各家貪圖重利，與敗子私自立券，其心亦是不良。今照契償還本銀，利錢勿論。銀完之日，原契當堂銷毀。居中人重責問罪。」過善被官府斷了，怎敢不依。只得逐一清楚，心中愈加痛恨。到以兒子死在他鄉為樂，全無思念之意。正是：

種田不熟不如荒，養兒不肖不如無。

* * *

話休煩絮。且說過善女兒淑女，天性孝友，相貌端莊，長成一十八歲，尚未許人。你道恁樣大富人家，為甚如此年紀猶未議婚？過善只因是個愛女，要覓個啫嗻⑮女婿為配，所以高不成，低不就，揀擇

⑭ 向告在臺：過去已經在您那裏告訴過了。臺，對人的尊稱。這裏指縣令。

⑮ 啫嗻：音ㄕㄜ ㄓㄜ。驚人出眾。一作「奢遮」。

了多少子弟，沒個中意的，蹉跎至今。又因兒子不肖，越把女兒值錢，要擇個出人頭地的，贅入家來，付託家事。故此愈難其配。話分兩頭。卻說過善鄰近有一人，姓張名仁，世代耕讀，家頗富饒。夫妻兩口，單生一子，取名孝基，生得相貌魁梧，人物濟楚，深通今古，廣讀詩書。年方二十，未曾婚配。張仁正央媒人尋親，恰好說至過家。過善已曾看見孝基這個丰儀，卻又門當戶對，心中大喜，道：「得此子為婚，我女終身有托矣！」張仁是個獨子，本不舍得贅出。因過善央媒再三來說，又聞其女甚賢，故此允了。少不得問名納綵，奠雁傳書，贅入過家。孝基雖然贅在過家，每日早晚省視父母，並無少怠。夫妻相待，猶如賓客，敬重過善，同於父母。又且為人謙厚，待人接物，一團和氣，上下之人，無不悅服。過善愛之如子。凡有疑難事體，托他支理，看其材幹。孝基條分理析，井井有方。過善因此愈加歡喜。只有方氏在房，思想丈夫，不知在於何處，並無消耗，未知死活存亡，日夜悲傷不已。

光陰如箭，張孝基在過家不覺又是二年有餘。過善忽然染病，求神罔效，用藥無功。方氏姑嫂二人，晝夜侍奉湯藥。孝基居在外廂，綜理諸事。那老兒漸漸危篤，自料不起，分付女兒治酒，遍請鄰里親戚到家，囑付道：「列位高親在上。老漢托賴天地祖宗，掙得這些薄產，指望傳諸子孫，世守其業。不幸命薄，生此不肖逆賊，破費許多。向已潛遁在外，未知死生。幸爾尚有一女，婚配得人，聊慰老景。不想今得重疾，不久謝世。故特請列位到來，做個證明，將所有財產，盡傳付女夫，接續我家宗祀。久已寫下遺囑，煩列位各署個花押。倘或逆子猶在，探我亡後，回家爭執，竟將此告送官司，官府自然明白。」遂於枕邊摸出遺囑，教家人遞與眾人觀看。此時眾人疑是張孝基見識，尚未開言，只見張孝基說道：「多蒙岳父大恩，但岳父現有子在，萬無財產反歸外姓之理。以小婿愚見，當差人四面訪覓大舅回來，將家業付之，以全父子之情。小婿夫妻自當歸宗。設或大舅身已不幸，尚有舅嫂守節，當交與掌管，然後訪族中之子，立為後嗣。此乃正理。若是小婿承受，外人必有逐子愛婿之謗。鳩僭鵲巢⑯，小婿亦被人談論。這決不敢奉命。」淑女也道：「哥哥只因懼怕爹爹責罰，故躲避在外，料必無恙。丈夫乃外姓之人，豈敢承受。」眾人見他夫妻說話出於至誠。遂齊聲說道：「令婿令愛之言，亦似有理。且待尋訪小官人，一年半載，待有的信，再作區處。」過善道：「小婿之言，不是愛我，乃是害我。」眾人道：「如何是害太公？」過善道：「老漢一生辛苦，掙得這些家事，逆子視之猶如糞土，不上半年，破散四千餘金。如此揮霍，便銅斗家計⑰，指日可盡。財產既盡，必至變賣塋墓。那時不惟老漢不能入土，恐祖宗在土之骨，反暴棄荒野矣。」孝基又道：「大舅昔因年幼，為匪人誘惑所致。今已年長，又有某輩好言勸喻，料必改過自新，決不至此。」過善道：「未必，未必！有我在日，嚴加責罰，尚不改悛。我死之後，又何人得而禁之！」眾人都道：「依著我們愚見，不若均分了，兩全其美。令郎回時，也沒得話說。」過善只是不許。孝基夫婦再三苦辭。過善大怒道：「汝亦效逆子要毆死我麼？」眾人見他發怒，乃對孝基道：「令岳執意如此，不必辭了。」遂將遺囑各寫了花押，遞與過老。淑女又道：「爹爹家財盡付與我夫婦，嫂嫂當置於何地？」過善道：「我已料理在此，不消你慮。」將遺囑付過孝基。孝基夫婦泣拜而受。過善又摸出二紙，捏在手中，請過方長者近前，說道：「逆子不肖，致令愛失其所天⑱，老漢心實

---

⑯ 鳩僭鵲巢：指強佔他人的產業或東西。

⑰ 銅斗家計：銅斗，銅製的酒器，這裏是用來形容富美、牢固。家計，家產。

⑱ 所天：指丈夫。過去男尊女卑，認為丈夫是所依靠的天。

不安。但耽誤在此，終為不了。老漢已寫一執照於此，付與令愛，老漢亡後，煩親家引回，另選良配。萬一逆子回來有言，執此赴官訴理。外有田百畝，以償逆子所費粧奩。」道罷，將二紙遞與。方長者也不來接，答道：「小女既歸令郎，乃親家家事，已與老夫無干。況寒門從無二嫁之女。非老夫所願聞，親家請勿開口。」道罷，往外就走。孝基苦留不住。過善呼媳婦出來說知。方氏大哭道：「妾聞婦人之義，從一而終。夫死而嫁，志者恥為。何況妾夫尚在，豈可為此狗彘之事！」過善又道：「逆子總在，這等不肖，守之何益！」方氏道：「妾夫雖不肖，妾志不可改。必欲奪妾之志，有死而已。」過善道：「你有此志氣，固是好事。但我亡後，家產已付女夫掌管。你居於此，須不穩便。」淑女道：「爹爹，嫂嫂既肯守節，家業自然該他承受。孩兒歸於夫家，纔是正理。」方氏道：「姑娘，我又無子嗣，要這些家財何用！公公既有田百畝於我，當歸母家，以贍此生。即丈夫回家，亦可度日。」眾人齊聲稱好。過善道：「媳婦，你與過門爭氣，這百畝田尚少，再增田二百畝，銀子二百兩，與你終身受用。」方氏含泪拜謝。分撥已定，過善教女婿留親戚鄰里於堂中飲酒，至晚方散。那過善本來病勢已有八九分了，卻又勉強料理這事。喉長氣短⑲，費舌勞唇，勞碌這半日，到晚上愈加沉重。女兒媳婦守在床邊，啼啼哭哭。張孝基備辦後事，早已停當。又過數日，嗚呼哀哉！正是：

三寸氣在千般用，一旦無常萬事休。

女兒媳婦都哭得昏迷幾次。張孝基也十分哀痛。衣衾棺槨，極其華美。七七之中，開喪受弔，延請

⑲ 喉長氣短：力竭聲嘶。

僧道，修做好事，以資冥福。擇選吉日，葬於祖塋。每事務從豐厚。殯葬之後，方氏收拾，歸於母家。姑嫂不忍分捨，大哭而別，不在話下。且說張孝基將丈人所遺家產錢財米穀，一一登記賬簿，又差人各處訪問過遷，並無蹤影。時光似箭，歲月如流，倏忽便過五年。那時張孝基生下兩個兒子，門首添個解當鋪兒，用個主管，總其出入。家事比過善手內，又增幾倍。

話休煩絮。一日張孝基有事來到陳留郡中，借個寓所住下。偶同家人到各處遊玩。末後來至市上，只見個有病乞丐，坐在一人家簷下。那人家驅逐他起身。張孝基心中不忍，教家人朱信捨與他幾個錢鈔。那朱信原是過家老僕，極會鑑貌辨色，隨機應變，是個伶俐人兒。當下取錢遞與這乞丐，把眼觀看，喫了一驚。急忙趕來，對張孝基說道：「官人向來尋訪小官人下落。適來丐者，面貌好生廝像。」張孝基便定了腳，分付道：「你再去細看。若果是他，必然認得你。且莫說我是你家女婿，太公產業，都歸於我。只說家已破散，我乃是你新主人，看他如何對答，然後你便引他來相見。我自有處⑳。」朱信得了言語，覆身轉去，見他正低著頭，把錢繫在一根衣帶上，藏入腰裏。朱信仔細一看，更無疑惑。那丐者起先捨錢與他時，其心全在錢上，那個來看捨錢的是誰。這次朱信去看時，他已把錢藏過，也舉起眼來，認自家家人，不覺失聲叫道：「朱信，你同誰在這裏？」朱信便道：「小官人，你如何流落至此？」過遷泣道：「自從那日逃奔出門，欲要央人來勸解爹爹，不想路上恰遇著小三、小四兄弟兩個攔阻住了，務要拖我回家。我想爹爹正在盛怒之時，這番若回，性命決然難活。匆忙之際，一拳打去，不意小四跌倒便死。心中害怕，連夜逃命。奔了幾日，方到這裏。在客店中歇了幾時，把身邊銀兩喫盡，被他趕將

⑳ 有處：有處理的辦法。

出來。無可奈何，只得求乞度命。日夜思家，沒處討個信息。天幸今日遇你。可實對我說，那日小四死了，爹爹有何話說？」朱信道：「小四當時醒了轉來，不曾得死。太公已去世五年矣。」過遷見說父親已死，叫聲：「苦也！」望下便倒。朱信上前扶起，喉中哽咽，哭不出聲。嗚嗚了好一回，方纔放聲大哭道：「我指望回家，央人求告收留，依原父子相聚，誰想已不在了！」悲聲慘切。朱信亦不覺墮泪。哭了一回，乃問道：「爹爹既故，這些家私是誰掌管？」朱信道：「太公未亡之前，小官人所借這些債主，齊來取索。太公不肯承認。被告官司，衙門中用了無數銀子。及至審問，一一斷還，田產已去大半。小娘子出嫁，粧奩又去了好些。太公臨終時，恨小官人不學好，盡數分散親戚。存下些少，太公死後，家無正主，童僕等輩，一頓亂搶，分毫不留。止存住宅，賣與我新主人張大官人，把來喪中殯葬之用。如今寸土俱無了。」過遷見說，又哭起來道：「我只道家業還在，如今掙扎性命回去，學好為人。不料破費至此！」又問道：「家產便無了，我渾家卻在何處？妹子嫁於那家？」朱信道：「小娘子就嫁在近處人家。大嫂到不好說。」過遷道：「卻是為何？」朱信道：「太公因久不見小官人消息，只道已故，送歸母家，令他改嫁。」過遷道：「可曉得嫁也不曾？」朱信道：「老奴為投了新主人，不時差往遠處，在家日少，不曾細問，想是已嫁去了。」過遷撫膺大慟道：「只為我一身不肖，家破人亡，財為他人所有，妻為他人所得，誠天地間一大罪人也！要這狗命何用！不如死休！」望著堦沿石上便要撞死。朱信一把扯住道：「小官人，螻蟻尚且貪生，如何這等短見！」過遷道：「昔年還想有歸鄉的日子，故忍恥偷生。今已無家可歸，不如早些死了，省得在此出醜。」朱信道：「好死不如惡活！不可如此。老奴新主人做人甚好，待我引去相見，求他帶回鄉裏。倘有用得著你之處，就在他家安身立命，到老來還有個結果。若死在這裏，有誰收取你的屍骸？卻不枉了這一死！」過遷沉吟了一回道：「你話到說得是。但羞人子㉑，怎好去相見？萬一不留，反干折這番面皮㉒。」朱信道：「至此地位，還顧得什麼羞恥！」過遷道：「既如此，不要說出我真姓名來，只說是你的親戚罷。」朱信道：「適纔我先講過了，怎好改得？」當下過遷無奈，只得把身上破衣裳整一整，隨朱信而來。張孝基遠遠站在人家屋下，望見他啼哭這一段光景，覺道他有懊悔之念，不勝嘆息。過遷走近孝基身邊，低著頭站下。朱信先說道：「告官人，正是老奴舊日小主人。因逃難出來，流落在此。求官人留他則個。」便叫道：「過來見了官人。」過遷上前欲要作揖，去扯那袖子，卻都只有得半截，又是破的，左扯也蓋不來手，右扯也遮不著臂。只得抄著手，唱個喏。張孝基看了，愈加可憐。因是舅子，不好受他的禮，還了個半禮，乃道：「嗳！你是個好人家子息，怎麼到這等田地？但收留你回去，沒有用處，卻怎好？」朱信道：「告官人，隨分胡亂留他罷。」張孝基道：「你可會灌園㉓麼？」過遷道：「小人雖然不會，情願用心去學。」張孝基道：「只怕你是受用的人，如何喫得恁樣辛苦？」過遷道：「小人到此地位，如何敢辭辛苦！」張孝基道：「這也罷。只是依得三件事，方帶你回去。若依不得，不敢相留。」過遷道：「不知是那三件？」張孝基道：「第一件，只許住在園上，飯食教人送與你喫，不許往外行走。若跨出了園門，就不許跨進園門。」過遷道：「小人玷辱祖宗，有何顏見人，往外行走！住在園上，正是本願。這個依得。」張孝基見說話有

㉑ 羞人子：羞愧。
㉒ 反干折這番面皮：反而白白的丟一回臉。
㉓ 灌園：種菜園子。

自愧之念，甚是歡喜。又道：「第二件，要早起晏息，不許貪眠懶怠偷工。」過遷道：「小人天未明就起身，直至黑了方止。若有月的日子，夜裏也做。怎敢偷工！這個也依得。」孝基又道：「夜裏到不消得。只日裏不偷工就夠了。第三件，若有不到之處，任憑我責罰，不許怨悵。」過遷道：「既蒙收養，便是重生父母。但憑責罰，死而無怨。」張孝基道：「既都肯依，隨我來。」也不去閒玩，覆轉身引到寓所門口。過遷隨將進來。主人家見是個乞丐，大聲叱咤，不容進門。張孝基道：「莫趕他，這是我家的人。」主人家道：「這乞丐常是在這裏討飯喫，怎麼是在府上家人？」朱信道：「一向流落在此，今日遇見的。」到裏邊開了房門，張孝基坐下，分付道：「你隨了我，這模樣不好看相。朱信，你去教主人家燒些湯與他洗淨了身子，省兩件衣服與他換了，把些飯食與他喫。」朱信便去教主人家燒起湯來，喚過遷去洗浴。過遷自出門這幾年，從不曾見湯面。今日這浴，就如脫皮退殼，身上鏖糟㉔，足足洗了半缸。朱信將衣服與他穿起，梳好了頭髮，比前便大不相同。朱信取過飯來，恣意一飽。那過遷身子本來有些病體，又苦了一苦，又在當風處洗了浴，見著飯又多喫了碗，三合湊，到夜裏生起病來。張孝基倩醫調治，有一個多月，方纔痊愈。

張孝基事體已完，算還了房錢，收拾起身。又雇了個生口㉕與過遷乘坐。一行四眾，循著大路而來。張孝基開言道：「過遷，你是舊家子弟，我不好喚你名字。如今改叫過小乙。」又分付朱信：「你們叫他小乙哥，兩下穩便。」朱信道：「小人知道。」張孝基道：「小乙，今日路上無聊，你把向日興頭事

㉔ 鏖糟：骯髒。

㉕ 生口：牲口。牛馬之類。

情，細細說與我消遣。」過遷道：「官人，往事休題！若說起來，羞也羞死了。」張孝基道：「你當時是個風流趣人，有甚麼羞！且略說些麼。」過遷被逼不過，只得一一直說前後浪費之事。張孝基道：「你起初恁般快活，前日街頭這樣苦楚，可覺有些過不去麼？」過遷道：「小人當時年幼無知，又被人哄騙，以致如此。懊悔無及矣！」張孝基道：「只怕有了銀子，還去快活哩。」過遷道：「小人性命已是多的了，還做這樁事，便殺我也不敢去！」張孝基又對朱信道：「你是他老家人，可曉得太公少年時也曾恁般快活過麼？」朱信道：「可憐他日夜只想做人家，何曾舍得使一文屈錢！卻想這樣事！」孝基道：「你且說怎地樣做人家？」朱信扳指頭一歲起運，細說怎地勤勞，如何辛苦，方掙得這等家事。不想小乙哥把來看得像土塊一般，弄得人亡家破。過遷聽了，只管哀泣。張孝基道：「你如今哭也遲了，只是將來學做好人，還有個出頭日子。」一路上熱一句，冷一句，把話打著他心事。過遷漸漸自怨自艾，懊悔不迭。正是：

臨崖立馬收韁晚，船到江心補漏遲。

在路行了幾日，來到許昌，張孝基打發朱信先將行李歸家，報知渾家。自同過遷逕到自己家中，見過父母，將此事說知。令過遷相見已畢，遂引到後園，打掃一間房子，把出被窩之類，交付安歇。又分付道：「不許到別處行走。我若查出時，定然責罰。」過遷連聲答應：「不敢，不敢！」孝基別了父母，回至家中，悄悄與渾家說了。渾家再三稱謝，不題。且說過遷當晚住下。次日起早，便起身擔著器具去鋤地。看那園時，甚是廣闊。週圍編竹為籬，張太公也是做家之人，並不種甚花木，單種的是蔬菜。灌園的非止一人。過遷初時，那裏運弄得來。他也不管，一味蠻墾。過了數日，漸覺熟落，好不歡喜。每日擔水灌澆，刈草鋤墾，也不與人搭話。從清晨直至黃昏，略不少息。或遇淒風楚雨之時，思想父親，吞聲痛泣，欲要往墳上叩個頭兒。又守著規矩，不敢出門。想起妹子，聞說就嫁在左近，卻不知是那家。意欲見他一面。又想：「今日落於人後，何顏去見妹子。總不嫌我，倘被妹夫父母兄弟奚落，卻不自取其辱！」索性把這念頭休了。且說張孝基日日差人察聽，見如此勤謹，萬分歡喜。又教人私下試他，說：「小乙哥，你何苦日夜這般勞碌？偷些工夫同我到街坊上頑耍頑耍，請你喫三盃，可好麼？」過遷大怒道：「你這人自己怠惰，已是不該，卻又來引誘我為非！下次如此，定然稟知家主。」一日，張孝基自來查點，假意尋他事過，高聲叱喝要打。過遷伏在地上，說道：「是小人有罪，正該責罰。」張孝基恨了幾聲，乃道：「姑恕你初次，且不計較。倘若再犯，定然不饒。」過遷頓首唯唯。自此之後，愈加奮勵。約莫半年，並無倦怠之意。足跡不敢跨出園門。張孝基見他悔過之念已堅。一日，教人拿著一套衣服并巾幘鞋襪之類，來到園上，對過遷道：「我看你作事勤謹，甚是可用。如今解庫中少個人相幫，你到去得。可戴了巾幘，隨我同去。」過遷道：「小人得蒙收留灌園，已出望外，豈敢復望解庫中使令？」張孝基道：「不必推辭，但得用心支理，便是你的好處了。」過遷即便裹起巾幘，整頓衣裳。此時模樣，比前更是不同。隨孝基至堂中，作別張太公出門。路上無顏見人，低著頭而走。不一時，望見自家門首，心中傷感，暗自掉下泪來。到得門口，只見舊日家人都叉手拱立兩邊，讓張孝基進門。過遷想道：「我家這些人，如何都歸在他家？想是隨屋賣的了。」卻也不敢呼喚。只低著頭而走。眾家人隨後也跟進來。到了堂中，便立住腳不行。見桌椅傢伙之類，俱是自家故物，愈加悽慘。張孝基道：「你隨我來，教你見一個人。」過遷正不知見那個，只得又隨著而走。卻從堂後轉向左邊。過遷認得這徑道乃他家舊時往家廟去之路。漸漸至近，孝基指著堂中道：「有人在裏邊，你進去認一認。」過遷急忙走去，擡頭看見父親形影㉖，翻身拜倒在地，哭道：「不肖子流落卑污，玷辱家門，生不能侍奉湯藥，死不能送骨入土，忤逆不道，粉骨難贖！」以頭叩地，血被於面。正哭間，只聽得背後有人哭來，叫道：「哥哥，你一去不回，全不把爹爹為念！」過遷舉眼見是妹子，一把扯住道：「妹子，只道今生已無再見之期，不料復得與你相會！」哥妹二人，相持大哭。

昔年流落實堪傷，今日相逢轉斷腸。不是一番寒徹骨，怎得梅花撲鼻香！

哥妹哭了一回，過遷向張孝基拜謝道：「若非妹丈救我性命，必作異鄉之鬼矣。大恩大德，將何補報！」張孝基扶起道：「自家骨肉，何出此言！但得老舅改過自新，以慰岳丈在天之靈，勝似報我也。」過遷泣謝道：「不肖謹守妹丈向日約束，倘有不到處，一依前番責罰。」張孝基笑道：「前者老舅不知詳細，故用權宜之策。今已明白，豈有是理。但須自戒可也。」當下張孝基喚眾家人來，拜見已畢，回至房中。淑女整治酒餚款待。過遷乃問：「你的大嫂嫁了何人？」淑女道：「哥哥，你怎說這話！卻不枉殺了人！當日爹爹病重，主張教嫂嫂轉嫁，嫂嫂立志不從。」乃把前事細說一遍。又道：「如今見守在家，怎麼說他嫁人！」過遷見說妻子貞節，又不覺泪下，乃道：「我那裏曉得！都是朱信之言。」張孝基道：「此乃一時哄你的話。待過幾時，同你去見令岳，迎大嫂來家。」過遷道：「這個我也不想矣。」

㉖ 形影：畫像。

但要到爹爹墓上走遭。」張孝基道：「這事容易！」到次早備辦祭禮，同到墓上。過遷哭拜道：「不肖子違背爹爹，罪該萬死！今願改行自新，以贖前非。望乞陰靈洞鑒。」祝罷，又哭。張孝基勸住了，回到家中，把解庫中銀錢點明，付與過遷掌管。那過遷雖管了解庫，一照灌園時早起晏眠，不辭辛苦。出人銀兩，公平謹慎。往來的人，無不歡喜。將張孝基夫妻恭敬猶如父母。倘有疑難之事，便來請問。終日住在店中，毫無昔日之態。此時親戚盡曉得他已回家，俱來相探。彼此只作個揖，未敢深談。過了兩三個月，張孝基還恐他心活，又令人來試他說：「小官人，你平昔好頑，沒銀時，還各處抵借來用。今見放著白晃晃許多東西，到呆坐看守！近日有個絕妙的人兒，有十二分才色，藏在一個所在。若有興，同去喫杯茶，何如？」過遷聽罷，大喝道：「你這鳥人！我只因當初被人引誘壞了，弄得破家蕩產，幾乎送了性命。心下正恨著這班賊男女㉗，你卻又來哄我！」便要扯去見張孝基。那人招稱不是，方纔罷了。孝基聞知如此，不勝之喜。

時光迅速，不覺又是半年。張孝基把庫中賬目，細細查算，分毫不差。乃對過遷說道：「不孝有三，無後為大。向日你初回時，我便要上覆令岳，迎大嫂與老舅完聚。恐他還疑你是個敗子，未必肯許。故此止了。今你悔過之名，人都曉得，去迎大嫂，料無推托。如今可即同去。」過遷依允。淑女取出一副新鮮衣服與他穿起，同至方家。方長者出來相見。過遷拜倒在地道：「小婿不肖，有負岳父、賢妻！今已改過前非，欲迎令愛完聚。」方長者扶起道：「不消拜，你之所行，我盡已知道。小女既歸於汝，老夫自當送來。」張孝基道：「親翁還在何日送來？」方長者道：「就明日便了。」張孝基道：「親翁亦

㉗ 賊男女：罵人的話。指引誘人去做壞事的人。

求一顧，尚有話說。」方長者應允。二人作別，回到家裏。張孝基遍請親戚鄰里，於明日喫慶喜筵席。

到次日午前，方氏已到。過遷哥妹出去相迎。相見之間，悲喜交集。方氏又請張孝基拜謝。少頃，諸親俱到，相見已畢，無不稱贊孝基夫婦玉成之德，過遷改悔之善，方氏志節之堅。不一時，酒筵完備。張孝基安席定首，敘齒而坐。酒過數巡，食供三套，張孝基起身進去，教人捧出一個箱兒，放於桌上，討個大盃，滿斟熱酒，親自遞與過遷道：「大舅，滿飲此盃。」過遷見孝基所敬，不敢推托，雙手來接道：「過遷理合敬妹丈，如何反勞尊賜？」張孝基道：「大舅就請乾了，還有話說。」過遷一吸而盡。孝基將鑰匙開了那隻箱兒，箱內取出十來本文簿，遞與過遷道：「請收了這幾本帳目。」過遷接了，問道：「妹丈，這是什麼賬？」張孝基道：「你且收下，待我細說。」乃對眾人道：「列位尊長在上，小生有一言相稟。」眾人俱站立起身道：「不知足下有何見諭？老漢們願聞清誨。」遂側耳拱聽。張孝基疊出兩個指頭，說將出來，言無數句，使聽者無不嘖嘖稱羨。正是：

錢財如糞土，仁義值千金。曾記床頭語，窮通不二心。

當下張孝基說道：「昔年岳父祗因大舅蕩費家業，故將財產傳與小生。當時再三推辭，岳父執意不從。因見正在病中，恐觸其怒，反非愛敬之意，故勉強承受。此皆列位尊長所共見，不必某再細言。及岳父棄世之後，差人四處尋訪大舅。四五年間，毫無蹤影。天意陳留得遇。當時本欲直陳，交還原產。仍恐其舊態猶存，依然浪費，豈不反負岳父這段恩德！故將真情隱匿，使之耕種，繩以規矩，勞其筋骨，苦其心志，兼以良言勸喻，隱語諷刺，冀其悔過自新。幸喜彼亦自覺前非，怨艾日深，幡然遷改。及令管庫，處心公平，臨事馴謹。數月以來，絲毫不苟。某猶恐其心未堅，幾遍教人試誘，心如鐵石，片語難投。竟為志誠君子矣！故特請列位尊長到此，將昔日岳父所授財產，并歷年收積米穀布帛銀錢，分毫不敢妄用，一一開載賬上。今日交還老舅。明早同令妹即搬歸寒舍矣。」又在篋中取出一紙文書，也奉與過遷道：「這幅紙乃昔年岳父遺囑，一發奉還。適來這盃酒，乃勸大舅，自今以後，兢兢業業，克儉克勤，以副岳父泉臺之望。勿得意盈志滿，又生別念。戒之，戒之！」眾人到此，方知昔年張孝基苦辭不受，乃是真情，稱嘆不已。過遷見說，哭拜於地道：「不肖悖逆天道，流落他鄉，自分橫死街衢，永無歸期。此產豈為我有！幸逢妹丈救回故里，朝夕訓誨，激勵成人，全我父子，完我夫婦，延我宗祀，正所謂生我者父母，成我者妹丈。此恩此德，高天厚地，殺身難報。即使執鞭隨鐙，亦為過分。豈敢復有他望！況不肖一生違逆父命，罪惡深重，無門可贖。今此產乃先人主張授君，如歸不肖，卻不又逆父志，益增我罪！」張孝基扶起道：「大舅差矣！岳父一世辛苦，實欲傳之子孫世守。不意大舅飄零於外，又無他子可承，付之於我，此乃萬不得已，豈是他之本念。今大舅已改前愆，守成其業，正是繼父之志。岳父在天，亦必徜徉長笑，怎麼又增你罪過？」過遷又將言語推辭，兩下你讓我卻，各不肯收受。連眾人都沒主意。方長者開言，對張孝基道：「承姑丈高誼，小婿義不容辭。但全歸之，其心何安！依老夫愚見，各受其半，庶不過情。」眾人齊道：「長者之言甚是！昔日老漢們亦有此議，只因太公不允，所以止了。不想今日原從這著。可見老成之見，大略相同。」張孝基道：「親翁，子承父業，乃是正理，有甚不安。若各分其半，即如不還一般了。這怎使得！」方長者又道：「既不願分，不若同居於此，協力經營。待後分之子孫，何如？」張孝基道：「寒家自有敝廬薄產，子孫豈可占過氏之物。」眾人見執意不肯，俱勸過遷受領。過遷卻又不肯。跑進裏邊，見妹子正與方氏飲酒，過遷上前哭訴其事，教妹子勸張孝基受其半。那知淑女說話與丈夫一般。過遷夫婦跪拜哀求，只是不允。過遷推托不去，再拜而受。眾人齊贊道：「張君高義，千古所無！」唐人羅隱㉘先生有贊云：

能生之，不能富之；能富之，不能教之。死而生之，貧而富之，小人而君子之。嗚呼孝基，真可為百世之師！

當日直飲至晚而散。到次日，張孝基叫渾家收拾回家。過遷苦留道：「妹丈財產，既已不受，且同居於此，相聚幾時，何忍遽別！」張孝基道：「我家去此不遠，朝暮便見，與居此何異。」過遷料留不住，乃道：「既如此，容明日治一酌與妹丈為餞，後日去何如？」孝基許之。次日，過遷大排筵席，廣延男女親鄰，并張太公夫婦。張媽媽守家不至。請張太公坐了首席。其餘賓客依次而坐。裏邊方氏姑嫂女親，自不必說。是日筵席，水陸畢備，極其豐富。眾客盡歡而別。客去後，張孝基對過遷道：「大舅，岳父存日，從不曾如此之費。下次只宜儉省，不可以此為則。」過遷唯唯。次日，孝基夫婦止收拾粧奩中之物，其餘一毫不動，領著兩個兒子，作辭起身。過遷、方氏同婢僕，直送至張家，置酒款待而回。自此之後，過遷操守愈勵，遂為鄉閭善士。只因勤苦太過，漸漸習成父親慳吝樣子。後亦生下一子，名師儉。因懲自己昔年之失，嚴加教誨。此是後話不題。

且說里中父老，敬張孝基之義，將其事申聞郡縣。郡縣上之於朝。其時正是曹丕篡漢，欲收人望㉙，

㉘羅隱：唐末詩人，有羅昭諫集。

遂下書徵聘。孝基惡魏乃僭竊之朝，恥食其祿，以親老為辭，不肯就辟。後父母百年後，哀毀骨立，喪葬合禮，其名愈著。州郡復舉孝廉㉚。凡五詔，俱以疾辭。有人問其緣故，孝基笑而不答。隱於田里，躬耕樂道，教育二子。長子名繼，次子名紹，皆仁孝有學行，里中咸願與之婚，孝基擇有世德者配之。孝基年五十外，忽夢上帝膺召，夫婦遂雙雙得疾。二子日夜侍奉湯藥，衣不解帶。過遷聞知，率其子過師儉同來，亦如二子一般侍奉。孝基謝而止之。過遷道：「感君之德，恨不能身代。今聊效區區，何足為謝。」過了數日，夫婦同逝。臨終之時，異香滿室。鄰里俱聞空中車馬音樂之聲，從東而去。二子哀慟，自不必說。那過遷哭絕復甦，至於嘔血。喪葬之費，俱過遷為之置辦。二子泣辭再三，過遷不允。一月後，有親友從洛中回來，至張家弔奠，述云：「某日於嵩山遊玩，忽見旌幢騶御㉛滿野。某等避在林中觀看。見車上坐著一人，絳袍玉帶，威儀如王者，兩邊錦衣花帽，侍衛多人。仔細一認，乃是令先君。某等驚喜，出林趨揖。令先君下車相慰。某等問道：『公何時就徵，遂為此顯官？』令先君答云：『某非陽官，乃陰職也。上帝以某還財之事，命主此山。煩傳示吾子，不必過哀。』言訖，倏然不見。方知令先君已為神矣。」二子聞言，不勝哀感。那時傳遍鄉里，無不嘆異。相率為善，名其里為義感鄉。晉武帝時，州郡舉二子孝廉，俱為顯官。過遷年至八旬外而終。兩家子孫繁盛，世為姻戚云。

還財陰德澤流長，千古名傳義感鄉。多少競財疎骨肉，應知無面向嵩山。

㉙ 人望：負有聲望的人。

㉚ 舉孝廉：指漢代郡國（地方官）向朝廷推薦孝順父母、行為清廉的人到朝裏做官。

㉛ 騶御：音ㄗㄡ ㄩˋ。馭車的人。引中作馬車、隨從的意思。

第十八卷　施潤澤灘闕遇友

還帶曾消縱理紋，返金種得桂枝芬。從來陰騭❶能回福，舉念須知有鬼神。

這首詩引著兩箇古人陰騭的故事。第一句說：還帶曾消縱理紋，乃唐期晉公裴度之事。那裴度未遇時，一貧如洗，功名蹭蹬❷。就一風鑑❸，以決行藏。那相士說：「足下功名事，且不必問。更有句話，如不見怪，方敢直言。」裴度道：「小生因在迷途，故求指示。豈敢見怪！」相士道：「足下螣蛇縱理紋入口❹，數年之間，必致餓死溝渠。」連相錢俱不肯受。裴度是箇知命君子，也不在其意。一日，偶至香山寺閒遊。只見供桌上光華耀目。近前看時，乃是一圍寶帶。裴度檢在手中，想道：「這寺乃冷落所在，如何卻有這條寶帶？」翻閱了一回，又想道：「必有甚貴人，到此禮佛更衣。祗候❺們不小心，

---

❶ 陰騭：陰德。騭，音ㄓˋ。

❷ 蹭蹬：音ㄗㄥ ㄉㄥ。不得意。

❸ 風鑑：本指看相的方術，因而作為相士的代稱。

❹ 螣蛇縱理紋入口：星相家迷信的說法：鼻下左右兩條紋叫做「螣蛇紋」，紋的尾端如果通到口邊，叫做「螣蛇紋入口」，這個人將來就會餓死。

❺ 祗候：本是宋代的武官名；元代各路、縣也都設有祗候若干名，是一種較高級的衙役。後來，富貴人家的僕

遺失在此。定然轉來尋覓。」乃坐在廊廡下等候。不一時，見一女子走入寺來，慌慌張張，逕望殿上而去。向供桌上看了一看，連聲叫苦，哭倒於地。裴度走向前問道：「小娘子因何恁般啼泣?」那女子道：「妾父被人陷於大辟，無門伸訴。妾日至此懇佛陰祐。近日幸得從輕贖鍰❻。妾家貧無措，遍乞高門。昨得一貴人矜憐，助一寶帶。妾以佛力所致，適攜帶呈於佛前，稽首叩謝。因贖父心急，竟忘收此帶，倉忙而去。行至半路方覺。急急趕來取時，已不知為何人所得。今失去這帶，妾父料無出獄之期矣。」說罷又哭。裴度道：「小娘子不必過哀，是小生收得，故在此相候。」把帶遞還。那女子收淚拜謝：「請問姓字，他日妾父好來叩謝。」裴度道：「小娘子有此冤抑，小生因在貧鄉，不能少助為愧。還人遺物，乃是常事，何足為謝!」不告姓名而去。過了數日，又遇向日相士，不覺失驚道：「足下曾作何好事來?」裴度答云：「無有。」相士道：「足下今日之相，比先大不相牟。陰德紋大見，定當位極人臣，壽登耄耋，富貴不可勝言。」裴度當時猶以為戲語。後來果然出將入相，歷事四朝，封為晉國公，年享上壽。有詩為證：

縱理紋生相可憐，香山還帶竟安然。淮西盪定❼功英偉，身繫安危三十年。

役頭，也稱為「祇候」，或「祇候人」。祇，音ㄓ。

❻ 贖鍰：贖罪的錢。某些罪准許罪犯繳納一定數目的金錢，就可免刑。鍰，音ㄏㄨㄢˊ。

❼ 淮西盪定：唐淮西節度使吳元濟，擁兵叛變。唐憲宗在元和十二年（西元八一七年）命裴度作淮西招討使，擒吳元濟，平定淮西。

第二句說是：返金種得桂枝芬。乃五代竇禹鈞之事。那竇禹鈞，薊州人氏，官為諫議大夫，年三十而無子。夜夢祖父說道：「汝命中已該絕嗣，壽亦只在明歲。及早行善，或可少延。」禹鈞唯唯。他本來是箇長者，得了這夢，愈加好善。一日薄暮，於延慶寺側，拾得黃金三十兩，白金二百兩。至次日清早，便往寺前守候。少頃，見一後生涕泣而來。禹鈞迎住問之。後生答道：「小人父親身犯重罪，禁於獄中，小人遍懇親知，共借白金二百兩，黃金三十兩。昨將去贖父，因主庫者不在而歸。為親戚家留款，多喫了杯酒，把東西遺失。今無以贖父矣！」竇公見其言已合銀數，乃袖中摸出還之，道：「不消著急，偶爾拾得在此，相候久矣。」這後生接過手，打開看時，分毫不動。叩頭泣謝。竇公扶起，分外又贈銀兩而去。其他善事甚多，不可枚舉。一夜，復夢祖先說道：「汝合無子無壽。今有還金陰德種種，名掛天曹，特延算三紀❽，賜五子顯榮。」竇公自此愈積陰功。後果連生五子，長儀，次儼，三侃，四偁，五僖，俱仕宋為顯官。竇公壽至八十二，沐浴相別親戚，談笑而卒。長樂老馮道❾有詩贈之云：

燕山竇十郎，教子有義方。靈椿一株老，丹桂五枝芳。

* * *

說話的，為何道這兩樁故事？只因亦有一人曾還遺金，後來雖不能如二公這等大富大貴，卻也免了一箇大難，享箇大大家事。正是：

❽ 延算三紀：延長壽命三十六年。算，壽算。一紀十二年。

❾ 長樂老馮道：馮道，五代人。歷事唐、晉、漢、周四朝，官皆將相，自號「長樂老」。

種瓜得瓜，種荳得荳。一切禍福，自作自受。

說這蘇州府吳江縣離城七十里，有箇鄉鎮，地名盛澤，鎮上居民稠廣，土俗淳朴，俱以蠶桑為業。男女勤謹，絡緯機杼之聲，通宵徹夜。那市上兩岸紬絲牙行❿，約有千百餘家，遠近村坊織成紬疋，俱到此上市。四方商賈來收買的，蜂攢蟻集，挨擠不開，路途無佇足之隙；乃出產錦繡之鄉，積聚綾羅之地。江南養蠶所在甚多，惟此鎮處最盛。有幾句口號為證：

東風二月煖洋洋，江南處處蠶桑忙。蠶欲溫和桑欲乾，明如良玉發奇光。
繰成萬縷千絲長，大筐小筐隨絡床。美人抽繹沾唾香，一經一緯機杼張。
咿咿軋軋諧宮商，花團錦簇成疋量。莫憂八口無餐粮，朝來鎮上添遠商。

且說嘉靖年間，這盛澤鎮上有一人，姓施名復，渾家喻氏，夫妻兩口，別無男女。家中開張紬機，每年養幾筐蠶兒，妻絡夫織，甚好過活。這鎮上都是溫飽之家，織下紬疋，必積至十來疋，最少也有五六疋，方纔上市。那大戶人家積得多的便不上市，都是牙行引客商上門來買。施復是箇小戶兒，本錢少，織得三四疋，便去上市出脫。一日，已積了四疋，逐疋把來方方摺好，將箇布袱兒包裹，一逕來到市中。只見人煙輳集，語話喧闐⓫，甚是熱鬧。施復到箇相熟行家來賣。見門首擁著許多賣紬的，屋裏坐下三

❿ 牙行：代客買賣貨物，從中收取佣金的行鋪。

⓫ 喧闐：喧嘩。闐，音ㄊㄧㄢˊ。

四箇客商。主人家跕在櫃身裏，展看紬疋，估喝價錢。施復分開眾人，把紬遞與主人家。主人家接來，解開包袱，逐疋翻看一過，將秤准了一准，喝定價錢，遞與一箇客人道：「這施一官是忠厚人，不耐煩的，把些好銀子與他。」那客人真箇只揀細絲稱准，付與施復。施復自己也摸出等子來准一准，還覺輕些，又爭添上一二分，也就罷了。討張紙包好銀子，放在兜肚裏，收了等子包袱，向主人家拱一拱手，叫聲有勞，轉身便走。行不上半箭之地，一眼覷見一家街沿之下，一箇小小青布包兒。施復趲步向前，拾起袖過，走到一箇空處，打開看時，卻是兩錠銀子，又有三四件小塊，兼著一文太平錢兒。把手攧一攧，約有六兩多重。心中歡喜道：「今日好造化！拾得這些銀子，正好將去湊做本錢。」連忙包好，也揣在兜肚裏，望家中而回。一頭走，一頭想：「如今家中見開這張機，儘勾日用了。有了這銀子，再添上一張機，一月出得多少紬，有許多利息。這項銀子，譬如沒得。再不要動他。積上一年，共該若干，到來年再添上一張。一年又有多少利息。算到十年之外，便有千金之富。那時造什麼房子，買多少田產。」正算得熟滑，看看將近家中，忽地轉過念頭，想道：「這銀兩若是富人掉的，譬如牯牛身上拔根毫毛⓬，打甚麼緊，落得將來受用。若是客商的，他拋妻棄子，宿水飡風，辛勤掙來之物，今失落了，好不煩惱。如若有本錢的，他拚這賬生意扯直⓭，也還不在心上；儻然是箇小經紀，只有這些本錢，或是與我一般樣苦掙過日，或賣了紬，或脫了絲，這兩錠銀乃是養命之根，不爭失了，就如絕了咽喉之氣，一家良善，沒甚過活，互相埋怨，必致鬻身賣子。儻是箇執性的，氣惱不過，骯髒⓮送了性命，也未可知。我雖是

⓬ 牯牛身上拔根毫毛：譬喻在極多極大的東西中，去掉極少極小的一部分。

⓭ 扯直：以有餘抵不足，兩下扯平。

拾得的，不十分罪過。但日常動念，使得也不安穩。就是有了這銀子，未必真個營運發積起來。一向沒這東西時，依原將就過了日子。不如原往那所在，等失主來尋，還了他去，到得安樂。」隨復轉身而去，正是：

多少惡念轉善，多少善念轉惡。勸君諸善奉行，但是諸惡莫作。

當下施復來到拾銀之處，靠在行家櫃邊，等了半日，不見失主來尋。他本空心出門的，腹中漸漸饑餓。欲待回家喫了飯再來，猶恐失主一時間來，又不相遇。只得忍著等候。少頃，只見一個村莊後生，汗流滿面，闖進行家，高聲叫道：「主人家，適來銀子忘記在櫃上，你可曾檢得麼？」主人家道：「你這人好混帳！早上交銀子與了你，這時節卻來問我，你若忘在櫃上時，莫說一包，再有幾包也都拿去了。」那後生連把腳跌道：「這是我的種田工本，如今沒了，卻怎麼好？」施復問道：「約莫有多少？」那後生道：「起初在這裏賣的絲銀六兩二錢。」施復道：「把什麼包的？有多少件數？」那後生道：「兩大錠，又是三四塊小的，一個青布銀包包的。」施復道：「恁樣，不消著急。我拾得在此，相候久矣。」便去兜肚裏摸出來，遞與那人。那人連聲稱謝。接過手，打開看時，分毫不動。那時往來的人，當做奇事，擁上一堆，都問道：「在那裏拾的？」施復指道：「在這堦沿頭拾的。」那後生道：「難得老哥這樣好心，在此等候還人。若落在他人手裏，安肯如此。如今到是我拾得的了。情願與老哥各分一半。」施復道：「我若要，何不全取了，卻分你這一半？」那後生道：「既這般，送一兩謝儀與老哥買菓兒喫。」

⓮ 骯髒：這裏是指剛強任性。

施復笑道：「你這人是個獃子！六兩三兩都不要，要你一兩銀子何用！」那後生道：「老哥，銀子又不要，何以相報？」眾人道：「看這位老兄，是個厚德君子，料必不要你報。不若請到酒肆中喫三杯，見你的意罷了。」那後生道：「說得是。」便來邀施復同去。施復道：「不消得，不消得，我家中有事，莫要擔閣我工夫。」轉身就走。那後生留之不住。眾人道：「你這人好造化！掉了銀子，一文錢不費，便撈到手。」那後生道：「便是，不想這世間原有這等好人。」把銀包藏了，向主人說聲打攪，下堦而去。眾人亦讚歎而散。也有說：「施復是個獃子，拾了銀子不會將去受用，卻騃站著等人來還。」也有說：「這人積此陰德，後來必有好處。」不題眾人。且說施復回到家裏，渾家問道：「為甚麼去了這大半日？」施復道：「不要說起，將到家了，因著一件事，覆身轉去，擔閣了這一回。」渾家道：「有甚事擔閣？」施復將還銀之事，說向渾家。渾家道：「這件事也做得好。自古道：『橫財不富命窮人。』儻然命裏沒時，得了他反生災作難，到未可知。」施復道：「我正為這個緣故，所以還了他去。」當下夫婦二人，不以拾銀為喜，反以還銀為安。衣冠君子中，多有見利忘義的，不意愚夫愚婦到有這等見識。

從來作事要同心，夫唱妻和種德深。萬貫錢財如糞土，一分仁義值千金。

自此之後，施復每年養蠶，大有利息，漸漸活動。那育蠶有十體、二光、八宜等法，三稀、五廣之忌⑮。第一要擇蠶種。蠶種好，做成繭小而明厚堅細，可以繅絲。如蠶種不好，但堪為綿纊，不能繅絲，

⑮ 育蠶有十體二光八宜等法二句：都是養蠶的一種經驗、方法。十體：寒、熱、飢、飽、稀、密、眠、起、緊、慢（飼餵時的緊慢）。二光，應作「三光」，即：白光，向食；青光，厚飼，皮皺為飢；黃光，以漸住食。八

其利便差數倍。第二要時運。有造化的，就蠶種不好，依般做成絲繭。若造化低的，好蠶種，也要變做綿繭。北蠶三眠，南蠶俱是四眠。眠起飼葉，各要及時。又蠶性畏寒怕熱，惟溫和為得候。晝夜之間，分為四時。朝暮類春秋，正晝如夏，深夜如冬，故調護最難。江南有謠云：

做天莫做四月天，蠶要溫和麥要寒。秧要日時蔴要雨，採桑娘子要晴乾。

那施復一來蠶種揀得好；二來有些時運。凡養的蠶，並無一個綿繭；繅下絲來，細員勻緊，潔淨光瑩，再沒一根粗節不勻的。每筐蠶，又比別家分外多繅出許多絲來。照常織下的紬拿上市去，人看時光彩潤澤，都增價競買，比往常每匹平添錢方銀子。因有這些順溜，幾年間，就增上三四張紬機，家中頗頗饒裕。里中遂慶個號兒叫做施潤澤。卻又生下一個兒子。寄名觀音大士，叫做觀保。年纔二歲，生得眉目清秀，到好個孩子。話休煩絮。那年又值養蠶之時，纔過了三眠，合鎮闕了桑葉，施復家也只勾兩日之用。心下慌張，無處去買。大率蠶市時，天色不時陰雨，蠶受了寒濕之氣，又食了冷露之葉，便要僵死，十分之中，只好存其半。這桑葉就有餘了。那年天氣溫暖，家家無恙，葉遂短闕。且說施復正沒處買桑葉，十分焦躁，忽見鄰家傳說洞庭山餘下桑葉甚多，合了十來家過湖去買。施復聽見，帶了些銀兩，把被窩打個包兒，也來趕船。這時也是未牌時候，開船搖櫓，離了本鎮。過了平望，來到一個鄉村，

宜：方眠時宜暗；眠起以後宜明；蠶小并向眠，宜暖；蠶大并起時，宜明，宜涼；向食，宜有風，宜加葉緊飼；新起時怕風，宜薄葉慢飼。三稀：下蛾、上箔、入簇。五廣：一人、二桑、三屋、四箔、五簇，都應很寬廣、開廓。

地名灘闕。這去處在太湖之傍，離盛澤有四十里之遠。天已傍晚，過湖不及，遂移舟進一小港泊住，穩纜停橈，打點收拾晚食，卻忘帶了打火刀石。眾人道：「那個上涯去取討個火種便好？」施復卻如神差鬼使一般，便答應道：「待我去。」取了一把蔴骨⑯，跳上岸來。見家家都閉著門兒。你道為何，天色未晚，人家就閉了門？那養蠶人家，最忌生人來衝。從蠶出至成繭之時，約有四十來日，家家緊閉門戶，無人往來。任你天大事情，也不敢上門。當下施復走過幾家，初時甚以為怪，道：「這些人家，想是怕鬼拖了人去，日色還在天上，便都閉了門。」忽地想起道：「呸！自己是老看蠶，到忘記了這取火乃養蠶家最忌的。卻兜攬這帳！如今那裏去討？」欲待轉來，又想道：「方纔不應承來，到也罷了。若空身回轉，教別個來取得時，反是老大沒趣。或者有家兒不養蠶的也未可知。」依舊又走向前去。只見一家門兒半開半掩。他也不管三七廿一，做兩步跨到簷下，卻又不敢進去。站在門外，舒頸望著裏邊，叫聲：「有人麼？」裏邊一個女人走出來，問道：「什麼人？」施復滿面陪著笑道：「大娘子，要相求個火兒。」婦人道：「這時節，別人家是不肯的。只我家沒忌諱。便點個與你也不妨得。」施復道：「如此，多謝了！」即將蔴骨遞與，婦人接過手，進去點出火來。施復接了，謝聲打攪，回身便走。走不上兩家門面，背後有人叫道：「那取火的轉來，掉落東西了。」施復聽得，想道：「卻不知掉了甚的？」又覆走轉去。婦人說道：「你一個兜肚落在此了。」遞還施復。施復謝道：「難得大娘子這等善心。」婦人道：「何足為謝！向年我丈夫在盛澤賣絲，落掉六兩多銀子，遇著個好人拾得，住在那裏等候。我丈夫尋去，原封不動，把來還了，連酒也不要喫一滴兒。這樣人方是真正善心人！」施復見說，卻與他昔年還銀之事

⑯ 蔴骨：麻稭。可以點火。

相合，甚是駭異，問道：「這事有幾年了？」婦人把指頭扳算道：「已有六年了。」施復道：「不瞞大娘子說，我也是盛澤人，六年前也曾拾過一個賣絲官人六兩多銀子，等候失主來尋，還了去。他要請我，也不要喫他的。但不知可就是大娘子的丈夫？」婦人道：「有這等事！待我教丈夫出來，認一認可是？」施復恐眾人性急，意欲不要。不想手中蔴骨火將及點完。乃道：「大娘子，相認的事甚緩，求得個黃同紙⑰去引火時，一發感謝不盡。」婦人也不回言，逕往裏邊去了。頃刻間，同一個後生跑出來。彼此睜眼一認，雖然隔了六年，面貌依然。正是昔年還銀義士。正是：

一葉浮萍歸大海，人生何處不相逢。

當下那後生躬身作揖道：「常想老哥，無從叩拜，不意今日天賜下顧。」施復還禮不迭。二人作過揖，那婦人也來見個禮，後生道：「向來承老哥厚情，只因一時倉忙，忘記問得尊姓大號住處。後來幾遍到貴鎮賣絲，問主人家，卻又不相認。四面尋訪數次，再不能遇見。不期到在敝鄉相會。請裏面坐。」施復道：「多承盛情垂念。但有幾個朋友，在舟中等候火去作晚食，不消坐罷。」後生道：「何不一發請來？」施復道：「豈有此理！」後生道：「既如此；送了火去來坐罷。」便教渾家取個火來。婦人即忙進去。後生問道：「老哥尊姓大號？今到那裏去？」施復道：「小子姓施名復，號潤澤。今因缺了桑葉，要往洞庭山去買。」後生道：「若要桑葉，我家儘有，老哥今晚住在寒舍，讓眾人自去。明日把船送到宅上，可好麼？」施復見說他家有葉，好不歡喜。乃道：「若宅上有時，便省了小子過湖，待我回

⑰ 黃同紙：供點火、吸煙用的細紙捲。

覆眾人自去。」婦人將出火來，後生接了，說：「我與老哥同去。」又分付渾家，快收拾夜飯。當下二人拿了火來至船邊，把火遞上船去。眾人一個個眼都望穿，將施復埋怨道：「討個火什麼難事！卻去這許多時？」施復道：「不要說起，這裏也都看蠶，沒處去討。落後相遇著這位相熟朋友，說了幾句話，故此遲了，莫要見怪！」又道：「這朋友偶有葉餘在家中，我已買下，不得相陪列位過湖了。包袱在艙中，相煩拿來與我。」眾人檢出付與。那後生便來接道：「待我拿罷！」施復叫道：「列位，暫時拋撇，歸家相會。」別了眾人，隨那後生轉來。乃問道：「適來忙促，不曾問得老哥貴姓大號。」答道：「小子姓朱名恩，表字子義。」施復道：「今年貴庚多少？」答道：「二十八歲。」施復道：「恁樣，小子叨長⑱老哥八年！」又問：「令尊令堂同居麼？」朱恩道：「先父棄世多年，止有老母在堂。今年六十八歲了，喫一口長素。」二人一頭說，不覺已至門首。朱恩推開門，請施復屋裏坐下。那桌上已點得燈燭。朱恩放下包裹道：「大嫂快把茶來。」聲猶未了，渾家已把出兩盃茶，就門簾內遞與朱恩。朱恩接過來，遞一盃與施復。自己拿一盃相陪。又問道：「大嫂，雞可曾宰麼？」渾家道：「專等你來相幫。」朱恩聽了，連忙把茶放下，跳起身要去捉雞。原來這雞就罩在堂屋中左邊。施復即上前扯住道：「既承相愛，即小菜飯兒也是老哥的盛情，何必殺生！況且此時雞已上宿，不爭我來又害他性命，於心何忍！」朱恩曉得他是個質直之人，遂依他說，仍復坐下道：「既如此說，明日宰來相請。」叫渾家道：「不要宰雞了。隨分有現成東西，快將來喫罷。莫餓壞了客人。酒燙熱些。」施復道：「正是忙日子，卻來蒿惱。幸喜老哥家沒忌諱還好。」朱恩道：「不瞞你說，舊時敝鄉這一帶，第一忌諱是我家。如今只有我

⑱長：增加。

家無忌諱。」施復道：「這卻為何？」朱恩道：「自從那年老哥還銀之後，我就悟了這道理。凡事是有個定數，斷不由人，故此絕不忌諱，依原年年十分利息。乃知人家都是自己見神見鬼，全不在忌諱上來。妖由人興，信有之也。」施復道：「老哥是明理之人，說得極是。」朱恩又道：「又有一節奇事，常年我家養十筐蠶，自己園上葉喫不來，還要買些。今年看了十五筐，這園上桑，又不曾增一棵兩棵，如今夠了自家，尚餘許多，卻好又濟了老哥之用。這桑葉卻像為老哥而生，可不是個定數？」施復道：「老哥高見，甚是有理。就如你我相會，也是個定數。向日你因失銀與我識面；今日我亦因失物，尊嫂見還。方纔言及前情，又得相會。」朱恩道：「看起來，我與老哥乃前生結下緣分，才得如此。意欲結為兄弟，不知尊意若何？」施復道：「小子別無兄弟。若不相棄，可知好哩。」當下二人就堂中八拜為交，認為兄弟。施復又請朱恩母親出來拜見了。朱恩重復喚渾家出來，見了結義伯伯。一家都歡歡喜喜。不一時，將出酒餚，無非魚肉之類。二人對酌。朱恩問道：「大哥有幾位令郎？」施復答道：「只有一個，剛纔二歲。不知賢弟有幾個？」朱恩道：「止有一個女兒，也纔二歲。」便教渾家抱出來，與施復觀看。朱恩又道：「大哥，我與你兄弟之間，再結個兒女親家何如？」施復道：「如此最好。但恐家寒攀陪不起。」朱恩道：「大哥何出此言！」兩下聯了姻事，愈加親熱。盃來盞去，直飲至更餘方止。朱恩尋扇板門，把凳子兩頭閣著，支個鋪兒在堂中右邊，將薦蓆鋪上。施復打開包裹，取出被來丹[19]好。朱恩叫聲安置，將中門閉上，向裏面去了。施復吹息燈火，上鋪臥下，翻來覆去，再睡不著。只聽得雞在籠中不住吱吱喳喳，想道：「這雞為甚麼只管咕咶？」約莫一個更次，眾雞忽然亂叫起來，卻像被什麼咬住一般。施

[19] 丹：這裏同「攤」。

復只道是黃鼠狼來偷雞，霍地⑳立起身，將衣服披著急來看這雞。說時遲，那時快，纔下鋪，走不上三四步，只聽得一時響亮，如山崩地裂，不知甚東西打在鋪上，把施復嚇得半步也走不動。且說朱恩同母親渾家正在那裏飼蠶，聽得雞叫，也認做黃鼠狼來偷，急點火出來看。纔動步，忽聽見這一響，驚得跌足叫苦道：「不好了！是我害了哥哥性命也，怎麼處？」飛奔出來。母妻也驚駭，道：「壞了，壞了！」接腳追隨。朱恩開了中門，纔跨出腳，就見施復站在中間，又驚又喜道：「哥哥，險些兒嚇殺我也！虧你如何走得起身，脫了這禍？」施復道：「若不是雞叫得慌，起身來看，此時已為虀粉矣。不知是甚麼東西打將下來？」朱恩道：「乃是一根車軸閣在上邊，不知怎地卻掉下來？」將火照時，那扇門打得粉碎，凳子都跌倒了。車軸滾在壁邊，有巴斗粗大。施復看了，伸出舌頭縮不上去。此時朱恩母妻見施復無恙，已自進去了。那雞也寂然無聲。朱恩道：「哥哥起初不要殺雞，誰想就虧他救了性命。」二人遂立誓戒了殺生。有詩為證。

昔聞楊寶酬恩雀，今見施君報德雞。物性有知皆似此，人情好殺復何為？

當下朱恩點上燈燭，捲起鋪蓋，取出稻草，就地上打個鋪兒與施復睡了。到次早起身，外邊卻已下雨。喫過早飯，施復便要回家。朱恩道：「難得大哥到此！須住一日，明早送回。」施復道：「你我正在忙時，總然留這一日，各不安穩。不如早些得我回去，等空閒時，大家寬心相敘幾日。」朱恩道：「不妨得！譬如今日到洞庭山去了。住在這裏話一日兒。」朱恩母親也出來苦留。施復只得住下。到巳牌時

⑳ 霍地：忽然；突然。

分，忽然作起大風，揚沙拔木，非常利害。接著風，就是一陣大雨。朱恩道：「大哥，天遣你遇著了我，不去得還好。他們過湖的，有些擔險哩。」施復道：「便是。不想起這等大風，真個好怕人子㉑！」那風直吹至晚方息。雨也止了。施復又住了一宿。次日起身時，朱恩桑葉已採得完備。他家自有船隻，都裝好了。吃了飯，打點起身。施復意欲還他葉錢，料道不肯要的，乃道：「賢弟，想你必不受我葉錢，我到不虛文了。但你家中脫不得身，送我去便擔閣兩日工夫。若有人顧一個搖去，卻不兩便？」朱恩道：「正要認著大哥家中，下次好來往，如何不要我去？家中也不消得我。」施復見他執意要去，不好阻擋。遂作別朱恩母妻，下了船。朱恩把船搖動。剛過午，就到了盛澤。施復把船泊住，兩人搬桑葉上岸。那些鄰家也因昨日這風，都擔著愁擔子，俱在門首等候消息。見施復到時，齊道：「好了，回來也！」急走來問道：「他們那裏去了不見？共買得幾多葉？」施復答道：「我在灘闕遇見親戚家，有些餘葉送我，不曾同眾人過湖。」眾人俱道：「好造化，不知過湖的怎樣光景哩？」施復道：「料然沒事。」眾人道：「只願如此便好。」施復就央幾個相熟的，將葉相幫搬到家裏。謝聲有勞，眾人自去。渾家接著，道：「我正在這裏憂你，昨日恁樣大風，不知如何過了湖？」施復道：「且過來見了朱叔叔，慢慢與你細說。」朱恩上前深深作揖。喻氏還了禮。施復道：「賢弟請坐，大娘快取茶來，引孩子來見丈人。」喻氏從不曾見過朱恩，聽見叫他是賢弟，又稱他是孩子丈人，心中惑突，正不知是兀誰㉒。忙忙點出兩盃茶，引出小廝來。施復接過茶，遞與朱恩。自己且不喫茶，便抱小廝過來，與朱恩看。朱恩見生得清秀，甚是

㉑ 好怕人子：非常怕人。子，語助詞。

㉒ 兀誰：什麼人。兀，發語詞。

歡喜。放下茶，接過來抱在手中。這小廝卻如相熟的一般，笑嘻嘻全不怕生。施復向渾家說道：「這朱叔叔便是向年失銀子的。他家住在灘闕。」喻氏道：「原來就是向年失銀的。如何卻得相遇？」施復乃將前晚討火落了兜肚，因而言及，方纔相會留住在家，結為兄弟。又與兒女聯姻，并不要宰雞，虧雞警報，得免車軸之難。所以不曾過湖。今日將葉送回。前後事細細說了一遍。喻氏又驚又喜，感激不盡。即忙收拾酒餚款待。正喫酒間，忽聞得鄰家一片哭聲。施復心中怪異。走出來問時，卻是昨日過湖買葉的翻了船，十來個人都淹死了，只有一個人得了一塊船板，浮起不死。虧漁船上救了，回來報信。施復聞得，喫這驚不小。進來說向朱恩與渾家聽了，合掌向天稱謝。又道：「若非賢弟相留，我此時亦在劫中矣。」朱恩道：「此皆大哥平昔好善之報，與我何干！」施復留朱恩住了一宿。到次早，朝膳已畢，施復道：「本該留賢弟閒玩幾日，便是曉得你家中事忙，不敢擔誤在此。過了蠶事，然後來相請。」朱恩道：「這裏原是不時往來的，何必要請。」施復又買兩盒禮物相送。朱恩卻也不辭。別了喻氏，解纜開船。施復送出鎮上，方纔分手。正是：

只為還金恩義重，今朝難捨弟兄情。

且說施復是年蠶絲利息比別年更多幾倍。欲要又添張機兒，怎奈家中窄隘，擺不下機床。大凡人時運到來，自然諸事遇巧。施復剛愁無處安放機床，恰好間壁鄰家住著兩間小房，連年因蠶桑失利，嫌道住居風水不好，急切要把來出脫，正湊了施復之便。那鄰家起初沒售主時，情願減價與人。及至施復肯與成交，卻又道方員無真假，比原價反要增厚，故意作難刁蹬㉓，直徵個心滿意足，方纔移去。那房子還折得如馬坊一般。施復一面喚匠人修理，一面擇吉鋪設機床。自己將把鋤頭去壟機坑。約摸鋤了一尺多深，忽鋤出一塊大方磚來。揭起磚時，下面圓圓一個罈口，滿滿都是爛米。施復說道：「可惜這一罈米，如何卻埋在地下？」又想道：「上邊雖然爛了，中間或者還好。」丟了鋤頭，把手去捧那爛米。還不上一寸，便露出一搭雪白的東西來。舉目看時，不是別件，卻是腰間細兩頭趫㉔，溱心的細絲錠兒。施復欲待運動，恐怕被匠人們撞見，沸揚開去。急忙原把土泥掩好，報知渾家。直至晚上，匠人去後，方纔搬運起來，約有千金之數。夫妻們好不歡喜！施復因免了兩次大難，又得了這注財鄉，愈加好善。凡力量做得的好事，便竭力為之。做不得的，他也不敢勉強。因此里中隨有長者之名。夫妻依舊省喫儉用，晝夜營運。不上十年，就長有數千金家事。又買了左近一所大房居住，開起三四十張紬機，又討幾房家人小廝，把個家業收拾得十分完美。兒子觀保，請個先生在家，教他讀書，取名德胤。行聘禮定了朱恩女兒為媳。俗語說得好：六親合一運。那朱恩家事也頗頗長起。二人不時往來，情分勝如嫡親。

話休煩絮。且說施復新居房子，別屋都好，惟有廳堂攤塌壞了，看看要倒。只得興工改造。他本寒微出身，辛苦作家慣了，不做財主身分，日逐也隨著做工的搬瓦弄磚，拿水提泥。眾人不曉得他是勤儉，都認做借意監工，沒一個敢怠惰偷力。工作半月有餘，擇了吉日良時，立柱上梁。眾匠人都喫利市酒去了。止存施復一人，兩邊檢點，柱腳若不平準的，便把來墊穩。看到左邊中間柱腳歪斜，把磚去墊。偏有這等作怪的事，左墊也不平，右墊又不穩。索性拆開來看，卻原來下面有塊三角沙石，尖頭正向著上

㉓ 刁蹬：故意為難。

㉔ 腰間細兩頭趫：古時銀錠的形狀，是兩頭趫起，中間窪下。

邊，所以墊不平。乃道：「這些匠工精烏賬㉕！這塊石怎麼不去了，留在下邊？」便將手去一攀，這石隨手而起。拿開石看時，到喫一驚。下面雪白的一大堆銀子，其錠大小不一。上面有幾個一樣大的，腰間都束著紅絨，其色甚是鮮明。又喜又怪。喜的是得這一大注財物，怪的是這幾錠紅絨束的銀子，他不知藏下幾多年了，顏色還這般鮮明。當下不管好歹，將衣服做個兜兒，抓上許多，原把那塊石蓋好，飛奔進房，向床上倒下。喻氏看見，連忙來問：「是那裏來的？」施復無暇答應。見兒子也在房中，即叫道：「觀保快同我來！」口中便說，腳下亂跑。喻氏即解其意。父子二人來至外邊，教兒子看守，自己勻幾次搬完。這些匠人酒還未喫完哩。施復搬完了，方與渾家說知其故。夫妻三人好不喜！把房門閉上，將銀收藏，約有二千餘金。紅絨束的，止有八錠，每錠准准三兩。收拾已完，施復要拜天地。換了巾帽長衣，開門出來。那些匠人，手忙腳亂，打點安柱上梁。見柱腳倒亂，乃道：「這是誰個弄壞了？又要費一番手腳。」施復道：「你們墊得不好，須還要重整一整。」工人知是家長所為，誰敢再言。流水自去收拾，那曉其中奧妙。施復仰天看了一看，乃道：「此時正是卯時了，快些豎起來。」眾匠人聞言，七手八腳。一會兒便安下柱子，擡梁上去。裏邊托出一大盤拋梁饅首，分散眾人。鄰里們都將著菓酒來與施復把盞慶賀。施復因掘了藏，愈加快活，分外興頭。就喫得個半醺。正是：

人逢喜事精神爽，月到中秋分外明。

施復送客去後，將巾帽長衣脫下，依原隨身短衣，相幫眾人。到巳牌時分，偶然走至外邊，忽見一

㉕ 精烏賬：罵人的意思。精，專會；善於。烏賬，敷衍了事；折爛汙。

個老兒龐眉白髮，年約六十已外，來到門首，相了一回，乃問道：「這裏可是施家麼？」施復道：「正是，你要尋那個？」老兒道：「要尋你們家長，問句話兒。」施復道：「小子就是。老翁有甚話說？請裏面坐了。」那老兒聽見就是家主，把他上下只管瞧看，又道：「你真個是麼？」施復笑道：「我不過是平常人，那個肯假！」老兒舉一舉手，道：「老漢不為禮了。乞借一步話說。」拉到半邊，問道：「宅上可是今日卯時上梁安柱麼？」施復道：「正是。」老兒又道：「官人可曾在左邊中間柱下得些財采？」施復見問及這事，心下大驚，想道：「他卻如何曉得？莫不是個仙人。」因道著心事，不敢隱瞞，答道：「果然有些。」老兒又道：「內中可有八個紅絨束的錠麼？」施復一發駭異，乃道：「有是有的，老翁何由知得這般詳細？」老兒道：「這八錠銀子，乃是老漢的，所以知得。」施復道：「既是老翁的，如何卻在我家柱下？」那老兒道：「有個緣故。老漢叫做薄有壽，就住在黃江南鎮上，止有老荊兩口，別無子女。門首開個糕餅饅頭等物點心舖子，日常用度有餘，積至三兩，便傾成一個錠兒。老荊孩子氣，把紅絨束在中間，無非尊重之意。因牆卑室淺，恐露人眼目，縫在一個煖枕之內，自謂萬無一失。積了這幾年，共得八錠，以為老夫妻身後之用，儘有餘了。不想今早五鼓時分，老漢夢見枕邊走出八個白衣小廝，腰間俱束紅絛，在床前商議道：『今日卯時，盛澤施家豎柱安梁，親族中應去的，都已到齊了。我們也該去矣。』有一個問道：『他們都在那一個所在？』一個道：『在左邊中間柱下。』說罷，往外便走。有一個道：『我們住在這裏一向，如不別而行，覺道忒薄情了。』遂俱覆轉身向老漢道：『久承照管，如今卻要抛撇，幸勿見怪！』那時老漢夢中，不認得那八個小廝是誰，也不曉得是何處來的。問他道：『八位小官人是幾時來的？如何都不相認？』小廝答道：『我們自到你家，與你只會得一面，你就把我們撇在腦後，故此我們便認得你，你卻不認得我。』又指腰間紅絲道：『這還是初會這次，承你送的。你記得了麼？』老漢一時想不著幾時與他的，心中止掛欠無子，見其清秀，欲要他做個乾兒，又對他道：『既承你們到此，何不住在這裏；父子相看，幫我做個人家？怎麼又要往別處去？』八個小廝笑道：『你要我們做兒子，不過要送終之意。但我們該旺處去的。你這老官兒消受不起。』道罷，一齊往外而去。老漢此時覺道睡在床上，不知怎地身子已到門首，再三留之，頭也不回。惟聞得說道：『天色晏了，快走罷。』一齊亂跑。老漢追將上去，被草根絆了一交，驚醒轉來，與老荊說知，因疑惑這八錠銀子作怪。到早上拆開枕看時，都已去了。欲要試驗此夢，故特來相訪，不想果然。」

施復聽罷，大驚道：「有這樣奇事！老翁不必煩惱，同我到裏面來坐。」薄老道：「這事已驗，不必坐了。」施復道：「你老人家許多路來，料必也餓了。見成點心喫些去也好。」這薄老兒見留他喫點心，到也不辭，便隨進來。只見新豎起三間堂屋，高大寬敞，木材巨壯，眾匠人一個個乒乒乓乓，耳邊惟聞斧鑿之聲，比平常愈加用力。你道為何這般勤謹？大凡新豎屋那日，定有個犒勞筵席，利市賞錢。這些匠人打點喫酒要錢，見家主進來，故便假殷勤討好。薄老兒看著如此熱鬧，心下嗟歎道：「怪道這東西欺我消受他不起，要望旺處去！原來他家恁般興頭！咦，這銀子卻也勢利得狠哩！」不一時，來至一小客座中，施復請他坐下，急到裏邊向渾家說知其事。喻氏亦甚怪異，乃對施復道：「這銀子既是他送終之物，何不把來送還，做個人情也好。」施復道：「正有此念，故來與你商量。」喻氏取出那八錠銀子，把塊布包好。施復袖了，分付討些酒食與他喫。復到客座中摸出包來，道：「你看，可是那八錠麼？」薄老兒接過打開一看，分毫不差，乃道：「正是這八個怪物！」那老兒把來左翻右相，看了一回，對著銀子說道：「我想你縫在枕中，如何會出了黃江涇。到此有十里之遠，人也怕走，還要趁個船兒。你又沒有腳，怎地一回兒就到了這裏？」口中便說，心下又轉著苦掙之難，失去之易，不覺眼中落下兩點淚來。施復道：「老翁不必心傷！小子情願送還，贈你老人家百年之用。」薄老道：「承官人厚情。但老漢無福享用，所以走了。今若拿去，少不得又要走的，何苦討恁般煩惱喫！」施復道：「如今乃我送你的，料然無妨。」薄老只把手來搖道：「不要，不要！老漢也是個知命的，勉強來，一定不妙。」施復因他堅執不要，又到裏邊與渾家商議。喻氏道：「他雖不要，只我們心上過意不去。」又道：「他或者消受這十錠不起，一二錠量也不打緊。」施復道：「他執意一錠也不肯要。」喻氏道：「我有個道理在此。把兩錠裹在饅頭裏，少頃送與他作點心。到家看見，自然罷了。難道又送來不成？」施復道：「此見甚妙。」喻氏先支持酒餚出去。薄老坐了客位，施復對面相陪。薄老道：「沒事打攪官人，不當人子！」施復道：「見成菜酒，何足掛齒！」當下三盃兩盞，喫了一回。薄老兒不十分會飲，不覺半醉。施復討飯與他喫罷，將要起身作謝，家人托出兩個饅頭。施復道：「兩個粗點心，帶在路上去喫。」薄老道：「老漢酒醉飯飽，連夜飯也不要喫了，路上如何又喫點心？」施復道：「總不喫，帶回家去便了。」薄老兒道：「不消得，不消得！老漢家中做這項生意的，日逐自有。官人留下賞人罷。」施復把來推在袖裏道：「我這饅頭餡好，比你鋪中滋味不同。將回去喫，便曉得。」那老兒見其意殷勤，不好固辭，乃道：「沒甚事到此，又喫又袖，罪過，罪過！」拱拱手道：「多謝了！」往外就走。施復送出門前，那老兒自言自語道：「來便來了，如今去，不知可就有便船？」施復見他醉了，恐怕遺失了這兩個饅頭，乃道：「老翁，不打緊，我家有船，教人送你回去。」那老兒點頭道：「官人，難得你這樣好心！可知有恁般造化！」施復喚個家人，分付道：「你把船送這大伯子回去，務要送至家中，認了住處，下次好去拜訪。」家人應諾。

薄老兒相辭下船，離了鎮上，望黃江涇而去。那老兒因多了幾盃酒，一路上問長問短，十分健談。不一時已到，將船泊住，扶那老兒上岸，送到家中。媽媽接著，便問：「老官兒，可有這事麼？」老兒答道：「千真萬真。」口中便說，卻去袖裏摸出那兩個饅頭，遞與施復家人道：「一官宅上事忙，不留喫茶了。這饅頭轉送你當茶罷。」施家人答道：「我官人特送你老人家的，如何卻把與我？」薄老道：「你官人送我，已領過他的情了。如今送你，乃我之情。你不必固拒。」家人再三推卻不過，只得受了，相別下船，依舊搖回。到自己河下，把船纜好，拿著饅頭上岸。恰好施復出來，一眼看見，問道：「這饅頭我送薄老官的，你如何拿了回來？」答道：「是他轉送小人當茶，再三推辭不脫，勉強受了他的。」施復暗笑道：「原來這兩錠銀那老兒還沒福受用，卻又轉送別人。」想道：「或者到是那人造化，也未可知。」乃分付道：「這兩個饅頭滋味，比別的不同，莫要又與別人。」答應道：「小人曉得。」那人來到裏邊尋著老婆，將饅頭遞與。還未開言說是那裏來的，被夥伴中叫到外邊喫酒去了。原來那人已有兩個兒女，正害著疳膨食積病症，當下婆娘接在手中，想道：「若被小男女看見，偷去喫了，到是老大利害。不如把去大娘換些別樣點心哄他罷。」即便走來向主母道：「大娘，丈夫適纔不知那裏拿這兩個饅頭。我想小男女正害肚腹病，儻看見偷喫了，這病卻不一發加重！欲要求大娘換甚不傷脾胃的點心，哄那兩個男女。」說罷，將饅頭放在桌上。喻氏不知其細，遂揀幾件付與他去。將饅頭放過。少頃，施復進來，把薄老轉與家人饅頭之事，說向渾家，又道：「誰想到是他的造化！」喻氏聽了，乃知把來換點心的就是，答道：「原來如此！

卻也奇異！」便去拿那兩個饅頭，遞與施復道：「你拍這饅頭開來看。」施復不知何意，隨手拍開，只聽得棹上噹的一響。舉目看時，乃是一錠紅絨束的銀子。問道：「饅頭如何你又取了他的？」喻氏將那婆娘來換點心之事說出。夫妻二人，不勝嗟歎。方知銀子趕人，麾之不去；命裏無時，求之不來。施復因憐念薄老兒，時常送些錢米與他，到做了親戚往來。死後，又買塊地兒殯葬。後來施德胤長大，娶朱恩女兒過門，夫妻孝順。施復之富，冠於一鎮。夫婦二人，各壽至八十外，無疾而終。而今子孫蕃衍，與灘闕朱氏，世為姻誼云。有詩為證：

六金還取事雖微，感德天心早鑒知。灘闕巧逢恩義報，好人到底得便宜。

第十九卷　白玉孃忍苦成夫

兩眼乾坤舊恨，一腔今古閒愁。隋宮吳苑舊風流，寂寞斜陽渡口。　興到豪吟百首，醉餘憑弔千秋。神仙迂怪總虛浮，只有綱常不朽。

這首西江月詞，是勸人力行仁義，扶植綱常。從古以來，富貴空花，榮華泡影，只有那忠臣孝子，義夫節婦，名傳萬古。隨你負擔小人，聞之起敬。今日且說義夫節婦：如宋弘不棄糟糠，羅敷不從使君❶，此一輩豈不是扶植綱常的？又如王允欲娶高門，預逐其婦❷；買臣❸宦達太晚，見棄於妻，那一輩豈不是敗壞綱常的？真個是人心不同，涇渭各別。有詩為證：

---

❶ 羅敷不從使君：羅敷，古樂府陌上桑中的女主角。有一次在野地採桑，一個官員（使君）看見了，想調戲她，要她同坐車一起走，她說：「羅敷自有夫，使君自有婦」。拒絕了官員的要求。

❷ 王允欲娶高門二句：王允，應作黃允。東漢時人。有大官袁隗想把女兒嫁給他，黃允聽到這消息，就同他原來的妻子夏侯氏離婚。臨分別時，夏侯氏當著許多賓客把黃允的一些不可告人的醜事都說出來了。黃從此再也不能出頭。

❸ 買臣：朱買臣，漢代會稽人。家裏很窮，他的妻子因此改嫁。後來朱做了會稽太守，前妻看見了，慚忿而死。

王允棄妻名遂損，買臣離婦志堪悲！夫妻本是鴛鴦鳥，一對棲時一對飛。

話中單表宋末時，一個丈夫姓程，雙名萬里，表字鵬舉，本貫彭城人氏。父親程文業，官拜尚書。萬里十六歲時，椿萱俱喪。十九歲以父蔭補國子生員❹。生得人材魁岸，志略非凡。性好讀書，兼習弓馬。聞得元兵日盛，深以為憂。曾獻戰守和三策，以直言觸忤時宰，恐其治罪，棄了童僕，單身潛地走出京都。卻又不敢回鄉，欲往江陵府，投奔京湖制置使❺馬光祖。未到漢口，傳說元將兀良哈歹❻統領精兵，長驅而入，勢如破竹。程萬里聞得這個消息，大喫一驚，遂不敢前行。躊躇之際，天色已晚，但見：

片片晚霞迎落日，行行倦鳥盼歸巢。

程萬里想道：「且尋宿店，打聽個實信，再作區處。」其夜，只聞得戶外行人，奔走不絕，卻都是上路逃難來的百姓，哭哭啼啼，耳不忍聞。程萬里已知元兵迫近，夜半便起身，趁眾同走。走到天明，方纔省得忘記了包裹在客店中。來路已遠，卻又不好轉去取討。身邊又沒盤纏，腹中又餓，不免到村落中告乞一飯，又好掙扎路途。約莫走半里遠近，忽然斜插裏一陣兵，直衝出來。程萬里見了，飛向側邊

❹ 以父蔭補國子生員：古代官員的子孫，憑藉父、祖的關係，可以照規定取得國子監監生的資格，稱為蔭生或官生。

❺ 制置使：官名。宋代在各路設有制置使，掌管軍隊作戰等事。

❻ 兀良哈歹：又稱兀良合台，元代的大將。

一個林子裏躲避。那枝兵不是別人，乃是元朝元帥兀良哈歹部下萬戶❼張猛的遊兵。前鋒哨探，見一個漢子，面目雄壯，又無包裹，躲向樹林中而去，料道必是個細作，追入林中，不管好歹，一索綑翻，解到張萬戶營中。程萬里稱是避兵百姓，並非細作。張萬戶見他面貌雄壯，留為家丁。程萬里事出無奈，只得跟隨。每日間見元兵所過，殘滅如秋風掃葉，心中暗暗悲痛，正是：

寧為太平犬，莫作離亂人。

卻說張萬戶乃興元府人氏。有千斤膂力，武藝精通。昔年在鄉里間豪橫，守將知得他名頭，收在部下為偏裨之職。後來元兵犯境，殺了守將，叛歸元朝。元主以其有獻城之功，封為萬戶，撥在兀良哈歹部下為前部嚮導。屢立戰功。今番從軍日久，思想家裏，寫下一封家書，把那一路擄掠下金銀財寶，裝做一車，又將擄到人口男女，分做兩處，差帳前兩個將校，押送回家。可憐程萬里遠離鄉土，隨著眾人，一路啼啼哭哭，直至興元府，到了張萬戶家裏，將校把家書金銀，交割明白，又令那些男女，叩見了夫人。那夫人做人賢慧，就各撥一個房戶居住。每日差使伏侍。將校討了回書，自向軍前回覆去了。程萬里住在興元府，不覺又經年餘。那時宋元兩朝講和，各自罷軍，將士寧家。張萬戶也回到家中。與夫人相見過了，合家奴僕，都來叩頭。程萬里也只得隨班行禮。又過數日，張萬戶把擄來的男女，揀身材雄壯的留了幾個，其餘都轉賣與人。張萬戶喚家人來分付道：「汝等不幸生於亂離時世，遭此塗炭，或有

❼萬戶：官名。元代在各路設有萬戶府，掌管軍事，分上、中、下三等：上萬戶府管軍七千以上；中，五千以上；下，三千以上。

父母妻子，料必死於亂軍之手。就是汝等，還喜得遇我，所以尚在。逢著別個，死去幾時了。今在此地，雖然是個異鄉，既為主僕，即如親人一般。今晚各配妻子與你們，可安心居住，勿生異心。後日帶到軍前，尋些功績，博個出身，一般富貴。若有他念，犯出事來，斷然不饒的。」家人都流泪叩頭道：「若得如此，乃老爹再生之恩，豈敢又生他念。」當晚張萬戶就把那擄來的婦女，點了幾名。夫人又各賞幾件衣服。張萬戶與夫人同出堂前，眾婦女跟隨在後。堂中燈燭輝煌。眾人都叉手侍立兩傍。張萬戶一一喚來配合。眾人一齊叩首謝恩，各自領歸房戶。且說程萬里配得一個女子，引到房中，掩上門兒，夫妻敘禮。程萬里仔細看那女子，年紀到有十五六歲，生得十分美麗，不像個以下之人❽。怎見得？有西江月為證：

兩道眉彎新月，一雙眼注微波，青絲七尺挽盤螺，粉臉吹彈得破。　望日嫦娥盼夜，秋宵織女停梭，畫堂花燭聽歡呼，兀自含羞怯步。

程萬里得了一個美貌女子，心中歡喜，問道：「小娘子尊姓何名？可是從幼在宅中長大的麼？」那女子見問，沉吟未語，早落下兩行珠泪。程萬里把袖子與他拭了，問道：「娘子為何掉泪？」那女子道：「奴家本是重慶人氏，姓白小字玉孃，父親白忠，官為統制❾。四川制置使余玠，調遣鎮守嘉定府。不意余制置身亡，元將兀良哈歹乘虛來攻。食盡兵疲，力不能支。破城之日，父親被擒，不屈而死。兀良元帥怒我

❽ 以下之人：下等人，指奴婢。

❾ 統制：南宋時統率軍馬的武官。

父守城抗拒，將妾一門抄戮。張萬戶憐妾幼小，幸得免誅。帶歸家中為婢，伏侍夫人。不意今日得配君子。不知君乃何方人氏，亦為所擄？」程萬里見說亦是羈囚，觸動其心，不覺也流下淚來。把自己家鄉姓名，被擄情由，細細說與。兩下悽慘一場，卻已二鼓。夫妻解衣就枕。一夜恩情，十分美滿。明早，起身梳洗過了，雙雙叩謝張萬戶已畢，玉孃原到裏邊去了。程萬里感張萬戶之德，一切幹辦公事，加倍用心，甚得其歡。其夜是第三夜了。程萬里獨坐房中，猛然想起功名未遂，流落異國，身為下賤，玷宗辱祖，可不忠孝兩虧！欲待乘間逃歸，又無方便。長歎一聲，潸潸淚下。正在自悲自歎之際，卻好玉孃自內而出。萬里慌忙拭淚相迎，容顏慘淡，餘涕尚存。玉孃是個聰明女子，見貌辨色，當下挑燈共坐，叩其不樂之故。萬里是個把細⑩的人，倉卒之間，豈肯傾心吐膽。自古道：

夫妻且說三分話，未可全拋一片心。

當下強作笑容，只答應得一句道：「沒有甚事！」玉孃情知他有含糊隱匿之情，更不去問他。直至掩戶息燈，解衣就寢之後，方纔低低啟齒，款款開言道：「程郎，妾有一言，日欲奉勸，未敢輕談。適見郎君有不樂之色，妾已猜其八九。郎君何用相瞞！」萬里道：「程某並無他意，娘子不必過疑。」玉孃道：「妾觀郎君才品，必非久在人後者。何不覓便逃歸，圖個顯祖揚宗，卻甘心在此，為人奴僕！豈能得個出頭的日子！」程萬里見妻子說出恁般說話，老大驚訝。心中想道：「他是婦人女子，怎麼有此丈夫見識，道著我的心事？況且尋常人家，夫婦分別，還要多少留戀不舍。今成親三日，恩愛方纔起頭，

⑩把細：仔細。

豈有反勸我還鄉之理?只怕還是張萬戶教他來試我。」便道:「豈有此理!我為亂兵所執,自分必死。幸得主人釋放,留為家丁,又以妻子配我,此恩天高地厚,未曾報得,豈可為此背恩忘義之事。汝勿多言!」玉孃見說,嘿然無語。程萬里愈疑是張萬戶試他。到明早起身,程萬里思想:「張萬戶教他來試我,我今日偏要當面說破,固住了他的念頭,不來隄防,好辦走路。」梳洗已過,請出張萬戶到廳上坐下,說道:「稟老爹,夜來妻子忽勸小人逃走。小人想來,當初被游兵捉住,蒙老爹救了性命,留作家丁。如今又配了妻子。這般恩德,未有寸報。況且小人父母已死,親戚又無,只此便是家了,還教小人逃到那裏去?小人昨夜已把他埋怨一番。恐怕他自己情虛,反來造言累害小人,故此特稟知老爹。」張萬戶聽了,心中大怒,即喚出玉孃罵道:「你這賤婢!當初你父抗拒天兵,兀良元帥要把你闔門盡斬,我可憐你年紀幼小,饒你性命。又恐為亂軍所殺,帶回來恩養長大,配個丈夫。你不思報效,反教丈夫背我,要你何用!」教左右快取家法來,吊起賤婢打一百皮鞭。那玉孃滿眼垂淚,啞口無言。眾人連忙去取索子家法,將玉孃一索綑翻。正是:

分明指與平川路,反把忠言當惡言。

程萬里在旁邊,見張萬戶發怒,要吊打妻子,心中懊悔道:「原來他是真心,到是我害他了!」又不好過來討饒。正在危急之際,恰好夫人聞得丈夫發怒,要打玉孃,急走出來救護。原來玉孃自到他家,因德性溫柔,舉止閒雅,且是女工中第一伶俐,夫人平昔極喜懽他的。名雖為婢,相待卻像親生一般。一心要把他嫁個好丈夫。因見程萬里人材出眾,後來必定有些好日,故此前晚就配與為妻。今日見說要打他，不知因甚緣故，特地自己出來。見家人正待要動手，夫人止住，上前道：「相公因甚要吊打玉孃？」張萬戶把程萬里所說之事，告與夫人。夫人叫過玉孃道：「我一向憐你幼小聰明，特揀個好丈夫配你，如何反教丈夫背主逃走？本不當救你便是。姑念初犯，與老爹討饒。下次再不可如此！」玉孃並不回言，但是流淚。夫人對張萬戶道：「相公，玉孃年紀甚小，不知世務，一時言語差誤，可看老身分上，姑恕這次罷。」張萬戶道：「既夫人討饒，且恕這賤婢。倘若再犯，二罪俱罰。」玉孃含淚叩謝而去。張萬戶喚過程萬里道：「你做人忠心，我自另眼看你。」程萬里滿口稱謝。走到外邊，心中又想道：「還是做下圈套來試我。若不是，怎麼這樣大怒要打一百，夫人剛開口討饒，便一下不打？況夫人在裏面，那裏曉得這般快就出來護救？且喜昨夜不曾說別的言語還好。」到了晚間，玉孃出來，見他雖然面帶憂容，卻沒有一毫怨恨意思。程萬里想道：「一發是試我了。」說話越加謹慎。又過了三日，那晚，玉孃看了丈夫，上下只管相著，欲言不言。如此三四次，終是忍耐不住，又道：「妾以誠心告君，如何反告主人，幾遭箠撻！幸得夫人救免。然細觀君才貌，必為大器。為何還不早圖去計？若戀戀於此，終作人奴，亦有何望！」程萬里見妻子又勸他逃走，心中愈疑道：「前日恁般嗔責，他豈不怕，又來說起？一定是張萬戶又教他來試我念頭果然決否。」也不回言，逕自收拾而臥。到明早，程萬里又來稟知張萬戶。張萬戶聽了，暴躁如雷，連喊道：「這賤婢如此可恨，快拿來敲死了罷！」左右不敢怠緩，即向裏邊來喚。夫人見喚玉孃，料道又有甚事，不肯放將出來。張萬戶見夫人不肯放玉孃出來，轉加焦躁。卻又礙著夫人面皮，不好十分催逼。暗想道：「這賤婢已有外心，不如打發他去罷。倘然夫妻日久恩深，被這賤婢哄熱，連這好人的心都要變了。」乃對程萬里道：「這賤婢兩次三番，誘你逃歸，其心必有他念。料然不是為你。久後必被其害。待今晚出來，明早就教人引去賣了，別揀一個好的與你為妻。」程萬里見說要賣他妻子，方纔明白渾家果是一片真心，懊悔失言。便道：「老爹如今警戒兩番，下次諒必不敢。總再說，小人也斷然不聽。若把他賣了，只怕人說小人薄情，做親纔六日，就把妻子來賣。」張萬戶道：「我做了主，誰敢說你！」道罷，徑望裏邊而去。夫人見丈夫進來，怒氣未息，恐還要責罰玉孃，連忙教閃過一邊，起身相迎，並不問起這事。張萬戶卻又怕夫人不捨得玉孃出去，也分毫不題。

且說程萬里見張萬戶決意要賣，心中不忍割捨，坐在房中暗泣。直到晚間，玉孃出來，對丈夫哭道：「妾以君為夫，故誠心相告，不想君反疑妾有異念，數告主人。主人性氣粗雄，必然懷恨。妾不知死所矣！然妾死不足惜，但君堂堂儀表，甘為下賤，不圖歸計為恨耳！」程萬里聽說，泪如雨下，道：「賢妻良言指迷，自恨一時錯見，疑主人使汝試我，故此告知。不想反累賢妻！」玉孃道：「君若肯聽妾言，雖死無恨。」程萬里見妻子恁般情真，又思明日就要分離，愈加痛泣。卻又不好對他說知，含泪而寢。直哭到四更時分。玉孃見丈夫哭之不已，料必有甚事故，問道：「君如此悲慟，定是主人有害妾之意。何不明言？」程萬里料瞞不過，方道：「自恨不才，有負賢妻。明日主人將欲鬻汝，勢已不能挽回。故此傷痛！」玉孃聞言，悲泣不勝。兩個攬做一團，哽哽咽咽，卻又不敢放聲。天未明，即便起身梳洗。玉孃將所穿繡鞋一隻，與丈夫換了一隻舊履，道：「後日倘有見期，以此為證。萬一永別，妾抱此而死，有如同穴。」說罷，復相抱而泣，各將鞋子收藏。到了天明，張萬戶坐在中堂，教人來喚。程萬里忍住眼淚，一齊來見。張萬戶道：「你這賤婢！我自幼撫你成人，有甚不好，屢教丈夫背主！本該一劍斬你便是。且看夫人分上，姑饒一死。你且到好處受用去罷。」叫過兩個家人分付道：「引他到牙婆人家去，身價，但要尋一下等人家，磨死不受人擡舉的這賤婢便了。」玉孃要求見夫人拜別。張萬戶不許。玉孃向張萬戶拜了兩拜，起來對著丈夫道聲保重，含著眼泪，同兩個家人去了。程萬里腹中如割，無可奈何，送出大門而回。正是：

世上萬般哀苦事，無非死別與生離。

比及夫人知覺，玉孃已自出門去了。夫人曉得張萬戶情性，誠恐他害了玉孃性命。今日脫離虎口，到也繇他。且說兩個家人，引玉孃到牙婆家中，恰好市上有個經紀人家，要討一婢。見玉孃生得端正，身價又輕，連忙兌出銀子，交與張萬戶家人，將玉孃領回家去不題。且說程萬里自從妻子去後，轉思轉悔，每到晚間，走進房門，便覺慘傷。取出那兩隻鞋兒，在燈前把玩一回，嗚嗚的啼泣一回。哭勾多時。方纔睡臥。次後訪問得，就賣在市上人家，幾遍要悄地去再見一面，又恐被人覷破，報與張萬戶，反壞了自己大事。因此又不敢去。那張萬戶見他不聽妻子言語，信以為實，諸事委託，毫不隄防。程萬里假意殷勤，愈加小心。張萬戶好不喜歡，又要把妻子配與。程萬里不願，道：「且慢著，候隨老爺到邊上去有些功績回來，尋個名門美眷，也與老爺爭氣。」光陰迅速，不覺又過年餘。那時兀良哈歹在鄂州鎮守，值五十誕辰，張萬戶昔日是他麾下裨將，收拾了許多金珠寶玉，思量要差一個能幹的去賀壽，未得其人。程萬里打聽在肚裏，思量趁此機會，脫身去罷。即來見張萬戶道：「聞得老爺要送兀良爺的壽禮，尚未差人。我想眾人都有掌管，脫身不得。小人總是在家沒有甚事，到情願任這差使。」張萬戶道：「若得你去最好。只怕路上不慣，喫不得辛苦。」程萬里道：「正為在家自在慣了，怕後日隨老爺出征，受不得辛苦，故此先要經歷些風霜勞碌，好跟老爹上陣。」張萬戶見他說得有理，並不疑慮，就依允了。寫下問候書札，上壽禮帖，又取出一張路引⓫，以防一路盤詰。諸事停當，擇日起身。程萬里打疊行李，把玉孃繡鞋，都藏好了。到臨期，張萬戶把東西出來，交付明白，又差家人張進，作伴同行。又把十兩銀子與他盤纏。程萬里見又有一人同去，心中煩惱。欲要再稟，恐張萬戶疑惑。且待臨時，又作區處。當下拜別張萬戶，把東西裝上生口，離了興元，望鄂州而來。一路自有館驛支討口糧，並無擔擱。不則一日，到了鄂州，借個飯店寓下。來日清早，二人賫了書札禮物，到帥府衙門掛號伺候。那兀良元帥是節鎮重臣，故此各處差人來上壽的，不計其數。衙門前好不熱鬧。三通畫角，兀良元帥開門升帳。許多將官僚屬，參見已過，然後中軍官引各處差人進見，呈上書札禮物。兀良元帥一一看了，把禮物查收，分付在外伺候回書。眾人答應出來不題。

且說程萬里送禮已過，思量要走，怎奈張進同行同臥，難好脫身。心中無計可施。也是他時運已到，天使其然。那張進因在路上鞍馬勞倦，卻又受了些風寒，在飯店上生起病來。程萬里心中歡喜：「正合我意！」欲要就走，卻又思想道：「大丈夫作事，須要來去明白。」原向帥府候了回書。到寓所看張進時，人事不省，毫無知覺。自己即便寫下一封書信，一齊放入張進包裹中收好。先前這十兩盤纏銀子，張進便要分用。程萬里要穩住張進的心，卻總放在他包裹裏面。等到鄂州一齊買人事⓬送人。今日張進病倒，程萬里取了這十兩銀子，連路引鋪陳⓭，打做一包，收拾完備，卻叫過主人家來分付道：「我二

⓫ 路引：路條；護照。

⓬ 人事：指禮物。

人乃興元張萬戶老爹特差來與兀良爺上壽，還要到山東史丞相處公幹。不想同伴的路上辛苦，身子有些不健。如今行動不得。若等他病好時，恐怕誤了正事。只得且留在此調養幾日。我先往那裏公幹回來，與他一齊起身。」即取出五錢銀子遞與道：「這薄禮權表微忱。勞主人家用心看顧，得他病體痊安，我回時還有重謝。」主人家不知是計，收了銀子道：「早晚伏侍，不消牽掛。但長官須要作速就來便好。」程萬里道：「這個自然。」又討些飯來喫飽，背上包裹，對主人家叫聲暫別，大踏步而走。正是：

鰲魚脫卻金鉤去，擺尾搖頭再不來。

離了鄂州，望著建康而來。一路上有了路引，不怕盤詰，並無阻滯。此時淮東地方，已盡數屬了胡元。萬里感傷不已。一徑到宋朝地面，取路直至臨安。舊時在朝宰執，都另換了一班人物。訪得現任樞密副使⑭周翰，是父親的門生，就館於其家。正值度宗收錄先朝舊臣子孫，全虧周翰提挈，程萬里亦得補福建福清縣尉。尋了個家人，取名程惠，擇日上任。不在話下。

且說張進在飯店中，病了數日，方纔精神清楚。眼前不見了程萬里。問主人家道：「程長官怎麼不見？」主人家道：「程長官十日前說，還要往山東史丞相處公幹。因長官有恙，他獨自去了，轉來同長官回去。」張進大驚道：「何嘗又有山東公幹！被這賊趁我有病逃了。」主人家驚問道：「長官一同來的，他怎又逃去？」張進把當初擄他情由細說。主人懊悔不迭。張進恐怕連他衣服取去。即忙教主人家

⑬ 鋪陳：鋪蓋。

⑭ 樞密副使：樞密院的副長官，正長官叫做「樞密使」。樞密院是宋代掌管全國軍事的機關。

打開包裹，看時，卻留下一封書信，並兀良元帥回書一封，路引盤纏，盡皆取去。其餘衣服，一件不失。張進道：「這賊狼子野心！老爹恁般待他，他卻一心戀著南邊。怪道連妻子也不要。」又將息了數日，方纔行走得動。便去稟知兀良元帥，另自打發盤纏路引。一面行文挨獲程萬里。那張進到店中算還了飯錢，作別起身。星夜趕回家，參見張萬戶，把兀良元帥回書呈上看過，又將程萬里逃歸之事稟知。張萬戶將他遺書拆開看時，上寫道：

門下賤役程萬里，奉書恩主老爺臺下：萬里向蒙不殺之恩，收為廝養，委以腹心，人非草木，豈不知感。但聞越鳥南棲，狐死首丘⑮，萬里親戚墳墓，俱在南朝，早暮思想，食不甘味。意欲稟知恩相，乞假歸省，誠恐不許，以此斗膽輒行。在恩相幕從如雲，豈少一走卒。放某還鄉，如放一鴿耳。大恩未報，刻刻於懷。銜環結艸⑯，生死不負。

張萬戶看罷，頓足道：「我被這賊用計瞞過，喫他逃了！有日拿住，教他碎尸萬段。」後來張萬戶貪婪太過，被人參劾，全家抄沒，夫妻雙雙氣死。此是後話不題。

且說程萬里自從到任以來，日夜想念玉孃恩義，不肯再娶。但南北分爭，無由訪覓。時光迅速，歲

---

⑮ 越鳥南棲二句：比喻懷念故鄉的意思。南方出產的鳥，飛到北方，也要落在樹的南邊枝上。狐死的時候，總要把頭朝向著他的窟穴。

⑯ 銜環結艸：艸，同「草」。這是兩個報恩的故事：銜環是楊寶的事，見本書第六卷。結草，據左傳記載：春秋時，魏顆的父親臨死，吩咐把他的姨太太殉葬，魏顆沒有照辦，卻把她改嫁了。後來，打仗的時候，有一個老人把地上的草結起來絆倒敵人，使魏顆獲勝。魏顆夜晚作夢，才知道那個老人是那姨太太父親的鬼魂。

月如流，不覺又是二十餘年。程萬里因為官清正廉能，已做到閩中安撫使⓱之職。那時宋朝氣數已盡，被元世祖直擣江南，如入無人之境。逼得宋末帝奔入廣東崖山海島中駐蹕。止有八閩全省，未經兵火。然亦彈丸之地，料難抵敵。行省官不忍百姓罹於塗炭，商議將圖籍版輿，上表亦歸元主。元主將合省官俱加三級。程萬里陞為陝西行省參知政事⓲。到任之後，思想興元乃是所屬地方。即遣家人程惠，將了向日所贈繡鞋，並自己這隻鞋兒，前來訪問妻子消息，不題。

且說娶玉孃那人，是市上開酒店的顧大郎，家中頗有幾貫錢鈔。夫妻兩口，年紀將近四十，並無男女。渾家和氏，每勸丈夫討個丫頭伏侍，生男育女，顧大郎初時恐怕淘氣，心中不肯。到是渾家叮囑牙婆尋覓。聞得張萬戶家發出個女子，一力攛掇討回家去。渾家見玉孃人物美麗，性格溫存，心下歡喜。就房中側邊打個舖兒。到晚間又準備些夜飯，擺在房中。玉孃暗解其意，佯為不知。坐在廚下，和氏自家走來道：「夜飯已在房裏了，你怎麼反坐在此？」玉孃道：「大娘自請，婢子有在這裏。」和氏道：「我們是小戶人家，不像大人家有許多規矩。止要勤儉做人家，平日只是姊妹相稱便了。」玉孃道：「婢子乃下賤之人，倘有不到處，得免嗔責足矣。豈敢與大娘同列！」和氏道：「不要疑慮！我不是那等嫉妒之輩。就是娶你，也到是我的意思。只為官人中年無子，故此勸他取個偏房。若生得一男半女，即如

⓱ 安撫使：官名。宋代在各路都置「安撫司」，長官叫做「安撫使」，掌管一路的軍政和民政。

⓲ 陝西行省參知政事：「陝西行省」是「陝西等處行中書省」的簡稱。元代分全國為若干行政單位，稱為「行中書省」，約相當於現在的省。每省分設丞相（從一品）一人，平章（從一品）二人，左右丞（正二品）各一人，參知政事（從二品）二人，主管全省的政務。

與我一般。你不要害羞，可來同坐喫盃合歡酒。」玉孃道：「婢子蒙大娘擡舉，非不感激。但生來命薄，為夫所棄，誓不再適。倘必欲見辱，有死而已。」和氏見說，心中不悅道：「你既自願為婢，只怕喫不得這樣苦哩。」玉孃道：「但憑大娘所命。若不如意，任憑責罰。」和氏道：「既如此，可到房中伏侍。」玉孃隨至房中。他夫妻對坐而飲，玉孃在傍篩酒，和氏故意難為他。直飲至夜半，顧大郎喫得大醉，衣也不脫，向床上睡了。玉孃收拾過家火，向廚中喫些夜飯，自來舖上和衣而睡。明早起來，和氏限他一日紡績。玉孃頭也不擡，不到晚都做完了，交與和氏。和氏暗暗稱奇。又限他夜中趲趕多少。玉孃也不推辭，直紡到曉。一連數日如此，毫無厭倦之意。顧大郎見他不肯向前，日夜紡績，只道渾家妬忌，心中不樂。又不好說得。幾番背他渾家與玉孃調戲。玉孃嚴聲厲色。顧大郎懼怕渾家知得笑話，不敢則聲。過了數日，忍耐不過。一日，對渾家道：「既承你的美意，娶這婢子與我，如何教他日夜紡績，卻不容他近我？」和氏道：「非我之過。只因他第一夜，如此作喬⑲，恁般推阻。為此我故意要難他轉來。你如何反為好成歉？」顧大郎不信道：「你今夜不要他紡績，教他早睡，看是怎麼？」和氏道：「這有何難。」到晚間，玉孃交過所限生活。和氏道：「你一連做了這幾時，今晚且將息一晚，明日做罷。」玉孃也十數夜未睡，覺道勞倦，甚合其意。喫過夜飯，收拾已完，到房中各自睡下。玉孃是久困的人，放倒頭便睡著了。顧大郎悄悄的到他舖上，輕輕揭開被，捱進身子，把他身上一摸，卻原來和衣而臥。顧大郎即便與他解脫衣裳。那衣帶都是死結，如何扯拽得開。顧大郎性急，把他亂扯。纔扯斷得一條帶子，玉孃在睡夢中驚醒，連忙跳起。被顧大郎雙手抱住，那裏肯放。玉孃亂喊殺人。顧大郎道：「既在我家，

⑲ 作喬：裝模作樣。

喊也沒用。不怕你不從我！」和氏在床，假做睡著，聲也不則。玉孃掙脫不得，心生一計。道：「官人，你若今夜辱了婢子，明日即尋一條死路。張萬戶夫人平昔極愛我的。曉得我死了，料然決不與你干休。只怕那時破家蕩產，連生命亦不能保，悔之晚矣。」顧大郎見說，果然害怕，只得放手，原走到自己床上睡了。玉孃眼也不合，直坐到曉。和氏見他立志如此，料不能強，反認為義女。玉孃方纔放心。夜間只是和衣而臥。日夜辛勤紡織。約有一年，玉孃估計積成布匹，比身價已有二倍，將來交與顧大郎夫婦，求為尼姑。和氏見他誠懇，更不強留。把他這些布匹，盡施與為出家之費。又備了些素禮，夫婦兩人，同送到城南曇花菴出家。玉孃本性聰明，不勾三月，把那些經典諷誦得爛熟。只是心中記掛著丈夫，不知可能勾脫身逃走。將那兩隻鞋子，做個囊兒盛了，藏於貼肉。老尼出菴去了，就取出觀玩，對著流泪。次後央老尼打聽，知得乘機走了，心中歡喜。早晚誦經祈保。又感顧大郎夫婦恩德，也在佛前保祐。後來聞知張萬戶全家抄沒，夫妻俱喪。玉孃想念夫人幼年養育之恩，大哭一場，禮懺追薦。詩云：

> 數載難忘養育恩，看經禮懺薦夫人。為人若肯存忠厚，雖不關親也是親。

且說程惠奉了主人之命，星夜趕至興元城中，尋個客店寓下。明日往市中，訪到顧大郎家裏。那時顧大郎夫婦，年近七旬，鬚鬢俱白，店也收了，在家持齋念佛。人都稱他為顧道人。程惠走至門前，見老人家正在那裏掃地。程惠上前作揖道：「太公，借問一句說話。」顧老還了禮。見不是本處鄉音，便道：「客官可是要問路徑麼？」程惠道：「不是。要問昔年張萬戶家出來的程娘子，可在你家了？」顧老道：「客官，你是那裏來的？問他怎麼？」程惠道：「我是他的親戚，幼年離亂時失散。如今特來尋訪。」顧老道：「不要說起！當初我因無子，要娶他做個通房⑳。不想自到家來，從不曾解衣而睡。我幾番捉弄他，他執意不從。見他立性貞烈，不敢相犯，到認做義女。與老荊就如嫡親母子。且是勤儉紡織，有時直做到天明。不上一年，將做成布匹，抵償身價，要去出家。我老夫妻不好強留，就將這些布匹，送與他出家費用。又備些素禮，送他到南城曇花菴為尼。如今二十餘年了，足跡不曾出那菴門。我老夫婦到時常走去看看他，也當做親人一般。又聞得老尼說，至今未嘗解衣寢臥，不知他為甚緣故。這幾時因老病不曾去看得。客官，既是你令親，徑到那裏去會便了。路也不甚遠。見時，到與老夫代言一聲。」程惠得了實信，別了顧老，問曇花菴一路而來。不多時就到了。看那菴也不甚大。程惠走進了菴門，轉過左邊，便是三間佛堂。見堂中坐著個尼姑誦經，年紀雖是中年，人物到還十分整齊。程惠想道：「是了。」且不進去相問，就在門檻上坐著，袖中取出這兩隻鞋來細玩，自言自語道：「這兩隻好鞋，可惜不全！」那誦經的尼姑，卻正是玉孃。他一心對在經上。忽聞得有人說話，方纔擡起頭來。見一人坐在門檻上，手中玩弄兩隻鞋子，看來與自己所藏無二。那人卻又不是丈夫。心中驚異，連忙收掩經卷，立起身向前問訊㉑。程惠把鞋放在檻上，急忙還禮。尼姑問道：「檀越㉒，借鞋履一觀。」程惠拾起遞與，尼姑看了，道：「檀越，這鞋是那裏來的？」程惠道：「是主人差來尋訪一位娘子。」尼姑道：「你主人姓甚？何處人氏？」程惠道：「主人姓程，名萬里，本貫彭城人氏，今現任陝西參政。」尼姑聽說，

⑳ 通房：即通房丫頭；名義是丫頭，實際上是姨太太。

㉑ 問訊：指和尚、尼姑、道士向人合掌行禮。

㉒ 檀越：即施主。

即向身邊囊中取出兩隻鞋來，恰好正是兩對。尼姑眼中流泪不止。程惠見了，倒身下拜道：「相公特差小人來尋訪主母。適纔問了顧太公，指引到此，幸而得見。」尼姑道：「你相公如何得做這等大官？」程惠把歷官閩中，並歸元陞任至此，說了一遍。又道：「相公分付，如尋見主母，即迎到任所相會。望主母收拾行裝，小人好去雇倩車輛。」尼姑道：「吾今生已不望鞋履復合。今幸得全，吾願畢矣，豈別有他想。你將此鞋歸見相公夫人，為吾致意，須做好官，勿負朝廷，勿虐民下。我出家二十餘年，無心塵世久矣。此後不必掛念。」程惠道：「相公因念夫人之義，誓不再娶。夫人不必固辭。」尼姑不聽，望裏邊自去。程惠央老尼再三苦告，終不肯出。

程惠不敢苦逼。將了兩雙鞋履，回至客店，取了行李，連夜回到陝西衙門。見過主人，將鞋履呈上，細述顧老言語，並玉孃認鞋，不肯同來之事。程參政聽了，甚是傷感。把鞋履收了，即移文本省。那省官與程參政昔年同在閩中為官，有僚友之誼。見了來文，甚以為奇。即行檄仰興元府官吏，具禮迎請。興元府官，不敢怠慢，準備衣服禮物，香車細輦，笙簫鼓樂，又取兩個丫鬟伏侍，同了僚屬，親到曇花菴來禮請。那時滿城人家盡皆曉得，當做一件新聞。扶老挈幼，爭來觀看。且說太守同僚屬到了菴前下馬，約退從人，徑進菴中。老尼出來迎接。太守與老尼說知來意，要請程夫人上車。老尼進去報知。玉孃見太守與眾官來請，料難推托，只得出來相見。太守道：「本省上司奉陝西程參政之命，特著下官等具禮迎請夫人上車，往陝西相會。車輿已備，望夫人易換袍服，即便登輿。」教丫鬟將禮物服飾呈上。玉孃不敢固辭，教老尼收了。謝過眾官，即將一半禮物送與老尼為終老之資，餘一半囑托地方官員將張萬戶夫妻以禮改葬，報其養育之恩。又起七晝夜道場，追薦白氏一門老小。好事已畢，丫鬟將袍服呈上。玉孃更衣，到佛前拜了四拜，又與老尼作別。出菴上車。府縣官俱隨於後。玉孃又分付：還要到市中去拜別顧老夫妻。路上鼓樂喧鬧，直到顧家門首下車。顧老夫婦出來，相迎慶喜。玉孃到裏邊拜別。又將禮物贈與顧老夫婦，謝他昔年之恩。老夫妻流泪收下。送至門前，不忍分別。玉孃亦覺慘然，含淚登車。各官直送至十里長亭而別。太守又委僚屬李克復，率領步兵三百，防護車輿。一路經過地方，官員知得，都來迎送饋禮。直至陝西省城，那些文武僚屬，準備金鼓旗幡，離城十里迎接。程參政也親自出城遠迎。一路金鼓喧天，笙簫振地，百姓們都滿街結綵，香花燈燭相迎。直至衙門後堂私衙門口下車。程參政分付僚屬明日相見。把門掩上，回至私衙。夫妻相見，拜了四雙八拜，起來相抱而哭。各把別後之事，細說一遍。說罷，又哭。然後奴僕都來叩見。安排慶喜筵席。直飲至二更，方纔就寢。可憐成親止得六日，分離到有二十餘年。此夜再合，猶如一夢。次日，程參政升堂，僚屬俱來送禮慶賀。程參政設席款待。大吹大擂，一連開宴三日。各處屬下曉得，都遣人稱賀，自不必說。且說白夫人治家有方，上下欽服。因自己年長，料難生育，廣置姬妾。程參政連得二子，自己直加銜平章㉓，封唐國公，白氏封一品夫人，二子亦為顯官。後人有詩為證：

六日夫妻廿載別，剛腸一樣堅如鐵。分鞋今日再成雙，留與千秋作話說。

㉓ 加銜平章：「平章」比「參知政事」品級稍高，因皇帝認為程萬里官做得好，所以給他加上「平章」的官銜。

第二十卷　張廷秀逃生救父

萬事繇天莫強求，何須苦苦用機謀。飽三飡飯常知足，得一帆風便可收。
生事事生何日了？害人人害幾時休？冤家宜解不宜結，各自回頭看後頭。

話說國朝自洪武爺開基，傳至萬曆爺，乃第十三代天子。那爺爺聖武神文，英明仁孝，真個朝無倖位，野沒遺賢。內中單表江西南昌進賢縣，有一人姓張名權，祖上原是富家，報充了個糧長❶。那知就這糧長役內壞了人家，把房產陸續弄完。傳到張權父親，已是寸土不存。這役子還不能脫。間壁是個徽州小木匠店。張權幼年間終日在那店門首閒看，拿匠人的斧鑿學做，這也是一時戲耍。不想父母因家道貧乏，見兒子沒甚生理，就送他學成這行生意。後來父母亡過，那徽州木匠也年老歸鄉。張權便頂著這店。因做人誠實，儘有主顧，苦掙了幾年，遂娶了個渾家陳氏。夫妻二人將就過活。怎奈里役還不時纏擾。張權渾家商議，離了故土，搬至蘇州閶門外皇華亭側邊開了個店兒。自起了個別號，去那白粉牆上寫兩行大字，道：「江西張仰亭精造堅固小木家火，不悞主顧。」張權自到蘇州，生意順溜，頗頗得過。

❶ 糧長：明初，編賦役黃冊，以一百十戶為一里，推丁糧多的十戶人家為「長」；餘百戶為十甲，甲凡十人。每歲由里長一人，甲首一人，管一里一甲丁糧賦役等事。

卻又踏肩❷生下兩個兒子。常言道得好：只愁不養，不愁不長。不覺已到七八歲上。送在鄰家一個義學中讀書。大的取名廷秀，小的喚做文秀。這學堂共有十來個孩子，止他兩個教著便會。不上幾年，把經書讀得爛熟。看看廷秀長成一十三歲，文秀一十二歲，都生得眉目疏秀，人物軒昂。那時先生教他做文字，卻就知布局練格，琢句修詞。這張權雖是手藝之人，因見二子勤苦讀書，也有個向上之念。誰想這年一秋無雨，作了個旱荒，寸草不苗。大戶人家有米的，卻又閉倉遏糶❸。只苦得那些小百姓。若老若幼❹，餓死無數。官府看不過，開發義倉，賑濟百姓。關支❺的十無三四，白白裏與吏胥做了人家。又發米於各處寺院煮粥救濟貧民。卻又把米侵匿，一碗粥中不上幾顆米粒。還有把糠粃木屑攪些在內，凡吃的俱各嘔吐，往往反速其死。上人只道百姓咸受其惠，那知恁般弊竇，有名無實。正是：

任你官清似水，難逃吏滑如油。

且說張權因逢著荒年，只得把兒子歇了學，也教他學做木匠。二子天性聰明，那消幾日，就學會了。且又做得精細，比積年老匠更勝幾分。喜得張權滿面添花。只是木匠便會了，做下家火，擺在門首，絕無人買。不勾幾日，將平日積下些小本錢，看看摸盡，連衣服都解當❻來吃在肚裏。張權心下著忙，與

❷ 踏肩：一個頂一個，即挨肩，有接連的意思。
❸ 閉倉遏糶：關閉倉庫，停止糶米。就是囤積居奇，不肯出賣糧食。
❹ 若老若幼：或老或幼；連老帶幼。
❺ 關支：支出；發給。

渾家陳氏商議，要尋個所在趁工❼幾時，度過荒年，再作區處。出去走了幾日，無個安身之地。只得依先在門首磨打家火，眼巴巴望個主顧來買。一日，正當午後，只見一人年紀五十以上，穿著一身紬絹衣服，後邊小廝跟隨，在街上踱將過去。忽抬頭看見張權門首擺著許多家火，做得十分精致，就停住腳觀看。張權瞧見，便放下手中生活，上前招架道：「員外要甚家火？裏面請看。」那人走上堦頭，問道：「這些家火都是你自己做的麼？」張權道：「盡是小子親手所造。木料又乾又厚，工夫精細，比別家不同。若是作成小子，情愿奉讓加一。」那人道：「我買到不要買，問你可肯到人家做些家火麼？」張權道：「這也使得。不知尊府住在何處？要做甚家火？」那人道：「我家住在專諸巷內天庫前，有名開玉器鋪的王家。要做一副嫁粧。木料儘多，只要做得堅固，精巧。完了嫁粧，還要做些桌椅書櫥等類。你若肯做時，再揀兩個好副手同來。」張權正要尋恁般所在，這卻不是天賜其便。乃答道：「多承員外下顧，不知還在幾時動手？」那人道：「你若有工夫，就是明日做起。」張權道：「既如此，明日小子早到宅上伺候便了。」說罷，那人作別而去。你道那人是何等樣人物？元來姓王名憲，積祖豪富，家中有幾十萬家私❽。傳到他手裏，卻又開了一個玉器鋪兒，愈加饒裕。人見他有錢，都稱做王員外。那王員外雖然是個富家，做人到也謙虛忠厚，樂善好施。只是一件，年過五十，卻沒有子嗣。渾家徐氏，單生兩個女兒。長的喚做瑞姐，二年前已招贅了個女壻趙昂在家。次女玉姐，年方一十四歲，未有姻事；生

---

❻ 解當：典當。

❼ 趁工：即「打工」。尋找一點臨時工作。

❽ 家私：財產。

得人物聰明，姿容端正。王員外夫妻鍾愛猶勝過長女。那趙昂元是個舊家子弟，王員外與其父是通家相好。因他父母雙亡，王員外念是故人之子，就贅入為壻。又與他納粟入監，指望讀書成器。誰知趙昂一納了監生，就擴而充之起來，把書本撇開，穿著一套闊服，終日在街上搖擺。為人且又奸狡險惡。見王員外沒有兒子，以為自己是個贅壻，這家私恰像板牓上刊定，是他承受家業，再無人統移的了。遇著個老婆卻又是個不賢都頭❾，一心只向著老公。見父母喜歡妹子，恐怕也贅個女壻，分了家私，好生妬忌。有贅壻詩說的好：

人家贅壻一何癡！異種如何接本支？兩口未曾沾孝順，一心只想霸家私。
愁深祇為防甥舅，積恨兼之妬小姨。半子虛名空受氣，不如安命沒孩兒。

話分兩頭。且說張權正愁沒飯吃，今日攬了這樁大生意，心中好生歡喜。到次日起來，備了些柴米在家，分付渾家照管門戶，同著兩個兒子，帶了斧鑿鋸子，進了閶門，來到天庫前。見個大玉器舖子。張權約諒是王家了。立住腳正要問人時，只見王員外從裏邊走將出來。張權即忙上前相見。王員外問道：「有幾個副手？」張權道：「止有兩個在此。」便教兒子過來見了王員外。弟兄兩人將家火遞與父親，向前深深作揖。王員外還了個半禮。見是兩個小廝，便道：「我因要做好家火，故此尋你，怎麼教這小廝家來做？」張權正要開言，廷秀上前道：「員外，自古道：後生可畏。年紀雖小，手段卻不小了。且試做來看，莫要就輕忽了人。」王員外看見二子人物清秀，又且能言快語，乃問道：「這兩個小廝是你

❾ 不賢都頭：即不賢的首領。「都頭」，是唐宋時武官名，小說中借作「首領」的意思。

甚麼人？」張權道：「是小子的兒子。」王員外道：「你到生得這兩個好兒子！」張權道：「不敢，只愁沒飯吃。」王員外道：「有了恁樣兒子，愁甚沒飯吃！隨我到裏邊來。」當下父子三人一齊跟進大廳。王員外喚家人王進開了一間房子，搬出木料，交與張權，分付了樣式。父子三人量畫定了，動起斧鋸，手忙腳亂，直做到晚。吃了夜飯，又討些燈火，做起夜作。半夜方睡。一連做了五日，成了幾件家火，請王員外來看。王員外逐件仔細一觀，連聲喝采道：「果然做得精巧！」他把家火看了一回，又看張權兒子一回。見他弟兄兩個，只顧做生活，頭也不抬，不覺觸動無子之念，嘿然傷感。走入裏邊，坐在房中一個牆角裏，兩個眉頭蹙做一堆，骨嘟了嘴，口也不開。渾家徐氏看見恁般模樣，連問幾聲，也不答應。急走到外邊來，問員外方纔與誰惹氣。都說纔看了新做的家火進來，並不曾與甚人惹氣。徐氏問明白了，又走到房裏。見丈夫依舊如此悶坐，乃上前道：「員外，家中吃的儘有，穿的儘有，雖沒有萬貫家財，也算做是個財主。況今年紀五十以外，便日日快活，到八十歲也不上三十年了。著甚要緊，恁般煩惱！」王員外道：「媽媽，正為後頭日子短了，因此煩惱。你想我辛勤了半世，掙得這些少家私，卻不曾生得個兒子，傳授與他，接紹香煙。就是有兩個女兒，縱養他一百來歲，終是別人家媳婦，與我毫沒相干。譬如瑞姐，自與他做親之後，一心只對著丈夫，把你我便撇在腦後，何嘗牽掛父母，著些疼熱！反不如張木匠是個手藝之人。看他年紀還小我十來年，到生得兩個好兒子，一個個眉清目秀，齒白唇紅。且又聰明勤謹，父子恩恩愛愛，不教而善。適纔完下幾件家火，十分精巧。便是積年老手段，也做他不過。只可惜落在他家，做了木匠。若我得了這樣一個兒子，就請個先生教他讀書，怕不是聯科及第，光耀祖宗。」徐氏見丈夫煩惱，便解慰道：「員外，這也不難！常言道：有意栽花花不活，無心插柳柳成蔭。既張木匠兒子恁般聰明俊秀，何不與他說，承繼一個，豈不是無子而有子。」王員外聞言，心中歡喜道：「媽媽所見極是！但不知他可肯哩？」當夜無話。

到次日飯後，王員外走到廳上，張權上前說道：「員外，小子今晚要回去看看家裏，相求員外借些工錢，買辦柴米，安頓了敝房⑩，明日蚤來。」員外道：「這個易處！我有句話兒問你。」張權回道：「不知員外有甚分付？」王員外道：「兩位令郎今年幾歲？叫甚名字？」張權道：「大的名廷秀，年十四歲了；小的名文秀，年十二歲了。」王員外又道：「可識字麼？」張權道：「也曾讀過幾年書。只為讀書不起，就住了，字到也識的。」王員外道：「我意欲承繼大令郎為子，做個親家往來，你可肯麼？」張權道：「員外休得取笑！小子乃手藝之人，怎敢仰攀宅上！就是小兒也沒有恁樣福分。」王員外道：「何出此言！貧富那個是骨裏帶來的。你若肯時，就擇個吉日過門。我便請個先生教他。這些小家私好歹都是他的了。」張權見王員外認真要過繼他兒子，滿面堆起笑來道：「既承員外提拔小兒，小子怎敢固辭。今晚且同回去，與敝房說知。待員外擇日過門。」王員外道：「說得有理。」進來回復了徐氏，取出一兩銀子工錢，付與張權。到晚上領著二子，作別回家。陳氏接著，張權把王員外要過繼兒子一事，與渾家說知。夫妻歡天喜地。就是廷秀見說要請先生教他讀書，也甚欲得。

話休煩絮。王員外揀了吉日，做下一身新衣，送來穿著。張權將廷秀打扮起來，真個人是衣粧，佛是金粧，廷秀穿了一身華麗衣服，比前愈加丰采，全不像貧家之子。當下廷秀拜別母親，作辭兄弟。陳氏又將好言訓誨，教他孝順親熱，謙恭下氣。廷秀唯唯。雖然不是長別，母子未免流淚。張權親自送到

⑩ 敝房：對人謙稱自己的妻子。

王家。只見廳上大排著筵席，親朋滿座。見說到了，盡來迎接。到廳與眾親戚作揖過了，先引到拜過家廟，然後請王員外夫婦到廳上坐下，廷秀上前四跪八拜，又與趙昂夫婦對拜。又到裏邊與玉姐相見。其餘內外男女親戚，一一拜見已畢，入席飲酒。就改名王廷秀。與玉姐兩下同年，因小兩個月，排行三官。廷秀在席上謙恭揖讓，禮數甚周。親友無不稱贊。內中止有趙昂夫婦心中不悅。當日大吹大擂，鼓樂喧天，直到更餘而散。次日，張權同著次子來謝過了王員外，依舊到大廳上去做生活。王員外數日內便聘了個先生到家，又對張權說道：「二令郎這樣青年美質，豈可將他埋沒，何不教他同廷秀一齊讀書，就在這裏吃現成茶飯？」張權道：「只是又來相擾，小子心上不安。」王員外道：「如今已是一家，何出此言！」自此文秀也在王家讀書。張權另叫副手相幫，不題。且說文秀弟兄棄書原不多時，都還記得。那先生見二子聰明，盡心指教。一年之內，三場俱通⓫。此時王員外家火已是做完，張權趁了若干工銀。王員外分外又資助些銀兩，依舊在家開店過日。

雖然將上不足，也是比下有餘。

且說王員外次女玉姐，年已一十五歲，未有親事。做媒的絡繹不絕。王員外因是愛女，要擇個有才貌的女婿。不知說過多少人家，再沒有中意的。看見廷秀勤謹讀書，到有心就要把他為壻。還恐不能成就，私下詢問先生，先生極口稱贊二子文章，必然是個大器。王員外見先生贊揚太過，只道是面諛之詞，

⓫ 三場俱通：把初、二、三場所應考的東西都學會了。明代規定：鄉試（省試）在八月舉行，會試（京試）在二月，各分為三場。初場考四書、經義和試帖詩；二場考論、判、詔、表；三場考經、史、時務策。

反放心不下。即討幾篇文字，送與相識老學觀看。所言與先生相合。心下喜歡，來對渾家商議。徐氏也愛他人材出眾，又肯讀書，一力攛掇。王員外的主意已定。央族弟王三叔往張家為媒，王三叔得了言語，一徑來到張家，把王員外要贅廷秀為壻的話，說與張權。張權推托門戶不當，不肯應承。王三叔道：「此是家兄因愛令郎才貌，異日定有些好處，故此情願。又非你去求他，何必推辭。」張權方纔依允。王三叔回覆了王員外，便去擇選吉日行聘。不題。單表趙昂夫婦初時見王員外承繼張廷秀為子，又請先生教他讀書，心中已是不樂，只不好來阻當。今日見說要將玉姐贅他為壻，愈加忌妬。夫妻兩個商議了一番，要來攔阻這事。當下趙昂先走入來見王員外道：「有句話兒，本不當小壻多口。只是既在此間，事同一體，不得不說。又恐說時，反要招怪。不敢啟齒。」王員外道：「我有甚差誤處，得你點撥，乃是正理，怎麼怪你！」趙昂道：「便是小姨的親事，向日有多少名門巨族求親，岳父都不應承。如何卻要配與三官？我想他是個小戶出身，岳父承繼在家，不過是個養子，原不算十分正經，無人議論。今若贅做女壻，豈不被人笑話！」王員外笑道：「賢壻，這事不勞你過憂。我自有主見在此。常言道：會嫁嫁對頭，不會嫁嫁門樓。我為這親事，不知揀過多少子弟，並沒有一個入眼。他雖是小家子出身，生得相貌堂堂，人材出眾，況且又肯讀書，做的文字人人都稱贊，說他定有科甲之分。放著恁般目知眼見的到不嫁，難道到在那些酒包飯袋裏去搜覓？若揀個好的，也還有指望。倘一時沒眼色，配著一個不僧不俗，如醉如癡的蠢材，豈不反誤了終身！如今縱有人笑話，不過一時。倘後來有些好處，方見我有先見之明。」趙昂聽說，呵呵的笑道：「若論他相貌，也還有兩分可聽。若說他會做文字，人人稱揚，這便差了。且不要論別處，只這蘇州城內有無數高才飽學，朝吟暮讀，受盡了燈窗之苦，尚不能勾飛黃騰達。他纔開荒田，讀得年把書，就要想中舉人進士，岳父，你且想！每科普天下只中得三百個進士，就如篩眼裏隔出來一般，如何把來看得恁般容易？這些稱贊文字的，皆欺你不曉得其中道理。見你這般認真，不好敗興，把湊趣的話兒哄你。如何便信以為實？」王員外正要開言，旁邊轉出瑞姐道：「爹爹，憑著我們這樣人家，妹子恁般容貌，怕沒有門當戶對人家來對親，卻與這木匠的兒子為妻？豈不玷辱門風，被人恥笑！據我看起來，這斧頭鋸子，便是他的本等⑫，曉得文字怎麼樣做的，我的妹子做了匠人的妻子，有甚好處！後來怎麼與他往來？」王員外見說，心中大怒，道：「他既做了我的子壻，傳授這些家私。縱然讀書不成，就坐吃到老，也還有餘。那見得原做木匠，與你不好相往！我看起來，他目下雖窮，後來只怕你還跟他腳跟不上哩。那個要你管這樣閒事，可不扯淡麼！」一頭說，便望裏邊而走。羞得趙昂夫妻滿面通紅，連聲道：「干我甚事！只為他面上不好看，故此好言相勸，何消如此發怒！只怕後來懊悔，想我們今日的說話便遲了！」王員外也不理他。直至房中，怒氣不息。徐氏看見，便問道：「甚事氣得恁般模樣？」王員外把適來之事備細說知。徐氏也好生不悅。王員外因趙昂奚落廷秀，心中不忿，務要與他爭氣。到把行聘的事擱起。收拾五百兩銀子，將拜匣盛了，教一個心腹家人拿著，自己悄悄送與張權，教他置買一所房子，棄了木匠行業，另開別店，然後擇日行聘，張權夫妻見王員外恁般慷慨，千恩萬謝，感激不盡。自古道：無巧不成話。張權正要尋覓大房，不想左間壁一個大布店，情願連店連房出脫與人，卻不是一事兩便。張權貪他現成，忍貴頂了這店，開張起來。又討一房家人、一個養娘。家中置備得十分次第。然後王員外選日行聘，大開筵席，廣請親朋。雖是廷秀行聘，卻又不放回家。止有趙昂自覺沒

⑫ 本等：本分；分內的事。

趣，躲了出去。瑞姐也坐在房裏，不肯出來。因是贅壻，到是王員外送聘，張權回禮。諸色豐盛，鄰里無不喝采。自此之後，張權店中日盛一日，挨擠不開。又僱了個夥計相幫。大凡人最是勢利，見張權恁般熱鬧，把張木匠三字撇過一邊，盡稱為張仰亭。正是：

運退黃金失色，時來鐵也增光。

話分兩頭。且說趙昂自那日被王員外搶白了，把怒氣都遷到張家父子身上。又見張權買房開店，料道是丈人暗地與他的銀子，越加忿怒，成了個不解之仇。思量要謀害他父子性命，獨并王員外家私。只是沒有下手之處，乃與老婆商議。那婆娘道：「不難！我有個妙策在此。教他有口難分，死於獄底。」趙昂滿心歡喜，請問他良策。那婆娘道：「誰不曉得張權是個窮木匠。今驟然買了房子，開張大店，只有你我便知道是老不死將銀子買的。那些鄰里如何知得，心下定然疑惑。如今老厭物要親解白糧到京。趁他起身去後，拚幾十兩銀子買囑捕人，教強盜扳他同夥打劫，窩頓贓物在家。就拘鄰里審時，料必實說：當初其實窮的，不知如何驟富。合了強盜的言語。這個死罪如何逃得過去！房產家私，必然入官變賣。那時老厭物已不在家，他又是異鄉之人，又無親族，誰人去照管。這條性命，決無活理！等張木匠死了，慢慢用軟計在老厭物面前冷丟，攛張廷秀出門。再尋個計策，做成圈套，裝在玉姐名下，只說與人有奸。老厭物是直性的人，聽得了恁樣話，自然逼他上路。去了這個禍根，還有甚人來分得我家的東西！」趙昂見說，連連稱妙。只等王員外起身解糧，便來動手。且說王員外因田產廣多，點了個白糧解戶[10]。欲要包與人去，恐不了事，只得親往。隨便帶些玉器，到京發賣，一舉兩得。遂將家中事體料理停當，即日起身。分付廷秀用心讀書。又教渾家好生看待。大凡人結交富家，就有許多的禮數。像王員外這般遠行，少不得親戚都要餞送，有好幾日酒席。那張權一來是大恩人，二來又是新親家，一發理之當然，自不必說。到臨行這日，張權父子三人直送至船上而別。

卻說趙昂眼巴巴等丈人去後，要尋捕人陷害張權，卻沒有個熟腳，問兀誰好？忽地思量起來：幼時有個同窗楊洪，聞得現今充當捕人。何不去投他。但不知在那裏住。暗想道：「且走到府前去訪問，料必有人曉得。」即與老婆要了五十兩銀子，打作一包。又取了些散碎銀兩。忙忙的走到府門口。只見做公的，東一堆，西一簇，好生熱鬧。趙昂有事在身，無心觀看。見一個年老公差，舉一舉手道：「上下可曉得巡捕楊洪住在何處？」那公差答道：「可是楊黑心麼？他住在烏鵲橋巷內。方纔走進總捕廳⑭裏去了。」趙昂謝聲道：「承教了。」飛向總捕廳前來看。只見楊洪從裏邊走出。趙昂上前拱手道：「有一件事兒，特來相求。屈兄行一步。」楊洪道：「有甚見諭，就此說也不妨。」趙昂道：「這裏不是說話之處。」兩下廝挽著出了府門，到一個酒店中，揀一僻靜座頭坐下。敘了些疎闊寒溫。酒保將酒菓嗄飯擺來。兩人吃了一回，趙昂開言低低道：「此來相煩，不為別事。因有個仇家，欲要在兄身上，分付個強盜扳他，了其性命，出這口惡氣。」便摸出銀子來，放在桌上，把包攤開道：「白銀五十兩，先送與兄。事就之後，再送五十兩。湊成一百。千萬不要推托。」自古道：公人見錢，猶如蒼蠅見血。那楊

---

⑬ 白糧解戶：明代，在正漕糧之外，蘇、松、常、嘉、湖五府輸運給內府白熟粳糯十七萬餘石，各府部送糙粳米四萬餘石。這種糧叫做「白糧」。解送白糧到京城去的人家叫做「白糧解戶」。

⑭ 總捕廳：捕盜賊的機關。

洪見了雪白的一大包銀子，怎不動火！連叫：「且收過了說話。恐被人看見，不當穩便。」趙昂依舊包好，放在半邊。楊洪道：「且說那仇家是何等樣人？姓甚？名誰？有甚家事？拿了時，可有親丁出來打官司告狀的麼？」趙昂道：「他名叫張權，江西小木匠出身，住在閶門皇華亭側。舊時原是個窮漢，近日得了一注不明不白的錢財，買起一所大房，開張布店。止有兩個兒子，都還是黃毛小廝。此外更無別人，不消慮的。」楊洪道：「這樣不打緊！前日剛拿五個強盜，是打劫龐縣丞的。因總捕侯爺公出，尚未到官。待我分付了，叫他當堂招出，包你穩問他個死罪。那時就獄中結果他性命，如翻掌之易了。」那趙昂深深的作揖道：「全仗老兄著力！正數之外，另自有報。」楊洪道：「我與尊相從小相知，怎說恁樣客話！」把銀子袖過。兩下又吃了一大回酒，起身會鈔。臨出店門，趙昂又千叮萬囑。楊洪道：「不須多話！包你妥當！」拱拱手，原向府內去了。趙昂回到家裏，把上項事說與老婆知道。兩人暗自歡喜。

且說楊洪得了銀子，也不通夥計得知。到衙前完了些公事，回到家中，將銀交與老婆藏好。便去買些魚肉安排起來。又打一大壺酒，燙得滾熱。又煮一大鍋飯。收拾停當，把中門閉上。走到後邊，將匙鑰開了穽房。那五個強盜見他進門，只道又來拷打，都慌張了。口中只是哀告。楊洪笑道：「我豈是要打你！只為我們這些夥計，見我不動手，只道有甚私弊，故此不得不依他們轉動。兩日見你眾人吃這些痛苦，心中好生不忍。今日趁夥計都不在此，特買些酒肉與你們將息一日，好去見官。」那些強盜見說不去打他，反有酒肉來吃，喜出望外。一個個千恩萬謝。須臾搬進，擺做一檯。卻是每人一碗肉，一碗魚，一大碗酒，兩大碗飯。楊洪先將一名開了鐵鍊，放他飲啖。那強盜連日沒有酒肉到口，又受了許多痛苦。一見了，猶如餓虎見羊，不勾大嚼，頃刻吃個乾淨。吃完了，依舊鎖好。又放一個起來。那未吃的口中好不流涎。不一時輪流都吃遍了。楊洪收過家火，又走進來問道：「你們曾偷過閶門外開布店張木匠張權的東西麼？」都道：「沒有。」楊洪道：「既沒有，為何曉得你們事露，連日叫人來叮囑，要快些了你們性命？你們各自去想一想。或者有些什麼冤仇？」眾強盜真個各去胡思亂想。內中一個道：「是了，是了！三月前我曾在閶門外一個布店買布，為爭等子頭上起，被我痛罵了一場。想是他懷恨在心，故此要來傷我們性命。」楊洪便趁勢道：「這等，不消說起是了。但不過是件小事，怎麼就要害許多人的性命？那人心腸卻也太狠！」眾強盜見說，一個個咬牙切齒。楊洪道：「你們要報仇，有甚難處！明日解審時，當堂招他是個同夥，一向打劫的贓物，都窩在他家。況他又是驟發，咬實了，必然難脫。卻教他陪你喫苦。況他家中有錢，也落得他使用。」又說道：「切不要就招。待拷問到後邊，眾口一詞招出，方像真的。」眾人俱各歡喜，道：「還是楊阿叔有見識。」楊洪又說了他出身細底，又吩咐莫與夥計們得知。「他們通得了錢，都是一路。」眾強盜牢記在心。楊洪見事已諧，心中歡喜。依舊將門鎖好。又來到府前打聽，侯同知晚上回府，便會同了眾捕快，次日解官。有詩為證：

只因強盜設捕人，誰知捕人賽強盜！買放真盜扳平民，官法縱免幽亦報。

次早，眾捕快都至楊洪家裏，寫了一張解呈，拿了贓物。帶著這班強盜，來到總捕廳前伺候。不多時，侯爺升堂。楊洪同眾捕快將強盜解進，跪在廳前，把解呈遞上，稟道：「前日在平望地方，擒獲強盜一起五名，正是打劫龐縣丞的真贓真盜，解在臺下。」侯爺將解呈看了，五個強盜，都有姓名：計文、吉适、袁良、段文、陶三虎。點過了名，又將贓物逐一點明，不多什麼東西。便問捕快道：「聞得龐縣丞十分貪污，囊橐甚多，俱被劫去，如何只有這幾件粗重東西？其餘的都在那裏？」眾捕快稟道：「小的們所獲，只有這幾件。此外並沒有了。或者他們還窩在那處。老爺審問便知。」侯爺喚上強盜問道：「你一班共有幾人？做過幾年？打劫多少人家？贓物都窩頓在何處？從實細說，饒你刑罰。」那強盜一一招稱，只有五個，並無別人。劫過東西，俱已花費。止存這些，餘外更沒有窩頓所在。侯爺大怒，討過夾棍，一齊夾起。纔套得上，都喊道：「還有幾名，都已逃散。只有一個江西木匠張權，住在閶門外邊，向來打劫銀兩都窩在他家。如今見開布店。」侯爺見異口同聲，認以為實，連忙起籤，差原捕楊洪等，押著兩名強盜作眼，同去擒拿張權起贓連解。那三名鎖在庭柱上，等解到同審。侯爺再理別事。

且說楊洪同眾人押著強盜，一徑望閶門而去。趙昂也在府前探聽。看見楊洪，已知事妥。自己躲過一邊。卻教手下人，遠遠跟去，看其動靜。楊洪到了張權門首，立住腳道：「這裏是了。」只見張權在店中做生意，擠著許多主顧，打發不開。楊洪分開眾人，托地跳進店裏，將鏈子望張權頸上便套。張權叫聲：「阿呀！卻是為何？」楊洪伸開手，兩個大巴掌，罵道：「你這強盜！還要問甚？你打劫許多東西，在家好快活，卻帶累我們，不時比捕！」張權連聲叫苦道：「這是那裏說起！」正要分辨時，眾捕人押著強盜，望裏邊去了。楊洪恐怕眾人揀好東西藏過，忙將張權鎖好，又取出鐵杻上了，也牽入裏面起贓。那時驚得一家無處躲避。門前買布的，與夥計討了銀錢，自往別處去買。看的人擁做一屋。眾捕快將一應細輭，都搜括出來，只揀銀兩衣飾，各自溜過，其餘打起幾個大包，連店中布疋，盡情收拾。張權夫妻抱頭大哭，道：「不知這場橫禍那裏飛來！」兩下分捨不得。捕人上前拆開，牽著便走。那些鄰里不曉得的，認以為真，便道：「我說他一向家事不濟，如何忽地買起房屋，開這樣大鋪子？又與兒子定親。只道他掘了藏⑮，原來卻做了這行生意，故此有錢。」有幾個相識曉得些的，與他分剖說：「是個好人！這些東西，是親家王員外扶持的。不知為甚被人扳害？」眾人那裏肯信。一路上說好說歹，不止一個，都跟來看。且說楊洪一班，押張權到了府中。侯爺在堂立等回話。解將進去跪下，把東西放做一堂。楊洪稟道：「張權拿到了。」侯爺教放下杻上三個強盜同審。又將東西逐一驗過。張權上前泣訴道：「爺爺，小人是個良民，從來與這班人不曾識面，何嘗與他同盜。其實是霹空陷害，望爺爺超拔！」侯爺喝道：「既不曾同盜，這些贓物那裏來的？」張權道：「這東西是小人自己掙的，並非贓物。」乃對眾強盜道：「我從不曾認得你們。有甚冤仇，今日害我？」眾強盜道：「我們本不欲招你出來。只因熬刑不過，一時招出。你也承認罷，省得受那痛苦！」張權高聲叫屈道：「你這些千刀萬剮的強盜，得了那個錢財，卻來害我！」眾強盜道：「張權，仁心天理，打劫龐縣丞，是你起的禍根。其地雖不曾同去，拿來的東西俱放在你家營運，如何賴得？」張權又稟道：「爺爺，小人住在此地，將有二十年了，並不曾與人角口一番，怎敢為此等犯法之事！若有此情，必能搬向隱僻所在去了，豈敢還在鬧市上開店？爺爺不信，可拘四鄰地方來問，便知小人平素。」侯爺見他苦苦折辯不招，對眾強盜道：「你這班人，想必把真強盜隱匿，陷害平人。」教都夾起來。眾皂隸一齊向前動手。夾得五個強盜殺豬般叫喊，只是一口咬定張權是個同夥，不肯改口。又道：「爺爺，他是小木匠，那個不曉得是個窮漢。如何驟然置買房屋，開起恁樣大布店來？只這個就明白了。」侯爺道：「是。你是個窮木匠，為何忽地驟富？這個須沒得辯！」喝教也夾起來。張權上前再三分辯，是親家王員外扶持的銀子。侯爺那裏肯聽。可憐張權何

⑮ 掘了藏：在地下挖掘出了埋藏的金銀。

嘗經此痛苦。今日上了夾棍，又加一百杠子，死而復蘇。熬煉不過，只得枉招。侯爺見已招承，即放了夾棍，各打四十毛板，將招繇做實，依律都擬斬罪。贓物貯庫。張權房屋家私，盡行變賣入官。畫供已畢，上了腳鐐手杻，發下司獄司監禁。連夜備文申報上司。正是：

閉門家裏坐，禍從天上來。

話分兩頭。且說陳氏見丈夫拿去，哭死在地。虧養娘救醒。便教家人夥計隨去看個下落，順便報與二子。廷秀兄弟正在書院讀書，見報父親被強盜攀了，唬得魂飛魄散。撇下書本，帶跌而奔。先生也隨將來看。裏邊徐氏曉得，連忙教幾個家人探聽。廷秀弟兄，隨了家人，趕到府中。父親已是解進衙門。立在外邊打探。聽得辯了半日，也上夾棍。著了急，便要望裏邊去稟。被先生一把扯住，道：「你若進去，也被粘住身子，那個出頭去辯冤？」二子見先生之言有理，便住了腳。聽父親夾得聲音悽慘，都叫起屈來。被把門人驅逐出外邊。少頃，見兩個人扶著父親出來，兩眼閉著，半死半活。又曉得問實斬罪，上前抱住，放聲大哭。一個字也說不出。張權耳內聞得兒子聲音，方纔睜眼一看，淚如珠湧，欲待吩咐幾聲，被楊洪走上前，一手推開廷秀，扶挾而行，腳不點地，直至司獄司⑯前，交與禁子，開了監門，扶將進去。廷秀弟兄，欲待也跟入去，禁子那裏肯容。連忙將監門閉上。可憐二子哭倒在地。那先生同夥計家人，隨後也到。將廷秀扶起道：「事已至此，哭亦無益。且回家去，再作區處。」二子無奈，只得收泪，對禁子道：「列位大叔在上，可憐老父是含冤負屈之人，凡事全仗照管，自當重報。」禁子道：

⑯ 司獄司：管理牢獄的機關。

「小官人，常言道：靠山吃山，靠水吃水。做公的買賣，千錢賒，不如八百現。我們也不管你冤屈不冤屈，也不想甚重報，有，便如今就送與我們，凡事自然看顧一分。若沒有，也便罷了。決無人來催討。那遠話兒且請收著，等你不及。」廷秀道：「今日不曾準備在此，明早即來相懇。」禁子道：「既恁樣，放心請回，我們自理會得。」廷秀弟兄同眾人轉來。也不到丈人家裏，一徑出閶門去看母親。走至門首，只見侯同知已差人將房子鎖閉。兩條封皮，交叉封著。陳氏同養娘都在門首啼哭。一見兒子到來，相抱而哭。真個是痛上加痛，悲中轉悲。旁邊看的人，無不垂泪稱冤。那夥計並家人，見恁般光景，也不相顧，各自去尋活路。母子計議，無處投奔。只得同到丈人家裏暫住，再作區處。到了王員外門口，廷秀先進去報知。徐氏與女兒出來迎接。相見已罷，請入房裏。那時趙昂已往楊洪家去探聽。瑞姐曉得，也來相見。廷秀母子，將前後事情哭訴一番。徐氏也覺慘傷。玉姐暗自流淚。只有瑞姐暗中歡喜，假意勸慰。當晚徐氏準備酒餚款待。陳氏水米不沾，一味悲泣。徐氏解勸不止。到次日，廷秀與母親商議，要牢中去看父親，說：「昨日已許了禁子東西。如今一無所有，如何是好！」正沒做理會，徐氏走來，知得，便去取出十兩銀子，遞與廷秀道：「你且先將去用。若少時，再對我說。等你父親回家，就易處了。」陳氏謝道：「屢承親家厚恩，無門再報！今日又來累及親家損鈔，今生不能相報，死當銜結，以報大恩！」徐氏道：「說那裏話！親翁在患難之際，員外又不在家，不能分憂。些小東西，何足為謝！」當下弟兄二人，將銀留了八兩，把二兩封好，央先生同到司獄司前，送與禁子。禁子嫌少。又增了一兩，方纔放二人進去。先生自在外邊等候。禁子引二子來到後監。見父親倒在一個壁角邊亂草之上，兩腿皮開肉綻，腳鐐手杻，緊緊鎖牢，奄奄止存一息。二子一見，猶如亂箭攢心，放聲號哭，奔向前來，叫聲：「爹爹，孩兒在此！」把他扶將起來。那張權睜開眼見了兒子，嗚嗚的哭道：「兒，莫不是與你夢中相會麼？」廷秀說：「爹爹，那裏說起！降著這場橫禍！到此地位，如何是好？」張權撫著二子道：「我的兒，做爹的為了一世善人，不想受此惡報，死於獄底。我死也罷了，只是受了王員外厚恩，未曾報得，不能瞑目！你們後來，倘有成人之日，勿要忘了此人。」廷秀道：「爹爹，且寬心將養身子，待孩兒拚命往上司衙門訴冤，務必救爹爹出去。」張權搖著手道：「不可，不可！如今乃是強盜當堂扳實，並不知何人誣陷，去告誰好？況侯同知見任在此。就准下來，他們官官相護，必不肯翻招，反受一場苦楚。況你年紀幼小，有甚力量，幹此大事？我受刑已重，料必不久。也別沒甚話吩咐，只有你母親，早晚好好伏侍，即如與我一樣。用心去讀書，倘有好日，與爹爭口氣罷。」說罷，父子又哭。

冤情說到傷心處，鐵石人聞也斷腸。

旁邊有一人名喚种義，昔年因路見不平，打死人命，問絞在監。見他父子如此哭泣，心中甚不過意。便道：「你們父子且勿悲啼。我种義平生熱腸仗義，故此遭了人命。昨日見你進來，只道真是強盜，不在心上。誰想有此冤枉！我种義豈忍坐視！二位小官人放心回去讀書。今後令尊早晚酒食，我自支持，不必送來。棒瘡目下雖兇，料必不至傷身。其餘監中一應使用，有我在此，量他決不敢來要你銀子。等待新按院⑰按臨，那時去伸冤，必然有個生路。」廷秀弟兄聽說，連忙叩拜道：「多蒙義士厚意。老父倘有出頭之日，決不忘報！」种義扶起道：「不要拜謝！且扶令尊到我房中去歇息。」二子便去攙張權

⑰按院：指巡按御史。在明朝，巡按御史是皇帝派到各地巡察政治、刑事和處理要案的官員。

起來。張權腿上疼痛，二子年幼力弱，那裏掙扎得起。种義忍不住，自己揎拳裸袖，向前扶起，慢慢的逐步捱到前邊种義房中。就教他睡在自己床鋪上。取出棒瘡膏，與張權貼好。廷秀見有倚靠，略略心寬。取出一兩銀子，送與种義，為盤纏之費。种義初時不肯受。廷秀弟兄再三哀懇，方纔受了。父子留戀不忍分離。怎奈天色漸晚，禁子催促，只得含泪而別。出了監門，尋著先生，取路回家。廷秀弟兄一路商議：「母親住在王家，終不穩便。不若就司獄司左近賃間房子居住，早晚照管父親，卻又便當。」計議已定，到家與母親說知。次日將餘下的銀兩，賃下兩間房屋，置辦幾件日用家火。廷秀告知徐氏，說：「母親自要去住。」徐氏與玉姐苦留不住，只得差人相送。又贈些銀米禮物。陳氏同二子，領著養娘，進了新房。自到牢中看覷丈夫。相見之間，哀苦自不必說。弟兄二人住過三四日，依原來到王家讀書。終是掛念父親，不時出入，把學業都荒廢了。

不說廷秀，且說趙昂自從陷害張權之後，又與妻子計較，要撚廷秀出門。那婆娘道：「要他出門，也甚容易。止要多費幾兩銀子。」趙昂道：「有甚好計？你且說來。便費幾兩銀子，也是甘心的。」那婆娘道：「要他出去，除非將家中大小男女都把銀子買囑停當。等父親回時，七張八嘴，都說廷秀偷東西在外鬥賭。他見眾人說話相同，自然半信半疑。那時我與你再把冷話去激發，必定趕他出門。待廷秀去後，且再算計玉姐。」趙昂依著老婆，把銀子買囑家中婢僕。這些小人，那知禮義，見了銀子，誰不依允。不則一日，王憲京中解糧回家。合家大小都來相見；惟有廷秀因母親有病，歸家探看，不在眼前。那時文秀已是久住在家，伏侍母親，不在話下。王員外便問：「三官如何不見？」眾人俱推不知。徐氏方接過口來，把張權被人陷害前後事情，細說一遍。又道：「想他看候父親去了。」王員外聞言，心中驚訝。少頃，廷秀歸來相見。王員外又細詢他父親之事。廷秀哭訴一番，哀求搭救。王員外道：「你自去讀書。待我心定了，與你計較這事。」廷秀拜謝，自歸書房。到次日早上，記掛母親，也不與先生說知，又回去候問。不想王員外一起身，便來拜望先生，又不見了廷秀。問先生時，說清早出外去了。王員外心中便有幾分不喜。與先生敘了些間闊之情。查點廷秀功課，卻又稀少。先生怕主人見怪，便道：「令郎自從令親家被陷之後，不時往來看覷，學業也荒疏了。」王員外見說廢了功課，愈加不樂。別了先生，走到外邊。見書童進來，便問道：「可曉得三官那裏去了？」那書童已得過趙昂銀子，一見家主問時，便答道：「三官這一向不時在外闝賭，整幾夜不回。」王員外似信不信，喝退書童，心中疑惑。又去訪問家中童僕，都是一般言語。古語道得好：「眾口鑠金，積毀銷骨。」王員外平日極是愛惜廷秀，被眾人讒言一說，即信以為真，暗暗懊悔道：「當初指望他讀書成人，做了這事。不想張權問罪在牢，其中真假未知。他又不學長俊⑱，闝賭兼全，後來豈不誤了女兒終身？昔年趙昂和瑞姐曾來勸諫，只為一時之惑，反將他來嗔責。如今卻應了他們口嘴，如何是好！」委決不下，在廳中團團走轉。那時這些奴僕，都將家主訪問之事，報與趙昂。趙昂大喜，已知計中八九，到外邊來打探。恰好遇著丈人。不等王員外開口，便道：「小婿今日又有一句話要說。只恐岳父又要見怪，不好說得。」王員外道：「往事休題！你說，如今有甚事情？」趙昂道：「從岳父去後，張木匠做了強盜，問成死罪在牢。小婿初時，還只道是被人誣陷。據他鄰里說來，卻真有這事。況且三官趁岳父不在家中，日逐以看父為由，留戀闝賭。親鄰曉得的，無不議論岳父：扳個強盜親家，招個敗家女婿。連小婿也無顏見人。當初若聽了小婿

⑱ 長俊：長進。

之言，決沒有今日之事。」起初王員外已有八九分不悅，又被趙昂這班言語一說，湊成一十二分，氣啞口無言。沉吟半晌，方纔道：「當初是我一時見不到，錯怪了你！成就這事。如今懊悔無及！」趙昂便道：「依小婿之見，尚有挽回。」王員外忙問道：「你且說怎地可以挽回？」趙昂道：「若是畢姻過了，這便無可奈何。如今幸喜未曾成親。岳父何不等廷秀回家，責罵一場，驅逐出門，一面速央媒妁尋個門當戶對人家，將玉姐嫁去。他年紀又小，又無親族，何人與他理論這事。設或告到官司，見已婚配，必無斷與之理。況且是強盜之子，官府自然又當別論。是恁樣，還不被人笑話。若不聽小婿之言，後來使玉姐身無所依，出乖露醜，玷辱門風，那時懊悔，卻不遲了？」王員外若是個有主意的，還該往別處訪問個的確，也不做了有始無終薄倖之人。只因他是個直性漢子，不曾轉這念頭，遂聽信了趙昂言語，點頭道：「是。」曉得渾家平昔喜歡廷秀，恐怕攔阻，也不到後邊與他說知。同趙昂坐在廳中，專等廷秀回來不題。

且說廷秀至家，看過母親，也恐丈人尋問，急急就回家。到廳前見丈人與趙昂坐著說話，便上前作揖。王憲也不還禮，變著臉問道：「你不在學中讀書，卻到何處去遊蕩？」廷秀看見辭色不善，心中驚駭。答道：「因母親有病，回去探看。」王員外道：「這也罷了。且問你：自我去後，做有多少功課？可將來看。」廷秀道：「只為爹爹被陷，終日奔走，不曾十分讀書，功課甚少。」王員外怒道：「當初指望你讀書有些好日，故此不計貧富，繼你為子。又聘你為壻。那知你家是個不良之人，做下恁般勾當，玷辱我家。你這畜生，又不學好，乘我出外，終日遊蕩闞賭，被人恥笑！我的女兒從小嬌養起來，若嫁你恁樣無籍，有甚出頭日子！這裏不是你安身之處，快快出門，饒你一頓孤拐[19]。若再遲延，我就要打了。」那些童僕，看見家主盤問這事，恐怕叫來對證，都四散走開。廷秀見丈人忽地心變，心中苦楚，哭倒在地道：「孩兒父子，蒙爹爹大恩，正圖報效。不幸被人誣陷，懸望爹爹歸家救拔。不知何人嗔怪孩兒，搬鬪是非，離間我父子。孩兒倘有不到之處，但憑責罰，死而無怨。若要孩兒出門，這是斷然不去！」一頭說，一頭哭，好不悽慘。趙昂恐丈人回心轉來，便襯道：「三官，只是你不該這樣沒正經。如今哭也遲了。」廷秀道：「我何嘗幹這等勾當，卻霹空生造！」趙昂道：「這話一發差了。那個與你有讐，造言謗你？況岳父又不是肯聽是非的。必定做下一遭兩次，露人眼目。如今岳父察曉的實，方纔著惱，怎麼反歸怨別人？」廷秀道：「有那個看見的，須叫他來對證。」王員外罵道：「畜生！若要不知，除非莫為。你在外胡行，那個不曉得，尚要抵賴。」便搶過一根棒子，劈頭就打道：「畜生，還不快走！」廷秀反向前抱住痛哭道：「爹爹，就打死也決不去的。」趙昂急忙扯開道：「三官，岳父是這樣執性的，你且依他暫去，待氣平了，少不得又要想你，那時卻不原是父子翁婿。如今正在氣惱上，你便哭死，料必不聽。」廷秀見丈人聲勢兇狠，趙昂又從旁尖言冷語幫扶，心中明白是他攛掇，料道安身不住，乃道：「既如此，待我拜謝了母親去罷。」王員外那裏肯容，連先生也不許他見。趙昂推著廷秀背上，往外而走，道：「三官，你怎麼恁樣不識氣，又要見岳母做甚？」將他攛出大門而去，正是：

人情若比初相識，到底終無怨恨心。

且說徐氏在裏面聽得堂中喧嚷哭泣，只道王員外打小廝們，那裏想到廷秀身上，故此不在其意。童

⑲ 孤拐：指腳孤拐，即踝骨。這裏指打踝骨的意思。

僕們也沒一個露些聲息。到午後聞得先生也打發去了，心中有些疑惑。問眾家人，都推不知。至晚，王員外進房，詢問其故，方曉得廷秀被人搬了是非，趕逐去了。徐氏再三與他分辨，勸員外原收留回來。怎奈王員外被讒言蠱惑，立意不肯，反道徐氏護短。那玉姐心如刀割，又不敢在爹媽面前明言，只好背地裏啼哭。徐氏放心不下，幾遍私自差人去請他來見。那些童僕與趙昂通是一路，只推尋訪不著。

按下徐氏母子，且說廷秀離了王家，心中又苦又惱。不顧高低，亂撞回來。只見文秀正在門首，問道：「哥哥如何又走轉來？」廷秀氣塞咽喉，那裏答得出半個字兒。文秀道：「哥哥因甚氣得這般模樣？」廷秀停了一回，方將上項事，說與兄弟。文秀道：「世態炎涼，自來如此，不足為異。只是王員外平昔待我父子何等破格⑳，今纔到家，驀地生起事端。趙昂又在旁幫扶。必然都是他的緣故。如今且莫與母親說知，恐曉得了，愈加煩惱。」廷秀道：「賢弟之言甚是。」次日，來到牢中，看覷父親。那時張權虧了种義，棒瘡已好，身體如舊。廷秀也將其事哭訴。張權聞得，嗟嘆王員外有始無終。种義便道：「恁般說起來，莫不你的事情，想是趙昂所為？」張權道：「我與他素無讐隙，恐沒這事！」廷秀道：「只有定親時，聞得他夫妻說我家是木匠，阻當岳父不要贅我。岳父不聽，反受了一場搶白。或者這個緣故上起的。」种義道：「這樣說，自然是他了。如今且不要管是與不是。目下新按院將到鎮江，小官人可央人寫張狀子去告。只說趙昂將銀買囑捕人強盜，故此扳害。待他們自去分辨。若果然是他陷害，動起刑具，少不得內中有人招稱出來。若不是時，也沒甚大害。」張權父子連聲道是。廷秀作別出監。兄弟商議停當，央人寫下狀詞，要往鎮江去告狀。常言道：機不密，禍先行。這樣事體，只宜悄然商議。那

⑳ 破格：破除成例，特別照顧。

張權是個老實頭，不曾經歷事體的；种義又是粗直之人，說話全不照管；早被一個禁子聽見。這禁子與楊洪乃是姑舅弟兄，聞此消息，飛風便去報知。楊洪聽得，喫了一嚇，連忙來尋趙昂商議。走到王員外門首，不敢直入。見個小廝進去，央他傳報，說：「有府前姓楊的，要尋趙相公說話。」趙昂料是楊洪，即便出來相見。問道：「楊兄有甚話說？」楊洪扯到一個僻靜所在，將：「張廷秀已曉得你我害他，即日要往按院去告狀。倘若准了，到審問時，用起刑具，一時熬不得，招出真情，反坐轉來，卻不自害自身！幸喜表弟聞得來報，故此特來商議。」趙昂聽了，驚得半晌說不出話來。良久道：「如此卻怎麼好？」楊洪道：「一不做，二不休，相公便多用幾兩銀子，我便拚折些工夫[21]，連這兩個小廝一併送了，方纔斬草除根。」趙昂道：「銀子是小事，只沒有個妙策。」楊洪道：「不打緊，他們是個窮鬼，料道僱船不起，少不得是趁船。我便裝起捕盜船來，教我兄弟同兩個副手，泊在閶門。再令表弟去，打聽了起身日子，暗隨他出城，招攬下船。我便先到鎮江伺候。孩子家那知路徑。載他徑到江中，攛入水裏，可不乾淨？」趙昂大喜。教楊洪少待，便去取出三十兩銀子，送與楊洪道：「煩兄用心，務除其根！事成之日，再當重謝。」楊洪收了銀子，作別而去。

且說廷秀打聽得按院已到，央人寫了狀詞，要往鎮江去告。那時陳氏病體痊癒，已知王員外趕逐回來，也只索無奈。見說要去告狀，對廷秀道：「你從未出路，獨自個去，我如何放心。須是弟兄同行，路上還有些商量。」廷秀道：「若得兄弟去便好。只是母親在家，無人伏侍。」陳氏道：「來往不過數日。況且養娘在家陪伴，不消牽掛。」廷秀依著母親，收拾盤纏，來到監中，別過父親，背上行李，徑

[21] 拚折些工夫：拚著花費些工夫。

出閶門來搭船。剛走到渡僧橋，只聽得背後有人叫道：「二位小官人往那裏去？」廷秀道：「往鎮江去。」那人道：「到鎮江有便船在此。又快當，又安穩。」廷秀聽說有便船，便立住腳，與文秀說道：「若是便船，到強如在航船上挨擠。」文秀道：「任憑哥哥主張。」廷秀對船家說道：「你船在那裏？可就開麼？」船家道：「我們是本府理刑廳提來差往公幹的，私己搭一二人，路上去買酒吃。若沒人也就罷了，有甚擔閣。」廷秀道：「既如此，帶了我們去。」船家引他下了船，住在稍上。少頃，只見一人背著行李而來，稍公接著上船。那人便問：「這兩個孩子是何人？」稍公道：「這兩個小官人，也要往鎮江的，容小人們帶他去，趁幾文錢，路上買酒吃。望乞方便。」那人道：「止這兩個，便容了你。多便使不得。」稍公道：「只此兩個，也是偶然遇著，豈敢多搭。」說罷，連忙開船。你道這人是何等樣人？就是楊洪兄弟楊江。稍公便是副手。當下楊江問道：「二位小官人姓甚？住在何處？到鎮江去何幹？」廷秀說了姓名居處，又說父親被人陷害緣由。如今要往按院告狀。楊江道：「原來是好人家兒女，可憐，可憐！你住在稍上不便，也到艙中來坐。」廷秀道：「如此多謝了！」弟兄搬到艙中住下。楊江一路殷勤，到買酒肉相請，又許他到衙門上看顧。弟兄二人，感激不盡。那船乃是捕盜的快船，趁著順風，連夜而走。次日傍晚就到了鎮江。船家與廷秀討了船鈔，假意催促上岸。廷秀取了行李，便要起身。楊江道：「你這船家，忒煞㉒不行方便！這兩位小官人，從不曾出路的。此時天色已晚，教他那裏去尋宿處？」又向廷秀道：「莫要理他！今夜且在舟中住了，明早同上崖去，尋寓所安下。就到察院前去打聽按院幾時按臨，卻不又省了今夜房錢？」廷秀弟兄只認做好人，連聲稱謝。依原把包裹放下。楊江取出錢鈔，教稍

㉒ 忒煞：太甚。

公買辦些酒肉，吩咐移船到穩處安歇。稍公答應，將船直撐出西門閘外，沿江闊處停泊。稍公安排魚肉，送入艙裏。楊江滿斟苦勸，將廷秀弟兄灌得大醉，人事不省，倒在艙裏。那時，楊洪已約定在此等候。稍公口中唿哨一聲，便跳下船。即忙解纜開船，悄悄的搖出江口，沿溜而下。過了焦山，到一寬闊處，取出索子，將他弟兄綑綁起來，恰如兩隻餛飩相似。二子身上疼痛，從醉夢中驚醒，掙扎不動。卻待喊叫，被楊洪、楊江扛起，向江中撲通的攛將下去。眼見得二子性命休了。

可憐世上聰明子，化作江中浪宕魂。

你想長江中是何等樣水！那水從四川、湖廣、江西一路上流衝將下來，渾如滾湯一般緊急，到了鎮江，直溜入海，就是落下一塊砂石，少不得隨流而下。偏有廷秀弟兄，攛入江中，卻反逆流上去。楊洪、楊江望見，也道奇怪。撥轉船頭趕上，各提起篙子，照著頭上便射。說時遲，那時快，篙子離身，不上一尺，早被三四個大浪，把二子直湧開去，連船險些兒掀翻。那篙子便不能傷。楊江料道必無活理，原移至沿口泊下。次早開船，回到蘇州，回覆了趙昂。趙昂心中大喜，又找了三十兩銀子。楊洪兀自嫌少，兩下面紅頸赤而別。不在話下。

且說河南府有一人喚做褚衛，年紀六十已外，平昔好善，夫妻二人，吃著一口長齋。並無兒女，專在江南販布營生。一日正裝著一大船布疋，出了鎮江，望河南進發。行不上三十餘里，天色將晚，風逆浪大，只得隨幫停泊江中。睡到半夜，聽得船旁像有物踵響㉓。他也不在其意。方欲合眼，又像有人推

㉓ 踵響：撞響。

醒一般，那船旁踵得越響了，隱隱又有人聲。心中奇怪，爬起來，開了篷窗。打一看時，只見水面上浮著一人，口內微微有聲。褚衛慌忙叫起水手，撈救上船。打起火來看時，卻是十五六歲一個小廝，生得眉清目秀，渾身綁縛，微微止有一息。與他下了索子，燒起熱湯，灌了幾口，那孩子漸漸醒轉，嘔出許多清水。褚衛將乾衣與他換了，詢其緣故。小廝哭訴道：「小人名喚張文秀，只因父親被人陷害在牢，同哥哥廷秀，來鎮江按院告狀，趁了個便船，說是蘇州理刑差人，一路假意殷勤照顧。昨夜到了鎮江，又留住在船，將酒灌醉我弟兄，雙雙綁入水中。正不曉得他是何人，害我等性命！今幸得遇恩人救拔。但不知恩人高姓大名？這裏是何處？離鎮江多少路了？怎地送得小人歸家，決不忘恩！」褚衛本是好善之人，見他說得苦楚，心下十分可憐。初時到有送他回去之念，忽地想起：「鎮江到此乃是逆水，怎麼反淌了上來？莫非此子後來有些好處，暗中自有鬼神護佑麼？我今尚無子嗣，何不留他回去，做個螟蛉之子，卻不是好。」乃哄他道：「我是河南褚衛，販布回去。這裏離鎮江已遠，有一千餘里，怎能送你回去？況昨夜謀你的，必是對頭差來心腹，故此下這樣毒手。今依舊回家，必然又尋別事害你。我今又無兒子，若不棄嫌，認做父子，隨歸家去。明年帶你下來，訪出昨夜之人，然後去告理，救你父親，可不好麼？」文秀雖然記掛父母，到此無可奈何，只得依允。就拜褚衛為父，改名褚嗣茂，帶上河南不題。

且說張廷秀被楊洪綑入水中，自分必死。不想半沉半浮，被大浪直湧到一個沙洲邊蘆葦之旁。到了天明，只見船隻甚多，俱在江中往來，叫喊不聞。至午後，有一隻船旁洲而來，廷秀連喊救命。那船攏到洲邊，撈上船去，割斷繩索，放將起來，且喜得毫無傷損。廷秀舉目看船中時，卻是兩個中年漢子，十來個小廝，約莫俱有十六七歲。你道是何等樣人？原來是浙江紹興府孫尚書府中戲子。那兩個中年人，一個是師父潘忠，一個是管箱的家人，領著行頭往南京去做戲，在此經過。恰好救了廷秀。取幾件乾衣與他換了，問其緣故。廷秀把父親被害，要到按院伸冤，被船上謀害之事，哭訴一遍。又道：「多蒙救了性命。若得送我回家，定然厚報。」那潘忠因班中裝生的啞了喉嚨，正要尋個頂替。見廷秀人物標致，聲音響亮。卻又年紀相彷，心下暗喜道：「若教此人起來，到好個生腳。」心下懷了這個私念，就是順路往蘇州去，諒道也還不肯放他轉身，莫說如今卻是逆路。當下潘忠道：「我們乃紹興孫尚書府中子弟，到南京去做生意，那有工夫轉去，送你回家？我如今到京已近，不如隨我們去住下，慢慢覓便人帶你歸家。你若不肯時，我們也不管閒帳，原送你到沙洲上，等候別個便船帶回去罷。」廷秀聽得說出這話，連忙道：「既然不是順路，情願隨列位到京。」潘忠道：「這便使得。」廷秀自己雖然得了性命，卻又想著兄弟，必定死了，不住流淚。那日乃是順風，晚間便到南京。次早入城，尋寓所安下。那孫府戲子，原是有名的。一到京中，便有人叫去扮演。廷秀也隨著行走。過了數日，潘忠對廷秀道：「眾人在此做生意，各要趁錢回去養家的，誰個肯白白養你！總然有便帶你回家，那盤費從何而來？不如暫學些本事，吃些活飯，那時回去，卻也容易。」廷秀思量：「虧他們救了性命，空手坐食，心上已是過意不去。」又聽了潘忠這班說話，愈覺羞慚。暗道：「我只指望圖個出身日子，顯祖揚宗，那知霹空降下這場沒影奇禍，弄得家破人亡，父南子北，流落至此！若學了這等下賤之事，這有甚麼長俊。如不依他，定難存住。」卻又想道：「昔日箕子為奴㉔，伍員㉕乞食，他們都是大豪傑，在患難之際，也只得從權，我今

㉔ 箕子為奴：箕子，商紂王的大臣，紂荒淫無道，箕子諫阻，沒有被採納，於是假裝瘋狂，作了奴隸。

㉕ 伍員：伍子胥。春秋時楚國人，因父兄都被楚王所殺，逃難到吳國。相傳，他在路上沒有飯吃，就沿路吹簫

日到此等地位，也顧不得羞耻了。且暫度幾時，再做區處。」遂應承了潘忠，就學個生脚。他資性本來聰慧，教來曲子，那消幾遍，卻就會了。不勾數日，便能登場。扮來的戲，出人意表，賢愚共賞，無一日空閒。在京半年有餘，積攢了些銀兩。想道：「如今盤纏已有，好回家了。」誰想潘忠先揣知其意，悄悄溜過了他的銀子。廷秀依舊一雙空手，不能歸去。潘忠還恐他私下去了，行坐不離。廷秀脫身不得，只得住下。叫做：

情知不是伴，事急且相隨。

話分兩頭。卻說陳氏自從打發兒子去後，只愁年幼，上司衙門利害，恐怕言語中差錯。再不想到有人謀害。巴到十日之外，風吹草動㉖，也認做兒子回來，急出門觀看。漸漸過了半月二十日，一發專坐在門首盼望。那時還道按院未曾到任，在彼等候。後來聞得按院鎮江行事已完，又按臨別處。得了這個消息，急得如煎盤上螞蟻，沒奔一頭處。急到監中對丈夫說知，央人遍貼招帖，四處尋訪，並無踪跡。正不知何處去了。夫妻痛哭懊悔道：「早知如此，不教他去也罷！如今冤屈未伸，到先送了兩個孩兒。後來倚靠誰人？」轉思轉痛，愈想愈悲。初時還癡心妄想有歸家日子。過了年餘，不見回來，料想已是死了。招魂設祭，日夜啼啼哭哭。一個養娘卻又患病死了。止留得孤身孤影，越發悽慘。正是：

乞食。後來，他做了吳國的大將，率兵打敗了楚國。

㉖ 風吹草動：些微的響聲。

屋漏更遭連夜雨，船遲又遇打頭風。

且說王員外自那日聽了趙昂言語，將廷秀逐出，意欲就要把玉姐另配人家。一來恐廷秀有言，二來怕人誹議，未敢便行。次後聞得廷秀弟兄往鎮江按院告狀，只道他告賴親這節，老大著忙。口雖不言，暗自差人打聽。漸漸知得二子去了，不知死活存亡。有了這個消耗，不勝歡喜，即央媒尋親。媒人得了這句口風，互相傳說開去。那些人家只貪王員外是無子富翁，那管曾經招過養婿？數日間就有幾十家來相求。玉姐初時見逐出廷秀，已是無限煩惱，還指望父親原收留回來，總然不留回家，少不得嫁去成親。後來微聞得有不好的信息，也還半信半疑。今番見父親流水選擇人家改嫁，料想廷秀死是實了。也怕不得羞恥，放聲哭上樓去。原來王員外的房屋，卻是一間樓子，下邊老夫妻睡處，樓上乃玉姐臥室。當下玉姐在樓上啼哭，送來茶飯也不肯喫。他想道：「我今雖未成親，卻也從幼夫妻。他總無祿夭亡，我豈可偷生改節！莫說生前被人唾罵，就是死後亦有何顏見彼！與其忍恥苟活，何若從容就死。一則與丈夫爭氣，二則見我這點真心。只有母親放他不下！事到如今，也說不得了。」想一回，哭一回，漸漸哭得前聲不接後氣。那徐氏把他當做掌上之珠，見哭得恁般模樣，急得無法可治。口中連連的勸他：「莫要哭。且說為甚緣故？」自己卻又鼻涕眼泪流水淌出來。玉姐只得從實說出。徐氏勸道：「兒，不要睬那老沒志氣！凡事有我在此做主。明日就差人去打聽三官下落。設或真有些山高水低，好歹將家業分一半與你守節。若老沒志氣執意要把你改嫁，我拚得與他性命相搏。」又對丫鬟道：「快去叫員外來，說個明白。」又吩咐：「倘有人在彼，莫說別話。」丫鬟急忙忙的來請。誰想王員外因有個媒人說：一個新進學小秀才來求親。聞得才貌又美，且是名門舊族，十分中意。款留媒人酒飯，正說得濃釅㉗，飲得高興。丫鬟說聲院君㉘相請，只當耳邊風，如何肯走起身。丫鬟站勾腿酸腳麻，只得進去回覆。徐氏百般苦勸，剛剛略止，又加個趙昂老婆闖上樓來，重新哭起。你道卻是為何？那趙昂擺布了張權，趕逐了廷秀，還要算計死了玉姐，獨吞家業。因無機會，未曾下手。今見王員外另擇人匹配，滿懷不樂。又沒個計策阻攩。在房與老婆商議。這時聽得玉姐不願，在樓上啼哭，卻不正中其意！故此瑞姐走來，故意說道：「妹子，你如何不知好歹？當初爹爹一時沒志氣，把你配個木匠之子，玷辱門風。如今去了，另配個門當戶對人家，乃是你萬分造化了。如何反恁地哭泣？難道做強盜的媳婦，木匠的老婆，到勝似有名稱人家不成？」玉姐聽這幾句話，羞得滿面通紅，顛倒大哭起來。徐氏心中已是不悅。瑞姐還不達時務，扯做娘的到半邊，低低說道：「母親，莫不妹子與那小殺才，背地裏做下些蹊蹺勾當，故此這般牽掛？」只這句話，惱得徐氏兩太陽火星直爆，把瑞姐劈面一啐。又恐怕氣壞了玉姐，不敢明說。止道：「你是同胞姊妹，不懷好念。我方勸得他住，卻走來激得重複啼哭，還要放恁樣冷屁！由他是強盜媳婦，木匠老婆罷了，著你甚急，胡言亂語！」瑞姐被娘這場搶白，羞慚無地，連忙下樓，一頭走一頭說道：「護短得好！只怕走盡天下，也沒見人家有這樣無恥閨女。且是不曾做親，便恁般疼老公。若是生男育女的，真個要同死合棺材哩。虧他到掙得一副好老臉皮，全沒一毫羞恥。」夾七夾八一路嚷去，明明要氣玉姐上路。徐氏怕得淘氣，由他自說，只做不聽見。玉姐正哭得頭昏眼暗，全不覺得。看看到晚，王員外喫

㉗ 濃釅：興趣濃厚。

㉘ 院君：尊稱官員或財主的妻子。

得爛醉。小廝扶進來，自去睡了，竟不知女兒這些緣故。徐氏陪伴玉姐坐至更餘，漸漸神思困倦，睡眼朦朧，打熬不住。向玉姐道：「兒，不消煩惱，總在明早與你個決斷。夜深了，去睡罷。」推至床上，除去簪釵，和衣衾在被裏，下了帳幔。又吩咐丫鬟們照管火燭。大凡人家使女，極是貪眠懶做，十個裏邊，難得一個長俊。徐氏房中只有七八個丫鬟，有三個貼身伏侍玉姐的，就在樓上睡臥。那晚守到這時候，一個個拗腰凸肚，巴不能睡臥。見徐氏勸玉姐睡了，各自去收拾家火，專等徐氏下樓，關上樓門，盡去睡了。徐氏下得樓來，看王員外醉臥正酣，也不去驚動他。將個燈火四面檢點一遍，解衣就寢不題。

且說玉姐睡在床上，轉思轉苦，又想道：「母親雖這般說，未必爹爹念頭若何。總是依了母親，到後終無結果。」又想起：「母親忽地將姐姐搶白，必定有甚惡話傷我，故此這般發怒。我乃清清白白的人，何苦被人笑恥！不如死了，到得乾淨！」又哭了一個更次。聽丫鬟們都齁齁睡熟，樓下也無一些聲息。遂抽身起來，一頭哭，一頭檢起一條汗巾，走到中間，掇個杌子墊腳，把汗巾搭在梁上做個圈兒，將頭套入。兩腳登空，嗚呼哀哉！正是：

> 難將幽恨和人說，應向泉臺訴丈夫。

也是玉姐命不該絕。剛上得吊，不想一個丫鬟，因日間玉姐不要喫飯，瞞著那兩個丫鬟，私自收去，盡情飽啖。到晚上，夜飯亦是如此。睡到夜半，心胸漲滿，肚腹疼痛，起身出恭。床邊卻摸不著淨桶。那恭又十分緊急，叫苦連連。原來起初性急要睡，忘記擔得，心下想著，精赤條條，跑去尋那淨桶。因睡得眼目昏迷，燈又半明半滅，又看見玉姐吊在梁間，心慌意急，撲的撞著，連杌子都跌倒樓板上。一聲響亮，樓下徐氏和丫鬟們，都從夢中驚覺。王員外是個醉漢，也嚇醒了。忙問：「樓上什麼響？」那丫鬟這一交跌倒杌子，磕著了小腹，大小便齊流，撒做一地，滾做一身。擡頭仔細看時，嚇得叫聲：「不好了！玉姐吊死！」王員外聞言，驚得一滴酒也無了，直跳起身。一面尋衣服，一面問道：「這是為何？」徐氏一聲兒，一聲肉，哭道：「都是你這老天殺的害了他！還問怎的？」王員外沒心腸再問，忙忙的尋衣服，只在手邊混過，那裏尋得出個頭腦。偶扯著徐氏一件襖子，不管三七二十一，披在身上。又尋不見鞋子，赤著腳，趕上樓去。徐氏止摸了一條裙子，卻沒有上身衣服。只得把一條單被，披在身上，到拖著王員外的鞋兒，隨後一步一跌，也哭上來。那老兒著了急，走到樓梯中間，一腳踏錯，谷碌碌滾下去。又撞著徐氏，兩個直跌到底，絞做一團。也顧不得身上疼痛，爬起來望上又跑。那門卻還閉著，兩個拳頭如發擂般亂打。樓上樓下丫鬟，一齊起身。也有尋著裙子，不見布衫的，也有摸了布衫，不見褲子的，也有兩隻腳穿在一個褲管裏的，也有反披了衣服摸不著袖子的。東扯西拽，你奪我爭，紛紛亂嚷。那撒糞的丫鬟，也自揩抹身子，尋覓衣服，竟不開門。王員外打得急了，三個丫鬟，都提著衣服來開。老夫妻二人推門進去，徐氏望見女兒這個模樣，心腸迸裂，放聲大哭。到底男子漢有些見識，王員外忍住了哭泣，趕向前將手在身上一摸，遍體火熱，喉間廝琅琅痰響，叫道：「媽媽莫要哭，還可救得！」便雙手抱住，叫丫鬟拿起杌子上去解。一面又教扇些滾湯來。徐氏聞說還可救得，真個收了眼泪，點個燈來照著。那丫鬟扶起杌子，捏著一手腌臢，向鼻邊一聞，臭氣難當。急道：「杌上怎有許多污穢？」恰好徐氏將燈來照，看見一地尿糞。王員外踏在中間，還不知得。徐氏只認是女兒撒的，將火望下一撇，道：「這個東西也出了，還有甚救！」又哭起來。原來縊死的人，大小便走了，便救不得。當下王員外道：「莫管他！且放下來看。」丫鬟帶著一手腌臢，跕上去解。心慌手軟，如何解得開。王員外不耐煩，叫丫鬟尋柄刀來，將汗巾割斷，抱向床上，輕輕放開喉間死結。叫徐氏嘴對嘴打氣，接連打了十數口氣，只見咽喉氣轉，手足展施。又灌了幾口滾湯，漸漸甦醒，還嗚嗚而哭。徐氏也哭道：「起先我恁樣說了，如何又生此短見？」玉姐哭道：「兒如此薄命，總生於世，也是徒然！不如死休！」王員外方問徐氏道：「適來說我害了他，你且說個明白。」徐氏將女兒不肯改節的事說出。王員外道：「你怎地這般執迷！向日我一時見不到，賺了你終身。如今畜生無了下落，別配高門，乃我的好意，為何反做出這等事來，險些把我嚇死！」玉姐也不答應，一味哭泣。徐氏嚷道：「老無知！你當初稱贊廷秀許多好處，方過繼為子，又招贅為婿。都是自己主張，沒有人攛掇。後來好端端在家，也不見有甚不長俊，又不知聽了那個橫死賊的說話，剛來家，便趕逐出去，致使無個下落。縱或真個死了，也隔一年半載，看女兒志向，然後酌量而行。何況目今未知生死，便瞞著我鬧轟轟尋媒說親，教他如何不氣！早是救醒了還好。倘若完了帳，卻怎地處？如今你快休了這念頭，差人四下尋訪。若還無恙，不消說起。設或真有不好消息，把家業分一半，與他守節。如若不聽我言語，逼迫女兒一差兩訛，與你干休不得！」王員外見女兒這般執性，只得含糊答應，下樓去了。徐氏又對玉姐道：「兒，我已說明了，不怕他不聽。不要哭罷！且脫去腌臢衣服睡一覺，將息身子。」也不管玉姐肯不肯，亂把衣帶解開。玉姐被娘逼不過，只得脫衣睡臥。亂到天明，看衣服上並無一毫污穢。那丫鬟隱瞞不過，方纔實說。把眾丫鬟笑個勾嘴歪。自此之後，玉姐住在樓上，如修行一般，全不下樓。王員外雖不差人尋覓廷秀，將親事也只得閣過一邊。徐氏恐女兒又弄這個把戲，自己伴他睡臥，寸步不離。見丈夫不急尋問，私自賞了家人銀子，差他體訪。又叫去與陳氏討個消耗。正是：

但願應時還得見，須知勝似岳陽金。

且說趙昂的老婆，被做娘的搶白下樓，一路惡言惡語，直嚷到自己房中，說向丈夫。又道：「如今總是抓破臉了。待我朝一句，夕一句，好歹送這丫頭上路。」到次早，聞得玉姐上吊之事，心中暗喜，假意走來安慰，背地裏在王員外面前冷言酸語挑撥。又悄悄地將錢鈔買囑玉姐身邊丫鬟，吩咐如再上吊，由他自死，不要聲張。又打聽得徐氏差人尋訪廷秀，也多將銀兩買定，只說無由尋覓。趙昂見了丈人，馬前健㉙假殷勤，隨風倒舵㉚，掇臀捧屁㉛，取他的歡心。王員外又為玉姐要守著廷秀，觸惱了性子，到愛著趙昂夫婦小心熱鬧，每事言聽計從。趙昂諸色趁意，自不必說，只有一件事在心上打攪。你道是甚的事？乃是楊洪這樁。那楊洪因與他幹了兩樁大事，不時來需索。趙昂初時打發了幾次。後來頗覺厭煩，只是難好推托。及至送與，卻又爭多嚷寡。落後回了兩三遍，楊洪心中懷恨，口出怨言。趙昂恐走漏了消息，被丈人知得，忍著氣依原餽送。楊洪見他害怕，一發來得勤了。趙昂無可奈何，想要出去躲避幾時。恰好王員外又點著白糧解戶。趁這個機會，與丈人商議，要往京中選官，願代去解糧，一舉兩得。王員外聞女婿要去選官，乃是美事，又替了這番勞碌，如何不肯。又與丈人要了千金，為幹缺㉜之

㉙ 馬前健：指在上司或主人面前做事，格外賣力。
㉚ 隨風倒舵：指跟著別人走，自己毫無主見。
㉛ 掇臀捧屁：比喻諂媚的醜態。

用。親朋餞行已畢，臨期又去安放了楊洪，方纔上路。

* * *

話分兩頭。再說張廷秀在南京做戲，將近一年，不得歸家。一日，有禮部一位官長喚去承應。那官長姓邵，名承恩，進士出身，官為禮部主事㉝，本貫浙江台州府寧海縣人氏。夫人朱氏，生育數胎，止留得一個女兒，年方一十五歲，工容賢德俱全。那日卻是邵爺六十誕辰，同僚稱賀，開筵款待。廷秀當場扮演，卻如真的一般，滿座稱讚。那邵爺深通相法，見廷秀相貌堂堂，後來必有好處；又恐看錯了，到半本時，喚廷秀近前仔細一觀，果是個未發積的公卿，只可惜落於下賤。問了姓名，暗自留意。到酒闌人散，吩咐眾戲子都去，止留正生在此承應夫人，明日差人送來。潘忠恐廷秀脫身去了，滿懷不欲。怎奈官府吩咐，可敢不依！連聲答應。引著一班子弟自去。廷秀隨著邵爺直到後堂。只見堂中燈燭輝煌，擺著桌榼，夫人同小姐向前相迎。眾家人各自遠遠站立。廷秀也立在半邊。堂中伏侍，俱是丫鬟之輩。先是小姐拜壽，然後夫人把盞稱慶。邵爺回敬過了，方纔就坐。喚廷秀叩見夫人，在旁唱曲。廷秀唱了一套。邵爺問道：「張廷秀，我看你相貌魁梧，決非下流之人。你且實說：是何處人氏？今年幾歲了？為甚習此下賤之事？細細說來，我自有處。」廷秀見問，向前細訴前後始末根由。又道：「小的年已十八，如今扮戲，實出無奈，非是甘心為此。」邵爺聞言，嗟嘆良久。乃道：「原來你抱此大冤。今若流為戲子，那有出頭之日！既曾讀書，必能詩詞。隨意作一首來，看是何如。」即令左右取過文房四寶，

㉜ 幹缺：活動一個差事。

㉝ 主事：約相當於現在部裏的科長。

放在旁邊一隻桌上。廷秀拈起筆來，不解思索，頃刻而成，呈上。邵爺舉目觀看，乃是一首壽詞，詞名千秋歲，詞云：

瓊臺琪草，玄鶴翔雲表，華筵上笙歌繞。玉京瑤島，客笑傲乾坤小。齊拍手唱道：長春人不老。

北闕龍章耀，南極祥光照，海屋內籌添了。青鳥啣箋至，傳報群仙到，同嵩祝萬年稱壽考。

邵爺看了這詞，不勝之喜，連聲稱好。乃道：「夫人，此子才貌兼美，定有公卿之分。意欲螟蛉為子，夫人以為何如？」夫人道：「此乃美事，有何不可！」邵爺與廷秀道：「我今年已六十，尚無子嗣，你若肯時，便請個先生教你，也強如當場獻醜。」廷秀道：「若得老爺提拔，便是再生之恩。但小人出身微賤，恐為父子，玷辱老爺。」邵爺道：「何出此言！」當下四雙八拜，認了父母。又與小姐拜為姊妹。就把椅子坐在旁邊，改名邵翼明。吩咐家人都稱大相公；如有違慢，定行重責，不在話下。且說潘忠那晚眼也不合，清早便來伺候。等到午上，不見出來。只得央門上人稟知。邵爺喚進去說道：「張廷秀本是良家之子，被人謀害，虧你們救了，暫為戲子。如今我已收留了。你們另自合人罷。」教家人取五兩銀子賞他。潘忠聽見邵爺留了廷秀，開了口，半晌還合不下。無可奈何，只得叩頭作謝而去。邵爺即日就請個先生，收拾書房讀書。廷秀雖然荒廢多時，恰喜得晝夜勤學，埋頭兩個多月，做來文字，渾如錦綉一般。邵爺好不快活。那年正值鄉試之期，即便援例入監。到秋間應試，中了第五名正魁。喜得邵爺眼花沒縫。廷秀謝過主司，來稟邵爺，要到蘇州救父。邵爺道：「你且慢著！不如先去會試㉞。若

㉞ 會試：科舉取士制度。鄉試的第二年，在京城舉行會試，由已取得舉人資格的人應試。會試取中的，再由皇

得聯科，謀選彼處地方，查訪仇人正法，豈不痛快！倘或不中，也先差人訪出仇家，然後我同你去，與地方官說知，拿來問罪。如今若去，便是打草驚蛇㉟，必被躲過，可不勞而無功，卻又錯了會試？」廷秀見說得有理，只得依允。那時邵爺滿意欲將小姐配他。因先繼為子，恐人談論。自不好啟齒，倩媒略露其意。廷秀一則為父冤未洩，二則未知玉姐志向何如，不肯先作負心之人。與邵爺說明，止住此事，收拾上京會試。正是：

未行雪恥酬兇事，先作攀花折桂人。

＊　＊　＊

話分兩頭。且說張文秀自到河南，已改名褚嗣茂。褚長者夫妻珍重如寶，延師讀書。文秀因日夜思念父母兄長，身子雖居河南，那肝腸還掛在蘇州，那有心情看到書上。眼巴巴望著褚長者往下路去販布，跟他回家。誰知褚長者年紀老邁，家道已富，褚媽媽勸他棄了這行生意，只在家中營運。文秀聞得這個消息，一發憂鬱成病。褚長者請醫調治，再三解勸。約莫住了一年光景，正值宗師考取童生。文秀帶病去赴試，便得入泮。常言道：福至心靈。文秀入泮之後，到將歸家念頭撇過一邊，想道：「我如今進身有路了。且趕一名遺才入場㊱。倘得僥倖聯科及第，那時救父報仇，豈不易如翻掌！」有了這股志氣，

帝親自主持一次考試，叫做殿試。

㉟ 打草驚蛇：輕舉妄動，使敵人有了戒備。

㊱ 且趕一名遺才入場：科舉時代，學政甄別生員，怕有遺漏，再補考一次，叫做「錄遺」。這句話是說：趁著一

少不得天隨人願，果然有了科舉，三場已畢，名標榜上。赴過鹿鳴宴㊲，回到家中，拜見父母。喜得褚長者老夫妻天花亂墜。那時親鄰慶賀，賓客填門，把文秀好不奉承。多少富室豪門，情願送千金禮物聘他為婿。文秀一心在父親身上，那裏肯要。忙忙的約了兩個同年，收拾行李，帶領僕從起身會試。褚長者老夫妻直送到十里外，方纔分別。在路曉行夜宿，非止一日，到了京都，覓個寓所安下。也是天使其然，廷秀、文秀兄弟恰好作寓在一處。左右間壁，時常會面。此時居移氣，養移體，已非舊日枯槁之容了。然骨韻猶存，不免睹影思形。只是一個是浙江邵翼明貴介公子，一個是河南褚嗣茂富室之兒，做夢也不想到親弟兄頭上。不一日，三場已畢，同寓舉人候榜，拉去行院㊳中遊串㊴，作東戲耍。只有邵褚二人，堅執不行。褚嗣茂遂於寓中，治帖邀請邵翼明閒講，以遣寂寞。兩下坐談，愈覺情熱。嗣茂遂問：「邵兄何以不往院中行走？莫非尊大人家訓嚴切？」翼明潸然下淚道：「小弟有傷心之事。今日會試，亦非得已，況於閒串，那有心情！只是尊兄為何也不去行走？如此少年老成，實是難得。」嗣茂淒然長嘆道：「若說起小弟心事，比仁兄加倍不堪。還仗仁兄高發，替小弟做個報仇洩恨之人。」翼明見話頭有些相近，便道：「你我雖則隔省同年，今日天涯相聚，便如骨肉一般。兄之仇，即吾仇也。何不明言，與小弟知之？」嗣茂沉吟未答。連連被逼，只得敘出真情。纔說得幾句，不待詞畢，翼明便道：「原來

次補考的機會，取得參加鄉試的資格。

㊲ 鹿鳴宴：為新考取的舉人舉行的宴會。

㊳ 行院：妓院。

㊴ 遊串：來往遊玩。

你就是文秀兄弟。則我就是你哥哥張廷秀！」兩下抱頭大哭，各敘冒姓來歷。且喜都中鄉科，京都相會。一則以悲，一則以喜。

分明久旱逢甘雨，賽過他鄉遇故知。莫問洞房花燭夜，且看金榜掛名時。

春榜既發，邵翼明、褚嗣茂俱中在百名之內。到得殿試，弟兄俱在二甲。觀政已過，翼明選南直隸常州府推官㊵，嗣茂考選了庶吉士㊶，入在翰林。救父心急，遂告個給假，與翼明同回蘇州。一面寫書打發家人歸河南，迎褚長者夫妻至蘇州相會，然後入京，不題。弟兄二人離了京師，由陸路而回。到了南京，廷秀先來拜見邵爺，老夫妻不勝歡喜。廷秀稟道：「兄弟文秀得河南褚長者救撈，改名褚嗣茂，亦中同榜進士，考選庶吉士，與兒同回，要見爹爹。」邵爺大驚道：「天下有此奇事！快請相見！」家人連忙請進。文秀到了廳上，扯把椅兒正中放下，請邵爺上坐，行拜見之禮。邵爺那裏肯要，說道：「豈有此理！足下乃是尊客，老夫安敢僭妄？」文秀道：「家兄蒙老伯收錄為子，某即猶子㊷也。理合拜見。」兩下謙讓一回。邵爺只得受了半禮。文秀又請老夫人出來拜見。邵爺備起慶喜筵席，直飲至更餘方止。次日，本衙門同僚知得，盡來拜訪。弟兄二人以次答拜。是日午間小飲，邵爺問文秀道：「尊夫人還是向日聘在蘇州？還是在河南娶的？」文秀道：「小姪因遭家難，尚未曾聘得。」邵爺道：「原來賢姪還

㊵ 推官：掌理刑獄的官。是在知府之下的第四位官員，所以下文稱「朱推官」為「四府」。

㊶ 庶吉士：官名。挑選進士裏面文學優等及善於寫字的充任。

㊷ 猶子：姪子。

沒有姻事。老夫不揣，止有一女，年十六歲了。雖無容德，頗曉女紅。賢姪倘不棄嫌，情願奉侍箕帚。」文秀道：「多感老伯俯就，豈敢有違！但未得父母之命，不敢擅專。」廷秀道：「爹爹既有這段美情，俟至蘇州，稟過父母，然後行聘便了。」邵爺道：「這也有理。」正話間，只聽得外面喧嚷。教人問時，卻是報邵爺陞任福建提學僉事㊸。邵爺不覺喜溢於面。即吩咐家人犒勞報事的去了。廷秀弟兄起身把盞稱賀。邵爺道：「如今總是一路。再過幾日同行何如？」廷秀道：「待兒輩先行，在蘇州相候罷。」邵爺依允。次日，即僱了船隻，作別邵爺，帶領僕從，離了南京。順流而至。只一日已抵鎮江。吩咐船家，路上不許洩漏是常州理刑，舟人那敢怠惰。過了鎮江、丹陽，風水順溜，兩日已到蘇州。把船泊在胥門馬頭上。弟兄二人只做平人打扮，帶了些銀兩，也不教僕從跟隨，悄悄的來到司獄司前。望見自家門頭，便覺悽然淚下。走入門來，見母親正坐在矮凳上，一頭績蔴，一邊流淚。上前叫道：「母親，孩兒回來了！」哭拜於地。陳氏打磨淚眼，覷看道：「我的親兒，你們一向在那裏不回？險些想殺了我！」相抱大哭。二子各將被害得救之故，細說一遍。又低低說道：「孩兒如今俱得中進士，選常州府推官，兄弟考選庶吉士。只因記掛爹媽，未去赴任，先來覷看母親。但不知爹爹身子安否？」陳氏聽見兒子都已做官，喜從天降，把一天愁緒撇開，便道：「你爹全虧了种義，一向到也安樂。如今恤刑㊹坐於常熟，解審去了。只在明後日回來。你既做了官，怎地救得出獄？」廷秀道：「出獄是個易事。但沒處查那害我父子的仇人，出這口惡氣。」文秀道：「且救出了爹爹，再作區處。」廷秀又問道：「向來王員外可曾

㊸ 提學僉事：官名。明代在提刑按察使司下，設有提學僉事，為五品官。

㊹ 恤刑：慎重刑罰，不使枉濫。這裏指復審。

有人來詢問？媳婦還是守節在家，還是另嫁人了？」陳氏道：「自你去後，從無個小廝來走遭。我又且日夜啼哭，也沒心腸去問得。到是王三叔在門首經過說起，方曉得王員外要將媳婦改配，不從，上了吊救醒的。如今又隔年餘，不知可能依舊守節？我幾遍要去，一則養娘又死，無人同去；二則想他既已斷絕我家，去也甘受怠慢，故此卻又中止。你只記他好處，休記他歹處。總使媳婦已改嫁，明日也該去報謝。」廷秀聽了這話，又增一番悽慘，齊答道：「母親之言有理！」廷秀向文秀道：「爹爹又不在此，且去尋一乘轎子來，請母親到船上去罷。」文秀即去雇下。陳氏收拾了幾件衣服，其餘粗重家火，盡皆棄下。上了轎子，直至河口下船。可憐母子數年隔別，死裏逃生；今日衣錦還鄉，方得相會。這纔是：

兄弟同榜，錦上添花；母子相逢，雪中送炭。

次早，二人穿起公服，各乘四人轎，來到府中。太爺還未升堂，先來拜理刑朱推官。那朱四府乃山東人氏，父親朱布政，與邵爺卻是同年。相見之間，十分款洽。朱四府道：「二位老先生至此，緣何館驛中通不來報？」廷秀道：「學生乃小舟來的，不曾干涉驛遞，故爾不知。」朱四府道：「尊舟泊在那一門？」廷秀道：「舟已打發去了，在專諸巷王玉器家作寓。」朱四府又道：「還在何日上任？」廷秀道：「尚有冤事在蘇，還要求老先生昭雪，因此未曾定期。」朱四府道：「老先生有何冤事？」廷秀教朱爺屏退左右，將昔年父親被陷前後情節，細細說出。朱四府驚駭道：「元來二位老先生乃是同胞，卻又罹此奇冤！待太老先生常熟解審回時，即當差人送到寓所，查究仇家治罪。」弟兄一齊稱謝。別了朱四府，又來拜謁太守。也將情事細說。俗語道：官官相為。見放著弟兄兩個進士，莫說果然冤枉，就是真正強盜，少不得也要周旋。當下太守說話，也與朱四府相同。廷秀弟兄作謝相別，回到船裏。對兄弟道：「我如今扮作貧人模樣，先到專諸巷打探，看王員外如何光景。你便慢慢隨後衣冠而來。」商議停當，廷秀穿起一件破青衣，戴個帽子，一徑奔到王員外家來。且說趙昂二年前解糧進京，選了山西平陽府洪同縣縣丞。這個縣丞，乃是數一數二的美缺㊺，頂針捱住㊻。趙昂用了若干銀子，方纔謀得。在家候缺年餘，前官方滿，擇吉起身。這日在家作別親友，設戲筵款待，恰好廷秀來打探。聽得裏邊鑼鼓聲喧，想道：「不知為甚恁般熱鬧？莫不是我妻子新招了女婿麼？」心下疑惑。又想道：「且闖進去看是何如？」望著裏邊直闖，劈面遇見王進。廷秀叫聲：「王進那裏去？」王進認得是廷秀，喫了一驚，乃道：「呀，三官一向如何不見？」廷秀道：「在遠處頑耍，昨日方回。我且問你，今日為何如此熱鬧？可是玉姐新招了女夫麼？」王進在急遽間，不覺真心露吐，乃道：「阿彌陀佛！玉姐為了你，險些送了性命，怎說這話！」廷秀先已得了安家帖，便道：「你有事自去。」王進去後，又望裏面而來。到了廳前，只見賓客滿座，童僕紛紜。分開眾人，上前先看一看，那趙昂在席上揚揚得意，戲子扮演的卻是王十朋荊釵記㊼。心中想道：「當日丈人趕逐我時，趙昂在旁冷言挑撥，他今日正在興頭上，我且羞他一羞。」便捱入廳中，舉著手團團一轉道：「列位高親請了！」廷秀昔年去時，還未曾冠。今且身材長大，

㊺ 美缺：指最容易剝削老百姓，最容易撈錢的職位。

㊻ 頂針捱住：一個挨一個地等待。

㊼ 荊釵記：元明最著名的四大傳奇之一。劇情是：王十朋入京赴試，及第，因万俟丞相逼婚不從，改調朝陽。其妻錢玉蓮在家，被繼母勒嫁孫汝權，錢不從，投江遇救，最後和王團圓。

又戴著帽子，眾親眷便不認得是誰。廷秀覆身向王員外道：「爹爹拜揖！」終須是旦夕相見的眼熟，王員外舉目觀看，便認得是廷秀，也喫一驚。想道：「聞得他已死了，如何還在？」又見滿身襤褸，不成模樣。便道：「你向來在何處？今日到此怎麼？」廷秀道：「孩兒向在四方做戲，今日知趙姨丈榮任，特來扮一曲奉賀。」王員外因女兒作梗，不肯改節，初時見了，到有個相留之念，故此好言問他。今聽說在外做戲，惱得登時氣紫了面皮，氣倒在椅上，喝道：「畜生！誰是你的父親？還不快走！」廷秀道：「既不要我為父子稱呼，叫聲岳丈何如？」王員外又怒道：「誰是你的岳丈？」廷秀道：「父親雖則假的，岳父卻是真的，如何也叫不得？」趙昂一見廷秀，已是嚇勾，面如土色。暗道：「這小殺才，已撇在江裏死了，怎生的全然無恙？莫非楊洪得了他銀子放走了，卻來哄我？」又聽得稱他是姨丈，也喝道：「張廷秀，那個是你的姨丈來，胡言亂語？若不走，教人打你這花子的孤拐。」廷秀道：「趙昂，富貴不壓於鄉裏。你便做得這個螞蟻官兒，就是這等輕薄。我好意要做曲戲兒賀你，反恁般無禮！」趙昂見叫了他的名字，一發大怒，連叫家人快鎖這花子起來。那時王三叔也在座間，說道：「你們不要亂嚷。是親不是親，另日再說。既是他會做戲，好情來賀你，只當做戲子一般，演幾曲戲頑頑，有何不可，卻這般著惱！」推著廷秀肯道：「你自去扮來，不要聽他們。」眾親戚齊拍手道：「還是三叔說得有理！」將廷秀推入戲房中，把紗帽員領穿起，就頂王十朋祭江這一折㊽。廷秀想起玉姐曾被逼嫁上吊，恰與玉蓮相彷，把胸中真境敷演在這折戲上，渾如王十朋當日親臨。眾親戚鼻涕眼淚都看出來，連聲喝采不迭。只有王員外、趙昂又羞又氣。正做之間，忽見外面來報，本府太爺來拜常州府理刑邵爺、翰林褚爺。慌

㊽一折：一齣；一幕。

得眾賓客並戲子，都存坐不住，戲也歇了。王員外、趙昂急奔出外邊，對賚帖的道：「並沒甚邵爺、褚爺在我家作寓。」賚帖的道：「邵爺今早親口說寓在你家，如何沒有？」將帖子放下道：「你們自去回覆。」竟自去了。王員外和趙昂慌得手足無措，便道：「怎得個會說話的回覆？」廷秀走過來道：「爹爹，待我與你回罷。」王員外這時，巴不得有個人兒回話，便是好了。見廷秀肯去，到將先前這股怒氣撇開，乃道：「你若回得甚好。」看他還戴著紗帽，穿著員領，又道：「既如此，快去換了衣服。」廷秀道：「就是恁樣罷了，誰耐煩去換！」趙昂道：「官府事情，不是取笑的。」廷秀笑道：「不打緊，凡事有我在此，料道不累你。」王員外道：「你莫不風了？」廷秀又笑道：「就是風了，也讓我自去，不干你們事。」只聽得鋪兵[49]鑼響，太守已到。王員外、趙昂著急，撇下廷秀，躲進去了。廷秀走出門前，恰好太守下轎。兩下一路打恭，直至茶廳上坐下攀談。喫過兩杯茶，談論多時，作別而去。有詩為證：

誰識毘陵邵理刑，就是場中王十朋？太守自來賓客散，仇人暗裏自心驚。

卻說玉姐日夕母子為伴，足跡不下樓來。那趙昂妻子因老公選了官，在他面前賣弄，他也全然不理。這一日，外邊開筵做戲，瑞姐來請看戲，玉姐不肯。連徐氏因女兒不願，也不走出來瞧。少頃，瑞姐見廷秀在廳前這番鬧炒，心下也是駭異。又看見當場扮戲，故意跑進來報道：「妹子，好了！你日夜思想妹夫，如今已是來了。見在外邊扮戲。」玉姐只道是生這話來笑他，臉上飛紅，也不答應。徐氏也認是

[49] 鋪兵：這裏指的是地方上的士兵。

假話，不去睬他。瑞姐見他們冷淡，又笑道：「再去看妹夫做戲。」即便下樓。不一時，丫鬟們都進來報，徐氏還不肯信，親至遮堂❺後一望：果是此人。心下又驚又喜。暗嘆道：「如何流落到這個地位？」瑞姐道：「母親，可是我說謊麼？」徐氏不去應他。竟歸樓上說與女兒。玉姐一言不發，腮邊珠泪亂落。徐氏勸道：「兒，不必苦了，還你個夫妻快活過日。」勸了一回，恐王員外又把廷秀逐去，放心不下。復走出觀看，只見趙昂和瑞姐望裏邊亂跑，隨後王員外也跑進來。你道為何？原來王員外、趙昂，太守到時，與眾賓客躲入裏邊。忽見家人報道：「三官陪著太守，坐了說話。」眾人通不肯信。齊至遮堂後張看，果然兩下一遞一答說話。王員外暗道：「原來這冤家已做官了，卻喬粧來哄我？懊悔昔時錯聽了讒言，將他逐出。幸喜得女兒有志氣，不曾改嫁，還好解釋。不然，卻怎生處？只是適來又傷了他幾句言語，無顏相見。且叫媽媽來做引頭。」故此亂跑。自古道：賊人心虛。那趙昂因有舊事在心，比王員外更是不同，嚇得魂魄俱無。報知妻子，跑回房裏，忙忙收拾打帳，明日起身，躲避這個冤家，連酒席也不想終了。正是：

早知今日，悔不當初！

且說王員外跑來撞見徐氏，便喊道：「媽媽，小女婿回了。」徐氏道：「回了便罷，何消恁般大驚小怪！」王員外道：「不要說起，適來如此如此。我因無顏見他，特請你去做個解冤釋結的。」徐氏得了這幾句話，喜從天降，乃道：「有這等事！」教丫鬟上樓報知玉姐，與王員外同出廳前。廷秀正送了

❺ 遮堂：屏風一類的東西。

太守進來。眾親眷多來相迎。徐氏道：「三官，想殺我也！你往何處去了？再無處尋訪。」廷秀方上前請老夫婦坐下，納頭便拜。王員外用手扶住道：「賢婿，老夫得罪多矣，豈敢又要勞拜！」廷秀道：「某實不才，不能副岳丈之意，何云有罪！」拜罷起來，與眾親眷一一相見已畢。廷秀道：「趙姨丈如何不見？快請來相會。」童僕連忙進去。趙昂本不欲見他，又恐不出去，反使他疑心，勉強出來相見，說道：「適來言語沖撞，望勿記懷！」廷秀道：「我是不達，自取其辱，怎敢怪姨丈？」趙昂羞慚無地。王員外見廷秀冷言冷語，乃道：「賢婿，當初一時誤聽讒言，錯怪了你，如今莫計較罷。」徐氏道：「你這幾年卻在那裏？怎地就得了官？」廷秀乃將被人謀害，直至做官前後事細說。卻又不說出兄弟做官的緣故。眾親眷聽了，無不嗟嘆。乃道：「只是有甚冤家下此毒手，如今可曉得麼？」廷秀道：「若是曉得，卻便好了。」那時廷秀這般樣說，趙昂在旁邊臉上一回紅，一回白，好不心慌。直聽到不曉得這句，方纔放下心腸。王三叔道：「不要閒講了，且請坐著。待我借花獻佛，奉敬一杯賀喜。」眾親眷多要遜廷秀坐第一位。廷秀不肯。再三謙遜不過，只得依了他。竟穿著行頭中冠帶，向外而坐。戲子重新登場定戲。這時眾親眷把他好不奉承。徐氏自回樓上，不在話下。

卻說張權解審恤刑，卻原是楊洪這班人押解。元來捕人拿了強盜，每至審錄，俱要原捕押解。其中恐有冤枉，便要對審。故此脫他不得。那楊洪臨起解時，先來與趙昂要來若干盤纏，與兄弟楊江一齊同行。及至轉來，將張權送入獄中，弟兄二人假意來回覆趙昂，又要索詐他的東西。到了專諸巷內，一路聽得人說太守方纔到王家拜望。楊洪弟兄疑惑道：「趙昂是個監生官，如何太爺去拜他？且又不是屬下。」到了王家門首，只聽得裏邊便鬧熱做戲，門前靜悄悄的不見一人，卻又不敢進去，坐在門前石頭上，等個人出來問個信。剛剛坐了，忽見一乘四人轎抬到門口歇下，走出一位少年官員。他二人連忙站起。那官員是誰？便是庶吉士張文秀。他跨入門來，抬頭看見二人，到喫一驚。認得一個是楊洪，一個是謀他性命的公差。想道：「元來是他一路！不知為何坐在此間？」且不說破，竟望裏邊而去。楊洪已不認得，向兄弟說：「趙昂多大官兒，卻有大官府來拜！」你道楊洪如何便認不得了文秀？當初謀他命時，還是一個小廝，如今頂冠束帶，換了一番氣象，如何便認得出。文秀乃切骨之仇，日夜在心，故此一經眼，即便認得。且說文秀走入裏邊，早有人看見，飛報進去道：「又有一位官府來拜了。」說猶未了，文秀已至廳前。眾親眷並戲子們看見，各自四散奔開，只單撇下廷秀一人。王員外原在遮堂後張看。這官員卻又比先前太守不同，廷秀也不與他作揖，站起來說道：「你來了。」那官府道：「如何見我來都走散了？」廷秀忍不住笑。文秀道：「莫要笑！有要緊話在此。」附耳低聲道：「便是謀你我的公差與楊洪，都坐在外面。」廷秀驚道：「有這等事！如何坐在這裏？其中可疑。快些拿住，莫被他走了。」一面討過冠帶，換下身上行頭。文秀即差眾家人出去擒拿。廷秀一面換起冠帶，脫下行頭。且說眾人趕出去，揪翻楊洪兄弟，拖入裏邊來。楊洪只道是趙昂的緣故，口中罵道：「忘恩負義的賊！我與你幹了許多大事，今日反打我麼？」正在亂時，報道：「理刑朱爺到了。」眾家人將楊洪推在半邊。廷秀兄弟出來相迎，接在茶廳上坐下。廷秀耐不住，乃道：「老先生，天下有這般快事！謀害愚兄弟的強盜，今日自來送死，已被拿住。」朱四府道：「如今在那裏？」廷秀教眾人推到面前跪下。廷秀道：「你二人可認得我了？」楊洪道：「小人卻不認得二位老爺。」文秀道：「難道昔年趁船到鎮江告狀，綁入水中的人就不認得了。」二人聞言，已知是張廷秀弟兄。嚇得縮作一堆。朱四府道：「且問你有甚冤仇，謀害他一家？」二人道：「沒甚冤仇。」朱四府道：「既無仇隙，如何生此歹心？」二人料然性命難存。想起趙昂平日送的銀子，又不爽利，怎生放得他過！便道：「不干小人之事，都是趙昂與他有仇，要謀害二位老爺父子，央小人行的。」廷秀弟兄聞言，失驚道：「元來正是這賊！我與他有何冤仇，害我父子？」朱四府道：「趙昂是何人？住在那裏？」廷秀道：「是個粟監，就居於此間。」朱四府喝聲：「快拿！」手下人一聲答應，蜂擁進去，把趙昂拿出。那時，驚得一家兒啼女喊，正不知為甚。親眷都從後門走了，戲子見這等沸亂，也自各散去了。那趙昂見了楊洪二人，已知事露，並無半言。朱四府即起身回到府中，先差人至獄內將張權釋放，討乘轎子送到王家。然後細鞫趙昂。初時抵賴，用起刑具，方纔一一吐實。楊洪又招出兩個搖船幫手，頃刻間也拿到來。趙昂、楊洪、楊江各打六十，依律問斬。兩個幫手各打四十，擬成絞罪。俱發司獄司監禁。朱四府將廷秀父子被陷始末根由，備文申報撫按，會同題請，不在話下。

且說廷秀弟兄送朱四府去後，回到裏邊，易下了公服。那時王員外已知先來那官便是張文秀。老夫婦齊出來相見。問朱四府因甚拿了趙昂？廷秀說出真情。王員外咬牙切齒，恨道：「原來都是這賊的奸計！」正說間，丫鬟來報，瑞姐吊死了。原來瑞姐知道事露，丈夫拿去，必無活理。自覺無顏見人，故此走了這條徑路。王員外與徐氏因恨他夫妻生心害人，全無苦楚。一面買棺盛殮，自不必說。王員外分付重整筵席款待，一面差人到船迎取陳氏。一時間家人報道：「朱爺差人送太老爺來了。」廷秀弟兄、王員外一齊出去相迎。恰好陳氏轎子也至。夫妻母子一見，相抱而哭。正是：

苦中得樂渾如夢，死裏逃生喜欲狂。一家骨肉重聚會，千載令人笑趙昂。

張權道：「我只道今生永無見期了，不料今日復能父子相逢！」一路哭入堂中。先向王員外、徐氏稱謝。王員外再三請罪。然後二子叩拜，將趙昂前後設謀陷害情由，細細訴說。到傷心之處，父子大哭。不想哭興了，竟忘記打發了朱爺差人。那差人央家人們來稟知，廷秀方寫謝帖，賞差人三錢銀子而去。當下徐氏與陳氏自歸後房，玉姐下樓拜見。娘媳又是一番淒楚。少頃，筵宴已完，內外兩席，直飲至夜半方止。次日，廷秀弟兄到府中謝過朱四府。打發了船隻。一家都住於王員外家中。等邵爺到後，完姻赴任。廷秀又將邵爺願招文秀為婿的事，稟明父母。備下聘禮，一到便行。半月之後，邵爺方至。河南褚長者夫妻也到。常州府迎接的吏書也都到了。那時王員外門庭好不熱鬧。廷秀主意，原作成王三叔為媒，先行禮聘了邵小姐，然後選了吉日，弟兄一齊成親。到了是日，王員外要誇炫親戚，大開筵席，廣請親朋，笙簫括地，鼓樂喧天。花燭之下，烏紗絳袍，鳳冠霞帔，好不氣象。恰好兩對新人，配著四雙父母。有詩為證：

四姓親家皆富貴，兩雙夫婦倍歡娛；枕邊忽敘傷心話，淚珠猶然洒繡幬。

那府縣官聞知，都來稱賀。三朝之後，各自分別起身。張權夫婦隨廷秀常州上任，褚長者與文秀自往京中。邵爺自往福建。王員外因家業廣大，脫身不得，夫妻在家受用。不則一日，聖旨頒下，依擬將趙昂、楊洪、楊江處斬。按院就委廷秀監斬。出決之日，看的人如山如海。都道趙昂自作之孽，親戚中無有憐之者。連丈人王員外也不到法場來看。正是：

善惡到頭終有報，只爭來早與來遲！勸君莫把欺心使，湛湛青天不可欺。

廷秀念种義之恩，托朱爺與他開招釋罪，又因父親被人陷害，每事務必細詢，鞫出實情，方纔定罪。為此聲名甚著。行取❺❶至京，陞為主事。文秀以散館點了山西巡按。那張權念祖塋俱在江西，原歸故里，恢復舊業，建第居住。後來邵爺與褚長者身故，廷秀兄弟，各自給假為之治喪營葬。待三年之後，方上表，復了本姓。廷秀生得三子，將次子繼了王員外之後，三子繼邵爺之後，以報當年結義父子之恩。文秀亦生二子，就將次子紹了褚長者香火。張權夫妻壽至九旬之外，無疾而終。王員外夫妻亦享遐齡。廷秀弟兄俱官至八座❺❷之位。至今子孫科甲不絕。詩曰：

綠來白屋出公卿，到底窮通未可憑。凡事但存天理在，安心自有福來臨。

---

❺❶ 行取：把地方官調升做中央機關的官。

❺❷ 八座：歷代多以令、僕射、及六部尚書為「八座」，就是中央的八種高級官職。這裏泛指做到尚書一類的官職的意思。